insel taschenbuch 4797
María Dueñas
Eine eigene Zukunft

AF216643

Zu Beginn ist New York eine einzige Überwältigung. Doch als der Vater bei einem tragischen Unfall ums Leben kommt, wird die Stadt für die Schwestern schnell zur Bedrohung. Wie sollen sie für sich und ihre lebensuntüchtige Mutter aufkommen? Victoria, Mona und Luz verzagen nicht, die jungen Frauen haben eine Idee: Warum verwandeln wir das Restaurant nicht in einen Nachtklub, in einen Ort für die vielen spanischen Migranten, mit Gesang, Tanz und Unterhaltung? Gemeinsam begeben sie sich auf ein verwegenes Abenteuer in den Häuserschluchten Manhattans. Sie begegnen der Liebe, verfallen der Leidenschaft für die Musik und kosten den süßen Geschmack der Unabhängigkeit zum allerersten Mal ...

María Dueñas, geboren 1964, lehrte in Murcia Englische Philologie, bis ihr Debütroman 2009 alle Rekorde brach. Mittlerweile sind ihre Romane in 35 Sprachen übersetzt, mehrfach ausgezeichnet und von Film und Fernsehen adaptiert worden. *Eine eigene Zukunft* ist ihr vierter Roman, er stand monatelang auf Platz 1 der Bestsellerliste in Spanien.

Im insel taschenbuch liegt außerdem vor: *Wenn ich jetzt nicht gehe.* Roman (it 4645)

MARÍA DUEÑAS
Eine eigene Zukunft

Roman

Aus dem Spanischen von
Petra Zickmann

Insel Verlag

Die spanische Originalausgabe erschien 2018 unter dem Titel
Las hijas del capitán bei Planeta, Barcelona.

Erste Auflage 2020
insel taschenbuch 4797
© der deutschen Ausgabe Insel Verlag Berlin 2019
© Misorum S.L., 2018
Vertrieb durch den Suhrkamp Taschenbuch Verlag
Umschlag: hißmann, heilmann, hamburg
Umschlagfotos: Gordon Parks/Time & Life Pictures/Getty Images,
München; Kurt Hutton/Getty Images, München
Satz: Satz-Offizin Hümmer GmbH, Waldbüttelbrunn
Druck: CPI – Ebner & Spiegel, Ulm
Printed in Germany
ISBN 978-3-458-36497-9

Eine eigene Zukunft

*Für meine Schwestern, so unentbehrlich
und authentisch wie die Arenas*

Für meine Cousinen, meine Beinahschwestern

Für alle, die das Leben in die Emigration trieb

ERSTER TEIL

· 1 ·

Immer noch waren sie von Kopf bis Fuß in Schwarz: Schuhe, Strümpfe, Schleier, Mäntel. Hinter ihnen schob sich eine Handvoll Nachbarinnen herein, die vermutlich dachten, dass man sie noch nicht allein lassen sollte. Eine setzte Kaffee auf, eine andere stellte eine Dose Kekse auf den Tisch; unter Murmeln und Flüstern drängten sie sich in der Küche. Sie fassten die Mutter bei den Schultern und drückten sie auf einen Stuhl, sie ließ es sich gefallen. Victoria holte ein paar Tassen aus dem Schrank, Mona nahm den geliehenen Hut ab, grub die Finger ins Haar und kratzte sich am Kopf, Luz lehnte am Spülbecken und hörte nicht auf zu weinen.

Sie kamen von der Beerdigung des Vaters, der jetzt auf dem Calvary Cemetery in Queens unter Lehm und Schnee begraben lag. Dort würde Emilio Arenas in alle Ewigkeit ruhen, umgeben von den Gebeinen anderer Menschen, die nie seine Sprache gesprochen hatten und niemals erfahren würden, dass er diese Welt zum unpassendsten Zeitpunkt verlassen hatte. Zum Sterben ist fast jeder Zeitpunkt der falsche, doch wenn es einem mit zweiundfünfzig Jahren widerfuhr, man durch einen Ozean von der Heimat getrennt war und eine entwurzelte Familie mit einem kleinen, eben erst eröffneten Geschäft und einer Menge Schulden hinterließ, war alles noch ein bisschen trostloser.

Weder seine Frau noch seine drei Töchter wären imstande gewesen, den Ablauf der Ereignisse zu rekonstruieren, seit ein Nachbarsjunge die Treppe bis in den vierten Stock heraufgerannt war und mit den Fäusten an ihre Tür gehämmert hatte. Die Nachricht hatte sich verbreitet wie ein Lauffeuer. Ein Unglück, hieß es. Ein beklagenswerter Unfall. Beim Entladen der *Marqués de Comillas* an einem Pier des East River hatte sich ein Haken gelöst, sodass ein mit Gepäckstücken beladenes Netz herabgestürzt war. Ein Missgeschick. Eine grauenhafte Tragödie.

Fatal head trauma stand in dem Arztbericht, der halb zerknittert neben dem Kerosinofen lag. Keine hatte ihn gelesen. Hätten sie es versucht, hätten sie ohnehin nichts begriffen. Er war in einem unverständlichen Englisch verfasst, voller Formalismen und Fachausdrücke: Frontoparietale Region, Fraktur mit Austritt cranioencephalischer Masse, Subduralhämatom. Doch selbst wenn es ihre Muttersprache gewesen wäre, hätten sie gerade mal drei Wörter begriffen: Unbedingt tödliche Verletzungen. Und die Mutter nicht einmal das, sie konnte nicht lesen.

Von diesem Augenblick waren ihnen nur mehr einzelne Streiflichter im Gedächtnis geblieben. Wie sie hinter dem Jungen her die Treppe hinunter und zu La Nacional gerannt waren, wo die Nachricht zuerst eingetroffen war. Die Leute, die ihnen an den Fenstern und auf der Straße hinterhergeschaut hatten, das Auto der Hafenbehörde, das mit quietschenden Reifen neben ihnen gebremst hatte, der uniformierte Mann, der in Begleitung eines spanischen Arbeiters war und sie genötigt hatte, in den Wagen zu steigen. Die Straßen durch die Seitenfenster auf dem Weg zur Lower East Side, das Zickzack der Feuertreppen an den Fassaden, hastende Passanten, die kreuz und quer über die Fahrbahnen liefen. Die Ankunft am Pier 8 der Trasatlántica, der kahlköpfige Arzt, der sie in dem Raum empfing, der als Krankenstation diente, und die Bewegungen seiner Lippen unter dem grauen, nikotinvergilbten Schnurrbart, seine Worte, die ins Leere gingen, weil sie sie nicht verstanden. Die ernst dreinblickenden Männer, die hinter ihnen Stellung bezogen, der mit einem Laken bedeckte Körper auf der Bahre, ein Blecheimer, aus dem mit dunklem, geronnenem Blut getränkte Mullbinden quollen. Die erschütterte Mutter, die aufgelösten Töchter. Die Rückkehr nach Hause ohne ihn.

Auch an das Weitere erinnerten sie sich in einer Flut von Bildern, doch in langsamerer Abfolge. Der Sarg, in dem man ihn einige Stunden später in die Wohnung gebracht hatte und der sich beinahe in den engen Kurven der Treppenabsätze verkeilt hatte, die Kerzen und Blumensträuße auf glänzenden, überdimensionalen Sockeln, die das Bestattungsinstitut geliefert hatte, ohne dass es eine von ihnen bestellt hätte. Die offene Tür, das galicisch, asturisch, karibisch, baskisch, italienisch, griechisch, irisch, andalusisch gefärbte Murmeln der Beileidsbekundungen. Männer, die respektvoll den Blick senkten, während sie den Hut abnahmen. Frauen, die sie auf die Wangen küssten und ihre Hände drückten. Noch mehr Tränen, Taschentücher, Räuspern und betende Stimmen am Ende des Flures, wo der Sarg mit dem übel zugerichteten Leichnam auf zwei Böcken stand. Bis der Morgen graute.

Der neue Tag verging wie im Flug, es kam der Moment der Überführung auf einen Friedhof fern von Manhattan, das Absenken in die Grube, die auf den Holzdeckel geschaufelte Erde, der riesige Nelkenkranz mit Schleife, den jemand ungefragt in ihrem Namen in Auftrag gegeben hatte: Deine Frau und deine Töchter werden dich nie vergessen. Dann die Fürbitte, Luz' herzzerreißendes Schluchzen in der Stille, der Abschied. Wieder sank die frühe Nacht herab, und in ihren Köpfen schwirrte ein Durcheinander aus Lichtern, Empfindungen und Klängen, sie waren zu Hause und wünschten sich, dass alle endlich gingen und sie in Frieden ließen. Mit dem Näherrücken der Abendessenszeit legte sich der Trubel allmählich, und auf der Anrichte blieb zurück, was die Nachbarschaft im Rahmen ihrer bescheidenen Möglichkeiten und in bester Absicht bieten konnte: ein Topf mit Fleischklößchen, eine Moussaka, eine Fleischpastete, eine Aluminiumkanne voller Hühnerbrühe.

Zu guter Letzt blieben die vier allein miteinander und ihrer Realität. Die Töchter, unschlüssig noch, ob sie ihre Gedanken laut aussprechen sollten, begannen zu hantieren, öffneten Wasserhähne und Schubladen, deckten den Tisch. Derweil zog die Mutter zum tausendsten Mal die Nase hoch und wischte sich mit dem zerknüllten Taschentuch die geröteten Augen.

Sie kauten schweigend, ohne aufzublicken, ohne weitere Geräusche als das Klappern der Löffel gegen das Porzellan. Und anschließend, als auf den Tellern nichts übrig war als die Kerngehäuse der Äpfel und ein paar Brotkrusten, schaute Mona, die Pragmatischste von allen, in die Runde und sprach die Frage aus, die sich das ganze Viertel stellte, seit sich herumgesprochen hatte, dass die Truhe eines fremden Schiffsreisenden Emilio Arenas, dem Capitán, den Schädel zertrümmert hatte.

»Und was wird jetzt aus uns?«

· 2 ·

Die Mutter ließ hilflos eine Faust auf den Tisch fallen. Dann stützte sie die Ellbogen auf, vergrub das Gesicht hinter den knochigen Fingern und fing erneut an zu weinen.

Seit sie ihrem Emilio fünfundzwanzig Jahre zuvor bei einem Maifest zum ersten Mal begegnet war, hatten sie nie wirklich zusammengelebt. Nur immer dann, wenn er ohne Vorankündigung alle anderthalb bis zwei Jahre in Málaga an Land ging, ein paar Monate blieb und sie schwängerte, sich jedoch – kaum dass sie anfing, von einem normalen Familienleben zu träumen – eingeengt fühlte und aufs Neue diesem unwiderstehlichen Drang nachgeben musste, mit leeren Händen in die Welt hinauszuziehen, als würde das, was gestern gewesen war, nichts zählen. Dann schnürte er sein Bündel, verteilte eine Handvoll Küsse auf die Stirnen seiner Kinder, tröstete seine Frau mit ein paar vagen Versprechungen und machte sich auf den Weg zum Pier auf der Suche nach irgendeinem Schiff, das ihn zur nächsten Etappe seiner unsicheren Zukunft bringen würde.

Stauer in den Häfen von Marseille und Barcelona, Kellner auf der Plaza Independencia in Montevideo, Straßenverkäufer in Manila, Küchengehilfe auf einem holländischen Frachter. Er konnte gut schnitzen und war ein begnadeter Gitarrist, er ahmte Stimmen nach, sagte Unwetter voraus, und sein Nudeleintopf war unübertrefflich. Seine Haut war rissig wie trockener Lehm, er hatte eine breite Stirn, scharfe Knochen und Haar, das einmal schwarz gewesen war und sich über den Schläfen langsam lichtete. Er hatte Bekannte auf dem halben Globus, und es gab wenige Ecken, wo ihm nicht irgendjemand freundschaftlich auf die Schulter geklopft und ihn zu einem Glas eingeladen hätte. Am Ende des Tages jedoch zog er sich fast immer zurück und rauchte allein unter den Sternen.

Seine Frau, die nie viel Temperament besessen hatte, ertrug seine Abwesenheiten ergeben und seufzend. Seine drei Töchter – die Überlebenden aus sieben Schwangerschaften und vier Entbindungen – liebten es, wenn er heimkam, beladen mit nutzlosen Geschenken: einem afrikanischen Dolch, einem Paar kreolischer Rasseln, dem Fell irgendeines Tieres. Nie gaben sie zu, dass sie mit einer Decke oder einem Paar Schuhe mehr hätten anfangen können. Und seine Schwiegermutter Mama Pepa – die zehn Kinder geboren und außerdem Emilios vaterlosen Nachwuchs bei sich aufgenommen hatte – erzählte überall herum, der Mann ihrer Tochter Remedios sei ein verantwortungsloser Taugenichts.

Gleichgültig gegen die Klagen der Alten und die flehentlichen Bitten seiner Frau, zurückzukommen oder zumindest irgendwo sesshaft zu werden, war Emilio Arenas, nachdem er sich von einem Schlepper im Panamakanal davongestohlen hatte, Anfang 1929 in New York gestrandet, wenige Monate vor dem Börsenkrach und dem Beginn der Weltwirtschaftskrise. Und obwohl die folgenden Jahre hart waren für das gesamte Land, schaffte er es, immer Arbeit zu haben. Er entlud Frachtschiffe, zerteilte Heilbutt auf dem Markt von Fulton und schob einen Karren über das Kopfsteinpflaster von Downtown, als er in Vertretung eines Landsmannes eine Zeit lang die Auslieferungen für das Warenhaus Casa Victori in der Pearl Street übernahm.

Bis ihn die Jahre nach und nach abnutzten wie ein Sägemesser das Schneidbrett: unmerklich, aber erbarmungslos und unumkehrbar. Sein Rücken schmerzte, er hatte einen rauen Husten, sah aus der Nähe nicht mehr gut und merkte, dass ihm für bestimmte Arbeiten die Kraft fehlte. Und zum ersten Mal in seinem unruhigen Leben erfüllte ihn die Vorstellung, sich in Bewegung zu setzen und sein Vagabundendasein wieder aufzunehmen, mit einem seltsamen Gefühl der Apathie.

Und auch in seinem Inneren vollzog sich eine Veränderung. Er, der stets ein Leichtfuß ohne Gott und Vaterland gewesen war, fühlte sich in seiner Umgebung zunehmend heimisch. Unbewusst schloss er sich immer mehr denen an, die seine Sprache sprachen und vom selben Stück Landkarte

14

stammten, und war bald unzertrennlicher Teil dieser Kolonie, mit deren Bewohnern er etwas gemeinsam hatte, das die Melancholiker Heimat nannten.

Die Tatsache, dass er in der Nähe der Cherry Street, im ältesten spanischen Viertel der Stadt, ein Zimmer gemietet hatte, spielte dabei eine maßgebliche Rolle. Dort am äußersten südöstlichen Ende der Insel Manhattan, direkt bei den Piers, im Verkehrslärm der Auffahrt zur Brooklyn Bridge, konzentrierten sich seit dem Ende des vergangenen Jahrhunderts mehrere tausend Seelen aus demselben Winkel der Erde. Anfangs waren es vor allem Seeleute gewesen, Heizer und Schmierer, Köche, Schauerleute, Glücksritter und eine Menge einfacher Matrosen, die in stetem Wechsel an Bord gingen oder an Land kamen. Dann war die Gemeinde gewachsen und vielfältiger geworden, Angehörige wurden nachgeholt, immer mehr Frauen trafen ein, sogar komplette Familien, die zusammengepfercht in den billigen Apartments der umliegenden Straßen wohnten: Water Street, Catherine, Monroe, Roosevelt, Oliver, James Street ...

In diesem Umfeld fand Emilio Arenas im Frühling 1935 seine zigste Anstellung: im La Valenciana, einem Unternehmen an der Ecke Cherry, Catherine Street, das unter der Bezeichnung Hotel lief, in Wahrheit aber etwas sehr viel Flexibleres und Praktischeres war. Massen von spanischen Einwanderern, die in New York von Bord gegangen waren, hatten nichts als diese Adresse, auswendig gelernt oder mit holpriger Schrift auf einem Zettel notiert. La Valenciana, 45 Cherry Street. In der oberen Etage waren die Fremdenzimmer, im ersten Stock befand sich der Speisesaal und im Erdgeschoss ein Laden mit allem, was Arbeiter in einer Hafengegend benötigen mochten, um für ihr Tagewerk gerüstet zu sein, von Lederstiefeln über warme Unterwäsche und Handschuhe bis zu Pelzwesten. Auf Wunsch fungierte der Eigentümer auch als Dolmetscher, vermittelte Schiffspassagen und transferierte Geld über den Ozean. Zum Nutzen aller gab es an der Wand eine Tafel, an der jeden Tag mit Reißzwecken die Stellenangebote ausgehängt wurden. Und in einer großen leeren Zigarrenkiste wurde die Post aufgehoben, damit Männer mit unstetem Leben, ohne Bindungen oder festen Wohnsitz, sie gelegentlich abholen und etwas von den Ihren auf der anderen Seite des Meeres erfahren konnten.

Emilio Arenas' Arbeit war nicht fest umrissen, vielmehr bediente er hinter dem Ladentisch, ging in der Küche zur Hand, wurde zur Verstärkung der Kellner eingesetzt oder erledigte Botengänge. Und bei dieser Tätigkeit schnappte er eines Tages die Fetzen eines Gesprächs auf, das seine Zukunft in eine neue Richtung lenken sollte.

Zwei Männer saßen sich in einer Ecke des leeren Speisesaals gegenüber, es war noch Vormittag. Links Paco Sendra, der Eigentümer von La Valenciana. Rechts ein älterer Mann mit aschgrauem Haar und hängenden Schultern, den Emilio nicht kannte. Letzterer bestimmte die Unterhaltung mit seinem nördlichen Dialekt; in seiner Rede mischten sich die Sachlichkeit von Zahlen und Rechnungen mit den aufrichtigen Bekenntnissen eines Einwanderers, den Entfernung, Zeit und Einsamkeit zermürbt hatten. Viele Jahre, viele harte Jahre, hörte Emilio ihn sagen, während er ihnen zwei Gläser Wein und ein paar Scheiben Bratwurst servierte. Familie, Ersparnisse, Heimweh, hörte Emilio beim Einschenken. Noch im Weggehen erhaschte er vereinzelte Wörter. Den Laden zumachen. Zurückkehren.

Zwanzig Minuten später, während er das Regal mit den Streichholzschachteln auffüllte, sah er aus dem Augenwinkel die beiden Männer zur Tür gehen. Sie schüttelten sich die Hände, und Sendra klopfte dem anderen ein paarmal auf den Arm.

»Viel Glück, Venancio. Gott schütze Sie.«

Noch hatte der Mittagsbetrieb nicht begonnen, und Emilio Arenas nutzte die Gelegenheit, ließ alles stehen und liegen und schlüpfte unbemerkt hinaus. Die Schürze noch umgebunden, die Hände in den Ärmeln seines Kittels vergraben, folgte er dem müden Rücken des Mannes bis zur Kreuzung mit der New Chambers Street, und auf der Höhe des Friseursalons von Montserrat sprach er ihn an.

»Hören Sie!«

Der Unbekannte wandte den Kopf.

»Da war nichts zu machen, was?«

In Wahrheit wusste er kaum, worum es ging, ein wenig hatte er jedoch mitbekommen, und alles Übrige war reine Intuition. Dieser Mann stand im Begriff, eine Etappe seines Lebens abzuschließen, und er selbst dachte zum ersten Mal daran, dass es an der Zeit wäre, das Umherziehen aufzugeben und sesshaft zu werden. Darum fragte er ohne Umschweife. Und der andere antwortete ebenso offen.

»Ich brauche einen Käufer für die komplette Einrichtung einer Gaststätte. Tische, Stühle, Barhocker. Und Geschirr, Teller, Besteck, Tischdecken, Töpfe, Pfannen. Ich frage in sämtlichen Hotels und Bars in der Gegend nach, ich überlasse es zu einem günstigen Preis. Haben Sie Interesse?«

Ohne Eile gingen sie Richtung Nordwesten und schilderten einander in groben Zügen ihren Lebensweg, während sie durch die Bowery Street und die Canal Street schlenderten, die wuseligen Zonen der Chinesen und Italiener, wo die Menschen dicht an dicht in überfüllten Wohnblocks hausten, Mietskasernen einfachster Art.

»Und Sie, Venancio, wie lange sind Sie schon hier?«

»Ich kam, nachdem wir Kuba verloren hatten. Nach einer Weile bin ich dann ins Dorf zurückgegangen, habe meine

Braut geheiratet, sie mit hierhergebracht, und zusammen haben wir das Geschäft eröffnet. Wir haben pausenlos gearbeitet, um uns über Wasser zu halten. Aber jetzt bin ich seit neun Jahren Witwer, und mein Ältester ist nach Harlem gezogen, weil er eine Dominikanerin geheiratet hat, und der Kleine ist Vertreter für Rasierklingen geworden und mit seinem Musterkoffer in New Jersey unterwegs, der kommt kaum noch in die Stadt.«

Nichts verband ihn mehr mit seinem fernen kantabrischen Geburtsort, abgesehen von ein paar Jugenderinnerungen und einer ledigen, halb blinden Schwester. Und dennoch hatte er nach beinahe vierzig Jahren der Abwesenheit das Gefühl, einen Kreis schließen zu müssen. Er legte seine Hand auf Emilios linke Schulter, die derbe Hand eines Arbeiters, der keine Kraft und keine Lust mehr hatte.

»Es ist Zeit, nach Hause zu gehen, und sei es nur, um die Heimat ein letztes Mal zu sehen.«

Sie setzten ihren Weg fort, bis sie ein Stück Asphalt erreicht hatten, wo mit anderen Namen und anderen Gesichtern derselbe vertraute Puls schlug: in der Vierzehnten Straße, dem Abschnitt zwischen der Siebten und der Achten Avenue, einer Art Scharnier zwischen Chelsea im Norden und dem West Village im Süden. Dort befand sich ein weiterer Nukleus von spanischen Landsleuten. Vielleicht bildeten sie keine so kompakte Enklave wie die um die Cherry Street, machten sich jedoch sofort bemerkbar durch die Schilder an ihren Läden, die lautstarken Unterhaltungen der Grüppchen auf der Straße, die hin- und herfliegenden Grußworte, die Stimmen der Mütter, die aus dem Fenster nach ihren Kindern riefen, und das unverwechselbare Aussehen der Greise, die still rauchend auf den Treppenstufen vor den Hauseingängen saßen.

Die Gegend war Emilio Arenas nicht unbekannt. Seit er, wie so viele seiner Landsleute, dort gewesen war, um dem spanischen Wohlfahrtsverband La Nacional beizutreten, hatte er in diesem Viertel etliche Male Bestellungen ausgeliefert oder Veranstaltungen besucht. Das Lokal, vor dessen Tür sie jetzt stehen blieben, hatte er jedoch nie zuvor betreten.

»Das ist es«, erklärte der Mann, »was ich anzubieten habe.«

Eine kleine Gaststätte in einem Souterrain, schon nahe der Achten Avenue, im Untergeschoss eines gewöhnlichen dreistöckigen Gebäudes ohne jeden Reiz. Ohne das geringste äußere Zeichen der Verheißung.

Es war ohne Frage eine Tollkühnheit, an einem ganz normalen Dienstag eine solche Entscheidung zu treffen – die Hände in den Hosentaschen, vor der Fassade des Hauses –, doch stand Emilios Entschluss in vollkommenem Einklang mit seinem Werdegang und seiner üblichen Vorgehensweise. Das erstbeste Schiff besteigen, an Land gehen, wo er es am wenigsten erwartet hätte, den Beruf wechseln, den Anker lichten, anderswo stranden. Schon immer hatte er dazu geneigt, sich treiben zu lassen, anzunehmen, was das Leben ihm in den Weg stellte, ohne Willen oder eigene Meinung, bis der Wind wieder in eine andere Richtung blies. Und an jenem Tag Anfang November 1935 hatte es ihn nun in die Vierzehnte Straße verschlagen, dieses zwischen zwei großen Avenues des immensen New York eingeklemmte Stückchen Heimat.

Ohne zu überlegen, in purem spontanem Überschwang, beschloss Emilio Arenas, nicht nur das Mobiliar und die Küchenausstattung seines alten Landsmannes zu übernehmen, sondern auch das Geschäft weiterzuführen. Am selben Nachmittag sprach er mit der Hauseigentümerin, einer holländischen Witwe in der nahen Horatio Street, und sie einigten sich darauf, den Mietpreis beizubehalten. In der Zeit, die er nicht nach Málaga gefahren war, hatte er etwas gespart, damit konnte er Venancio Alonso die Ausstattung abkaufen und die erste Monatsmiete bezahlen.

Er gedachte, sich in dem hinteren Lagerraum häuslich einzurichten, um das Geld für die Unterkunft in der Pension in der Cherry Street zu sparen; hier hätte er Platz für eine Pritsche, mehr brauchte er nicht. Er würde doppelt so viele Stunden im La Valenciana arbeiten und gleichzeitig dieses Lokal mit eigenen Händen aus seinem erbärmlichen Zustand erlösen. Decken und Wände säubern, die Fassade frisch verputzen, ein paar Maurerarbeiten erledigen, Wasserhähne reparieren und alles neu streichen. Und wenn er fertig wäre, würde er persönlich jeden Morgen auf dem Fulton-Markt Fisch einkaufen gehen, denn dort hatte er einmal eine Zeit lang gearbeitet und immer noch Kontakte, um günstig an Ware zu kommen. Kochen würde er im Stil seiner Heimat. Er würde Mittagstisch und Abendessen anbieten, für die Leute aus dem Viertel, zu moderaten Preisen, an einer Seite würde er auch eine Bartheke haben ... All das sah er wie im Zeitraffer vor seinem inneren Auge, bis ihn die heisere Stimme des Alten aus seinen Träumereien riss.

»Den Namen werden Sie wohl ändern müssen.«

Emilio Arenas richtete den Blick auf das Schild. Oder, besser gesagt, auf das, was davon noch übrig war. El Ca... Der Rest der Buchstaben war abgefallen, verloren wie die Seele des Geschäfts.

»Ein Sturm hat es im Winter vor zwei Jahren heruntergefegt, und ich habe es nicht mehr repariert«, erklärte der Besitzer achselzuckend. »Früher stand da El Cántabro, so nennen sie mich hier, weil ich aus Kantabrien bin. Aber zu Ihnen mit Ihrem andalusischen Akzent, fürchte ich, wird der Name schlecht passen.«

Emilio murmelte vor sich hin, El Ca..., Ca..., Ca... und plötzlich fiel ihm ein schlagkräftiger Name für das Projekt ein, von dem er sich beflügelt fühlte. Auch etwas, das er niemals empfunden hatte, weil er bei keiner seiner Unternehmungen jemals einen Hauch von Ehrgeiz verspürt hatte. Diesmal allerdings schon. Zum ersten Mal entschied er sich freiwillig dafür, nach etwas Besserem, Höherem zu streben. Und deshalb beschloss er, der er nie einen Rang oder Befehlsgewalt besessen hatte, sein Speiselokal El Capitán zu nennen, ohne zu ahnen, dass daraus der Spitzname würde, unter dem er fortan in der Nachbarschaft bekannt wäre.

So brachte er, ein ganz neuer Emilio, sein Vorhaben ins Rollen. Mit sprühender Energie preschte er durch den Herbst 1935, arbeitete fünfzehn Stunden täglich und rannte ständig zwischen seiner neuen Welt in der Vierzehnten Straße und seinem alten Domizil an der Lower East Side hin und her.

Bis sich eines Tages an irgendeiner unbestimmten Stelle des Atlantiks zwei Briefe kreuzten: der mit etlichen Fehlern gespickte, den Emilio Arenas an seine Frau geschrieben hatte, und der, den seine Frau einer Nachbarin diktiert hatte.

Vielleicht öffneten die Empfänger, noch getrennt von der Unendlichkeit eines Ozeans, sie sogar gleichzeitig.

Ich habe gute Neuigkeiten, Remedios. Ich werde sesshaft, wie du es dir immer gewünscht hast. Ich werde Tag und Nacht arbeiten. Ich werde sparen. Ich komme, sobald ich kann …

Ich habe schlechte Neuigkeiten, Emilio. Mama Pepa ist gestorben, und sie werfen uns aus dem Haus. Wir wissen nicht, wohin. Deine Töchter zu hüten, fällt mir immer schwerer. Sie sind jetzt erwachsene Frauen, haben weder Richtung noch Ziel und könnten leicht auf Abwege geraten. Vergiss nicht, dass du eine Verantwortung hast.

Er betrat das La Valenciana, während er die letzten Zeilen las. Langsam nahm er die Mütze ab und kratzte sich mit seinen schmutzigen Fingernägeln den Kopf. Dann ging er, die Nachricht zerdrückt in der Faust, zum Empfangstresen.

»Señor Sendra, ich brauche vier Schiffspassagen auf Kredit. Bestellen Sie sie bei Don Valentín Aguirre, tun Sie mir den Gefallen. Aber ich sage Ihnen gleich, dass ich keine Ahnung habe, wie und wann ich sie Ihnen zurückzahlen kann.«

· 4 ·

Sie saßen noch immer in der Küche, Remedios mit den Händen vor dem Gesicht. Nie war sie eine so charakterstarke Frau gewesen wie ihre Mutter, und der geringe Elan, den sie einst besessen haben mochte, war vollends zerronnen nach dem Tod des kleinen Jesús, ihres vierten Kindes, dieses Jungen, der mit seinem angeschwollenen Schädel und einem Gewirr von Venen statt Haaren auf dem Kopf kaum fünf Monate alt geworden war. Sechzehn Jahre waren vergangen, seit sie das in ein Laken gewickelte Körperchen ins Grab gelegt hatten, und es verging kein Tag, an dem Remedios nicht seufzend seiner gedachte, obwohl das arme Geschöpf ihr in seinem kurzen Dasein nichts als Kummer bereitet hatte. Das durchdringende Geschrei zu jeder Tageszeit, die Krämpfe, die ständig geschlossenen Augen, der Widerwille gegen die mütterliche Brust, das alles saß so fest in ihr drin, dass sie nie mehr dieselbe war ohne diesen Sohn, den sie bei jeder Schwangerschaft ersehnt hatte, den kleinen Mann unter all den Frauen, der er nicht hatte werden dürfen.

Die Töchter sahen sie jetzt schweigend an, während der trockenen Kehle der Mutter ein Schwall von Flüchen und Verwünschungen entfuhr.

»Was musste Mama Pepa auch sterben, verdammt noch mal, und uns ohne ein Dach über dem Kopf zurücklassen, und warum zum Teufel muss euer Vater jetzt plötzlich zur Vernunft kommen, nachdem er sich so viele Jahre in der Weltgeschichte herumgetrieben hat, und was hat mich Wahnsinnige nur geritten, ihn um Hilfe zu bitten und auch noch auf ihn zu hören!«

Emilios Aufforderung zu folgen und ihre Töchter aus Málaga herzuschleifen, hatte für Remedios einen schweren Leidensweg bedeutet. Victoria, die Älteste, unterstützt von dem jungen Kerl, den sie sich angelacht hatte, schwor, sie würde eher auf den Strich als nach New York gehen. Mona, die Mittlere, suchte sich auf dem Paseo del Limonar eine Stelle als Hausmädchen mit Anrecht auf ein eigenes Zimmer, um einen Vorwand zum Bleiben zu haben. Und Luz, die Jüngste, saß wochenlang wimmernd in einer Ecke. Die Streitereien waren monumental und im halben Viertel zu hören, Nachbarschaft und Familie mussten einschreiten, die Mutter warf sich in der Kirche vor dem Bildnis des gefangenen Christus auf die Knie, und in letzter Instanz kreuzte sogar die Guardia Civil bei ihnen auf. Alarmiert durch einen Nachbarn wegen des Verdachts auf Missachtung der väterlichen Autorität, ließen zwei uniformierte Beamte sie nicht mehr aus den Augen, bis sie sie der Obhut des Schiffsarztes auf der *Manuel Arnús* überantwortet hatten, die auf ihrer Fahrt von Barcelona in die Neue Welt in Málaga anlegte.

Abgezehrt, blass, starr vor Kälte, mit zugeschnürtem Magen und dem Gefühl, den Mund voller Werg zu haben, erreichten die Schwestern Arenas an einem frostigen Januarmorgen New York. Elf Tage lang hatten sie einander getröstet; eineinhalb Wochen Schreckensfahrt, mit billigen Passagen für Kojen auf dem Zwischendeck, bis sie am Pier 8 des East River an Land gingen.

Die Einfahrt in den grandiosen Hafen ließ sie natürlich nicht unberührt. Unmöglich, nicht beeindruckt zu sein von der grünlichen, auf dem Wasser stehenden sonderbaren Dame mit der zackigen Krone und der Fackel, auch wenn sie nicht wussten, dass sie die Freiheit repräsentierte, die die Welt erleuchtete, ausgeschlossen, nicht ins Staunen zu geraten, wenn die am Horizont aufgetürmten Wolkenkratzer immer näher rückten, oder beim Anblick der gigantischen Hängebrücken, der über das graue Wasser gleitenden, ein- und ausfahrenden Schiffe. Unwillkürlich drehten und wendeten sie die Köpfe, sahen die Kohlefrachter und Schlepper, deren gellende Pfiffe nach Jubel klangen, auch wenn es sich um bloße Warnsignale handelte, und winkten den vollbesetzten Ferry Boats zu, auf denen man Taschentücher und Hüte schwenkte, um die frisch Eingetroffenen willkommen zu heißen, einfach so, einfach, weil sie selber oder ihre Eltern oder ihre Großeltern auf die gleiche Weise in diesem Teil der Welt angelangt waren.

Klar, dass New York sie überwältigte, obgleich sie nach Möglichkeit versuchten, so zu tun, als interessierte sie das alles nicht. Während der Dampfer auf seine Anlegestelle zuhielt, klammerten sich die Mädchen ans Geländer, die Wangen gerötet vom schneidenden Wind, und gaben vor, nicht hingerissen zu sein von all den verwirrenden Eindrücken. Als fänden sie nichts dabei, sich auf die Büros der Schifffahrtsgesellschaften mit ihren bunten Fahnen und Leuchtreklamen zuzubewegen, oder auf die Lagerhäuser, die Waren aus allen Häfen der Welt empfingen, oder auf die Gebäude, die immer monumentaler wurden, je näher sie ihnen kamen.

Du lieber Himmel, murmelte Luz. Victoria hakte sich daraufhin bei ihren beiden Schwestern ein, als glaubte sie, Arm in Arm könnten sie sich gegenseitig Kraft geben, um der Szenerie nicht zu erliegen. Haltsuchend hielten sie sich aneinander fest. Heilige Jungfrau, raunte Mona. Doch sie fassten sich, überspielten ihre Angst und Unsicherheit, und weder die Sirenen noch das Geschrei der Leute oder der ohrenbetäubende Lärm der Motoren brachte ihre Fassade zum Bröckeln, nachdem das Schiff vertäut war. Aufrecht trotzten sie dem Schnee, der an diesem eisigen Tag fiel, etwas, das sie noch nie erlebt hatten. Man hat uns mit Gewalt hergebracht, uns kann diese verdammte Stadt gestohlen bleiben, drückte ihre Pose aus. Und bei erstbester Gelegenheit, sobald sich die allergeringste Chance bietet, fahren wir wieder nach Hause, irgendwie und mit irgendwem, notfalls in Begleitung des Leibhaftigen. Und so, ihre Verblüffung mit dem Gebaren von stolzen Gefangenen getarnt, stiegen sie von dem Dampfschiff der Trasatlántica, eine nach der anderen, in der Reihenfolge ihres Alters. Nicht einmal durch die strengen Mienen der Beamten von der Einwanderungsbehörde ließen sie sich einschüchtern.

Ihr Bemühen, möglichst gleichgültig zu erscheinen, behielten sie auch in den nächsten Tagen bei. Emilio hatte im obersten Stock eines roten Backsteingebäudes an der Ecke Vierzehnte Straße, Siebte Avenue eine Zweizimmerwohnung gemietet, eine bescheidene provisorische Unterkunft von wenigen Quadratmetern und mit kaum Licht, die dennoch komfortabler war als die Mietskaserne, in der sie aufgewachsen waren. Zumindest gab es vier elektrische Lampen, fließendes Wasser und ein winziges Badezimmer, das zwar ärmlich, aber immerhin privat war, sodass sie nicht mehr nach draußen und die Toilette mit den Nachbarn teilen mussten. Doch nicht einmal das half. Seit ihrer Ankunft herrschte in ihren vier Wänden alles andere als Frieden. Tag für Tag, mit unabänderlicher Regelmäßigkeit, wurden aus langen Gesichtern irgendwann harsche Worte, die zu Tränen führten und weiter zu Streit, Vorwürfen und Drohungen. Und das Ganze wieder von vorne.

Abwechselnd beschuldigten sie Vater Emilio oder Mutter Remedios, die verstorbene Mama Pepa, den Nachbarn, der die Guardia Civil alarmiert hatte, den Tölpel von Schiffs-

arzt oder die verabscheuenswürdige Stadt, in der sie festsa-
ßen. Einer taugte so viel wie die anderen als Zielobjekt für
ihre rasende Wut. Ich werde einen ganzen Eimer Rattengift
schlucken, behauptete die eine. Ich werde mit einem Matrosen durchbrennen, damit er mich wieder heimbringt, sagte
die andere. Ich werde mich vor einen Zug werfen, die Dritte.

Außerstande, auch nur ein bisschen Autorität über diese
zwanzigjährigen Wirbelwinde auszuüben, empfand Emilio
die Vaterrolle als so undankbar, dass er nach kaum zehn Tagen Familienleben wieder auf dem Feldbett im Lager des El
Capitán schlief. Das tat er jedoch mit Vorbedacht und in Absprache mit seiner Frau, denn er ließ sie ohne einen Cent und
nur mit dem Notwendigsten ausgestattet in der Wohnung zurück, damit sie keine drei oder vier Tage ohne ihn auskamen.
Wenn ihnen der Kaffee oder die Seife ausging, blieb ihnen
nichts anderes übrig, als sich in der alten Gaststätte blicken
zu lassen, wo Vater und Mutter allein schufteten.

Im Lokal war es dunkel, Licht fiel nur durch die offene
Tür. Sie spülte Töpfe, er säuberte die Platte eines der hinteren
Tische, als sie die Mädchen hereinkommen hörten. Beide
hielten inne, Emilio richtete sich langsam auf, die verfluchten Rückenschmerzen gaben einfach keine Ruhe.

»Braucht ihr Geld?«, fragte er laut die drei Gestalten, die
in der Tür stehen geblieben waren.

Keine reagierte, als ob sie etwas ahnten.

»Dann werdet ihr es euch verdienen müssen, ein wenig
Hilfe täte uns gut.«

Stumm standen die drei dicht nebeneinander und bildeten
eine Art Grenzwall. Remedios hielt sich schweigend im Hintergrund.

»Wenn wir die ganze Arbeit nur zu zweit machen müssen,
wird es noch eine Weile dauern«, sagte Emilio. »Wenn ihr
uns aber zur Hand geht, fangen wir in einer Woche an, unse-

re Gäste zu bewirten. Dieses Geschäft gehört auch euch, damit das klar ist. Und je mehr wir damit verdienen, desto schneller kommen wir wieder nach Hause.«

Nach Hause. Als sie das hörten, bekam ihr Panzer einen Riss. Nach Hause. Die zwei Wörter, die den Motor der gesamten spanischen Gemeinde darstellten, die Kohle, die den Kessel in ihrem Inneren beheizte und es ihnen ermöglichte, Tag und Nacht zu arbeiten, um genügend Geld für die Erfüllung ihres sehnlichsten Wunsches zu sparen.

Mona, in der Mitte des Trios, stieß ihren Schwestern die Ellbogen in die Rippen, und diese kleine Geste reichte zur Verständigung aus. Zähneknirschend sahen sie ein, dass sie keine andere Wahl hatten.

· 5 ·

Die Haare unter Kopftüchern und angetan mit den ältesten Sachen aus ihrem Kleiderschrank, begannen sie noch am selben Nachmittag, im Familienunternehmen tätig zu werden.

Vier Tage hintereinander unterstützten sie von morgens bis abends ihre Eltern, schrubbten Fett- und Dreckschichten ab, bis sie fast keine Fingernägel mehr hatten, kratzten Pfannen, Kasserollen und Töpfe aus, schmirgelten Möbel und versuchten ohne viel Erfolg, die Fensterscheiben blank zu reiben. Es gelang ihnen, das heruntergekommene Lokal ein wenig herzufrischen, doch in Wahrheit fiel der Unterschied zu vorher nicht allzu sehr ins Gewicht, wie auch die Arbeit ihre Laune nicht zu heben vermochte. Dasselbe düstere Souterrain, dieselbe niedrige Decke, dasselbe Bild vom aufgewühlten Meer, das Venancio Alonso an einer Wand zurückgelassen hatte; der Geist des alten Kantabriers spukte noch in allen Ecken. In der unsinnigen Absicht, ein maritimes Ambiente zu schaf-

fen, brachte Emilio am nächsten Morgen ein altes Fischer-
netz, ein abgebrochenes Ruder und ein Paar Paddel mit, die
seine Töchter lieblos aufhängten. Bis El Capitán endlich in
See stach.

Einen guten Start hatte er trotzdem nicht. Das Lokal
weckte kein Interesse. Remedios stand am Herd, und Emilio
überschlug sich schier, die Gäste zu empfangen und mit seinen besten Manieren die Bestellungen aufzunehmen, dennoch
war der Speisesaal selten zu mehr als einem Viertel besetzt.
Die Töchter halfen in der Küche oder bedienten mit unüber-
sehbarem Verdruss den einen oder anderen Tisch.

Emilio hatte von einer Gastwirtschaft voller Arbeiter
geträumt, die nach stundenlanger Maloche ein warmes Gericht verschlangen, wie er es so oft in den Restaurants auf
der Cherry Street gesehen hatte. Er hatte sich vorgestellt, wie
sie unaufhörlich ein und aus gingen und wie er, die Schöpf-
kelle in der Hand, das Essen austeilte; Gläserklirren, das
Schrammen von Stuhlbeinen auf dem Fliesenboden, dunkle
Männerstimmen, ab und zu ein Lachen, Scheine in der Kasse
hinter dem Tresen. Aber es kam anders, der Laden lief nicht.
Vielleicht hatte er nicht bedacht, dass sich die Vierzehnte
Straße, trotz des hohen Anteils an Landsleuten, in einer völlig anderen Umgebung befand als sein altes Viertel, mit einer
völlig anderen Lebensart, viel verwobener mit dem Rest der
Stadt und weniger auf die eigene Ecke konzentriert. Oder
vielleicht waren hier nicht so viele Männer allein unterwegs
wie bei den Piers am East River, oder es lag an den anderen
Restaurants, die es in dieser Gegend schon länger gab und
die es mit der Zeit zu einem guten Ruf gebracht hatten.

Er dagegen war nichts als ein dahergelaufener Möchte-
gern, der alle seine Hoffnungen auf ein sieches Unternehmen
gesetzt und diesem gerade mal notdürftig das Gesicht gewaschen hatte. Fast niemand kannte seine Frau; sie kam mög-

lichst wenig aus der Küche, weil sie sich immerzu und vor allem fürchtete. Und seine drei Töchter, die sich mit ihrer schnippischen Art bald unbeliebt gemacht hatten, waren dem Geschäft auch nicht eben förderlich. Allerdings war die Prohibition vorbei, und im El Capitán wurden zu einem mehr als günstigen Preis spanische Weine ausgeschenkt, die Emilio, dank seiner Kontakte und Mauscheleien, gleich nach dem Eintreffen, direkt am Hafen abgreifen konnte. Außerdem war Remedios' frittierter Fisch besser als jeder andere, ihr Eintopf gehaltvoll, und ihr mit Venusmuscheln geschmorter Seeteufel schmeckte so herrlich nach Meer, dass einem die Tränen kamen.

Trotzdem reichte es hinten und vorne nicht, sooft Emilio auch abends im dunklen, leeren Speisesaal die Rechnungen durchgehen mochte. Und die Schulden häuften sich: die Miete für letzten Monat, die Lieferanten, die Wohnung, die Schiffspassagen, die er Sendra noch immer nicht bezahlt hatte ... Sosehr er sich das Hirn zermarterte, er wusste einfach nicht, wie er den Laden in Schwung bringen sollte. Er schaltete Anzeigen, ließ Handzettel drucken, die er in der Nachbarschaft verteilte, und bezog sogar selbst Stellung vor der Tür, um Kunden hereinzulocken, die Speisekarte schwenkend, die Schürze umgebunden, ein unendlich bemühtes Lächeln im Gesicht. Nicht einmal das wirkte.

Entgegen allen Erwartungen hatte Emilios Kummer auch einen positiven Effekt. Je enttäuschter er war, desto brüchiger wurde die Mauer der Ablehnung, die seine Töchter um sich errichtet hatten. Vielleicht waren die Mädchen einfach erschöpft, womöglich regte sich ein Rest Mitgefühl in ihnen. Zunächst zeigte es sich nur in Kleinigkeiten.

»Und wenn wir die Karte ein bisschen ändern?«, schlug Victoria vor.

Mona drapierte die Netze an den Wänden gefälliger und

hängte noch ein paar blumenbestickte Schultertücher dazu, um dem Ganzen etwas Farbe zu verleihen. Und Luz, die Jüngste, überraschte ihren Vater an einem stürmischen Mittag im Februar, indem sie sich zu ihm vors Haus stellte, keck die Passanten ansprach und dabei den Rock zwischen die Schenkel klemmte, damit der Wind ihn nicht hochwehte.

»Treten Sie ein, meine Damen und Herren, lassen Sie sich keinesfalls das beste spanische Essen von Manhattan entgehen!«, rief sie in einladend melodischem Ton.

Von da an schlief Emilio wieder in der Wohnung, und die Spannungen ließen ein wenig nach. Doch die Mädchen hielten sich weiterhin fern vom Leben und Treiben des Viertels und der Stadt. Sie besuchten keine Sonntagsmesse und gingen weder tanzen noch zu den Treffen ihrer Landsleute in La Nacional. Nie waren sie über die Sechzehnte Straße oder die Sechste Avenue hinausgekommen, nie mit der Untergrundbahn, der Hochbahn oder einem Omnibus gefahren. Mit den Nachbarn, den Eigentümern und Verkäufern der umliegenden Läden sprachen sie kaum mehr als das Nötigste. Sie machten sich gegenseitig die Haare, hatten keine einzige Freundin und weigerten sich, Englisch zu lernen. Die Folge dieser offen zur Schau getragenen Unnahbarkeit war konstantes Getuschel. Was für ein Jammer, so hübsche junge Dinger und eine so dämliche Art, es sich mit allen zu verscherzen. Schade um die Töchter vom Capitán.

Bis zu jenem Morgen, an dem Emilio, nachdem er mit Remedios am Küchentisch schweigend einen Kaffee getrunken hatte, aus dem Haus und zu den Piers des East River ging. Sich einzufügen in die kleinen häuslichen Gewohnheiten war ihm manchmal eine Freude, manchmal eine Last; leicht fiel es ihm nicht, plötzlich inmitten der Siebensachen und der Geräuschkulisse von vier Frauen zu leben. Trotzdem wusste er, dass für ihn kein Weg daran vorbeiging, sich den neuen Ge-

gebenheiten anzupassen, zumal seine Töchter endlich einen Hauch von Vernunft erkennen ließen.

Auf der Treppe aus dem vierten Stock nach unten brachte ihn sein Drang zur Sparsamkeit ins Grübeln. Er brauchte Olivenöl, und obwohl er bei Sendra Kredit hatte oder eine Dose Ybarra bei Unanue y Victori zu einem guten Preis bekommen hätte, war ihm klar, dass es eine noch billigere Quelle gab. Wie fast alle Mitglieder der Gemeinde kannte er den Fahrplan der Schiffe, die regelmäßig aus Spanien einliefen. Es waren vier, alle von der Compañía Trasatlántica. Zwei, die aus der Biskaya kamen, und zwei aus dem Mittelmeer, die immer die Route von der spanischen Halbinsel nach Mexiko, Kuba und New York abdeckten.

Also wusste er auch, dass an diesem Samstag Ende März die *Marqués de Comillas* erwartet wurde, den Bauch voller Passagiere und Waren. Aus diesem Grund machte er sich auf zum Pier 8, um sein Glück zu versuchen. Es sollte ihn doch wundern, wenn das Schiff ohne eine Lieferung Öl käme und er keinen Bekannten träfe, der ein paar Kanister abzweigen könnte. Auf diese Weise, indem er das Geld eisern zusammenhielt, hoffte er, wenigstens den Mietrückstand bei der holländischen Witwe auszugleichen.

Und darüber zerbrach sich der Inhaber des El Capitán immer noch den Kopf, als er den Kai erreicht hatte und darauf wartete, dass die Schauerleute fertig würden, und noch gar nicht wusste, ob sich im Frachtraum des Schiffes überhaupt etwas vom Saft der Olivenhaine von Utrera oder Tortosa, Cabra oder Jaén befand; so gedankenversunken war er, dass er die Warnrufe um sich herum nicht wahrnahm. Bei einem Entlademanöver war etwas schiefgegangen, ein riesiges Netz voller Gepäckstücke schwebte hoch in der Luft und begann sich aus seiner Aufhängung zu lösen. Es wurde gerannt und gebrüllt, und in letzter Sekunde packte ihn jemand am Arm.

Der Ruck half jedoch nur, seinen Körper vor dem brutalen Aufschlag zu schützen, seinen Kopf rettete es nicht.

Ein schlaffes Bündel am Boden, so beschloss Emilio Arenas sein Leben, mit zerschmettertem Schädel und dem Bild von vielen Kanistern voll leuchtendem, geschmeidigem Öl, das in seiner Vorstellung immer dunkler wurde, bis es in eine Blutlache übergegangen war, auf die sich viele entsetzte Blicke richteten, während rundum Geschrei und Sirenengeheul ertönte.

· 6 ·

Die drei Arenas-Schwestern gingen am Abend nach der Beerdigung ohne eine Antwort zu Bett. Erschöpft, bedrückt, während ihnen unausgesetzt dieselbe Frage in den Schläfen hämmerte. Und was soll nun aus uns werden?

Der Tod des Vaters schmerzte sie zutiefst, dieses Mannes, den sie nach einem Leben in ständiger Abwesenheit eben erst angefangen hatten kennenzulernen. Doch war das nicht ihr einziger Kummer, ihre eigentliche Trauer wurde überlagert von etwas anderem: der Erkenntnis, dass mit ihm die einzige Verbindung verschwunden war, die sie zu dieser fremden Stadt gehabt hatten, dieser Metropole mit ihren sieben Millionen Seelen und ihrem ewigen Winter, die sich vor den Spanierinnen dehnte wie ein unendliches Ödland.

Remedios war, wie immer, mit dem ersten Morgengrauen auf den Beinen; ihre Töchter standen für gewöhnlich sehr viel später auf. Schließlich hatten sie bis zu diesem Moment nichts weiter zu tun gehabt, als ein paar freudlose Handlangerdienste im Geschäft und ansonsten ihre Verachtung zur Schau zu tragen. An diesem Morgen allerdings erschienen sie schon zeitig in der Küche, alle mit zerwühltem Haar, verquollenen Augen und nicht sehr gesprächig.

Mona war die Erste. Die mittlere der Schwestern näherte sich schlurfend, mit ihren markanten Gesichtszügen und der üppigen dunklen Mähne, die offen über den halben Rücken fiel. Über das alte Nachthemd hatte sie drei Schichten zusammengewürfelter Kleidungsstücke gezogen, es war eiskalt. Statt einem Guten Morgen kam nur eine Art heiseres Grunzen aus ihrem Mund.

»Die Milch ist schon heiß«, sagte die Mutter, ohne den Blick vom Herd zu wenden, während Mona sich auf einen der Hocker an den Tisch setzte. Stumm, die halbgeschlossenen Augen ins Leere gerichtet.

Wie ihre Schwestern, ihre Mutter und etliche Generationen vor ihr besaß Mona dunkle Augen, war schlank und bewegte sich mit einer natürlichen Grazie. Getauft war sie auf den Namen Ramona zum Andenken an eine Verwandte von Mama Pepa, die kurz vor Monas Geburt in El Perchel einem Schlaganfall erlegen war. Doch die Kinder im Dorf kappten von Anfang an die erste Silbe des Namens, eine kindliche Albernheit, die mit der Zeit zu ihrem Markenzeichen geworden war. Denn tatsächlich entsprach der Name in der verkürzten Form viel eher ihrem lebhaftem Naturell.

An diesem Morgen nach der Beerdigung ihres Vaters hingegen blieb sie still, bis ihre Mutter ihr eine Tasse Milchkaffee hingestellt und ein großes Stück Brot dazugelegt hatte. In den Lebensmittelläden der Nachbarschaft konnte man Brötchen kaufen, sogar kleine Kuchen, die aussahen wie saftige Madeleines, doch sie blieben ihrer alten Gewohnheit treu, ihrem täglich Brot. Immerhin hatten sie sich herabgelassen, ihr sehnlich vermisstes derbes Bauernbrot aus Málaga durch ein Imitat von kompakter Krume zu ersetzen, das ein alter Kalabrier in der Fünfzehnten Straße backte; so begannen sie den Tag, den Bauch gefüllt nach ihrer bescheidenen Tradition.

Mona trank gerade den ersten Schluck Kaffee, als ihre ältere Schwester in die Küche kam.

»Guten Morgen«, murmelte die.

Oder etwas Ähnliches, denn Victoria presste es zwischen den Zähnen hervor, sodass sie kaum zu verstehen war.

Anders als ihre Schwestern pflegte sie das Haar hochzustecken, auch waren ihre Züge etwas feiner geschnitten und weniger ausgeprägt, und mit ihrer schmalen Nase, den hohen Wangenknochen und den großen schwarzen Augen in dem ovalen Gesicht kam sie von den dreien der klassischen Schönheit am nächsten. Außerdem war sie ein bisschen größer als die anderen, als habe ihr ganzer Körper beschlossen, ihre Stellung in der Familienhierarchie herauszustreichen. Ihr Name ging auf keine Vorfahrin zurück, sondern auf ein Versprechen. Wenn Emilio wiederkommt, bevor mein Kind da ist, und es ein Mädchen wird, dann schwöre ich dir, heilige Mutter, dass ich es nach dir benennen werde. Dieses Gelübde hatte Remedios vor dem Bildnis der Jungfrau Maria de la Victoria abgelegt, der Schutzpatronin von Málaga, als sich ihre erste Schwangerschaft dem Ende zuneigte. Zwar war ihr Mann nicht rechtzeitig zur Entbindung zurück gewesen, sondern erst elf Monate danach, als die Kleine schon sechs Zähne hatte und beinahe laufen konnte, doch Remedios hatte nicht gewagt, ihr Wort zu brechen; sie hätte ein ungutes Gefühl dabei gehabt.

Die beiden älteren Schwestern sprachen nicht miteinander, sie beschränkten sich darauf, zu kauen und zu schlucken und sich gegenüberzusitzen, verstört vom Verlust des Vaters und der prekären Lage, in der er sie zurückließ, und weil sie nicht die leiseste Ahnung hatten, wie sie ihren Lebensunterhalt bestreiten sollten.

Luz erschien etwa zehn Minuten nach den anderen. Sie war ihnen ähnlich und dennoch einzigartig. Mit ihrem etwas helleren Haar und der fülligeren, leicht gedrungenen Figur war sie die Fröhlichste und Munterste der drei. Als Erstes schlang sie ihrer Mutter einen Arm um die Schultern und gab ihr einen Kuss, einen lauten Schmatz, den Remedios ohne jedes Anzeichen von Dankbarkeit entgegennahm, wobei sie weiter am Herd hantierte.

»Seid ihr etwa schon fertig?«, fragte Luz mit ihrer klangvollen Stimme, während sie sich auf dem dritten Hocker niederließ und darauf wartete, dass Remedios ihr den Kaffee und ihre Brotration servierte.

In Wahrheit waren sie längst drei junge Frauen, die sich im Haushalt bestens zurechtfanden, doch untereinander behielten sie ihr striktes Matriarchat bei, und keine dachte daran, es abzuschaffen. Wieso auch, Remedios hätte es ohnehin nicht zugelassen.

Luz hieß Luz auf Wunsch ihres Vaters und war die einzige der Töchter, zu deren Geburt er pünktlich zu Hause war. Damals holte er aus seinem Seesack eine schwarz angelaufene Silbermedaille mit dem Relief der Virgen de la Luz, die ein Matrose aus Tarifa auf seiner letzten Reise um den Hals getragen hatte. Sein Name war Francisco, und obwohl er ein erprobter Seemann war, hatte ihn der Wundstarrkrampf binnen zwei Wochen dahingerafft, nachdem er sich einen rostigen Haken in den Oberschenkel gerammt hatte. Für deine Mädchen, Milio. Das konnte der Arme unter Spasmen und Geifern noch hervorstoßen, nachdem er sein letztes Ave-Maria gebetet hatte. Und Emilio brachte seiner Neugeborenen nicht nur die Medaille mit, sondern auch den Namen, der in den Ohren ihres Vaters immer nach Meer und nach Freundschaft klang.

So saßen sie am Frühstückstisch und ließen die Zeit verstreichen; aus dem Lichthof drangen die Geräusche aus anderen Wohnungen zu ihnen; Remedios hatte den Kerosinofen angezündet, am Grund der Tassen gab es nur noch ein paar halb getrocknete Milchkaffeereste. Victoria drehte eine Haarsträhne zwischen den Fingern und betrachtete sie mit vorgetäuschter Aufmerksamkeit, Mona zupfte zum fünften Mal an dem Schal um ihre Schultern, Luz kaute am Nagel ihres kleinen Fingers. Absurde Versuche allesamt, sich auf irgendetwas zu konzentrieren, um sich nicht der finsteren Realität stellen zu müssen. Dem beklemmenden Gefühl, nicht zu wissen, was jetzt aus ihnen werden sollte. Der erschreckenden Gewissheit, dass sie mittellos und ohne jede Hilfe dastanden, um in dieser Welt zu überleben.

Natürlich gelang es ihnen nicht. Ihre Lage war so ungeheuerlich, dass sie an nichts anderes denken konnten als an eine Antwort auf die simple Frage, die sie am Vorabend unbeantwortet gelassen hatten. Und wir, was sollen wir jetzt machen?

Es war die Mutter, die letztlich mit belegter Stimme das Schweigen brach.

»Das muss alles zurückgegeben werden, nehme ich an ...«

Sie meinte die Schüsseln und Töpfe – zuvor voller Essen und jetzt leer, sauber und kopfüber auf dem Ablauf –, die ihnen die Nachbarinnen gebracht hatten. Vom Sehen kannten sie fast alle Frauen, die zur Totenwache gekommen waren, namentlich dagegen nur wenige. Es blieb ihnen dennoch nichts anderes übrig, als auf Remedios' Vorschlag einzugehen. Keiner war es angenehm, diesen Frauen gegenüberzutreten, die sie seit ihrer Ankunft vor beinahe drei Monaten kaum eines Blickes gewürdigt hatten, sie wussten aber, dass dies jetzt ihre vordringlichste Aufgabe war. Zu den Leuten nach Hause oder ins Geschäft zu gehen, um eine Kuchenplatte, eine Pfanne oder einen Topf zurückzubringen, den Kopf zu senken und ihre sture Überheblichkeit aufzugeben, mit der sie sich selbst ausgeschlossen hatten aus der Gemeinschaft, in der sie lebten. Sich demütig zu bedanken. Von Herzen.

Schweigend machten sie sich in der Enge ihres gemeinsamen Zimmers fertig.

»Und wir dürfen nicht vergessen, beim Bestatter vorbeizuschauen, um ...«

Ja, Mutter, ja, keine Sorge, sagten sie, schon auf der Treppe. Auch ihnen wurde angst und bange beim Gedanken an die anstehenden Kosten für das aufwändige Begräbnis, das jemand anonym in Auftrag gegeben hatte, ohne sie zu fragen.

Die erste Etappe brachten sie hinter sich, indem sie an ein paar Türen in ihrem Haus läuteten und zusammengedrängt auf dem schmalen Treppenabsatz warteten. Hier wohnten alle zur Miete; Rauch, Stimmen und das Gurgeln der Wasserleitungen drangen durch Türspalten und Wände.

Die Nachbarinnen unterbrachen, eine nach der anderen, ihre Hausarbeit und hießen sie willkommen. Asturierinnen und Galicierinnen mit melodischen Stimmen, die mit ihrem typischen Tonfall für die Arenas nicht leicht zu verstehen waren. Frau Costos, die Griechin im ersten Stock, mit der sie sich über Grimassen und Gebärden verständigten. Die zwei irischen Cousinen, die unmittelbar nebeneinander wohnten und sich ständig in den Haaren lagen, aber trotzdem am Vortag gemeinsam erschienen waren und vierhändig eine Fleischpastete hereingetragen hatten. Die Mehrzahl der Frauen trug Schürze und Hausschuhe; von allen ohne Ausnahme wurden sie hereingebeten und zu Kaffee, Tee, noch mehr Brot, Aniskringeln eingeladen. Die Mädchen versuchten abzulehnen, schützten Eile und Verpflichtungen vor, kamen jedoch gegen den beflissenen Eifer nicht immer an und mussten gelegentlich einwilligen.

Alle Wohnungen ähnelten sich, sie waren klein und spärlich möbliert. Und es war nicht ungewöhnlich, dass auf den wenigen Quadratmetern zwei bis drei Familien lebten. So sparen wir Geld, sagten sie. So sparten sie Geld, und außerdem half es, das Heimweh zu ertragen.

In den meisten Küchen war Wäsche zum Trocknen aufgehängt, und überall standen Betten, oft einfache Klappliegen, die an die Wände gelehnt und mit Nesselgardinen abgedeckt waren; nachts wurden sie in allen Ecken aufgestellt und nahmen die müden Körper von Verwandten, durchreisenden Landsleuten oder Untermietern auf, deren Lohn ihnen keine andere Unterkunft erlaubte. So sparen wir Geld, wiederholten sie. Und sie sparten, ohne Zweifel.

Aus allen Wohnungen entwischten sie so schnell wie möglich wieder, gerührt von der Herzlichkeit, die ihnen entgegenschlug. Kopf hoch, Mädchen, hörten sie ein ums andere Mal, wenn sie sich verabschiedeten. Ihr müsst jetzt tapfer sein und weiterkämpfen. Und was immer wir für euch tun können, wir sind da.

Irgendwann gelang es ihnen, den Hauseingang zu erreichen – die voluminösesten Schüsseln waren sie bereits losgeworden –, begierig, die frische Luft im Gesicht zu spüren und durchzuatmen. Doch so weit kamen sie nicht. Als sie eben ins Freie stürzen wollten, versperrte ihnen eine Gestalt die Tür.

Die drei bemühten sich, nicht allzu finster dreinzuschauen. Mit der Frau, die mit einem Stapel Zeitungen beladen von der Straße hereinkam, führten sie einen ständigen Kleinkrieg, und an diesem Morgen hatten sie keine Lust auf eine Begegnung mit ihr.

Hochgewachsen, klobig, von oben bis unten schwarz gekleidet, mit einem Rock bis zu den Knöcheln, das graugesträhnte Haar zu einem Knoten gesteckt, aus dem ein paar Zotteln hingen, so stand Señora Milagros im Türrahmen und behinderte ihre Flucht. Die Galicierin lebte allein in der Wohnung direkt unter ihnen und hatte die meiste Zeit eine Stinklaune; oft streckte sie den Kopf aus dem Fenster zum Hinterhof und stauchte sie zusammen, wenn sie zu laut waren, oder sie klopfte heftig mit dem Besenstiel an die Zimmerdecke, um sie zum Schweigen zu bringen. Und die Arenas-Schwestern, je nach Stimmung, gehorchten entweder zähneknirschend oder brachten sie erst recht zur Weißglut, indem sie wild auf den Boden stampften oder brüllten, zur Hölle mit der Alten!, und ihr Kartoffelpellen und Eierschalen gegen die Fensterscheiben warfen.

An diesem Morgen hatten sie nicht an ihrer Tür geklingelt, weil sie ihr nichts zurückzugeben hatten, sie war als Einzige mit leeren Händen zur Totenwache erschienen. Und obendrein hatte sie ohne Hemmungen einen Mandelkuchen, den jemand für die Arenas mitgebracht hatte, zur Hälfte aufgegessen.

»Jetzt geht ihr euch wohl Arbeit suchen, was?«

Dies war, schroff und gehässig, ihr Gruß, als sie die Mädchen sah. Im Gegensatz zu sonst gab ihr keine eine freche Antwort. In stillschweigender Übereinkunft hatten alle drei beschlossen, den Mund zu halten.

Noch nie hatten sie sie bei Tageslicht und aus solcher Nähe gesehen, deshalb bemerkten sie zum ersten Mal, dass Señora Milagros' linkes Auge getrübt war, als läge ein milchiger Schleier über dem Augapfel. In den Armen trug sie einen Berg zerfledderte Zeitungen, offenkundig nicht die neueste Tagespresse. Von Weitem hatten sie sie schon öfter mit ähnlichen Bündeln gesehen, konnten sich allerdings nicht vorstellen, wofür sie derartige Mengen Papier brauchte, vielleicht um einen Ofen zu befeuern oder die Fensterritzen gegen die Kälte abzudichten.

Mona war diejenige, die die Initiative ergriff.

»Lassen Sie uns bitte vorbei.«

Señora Milagros ließ sich Zeit, und ehe sie ihnen Platz machte, taxierte sie sie mit aller Unverschämtheit. Sie schien noch etwas sagen zu wollen, überlegte es sich aber anders. Kaum hatte sie einen Schritt zur Seite getan, schlängelten sich die drei durch die halboffene Tür. Draußen atmeten sie erleichtert auf. So abstoßend die Alte auch sein mochte und so keck sie ihr in den eigenen vier Wänden auch Paroli bieten konnten, aus der Nähe empfanden sie sie als furchteinflößend.

· 7 ·

Der Verkehr auf der Vierzehnten Straße floss leicht dahin: viele Automobile, etliche Lastwagen und Pferdekarren mit ihren üblichen Lieferungen. Auf den breiten Bürgersteigen das Auf und Ab der Passanten in seinem täglichen Rhythmus. Fußgänger mit unterschiedlichen Zielen, Nachbarn, Botenjungen und Kunden, die die Geschäfte betraten und verließen, ein Straßenhändler mit Zinngeschirr, ein Stangeneisverkäufer, dem die Quader, mit denen er sich abschleppte, schon die Wirbelsäule verbogen hatten.

Das erste Ziel der Mädchen lag unmittelbar gegenüber, fast Ecke Siebte Avenue. Die Besitzerin des Waschsalons Irigaray war tags zuvor in ihrer Wohnung erschienen und hatte ihnen zwei Mäntel und einen schwarzen Umhang geliehen, nachdem sie sich taktvoll erkundigt hatte, ob sie zur Beisetzung etwas an Trauerkleidung benötigten.

Eine Welle feuchter Wärme empfing sie; der Eigentümer der Wäscherei, ein korpulenter Mann in den Sechzigern, der sich ihnen als Don Enrique vorgestellt hatte, legte hinter dem Ladentisch Sachen zusammen. Er trug die Ärmel seines weißen Hemdes bis über die Ellbogen aufgekrempelt, begrüßte sie mit einem ernsten Guten Tag, Señoritas, mein tief empfundenes Beileid, und noch ehe er die letzte Silbe ausgesprochen hatte, steckte er schon den Kopf zwischen die von der Decke hängenden sauberen Wäschestücke und rief nach seiner Frau. Die erschien, auch sie schon älter und etwas rundlich. Obwohl sie einander kaum kannten, küsste sie die Mädchen nachdrücklich auf beide Wangen. Vermutlich, weil diese jetzt Halbwaisen waren.

»Wir möchten die geliehenen Sachen zurückbringen.«

Die Antwort auf Victorias Worte war ein überschwängliches Nein-nein-nein … Die Wäschereibesitzerin bestand darauf, dass sie sie behielten, die Schwestern bestanden darauf, sie zurückzugeben.

»Nein, nein, nein«, beharrte die Frau gutmütig. »Das sind Klamotten von früheren Kundinnen, die nie mehr abgeholt wurden. Sie hängen seit Jahren herum und nehmen nur Platz weg.«

»Aber, aber … wir, wir …«

Es war das erste Mal in ihrem Leben, dass ihnen jemand etwas schenken wollte. Sie waren so überwältigt, dass es ihnen die Sprache verschlug. Bis das Ehepaar sie schließlich überreden konnte, sie dreistimmig ihre Dankbarkeit bekräftigt hatten und sich mit der Entschuldigung weiterer Verpflichtungen verabschiedeten.

Noch während sie sich auf der Straße von ihrer Verblüffung erholten, erschien Doña Concha erneut in der Tür.

»Hört mal!«

Hinter ihr kam ihr Mann heraus, das Hemd aufgeknöpft bis zum Nabel, zeigte er seinen dicht mit grauen Haaren bedeckten Oberkörper.

»Wir haben uns gedacht …«

Sie verständigten sich mit den Augen, wer von ihnen den Schwestern mitteilen würde, was sie vor wenigen Sekunden beschlossen hatten. Dann fragte er geradeheraus:

»Hätte eine von euch Lust, hier zu arbeiten?«

Noch zweifelten sie, was sie von diesem Angebot halten sollten, als seine Frau ergänzte:

»Wir werden nicht jünger, die Kraft lässt nach, die Kinder haben ihr eigenes Leben …«

Die Arenas-Schwestern brachten nur Gestammel heraus.

»Na ja, also, wir … um ehrlich zu sein …«

»Ihr müsst euch nicht sofort entscheiden«, sagte der Baske in seiner handfesten Art. »Überlegt es euch, und dann unterhalten wir uns.«

Das Ehepaar ging zurück in seine Wäscherei, während die drei sich den Vorschlag durch den Kopf gehen ließen. Ihre nächste Station war Casa Moneo, das Lebensmittelgeschäft, und wieder brauchten sie nur eine Straße zu überqueren. Von dort hatte man ihnen einige Konserven in einem Korb geschickt, den sie jetzt zurückgeben mussten.

Kaum hatten sie die Tür zu dem Laden aufgedrückt, als ihnen ein Schwall von Stimmen entgegentönte. Eine fragte auf Spanisch nach dem Sohn eines Verkäufers, den man kürzlich an den Mandeln operiert hatte; eine andere verlangte einen Zopf Knoblauch und zwei Stück Lagarto-Seife; an Haken hingen Blutwürste, Chorizos und Mettwürste, es roch nach Mariniertem und Essig. Sie hatten noch keine zwei Schritte getan, als das Stimmengewirr, wie mit dem Schinkenmesser in der Mitte durchgeschnitten, schlagartig verstummte. Stille erfüllte den Raum, während sich alle Köpfe in dieselbe Richtung drehten.

Dort standen drei dunkel gekleidete junge Frauen dicht nebeneinander, einander ähnlich und doch verschieden, schön, aber bekümmert und verlegen. Und selbst mit ihren traurigen Gesichtern und den noch traurigeren Kleidern boten sie einen bemerkenswerten Anblick.

Die Spannung löste sich, als erste spontane Beileidsbekundungen ausgesprochen wurden. Eine Frau begann, und als hätte sie die anderen angesteckt, erfüllte sich die Luft mit Gemurmel. Sehr bedauerlich. Es tut mir in der Seele leid. Gott hab ihn selig. Er war ein guter Mensch, ein sehr guter Mensch war er, der Capitán, jawohl. Über Luz' Wangen rollten zwei Tränen, und Victoria wurde der Hals trocken, Mona war die Einzige, die ein flüchtiges Danke, vielen Dank herausbrachte und gleich darauf ihre Schwestern bei den Handgelenken packte und sie zum Ladentisch zerrte.

Zum Glück kam ihnen Carmen Barañano, die Inhaberin, zu Hilfe. Auch sie Baskin aus Sestao, in einem weißen Kittel, mit tiefrot lackierten Nägeln und an die sechzig.

»Geht nach hinten durch«, sagte sie in festem Ton und zog einen Vorhang zurück.

Sie brachte sie in einen rückwärtigen Raum voller Kisten, Säcke und in Regalen gestapelter Waren. Es gab salzige und süße Lebensmittel, von Mandelnougat bis zu riesigen Glasbehältern mit eingelegten Oliven; es gab Baskenmützen und Gitarren, Hanfschuhe, Kastagnetten, Pfannen, Weinschläuche: Kein Mensch hätte vermutet, dass man sich mitten in Manhattan befand, einen Steinwurf vom Hudson River und nur ein paar Blocks vom Union Square entfernt. Señora Carmen wies auf einige grobe zweistufige Holztritte, die normalerweise dazu dienten, die oberen Regale zu erreichen, und forderte sie auf, sich zu setzen. Sie gehorchten ohne einen Mucks.

Wie es sich gehörte, kamen zuerst die unvermeidlichen Sätze der Anteilnahme und ein paar anerkennende Worte über ihren Vater. Ein großartiger Mensch, ein wahres Arbeitstier war Emilio, und immer so herzlich … Was die Mädchen schon den ganzen Vormittag lang zu hören bekamen. Bis sie mit einem Mal stutzten.

»Und bezüglich der Rechnung, die er hier noch offenhat, macht euch mal vorläufig keine Sorgen.«

Keine rührte sich, aber diese Worte prasselten auf sie nieder, als hätte jemand einen der Säcke Hülsenfrüchte über ihnen ausgekippt. Die Besitzerin von Casa Moneo hatte ihnen bestätigt, was sie bereits ahnten. Sie würden nicht nur mit dem Verlust und der Ungewissheit fertig werden müssen, sondern auch mit den Schulden, die ihnen ihr Vater hinterlassen hatte. Die vorgestreckten Schiffspassagen, die Mietrückstände, das prunkvolle Begräbnis, um das sie nicht gebeten hatten ... Sie wurden von einer solchen Beklommenheit erfasst, dass es ihnen die Sprache verschlug.

»Ihr werdet auf Arbeitssuche sein, nehme ich an«, hörten sie dann.

Ihre Verwirrung wurde noch größer. Dies war das dritte Mal in wenigen Stunden, dass sie darauf angesprochen wurden. Auch in diesem Fall wagten sie nicht zu antworten; keine war imstande, offen zuzugeben, dass sie keine Ahnung hatten, was sie tun sollten, dass sie sich so antriebslos und unfähig fühlten wie die getrockneten Kabeljaue, die in dem Lagerraum von der Decke hingen.

»Ich selbst brauche niemanden, wir haben zurzeit mehr als genug Angestellte. Ja, wenn das vor Weihnachten passiert wäre, dann vielleicht ...« Bedauernd schnalzte sie mit der Zunge. »Aber jetzt spielt das ja keine Rolle mehr. Hin und wieder fragen mich Bekannte, ob ich nicht jemanden wüsste, und zufällig werden in einem der allernobelsten Häuser an der Upper West Side für heute Abend Aushilfen gesucht.«

Sie schauten sie verständnislos an.

»Sie haben eine Bestellung für einen Empfang bei mir aufgegeben, und sie werden drei spanische Mädchen für einige Stunden zum Servieren brauchen«, erklärte sie weiter. »Ich habe ihnen schon die Kleine von Luisa, der Frau vom Heilpraktiker, und zwei Nichten von Pérez geschickt, dem Fo-

tografen von La Artística, doch eine davon hat mir heute
Morgen mitgeteilt, dass sie wegen irgendeiner Familienangelegenheit nach Newark muss. Somit wäre also eine Stelle frei, und eigentlich wollte ich es gerade Carmina sagen,
der aus Navarra, deren Tochter ... Aber gut, wenn ihr nun
schon mal da seid, gilt das Angebot nun für eine von euch.
Sie zahlen anständig, die Anfahrt extra. Und Doña Damiana, die Haushälterin, ist absolut vertrauenswürdig, ganz zu
schweigen von der Frau Markgräfin, die ist eine echte Dame ...«

Diesmal gab es keine Ausflüchte, unmöglich, sich zu weigern. Mona war, wie immer, die Schnellste.

»Das übernehme ich, wenn es Ihnen recht ist.«

Frau Barañano lächelte schmal, als wären damit all die
Male verziehen, die sie die schlechte Laune der drei hatte ertragen müssen.

»Um halb vier hier.«

Sie klatschte sich die flache Hand auf den Schenkel, um
die Unterredung für beendet zu erklären, und erhob sich. Im
Hinausgehen schenkte sie den Schwestern drei Tafeln Elgor-
riaga-Schokolade, und als sie Anstalten machte, sie in die Wangen zu zwicken, konnten sich die Mädchen gerade noch weg-
ducken.

Es war fast Mittag, bis sie wieder auf der Straße standen.
Luz war die Erste, die ängstlich flüsternd die Frage aussprach,
die ihnen allen dreien durch den Kopf spukte.

»Wieso glauben die eigentlich alle, dass wir hierbleiben?«

Das Bestattungsunternehmen hatten sie sich absichtlich bis zuletzt aufgehoben, weil es der düsterste in der Reihe ihrer Besuche sein würde. Und auch der lästigste, denn jemand hatte ihnen zwar erzählt, La Nacional übernehme die Beisetzungskosten ihrer Mitglieder, doch erschien ihnen das, was sie am Vortag gesehen hatten, von exzessivem Prunk.

»Der Sarg sah aus wie für einen Minister«, raunte Luz.

»Und diese goldenen Sockel«, ergänzte Victoria, »und die Kerzen und die ganze Dekoration und der Kranz mit den vielen Nelken in unserem Namen.«

»Und die Autos, diese Riesenautos, mit denen sie uns abgeholt haben …«

Sie wussten nicht, wer die Organisation von alldem übernommen hatte. Sie vermuteten, ein Nachbar habe ihnen die bittere Pille ersparen wollen, womöglich ein Arbeitskollege ihres Vaters, einer von denen, die in die Cherry Street gekommen waren, um Abschied von ihm zu nehmen. Doch auch wenn sie nicht wussten, wer es gewesen war, wussten sie doch sehr wohl, dass das alles eine schöne Stange Geld gekostet haben musste.

Untergehakt gingen sie die Vierzehnte Straße entlang, in einer Reihe nebeneinander, ohne sich um die Passanten zu scheren, die sich gezwungen sahen, ihnen auszuweichen. Bevor sie das El Capitán erreicht hatten, wechselten sie die Straßenseite. Sie spürten plötzlich einen Kloß im Hals und wollten nicht direkt daran vorbeigehen.

Die Pietät Hernández lag fast genau gegenüber, nahe dem Asturischen Zentrum. Vorsichtig, mit verkrampftem Magen, öffneten sie die Tür und schoben sich praktisch auf Zehenspitzen hinein. Als hätten sie einen Tunnel durchquert, waren sie sofort eingehüllt von Stille, Dämmerung und einem eigentümlichen Geruch nach Desinfektionsmittel.

Schüchtern standen sie eine Weile zwischen den Ständern mit Alabastervasen. An den Wänden waren Regale mit Kerzen und Kruzifixen, die Bodenfliesen glänzten makellos. Unwillkürlich drängte sich Victoria an Mona, und diese zog Luz an sich. Spontan überkam sie das Bedürfnis nach Körperkontakt, als fiele es ihnen so leichter, den trübsinnigen Moment durchzustehen. Da endlich hörten sie Schritte.

Der junge Mann, der durch den Vorhang im hinteren Teil trat, hatte einen schmutzigen Lappen in der Hand. Anscheinend hatte er etwas geputzt, als er sie eintreten hörte. Der Anblick der Schwestern, die zu einer Art Zapfen mit drei Köpfen zusammengedrängt waren, verschlug ihm den Atem, und der Lappen fiel zu Boden. Auch die sonst so flinke Zunge der Mädchen war wie gelähmt.

Er hatte vorquellende Augen und hellbraune Locken. Seine Hosen waren zu kurz und seine Knöchel spindeldürr. Sie kannten ihn vom Sehen, waren ihm hundertmal auf der Straße begegnet, ein Nachbar von vielen.

»Sie ... sie sind schon hier!«

Sekunden später erschien ein Mann, der genauso aussah wie der Junge, nur fünfundzwanzig Jahre älter, mit Krawatte und schütterem Haar. Auch wenn die Mädchen sich kaum an die beiden erinnerten, waren Vater und Sohn in ihrer Wohnung gewesen, hatten den Sarg angeliefert, ein großes schwarzes Samttuch darübergebreitet, den Nelkenkranz aufgelegt, die Kerzen angezündet und die wenigen Stühle an die Wand gerückt.

»Wir kommen wegen ... wegen der Bestattung.«

Victoria suchte mühsam nach Worten, doch der Geschäftsinhaber ließ sie nicht ausreden.

»Fidel Hernández aus Ponce, Puerto Rico. Stets im Dienste der Gemeinschaft.«

Er hatte eine sanfte, leise Stimme und einen karibischen Akzent, einer nach der anderen drückte er ihnen die Hand.

»Bitte folgen Sie mir in mein Büro.«

Während er ihnen den Weg in ein angrenzendes Zimmer wies, sah er seinen Sohn scharf an. Lass du dich nicht von der Arbeit abhalten, hieß das. Doch der Junge stand da wie ein Ölgötze und hatte den mahnenden Blick womöglich gar nicht mitbekommen, hingerissen von den drei trauernden Schönheiten, die ein wenig Freude in sein tristes Tagewerk brachten, sofern es in diesem Geschäft so etwas wie Freude überhaupt geben konnte.

»Nehmen Sie Platz, meine Damen, fühlen Sie sich wie zu Hause.«

Drei Stühle standen in Reih und Glied vor dem Tisch für sie bereit, und sie setzten sich verlegen auf die Kante, ohne sich anzulehnen, argwöhnisch angesichts all dieser Beflissenheit.

»Bitte sprechen Sie Ihrer Frau Mutter mein tief empfundenes Beileid aus«, fuhr der Mann fort, während er seinen Platz auf der anderen Seite des Schreibtisches einnahm. »Ich hätte es gern selbst getan, aber ich verstehe natürlich, dass sie nicht in bester Verfassung war.«

Es folgte eine Ansprache über das Leben und den Tod, über die, die zurückblieben, und die, die gingen; wie er sie wahrscheinlich immer hielt, wenn seine Schuldner vorbeikamen, um die Rechnung zu begleichen. Sie hörten stocksteif zu, die Hände im Schoß gefaltet, wie Schwerverbrecherinnen in Erwartung ihres Urteils.

»Ich hoffe, die Beisetzung hat Ihren Wünschen entsprochen«, sagte er dann. »In diesem Haus sind wir stets bemüht ...«

Bis es Mona reichte und sie beschloss, den Stier bei den Hörnern zu packen. Der Schrecken würde schließlich derselbe sein, mit oder ohne all diese Vorreden.

»Wie viel?«

Hernández runzelte die Brauen.

»Verzeihung?«

Die mittlere Schwester formulierte die Frage neu, schneidend wie ein Rasiermesser:

»Wie viel schulden wir Ihnen, und welche Zahlungserleichterungen gewähren Sie uns?«

Als er verstand, breitete sich ein gönnerhaftes, paternalistisches Lächeln über sein Gesicht.

»Ich freue mich, Ihnen mitteilen zu können, dass bereits alles ordnungsgemäß beglichen ist.«

Hätte er einen Stein nach drei Katzen geworfen, wären die nicht schneller aufgesprungen.

»Waaas?«

»Sind Sie waaahnsinnig?«

»Aber wie ... wie ...?«

Da schlug der Mann seelenruhig eine Ledermappe auf, entnahm ihr ein Blatt und ließ es langsam über die polierte Tischplatte gleiten. Sofort beugten sich die drei vor und neigten die Köpfe darüber. Es handelte sich um eine Rechnung, zum Glück auf Spanisch. In einer kurzen Liste auf der linken Seite waren die Dienstleistungen im Einzelnen aufgeführt und weiter rechts die Preise. Bei der Summe von über hundert Dollar stockte ihnen der Atem. Ganz unten auf dem Dokument, gleich neben dem Gesamtbetrag, prangte ein roter Stempel. In Großbuchstaben und nicht einmal auf Englisch misszuverstehen: PAID IN FULL. Vollständig bezahlt. Komplett. Alles.

Die stürmischen Fragen der Schwestern gellten durch den Raum: Wer? Wie? Wann? Warum?

»Hier steht es klar und deutlich«, sagte Hernández und deutete mit dem Nagel des kleinen Fingers darauf.

Compañía Trasatlántica Española. New York Agency. Das war alles, was die drei, von denen keine in der Kunst des Lesens sonderlich geübt war, entziffern konnten.

»Ihr Herr Vater, Don Emilio, hatte eine Sterbeversicherung, enthalten in den monatlichen Beitragszahlungen an La Nacional. Doch werden Sie bemerkt haben, dass die Ausstattung der gestrigen Beisetzung weit über die darin vorgesehene Kategorie hinausging. Statt eines, sagen wir, drittrangigen Begräbnisses war es eines der Nobelklasse.«

Wieder fragten die Schwestern alle durcheinander.

»Der Beauftragte der Schifffahrtsgesellschaft hat heute Morgen alle Ausgaben beglichen«, bestätigte der Bestatter mit unverhohlenem Stolz. Schließlich empfing er nicht alle Tage den Verantwortlichen für die Linienschifffahrt in seinem Büro. Für diese Dampfer, die New York mit den spanischen Häfen verbanden und von denen die gesamte Gemeinde träumte, weil sie immer voller Menschen, Nachrichten, Sehnsüchte und Waren eintrafen.

»Aber ... aber ...«

Noch immer brachten sie keinen Satz zustande, und je ungläubiger und verwirrter die drei sich zeigten, desto größer war die Genugtuung des Bestatters.

»Im Falle einer gewöhnlichen Beerdigung hätten wir ihn auf einer Gemeinschaftsparzelle begraben, sein Name wäre ans Ende einer Liste von bedauernswerten Landsleuten gesetzt worden, es hätte nicht diese aufwändige Dekoration gegeben, und Sie hätten den Sarg im Auto irgendeines Nachbarn zum Friedhof begleiten müssen. Wie Sie aber gesehen haben, war der ganze Ablauf und der zusätzliche Schmuck sehr vornehm, und außerdem umfasst diese Rechnung auch einen individuellen Grabstein aus hochwertigem Marmor, der angefertigt wird, sobald Sie mir die Daten des Dahingeschiedenen und Ihre Auswahl der Ornamente mitgeteilt haben.«

Sie hatten keine Ahnung, was das Wort Ornamente bedeutete, und dass er von ihrem armen Vater als dem Dahingeschiedenen sprach, befremdete sie sehr. Sie wollten ihn nur noch einmal sagen hören, es sei alles bezahlt, um dann schnellstens von dort zu verschwinden. Diesen Laden mit seinem ekelhaften Geruch und diesen Mann mit dem ranzigen Gebaren und den Karpfenaugen hinter sich zu lassen. Zu flüchten.

»Es war sehr nett von Ihnen, sich um alles zu kümmern«, sagte die treuherzige Luz. »Wenn wir irgendwann etwas für Sie tun können … Vielleicht möchten Sie ja mal in unserem Restaurant vorbeischauen, Sie sind herzlich eingeladen.«

Ein Tritt von Mona unter dem Tisch brachte sie abrupt zum Schweigen. Sei still, du dumme Nuss. Lass uns das erst einmal verdauen, und spar dir deinen Schmus. Nicht dass sie ihm misstraut hätten. Der Bestatter versuchte ganz offenkundig nicht, sie zu betrügen, aber sie waren es nicht gewohnt, mit Höflichkeit und Wertschätzung behandelt zu werden, und die Situation überstieg ihr Fassungsvermögen. Obwohl, dachte Mona dann, vielleicht hatte Luz ja völlig recht, wenn sie diesem Hernández als Dank für seine Freundlichkeit eine bescheidene Einladung aussprach.

»Wann immer Sie mögen, Sie wissen, wo Sie uns finden«, sagte sie, indem sie ihr Widerstreben bezwang und das Gesicht zu einer Art Lächeln verzog. »Jederzeit, wann es Ihnen am besten passt.«

Schließlich verabschiedeten sie sich von dem Puerto Ricaner und seinem Katalog schauriger Grabsteinverzierungen, nachdem sie sich aufs Geratewohl für eine Ausführung entschieden hatten, und traten auf die Straße hinaus, bemüht, sich ihren inneren Aufruhr nicht anmerken zu lassen.

Aus dem Halbdunkel des Ladenzimmers stierte ihnen der

Sohn mit offenem Mund hinterher, den dreckigen Lappen in der Hand.

· 9 ·

Sie schritten zügig aus, fielen einander ins Wort, gestikulierten und überschrien sich gegenseitig mit ihren Überlegungen und Ansichten. So vertieft waren sie in ihre Auseinandersetzung, dass sie von den Blicken und Bemerkungen der Nachbarschaft kaum etwas mitbekamen. Da gehen die Mädchen des armen Emilio Arenas, was für ein Jammer. Schaut sie euch an, die bedauernswerten Töchter vom Capitán.

Sie stürmten ins Haus und die Treppe hinauf, indem sie immer zwei Stufen übersprangen, und als sie den letzten Absatz erreicht hatten, erwartete sie dort Remedios vor der offenen Wohnungstür ans Treppengeländer geklammert.

»Mama, du ahnst nicht, was uns passiert ist!«

»Pssst!«

Sie wirkte nervös, winkte ihre Töchter eilig herein, wobei sie sie ständig zur Ruhe mahnte. Sie brannten darauf, ihr die große Nachricht zu überbringen; die anderen Neuigkeiten – das Angebot der Wäscherei, die Schulden bei Casa Moneo, die Arbeit, die Mona angenommen hatte – waren darüber schon beinahe in Vergessenheit geraten. Das komplett beglichene Begräbnis, die Leichenkarosse, der Grabstein, das war alles, was zählte.

»Du wirst nicht glauben, was man uns gesagt hat!«

»Still sollt ihr sein!«

»Bauklötze staunst du, wenn du das hörst, Mama!«

Da ihre Töchter ihr nicht gehorchen wollten, verteilte Remedios sogar ein paar ungeschickte Klapse, damit sie endlich den Schnabel hielten.

»Wir haben Besuch gehabt«, stieß sie schließlich mit bebender Stimme hervor.

Sie standen im Flur, den sie zu viert praktisch ausfüllten. Im Dunkeln, weil das Tageslicht dort niemals hingelangte.

Remedios schubste die Mädchen in die Küche, wo sie feierlich zum Tisch wies. Darauf lagen, millimetergenau angeordnet, vier Umschläge und zwei Visitenkarten.

»Die Beerdigung ist bezahlt, und wenn das eure große Nachricht war, bemüht euch nicht, das weiß ich schon. Aber das ist noch nicht alles.«

Sie holte tief Luft und blies sie durch den Mund wieder aus.

»Wir haben eine Stange Geld bekommen. Und vier Schiffspassagen ...« Die Stimme versagte ihr, und wieder atmete sie tief durch, um Kraft zu sammeln und den Satz zu Ende zu bringen. »Vier Fahrkarten erster Klasse. Für die Heimreise.«

Der Jubel der Töchter ließ die Wände erzittern. Sie fielen sich in die Arme, vollführten Luftsprünge, trampelten auf den Boden und kreischten vor Begeisterung. Mona bekam einen Lachkrampf, Luz packte mit beiden Händen das Gesicht ihrer Mutter und bedeckte es mit Küssen. Der Lärm drang durch die Fenster, die noch nie besonders dicht gewesen waren, verteilte sich im Lichthof und im Treppenhaus. Die Nachbarn schüttelten wahrscheinlich die Köpfe über dieses Freudengeheul aus einer Wohnung, in der alles in Trauer und Bitternis versunken sein sollte; Señora Milagros brauchte nur ein paar Sekunden, bis sie den Besenstiel mit aller Macht gegen ihre Decke stieß.

Aber Tatsache war, dass an diesem Vormittag zwei Männer ins Haus gekommen und in die vierte Etage hinaufgestiegen waren, um höflich an die Tür zu ihrem Apartment zu klopfen, worauf Remedios zunächst nicht zu reagieren wagte. Einer war in Zivil, einem feinen grauen Anzug mit Weste und gestreifter Krawatte, der andere in Uniform, doppelreihige marineblaue Jacke, goldene Abzeichen auf den Schultern und vorn an den Ärmeln, die Tellermütze in der Hand. Beide waren Anfang vierzig, bekamen erste graue Haare und benahmen sich mit absoluter Korrektheit.

Der in Zivil sprach als Erster.

»Vor allem anderen, Señora, seien Sie unseres zutiefst empfundenen Mitgefühls versichert. Gestatten Sie, dass ich mich vorstelle, mein Name ist Santiago Lemos, und ich bin Geschäftsführer der Compañía Trasatlántica Española hier in New York.«

Remedios, zu diesem Zeitpunkt noch immer erschrocken wie ein Kaninchen, öffnete die Tür gerade so weit, wie es die vorgelegte Kette zuließ, und konnte durch den schmalen Spalt die beiden Herren nur jeweils zur Hälfte sehen.

»Mein Begleiter ist Don Enrique Arnaldos, Kapitän des Dampfschiffes *Marqués de Comillas*«, fuhr der Mann fort, »unter dessen Fracht Ihr Gatte sein beklagenswertes Ende fand.«

Der Uniformierte senkte daraufhin mit unbewegter Miene, beinahe zackig, das Kinn.

Es verstrichen einige Sekunden in tiefem Schweigen, die Männer, in Erwartung einer Antwort, weiterhin auf dem Treppenabsatz, und Remedios außerstande, ihre Verwirrung zu überwinden. Lemos schob seine Karte durch den Türspalt, und Arnaldos tat es ihm wenig später nach. Remedios betrachtete beide Karten aufmerksam und gründlich. In Wahrheit bestanden sie für sie nur aus ein paar Reihen unverständlicher Buchstaben, doch waren die rechteckigen Kartonstückchen eine Gewähr, dass es sich um anständige Menschen handeln musste. Zumindest wollte sie das glauben.

Endlich traute sie sich, langsam die Kette zu lösen und, ohne ein Wort zu sagen, zwei Schritte zurückzutreten, um die beiden in die winzige Diele zu lassen, war dann aber unschlüssig, wohin sie sie führen sollte. Im hinteren Zimmer war nach der Totenwache noch nicht aufgeräumt, außerdem stand dort die Klappliege, auf der Luz schlief. Sie hatte es an diesem Morgen nicht geschafft, dort Ordnung zu machen. Auch die Küche erschien ihr als kein passender Ort für diese beiden schmucken Herren mit ihren artigen Manieren, den Ankern auf den Goldknöpfen dieses Offiziers der Handelsmarine und den Manschettenknöpfen des Managers einer solventen Firma. Und abgesehen von einem nicht vorzeigbaren Bad und zwei Schlafkammern gab es sonst keinen Raum.

Während Remedios sich zu einem Entschluss durchrang, überspielten die beiden Männer das Unbehagen, das sie angesichts der abblätternden Wände und dieser hageren Frau befiel. Offenbar konnte sie sie nicht weiter in die Wohnung lassen, sodass sie zusammengepfercht in der Diele stehen blieben, im gelblichen Licht einer nackten Glühbirne, die die gesamte Einrichtung bildete. Lemos räusperte sich, rückte den Krawattenknoten zurecht und setzte an:

»Sehen Sie, Señora …«

Und es folgte ein Monolog, in dem er von einem ebenso bedauerlichen wie sinnlosen Unglücksfall sprach, von einer möglichen Unvorsichtigkeit des verstorbenen Emilio, vom Nichtvorliegen einer Fahrlässigkeit seitens der Gesellschaft, von Haftungsausschluss und Zurückweisung der Verantwortung.

Der Offizier blieb stumm, und Remedios verstand kein Wort. Zu abstrakt, zu viel hochtrabendes Gerede. Bis der Mann in die Innentasche seiner Jacke griff und das alles deutlichere Konturen annahm.

»Die Compañía Trasatlántica«, verkündete Lemos salbungsvoll, »hat zum Zeichen ihres guten Willens aus freien Stücken für die luxuriöse Bestattung gesorgt, deren Kosten sie voll-

ständig übernommen hat, aber nicht nur das. Darüber hinaus möchte sie Ihnen, wenn Sie gestatten, eine großzügige
Abfindung in Form von zweihundert Dollar in bar für jedes
Familienmitglied anbieten, um weitere Aufwendungen infolge dieses Todesfalles bestreiten zu können, sowie vier Schiffspassagen.«

Von da an konnte ihm die niedergeschlagene Remedios
gar nicht mehr folgen. Sie brach in Tränen aus und weinte
so untröstlich, so bitterlich, so herzzerreißend, dass Lemos immer leiser wurde und schließlich ganz verstummte.

Ach, Emilio, Emilio, Emilio, wiederholte sie immerzu und
versuchte vergeblich, mit der Schürze ihre Tränen zu trocknen.
Der Abgesandte der Schifffahrtsgesellschaft und der Kapitän
der *Marqués de Comillas* fixierten peinlich berührt ihre Schuhspitzen. Als könnten sie dort eine Zauberformel finden, die
den Lauf der Zeit beschleunigte, um schnellstmöglich dieser
traurigen Wohnung und dieser traurigen Witwe zu entfliehen.

· 10 ·

Remedios fuchtelte mit den Händen, verteilte Ohrfeigen und
zog die Mädchen am Ärmel, bis diese endlich leiser wurden.
Mit leuchtenden Augen und glühenden Wangen setzten sie
sich auf die Hocker in der Küche, nahmen sich weiterhin gegenseitig das Wort aus dem Mund und bemühten sich, aus
der Sache schlau zu werden, bis sie glaubten die Lage verstanden zu haben.

Bestimmt hatten diese Herren recht. Natürlich war es ein
bedauerlicher Unfall gewesen. Der Vater hatte sich an einem
Ort aufgehalten, wo er nicht hingehörte, inmitten der Matrosen und Hafenarbeiter, auf der Suche nach seinem verdammten Olivenöl. Ein Glück, dass sie wenigstens an eine Firma

mit Anstand geraten waren und an diese beiden Männer, die sich ihrer trotz allem erinnerten. Gott sei Dank.

Die Compañía Trasatlántica, der Gesandte Lemos und Kapitän Arnaldos, für sie waren sie fast wie der Vater, der Sohn und der Heilige Geist, die in ihrer unendlichen Güte und göttlichen Großmut Schiffspassagen erster Klasse und so neue Fünfzigdollarnoten verteilten, dass diese noch wie frisch gestärkt und gebügelt waren und zwischen den Fingern knisterten. Nie in ihrem Leben hatten sie so viel Geld auf einmal gesehen, und so fingen sie sofort an, Pläne zu schmieden.

»Als Erstes sollten wir Sendra die Fahrkarten bezahlen, die euer Vater bei La Valenciana schuldig geblieben ist«, war Remedios' besonnener Vorschlag.

Victoria knallte ein paar Scheine auf den Tisch.

»Am Geld soll es nicht liegen.« Ihre Schwestern pflichteten ihr mit schallendem Gelächter bei.

»Wir müssen auch fragen, wie hoch unsere offene Rechnung bei Casa Moneo ist«, bemerkte Luz, legte ein paar weitere Banknoten dazu und schlug ebenfalls mit der flachen Hand darauf.

»Und die ausstehende Miete für die Wohnung und das Lokal.«

Eine Weile fuhren sie fort, Schulden und Guthaben zu zählen und sich laut und fröhlich über Ideen und Berechnungen auszutauschen. Erst nachdem sie alle Verbindlichkeiten aufgelistet hatten, wurde es still im Raum. Auf dem Tisch, verstreut wie Spielkarten nach einer Partie, lagen immer noch mehrere hundert Dollar.

Das Schweigen währte noch einige Augenblicke, bis Mona es flüsternd brach.

»Und wenn wir alles bezahlt haben, verschwinden wir von hier, so schnell es irgend geht.«

Sie griff nach dem Schiffsfahrplan nach Spanien, den Lemos neben das Geld gelegt hatte.

»Das nächste geht am siebzehnten April«, sagte sie und tippte mit dem Finger auf eine Zeile. Dann warf sie einen Blick auf den Wandkalender, den einzigen Schmuck in der kargen Küche, einem Werbegeschenk der benachbarten Buchhandlung Galdós, obwohl es in diesem Haus kein einziges Buch gab. »Wir können uns in weniger als drei Wochen auf den Weg machen oder noch bleiben bis ...«

Spinnst du? Warum denn warten? Ebenso gut können wir gleich morgen früh losfahren, für uns spielt das doch keine Rolle, es gibt keinen, von dem wir uns verabschieden müssten, und hier haben wir nichts mehr verloren. Machen wir uns auf den Weg, sofort, nichts wie weg ... Monas Schwestern protestierten aufgeregt, keine war bereit, ihren Aufenthalt auch nur eine Minute mehr als nötig zu verlängern.

Sogar Luz, immer die Verträumteste, begann, sich für die Idee der Rückreise zu begeistern.

»Und außerdem fahren wir erster Klasse.«

Ihnen allen kam die Fahrt nach Amerika auf der *Manuel Arnús* in den Sinn, die anderen Mitreisenden ihrer Kategorie, die vielleicht irgendwo in den Straßen dieser Stadt geblieben waren oder sich per Eisenbahn über die immense Landkarte der Vereinigten Staaten verteilt hatten. Auch erinnerten sie sich an die anderen Glücksritter, die weiter über das Meer nach Havanna oder Veracruz wollten, und bewahrten sich ein verschwommenes Bild von den vier schmalen Kojen, die man ihnen unter hundert anderen in den Zwischendecks zugestanden hatte; an die langen Stunden unter freiem Himmel, um der grausigen Finsternis in diesem Teil des Schiffes zu entgehen, den andauernden Krach, die Feuchtigkeit, das Erbrechen, die Tränen, die Wutausbrüche im verzweifelten Versuch, sich aufzulehnen gegen ihr düsteres Los, das sie zu dieser abscheulichen Reise gezwungen hatte.

»Erster Klasse«, wiederholte Luz.

Sie entsannen sich der anderen Bereiche des Schiffes, die sie eines Nachmittags entdeckten, als sie sich – auf der Flucht vor dem ewigen Gejammer ihrer Mutter – in verbotene Areale vorgewagt hatten. Solche, die für arme Hungerleiderinnen wie sie nicht zugänglich, sondern den vom Schicksal Begünstigten vorbehalten waren. Säle mit granatroten Ledersesseln und gefliesten Wandsockeln, Kamine aus behauenem Stein, eine prächtige schmiedeeiserne Treppe, das in allen Farben schillernde Glasdach des Speiseraums.

»Wisst ihr noch, wie wir uns in den Ballsaal verirrt haben?«, fragte Victoria.

Gleichzeitig begannen sie zu lachen.

»Und der Pianist? Erinnert ihr euch an den Kerl am Klavier mit seinem Riesenschnauzbart?«

Victoria legte sich den Zeigefinger als Schnurrbart über die Oberlippe und krauste die Stirn, und wieder mussten sie lachen. Der Ort, von dem sie sprachen, war in Wahrheit ein eleganter Musiksalon, in dem schwerreiche Passagiere in großer Garderobe einem rundlichen Pianisten mit hochgezwirbelten Bartspitzen lauschten, der mit mäßigem Talent die *Danzas gitanas* von Joaquín Turina zum Besten gab. Aber da waren sie schon drin, eingetaucht in ein anderes Universum, und hörten zum ersten Mal seit langer Zeit Musik, und sie hatten alles so ungeheuer satt, dass sie sich um niemanden scherten, jede Beherrschung fahrenließen und in einer Ecke zu tanzen anfingen, ihre andalusische Koketterie und die aufgestaute Wut in ihre Bewegungen legten, die Flamenco-Rhythmen klatschten, die Mähnen schüttelten und die Hüften schwangen, erst alle drei zusammen, dann nur noch

Luz, die Anmutigste, während die beiden Älteren beiseitege-
treten waren, um sie anzufeuern.

»Und wie sie dann alle um uns herumgestanden haben?«

»Und wie sie uns rausgeschmissen haben?«

Etliche der anwesenden Passagiere hatten sich halb neugierig, halb entrüstet nach ihnen umgedreht, bis die ersten
aufgestanden waren. Zaghaft zuerst, dann immer faszinier-
ter, rückten sie allmählich näher und bildeten einen Kreis
um die Mädchen: Männer mit blütenweißer Hemdbrust
und Havannas zwischen den Zähnen, deren juwelenbehängte schockierte Gattinnen von weiter hinten zusahen. Schließlich waren vier Kellner erschienen und hatten die Schwestern
hochkant vor die Tür gesetzt, ungeachtet des lautstarken Ein-
spruchs, des ungehaltenen Pfeifkonzerts und der Tatsache,
dass sich einige der feinen Herren am liebsten ihrer Man-
schettenknöpfe und Krawatten entledigt hätten und ihnen
in ihren erbärmlichen Winkel im Bauch des Ozeandampfers
gefolgt wären.

Dies war der einzige bemerkenswerte Moment in den Höl-
lentagen der Überfahrt, und jetzt hielten sie die Chance für
ihre Vergeltung in den Händen. Sie würden sich mit Fug und
Recht in dem Musiksalon aufhalten, in Kabinen mit eigenem
Bad schlafen, statt auf bescheidenen Kojen, umgeben von
fremden Menschen, die schnarchten, stöhnten, schluchzten
und nach Urin stanken; sie würden mit Silberbesteck unter
dem bunten Glasgewölbe speisen statt an den derben Tischen,
wo sich die Unterklasse niederlassen musste, um dicht gedrängt
ihre wässrige Suppe zu schlürfen.

»Wisst ihr, was ich denke ...«

Mona holte die anderen aus ihren Erinnerungen, und sie
fragten im Chor:

»Was?«

Sie raffte die über den Tisch verstreuten Scheine zusammen und ordnete sie zu einem Fächer, den sie den anderen vor die Nase hielt.

»Wie wäre es, wenn wir alles mitnähmen? Tische, Stühle, Geschirr, Töpfe, die gesamte Einrichtung des Restaurants. Damit und mit dem Geld können wir in Málaga ein neues Geschäft aufmachen.«

Sie starrten sie an wie eine Erscheinung. Ein Geschäft, hatte sie gesagt. Ein Geschäft in der Heimat, etwas Besseres konnten sie sich nicht vorstellen. Unter ihren Leuten, bei ihrer Familie, Fisch zu servieren, den sie selbst kaufen würden, kaum dass die Fischer ihre Beute an Land gezogen und den Inhalt der Netze nach Sardellen und Sardinen, Krebsen und Seesternen sortiert hätten. Winzige silbrige Fischchen, die sie in Mehl wälzen und auf ihrem Herd braten und Durchreisenden und Nachbarn auftischen würden, und mit ihnen allen würden sie in ihrer Sprache sprechen und Gemeinplätze, Tratsch und Anekdoten austauschen, in einem Patio mit gekalkten Wänden und Geranientöpfen und zeternden Nachbarinnen und faulen Katzen in Erwartung der Gräten und Eingeweide.

»Ein El Capitán daheim«, flüsterte Luz, »was könnte uns Besseres ...«

· 11 ·

Die Klingel schrillte, Mutter und Töchter runzelten die Brauen. Wer mag das sein, flüsterten sie. Vielleicht eine Nachbarin oder ein Bekannter von Emilio, der erst jetzt von seinem Tod erfahren hatte und rasch sein Beileid aussprechen wollte. Acht Hände räumten sicherheitshalber die Schätze vom Tisch: die Umschläge, die Fünfzigdollarscheine, die noch undatierten Schiffspassagen, den Fahrplan. Während sie alles hastig verbargen, in den Ausschnitt oder in die Taschen steckten, wurde ein weiteres Mal ungeduldig geläutet.

Erst als nichts mehr auf dem Tisch lag, ging Victoria öffnen.

Die anderen hörten sie die Kette loshaken und den Riegel zurückziehen, dann eine männliche Stimme, die sie von drinnen aber nicht verstehen konnten. Es folgte ein kurzes Schweigen, als schwankte Victoria, ob sie öffnen sollte oder nicht. Bis schließlich die Angeln quietschten und jemand hereinkam.

Victoria erschien mit verstörter Miene in der Küchentür, hinter ihr war die Silhouette eines Mannes zu erkennen.

»Wir haben Besuch von einem Rechtsanwalt«, erklärte sie mit fadendünner Stimme. »Er sagt, wir sollen das Geld ja nicht anrühren, sondern sofort zurückgeben und die Fahrkarten auch.«

Sie starrten sie mit großen Augen und offenem Mund an.

»Anscheinend wollen sie uns damit nur bestechen, damit wir sang- und klanglos verschwinden. Man sollte aber die Verantwortlichen ausfindig machen und eine Remu..., Renume...«

»... eine Remuneration aushandeln. Eine Entschädigung«, ergänzte die Männerstimme in bemühtem Spanisch.

Daraufhin schob sich der Mann ohne Weiteres seitlich an Victoria vorbei und pflanzte sich mitten in der Küche auf.

»Und wenn Sie die Angelegenheit mir übertragen, kann ich zehnmal so viel für Sie rausschlagen.«

Er sprach mit einem ungewohnten Akzent, war aber einigermaßen zu verstehen.

»Fabrizio Mazza, zu Ihren Diensten, Signora ...«, sagte er und ergriff Remedios' Hand, so schnell, dass sie es nicht verhindern konnte.

Als er Anstalten machte, sie an die Lippen zu ziehen, riss

die Mutter sie so brüsk weg, dass er es bei den Töchtern gar nicht erst versuchte.

»Signorine ...«, sagte er nur und neigte höflich den Kopf. Keine erwiderte den Gruß.

Er trug einen doppelreihig geknöpften Mantel mit Fischgrätmuster und eine rote Krawatte; er war um die vierzig, hatte eine niedrige Stirn, fleischige Wangen und das dunkle Haar mit reichlich Pomade frisiert. In der linken Hand, an deren Ringfinger ein Goldring mit einem granatroten Stein prangte, hielt er einen hellgrauen Filzhut. Ein intensiver Duft nach Rasierwasser ging von ihm aus, ein sonderbares Aroma für sie, in deren Welt die Männer nach Rauch, Wein, Salz und Schweiß zu riechen pflegten.

Niemand bot ihm einen Stuhl an, und er, unter ihren misstrauischen Blicken zaghaft geworden, wirkte wie ein Fremdkörper zwischen den Gerätschaften in ihrer Küche mit der vor Feuchtigkeit gewölbten Wand. Sono bellissime, die Töchter des Toten!, schoss es ihm durch den Kopf. Doch es laut zu sagen, verkniff er sich, weil er ahnte, dass hinter den hübschen Gesichtern dieser jungen Frauen Temperamente stecken könnten, die wenig geneigt waren, sich von ein paar Komplimenten einlullen zu lassen.

»Ich bin auf der Seite der Geschädigten, sempre, Sie können mir voll und ganz vertrauen.«

Und damit setzte er zu einem Monolog an, der mehrere Minuten in Anspruch nahm und dem sie, auch wenn sie nicht alles verstanden, entnehmen konnten, dass dieser vom Himmel gefallene Anwalt vom Tod ihres Vaters gehört hatte und gekommen war, um ihnen seine Hilfe anzubieten, da er in solchen Dingen Erfahrung hatte, mit Unfällen in Häfen, unversicherten Arbeitern, Verantwortung, die keiner übernehmen wollte, und Firmen, die sich die Hände in Unschuld wuschen.

»Aber er hat weder am Hafen noch auf dem Schiff gearbeitet«, wandte Mona ein, die als Erste den Mund aufzumachen wagte.

»Certo, aber das ist egal«, erwiderte der Anwalt. »Er ist ums Leben gekommen, und das ist das Wichtigste.«

Danach zählte er Fälle auf, die vor Gericht günstig ausgegangen waren, es fielen Begriffe wie Nichterfüllung, Risiko, Unregelmäßigkeit, eklatante Fahrlässigkeit. Und obgleich ihnen wegen der Sprechweise des Mannes und ihrer eigenen Unkenntnis viele Einzelheiten entgingen, wurde doch eines unbestreitbar klar: Fabrizio Mazza schien sich bestens auszukennen. Und als er gegen Ende seines Wortschwalls Schadenersatzleistungen, Extrazahlungen, finanzielle Vereinbarungen erwähnte, die über die von der Trasatlántica gebotene Summe weit hinausgingen, waren sowohl die Frau als auch die drei Töchter des guten Emilio Arenas überzeugt, einen rettenden Engel vor sich zu haben.

»Überlegen Sie es sich gut. Solche juristischen Verfahren brauchen Zeit, aber es gibt viel zu holen.«

Er griff hinter seine breiten Mantelaufschläge und zog eine Visitenkarte aus der Brusttasche.

»Meine Adresse«, erklärte er und legte die Karte auf den Tisch, nicht einmal mit der Hand mochte er ihnen zu nahe kommen.

Mit einem zweifachen Nicken – Signora, Signorine – verabschiedete er sich dann, und in der Gewissheit, dass keine ihn zur Tür begleiten würde, wandte er sich ab, setzte den Hut auf und verließ die Wohnung.

Grabesstille senkte sich über die Küche, sie hörten das Türschloss einrasten und das Klacken der Absätze, das immer leiser wurde, während der Mann die Treppe hinunterging. Als sie sich vor dem Fremden wieder sicher fühlten, fingen sie nicht wieder an zu gackern wie die Hühner, diesmal gab es weder euphorische Jauchzer noch Applaus oder Gelächter. Die Ratlosigkeit, die jetzt im Raum hing, war so zäh, dass man sie mit der Fischschere aus der Schublade hätte zerschneiden können.

Noch immer ohne ein Wort begann Mona in den Falten ihres Rocks zu wühlen und holte ein Bündel zerknitterte Scheine und einen verknickten Umschlag mit dem Emblem der Compañía Trasatlántica hervor; mit gerunzelten Brauen betrachtete sie sie einen Moment und schleuderte sie dann wütend auf den Tisch. Die anderen taten es ihr nach und zogen aus Ausschnitt, Taschen und Ärmeln alles, was sie zuvor in der Hast versteckt hatten. All das, was sie erst eine halbe Stunde zuvor in einen Freudentaumel versetzt hatte und was sich nun völlig unerwartet möglicherweise als Giftköder erwies.

In der dichten Luft der Küche schwebte wie ein großer Vogel die Frage, die sich keine auszusprechen traute.

»Vielleicht sollten wir uns beraten lassen, bevor wir uns entscheiden.«

Victorias Antwort kam wie aus der Pistole geschossen, zornig vor Ohnmacht:

»Von wem denn, Schlaubergerin?«

Sie wussten, dass sie niemanden hatten, den sie fragen könnten, und spürten mehr denn je, wie trostlos ihre Lage war. Vier Schiffbrüchige, gestrandet in dieser riesigen Stadt, das waren sie, mehr nicht. Vier arme, ungebildete Frauen, denen gut gekleidete Herren mit großem Nachdruck zwei völlig gegensätzliche, doch gleichermaßen verführerische Angebote unterbreitet hatten, deren Tragweite sie nicht abschätzen konnten. Ihre Unwissenheit, ihr Mangel an Lebenserfahrung machten es ihnen unmöglich zu unterscheiden, ob die Herren von der Trasatlántica mit ihren goldenen Knöpfen und Tressen ihnen tatsächlich helfen oder sie schlicht loswerden wollten, bevor sie aufbegehren konnten. Ebenso wenig jedoch hätten sie sagen können, ob der Anwalt mit dem Ring, dem intensiven Aroma und dem herrschaftlichen Mantel fähig war, ihnen zu dem zu verhelfen, was ihnen wirklich zustand, oder ob er sich nach einer Weile in Luft auflösen und sie alleinlassen würde, noch ruinierter, als sie es ohnehin schon waren, und obendrein ohne Fahrkarten und ohne einen armseligen Dollar für die Heimreise.

Und wieder waren sie vier hilflose Frauen, den Unvorhersehbarkeiten einer gigantischen Stadt ausgeliefert, verloren unter Fremden; ihre verrückten Pläne vergessen, die Erinnerungen an spontane Tanzeinlagen verweht; und dieses mediterrane Licht, das ihre Küche mit einem Mal durchflutet hatte, wurde schwächer, bis es ganz erlosch, und ließ sie, bestürzt und einsam, mit der nackten, grausamen Wahrheit zurück.

· 12 ·

Das Läuten riss sie aus ihren Grübeleien. Zum dritten Mal in wenigen Stunden stand jemand vor dieser Tür, an die in all den Monaten kein Mensch geklopft hatte. Die Mutter bekreuzigte sich mit fahriger Geste, die drei Mädchen hielten den Atem an. Wieder war es Victoria, die aufstand und öffnete.

»Doña Carmen wartet auf eine der jungen Damen. Es war halb vier vereinbart, und jetzt ist es kurz vor vier, die anderen Mädchen sind schon alle da«, platzte es aus dem Laufburschen von Casa Moneo heraus, sobald die Tür einen Spalt offen stand. Die Töchter verfluchten sich für ihre Vergesslichkeit und erklärten ihrer Mutter rasch, wozu die Inhaberin des Lebensmittelgeschäftes eine von ihnen benötigte, als Mona bereits hinauseilte.

Schon während sie die Treppe hinunterjagte, wurde ihre

Abwesenheit spürbar. Seit ihrer Ankunft in New York hatten sie sich so gut wie nie getrennt. Und ausgerechnet im Moment ihrer größten Verwirrung wurden sie zum ersten Mal auseinandergerissen.

Im Hinterzimmer der Casa Moneo empfing Doña Carmen Mona mit finsterem Blick. Bei ihr standen zwei andere Mädchen und eine ältere von Kopf bis Fuß in Schwarz gekleidete Frau mit einem fast bodenlangen Rock, tiefen, dunklen Augenringen und ostentativem Ärger in ihrem Vogelgesicht. Doña Damiana nannte die Hausherrin sie.

Statt einer Begrüßung erhielt Mona sofort einen Befehl von der unbekannten Frau.

»Zeig mir deine Hände.«

Mona reagierte nicht; sie glaubte, sich verhört zu haben.

»Die Hände, habe ich gesagt.«

Verlegen und zaghaft streckte Mona ihr langsam die Hände hin. Die Frau packte sie, drehte sie ein paarmal hin und her, untersuchte die Nägel, die Handteller, sogar die Fingerzwischenräume.

»Zähne«, verlangte sie dann.

Mona, jetzt völlig durcheinander, zog übertrieben die Lippen zurück und bleckte die vorderen Zähne, während die andere ihr Gebiss begutachtete, als wäre sie eine Stute auf dem Markt. Dann fasste die Frau nach ihrem Kinn, hob es an und bewegte es nach rechts und links, auf der Suche nach einem Schmutzrest am Hals oder hinter den Ohren. Nachdem die knorrigen Finger ihren Griff wieder gelöst hatten, erhielt Mona den nächsten Befehl.

»Heb die Arme.«

Verstört spreizte Mona die Arme vom Körper ab und reckte sie nach oben. Die Frau senkte ihre Nase auf die Höhe ihrer Achselhöhlen und schnupperte. Dann hielt sie ihr ein dunkles Kleidungsstück hin.

»Zieh das an. Beeil dich.«

Unterdessen war in Mona ein solcher Zorn aufgestiegen, dass sie um ein Haar explodiert wäre, doch sie beherrschte sich und begann, ihre alte Wolljacke aufzuknöpfen. Die Hausherrin, selbst peinlich berührt von dem Kasernenton, den die Alte anschlug, deutete auf eine Ecke. Dort gab es hinter aufgestapelten Pappkartons eine winzige Nische, die ein Minimum an Intimität gewährte.

Kurz darauf erschien Mona in einer schwarzen Uniform mit weißem Kragen und weißen Manschetten. Sie war ihr etwas zu weit, doch das ließ sich mit der kleinen spitzenbesetzten Schürze kaschieren, die ihr die Alte mit den Worten reichte:

»Und bind gefälligst diese Zottelmähne zusammen.«

Doña Carmen wandte sich daraufhin an die anderen Mädchen.

»Eine von euch hilft doch immer mal bei Encarna im Salon aus, nicht wahr?«

»Ja, ich«, antwortete eine schüchtern.

Sie war eine pummelige junge Frau, nicht sehr groß, mit einem runden Gesicht und hellblonden Locken. Mona kannte sie vom Sehen. Aber ihren Namen wusste sie nicht, ebenso wenig wie den der dritten, die mit ihnen arbeiten würde, einer Großen mit vorstehendem Kiefer, die stumm ein wenig abseits wartete.

»Dann mach ihr einen Dutt, ordentlich stramm«, befahl die Baskin und nahm eine Haarbürste und eine Handvoll Haarnadeln aus einem Schrank.

Doña Damiana nötigte sie, sich auf einen Hocker zu setzen, das Mädchen trat hinter sie und grub die Finger in den vollen Schopf, der seit dem Morgen nicht mehr gekämmt worden war. Dunkel und glänzend, in Wellen bis über die Schultern, ungeachtet der modernen Haarschnitte oder üblichen Steckfrisuren. Ein paarmal ziepte es beim Entwirren, dass sie sich auf die Lippe beißen musste, um nicht zu schreien, dann begann das Mädchen, die gebogenen Nadeln in den dicken Haarknoten zu schieben. Mit Mühe unterdrückte Mona den Impuls aufzuspringen, ihrem Unmut Luft zu verschaffen und die Tür hinter sich zuzuknallen. Schieb dir deinen strammen Dutt sonst wohin, du widerliche alte Vettel, hätte sie am liebsten gesagt.

Zum Glück hatte das Mädchen flinke Finger und wisperte schon nach wenigen Minuten: Fertig. Als Mona aufstehen wollte, schlug ihr die Alte die Krallen in die Schulter. Halt still, ranzte sie.

»Das Häubchen«, sagte sie, »steck es gut fest.«

Draußen erwartete sie ein imposantes Automobil, umringt von kleinen Jungen, die die Felgen und Scheinwerfer, die blitzenden Stoßstangen und den glänzenden nachtschwarzen Lack bewunderten, während sie erfolglos versuchten, einen Blick ins Innere zu werfen. Daran hinderte sie der livrierte grauhaarige Chauffeur, natürlich ebenfalls ein Spanier.

Er hielt ihnen die Tür auf, als er sie aus dem Lebensmittelladen kommen sah. Doña Damiana setzte sich auf den Beifahrersitz, die Mädchen nach hinten. Mona stieg als Letzte ein, wobei ihr der Chauffeur unverhohlen auf den Hintern starrte, dann verteilte er ein paar Klapse unter den Bengeln und schob sich hinter das Lenkrad.

Das Innere des Wagens roch nach edlem Leder, parfümiertem Wachs und Substanzen, die Mona nicht hätte benennen können. Niemand sprach, sie fuhren auf der Achten Avenue Richtung Upper West Side, Mona schaute aus dem Fenster, und ihr Magen verkrampfte sich.

Es war das erste Mal, seit sie wutschnaubend an einem Pier des East River von Bord gegangen waren, dass sie sich ohne ihre Schwestern in ein atemberaubendes, ganz anderes New York vorwagte.

· 13 ·

Die Küche, in die man sie brachte, hatte mit der der Arenas so viel gemein wie ein Walfisch mit einer Sardelle. Während die in ihrem Apartment in der Vierzehnten Straße eng, karg und düster war, beeindruckte diese durch ihre schiere Größe, die hohe Decke, die makellosen Marmorflächen, die glasierten Fliesen an den Wänden.

Mit demselben kritischen Blick, mit dem sie Mona in der Casa Moneo vom Körpergeruch bis zu den Weisheitszähnen inspiziert hatte, überprüfte Doña Damiana in ihrer Funktion als Hausdame jetzt alles in allen Einzelheiten in jenem siebzehnten Stock des Apartmenthauses The Majestic. Die Gläser mussten vollkommen blank, die Aperitifhäppchen millimetergenau angeordnet, das Eis in Stücke der richtigen Größe zerteilt und die Servietten exakt gefaltet sein.

Man nötigte sie zunächst, noch eine Weile in einem Raum neben der Küche auszuharren. Schließlich streckte ein hochgewachsener Mann, der Butler, den Kopf herein und gab Doña Damiana ein Zeichen. Ihre Antwort war nur ein tiefer Atemzug, ehe sie die Luft durch die Nasenlöcher wieder ausstieß und heiser das Kommando gab: Na, dann los.

Die alte Bedienstete schritt voran, und die Mädchen folgten ihr der Größe nach. Als Erste die, die Mona frisiert hatte und Mercedes hieß, wie sich herausstellte, eine Galicierin aus Sada, die bei Onkel und Tante väterlicherseits wohnte und jeden Dollar zurücklegte, um eines Tages im heimischen Galicien einen eigenen Salon zu eröffnen. Den Abschluss bildete die rundliche Luisa, die aus Llanes in Asturien stammte.

Mona marschierte zwischen den beiden, als wäre sie dazu verdammt, stets die mittlere Position einzunehmen. Sie hielten sich steif wie Kerzen, so sollten sie sich bewegen, das hatte Doña Damiana wortwörtlich gesagt. Jede trug ein silbernes Tablett vor der Brust, darauf Kanapées, Hors d'œuvres und Häppchen. Auch wenn es auf den ersten Blick nicht auffiel, war Mercedes' Kleid zu lang, Luisa hätte die Seitennähte des ihren fast gesprengt, und Monas hing formlos an ihr herunter, obwohl sie schon dreimal versucht hatte, die Schürze fester zu binden.

Das Summen der Begrüßungen und Gespräche wurde deutlicher, je weiter die Mädchen in dem breiten, im Schachbrettmuster gefliesten Flur vordrangen. Keine lauten Stimmen, eher verhaltene, gedämpfte, männliche und weibliche, die vor allem Spanisch sprachen, vereinzelt auch Englisch. Sie erreichten eine offene Flügeltür aus Glas; davor hieß die Haushälterin sie stehen bleiben und zischte:

»Rein mit euch. Ihr stellt euch dort drüben auf, vor diesem Wandbehang.«

Die Lampen tauchten den Salon in ein warmes Licht; vor den großen Fenstern war es Abend geworden. Von dem Anblick überwältigt, stolperte Mona über eine Teppichkante und wäre um ein Haar gegen einen Beistelltisch mit einer Vase gestoßen. Heiß stieg ihr der Schrecken in die Wangen, während sie mit angehaltenem Atem das Tablett balancierte; sie hatte geglaubt, es habe niemand mitbekommen, doch ein Zwicken im Arm belehrte sie eines Besseren. Pass gefälligst auf, du Trampel, knurrte Doña Damiana zwischen den Zähnen hervor.

Die Hausherrin war leicht zu erkennen, es war zweifellos die Dame mit den grauen, bläulich getönten Haaren, dem lavendelfarbenen Gewand und der dreifach geschlungenen Perlenkette, die mit zurückhaltender Herzlichkeit die eintreffenden Gäste in Empfang nahm. Eine Aristokratin aus Madrid, hatte Mercedes Mona zuvor in der Küche zugeflüstert. Witwe. Doña Esperanza Carrera y de la Mata, Markgräfin de la Vega Real. Oder so ähnlich.

Fast fünfzehn Jahre war sie schon in Amerika und verwaltete die Immobilien, die sie von ihrem Mann geerbt hatte, als der auf einer Reise nach Nicaragua plötzlich gestorben war. Die adlige Dame hatte eine Ladung Möbel und ihre langjährigen Dienstboten mit nach New York gebracht, alles und alle von rein kastilischer Herkunft: die gestrenge Damiana, die das Haus in Schuss hielt, sich aber, wenn nötig, ebenso gut als Köchin betätigte, Fulgencio, der Butler, der sich auch um die Buchführung und die Besorgungen kümmerte, und Severino, der Mechaniker, der die Mädchen in dem Packard abgeholt hatte.

Wieder läutete es. Die Mädchen warteten auf die nächste Anweisung, Schulter an Schulter an einer Seite des Saales stehend, eine blutrünstige Jagdszene im Rücken. Knie zusammen, Kinn hoch, Rücken gerade, hatte die Haushälterin ihnen bissig eingeschärft. Und wehe, ich höre auch nur einen Mucks. Die Erste, die den Mund aufmacht, kann was erleben.

Der Butler führte soeben vier weitere Gäste herein, zwei Paare, die Damen Amerikanerinnen, die Herren Spanier. Einige Minuten später geleitete er einen kahlköpfigen Herrn zur Markgräfin, der allein gekommen war, sich entschuldigte und gehetzt wirkte. Es waren insgesamt etwa dreißig Personen, vielleicht ein paar mehr, fast alle schon in vorgerücktem Alter, die sich offensichtlich untereinander kannten. Eine massige Frau, die im Rollstuhl saß, redete ununterbrochen und viel zu laut; nur zwei junge Männer waren zu sehen und eine Mittzwanzigerin in Kirschrot, die in leicht schriller Unbefangenheit zwischen den Gästen umherflatterte und mit schallenden Lachsalven auf sich aufmerksam machte. Das ist die Tochter, flüsterte Mercedes, Doña Damianas Befehl zum Trotz, Mona ins Ohr. Die Mutter ruft sie Nena und will sie mit einem Spanier ihres Standes verheiraten.

Die Garderobe der Anwesenden verriet Klasse, man spürte Geld, Rang und Weltgewandtheit. Als Letzte erschien eine bemerkenswerte Dame mit einem Turban aus Samt und einem auffallenden purpurroten Umhang. Luisa, auf ihrem Platz ganz hinten, raunte verblüfft:

»Meine Güte, das ist ja die Bori, die Opernsängerin, die habe ich mal in ...«

Pssst! Doña Damiana brachte sie schlagartig zum Schweigen.

Der Strom der Gäste war versiegt, doch noch wurden keine Getränke serviert, die Tabletts nicht herumgereicht, die Plätze nicht eingenommen. Zwischen den Rauchschwaden der Havannas und feinen Zigaretten hing eine gewisse Spannung in der Luft, als fehlte noch jemand, als wüssten alle, wer dieser Jemand war, und dieser Jemand kam und kam nicht.

Die Aushilfskellnerinnen bemühten sich, die Arme ruhig und die Tabletts in der richtigen Höhe zu halten. Mona hatte einen Bärenhunger, über all den Aufregungen des Tages war nicht einmal Zeit zum Essen gewesen, ehe der Junge von Casa Moneo sie abgeholt hatte.

Die Stimmen der Gäste mischten sich mit den Rauchspiralen in der Luft.

»Aus Havanna kommt er, nicht wahr?«

»Mutterseelenallein, wie man hört, sie ist anscheinend dort geblieben.«

»Er wird sich wohl scheiden lassen.«

»Nachdem er auf alles verzichtet hat, wie ärgerlich.«

»Vielleicht geht er ja jetzt nach Europa zurück. Seine Eltern wären erleichtert.«

»Besser, wenn sie alle beisammen sind, für den Fall, dass sie irgendwann doch noch einmal ...«

»Seine Rechte wiederzukriegen, wird schwierig sein, nach allem, was er unterschrieben hat, aber wer weiß.«

Die Markgräfin de la Vega Real hatte den tosenden Partys und dem hektischen Gesellschaftsleben von New York nie viel abgewinnen können; alles, was ein Dutzend Personen überstieg, verursachte ihr Unbehagen, insbesondere, wenn es sich in die Nacht hineinzog. Sie bevorzugte kleinere Einladungen zum Lunch, Wohltätigkeitsgalas am frühen Nachmittag oder Zusammenkünfte mit Landsleuten in einer Privatresidenz, um sich über die Ereignisse auf der anderen Seite des Ozeans auszutauschen. Manchmal jedoch war sie gezwungen, eine Ausnahme zu machen. Beispielsweise für das gesellschaftliche Debüt ihrer Tochter einige Jahre zuvor im Plaza oder wenn sie an der Organisation einer Benefizveranstaltung beteiligt war. Allerdings gab es auch Tage wie diesen, an denen es sich lohnte, mit Gewohnheiten zu brechen und die Salons zu öffnen, um einen so besonderen Gast willkommen zu heißen. Letzten Endes, auch ohne den Titel, den er bislang getragen hatte, war er immer noch der Sohn seines Vaters, und dadurch, dass er bald frei von ehelichen Fesseln und folglich wiederverheiratbar sein würde, gewann er noch an Attraktivität.

Die Gäste für ihre Cocktailparty hatte sie mit Bedacht gewählt; nachdem sie ihnen zunächst eine Einladungskarte geschickt hatte, rief sie sie zusätzlich einen nach dem anderen an. Einige – insbesondere ihr engster Kreis, Mitglieder der spanischen High Society, die aus unterschiedlichen Gründen in New York lebten – hatten freudig zugesagt; andere – vornehmlich die Amerikaner – brannten vor Neugierde. Auch Einwände gab es, etwa von Vertretern der Handelskammer wie Seguí oder Subirana oder Mitgliedern des Spanish Exporters Club. Oder von Camprubí und Torres Perona, dem Eigentümer und dem stellvertretenden Geschäftsführer von *La Prensa*, der einzigen spanischsprachigen Tageszeitung der Stadt, die sie, wie alle dort niedergelassenen Exilanten oder Einwanderer, ungeachtet ihrer gesellschaftlichen Stellung, jeden Tag überflog. Untreu wurde sie ihr nur mit der *ABC*, die man ihr monatlich in großen Paketen aus Spanien zuschickte. Die Nachrichten verspätet zu lesen, störte die Markgräfin nicht, es war ihr tausendmal lieber als die Leere. Erst recht, seit in Spanien neuerdings ein solches politisches Chaos und so viel Unvernunft herrschten. Deshalb hatte sie an diesem Abend auch den Korrespondenten ihres Lieblingsblattes eingeladen, Fernández Arias, der jetzt vor einer kleinen Kommode mit Intarsien stand und zufrieden plauderte, nachdem er der Nervensäge Máxima Osorio, der Dame im Rollstuhl, entronnen war, die ihn jedes Mal, wenn sie ihn zu fassen bekam, hartnäckig aufforderte, in seiner Gesellschaftsspalte die Fortschritte ihres Patensohnes zu erwähnen, der bereits Doktor Castroviejo assistierte – beide waren anwesend –, und von dem es hieß, seine Karriere sei auf einem spektakulären Höhenflug.

Nicht geladen waren dagegen der Konsul und die anderen spanischen Diplomaten. Wozu auch?, hatte sich die Aristokratin mit einer unwilligen Grimasse gesagt. Als treue Anhänger dieser dummen Zweiten Republik und in Anbetracht der Abstammung des Ehrengastes, dachte sie, würden sie sich wohl eher vom Chrysler Building in die Tiefe stürzen, als hier zu erscheinen.

Es war fast acht, und jenseits der breiten Fensterfront hatte sich die Nacht schon vor einer Weile schwer über den Central Park gesenkt. Der Butler hatte mehrfach die vollen Kristall-aschenbecher abgeräumt, um sie gegen saubere auszutau-schen, und außer der gehbehinderten Dame und der Opern-diva – die Platz genommen und dabei ihr prächtiges Cape über den Teppich drapiert hatte – standen alle noch beieinan-der, bildeten Grüppchen, die sich in maßvollem Wechsel auf-lösten und neu formierten.

Während die Gespräche gemächlich dahinplätscherten, ließen zwei reglose Gesichter über dem Kaminsims die Ge-sellschaft nicht aus den Augen. Es waren keine Gemälde, son-dern Fotografien in gediegenen Silberrahmen, beide mit Gra-vuren in einer Ecke. Links ein Mann mit hagerem Gesicht, hoher Stirn und vorgeschobenem Unterkiefer; rechts eine Frau mit riesigen hellen Augen und einem kostbaren Brillant-diadem im blonden Haar. Die Mädchen konnten die Por-träts aus dieser Entfernung nicht erkennen, aber wenn sie sie aus der Nähe gesehen und ihr Gedächtnis angestrengt hätten, wären ihnen gewiss die Namen zu den Bildern einge-fallen.

Um halb neun hatten die Markgräfin, der Butler und die alte Dienerin Damiana einige unschlüssige Blicke gewech-selt. Sie bereuten, die Häppchen schon so früh aus der Küche geholt zu haben, aber wer hätte mit einer solchen Verspä-tung rechnen können. Was tun?, fragten sie einander wort-los. Wollen wir noch weiter warten? Oder lassen wir auftra-gen?

Es war bereits zehn vor neun, als es endlich dermaßen Sturm klingelte, dass alle zusammenfuhren. Zu diesem Zeit-punkt hatte das Eis in den Kühlbehältern zu schmelzen begonnen, keine der Damen war mehr auf den Beinen und auch einige Herren hatten Platz genommen. Als sie begriffen, dass der Ersehnte offenbar endlich da war, erhoben sich alle wie auf ein Trompetensignal.

Räuspern, Stoffrascheln, das hastige Klappen von Puderdosen. Die Gastgeberin tat ein paar Schritte und wartete dann in der Mitte des Raumes, hinter sich ihre Tochter Nena. Die Übrigen ringsum.

Groß, auffallend mager, breite Stirn, feines helles Haar, glatt nach hinten gekämmt, und immense blaue, fast transparente Augen. So sahen die anderen den lang erwarteten letzten Gast endlich den Salon betreten. Mit schmalem Oberlippenbart, einer Zigarette zwischen den langen Fingern und einem mit sechs Knöpfen geschlossenen Dinnerjacket. Er war um die dreißig Jahre alt, ging jedoch am Stock. Hinkend näherte er sich der Hausherrin, ein Lächeln im Gesicht und ohne das geringste Schuldbewusstsein wegen seiner Verspätung.

Weit entfernt vom höfischen Protokoll, machte der junge Mann zunächst Anstalten, der Markgräfin die Hand zu küssen, drückte ihr dann stattdessen zwei hörbare Küsse auf die Wangen und flüsterte ihr etwas ins Ohr, worüber sie ein wenig aufgesetzt lachte und dabei zur Seite trat, um ihrer Tochter die Bühne zu überlassen. Natürlich galt die Sorgfalt, die sie auf die Vorbereitung ihrer Soirée verwendet hatte, vor allem ihm; doch hatte sie damit zugleich eine Gelegenheit schaffen wollen, um Nena und ihn miteinander bekannt zu machen.

Im Anschluss folgte die Begrüßungsrunde ohne große Förmlichkeiten. Dank seiner Ungezwungenheit hatte sich die Atmosphäre rasch entspannt, die Stimmen klangen lebhafter, und unbemerkt gab die Markgräfin ihrem Butler einen Wink mit Dominoeffekt: Er reichte die Geste weiter an Doña Damiana und diese an die Mädchen, die – wie alle – die Warterei leid waren. Sofort begannen die drei weisungsgemäß im Zimmer umherzugehen und unaufdringlich die Appetithappen anzubieten. Gleichzeitig fing der Butler an, Gläser zu füllen, Cocktails zu mixen, und das allgemeine Stimmengewirr wurde nun ergänzt durch das Klirren der Eiswürfel; kurze Schnäpse für die Herren, fruchtige Longdrinks für die Damen, und manche gelüstete es auch nach dem vertrauten Geschmack der Heimat. Ein Scotch on the rocks für den Stargast, eine Pink Lady für die Dame im gardenienweißen Taft, ein Amontillado für die im Rollstuhl. Die Kellnerinnen, in ständiger Bewegung zwischen Küche und Salon, schnappten kaum noch etwas von den Gesprächen auf, nur hier und da einen Fetzen.

Der zuletzt Eingetroffene zog nach wie vor die Aufmerksamkeit aller auf sich, und er, der wusste, dass er der unangefochtene Mittelpunkt des Abends war, spielte den Protagonisten ohne Komplexe, sprach absichtlich laut, damit ihn alle hören konnten, erzählte Anekdoten und riss den einen oder anderen Witz, über den sein Publikum mit leicht überzogener Begeisterung lachte. Einige redeten ihn mit Hoheit an, andere, unsicher, einfach mit Señor, gelegentlich auch Herr Graf. Du kannst mich ruhig Alfonso nennen, meine Liebe, hörte ihn Mona zu der sogenannten Nena sagen, in der Hand sein zweites Glas Whisky. Über das Gesicht der Markgräfin, die tat, als beachtete sie die beiden jungen Leute gar nicht, glitt ein befriedigtes Lächeln.

Der Abend floss dahin, alle Damen hatten es sich mittlerweile auf Sofas, Sesseln und Polsterstühlen bequem gemacht, alle Herren standen umher, Gläser in den Händen. Er, der das Interesse weiterhin anzog wie ein Magnet, erwähnte Szenerien, die ihnen allen geläufig zu sein schienen: den Schützenverein von La Granja, Schnecken im L'Escargot Montorgueil in Paris, die Nächte im Kasino von Havanna, die Morgenspaziergänge durch Lausanne am Ufer des Genfer Sees ... Von den Städten kam er auf die Lokale und von diesen auf die Leute zu sprechen, und irgendwann deutete er mit seinem dritten Glas Scotch hinüber zu dem Paar auf dem Kaminsims, um anschließend ein paar Geschichten über seine Verwandtschaft zum Besten zu geben, als handelte es sich bei dieser um eine zwar wohlhabende und kosmopolitische, aber mehr oder minder herkömmliche Sippe. Kiki, das arme Kerlchen, sei in Österreich bei einem absurden Unfall ums Leben gekommen, Beatriz habe vergangenes Jahr in Rom geheiratet, Edelmira sei in El Vedado bei ihrer Schwester und ihrem Schwager Pepe Gómez-Mena geblieben ...

Von der Realität allerdings hätte dies weiter nicht entfernt sein können. Nichts, überhaupt gar nichts war normal in der Familie dieses Mannes, dem nach einer gewissen Zeit trotz aller Anstrengungen keine andere Wahl blieb, als eine Entschuldigung zu murmeln und sich in den nächststehenden Sessel fallen zu lassen. Das linke Bein streckte er in einer nicht sehr grazilen Pose aus, wobei er nicht verhindern konnte, sosehr er sich auch bemühte, dass sich sein Antlitz zu einer schmerzerfüllten Grimasse verzerrte.

Zwei Herren stürzten sofort herbei, während die anderen besorgte Blicke tauschten und sich ein unbehagliches Schweigen im Salon ausbreitete. Die beiden waren Ärzte. Der Ältere sagte leise etwas zu ihm, während er ihm eine Hand auf die Schulter legte, und der Jüngere kauerte sich neben ihn. Wasser, sagte der Erste kurz darauf. Und Mona, die keine drei Meter entfernt stand, aufrecht wie ein Pfosten, in den Händen ein neues Tablett voller Firlefanz, stellte dieses einfach irgendwo ab und rannte.

Sekunden später war sie zurück, so eilig, dass sie unterwegs ein wenig verschüttete. Schnurstracks ging sie auf den Gast zu und streckte ihm das Glas entgegen, ohne zu ahnen, dass ihm dies noch nie in seinem Leben widerfahren war. Noch nie hatte eine Bedienstete ihm etwas so umstandslos hingehalten, ohne einen Unterteller oder eine feine Serviette dazwischen. Er, unpässlich und mit geschlossenen Augen, bemerkte die magere, nasse Frauenhand nicht, die direkt vor seinem Gesicht ein randvolles Glas umklammerte.

Es war der jüngere der beiden Ärzte, der es ihr abnahm.

»Danke«, raunte er, während seine Finger Monas Hand streiften.

Ende zwanzig, Anfang dreißig, das dunkelblonde Haar auf einer Seite sauber gescheitelt, eine Brille im glatten, freundlichen Gesicht.

»Er soll versuchen zu trinken«, ordnete der ältere Arzt an.

Der andere, das Glas in der Hand, schien ihn nicht zu hören.

»Gib ihm das Wasser, Osorio.«

Erst dann gehorchte der junge Doktor, der völlig im Bann der schönen Kellnerin stand, die er schon den ganzen Abend stumm beobachtet hatte.

In ihre Arbeit vertieft und von Doña Damiana so scharf kontrolliert wie von einer Gefängniswärterin, hatten weder Mona noch ihre Kolleginnen die prominente Persönlichkeit erkannt, deren Wangen zur Erleichterung aller allmählich wieder Farbe annahmen. Mercedes und Luisa waren seit vielen Jahren weit weg von ihrem Heimatland; Mona war im ärmlichen Universum einer Mietskaserne aufgewachsen, inmitten eines Bienenkorbs voller Frauen, Verwandter und mit den Volksliedern der Nachbarinnen, fernab der politischen Wirren und des Aufruhrs, über den die Zeitungen berichteten.

Somit wusste auch keine von ihnen, dass dieser Mann – seit das Königshaus in Madrid 1907 mit einundzwanzig Kanonensalven seine Geburt bekanntgegeben hatte und bis zuerst die Ausrufung der Republik und kurz darauf die Liebe sein Schicksal über den Haufen warfen – Prinz von Asturien und direkter Anwärter auf den spanischen Königsthron gewesen war.

Und deshalb konnten sie auch nicht ahnen, dass er sich zurzeit, knapp neunundzwanzig Jahre alt, bluterkrank, ohne einen roten Heller und mit gebrochenem Herzen, fast wie ein normaler Bürger durchs Leben schlug.

· 15 ·

Eine halbe Stunde später empfahl er sich, wieder recht guter Dinge und einigermaßen erholt. Es war schon nach elf, und die meisten Gäste taten es ihm nach, sodass nur noch wenige im Haus der Markgräfin zurückblieben. Gerade genug, damit die Mädchen ein paar Gesprächsfetzen erhaschen konnten.

Er lag bereits im Sterben, über einen Monat war er in Havanna im Krankenhaus gewesen, man hatte ihm schon die Letzte Ölung gegeben, hörte Mona jemanden sagen, während sie die Gläser einsammelte. Was für ein Durcheinander, befanden andere, sein Vater in Rom, die Mutter in London und die Geschwister überall verstreut ... Weißt du, dass Präsident Azaña im Landschloss von El Pardo wohnt, wo auch er eingezogen ist, als er keine Lust mehr hatte, den lieben langen Tag im Palast eingesperrt zu sein? Und dabei heißt es, seine Gattin Edelmira sei seelenruhig bei ihrer Familie in Havanna geblieben. Wie dem auch sei, es ist unbegreiflich ...

Schließlich schickte Doña Damiana die Mädchen wieder in die Küche.

»Morgen will ich eure Uniformen bei Doña Carmen im Laden sehen«, mahnte sie noch, bevor sie sie verabschiedete, ohne auch nur danke zu sagen.

Äußerst widerwillig hatte sie ihnen die versprochene Summe zahlen müssen, drei Dollar für sechs Stunden Arbeit, einen Betrag, der in dieser opulenten Umgebung nach einem schlechten Scherz klang, den herauszurücken der Alten aber so schwerfiel, als verursachte es ihr körperliche Schmerzen. Mona stopfte die Scheine eifrig in die Tasche.

Stumm schlüpften sie in die Mäntel, während die Haushälterin mit vor der Brust verschränkten Armen dabeistand und sie nicht aus den Augen ließ, für den Fall, dass sie eine Silbergabel oder einen Salzstreuer mitgehen lassen wollten. Keine von ihnen hatte die Absicht, irgendetwas zu stehlen, doch als der Butler Doña Damiana kurz zu sich rief, nutzte Mona den unbewachten Augenblick, um eine Handvoll übriggebliebener Kanapées notdürftig in eine Serviette zu wickeln und in die Tasche zu stecken. Du ekelhafte Schrulle, murmelte sie in sich hinein, du kannst mich mal.

Mit dem hinteren Lastenaufzug fuhren sie die siebzehn Stockwerke nach unten, begleitet vom Kreischen des Zahnradgetriebes, und rissen sich unterwegs die Schürzen und Häubchen herunter; Mona löste ihren Dutt, schüttelte kräftig den Kopf und ließ ihr Haar wie immer offen über den Rücken fallen. Diesmal wurden sie nicht vom Chauffeur gefahren; Doña Damiana hatte mit der Besitzerin der Casa Moneo vereinbart, dass ein Junge aus dem Viertel, der oben in der Hundertfünfzehnten Straße beim Kaffeehändler Bustelo arbeitete und um diese Uhrzeit seine Schicht beendete, die Mädchen mitnehmen würde; für den Dollar, den man ihm dafür bezahlen würde, ersparte man sich, den Packard der Markgräfin noch einmal vorfahren zu lassen.

Durch die Dienstbotentür, ein paar Meter vom Haupteingang entfernt, traten sie in die Nacht hinaus. Aus der Ferne gewahrten sie einige Besucher der Cocktailparty, die auf der Straße miteinander plauderten. Es waren sechs oder sieben, die noch vor der Art-déco-Fassade des Majestic standen und den Ehrengast umringten, an dessen Seite jetzt ein zusätzliches Individuum aufgetaucht war, ein riesiger Blonder mit quadratischem Schädel und mächtigem Hals. Man verabschiedete sich auf spanische Art, ohne ersichtliche Eile, fügte dem letzten Satz immer noch einen allerletzten hinzu, einen letzten Gruß, ein letztes Kompliment. Entlang des Bordsteins reihten sich mehrere Automobile mit ihren jeweiligen Fahrern.

Mercedes und Luisa drehten die Köpfe in alle Richtungen und hielten Ausschau nach dem Jungen, der sie abholen sollte. Doña Damiana hatte ihnen gesagt, der Treffpunkt sei die Kreuzung mit der Einundsiebzigsten, doch an dieser Ecke sahen sie nichts als eine einfache Straßenlaterne. Beide begannen zu lamentieren, es sei fast Mitternacht und sie hätten noch einen weiten Weg vor sich, sie seien schlagkaputt und müssten am nächsten Morgen sehr früh aufstehen. Mona beachtete sie kaum und sah zu, wie sich die Gruppe langsam auflöste.

Nach und nach setzten sich die Fahrzeuge in Bewegung, und nur die Abfahrt des Ehrengastes verzögerte sich noch, weil sein neuer Begleiter, der wohl sein Diener und Chauffeur war, ihm beim Einsteigen helfen wollte.

Plötzlich bremste ein Auto mit quietschenden Reifen direkt hinter dem seinen, die Türen flogen gleichzeitig auf, schnelle Schritte auf dem Asphalt, zwei eilige Gestalten in langen Regenmänteln – ein stämmiger Glatzkopf und ein schmächtiger Hellblonder –, die sich vor dem hohen Herrn aufgepflanzt hatten, bevor dieser es in den Wagen schaffte.

Mona schaute verblüfft zu, verstand aber nur die ersten Worte, mit denen der Glatzköpfige ihn harsch anredete:

»Covadonga! Hey, Covadonga!«

Der Rest, in überstürztem Englisch hervorgestoßen, entging ihr. Tell me, Covadonga, warum sind Sie nach New York zurückgekehrt? Warum ist Ihre Frau in Havanna geblieben? Stimmt es, dass Sie kurz vor der Scheidung stehen? Ist es wahr, dass sie es nicht mehr aushält?

Auch ohne die Fragen zu verstehen, war Mona klar, dass er von diesen Männern bedrängt wurde und sein Begleiter – der Kraftprotz, der ihm ins Auto helfen wollte – ihn nicht zu schützen vermochte. In diesem Moment zückte der Jüngere der beiden eine Apparatur, die er an einem Riemen um den Hals trug, und mit einem Mal wurden das Fahrzeug und seine Umgebung von mehreren nacheinander aufflammenden Blitzen erhellt.

Alles das geschah binnen weniger Sekunden. Der Leibwächter konnte seinen Herrn gerade noch an den Wagen lehnen und halbwegs stabilisieren; dann stürzte er sich mit erhobener Faust auf den Kerl mit der Kamera, die weiter immerzu blendendes Licht spie, während sein Kollege, einen Notizblock in der Hand, lauthals fortfuhr: Hey, Covadonga, answer me, stimmt es, dass Sie keinerlei Kontakt zu Ihrem Vater haben? Stimmt es, dass er Ihnen nur eine lächerliche Apanage gewährt? Stimmt es, dass Sie um ein Haar verblutet wären? Stimmt es, dass Sie sich bald irgendwo in Europa mit Ihrer Mutter treffen wollen?

»Monaaaaa!«

Gefesselt von dem Spektakel bemerkte sie Mercedes und Luisa nicht, die nach ihr riefen, während der Junge mit dem Lieferwagen, der den Auftrag hatte, sie in die Vierzehnte zurückzubringen, zugleich auf die Hupe drückte.

Monaaaa!, brüllten ihre Kolleginnen, doch sie war wie taub. Oder vielleicht drang das zweistimmige Kreischen durchaus in ihre Ohren, ohne dass sie es jedoch auf sich bezog, so sehr war ihre Aufmerksamkeit von dem Geschehen auf der Straße in Anspruch genommen. Dem Fotografen, der sich mit dem Leibwächter prügelte, dem glatzköpfigen Reporter, der den berühmten Mann mit seinen Fragen löcherte, dem völlig verängstigten berühmten Mann, den allmählich die Kräfte verließen, sodass er sich verzweifelt an der Karosserie festkrallte, um nicht zusammenzubrechen. Er drohte allmählich das Gleichgewicht zu verlieren und begann mit erschrockener Miene zu taumeln, während der andere weiter mitleidlos auf ihn einbrüllte. Hey, Covadonga, say yes or no, stimmt es, dass Sie ein Auge auf eine andere Kubanerin geworfen haben? Stimmt es, dass Sie drauf und dran sind, sich neu zu verlieben?

Mona überlegte es sich nicht zweimal. Mit ein paar langen Schritten hatte sie das Auto erreicht. Sie versetzte dem aufdringlichen Reporter einen harten Stoß und erwischte den Partygast gerade noch unter den Achseln, als ihm eben die Beine den Dienst versagen wollten. Er schloss die wasserhellen Augen, und über sein Gesicht breitete sich ein Ausdruck unsäglicher Erleichterung. Er flüsterte etwas, wollte danke sagen, aber über seine zitternden Lippen gelangte kaum ein Hauch.

Der Glatzkopf schien unschlüssig. Er zweifelte, ob er endlich aufgeben oder die junge Frau packen und ihr ein paar Ohrfeigen verpassen sollte, damit sie sich nie wieder in etwas einmischte, das sie nichts anging. Wenn er dem Grafen de Covadonga bis jetzt keine klare Aussage hatte entlocken können, war ohnehin zu befürchten, dass es das für heute Nacht gewesen war, sofern sein Kollege Boris der Russe nicht irgendein saftiges Foto für *Town Topics* geschossen hatte, die Zeitschrift, für die sie beide arbeiteten und die auf Sünden – lässliche und kapitale – der High Society spezialisiert war. Auch ohne persönliche Erklärungen, sagte sich der Reporter, ließ sich um ein eindrucksvolles Bild mit etwas Fantasie vielleicht noch eine halbwegs annehmbare Story basteln.

Mercedes und Luisa brüllten unentwegt – »Monaaaa!« –, während der Junge in dem Lieferwagen der wütenden Huperei müde war, die Handbremse gelöst hatte und sich anschickte wegzufahren. Seine Erschöpfung wog mehr als der miserable Dollar, mit dem sie ihm diesen Dienst entlohnten, er konnte nicht mehr. Mona ignorierte sie und half dem Mann ins Auto, ergriffen von seinem vor Angst entstellten Gesicht.

Zu diesem Zeitpunkt hatten sich der Reporter und sein Fotograf endlich geschlagen gegeben und waren in ihren Wagen gesprungen, ohne dass der Leibwächter das Nummernschild entziffern konnte. Alarmiert durch den Tumult – das Hupen, das Geschrei der Mädchen, die Auseinandersetzung zwischen den Männern und die durchdringende Stimme des kahlköpfigen Journalisten –, waren die Portiers und der Fahrstuhlführer des Gebäudes herbeigeeilt. Sie alle standen um die Beifahrertür herum, während Mona den entkräfteten Körper auf dem Sitz unterbrachte. Der Mann, der kreidebleich war und andauernd schlucken musste, ließ sie gewähren. Er allein wusste, was aus ihm geworden wäre, wenn dieses unbekannte Mädchen nicht im letzten Moment verhindert hätte, dass er auf dem harten Asphalt landete.

Mona war so auf ihre Aufgabe konzentriert, dass sie nicht mitbekam, wie Mercedes und Luisa schließlich in den Lieferwagen stiegen, wobei sie pausenlos vergeblich ihren Namen riefen. Der Gedanke, sie allein zurückzulassen, schreckte sie, aber ihnen war auch klar, dass ihre Chance, heute Abend noch nach Hause zu kommen, in der nächsten Sekunde mit einem schnellen Tritt aufs Gaspedal endgültig verpasst wäre. Vor die Entscheidung gestellt, mitten in der Nacht wegen der idiotischen Dickköpfigkeit ihrer Kollegin auf der Straße stehen gelassen zu werden oder mit dem ungeduldigen jungen Mann sicher heimzukommen, wählten sie Letzteres.

Endlich kehrte auf der breiten Straße vor der Nummer 115 Central Park West Ruhe ein. Die Angestellten des Apartmenthauses verzogen sich auf ihre Posten, der blonde Hüne klemmte sich hinters Steuer, und der illustre Gast lehnte in seinem Sitz, hielt die Augen geschlossen und bemühte sich, wieder zu Atem zu kommen.

Alle schienen das dunkelhaarige Mädchen vergessen zu haben, das immer noch zwischen dem Gebäude und dem Wagen auf dem Gehweg stand und sich endlich seiner neuen Lage bewusst wurde: Ihre Kolleginnen hatten sich in dem nach Kaffee duftenden Kleinlaster aus dem Staub gemacht, der Mann, dem sie geholfen hatte, würde gleich in seinem eleganten Lincoln davonfahren und sie, eine kleine Aushilfskellnerin, mitten in der Nacht, verloren und verwirrt, allein in der unermesslichen Stadt zurückbleiben.

Da öffnete sich das Seitenfenster des Autos, dessen Motor bereits lief, einige Zentimeter.

»Señorita ...«

Eine langfingrige Hand schob sich heraus und hielt ihr zwischen Zeige- und Mittelfinger ein weißes Stück Karton hin.

»Ich bin Ihnen unendlich dankbar. Hier haben Sie meine Karte, falls ich einmal irgendetwas für Sie tun kann.«

Daraufhin schloss sich die Scheibe, ohne dass sie Zeit gehabt hätte zu antworten, und das Auto rollte langsam davon, bis sich seine Rücklichter unter die Tausende von anderen Lichtpunkten mischten, die in den Arterien New Yorks leuchteten wie Sterne.

In seinem Inneren saß, ohne dass Mona ihn erkannt hatte, ein Mann, der König von Spanien hätte werden können. Der Erstgeborene des Königspaares, der, streng nach Tradition, frisch dem Leib seiner Mutter entbunden, nackt auf einem Silbertablett präsentiert worden war, der Thronerbe, der vom

Justizminister ins Stammbuch der Dynastie eingeschrieben wurde; ein wunderschönes blondes Kind, in einen Spitzenschal gehüllt und mit Jordanwasser auf zwölf Vornamen getauft, dem sein Vater wenige Tage nach seiner Geburt die Collane des Ordens vom Goldenen Vlies und das Großkreuz des Ordens Isabellas der Katholischen verliehen hatte.

Von alldem wusste Mona nichts, als sie, schwankend zwischen Staunen und Neugierde, die Karte betrachtete; die spanische Königsfamilie war für sie fast wie von einem anderen Planeten, so viele Jahre lebte diese schon im Exil, und Mona hatte keine Ahnung von den wechselnden Titeln, mit denen ihre Mitglieder im Zuge der Ereignisse bedacht wurden, in ihrer Welt erfuhr man nie etwas von den Abenteuern des Hochadels, wie auch von so vielem anderen nicht. Ihre ganze Aufmerksamkeit galt jetzt diesem vierten Pappkärtchen ...

Sekundenlang stand sie da, reglos vor dem gigantischen grünen Dunkel des Central Park, den Blick auf die Buchstaben konzentriert:

Alfonso de Borbón y Battenberg
Conde de Covadonga

Nichts von königlicher Hoheit oder Prinzenwürde. Unter dem Titel nur noch eine Adresse in Evian, Frankreich, mit Füllfeder durchgestrichen und handschriftlich ersetzt:

St. Moritz Hotel
New York

Manhattan öffnete sich vor Mona, je weiter sie die Achte Avenue hinunterging. Die Temperatur hatte abgenommen, und die Kälte wurde allmählich schneidend; sie hatte die Arme vor der Brust verschränkt und den Kragen ihres Mantels aus zweiter Hand, den man ihr in der Wäscherei überlassen hatte, hochgeklappt. Es war der erste Mantel ihres Lebens, und sie hätte es sich an diesem Morgen nicht träumen lassen, dass sie so bald so dankbar dafür sein würde.

Den Weg hatte ihr ein Angestellter von nebenan gewiesen, nachdem die Portiers des Majestic festgestellt hatten, dass sich dieses junge Mädchen nur auf Spanisch verständigen konnte. Sie hatten daraufhin einen Kubaner geholt, der im benachbarten Dakota-Gebäude Nachtdienst schob, und der hatte ihr erklärt, was sie zu tun hatte: einfach geradeaus gehen, etwa sechzig Blocks. Woher soll ich das wissen, Liebchen?, erwiderte er auf ihre Frage, wie lange das dauern würde. Zwei Stunden? Drei? Vier, vielleicht? Kommt ganz auf den Rhythmus an, in dem du diese hübschen Beine schwingst, die Gott dir gegeben hat. Obwohl du mit der Subway viel schneller da wärst, du müsstest nur …

Sie winkte ab. Keine zehn Pferde würden sie alleine in diese unterirdischen Höhlen bringen, wo sich angeblich Züge wie Würmer durch die Eingeweide der Stadt schlängelten. Sie sagte danke und gute Nacht, zog den gebrauchten Mantel fester um sich und marschierte los.

Zunächst begegneten ihr nur vereinzelt Passanten, in der vornehmen Wohngegend der Upper West Side war kaum jemand unterwegs. Nicht lange, und sie erreichte den Columbus Circle, ohne zu wissen, dass der marmorne Herr auf seinem Beobachtungsposten hoch über dem Platz Christoph Kolumbus verkörperte. Die breite Allee belebte sich zunehmend, je weiter sie kam, die Gebäude wurden immer höher und imposanter, einige lärmende Grüppchen kreuzten ihren Weg, durch die Portale der Hotels gingen Gäste ein und aus, Pärchen, die sich um die Taille fassten, offene Bars, Hupen, laute Stimmen, Gelächter. Überwältigt von dem Ambiente, verlangsamte Mona ihren Schritt und betrachtete staunend die knalligen Neonschriftzüge rundum. Sie war in der Gegend der Theater, der prachtvollen Kinosäle und Veranstaltungshallen angelangt; ihr war nicht bewusst, dass sie sich praktisch parallel zum Broadway bewegte, und ebenso wenig, dass auch der Times Square nur einen Steinwurf weit weg war.

Als sie unter dem Vordach des Madison Square Garden hindurchging – und nicht ahnte, dass dort für gewöhnlich Tausende von Menschen Boxkämpfen zusahen –, fühlte sie plötzlich einen harten Schlag auf der Schulter. Erschrocken schrie sie auf. Mit den Augen ständig woanders, war sie mit einem Mann zusammengestoßen, der in Schlangenlinien lief und eine Flasche Schnaps in der Manteltasche hatte. Zwei junge Frauen schnauzten ihn an und stützten Mona.

»He, du Idiot, pass auf, wo du hinlatschst! Alles in Ordnung, Schätzchen? So ein Grobian!«, sagten sie auf Englisch.

Mona verstand nicht, was sie sagten, sie bemerkte nur die weißblond gefärbten Haare, die stark geschminkten Gesichter und die attraktiven Figuren unter einem feuerroten und einem türkisblauen Mantel. Sie waren Tänzerinnen in einem Musical und hatten soeben die Abendvorstellung beendet, sie waren ausgehungert und gierten nach einem Riesensandwich mit einem Berg Pommes frites, um hinterher in ihrem kleinen gemeinsamen Apartment in Queens die Füße eine Weile in eine Schüssel mit Salzwasser zu stellen und sich dann ins Bett zu legen, angetan mit den braven Flanellnachthemden, die ihnen ihre Großmütter in irgendeinem Dorf in Kansas, Nebraska oder Kentucky genäht hatten, als sie in eine unsichere Zukunft zur großen Stadt aufgebrochen waren. Mona jedoch kamen sie vor wie Außerirdische, mit dieser Unbefangenheit, den bemalten Lippen, den fadendünnen Augenbrauen, den dick getuschten Wimpern und Resten von Glimmer auf den Wangen. Und vor lauter Verlegenheit sah sie zu, dass sie schleunigst weiterkam.

»Nichts passiert, nichts passiert«, stammelte sie nur und setzte sich rasch wieder in Bewegung.

Sie ließ die Schriftzüge, mit denen Premieren verkündet und Besucher angelockt wurden, hinter sich. An den Straßennamen auf den Schildern an jeder Kreuzung konnte sie ihren Fortschritt ablesen: Neununddreißigste, Achtunddreißigste, Siebenunddreißigste ... Auf der Höhe der Fünfunddreißigsten passierte sie The New Yorker, das angeblich größte Hotel von ganz Manhattan; danach erschien zu ihrer Rechten das General Post Office, zu ihrer Linken Penn Station, die als der schönste Bahnhof galt, den je ein menschliches Auge erblickt hatte.

Sie ging und ging. Jetzt, da sie Midtown hinter sich gelassen und Chelsea erreicht hatte, war es nicht mehr ganz so weit, sie fror kaum noch und stillte ihren Hunger notdürftig mit den Schnittchen, die sie in der Küche stibitzt hatte und halb zerdrückt in der Tasche fand. In der Nähe des Grand Opera House bremste ein Automobil und fuhr im Schritttempo neben ihr her. Der Fahrer begann durch das offene Fenster auf sie einzureden, ohne dass sie ein Wort verstand. Ihr Pulsschlag beschleunigte sich, und sie spürte, wie ihr der Mund trocken wurde, also setzte sie mit Entschiedenheit einen Fuß vor den anderen, den Blick fest auf ihre Schuhspitzen gerichtet, eins, zwei, eins, zwei ... Wegzulaufen hatte keinen Zweck, darum konzentrierte sie sich vollkommen auf ihre eigenen Bewegungen, um die Angst in Schach zu halten, die ihr das Herz abschnürte. Eins, zwei, eins, zwei ... Bis der Schleimer ihr ein paar Beleidigungen zuschrie und frustriert aufgab.

Das Panorama in diesem Stadtteil war völlig anders: keine Wolkenkratzer, keine Leuchtreklamen, kaum ein Lebenszeichen. Sie kam an schlichten, leerstehenden Wohnblocks aus rotem Backstein vorbei, brachliegenden Grundstücken, mit Lumpen und Kartons zugedeckten, an die Fassaden geschmiegten Körpern; an ärmlichen Läden, Barbieren, Leihhäusern und Cafés, alle geschlossen und gespenstisch. Zwischen der Einundzwanzigsten und der Zwanzigsten öffnete sich ein Schiebefenster in der zweiten Etage, und zwei Männer riefen ihr etwas Unverständliches zu, einer der beiden fasste sich in den Schritt und bewegte obszön den Unterleib. Dann lachten sie grölend, tranken ihr Bier aus und warfen die leeren Flaschen nach ihr. Zum Glück landeten diese ein Stück weiter, wo sie auf dem Pflaster zu karamellfarbenen Scherben zerplatzten.

Nach einer langen, ermüdenden Wanderung erblickte sie im Morgengrauen endlich erste vertraute Silhouetten, Geschäfte mit ihr bekannten Namen, Fassaden, Türen, Markisen, Schilder, Schaufenster vermittelten ihr stumm ein tröstliches Gefühl der Geborgenheit. Vor Erleichterung stieg ihr ein Schluchzen in die Kehle, das sie nur mit Mühe unterdrücken konnte. In Höhe der Fünfzehnten, als das Ziel schon fast in Sicht war, begann sie zu rennen, erreichte die Vierzehnte, bog links ab, stand keuchend vor ihrem Haus, sprang die Treppe hinauf, den Schlüssel in der Faust, öffnete die Tür, und die Dunkelheit und das Schweigen in ihrer winzigen Wohnung schienen diese zum einzigen Ort auf der Welt zu machen, an dem sie Ruhe finden konnte.

Um ihre Mutter und ihre Schwestern nicht zu wecken, bewegte sie sich vorsichtig im Dunkeln und versuchte, möglichst leise zu sein. Sie ließ den Mantel auf einen Stuhl fallen, zog die Kellnerinnenuniform nicht aus und ging auch nicht in das schäbige Bad, sondern stieg lediglich aus den Schuhen und schlüpfte unter die Decke in dem engen Zimmer, das sie mit Victoria teilte. Dort rollte sie sich zusammen, schloss fest die Lider und wünschte sich nichts weiter, als einzuschlafen.

In ihrem Kopf wirbelten die Stimmen und Geräusche der letzten Stunden wild durcheinander, die Bilder multipliziert, fragmentiert, wie in einem Spiegel, den ein Steinwurf in tausend Stücke zerbrochen hatte. Die essigsaure Miene der alten Doña Damiana, die Mädchen, die sich heiser schrien, weil sie nicht reagierte, das Blitzlicht des Fotografen, die rabiate Art des Reporters. Covadonga, hey, Covadonga! Tell me, man to man, stimmt es, dass Ihre kubanische Gattin Sie der Abhängigkeit von gewissen Substanzen bezichtigt? Stimmt es, dass sie Sie vor die Tür gesetzt hat und dass Sie deshalb von Havanna nach New York umgezogen sind? Die Neonschriftzüge über den Tanzlokalen, Varietés und tropischen Cocktailbars spukten ihr durch den Kopf, blonde, vollbusige Frauen mit Mündern rot wie Wassermelonen. Der Betrunkene, der sich auf ihr abgestützt hatte, dass ihr jetzt noch die Schulter wehtat, torkelte ihr von einer Seite ins Gedächtnis und von der anderen der Dreckskerl, der ihr aus dem Auto Anzüglichkeiten zugerufen hatte, während ein gesichtsloser Mann sich vulgär zwischen die Beine griff und ein wüstes Gelächter ausstieß, ehe er von einem Wolkenkratzer in die Tiefe sprang.

Nach und nach, ganz allmählich, verschmolzen die wirren Bilder wie warmes Wachs, die Lichter begannen in ihrem erschöpften Geist zu erlöschen, und alles beruhigte sich, während sie einschlummerte. Bis sie glaubte, etwas habe ihre Wange gestreift, und erschrocken auffuhr, eine Hand im Gesicht, die andere aufs Herz gepresst.

Aber da war nichts, alles war in Ordnung. Ihre Schwester schlief friedlich an ihrer Seite, die altersschwachen Leitungen gluckerten wie gewohnt, der Umriss des Kleiderschranks zeichnete sich in der Dunkelheit gegen die Wand zu ihren Füßen ab.

Sie atmete tief und legte sich wieder hin, diesmal auf den Rücken, die Augen ließ sie offen.

Es war nur ein böser Streich der Einbildung gewesen. In ihrem Zimmer gab es keinen Mann mit langen Fingern, niemand hatte ihr mit einer luxuriösen Visitenkarte über die Wange gestrichen.

· 17 ·

Es war kurz vor elf, als sie sie rüde aus dem Schlaf rissen. Mona, desorientiert und verstört, brauchte ein paar Sekunden, um sich zurechtzufinden und zu begreifen, dass sie nicht im heimischen Málaga, sondern auf der anderen Seite des Ozeans war. Erst dann wurde ihr klar, dass sie an diesem Morgen in La Trinidad keine Besorgungen für Mama Pepa gemacht hatte, weil ihre Großmutter schon seit Monaten unter der Erde war, und dass sie auch nicht von Joaquín, dem Kellner der Taverne in der Calle Jaboneros, der sie immer still mit seinen kohlschwarzen Augen angeblickt hatte, am Brunnen erwartet wurde, weil man den zum Militärdienst nach Larache geschickt hatte.

Alles, was sie sah, waren ihre Mutter und ihre Schwestern, die auf dem Bett nebenan saßen und auf ihre Rückkehr in die Realität warteten, während sie sich halb aufrichtete, die Ellbogen auf die Matratze stützte, die Haare zerwühlt und die Augen noch halb geschlossen.

»Was ist denn das?«, fragte Luz und zupfte an der zerknitterten schwarzen Uniform, mit der Mona sich ins Bett gelegt hatte.

Noch bevor Mona in ihrem verschlafenen Zustand überhaupt reagieren konnte, war Remedios schon die Hand ausgerutscht. Lass den Blödsinn, jetzt geht es um Wichtigeres, sagte sie und versetzte ihrer Jüngsten eine der Ohrfeigen, die im Umgang mit ihren Töchtern an der Tagesordnung waren.

Daraufhin ergriff Victoria das Wort und kam direkt zur Sache:

»Es gibt eine Menge Sachen, die du wissen solltest ...«

Ohne Zeit zum Wachwerden erfuhr Mona dreistimmig, was sich während ihrer Abwesenheit am Vorabend zugetragen hatte.

Nichts wie raus hier, hatten sich Victoria und Luz gedacht, kaum dass Mona von Doña Carmens Laufburschen abgeholt worden war. Ohne ihre energische Schwester fühlten sie sich verstümmelt, und die Vorstellung, mit nichts als den Seufzern, Tränen und Befürchtungen ihrer Mutter in der Wohnung eingesperrt zu sein, war ihnen so zuwider, dass auch sie das Weite suchten.

Sie waren wenige Stufen vor dem Treppenabsatz der zweiten Etage – Remedios' Gezeter war noch immer zu hören –, als sich die verhassteste Tür des ganzen Hauses öffnete. Sie blieben wie angewurzelt stehen, Victoria schnaubte, und Luz verzog das Gesicht, aber es war zu spät, um den Rückzug nach oben anzutreten, und der Absatz zu schmal, um einfach vorbeizugehen, und so blieb ihnen nichts anderes übrig, als ihr erneut zu begegnen. Da stand sie wieder, Señora Milagros, und starrte sie aus ihren ungleichen Augen an.

»Könnten Sie uns vielleicht sagen, Señora Milagros, wie man zur Cherry Street kommt?«, trat Luz die Flucht nach vorn an.

Der Ton, respektvoll und furchtsam, war falsch wie ein

Judaskuss, aber zumindest ersparten sie sich damit den An-
schiss für ihre Freudentänze von kurz zuvor.

»Was wollt ihr denn da?«

»Wir wollen zu Paco Sendra. Wir haben etwas mit ihm zu
besprechen.«

Schon über vierzig Jahre lebte Milagros Couceiro in Manhattan, und dass sie ihren Geburtsort an der Costa da Morte
verlassen hatte, um bei einer reichen Familie in La Coruña
Dienstmädchen zu werden, war noch viel länger her. Mit
kaum neunzehn hatte sie Amadeo geheiratet, den Jungen,
der allwöchentlich das Holz anlieferte, ein attraktives Großmaul, der bereits in Argentinien gewesen und wieder zurückgekehrt war und ihr in weniger als zwei Monaten die Tugend
und das Herz stahl. Als sie auswanderten, hatte sie das erste
Kind auf dem Arm und war mit dem zweiten schwanger,
und an Warnungen hatte es wahrlich nicht gemangelt. Ihre
eigene Familie, ihre Cousinen und Nachbarinnen, sogar die
Herrschaften, bei denen sie angestellt war, alle waren sie gegen diese Fehlentscheidung. Bleib hier, Milagros, lass ihn allein nach Amerika gehen und warte erst mal ab, sei nicht
dumm. Niemand traute ihm; man habe ihn da und dort gesehen, dies oder jenes sagen hören, von Dritten erfahren … Sie
stellte sich taub, wandte allen den Rücken und gab ihrem
Mann den Vorrang, begründet durch nichts als ihre vertrauens-
selige Liebe.

Sie trafen in Manhattan ein, ließen sich nieder, und das
Fiasko nahm seinen Lauf. Als sie endlich klarzusehen begann, war er längst über alle Berge. Und dabei zeichnete sich
schon früher ab, dass es nicht gut mit ihnen ausgehen konnte,
denn in einem ihrer häufigen Handgemenge hatte er sie gegen einen Fenstergriff geschleudert, sodass sie ein Auge verlor. Ein Jahr nach ihrer Ankunft in Amerika war Milagros
Couceiro allein, einäugig und verantwortlich für zwei Kin-

der, nachdem ihr Mann eines Morgens auf Arbeitssuche gegangen und nie mehr wiedergekommen war.

Und sie hatte nicht nach ihm gesucht. Wie hätte sie das
auch anstellen sollen als junge Immigrantin mit zwei Klein-
kindern ohne einen Dollar in der Tasche, die niemanden kannte und kein Englisch sprach. Stolz, wie sie war, kam eine
Rückkehr in die Heimat allerdings auch nicht in Frage, weil
sie keine Lust auf die lebenslange Litanei hatte: Siehst du, ich
hab's dir doch gleich gesagt, alle haben's dir gesagt ... Stattdessen beschloss sie, fortan Trauerkleidung zu tragen, ohne
zu wissen, ob sie tatsächlich Witwe war, und fing an in einer
Werkstatt im Garment District als Näherin zu arbeiten. So
gelang es ihr, ihre Kinder großzuziehen. Als diese ihre eigenen Familien gründeten und Milagros heimkehren und in
Ruhe ihre Ersparnisse hätte genießen können, weil alle, die
sie damals gewarnt hatten, schon tot waren und niemand
mehr auf sie einreden oder sie wegen ihrer Gutgläubigkeit
verspotten konnte, da ging die Banco de Lago, wo so viele
Landsleute ihr Geld hatten, in Konkurs, und der Absprung
war verpasst. Sie blieb also in New York und bastelte in ihrem Wohnzimmer Papierblumen, die sie für drei Cent das
Stück an einen Laden verkaufte. Und sie begann zu warten,
für den Fall, dass ihr jemand etwas über den Verbleib ihres
Amadeos sagen würde. Oder über sein Ableben. Oder falls
der gewissenlose Kerl noch am Leben wäre und ihn die Einsamkeit des Alters oder am Ende doch die Reue plagte und
er auf die Idee kommen sollte, zu ihr zurückzukehren.

Von alldem hatten die Arenas-Töchter natürlich keine Ahnung, als die Nachbarin in ihrer Wohnung verschwand, ohne sie hereinzubitten, und mit einem schmierigen Stadtplan
in der Hand wieder erschien.

»Mal sehen ...«, sagte sie, faltete die Karte auseinander
und hielt sie ausgebreitet an die schmutzige Wand.

Die Gegend um die Cherry Street, nach der Luz gefragt hatte, kannte sie nur zu gut. Dort hatte sie in ihren Anfangsjahren gewohnt und auch noch in der ersten Zeit ohne ihren Mann, zusammengepfercht mit einer anderen Einwandererfamilie in einem einzigen Zimmer, mit nur einer Matratze für sich und ihren Nachwuchs, den sie in die Obhut von Nachbarinnen geben musste, damit sie arbeiten gehen konnte.

»Am besten nehmt ihr den Bus, zu Fuß ist es eine ganz schöne Strecke, was ist euch lieber?«

Obwohl sie kein bestimmtes Ziel hatten, erklang die Antwort prompt im Duett. Zu Fuß. Laufen ist uns lieber. Die andere Option machte ihnen Angst. Noch nie hatten sie eines dieser Fahrzeuge bestiegen, sie wussten nicht, wie sie bezahlen, wo sie aussteigen, wo in den nächsten Bus umsteigen sollten; sie kannten die Straßen nicht, die Haltestellen, die Vorgehensweise; sie hätten nicht einmal zwischen Osten und Westen, Norden und Süden unterscheiden können.

»Dann müsst ihr so gehen …«

Mit einem Zeigefinger, der deformiert war vom Umgang mit Nadeln und Scheren, zeichnete sie einen Zickzackkurs aus Linien und rechten Winkeln.

Während die Mädchen den Anweisungen lauschten, begann ein überraschender Gedanke in ihren Köpfen Gestalt anzunehmen. Womöglich wäre es gar nicht so dumm, die Lüge, die sie der Alten aufgetischt hatten, Wahrheit werden zu lassen. Sie hatten nicht die Absicht gehabt, den Besitzer von La Valenciana zu besuchen, das war nur ein spontaner Vorwand gewesen, damit sie nicht schimpfte. Aber wie wäre es, wenn sie tatsächlich hingingen, warum eigentlich nicht.

Den früheren Chef ihres Vaters nach seiner Meinung zu fragen, den Mann, für den Emilio Arenas gearbeitet hatte, das wurde mit einem Mal zum dringlichsten Vorhaben seiner Ältesten und seiner Jüngsten. Schließlich hatte Sendra bei der Trauerfeier angeboten, ihnen mit Rat und Tat zur Seite zu stehen, ihr Vater hatte ihn geschätzt, weil er gesunden Menschenverstand besaß und in der Kolonie eine regelrechte Institution war. Außerdem schuldeten sie ihm Geld und waren ihm schon allein dadurch unentrinnbar verbunden. Doch selbst wenn man von alldem einmal absah, hatten sie sonst niemanden, an den sie sich hätten wenden können.

Geht mit Gott, sagte die Nachbarin, als die beiden ihr endlich versicherten, sich den Weg gemerkt zu haben. Und dann schloss sie sich wieder ein mit ihren Erinnerungen und ihren Knochenschmerzen, um darüber nachzugrübeln, was wohl aus Amadeo im Laufe all dieser Jahre geworden sein mochte.

· 18 ·

Sie verliefen sich sechs- oder siebenmal, mussten mehrmals wieder ein Stück zurückgehen, machten sich mit Händen und Füßen verständlich, wenn sie Passanten fragten, schrien einander an, wenn sie sich nicht einigen konnten – Victoria stets bemüht, besonnen und vorausschauend zu sein, Luz immer stürmisch spontanen Eingebungen folgend –, und erreichten schließlich, als der Nachmittag schon in den Abend überging, La Valenciana in der Cherry Street Nummer 45.

Was hatte Sendra gesagt? Dass es in ganz New York keine seriösere Firma gebe als die Trasatlántica Española. Dass kein Schifffahrtsunternehmer redlicher sei als Santiago Lemos. Dass er die angebotene Entschädigung für mehr als großzügig halte. Dass diese Stadt kein Ort für alleinstehende Frauen sei und er ihnen deshalb rate – im ehrenvollen Gedenken an seinen ehemaligen Mitarbeiter –, nach Spanien zurückzukehren, in ihre vertraute Umgebung, zu ihren Leuten. Unverzüglich. Sofort.

Es wurde ein kurzer Besuch; gerade lang genug, sich die entschiedenen Empfehlungen des früheren Chefs ihres Vaters anzuhören und das Glas Muskateller zu trinken, das er ihnen freundlich hinstellte. Den italienischen Anwalt erwähnten sie gar nicht erst; so glühend, wie Sendra die heimische Reederei pries, erschien ihnen das überflüssig.

»Bevor wir gehen, Don Paco«, bat Victoria zum Schluss, »sagen Sie uns doch bitte die Summe, die mein Vater Ihnen schuldig geblieben ist.«

Sendra ging nach hinten in sein Büro. In der Zwischenzeit schauten sie sich neugierig um: Regale, in denen sich die Ware stapelte, die Angestellten mit ihren Schürzen bis unter die Knie, Männer, die hereinkamen, grüßten, in der großen Zigarrenkiste voller Post mit spanischen Briefmarken und Absendern wühlten, manchmal im Hinausgehen einen Umschlag aufrissen und manchmal verdrossen die Schultern hängen ließen, weil keine Nachrichten für sie gekommen waren. Es gab Kunden, die darauf warteten, bedient zu werden, weil sie eine Rolle Schnur brauchten, ein Paar dicke Wollstrümpfe, ein Päckchen Rasierklingen, kleine Dinge des täglichen Bedarfs dieser Landsleute, die fast alle getrennt von den Ihren lebten und fast alle Woche für Woche aufs Meer hinausfuhren.

»Dreihundertvierzig Dollar, fünfundachtzig pro Fahrkarte«, sagte Sendra, als er wiederkam.

Die beiden hatten das Gefühl, als drehte ihnen der Muskateller den Magen um, beinahe hätten sie sich übergeben müssen. Dreihundertvierzig Dollar, heilige Mutter Gottes. Ein monströser Betrag, den sie diesem Mann mit dem Geld der Trasatlántica erstatten könnten, wenn sie seiner Empfehlung folgten und es annahmen, oder der für unabsehbare Zeit zu einer drückenden Last würde, falls sie die Angelegenheit in die Hände des italienischen Anwalts legten.

Er reichte ihnen die Rechnung, und Victoria, die sich nicht traute, einen Blick darauf zu werfen, faltete sie hastig zusammen und klemmte sie unter ihren Büstenhalterträger. Sie fragten nicht nach der Zahlungsfrist, damit sich Sendra nicht gezwungen sähe zu sagen, allzu eilig sei es nicht, aber je eher, desto besser.

Sie ließen sich ihren Schrecken nicht anmerken, verabschiedeten sich und traten hinaus auf die dunkle Straße dieses Stadtteils an den Piers der Lower East Side unter der Auffahrt zur Brooklyn Bridge, wo alles ein wenig düsterer und ärmlicher war als in ihrem Viertel. Es war Abendessenszeit, und auf den schwach beleuchteten Straßen herrschte Bewegung. Vor allem Männer waren zwischen den Pensionen und Restaurants unterwegs, allein, zu zweit, zu dritt, sie sprachen Spanisch, Griechisch, Italienisch, Portugiesisch, klopften sich auf die Schultern, eine halbgerauchte Zigarette zwischen den Fingern, bekleidet mit dickgefütterten Arbeitsjacken und Strickmützen.

Sie waren erst ein paar Schritte gegangen, als Sendra ihnen nachrief.

»Wie kommt ihr nach Hause, Mädchen?«

»Zu Fuß«, erwiderten sie im Chor.

»Kommt überhaupt nicht in Frage.«

Er wandte sich nach hinten, brüllte etwas, und Sekunden später erschien ein Junge mit großen abstehenden Ohren und einem Autoschlüssel.

»Bring die jungen Damen in die Vierzehnte, aber beeil dich, wir haben heute Abend noch zu tun.«

Er ließ seine Hand auf den Nacken des Jungen fallen, winkte den Mädchen zu und verschwand erneut in seinem Laden.

Kaum eine halbe Stunde später waren sie wieder dort, wo sie sich auskannten, doppelt erleichtert, weil ihnen, zum einen, der lange Fußmarsch erspart geblieben war und sie, zum anderen, von Sendra einen weisen Ratschlag mitbrachten. Darüber hatten sie auf der Fahrt gesprochen, auf den Vordersitz des Lieferwagens gequetscht und chauffiert von dem segelohrigen Jungen, den sie völlig ignorierten und keines Blickes würdigten.

»Du bist der Meinung, wir sollten auf Don Paco hören, stimmt's?«

»Ja, das halte ich für das Beste.«

Ihr Entschluss war gefasst, und sie gingen fest davon aus, dass Mona und ihre Mutter auch einverstanden sein würden. Sie würden ihre Schulden bezahlen. Nach Málaga zurückkehren. Den Rechtsanwalt vergessen. New York vergessen.

Hintereinander liefen sie die Treppe hinauf, flink, als hätte die Entscheidung ihnen Flügel verliehen; zuversichtlich, leichtfüßig.

»Und wie war's?«

Die Frage kam von Señora Milagros, die ihre Tür geöffnet hatte, kaum dass die Mädchen im Haus waren. Gut, antworteten sie nur; was gingen die Alte ihre Angelegenheiten an, dachten sie. Bloß weil sie ihnen den Weg gezeigt hatte, brauchten sie ihr doch nicht Bericht zu erstatten.

»Dann werdet ihr euch also damit begnügen?«

Die beiden Schwestern starrten sie sprachlos an.

»Ich frage ja nur, ob ihr euch mit den Krümeln zufriedengebt, mit denen sie euch abspeisen wollen. Wie die Hühner.« Die Hand zum Boden gerichtet, schnippte sie rhythmisch mit Daumen und Zeigefinger, als streute sie Maiskörner aus. »Putt, putt, putt.«

Keine der beiden lachte. Auch sie nicht.

»Aber Sie, Sie ... was wissen Sie denn schon?«, stammelte Luz. »Sie, Sie ...«

»Eure Mutter hat mir alles erzählt, das mit denen vom Schiff und das mit dem anderen«, erwiderte sie ohne Umschweife und deutete mit ihrem knotigen Daumen nach oben. »Ich habe sie durchs Küchenfenster weinen hören, ich wusste, dass sie allein war, und bin hoch.«

Die Einäugige war also über alles auf dem Laufenden, das hat uns gerade noch gefehlt, dachten die Schwestern. Und verfluchten insgeheim ihre Mutter.

»Don Paco Sendra sagt, die Abfindung der Trasatlántica sei großzügig«, erklärte Victoria.

Señora Milagros durchbohrte sie mit ihrem guten Auge, schnalzte mit der Zunge und wiegte mitleidig den Kopf.

»Ach, Kinderchen, wie kann man nur so naiv sein … «

Keine rührte sich, während die Frau in ihre Wohnung ging, den Schlüssel aus dem Schloss zog und einen rauen Schal aus schwarzer Wolle ergriff. Den legte sie sich um die Schultern und knallte die Tür zu.

»Holt eure Mutter, und lasst uns gehen. Es gibt da eine Person, die ihr allmählich mal kennenlernen solltet.«

· 19 ·

An dem schmalen Gebäude mit der vergilbten Stuckfassade gleich neben der Kirche, ganz in der Nähe von La Nacional waren sie schon oft vorbeigegangen. CASA MARÍA stand über der Tür. Da sie sich nie für irgendetwas interessierten, hatten sie sich auch nie gefragt, was sich dahinter verbarg.

Mit großer Selbstverständlichkeit betrat Señora Milagros das Haus, ging einen kurzen Flur entlang, bog einmal nach links und dann noch ein weiteres Mal ab. Remedios und ihre Töchter folgten ihr in scheuem Schweigen, bis die alte Nachbarin energisch eine Flügeltür aufstieß und den Blick auf eine von elektrischem Licht erhellte Szenerie freigab.

Mindestens zehn oder zwölf Frauen hielten sich in dem weitläufigen Raum auf, einer Kombination aus Küche und Speisesaal. Einige hatten die Hände in Becken mit schäumendem Wasser, andere trockneten das gespülte Geschirr ab, zwei junge Mädchen fegten den Boden. An einer Seite des langen Tisches in der Mitte sprachen zwei Nonnen in Ordenstracht und weißer Haube leise mit einem hohläugigen Mädchen, das einem Baby die Brust gab.

Die Ankunft der Galicierin löste ein Gewirr von Stimmen aus. Na so was! Milagros, Sie um diese Zeit? Sie begrüßte die anderen lebhaft und scherzend, was die Arenas noch mehr verwirrte, weil ihnen diese Facette ihrer Nachbarin völlig unbekannt war.

Sie brauchte nicht zu erklären, worum es ging, alle schienen Bescheid zu wissen.

»Schwester Lito ist oben«, sagte eine der Nonnen. »In ihre Akten vergraben, wie immer.«

Keine der Anwesenden schien sich über die drei Frauen zu wundern, die Milagros im Schlepptau hatte; mit ihnen war sie durch die eine Tür in die Küche gekommen, und mit ihnen ging sie einen Augenblick später durch eine andere wieder hinaus.

Noch immer hatte sie ihnen nicht verraten, wohin sie wollte, sondern führte sie Treppen hinauf und Korridore entlang. Aus einem Raum drangen die diskutierenden Stimmen junger Frauen, aus einem anderen das Weinen eines kleinen Kindes. Einmal begegnete ihnen ein kahlgeschorenes Mädchen, das mit gesenktem Kopf und undefinierbarem Akzent guten Abend murmelte. Wenig später klopfte Señora Milagros an eine Tür. Ohne eine Antwort abzuwarten, ging sie hinein. In dem dämmrigen Raum sah man Rauch, Bücher und Papiere: in Regalen, auf den Möbeln, in unordentlichen Stapeln über den Boden verteilt. Hinter einem Schreibtisch, der von einer grünen Glaslampe beleuchtet war, empfing sie jemand mit spöttischer, erstaunter Miene.

»Blessed Mary Mother of God, Galicierin, musst du eigentlich immer zu den unmöglichsten Zeiten aufkreuzen?«

Sie und Milagros lachten auf, dann erhob sich die Fremde, um die Arenas willkommen zu heißen. Denen fielen dabei zwei Dinge auf. Erstens, dass die unbekannte Frau nur eine halbe Nonne war. Sie trug zwar den Habit der Dienerinnen Marias, doch ohne Haube, sodass ihr graumeliertes, nachlässig geschnittenes Haar zu sehen war. Zweitens, dass Schwester Lito im Sitzen praktisch genauso groß war wie im Stehen.

Als sich Señora Milagros und sie umarmten, bildeten sie ein sehr ungleiches Paar, die eine musste sich bücken, die andere die Arme recken. Dann wies Milagros mit dem Kinn auf ihre Nachbarinnen.

»Ich habe dir Besuch mitgebracht.«

»Und ein Problem, I guess«, gab Schwester Lito mit einer tiefen, energischen Stimme zurück, die zu ihrer Statur nicht recht zu passen schien. »Na gut, setzen Sie sich, wo immer Sie Platz finden, und erzählen Sie erst einmal.«

Noch immer stumm, ließen sich Remedios und Victoria in zwei Sesseln nieder, nachdem sie sie von einem Berg Mappen und Akten befreit hatten, Luz auf einer kleinen Truhe. Die Nonne war an ihren Platz zurückgekehrt, und die Galicierin stellte sich hinter sie und lehnte sich an einen Heizkörper, gegenüber von einem Fenster ohne Vorhänge, durch das die Nacht hereindrang.

Eine Weile herrschte Stille. Weder die Mutter noch die Töchter schienen bereit, den Mund aufzumachen, eingeschüchtert, weil sie nicht verstanden, warum diese Nachbarin, mit der sie nie auf gutem Fuß gestanden hatten, sie zu dieser eigentümlichen, winzigen Nonne geschleift hatte.

Angesichts ihres hartnäckigen Schweigens betrachtete Schwester Lito sie eine nach der anderen mit ihren Hasenaugen und fragte dann spitz:

»Haben Sie Ihre Zungen verschluckt, or what?«

Mit ungeduldiger Geste wandte sich Señora Milagros an die Witwe:

»Fangen Sie an, Remedios, nun machen Sie schon!«

Die rang ihren Argwohn nieder und begann stockend zu berichten, anfangs noch zögerlich, später in immer festerem Ton. Nach einer gewissen Zeit wagten sich auch Victoria und Luz vor, mit kurzen, leisen Einwürfen zunächst, um ein Detail zu korrigieren oder Positionen zu klären, doch mit wachsendem Selbstvertrauen. Und indem sie einander ständig ins Wort fielen, gelang es ihnen schließlich mit vereinten Kräften, ein etwas chaotisches, aber wahrheitsgetreues Bild der Situation zu zeichnen.

Die Nonne hatte derweil zwei Zigaretten aus einer zerknautschten Packung Lucky Strike genommen, die rechte Hand über die Schulter gehoben und, ohne aufzublicken, der Galicierin eine gereicht. Beide steckten sie mit langen Küchenzündhölzern an, bliesen mit halbgeschlossenen Augen den Rauch aus und schnippten die Asche in eine Teetasse oder zwischen die Halme einer vertrockneten Topfpflanze, während sie aufmerksam lauschten.

Bis die Arenas fertig waren.

»Verstehe«, sagte die Ordensfrau lediglich, während sie sich einen Tabakkrümel vom Mund pickte.

Neuerliches Schweigen und Rauch breiteten sich im Zimmer aus. Ohne die Arenas zu beachten, wandte sich die Nonne an die Galicierin.

»Das ist eine Geschichte, die Mutter Corazón zu unserer

Zeit ein Dilemma mit unabsehbaren Folgen genannt hätte, das umgehendes Handeln erfordert. Oder einen Knallfrosch, dem man die Zündschnur kappen sollte, bevor er losgeht.«

Und die beiden fingen schallend an zu lachen.

Hinter Emilio Arenas' Witwe und seinen Töchtern lag ein langer Tag voller Aufregungen und Kopfzerbrechen. Sie fühlten sich körperlich und geistig so erschöpft, dass ihnen dieses Gelächter vorkommen musste wie ein Schlag ins Gesicht. Die drei wechselten einen angewiderten Blick und konnten sich gerade noch beherrschen, um den beiden anderen nicht energisch die Meinung zu sagen und abzuhauen. Ihren Spaß können Sie mit sonst wem haben, alte Giftspritzen!, zum Beispiel. Oder etwas in der Art.

· 20 ·

Schwester Lito hielt sie rechtzeitig auf.

»Ganz ruhig, meine Lieben, wir lachen nicht über Sie. Es sind nur die Erinnerungen zweier alter Schachteln. Befassen wir uns jetzt mit der Sache, mal sehen, wie wir ihr beikommen können.«

In einem Bordell in dem verrufenen Stadtteil Five Points zur Welt gekommen, Tochter einer kanarischen Prostituierten und irgendeines Freiers, der eines Nachts ein paar Centavos dafür bezahlt hatte, sich auf einer schmierigen Matratze zu erleichtern, das war Schwester Litos Herkunft. Ihre Züge deuteten unzweifelhaft auf einen knorrigen Kerl vom Mittelmeer hin. Einen Neapolitaner, Mazedonier, Südportugiesen oder Korsen, vielleicht einen Libanesen oder Türken, wer weiß, womöglich auch einen Spanier. Ein namenloser Immigrant jedenfalls, eine der zehntausend Seelen, die sich Ende der Achtzigerjahre des neunzehnten Jahrhunderts Downtown

Manhattan tummelten. Ihr Name Consuelo war das Einzige, was die Mutter der Kleinen hinterlassen hatte, und Lito der Kosename, mit dem sie großgeworden war. In dieser Umgebung war niemand in der Lage, sich den süßen Diminutiv Consuelito zu merken.

In der Schäbigkeit jenes Viertels war sie herangewachsen, umgeben von Brutalität und Unrat. Dort koexistierten, teils getrennt nach Zonen, teils bunt gemischt, freie Schwarze mit Leuten aus dem ausgehungerten Irland, dem unbegreiflichen China, dem bitterarmen Süden Italiens oder den tristen osteuropäischen Enklaven, wo man Jiddisch sprach und Jahwe anbetete. Schon mit sechs Jahren hatte Lito volle Wassereimer in den dritten Stock einer baufälligen Mietskaserne in Mulberry Bend geschleppt, wo Mutter und Tochter, zusammen mit zehn oder zwölf anderen Frauen von liederlichem Lebenswandel, in erstickender Enge hausten. Unter der Herrschaft eines ungarischen Ganovenpaares, das sie mit eiserner Härte tyrannisierte, schrubbte sie mit diesem trüben Wasser die Böden, spülte das Geschirr und wusch die rauen Handtücher, die Unterwäsche der Huren oder die kratzigen Wollschals, mit denen sie sich vor der Winterkälte schützten. Mit acht Jahren war sie zudem dafür zuständig, die Kartoffeln zu schälen und auf der Straße zusammenzuschnorren, was immer sie kriegen konnte, um daraus den faden Eintopf zu kochen, von dem sich alle Bewohnerinnen ernährten. Auch hatte es damals zu ihren Aufgaben gehört, regelmäßig das Bettzeug zu lüften, jeweils nach sechs bis sieben Freiern, frühmorgens, gegen drei Uhr nachmittags und abends um neun, denn das unzüchtige Treiben in jenem Haus hielt sich weder an Arbeitszeiten noch an kirchliche Feiertage.

Sie war gerade elf Jahre alt geworden, als sie sie zum ersten Mal zwangen, mit einem ins Bett zu gehen. Die Frau aus Teneriffa, die ihr das Leben gegeben hatte, war tot, und auf Verlangen irgendeines Schweins, das es nach halbwüchsigen Mädchen gelüstete, nötigten sie sie, die Pritsche einzunehmen. In diesem Moment hörte Lito auf zu wachsen. Drei Jahre später, als sie eines Tages entwischen konnte, um sich ein Mittel gegen ihren quälenden Zahnfleischabszess zu besorgen, traf sie in der Schlange vor dem Ladentisch des Drogisten auf zwei auffällige Gestalten, die in dieser verderbten, gottlosen Umgebung geradezu grotesk wirkten: zwei katholische Nonnen in fleckenloser Ordenstracht, und die Sprache, in der sie sich unterhielten, weckte in dem jungen Mädchen vage Erinnerungen an lange vergangene Zeiten.

Trotz ihrer Kleidung waren die beiden nicht missionarisch unterwegs. Ihnen war klar, dass sich in dieser Gegend nicht viele neue Schäfchen würden werben lassen. Ihr Anliegen beschränkte sich auf die Teilnahme an den Zusammenkünften kleiner Grüppchen von alten Einwanderern spanischer Herkunft oder aus irgendeinem Winkel des lateinamerikanischen Kontinents, armen Teufeln, gestrandet zwischen zwei Welten, ohne Bindungen auf dieser Seite und ohne einen Ort, an den sie hätten zurückkehren können, auf der anderen. Und da der apostolische Auftrag der Dienerinnen Marias die Barmherzigkeit war, statteten die Ordensfrauen diesem Häuflein von Entwurzelten Monat für Monat einen Besuch ab, brachten ihnen Natron mit oder schnitten ihnen die Nägel, trösteten, reinigten Geschwüre und Ekzeme, leisteten ein wenig Gesellschaft, verteilten etwas Tabak aus Tampa, spendeten Segen oder ein Stückchen Seife. Ausgerechnet an diesem Vormittag wollten sie ein paar Flaschen Laudanum kaufen, als ein ausgemergeltes, verdrecktes junges Ding sie mit einem Satz überraschte, wie man ihn nur an einem Ort wie diesem zu hören bekam.

»You parlare, amica, lo español?«

Zu jener Zeit hatte die kleine Lito die Sprache ihrer Mut-

ter so sehr verlernt, dass sie nur noch aus einer Aneinanderreihung von Wörtern und Ausdrücken unterschiedlichster
Abkunft bestand. Die Schwestern jedoch verstanden sie auf
Anhieb, und Lito, die in ihrem Gedächtnis nach fast vergessenen Brocken kramte, verwickelte sie radebrechend in ein
Gespräch. Als das Mädchen ihnen mit aller Selbstverständlichkeit und in einem unfreiwillig mit Obszönitäten und
Grammatikfehlern gespickten Jargon seinen Alltag schilderte, erlitten die frommen Frauen beinahe einen Schock.

Komm mit uns, niña, flüsterte ihr die Ältere der beiden hastig ins Ohr. Wir müssen dich unbedingt hier rausholen. Das
Wort *niña* ging Lito durch und durch. So hatte ihre Mutter
sie mit ihrem lieblichen kanarischen Akzent genannt: *mi niña*, hatte sie immerzu gesagt, von morgens bis abends. Das
Kind hatte diese beiden Silben nicht mehr gehört seit jener
Nacht, in der man die tote Consuelo in eine Decke gewickelt
die Treppe hinuntergetragen hatte. Darum rollte ihr, als sie
dieses simple *niña* aus dem Mund der Mutter Corazón vernahm, eine plötzliche Träne über die Wange.

Sie wusste nicht, wer diese beiden Frauen waren, woher
sie kamen, warum sie so absonderlich gekleidet waren oder
wohin sie sie bringen wollten, aber sie überlegte es sich nicht
zweimal. Mit einem raschen Blick sah sie sich in dem überfüllten Laden um und entdeckte niemanden, der Auskunft
über ihren Verbleib hätte geben können, falls man nach ihr
fahnden sollte. Flankiert von den weiten weißen Kutten der
Schwestern ging sie auf die Straße hinaus und verschwand,
klein, wie sie war, fast in den Falten der Baumwollgewänder.
Draußen erwartete sie die wacklige Kutsche, mit der sich die
Nonnen durch die Stadt bewegten. Drei Schritte, und sie war
hineingesprungen, vier Minuten später hatte sie Mulberry Bend
verlassen und fünf Straßen weiter Five Points. Sie kehrte niemals dorthin zurück.

Mitzunehmen hatte sie nichts, weil sie nichts besaß. Keine Sachen, keine Ausweisdokumente, keine Erinnerungen außer der an ein ununterbrochenes Martyrium. Ohne sich dessen bewusst zu sein, hatte ihr hartes Leben sie aber auch mit Fähigkeiten ausgestattet, die ihr auf die Dauer enorm hilfreich sein sollten: einem unfehlbaren Spürsinn für die menschliche Niedertracht, einer unüberwindlichen Abscheu gegen Unterdrückung und Gewalt und einer umwerfenden Ironie, in die sie ihre von der intuitiven Hellsicht eines Mädchens aus der Gosse geprägten Ansichten verpackte.

Unter den Nonnen der Vierzehnten Straße legte sie Schicht um Schicht ihre Derbheit ab, ernährte sich von deftigem Essen und warmer Milch, reinigte ihr Spanisch und ihr Englisch, bis sie beide Sprachen mehr als ordentlich lesen und schreiben konnte, und entwickelte einen ebenso unberechenbaren wie unersättlichen Appetit auf Lesestoff. Mit Hilfe von Äther und Zangen linderte Doktor De Rosa die Paradontitis, die ihr die Mundhöhle zerfraß. Eine Hebamme des nahen French Hospital, entsetzt vom grässlichen Anblick der Wunden und Entzündungen, die sie bei der Untersuchung des Mädchens fand, beschloss, es mit den üblichen weiblichen Heilmitteln, Umschlägen mit Ringelblumenextrakt oder sanften Spülungen mit Teebaumöl, gar nicht erst zu versuchen, sondern schickte sie umgehend ins katholische Krankenhaus Saint Vicent. Dort behandelte man sie genauso schonungslos wie jeden gestandenen Mann, der bis ins Mark mit Gonokokken verseucht war: mit Quecksilbertabletten und täglichen Injektionen einer Arsen- und Wismutlösung, von denen die Kleine Sternchen sah und die ihr, ohne ihr Wissen, Leber, Nieren und Knochen unheilbar schädigten.

In dieser ersten Zeit traf Lito ein paar Entscheidungen, die die Eckpunkte ihrer Zukunft markieren sollten. Zum einen beschloss sie, sich zeitlebens von keinem Mann mehr anfassen zu lassen. Zum Zweiten wollte sie weiterhin unter Frauen leben, schließlich kannte sie nichts anderes. Die Summe aus beidem wies ihr eine klare Richtung: Sie würde den Schleier nehmen und dem Orden der Dienerinnen Marias beitreten. Niemand fragte sie je, ob sie an Gott glaubte oder nicht.

Schnell zeichnete sich jedoch ab, dass sie keine gewöhnliche Nonne sein würde. Sie schlief bei der Morgenandacht ein, qualmte wie ein Schlot, legte sich mit jedem an und fluchte wie ein Bierkutscher. Zusammen mit den Einflussreichsten der in New York ansässigen spanischen Gemeinde träumten die Frauen der kleinen Kongregation zu jener Zeit einen Traum, für den es bereits einen Namen, aber noch nicht das erforderliche Kapital gab: das Sanatorio Hispano. Seit Jahren sammelten sie über Spendenaktionen und Wohltätigkeitsveranstaltungen Geld dafür, und die Nonnen hielten es für angebracht, mit den Vorbereitungen zu beginnen, falls das Projekt endlich verwirklicht werden könnte. In diesem Stadium der Angelegenheit unterbreiteten sie Lito einen Vorschlag, um die quirlige Novizin zu bändigen und zugleich einen Nutzen für die Gemeinschaft daraus zu ziehen. Warum machst du nicht eine Ausbildung in der Krankenschwesternschule von Bellevue? Kommt überhaupt nicht in Frage, ich bin doch nicht verrückt. Aber geben Sie mir die Nachmittage und Abende frei, und ich verspreche, Ihnen die Mühe, die Sie sich mit mir gegeben haben, mit Zins und Zinseszins zurückzuzahlen.

Mutter Corazón musste Erzbischof Hayes, einen Abkömmling bettelarmer Iren, der zufällig auch in dem fürchterlichen Stadtteil Five Points aufgewachsen war, um Erlaubnis bitten. Und der spätere Kardinal stimmte zu. Nach all den Jahren, die sie sich mit übermenschlichem Willen behauptet hatte, war Schwester Lito – auch wenn Emilio Arenas' Witwe und seine halbverwaisten Töchter dies noch nicht wussten – so-

mit die erste katholische Nonne gewesen, die in einem Hör-
saal der New Yorker Universität saß.

· 21 ·

»Wenn ich Sie also richtig verstanden habe, stehen Sie vor
der Entscheidung zwischen zwei Alternativen. Ob Sie lieber
das Geld in den Rockbund einnähen und nach Spanien zurückkehren oder dem Angebot eines unbekannten Italieners
folgen sollen, der Ihnen das Blaue vom Himmel herunter ver-
spricht, right?«

Remedios und ihre Töchter nickten; kurz zusammenge-
fasst, war das die Situation.

»Also, ich an Ihrer Stelle«, fuhr die ergraute Nonne hinter
dem Schreibtisch fort, »würde mich auf keines von beiden
einlassen.«

Victoria und Luz sprangen auf wie von der Tarantel gesto-
chen.

»Aber was reden Sie da?«

»Sind Sie verrückt, Schwester? Wir können doch nicht alles ablehnen.«

Schwester Lito ließ sie wüten; erst als den beiden nichts
mehr einfiel, steckte sie sich eine weitere Zigarette an, zog
daran und sprach weiter:

»Fangen wir bei dem Italiener an. Name?«

Die Mutter holte die Karte aus einer Tasche und legte sie
auf den Tisch.

»Fabrizio Mazza«, las die Nonne, wozu sie die Karte unter den Schein der grünen Lampe legte und die Augen zusam-
menkniff. Dann grinste sie schief und blies den Rauch aus
dem hochgezogenen Mundwinkel. »Was für ein Vogel.«

»Kennen Sie ihn?«

»Gut genug, um zu wissen, dass er Sie rücksichtslos ausnehmen wird.«

Sie schnippte ihnen die Karte wieder zu, doch keine der anderen fing sie auf. Sie waren so konsterniert, dass sie nicht reagieren konnten. Das Stück Karton überflog den mit Papieren bedeckten Schreibtisch und fiel zu Boden. Keine bückte sich danach.

»Dieser Kerl ist der Neffe von Marcelo Mazza, der in Manhattan ein legendärer Anwalt für die Italiener der schlimmsten Sorte war. Er erlitt einen Schlaganfall, ist jetzt behindert und lebt in der Obhut der Missionsschwestern vom Heiligen Herzen Jesu. In seinen guten Zeiten, das ist noch gar nicht lange her, war er ordinär, jähzornig und laut. Aber auch listig und unglaublich wendig; imstande, jeden Übeltäter nach den brutalsten Gewalttaten herauszuhauen und in den Augen der Öffentlichkeit als armen Teufel erscheinen zu lassen, der harmloser war als Sankt Rochus bei der Augustprozession.«

Sie wusste, dass sie ihre Besucherinnen verblüffte, und schaute sie an.

»Der Neffe, der Sie heute besucht hat, ist davon nur ein mieser Abklatsch, er besitzt weder den Biss noch die Intelligenz des Alten und wirtschaftet die Kanzlei herunter. Gewiss war er deshalb auch so schnell bei Ihnen. Zweifellos bezahlt er weiter die Spitzel, die sein Onkel überall dort hatte, wo leicht Kundschaft zu finden ist, weil es dort ahnungslose, potenziellen Gefahren ausgesetzte Arbeiter gibt. Bei den Tunnelgrabungen unter dem Hudson, auf der Brücke von Triborough, auf den Baustellen in Midtown ... Und natürlich an den Piers.«

Die Töchter und die Witwe Emilio Arenas' starrten sie fassungslos an. Einerseits konnten sie kaum glauben, was sie ihnen da erzählte. Andererseits hatten sie noch nie eine

Frau erlebt, die sich so gewandt und entschieden auszudrücken wusste. Erst recht keine Nonne von der Größe einer Erstkommunikantin, die eine Zigarette an der anderen anzündete, während sie ihnen die Augen für ihre triste Realität öffnete.

»Vermutlich würde Mazza etwas erreichen, wenn er vor Gericht zöge«, setzte Schwester Lito hinzu, ohne Luft zu holen. »Doch sobald Sie Ihre Entschädigung kassiert haben, das sage ich Ihnen jetzt schon, wird er Ihnen eine ellenlange Rechnung präsentieren, in der zusätzliche Spesen, unvorhergesehene Schmiergelder, angebliche Gebühren und Gott weiß was sonst noch aufgelistet ist. Und von dem versprochenen Profit wird er Ihnen am Ende nur noch ein paar Brosamen hinwerfen.«

Einen Moment lang herrschte Schweigen.

»Und die von der Compañía Trasatlántica?«, wagte Victoria leise zu fragen, denn sie vermutete schon, dass die Antwort ebenfalls in eine unerwünschte Richtung führte.

Schwester Lito lächelte.

»Worum es dem Abgesandten der Trasatlántica vor allen Dingen geht, ist, Ihr Schweigen zu erkaufen, weiter nichts. Sie wollen nicht belangt werden, das ist alles. Verhindern, dass der gute Name der Reederei in den Schlagzeilen auftaucht und irgendetwas an die Öffentlichkeit dringt, das über das Allernotwendigste hinausgeht. Wenn sie sich die Hinterbliebenen vom Hals geschafft und sie ans andere Ufer des Atlantiks verfrachtet haben, können sie aufatmen. Wo kein Kläger, da kein Richter. You follow me, right?«

Natürlich verstanden sie, und ob sie verstanden. Darum nickten sie heftig, wussten aber immer noch nicht, worauf die Alte hinauswollte.

»Was sollen wir also Ihrer Meinung nach tun?«, hauchte Remedios schließlich.

Die Nonne, immer für eine Überraschung gut, reagierte mit einer Gegenfrage.

»Von wo in Spanien sind Sie?«

Die Antwort kam dreistimmig.

»Und was haben Sie dort zurückgelassen?«

Diesmal antwortete keine sofort, als erstellte jede im Geist eine Liste.

»Leute …«, begann Victoria nach einigen langen Sekunden.

Schwester Lito schnitt ihr das Wort ab.

»Leute, die wirklich auf Ihre Heimkehr hoffen?«

Leicht verlegen senkte Victoria den Kopf, ohne ja oder nein zu sagen. Luz sprach an ihrer Stelle.

»Diese dumme Nuss«, sagte sie, »bildet sich ein, dass sie von einem Mann vermisst wird, aber er hat ihr nicht eine Zeile geschrieben, seit wir hier sind, und dabei hatte er ihr jede Woche einen Brief schicken wollen.«

Der große Schwarm von Emilio Arenas' ältester Tochter hieß Salvador Berrocal und war der Sohn eines Anwalts aus Málaga, ein ewiger Student der Rechtswissenschaften, der immerzu pendelte zwischen seinem endlosen Studium, den Klausuren an der Universität von Granada, Victorias Armen und Chinitas' Café, wo er bis in die Morgenstunden mit seinen Freunden zu zechen pflegte. Seine Familie schäumte vor Zorn beim bloßen Gedanken an das Mädchen aus dem Armenviertel, das ihnen nicht gut genug erschien für ihren Sprössling, der als Jurist Karriere machen würde, sobald er zur Vernunft gekommen wäre. Wer, wenn nicht diese Brünette, die ebenso hübsch wie arm und sittenlos war, meinten sie, sollte sonst Schuld haben an seinem akademischen Scheitern und seinen Ausschweifungen. Salvador dagegen schwor ihr unsterbliche Liebe und schwelgte in ihrer Schönheit, wie er behauptete, ihren Augen, ihrem wundervollen Körper, dem

Duft ihrer Haut. Allerdings nur, wenn er sich an sie erinner-te, was hin und wieder vorkam, dann tauchte er in ihrem Mietshaus in La Trinidad auf, nachdem er sie mehrmals hin-tereinander versetzt hatte, weil die tiefen Gefühle und erns-ten Absichten des jungen Mannes gelegentlich einfach verpuff-ten. Und so hatte er eben auch vergessen, ihr zu schreiben.

Am liebsten hätte Victoria ihre redselige Schwester ange-schnauzt, verkniff es sich aber aus Respekt vor der Nonne und biss sich auf die Lippe. Es brachte sie zur Weißglut, wenn man sie daran erinnerte, was für ein verwöhnter Auf-schneider Salvador war, aber sie wusste, dass es der Wahr-heit entsprach. Dennoch, sie dachte Tag und Nacht an ihn.

»Und Sie, meine Kleine, wer wartet auf Sie?«

»Meine Freundinnen, meine Nachbarinnen, Bekannte …«, erwiderte Luz forsch und zuckte mit der Schulter.

»Zu viele Bekannte«, bemerkte Remedios mit vorwurfs-vollem Unterton.

»Warum auch nicht?«, gab Luz aufsässig zurück. »Was willst du denn, Mama, dass ich nicht aus dem Haus gehe, mich den ganzen Tag einschließe und dem Leben durchs Fenster zuschaue?«

Victoria schöpfte Atem für ihre Revanche.

»Du würdest eingehen wie eine Primel, wenn du mal still in deinen vier Wänden bleiben müsstest, irgendjemand fin-det sich immer im Getümmel, auch wenn es meistens ein Fehlgriff ist. Wie Rafaelito, dieser Gitarrist von der Aurora-Brücke, der plötzlich verschwunden ist, oder erinnerst du dich an den gar nicht mehr? Oder dieser Miguel, den du an Corpus Chiquito kennengelernt hattest und der schon ver-lobt war, wie sich dann später herausstellte.«

Luz giftete zurück und erhob die Stimme.

»Na, im Vergleich zu dir bin ich doch fein raus. Lieber gar nicht verliebt als in den falschen.«

Ihre Mutter brachte sie mit einem scharfen Zischen zum Schweigen. Die Ordensfrau beschloss, die Debatte abzukürzen. Sie hatte genug gehört, um zu erfassen, woher der Wind wehte, und sich einen Eindruck von den beiden Mädchen zu verschaffen. Die Ältere, eine schöne junge Frau mit regelmäßigen Zügen und schlanker Gestalt, wirkte besonnen und verantwortungsbewusst, schien jedoch zu einer gewissen Unterwürfigkeit zu neigen. Die Jüngere, ebenfalls bildhübsch, wurde von feurigen, möglicherweise übereilten und sogar unvorsichtigen Impulsen getrieben.

»Und Sie, Remedios, was sagen Sie dazu?«

Die Witwe holte Luft, bevor sie mit einem leidenden Zug um den Mund antwortete.

»Ich, Schwester, bin mit den Nerven am Ende, seit ich meinen Jesusito verloren habe, meinen Sohn, der krank auf die Welt kam und mit fünf Monaten gestorben ist. Meine Mutter, die mir noch immer die Kastanien aus dem Feuer geholt hat, ist letztes Jahr an Allerheiligen von uns gegangen, und mein Mann ist auf einem Friedhof so weit weg begraben, dass ich nicht einmal ein Vaterunser an seinem Grab beten kann. Was mich angeht, so erwartet mich nicht einmal mehr ein Dach über dem Kopf, denn aus dem Mietshaus haben sie uns rausgeworfen.«

Finster betrachtete sie ihre Nachkommenschaft.

»Alles, was ich will, Schwester, ist, meine Töchter auf den rechten Weg zu bringen. Ich war nie streng genug mit ihnen, und jetzt sind sie kaum noch zu bändigen, aufgewachsen ohne Vater und ohne Gottesfurcht. Und was aus ihnen geworden ist, sehen Sie ja an diesen beiden hier. Und die, die heute fehlt, Mona, meine Mittlere, ist auch nicht besser. Drei Wildfänge, die machen, was sie wollen, und schnurstracks in ihr Verderben rennen werden.«

Die beiden Mädchen versuchten Einspruch zu erheben,

doch Schwester Lito verbot ihnen mit herrischer Geste das Wort.

»Die da, die Große«, fuhr Remedios fort, »Sie haben es ja gehört. Sie hat eine Liebschaft mit einem reichen Knaben, der nur seinen Spaß mit ihr haben will, und diese Idiotin küsst den Boden, den er betreten hat. Und die da, die Jüngste«, jetzt deutete sie auf Luz, »treibt sich herum wie eine läufige Hündin und folgt jedem, der sagt, na los, Kleine, sing mir was vor, oder lass uns tanzen gehen, bis sie eines Tages am Boden zerstört oder mit einem dicken Bauch nach Hause kommen oder frühmorgens in irgendeinem Straßengraben liegen wird.«

Victoria und Luz wollten zu neuerlichem Protest ansetzen, doch wieder gebot ihnen die Nonne Einhalt.

»Das reicht mir schon, mehr muss ich nicht wissen. Soll ich Ihnen einen Vorschlag machen?«

Sie sagten weder ja noch nein.

»Bleiben Sie.«

Die Mädchen fingen wieder an herumzubrüllen, die Gesichter verzerrt vor Wut, während Remedios dasaß wie betäubt.

»Vorerst«, erklärte die Nonne beschwichtigend. »Letzten Endes ist ja nirgendwo Ihre umgehende Anwesenheit erforderlich, wenn ich es richtig sehe.«

»Und wie stellen Sie sich das vor? Sollen wir uns etwa diesem italienischen Schlitzohr ausliefern, nach allem, was Sie uns über ihn gesagt haben?«, fragte Victoria in herausforderndem Ton.

»No way.«

Sie sahen sie verständnislos an.

»Sondern?«

»Ich werde Sie vertreten.«

Sie saßen da wie zu Salzsäulen erstarrt, verwirrt, gelähmt, sprachlos.

»Es wird Zeit brauchen«, sagte Schwester Lito und bemühte sich, ernst zu bleiben. Es war nicht das erste Mal, dass
sie eine so perplexe Reaktion erlebte, wenn sie sich als prak-
tizierende Anwältin zu erkennen gab. »Man muss schauen,
welche Parteien in diesem Unfall noch verwickelt sind, bis
zu welchem Grad nicht nur die Trasatlántica, sondern auch
die Verwaltung der Piers und die Hafenbehörde zur Verantwortung gezogen werden können, eben alle in irgendeiner
Form Beteiligten.«

Eine Weile dozierte sie noch über Dinge, von denen sie
nichts verstanden, wirkte dabei aber seriös und überzeugend,
wahrscheinlich weil sie ihnen beweisen wollte, dass sie ihr
Metier beherrschte. Bis sie sich zum Schluss wieder auf ihre
Augenhöhe begab.

»Sie fragen sich, warum ich das tun will?«

Sie nickten. Eifrig, sehr gespannt.

»Weil Sie Einwanderinnen sind. Weil Sie ahnungslos, uner-
fahren und arm sind. Weil Sie Frauen sind. Die Reihenfolge
dieser Faktoren spielt keine Rolle, das Resultat wird dasselbe sein. Sie haben gute Karten, zu Opfern von Gaunern und
Betrügern zu werden, und da niemand so anständig sein wird,
Ihnen ein Mindestmaß an Unterstützung zu geben, bleibt Ihnen wohl nichts anderes übrig, als sich mir anzuvertrauen.«

Die Arenas fanden keine Gegenargumente.

»Ah, da gibt es noch einen Grund, den ich fast vergessen
hätte: Ich vertrete Sie auch, weil ich auf die Hälfte der Summe, die ich für Sie herausschlagen werde, als Honorar hoffe.«

Ihre Mienen waren so betroffen, dass die beiden alten
Freundinnen wieder laut lachen mussten.

»Du lieber Himmel, nun guckt doch nicht so!«, kreischte
Schwester Lito. Dann drückte sie ihre letzte Zigarette in der
Erde der dürren Pflanze aus. »Fünfzig Prozent, Ihnen wird
das vielleicht viel vorkommen, aber wie, glauben Sie, ist die-

ses Haus zu finanzieren? Mit welchem Geld sollten wir uns um all die Hilfesuchenden kümmern, die hierherkommen?«

Ihre Verwirrung hatte sich noch immer nicht gelegt, als die seltsamste Nonne, die sie je gesehen hatten, zum letzten Schlag ausholte.

»Und Sie, meine Mädchen, hören mir jetzt mal gut zu. Wie wäre es, wenn Sie, während wir die Sache regeln, aufhören würden, sich selbst zu bemitleiden oder von Männern zu träumen, die Sie niemals lieben werden, und stattdessen anfingen zu arbeiten?«

· 22 ·

Mona saß noch im Bett, an die Wand gelehnt, die als Kopfende diente, das Haar eine zerzauste dunkle Löwenmähne und die Kellnerinnenuniform völlig zerknittert. Ihre Schwestern redeten schon seit einer Weile auf sie ein, fielen sich gegenseitig ins Wort, um sie eiligst über alles aufs Laufende zu bringen, was bei Sendra und hinterher in der Casa María passiert war.

»Aber wie stellt diese Nonne sich das vor? Wir können doch nicht allein das Lokal betreiben? Wir wissen weder, wie das geht, noch, von welchem Geld wir es eröffnen sollen.«

Zum ersten Mal mischte sich Remedios ein.

»Sie hat Señora Milagros gebeten, uns ein Darlehen zu gewähren, und die hat tatsächlich nicht nein gesagt.«

Damit holte sie eine feste Rolle abgegriffener Geldscheine aus ihrer Schürzentasche: ihr winziges Kapital, mit dem sie auf die Beine kommen sollten, ein grotesker Kontrast zu den nagelneuen Dollars, die ihnen die Vertreter der Reederei mitgebracht hatten. Sie hatten das Knistern der Banknoten noch gut in Erinnerung, ihre Glätte, die herrlichen Illusionen, die sie in ihnen ausgelöst hatten. Und noch waren sie in einem Kochtopf versteckt.

»Schwester Lito hat gesagt, wir sollen die Fahrkarten und das Geld gleich heute Morgen zu ihr bringen und ja nichts davon ausgeben«, erklärte Victoria. »Sie wird es zurückgeben. Sie sagt, ab sofort soll alles über ihren Schreibtisch gehen, wir sollen mit keinem reden und niemandem Auskunft geben.«

»Und diese komische Nonne«, beharrte Mona, immer noch zweifelnd, »seid ihr sicher, dass der zu trauen ist?«

Genau dasselbe hatten sie Señora Milagros am Vorabend auf dem Heimweg auch gefragt. Die Galicierin war daraufhin vor der Taverne von Al dem Schotten abrupt stehen geblieben, wo ihr das gelbliche Licht einer Straßenlaterne ins runzlige Gesicht schien.

»Ich kenne diese Frau seit bald vierzig Jahren«, knurrte sie und packte die Handgelenke der beiden Mädchen.

Weiter sagte sie nichts mehr, sondern setzte sich einfach wieder in Bewegung und überquerte, in ihren Wollschal gehüllt, die dunkle, menschenleere Straße. Und ihnen, deren einziger Rettungsanker sie war, blieb keine andere Wahl, als im Wert dieser Freundschaft eine Garantie zu sehen.

Auf Monas Frage und das nachdenkliche Schweigen der beiden anderen war es überraschenderweise Remedios, die die Entscheidung fällte.

»Eine andere Möglichkeit haben wir nicht, meine Lieben, also könnt ihr euch ebenso gut gleich auf den Weg machen. Bringt der Nonne das Geld und die Fahrkarten, und dann gnade uns Gott. Also los, worauf wartet ihr noch?«

Endlich stand Mona auf, sie machten sich fertig und marschierten – nach einstimmigem Entschluss und überzeugt von dem, was sie tun würden – erneut zur Casa María. Eine leichte Ungewissheit rumorte ihnen dennoch in den Bäuchen, da sie spürten, dass es schwerlich ein Zurück geben konnte.

Gleich danach holten sie ihre Mutter ab und gingen ins El Capitán. Dort hing nach wie vor das stümperhaft gemalte Namensschild über der bescheidenen Eingangstür zum Souterrain, eingeklemmt zwischen zwei faden Gebäuden.

Remedios zog den Schlüsselbund ihres Mannes hervor; hinter ihr warteten ihre Töchter in respektvollem Schweigen, bis sie zuerst das Vorhängeschloss, dann das Türschloss geöffnet hatte, und bissen die Zähne zusammen, um nicht in Tränen auszubrechen. Sie waren gerührt von der Gewissenhaftigkeit, mit der ihr Vater seinen kargen Besitz gegen unerwünschte Eindringlinge geschützt hatte, als ob es dort etwas Kostbares zu holen gäbe. Doch nein. Als sie eintraten und die kalte Dunkelheit sie umfing, stellten sie niedergeschlagen fest, dass alles noch in demselben miserablen Zustand war wie zuvor.

Tastend bewegten sie sich zwischen den Tischen mit den hochgestellten Stühlen. Sie schoben sich alle in die Küche, machten Licht. Es war aufgeräumt und in der Enge alles dicht beieinander: der Spülstein, der kalte Herd, die schwarzen, verbeulten Pfannen an den Haken darüber, der Knoblauchzopf an seinem Nagel.

Zurück im Speiseraum, schwiegen sie noch immer. Remedios setzte sich und begann zu weinen. Luz blieb an ihrer Seite, legte ihrer Mutter eine Hand auf die Schulter, während sie sich hinter dem Rücken der anderen eine Träne abwischte. Victoria blickte mit gerunzelter Stirn zu Boden, unfähig, zwischen den Stapeln gesprungener Teller und Bergen von Trostlosigkeit den allerkleinsten Hoffnungsschimmer zu entdecken.

»Drei Dosen Thunfisch, ein Stück gesalzener Kabeljau und ein Rest Reis. Das ist alles.«

So lautete Monas Fazit nach einer raschen Inventur; sie

war die Einzige, die in der Küche geblieben war und sich still an die Upper West Side erinnerte, an die gut bestückte Speisekammer und dieses fremdartige Gefühl von Komfort und Überfluss. Aber sie sagte nichts; zu versunken waren die anderen in ihre Sorgen. Lediglich Victoria hatte sich ohne besonderes Interesse erkundigt: Wie war's denn gestern? Gut, hatte sie geflüstert, während sie in den Mantel schlüpfte. Kein Wort über das Haus, die vornehmen Menschen, den gebrechlichen Mann und den Vorfall mit den Reportern oder ihren langen Fußmarsch quer durch Manhattan. Gut, gut, bekräftigte sie. Weiter nichts.

Das Schweigen hielt auch nach dem Blick über ihre Vorräte weiter an, doch die Mittlere der Arenas zog es vor, aktiv zu werden, langte nach einem großen verbeulten Espressokocher aus Aluminium, den der Vorbesitzer dagelassen hatten, und stellte ihn aufs Feuer. Zehn Minuten später, jede mit einer Tasse bitterem Kaffee in der Hand – nicht einmal Zucker war übrig –, gelangten sie zu der Erkenntnis, dass es Zeit war, sich zu entscheiden.

Ungewissheit, Furcht, Wankelmut, Zaudern. Sie wussten nicht, dass damit fast alle Entwurzelten bestens vertraut waren. Diese innere Unruhe, von der die Seele der meisten gepeinigt wurde, die ihre Welt verlassen hatten, um sich auf die Suche nach einer besseren zu machen. Und waren sie erst einmal ausgewandert, anderswo angekommen und niedergelassen, waren immerzu größere oder kleinere Entscheidungen fällig. Ob es die Familie, die Arbeit, den Wohnort oder die Liebe betraf. In den winzigen Waschsalons der Chinesen, den düsteren Restaurants der Neapolitaner, den kleinen Schneiderwerkstätten der Juden oder in den ambulanten Kaufläden der Deutschen, immer und überall gab es irgendwann einen Moment, in dem man notgedrungen zu etwas ja oder nein sagen musste.

In manchen Situationen überließ man die Entscheidung dem Zufall, in vielen anderen war sie das Ergebnis reiflicher Überlegung. Häufig wurde sie gemeinschaftlich getroffen, und gelegentlich setzte sich in einem Kollektiv, einem Paar, einer Familie ein Einzelner mit despotischer Macht gegen die anderen durch. Manchmal lag man richtig, und manchmal erwies sich die gewählte Alternative als gewaltiger Irrtum. Doch in die eine oder andere Richtung musste der Schritt getan werden, da gab es kein Entrinnen.

In ebendieser Lage befanden sich die vier Frauen der Familie Arenas an jenem Märztag des Jahres 1936, sie, die sie sich zeitlebens hatten treiben lassen, ohne dass sie je eigene Beschlüsse hätten fassen müssen. Zerrissen, verstört, verängstigt, allein. Und vor ihren Füßen ein Abgrund.

Luz brach das Schweigen.

»Was ist, machen wir El Capitán wieder auf?«

Zumindest eine Gewissheit schimmerte durch ihre Angst: Sie hatten einander. So unterschiedlich sie auch sein mochten, die drei Arenas-Schwestern würden immer wie ein Fels zusammenstehen. Sie würden sich unterstützen, wenn ihnen in dieser fremden Stadt der Wind scharf ins Gesicht blies, sich gegenseitig trösten, wenn sie aufgewühlt waren, und einander in den raueren Nächten Wärme und Mut spenden.

»Wir machen wieder auf«, antwortete Mona entschlossen.

»Wir machen wieder auf«, bekräftigte Victoria aus ihrem Winkel.

Die Mutter bewegte nur die Lippen, nickte aber dazu, während sie in einer Hand einen schmutzigen Lappen knüllte.

ZWEITER TEIL

· 23 ·

Mehr als ein Monat verging, und El Capitán kam nicht in Schwung. Anfangs herrschte noch etwas Betrieb, solange Leute zum Kondolieren hereinschauten, gruppenweise Tische besetzten, um ihnen einen Gefallen zu tun, oder schlicht schnüffeln wollten, wie sie sich anstellten, diese hochnäsigen, unnahbaren Mädchen, die das verfluchte Pech gehabt hatten, letztlich klein beigeben und die Ärmel aufkrempeln zu müssen.

Nach Feierabend jedoch war alles wieder unerträglich armselig, und so dauerte es nicht lange, bis sie beschlossen, sich aufzuteilen, weil sie einsahen, dass es Kraftverschwendung war, wenn sich acht Hände von früh bis spät einem so wenig einträglichen Geschäft widmeten.

Luz war die Erste. Alle kamen überein, dass sie die Stelle, die ihr das Ehepaar Irigaray in der Wäscherei angeboten hatte, annehmen und so ein paar Dollar für die Gemeinschaftskasse hinzuverdienen sollte. Ein paar Tage später ergriff Mona die Initiative. Seit jeher war sie die Schnellste im Rechnen, Organisieren, Erledigen gewesen, weshalb sie Buchführung und Vorratshaltung jetzt komplett übernahm. An manchen Tagen kaufte sie auf dem Gansevoort Market Obst und Gemüse, an anderen ging sie hinunter zum Markt von West Washington, und fast ohne ein Wort zu verstehen, kaufte sie magere Hühner und all die billigen Teile, die kaum jemand haben wollte: Hirn, Backenfleisch, Zunge, Schweinsrüssel; gelegentlich streifte sie bereits bei Tagesanbruch über den Fulton Fish Market am East River, wo ihr Vater eine Zeit lang gearbeitet und riesige Fische zerlegt hatte, wie es sie in ihrem Meer nicht gab. Sie stand ungeheuer früh auf und legte lange Wege zurück, stets unter der Last des Schuldenbergs, von dem sie nicht wussten, wie sie ihn bewältigen sollten, doch wenigstens konnte sie auf diese Weise die Ausgaben auf ein Minimum beschränken. Und jeden Tag kehrte sie mit etwas Nahrhaftem zurück, das Remedios in ein wohlschmeckendes Gericht verwandelte, auch wenn sie sich unablässig beschwerte, weil ihr die mediterranen Grundzutaten fehlten, mit denen sie zu kochen gewohnt war. Mandeln. Oliven. Petersilie. Lorbeer.

An jenem Aprilmorgen stieß Mona mit der Schulter die Tür zur Gaststätte auf und kam eilig herein. Sie war spät dran und erwartete, dass ihre Schwester und ihre Mutter meckern würden, weil schon fast Mittag war und noch nichts auf dem Herd stand. Zu ihrer Überraschung empfingen sie sie jedoch nicht mit den üblichen Vorhaltungen, sondern in Gesellschaft eines Mannes. Er saß auf einem Barhocker an dem Teil der Theke, wo sie die Bestellungen herausreichten, Remedios und Victoria standen auf der anderen Seite in der Küche und waren nur von der Taille aufwärts zu sehen. Die entspannte Haltung des Fremden ließ darauf schließen, dass sie sich schon seit einer Weile unterhielten.

Der Mann erhob sich bei ihrem Eintreten, und Mona taxierte ihn rasch. An die fünfzig, vermutete sie. Vielleicht schon darüber; sie hatte nicht viel Erfahrung im Umgang mit reifen Männern, es fiel ihr schwer, ihr Alter zu schätzen. Anständig angezogen, auch wenn seine Kleidung unübersehbar seit Jahren in Gebrauch war, mittelgroß, etwas beleibt, dunkelblondes Haar mit grauen Schläfen und Geheimratsecken, buschige dunkle Brauen und ein leichtes Doppelkinn. Vor ihm lag ein Bündel Zigarren; auf dem Boden stand ein kompakter, mit Stoffbändern verschnürter Stapel aus etlichen Kisten mit bunten Etiketten.

»Ich bedaure Ihren schmerzlichen Verlust, Señorita ...«, sagte er im Tonfall des spanischen Südens.

Er streckte ihr die Hand hin, und als Mona sie ergreifen wollte, ohne ihren umfangreichen Einkauf loszulassen, fielen ihr zwei Zwiebeln herunter und kullerten über den Boden.

»Vielen Dank«, murmelte sie, während sie sich danach bückte.

Ohne ein weiteres Wort verschwand sie in der Küche; der Unbekannte schaute auf die Uhr, sagte irgendetwas von anderen Verpflichtungen und nahm seine Kisten auf.

»Wer ist der Kerl?«, fragte sie flüsternd ihre große Schwester.

»Einer, der behauptet, Vater gekannt zu haben, Luciano Sowieso.«

Sie wartete, bis der Mann sich endgültig verabschiedet hatte und zur Tür ging, ehe sie ihr das Kästchen zeigte, das er auf dem Tresen zurückgelassen hatte. Auf dem Deckel war das Bild einer schönen jungen Frau mit roten Blumen im Haar, um sie herum Palmwedel, Wappen und der Markenname Cuesta Rey.

»Er verkauft Tabakwaren«, erklärte Victoria. »Er ist Vertreter einer Firma in Tampa, in Florida, und hat darauf bestanden, uns diese Zigarren dazulassen. Angeblich werden sie in fast allen Restaurants nach dem Essen den Gästen angeboten und werfen einen guten Gewinn ab.«

»Und womit gedenkst du sie zu bezahlen, wo es hier jeden Tag knapper wird?«

»Wir haben sie in Kommission. Wenn wir sie loswerden, gut. Wenn nicht, nimmt er sie wieder mit. Er ist in Ordnung. Kürzlich verwitwet.«

Sie wandte sich nach ihrer Mutter um und grinste schelmisch.

»Vielleicht könnten sie sich ja gegenseitig trösten ...«

Mona unterdrückte ein Auflachen und gab ihrer Schwester einen Klaps.

»Du hast hoffentlich nicht vor, die beiden zu verkuppeln.«

Die Mutter selbst, die keine Ahnung hatte, was hinter ihrem Rücken getuschelt wurde, holte sie in die Realität zurück.

»Schlimm genug, dass wir wenig Kundschaft haben, aber noch schlimmer wird es, wenn die Leute kommen und wir nichts haben, was wir ihnen auftischen können. Was ist denn heute los mit euch, wollt ihr uns vollends ruinieren?«

Vermutlich ärgerte es sie, sich jetzt abhetzen zu müssen, weil es schon so spät war, oder sie war zerstreut durch die Erinnerung an ihren toten Gatten, die der Besuch des Tabakverkäufers heraufbeschworen hatte, oder irgendetwas hatte sie abgelenkt. Tatsache war, dass den beiden Schwestern, als sie eine halbe Stunde später die Tische deckten, plötzlich ein Schrei in den Ohren gellte.

Sie rannten in die Küche, wo sich Remedios mit schmerzverzerrter Miene eine Gesichtshälfte hielt. Beide stürzten auf sie zu.

»Was ist passiert, nimm mal die Hand weg!«

»Nicht mit den Fingern, nicht reiben, ganz vorsichtig!«

Beim Anbraten des Hühnchens war das heiße Öl hochgespritzt; sie hatte eine schwere Verbrennung am Lid und mehrere kleine auf der rechten Wange und an der Schläfe. Ihre Töchter zwangen sie, den Kopf übers Spülbecken zu halten, und benetzten die Wunden mit kaltem Wasser, dann setzten sie sie hin und ließen sie das Gesicht nach oben zu der rußgeschwärzten Decke drehen und bestreuten die Stellen mit Salz.

Auch nach Stunden ließ der Schmerz nicht nach, und sie lief den ganzen Tag mit Essigumschlägen herum, klagte und jammerte und war höllisch reizbar. Alle drei waren froh, als die letzten Gäste endlich gegangen waren. In einer Weile, nachdem sie sich die Reste einverleibt hätten, würden auch sie nach Hause gehen können. Sie wollten sich gerade zu Tisch setzen, als Luz kam. Trotz der späten Stunde und ihrer Erschöpfung schien mit der Jüngsten immer ein frischer Windstoß hereinzuwehen, und fast jeden Abend brachte sie eine Anekdote, Neuigkeiten oder Tratsch mit, wodurch es ihr meistens gelang, die Stimmung zu heben.

»Heute bin ich früher aus der Wäscherei gegangen«, verkündete sie, nachdem sie beim Anblick der Kompresse, hinter der das halbe Gesicht ihrer Mutter verschwand, ein paar schrille Schreie ausgestoßen hatte. »In La Nacional werden bald die Proben zu einer Zarzuela beginnen, und Doña Concha hat mir erlaubt, mich mal zu erkundigen.«

Flugblätter mit dem entsprechenden Aufruf waren im ganzen Viertel verteilt worden; wer weiß, Kleine, hatte die Baskin gesagt, während sie ein blütenweißes Hemd schüttelte, wo du doch so gern singst und tanzt, vielleicht hast du ja Chancen … Letztes Jahr gab es *La Revoltosa*, im Jahr davor *La rosa del azafrán*. Alle Beteiligten waren reine Amateure, geprobt wurde in den Räumen von La Nacional, und für die Premiere haben sie dann das Theater San José in der Fünften Avenue gemietet, das total ausverkauft war. Keiner in ganz New York, der Spanisch kann, der es sich nicht angesehen und frenetisch applaudiert hätte.

»Dieses Jahr haben sie *Luisa Fernanda* geplant«, so viel hatte die Besitzerin der Wäscherei ihr schon verraten.

»Aber Zarzuela habe ich noch nie gesungen, Señora.«

»Du hast ein gutes Gehör und eine schöne Stimme.«

»Und Anmut«, ergänzte ihr Chef und schloss sich damit

dem Vorschlag seiner Frau an, während er einen Überzieher zusammenlegte. »Du bewegst dich sehr anmutig.«

Den ganzen Tag hatte Luz davon geträumt, auf einer Bühne zu stehen, und sich vorgestellt, wie es sich anfühlen würde, umgeben zu sein von Musik, Licht, Stimmen, Beifall. Und wenn es nur in einer ganz unbedeutenden Rolle wäre. Wenn sie nur eine unter vielen im Chor wäre, ein Gesicht, eine Gestalt, fast unsichtbar in der Masse. Gespannt war sie am Nachmittag hingegangen, um nach dem Prozedere zu fragen. Und das wollte sie nun, aufgeregt, optimistisch und voller Illusionen, ihrer Mutter und ihren Schwestern mitteilen.

»Morgen ist das Vorsprechen, und da werde ich dran teilnehmen.«

Offensichtlich hatte sie nicht mit der gehässigen Reaktion ihrer Mutter gerechnet, schnell wie ein Messerstich.

»Und was ist mit deiner Arbeit? Und der Trauer um deinen Vater?«, fuhr sie sie an.

Speicheltropfen und Fleischbröckchen sprangen ihr zusammen mit diesen zornigen Worten aus dem Mund.

Einen fassungslosen Augenblick lang hörte man nur das Tropfen des Wasserhahns in der Küche.

»Sie hat gesagt, es findet am Abend statt, Mutter, wenn die Wäscherei schon zu ist. Und was Vater betrifft ...«, Mona wusste nicht, wie sie den Satz zu Ende bringen sollte.

»Also, wenn sie zu viel Zeit hat, soll sie sich eine zweite Stelle suchen, statt ans Singen und Tanzen zu denken, immerhin verdient euer Vater Respekt, und das Geld brauchen wir weiß Gott dringend! Oder habt ihr unsere Schulden schon vergessen?«, schimpfte Remedios und sprang auf. Der Lappen, der ihre Brandwunden bedeckt hatte, fiel zu Boden, sodass ihr gerötetes Gesicht und das halb zugeschwollene Auge zu sehen waren.

»Aber Mutter ... aber ...«

Remedios brüllte aus Leibeskräften:

»Nein habe ich gesagt!«

Sie starrten sie ungläubig an. Es kam für gewöhnlich nicht vor, dass sie auf diese Weise die Nerven verlor, wahrscheinlich lag es an dem harten Tag, den sie gehabt hatte. Das Ratsamste wäre demnach gewesen, es für heute gut sein zu lassen, der Mutter Zeit zu geben, sich an den Gedanken zu gewöhnen, und das Thema lieber am folgenden Tag noch einmal in Ruhe zur Sprache zu bringen. Aber Luz konnte sich nicht beherrschen.

»Mama, weißt du was? Ich arbeite neun Stunden am Tag, und damit ist mein Teil erfüllt. Dass dieses Geschäft nicht läuft, ist nicht meine Schuld. Und wenn ich imstande bin, allein für meinen Lebensunterhalt aufzukommen, kann ich auch selbst entscheiden, worauf ich mein bisschen Freizeit verwende.«

»Und dafür entscheidest du dich? Das Andenken deines Vaters mit Füßen zu treten?«

Ihre jüngste Tochter, völlig außer sich, brüllte zurück.

»Und dafür, vor niemandem eine Trauer zu heucheln, die ich nicht empfinde!«

Ihre Schwestern sahen sie baff an, Remedios' Unterlippe begann zu zittern.

»Luz, um Himmels willen, sei doch nicht so grob«, murmelte Mona, während Victoria der Jüngsten die Hand auf den Arm legte. Luz zuckte zurück.

Auch wenn sie ihre Schwester zu bezähmen versuchten, verstanden die beiden Älteren, was sie meinte, denn ihnen erging es nicht anders. Die Erinnerung an Emilio Arenas trocknete allmählich aus wie eine kleine Pfütze in der Mittagssonne. Ihr Zusammenleben war von so kurzer Dauer, so rar und flüchtig gewesen, dass seine Spur inzwischen fast verwischt war. Sie bewahrten ihm ein liebevolles Andenken, eine ebenso aufrichtige wie diffuse Zuneigung. Aber er fehlte ihnen nicht. Nicht mehr. Ob richtig oder falsch, der feine Riss in ihrem Herzen war jedenfalls verheilt.

»Er hätte mich dazu ermutigt«, versetzte Luz und stand auf, so wütend, dass ihr Stuhl umkippte. »Er wäre stolz auf mich, und mit einer noch so kleinen Rolle in dieser Zarzuela würde ich ihm eine größere Ehre erweisen, als wenn ich aus Trauer darauf verzichtete. Ob wir die einhalten oder nicht, interessiert sowieso keinen Menschen.«

Von da an wurde alles noch viel schlimmer. Mehr Geschrei, mehr Vorwürfe, Kreuzfeuer und schweres Geschütz.

»Deinetwegen sind wir hier, Mutter, weil du uns herge-bracht hast, verflucht noch mal!«

»Undankbare Göre! Du freches Stück!«

»Du hast mir das Leben schon genug vergällt, lass mich in Frieden!«

Sie ging hinaus und knallte die Tür zu. Als die anderen eine halbe Stunde später nach Hause kamen, lag Luz bereits auf ihrem Klappbett, zusammengerollt, nicht ansprechbar.

· 24 ·

Am nächsten Morgen sah sie niemand. Wie immer verließ Mona das Haus, bevor die anderen aufstanden, und als die aus den Betten stiegen, war die Kleinste der Arenas schon ausgeflogen und hatte ihr zerwühltes Lager zurückgelassen.

Obgleich sie es vermieden, den Vorabend zu erwähnen, war die Atmosphäre im Restaurant angespannt. Jede konzentrierte sich auf ihre alltäglichen Aufgaben und versuchte, die Stim-mung zu überspielen. Doch wie die Spinnweben in den Ecken hingen überall Fetzen der Vorhaltungen und Gemeinheiten, ein Nachhall des Streits zwischen Mutter und Tochter.

Es war schon fast acht Uhr an diesem Tag, und zu allem Überfluss hatten sie bis zu diesem Zeitpunkt gerade mal neun Abendessen serviert. Remedios' Auge war noch immer halb zugeschwollen, die Gemütsverfassung aller unverändert düster, und draußen hatte es angefangen zu regnen.

»Ich gehe noch mal schnell zu Casa Moneo, ehe sie zumachen. Doña Carmen hat gestern gesagt, sie bekämen jeden Moment eine Lieferung.«

Monas Satz endete in einem unverständlichen Nuscheln, was im Grunde gleichgültig war, denn ihre Mutter ignorierte sie, und Victoria wusste ohnehin, dass es gelogen war; sie hatten sich vorher abgesprochen. Sie würde nicht zu Casa Moneo gehen, es wurde keinerlei Lieferung von was auch immer erwartet.

Mit langen Schritten, um nicht nass zu werden, überquerte sie die Straße; es war nicht weit zu La Nacional. Sie eilte die Treppe hinauf, zusammen mit mehreren anderen, Männern und Frauen mit hochgeschlagenem Kragen und improvisierten Kopfbedeckungen, um sich vor dem unvorhergesehenen Schauer zu schützen, einer wie ein Dach gehaltenen Zeitung, einem Taschentuch, einer Papiertüte. Auch Schirme gab es, die beim Eintreten zugeklappt wurden und auf den Fliesen eine Spur hinterließen.

Das Vorsprechen fand im Festsaal im ersten Obergeschoss statt. Fast alle Stühle in dem großen Raum waren schon besetzt von sonntäglich gekleideten Mädchen und mit Brillantine frisierten Jungen, auch wenn sie es in der Eile nicht mehr geschafft hatten, nach der Arbeit ihre dreckigen Fingernägel zu reinigen. Auch junge Mütter gab es, ihre schlafenden Sprösslinge neben sich, einige Matronen mit schiefen Zähnen und ältere Männer, die rauchten und sich hinterher räusperten und husteten. Es waren Nachbarn aus ihrem Viertel darunter und Leute aus der Gegend um die Cherry Street, manche waren mit der Metro aus Harlem, Washington Heights, der Bronx oder Brooklyn gekommen, mit der Fähre von Staten Island, ein paar sogar aus Newark und Elizabeth in New Jersey am anderen Ufer des Hudson. Bis in alle Winkel, wo immer sich eine größere oder kleinere Ansammlung von Spaniern befand, war der alljährliche Aufruf gedrungen.

Man hörte Begrüßungen, Gelächter, überraschtes Kreischen und fiel einander gerührt in die Arme. Die gemeinsame Sprache brodelte in tausend verschiedenen Mundarten, bis ein Mann mit runder Brille und historisch anmutendem Schnurrbart am Klavier Platz nahm und ein paar Töne anschlug. Die Stimmen wurden leiser, und durch den Saal ging ein scharfes Zischen.

Mona stand an der Tür und suchte mit den Augen im Gewimmel nach Luz. Sie brauchte eine Weile, bis sie sie gefunden hatte, denn sie saß mit dem Rücken zu ihr in der vierten Reihe, die Mähne zu einem straffen Knoten gesteckt und mit zwei Nelken geschmückt. In Anbetracht der harschen Absage ihrer Mutter wurde sie fürsorglich von dem Ehepaar Irigaray flankiert, rechts von Doña Concepción, links von Don Enrique. Mona überlegte, ob sie sich einen Weg zu ihnen bahnen sollte, doch im selben Moment betrat ein weiterer Mann das Podium und bat um Aufmerksamkeit. Meine Damen, meine Herren, wenn ich bitten darf … Alle setzten sich, die Stühle knarrten, die Gespräche verstummten. Mona, die allein mitten im Gang stand, blieb nichts anderes übrig, als sich rasch einen der wenigen freien Plätze zu suchen.

Die Veranstaltung zog sich endlos hin und verlief recht chaotisch, doch anders wäre es auch gar nicht denkbar gewesen. Die Anwärterschaft auf die Besetzung der Zarzuela bestand ausschließlich aus Amateuren mit mehr Ehrgeiz als Talent, einer Schar einfacher Arbeiter und Hausfrauen, Laufburschen, Dienstmädchen, Maurern, Kosmetikerinnen, Schneiderinnen, Kellnern. Je mehr Rollen vergeben wurden, desto lauter wurden die Beschwerden und Einwände, es wurde geschnaubt und scharf protestiert, und es gab sogar welche, die empört den Saal verließen, weil man sie nicht den Oberst, den Don Florito oder die Wirtin spielen lassen wollte.

Es war nach zehn, als Luz endlich an die Reihe kam. Im Saal standen mittlerweile etliche Stühle kreuz und quer, es gab Lücken und viele müde, gelangweilte Gesichter. Doch kaum dass Mona sie das Podium besteigen sah, war ihre Erschöpfung verflogen, und sie richtete sich kerzengerade auf. Dort stand ihre kleine Schwester, das quirlige Kind von einst, nunmehr verwandelt in eine strahlende junge Frau in dem Kleid aus billigem Stoff, das Mama Pepa, zwei Monate bevor sie das Zeitliche segnete, ihr noch mit der Hand genäht hatte. Um die Schultern trug sie einen geborgten Schal, auf den Lippen ein wenig Rot. Alles Übrige – die Taille, die Unbefangenheit und das Leuchten, das von ihr auszugehen schien – war ihr von der Natur gegeben.

Das Klavier begann zum x-ten Mal. Luz schaute zur Decke und holte Luft, ließ den Blick durch den Saal schweifen, lächelte selbstbewusst und fing an zu singen. Und schlagartig waren alle hellwach. Dort stand die Kleinste vom Capitán, diesem Pechvogel, und kämpfte wie eine Löwin um die Rolle der jungen Schneiderin Rosita, die *Luisa Fernanda* mit ihrem kessen, spritzigen Gesang einleitete.

> *Mi madre me criaba pa chalequera,*
> *pero yo le he salido pantalonera …*

Der ganze Charme des Südens, die Sonne ihrer andalusischen Heimat schienen sich in ihr konzentriert zu haben, obwohl sie noch nie in ihrem Leben Zarzuela gesungen hatte. Mal ließ sie eine Schulter kreisen, mal wiegte sie sich in den Hüften, dann wieder schmachtete sie den Pianisten an und zwinkerte ihm zu. Mit graziösen und verführerischen Bewegungen beherrschte sie so souverän die Bühne, als hätte sie nie etwas anderes getan, seit Remedios sie auf die Welt gebracht hatte.

Der gesamte Saal applaudierte im Stehen.

Mona jedoch konnte nicht öfter als dreimal langsam in die Hände klatschen; sie war so überwältigt, dass sie am ganzen Körper eine Gänsehaut hatte.

· 25 ·

»Dieses Auge sollte sich ein Arzt anschauen, Señora Remedios. Geben Sie mir einen Zettel, ich schreibe Ihnen die Adresse von Doktor Castroviejo auf, sagen Sie, ich hätte Sie geschickt, er kennt mich gut, weil ich ihm ständig Zigarren bringe, er liebt die Ponce de León, die teuersten. Oder nein, besser nicht. Ich rufe selbst dort an und bitte Lolita um einen Termin für Sie.«

Der Tabakhändler war um die Mittagszeit noch einmal im El Capitán aufgetaucht. Nachdem sie eine Weile geplaudert hatten, wussten sie, dass er Luciano Barona hieß, unter Sodbrennen litt und aus Alhama de Almería stammte. Er hatte sein Dorf vor über zwanzig Jahren verlassen, als es wegen des Großen Krieges keine Schiffe mehr für den Trauben-Export gab und den jungen Männern der Gegend die Zukunft genommen war. Seine Frau und sein kleiner Sohn blieben zurück, er spülte Geschirr, schrubbte Böden, hackte Gemüse und klebte in der Domino Sugar Refinery Zuckertüten zu, ehe er Verkäufer in einem kleinen Tabakladen in der Atlantic Avenue wurde, wo man Zigarren aus eigener Herstellung anbot. Mit dem Inhaber verstand er sich gut, und der schlug ihm vor, ins obere Stockwerk zu ziehen, in die Nähe der Kneipen, wo er sich mit seinen Landsleuten zum Billardspielen zu treffen pflegte und sich mit Neuigkeiten aus der Heimat versorgen ließ. Es gelang ihm, etwas Geld zu sparen, er schickte seiner Frau und seinem Kind Schiffspassagen, wurde ambulanter Verkäufer auf Provisionsbasis für einen lokalen Großhändler, und als ein paar Jahre später der Ladenbesitzer starb, bekam er die Miete für dessen Wohnung und die Exklusivkonzession einer der von ihm vertretenen Marken, Cuesta Rey aus Tampa.

»Brandwunden sind tückisch. Passen Sie auf, Señora, nicht dass es sich entzündet.«

Ihre Töchter unterstützten ihn im Chor:

»Willst du vielleicht nur noch die Hälfte sehen?«

»Oder ein Auge verlieren wie Señora Milagros?«

»Oder mit einer Augenklappe herumlaufen wie dieser Kerl aus Málaga, der Churro-Bäcker Nicasio?«

Zu diesem Zeitpunkt, drei Tage nachdem sie sich mit dem Öl verbrannt hatte, war klar, dass die Essigauflagen, mit denen sie ihre Verletzungen behandelte, nichts nützten; sie brauchte etwas anderes.

In geheimer Absprache mit den Töchtern machte sich Barona auf die Suche nach einem Telefon und verkündete bei seiner Rückkehr, es sei ihm gelungen, gleich heute am späten Nachmittag noch einen Termin zu ergattern.

»Aber das können wir doch gar nicht bezahlen!«, wandte Remedios ein.

»Das geht auch auf Kredit«, erwiderte er.

»Wir haben mehr Schulden als Haare auf dem Kopf, du lieber Himmel, zusätzliche Ausgaben können wir uns wirklich nicht leisten!«

»Ich werde mich schon darum kümmern, dass Sie nichts bezahlen müssen«, beharrte er geduldig. »Seien Sie unbesorgt.«

Nervös und trotzig suchte Remedios nach weiteren Hinderungsgründen.

»Und wer begleitet mich?«

Mona, die sich in den Straßen am besten zurechtfand, wagte sich vor.

»Ich komm mit dir, wir werden dich doch nicht alleine gehen lassen.«

»Und wir zwei schaffen das schon mit dem Abendessen«, sagte Victoria und wies mit dem Kinn auf die jüngste Schwester, die die Lippen zusammenpresste, weil ihr der Streit um die Zarzuela noch in den Knochen saß.

Aller Ausflüchte beraubt und mit den Nerven am Ende, versank Remedios in einen Zustand tiefer Niedergeschlagenheit. Nur zweimal war sie in die Nähe eines Arztes geraten, und wann immer sie sich daran erinnerte, fühlte sie sich in die beiden schlimmsten Momente ihres Lebens zurückversetzt. Der eine war die Geburt des armen Jesusito und der andere fünf Monate darauf, als sie nach dem Tod ihres Sohnes selbst hatte sterben wollen. Aber sie konnte keinen Rückzieher machen, der Termin war vereinbart, zu Hause würde alles seinen Gang gehen, es gab keinen Vorwand mehr. Die Töchter richteten sie ein bisschen her, damit sie ordentlich aussah, um jemandem gegenüberzutreten, der in der Welt, aus der sie kamen, eine beinahe göttliche Eminenz darstellte: einem Doktor. Zu ihrem Glück erlauschte einer ihrer Stammgäste, ein korpulenter Asturier, ihr Gespräch und erbot sich, sie hinzufahren. Ich komme auf meiner Tour jeden Tag dort vorbei, sagte er, eine halbe Stunde vorher halte ich hier und drücke auf die Hupe. Auf diese Weise konnten sie die furchterregenden öffentlichen Verkehrsmittel meiden, und Remedios blieb eine weitere Aufregung erspart.

Geistesabwesend saß Mona während der ganzen Fahrt nach Midtown in dem klapprigen Lieferwagen. Ohne zu sprechen oder zu denken, sah sie zu, wie die majestätische Pracht Manhattans immer opulenter wurde, je weiter sie auf der Fünften Avenue vorankamen. Die Gebäude, die Schilder und Schaufenster der Läden, die großen Warenhäuser, der dichte Autoverkehr, die vielen Fußgänger. Ihre Mutter presste sich an ihre linke Seite, beherrscht und finster, und hob nicht ein einziges Mal den Kopf, um einen Blick durch die Scheiben zu werfen.

Die äußere Erscheinung der beiden Frauen hätte in keinem krasseren Gegensatz stehen können zu der nüchternen Vornehmheit der Upper East Side, zu dem fast aristokratisch anmutenden Sanatorium mit seinen hohen, weiten Räumen, zu den beiden eleganten Patienten, die bei ihrer Ankunft herauskamen. Remedios trat verschüchtert ein, als ihr der stattliche schwarze Portier die Tür aufhielt, und Mona zerrte sie weiter, sich des ärmlichen Eindrucks, den sie beide vermittelten, wohlbewusst: abgetragene Hauskleider, glanzlose Schuhe, schlichte Frisuren und das Empfinden, sich versehentlich an einen Ort verlaufen zu haben, wo sie nichts verloren hatten. Trotz alledem empfing man sie herzlich; Doktor Castroviejo hatte Landsleute in Not noch nie abgewiesen, und seine Sprechstundenhilfe Lolita schon gar nicht, denn die temperamentvolle Galicierin von der Lower East Side wusste aus eigener Erfahrung, was es hieß, unter lauter Fremden zu sein, wenn es einem schlecht ging.

»Folgen Sie mir bitte, nehmen Sie hier Platz. Der Herr Doktor wird gleich für Sie da sein. Erlauben Sie, dass ich den Lappen entferne, Señora, legen Sie stattdessen diese sterile Mullkompresse drauf. Möchten Sie ein Glas kaltes Wasser, einen Tee?«

Weder die Mutter noch die Tochter waren jemals so zuvorkommend behandelt worden. Keine zehn Minuten später holte sie sie erneut ab. Hier entlang, bitte.

Trotz des dämmrigen Lichts erkannte Mona ihn auf den ersten Blick. Es war derselbe Arzt, der an jenem Abend, als sie im Auftrag von Casa Moneo in der eleganten Wohnung bediente, dem prominenten Gast zu Hilfe geeilt war, der Doktor, der das Kommando geführt hatte. Mittelgroß, breites, freundliches Gesicht, dunkles, über der Stirn zurückweichendes Haar. Der wesentliche Unterschied war, dass er jetzt anstelle des schwarzen Anzugs und der Fliege einen makellos weißen, doppelreihig geknöpften Kittel trug. Seine kompetente Art war dieselbe.

»Na, dann wollen wir mal ...«

Er fragte Remedios nicht einmal, wie es passiert war, vermutlich wusste er es schon, weil Barona es seiner Helferin erzählt hatte. Er ließ sie lediglich in einem modernen verstellbaren Sessel Platz nehmen, richtete ihr ein grelles Licht ins Gesicht, murmelte aha und verlangte anschließend etwas Unverständliches von einem Assistenten, der ihnen bisher den Rücken zugewendet und die Instrumente vorbereitet hatte. Unter normalen Umständen hätte Remedios losgebrüllt wie eine Besessene, als sie begriff, dass sich ihr ein metallener Gegenstand ins Lid bohren sollte, aber dazu blieb ihr keine Zeit. Dank der Geschicklichkeit des Arztes ging es ruck, zuck, und in nicht einmal zwei Minuten war die Sache erledigt.

»Fertig«, sagte er und tätschelte ihr liebevoll die Wange. »Sie sind glimpflich davongekommen, der Augapfel ist nicht betroffen. Doktor Osorio wird Sie noch verbinden und Ihnen erklären, wie die Wunde weiter zu versorgen ist.«

Er nickte ihnen zum Abschied zu und ging hinaus; seine Arbeit hier war getan, und Doktor Castroviejo war niemand, der seine Zeit unnötig vergeudete.

Sobald Remedios ihn im Nachbarzimmer mit jemandem sprechen hörte, versuchte sie aus dieser Apparatur aufzustehen, diesem teuflischen Zwischending aus Sessel und Operationstisch. Warum noch warten, hatte der Mann nicht gesagt, sie sei fertig? Dann nichts wie weg. Sie stemmte die Ellbogen gegen die Lehne und begann sich hochzudrücken, wobei sie Mühe hatte, das Gleichgewicht zu wahren.

Alarmiert von ihrem angestrengten Schnaufen, das durch die angelehnte Tür bis ins Nebenzimmer zu hören war, eilte der Assistenzarzt herbei und hielt sie erschrocken auf.

»Warten Sie, Señora, warten Sie, wir sind noch nicht ganz so weit.«

Seit er zu Doktor Castroviejos rechter Hand avanciert war, hatte der junge Arzt noch keinen Fehler begangen; eine zu Boden gestürzte Patientin sollte keinesfalls sein erster sein.

»Bleib um Gottes willen sitzen, Mama!«, hörte er hinter sich.

Der Arzt hatte Remedios mit beiden Händen bei den Schultern gefasst und wollte sie gerade nötigen, sich wieder hinzulegen, als er ein zweites Paar Hände auf den seinen spürte und sich der magere, warme Körper einer Frau von hinten über ihn beugte, sodass er sich nicht aufrichten konnte. Eigentlich hatte Mona ihm nur helfen wollen, Remedios zu bändigen; was aber gar nicht nötig war, weil die sofort parierte. Alles, was sie mit dieser unfreiwilligen Berührung erreicht hatte, war, dass ihm plötzlich sehr heiß wurde.

»Verzeihung«, stammelte sie, als sie sich ihres Ungestüms bewusst wurde, löste sich beschämt von ihm und entfernte sich gleich mehrere Schritte.

Der Arzt war so verstört, dass er einige Sekunden brauchte, um zu reagieren.

»Gleich haben wir es geschafft«, sagte er leise, ohne sich umzudrehen.

Konzentriert beendete er seine Arbeit, und Mona konnte sein Gesicht nicht sehen. Zum Schluss betätigte er einen Mechanismus, der Remedios wieder in eine aufrechte Sitzhaltung brachte.

»Jetzt dürfen Sie, Señora.«

Erst dann wandte er sich um.

Er sah sie näher kommen, um ihrer Mutter zu helfen. Dasselbe dunkelhaarige, grazile Mädchen mit den schmalen Gelenken, den markanten Brauen und funkelnden Augen, das beim Empfang der Markgräfin de la Vega Real den Aperitif serviert hatte, die junge Frau, die er den ganzen Abend heimlich beobachtet und in Gedanken noch lange danach präsent gehabt hatte, die ihn mit nassen Fingern gestreift hatte, als sie ihm ein Glas Wasser reichte, und dem illustren Gast nicht von der Seite gewichen war, bis dieser sich erholt hatte. Es waren fünf, sechs, sieben Minuten, die er sie in seiner Nähe gespürt hatte, es war schwer zu schätzen; wie mit einem heißen Eisen ins Gedächtnis gebrannt war ihm nur die Erinnerung an die schlanken Beine unter dem Stoff ihrer Uniform zwei Handbreit von seinem Gesicht entfernt, während er vor dem Grafen de Covadonga kauerte und sich den Anschein gab, als interessierte er sich für dessen Gebrechen. In Wahrheit allerdings übertraf ihr Reiz, der Duft ihrer Haut, die magnetische Anziehungskraft ihrer bloßen Anwesenheit, was immer es sein mochte, das von diesem wunderschönen Mädchen ausging, in jenem Moment seinen beruflichen Eifer bei Weitem. Als der ehemalige Prinz von Asturien wiederhergestellt zu sein schien und sie zu ihrer Arbeit zurückkehrte, ohne etwas von dem Zustand zu ahnen, in den sie ihn versetzt hatte, musste er noch eine Weile in der Hocke bleiben und so tun, als suchte er etwas auf dem Teppich, bis sich seine Erregung gelegt hatte.

Und jetzt, zum Abschluss dieses langen Arbeitstages, eines Tages wie jeder andere, war sie wieder da, und wieder berührte sie ihn versehentlich und löste in César Osorio Gefühle aus, wie er sie noch nicht erlebt hatte. Dieselbe junge Frau ohne Dutt, ohne die schwarze Uniform und die kleine Schürze, sondern mit offenem Haar, in nicht besonders kleidsamen Alltagssachen und einer groben grauen Wolljacke. Und zudem in großer Verlegenheit, weil sie sich so unsanft gegen ihn geworfen und diesen Körperkontakt provoziert hatte.

»Diese Salbe müssen Sie dreimal am Tag auftragen«, sagte er und reichte ihnen eine Tube, nachdem Remedios wieder auf den Beinen war, über dem Lid ein sauberes Heftpflaster.

Erst da blickte er ihr in die Augen.

Mona hatte ihn auf Anhieb erkannt, es aber für sich behalten. Bei jener ersten Begegnung hatte er ihr gefallen, sie fand ihn attraktiv mit seiner gemessenen Art, seinem perfekten, schnurgeraden Scheitel, dem dunklen Anzug und seiner eleganten Brille, doch war er für sie so außerhalb ihrer Reichweite, dass sie ihn rasch wieder vergessen hatte. Jetzt, im weißen Kittel, sah er ebenso gut aus und war ihr ebenso fern, und sie hätte nicht im Traum gedacht, dass er sich an sie erinnern könnte.

Niemand sprach, während das Medikament von einer Hand in die andere wechselte. Danke, flüsterte sie nur, als sie die Tube in die Jackentasche gleiten ließ.

Im leeren Wartezimmer wurden sie von der liebenswürdigen Galicierin entlassen, während César Osorio die Tür hinter sich schloss. Das Blut pochte ihm in den Schläfen. Wochen hatte es ihn gekostet, sich die Frau, die offensichtlich aus sehr bescheidenen Verhältnissen kam und von der er nicht einmal den Namen wusste, aus dem Kopf zu schlagen. Es war ihm schließlich gelungen, sie aus seinem Geist zu verbannen, weil er sicher war, ihr nie mehr zu begegnen, doch allen Anstrengungen zum Trotz: Da war sie erneut.

Zu Hause wurden sie bei halb offener Tür in Señora Milagros'
Wohnung erwartet, wo man gespannt auf den Moment lauerte,
in dem die Holztreppe unter ihren Schritten knirschen würde.

»Rein mit euch!«, empfing Victoria sie leise und drängend.

Überrumpelt ließen sie sich in das Apartment ziehen, fast
zerren, und folgten ihr durch einen dunklen Flur, in dem sich
zu beiden Seiten Pakete alter Zeitungen stapelten. Es roch
ungelüftet, nach Rauch und irgendetwas Scharfem, das sie
nicht identifizieren konnten; es war das erste Mal, dass sie
das Domizil ihrer Nachbarin betraten.

Im hintersten Zimmer angelangt, schrien Mona und Remedios erschrocken auf.

»Heilige Jungfrau, Schwester Lito! Was ist denn mit Ihnen passiert?«

Lito trug den linken Arm in einer Schlinge, ihre aufge-
schürfte linke Gesichtshälfte war von leuchtend rotem Mer-
curochrom bedeckt. Sie saß in einem abgewetzten Sessel, über
dessen Lehne ein gehäkeltes Schondeckchen lag. Auf einer
Seite stand Luz mit entsetzter Miene, auf der anderen die
Hausherrin, die eine Zigarette rauchte, während ihr hundert
Falten die Stirn zerfurchten.

»Mazza«, brach es aus Victoria heraus.

Noch immer starrten sie entsetzt auf die Nonne.

»Der Anwalt hat sie die Treppe zur Metro hinunterwerfen
lassen, das miese Schwein.«

Remedios presste beide Hände auf den Mund, Mona stieß
einen Fluch aus, und Victoria, Luz und die Nachbarin überschrien sich gegenseitig mit ihrer jeweiligen Version des Vorfalls. Sie steigerten sich so hinein, beschimpften und verwünschten den Schuldigen, dass Schwester Lito schließlich lautstark
um Ruhe bat.

»Ich erzähle es schon selbst!«

Die drei verstummten schlagartig, und für einige Sekunden herrschte in dem rauchverhangenen Zimmer Stille. Die Vorhänge des einzigen Fensters waren zugezogen; in der Mitte des kleinen Raumes stand eine Art Werkbank unter einer grellen Glühbirne, und darauf lagen massenweise zarte Papierblumen, ebenso schön wie fehl am Platz.

»Von Anfang an, Schwester«, sagte Mona sanft. »Erzählen Sie uns alles, von Anfang bis Ende.«

Die Nonne holte tief Luft und behielt sie einen Moment in den Lungen, während die fünf Frauen sie ansahen. Herzzerreißend. Ein trauriger, erbarmungswürdiger Anblick: das schmutzige Gewand, dessen Saum in Fetzen hing, die ungekämmten, schlecht geschnittenen, weißgrauen Haare struppiger denn je. Die Haltung erschöpft, die ganze linke Seite gezeichnet von der Gewalttat.

»Seine neueste Taktik bestand aus zwei Jungs, die mir auf der Treppe zur Subway einen Stoß gegeben haben. Er wollte mir einen Schrecken einjagen, das war seine Absicht.«

Sie machte eine Pause und fixierte, eines nach dem anderen, die vier Augenpaare der Familie Arenas.

»Sie sollen jetzt wissen, meine Lieben, dass er alles tun wird, um mir Ihren Fall zu entreißen. Und ich weiß nicht, wie weit er dafür gehen wird.«

Trotz ihrer anfänglichen Bedenken – verwirrt nach dem Treppensturz oder einfach zu dem Schluss gelangt, dass es an der Zeit war, damit herauszurücken – war Schwester Lito jetzt bereit, sie über etwas aufzuklären, das sie ihnen seit Wochen vorenthielt: Emilio Arenas' Tod war nicht länger eine Akte von vielen.

Die drei Schwestern bombardierten sie sofort mit Fragen.

»Aber wieso ist er denn so versessen darauf?«

»Warum diese Beharrlichkeit, wenn Sie ihm doch in unserem Namen bereits abgesagt haben?«

»Weshalb lässt er uns nicht in Frieden?«

Die Begründung war simpel:

»Weil mit Emilios Akte in Händen seine Macht wächst.«

»Reden Sie Klartext, Schwester, tun Sie uns den Gefallen!«, verlangte Mona.

»Es gibt eine einflussreiche Gewerkschaft der Hafenarbeiter. Deren Arbeitsbedingungen sind hart und Unfälle an der Tagesordnung, gelegentlich auch ziemlich schwere. Sie haben eine seriöse Anwaltskanzlei engagiert, um die vielen Geschädigten der letzten Monate zu vertreten und nicht nur die individuellen Ansprüche an die betroffenen Firmen geltend zu machen, sondern außerdem eine Sammelklage gegen die Hafenbehörde einzureichen.«

»Aber unser Vater war weder Hafenarbeiter noch bei der Trasatlántica«, wandte Victoria ein, »das haben wir ihm doch gesagt.«

»Das ist das Wenigste. Ein Gewerkschaftsausweis ist leicht zu fälschen, und ein paar Zeugen aufzutreiben, die bereit sind zu lügen, sollte auch kein Problem sein.«

Die drei kreischten alle durcheinander. Betrüger! Schmarotzer! Verbrecher!

»Lasst sie ausreden, verdammt!«, brüllte die Galicierin. »Haltet endlich einmal alle den Mund!«

Die Nonne sah ein, dass es am besten war, sich so kurz wie möglich zu fassen, und brachte es direkt auf den Punkt:

»Sie brauchen einen Toten, darum geht's. Und zwar schnell, weil die Sammelklage praktisch schon auf dem Weg ist.«

Keine monierte die Form, sich auf ihren Gatten und Vater zu beziehen: einen Toten, einfach so. In diesen Sphären war Rhetorik nicht gefragt, hier galt nur juristische Kälte.

»Ohne einen Toten«, erklärte sie weiter, »könnte die Gewerkschaft mit ihrer Sammelklage nur einen mittelhohen Betrag erstreiten. Mit einem Toten könnte sie eine wesentlich saftigere Summe herausschlagen.«

Die Sache war einfach: In der langen Liste der Unfälle, die sich in jüngster Zeit an den Piers ereignet hatten, käme Emilio Arenas eine Schlüsselrolle zu. Nicht dass er persönlich von Bedeutung gewesen wäre, doch stellte er unter allen Verunglückten das einzige Todesopfer dar. Den Tropfen, der das Fass zum Überlaufen brachte.

»Und warum fragen diese bedeutenden Anwälte Sie nicht direkt?«, wollte Luz wissen.

»Haben sie ja, mehrmals sogar, aber sie wissen, dass ich nicht nachgebe. Deshalb versucht Mazza jetzt auf eigene Faust, mich herumzukriegen, um sich dann den anderen als Heilsbringer anzudienen und seinem Schicksal eine Wende zu geben. Er würde Partner einer namhaften Kanzlei, was neuen Schwung in sein sieches kleines Anwaltsbüro bringen würde.«

»Und darum sind Sie ihm ein Dorn im Auge«, murmelte Mona, die endlich verstanden hatte.

»Darum bin ich ihm ein Dorn im Auge, ganz recht. Ohne mich würden Mazza und die Anwälte der Gewerkschaft die Compañía Trasatlántica nicht im Alleingang verklagen, sondern zu einem viel größeren Schlag gegen die Hafenbehörde und ihre jeweiligen Versicherer ausholen, mit dem Ziel, sie zu saftigen Wiedergutmachungszahlungen zu verdonnern.«

»Und davon würden für uns …«, begann Victoria.

»Davon würden für Sie, nachdem die sich bei jedem Schritt ihren Anteil gesichert hätten, nichts als ein paar Krümel übrig bleiben.«

Umgeben von unscharfen Porträts im Sessel ihrer alten Freundin, wirkte der Körper der Nonne noch kleiner. Ihre Füße reichten nicht auf den Boden, und unter dem zerrissenen Habit sah man ihre nackten Schienbeine, bedeckt von blauen und violetten Flecken, zwei klobige Knöchel und ein paar verschrammte Kinderstiefel. Im Gegensatz dazu war das, was aus ihrem Mund kam, alles andere als kindisch.

»Sein Onkel Marcelo«, fuhr sie fort, »war auch ein skrupelloser Gauner, aber wenigstens hatte er Respekt vor allem, was nach Katholizismus roch, weil man ihn so erzogen hatte, ehe er auswanderte. Dieser Neffe allerdings ist nicht nur weit weniger intelligent, sondern überhaupt aus einem ganz anderen Holz geschnitzt, denn er ist schon in Amerika geboren und hat diese Gottesfurcht nicht, von der die anderen noch durchdrungen waren. Um zu bekommen, was er will, verschont er einen Priester ebenso wenig wie eine Nonne; seine eigene Mutter würde er verkaufen, wenn er einen Nutzen daraus ziehen könnte.«

Während Schwester Lito sprach, standen die Arenas im Halbkreis vor ihr. Zu Müdigkeit und Überdruss, zu Remedios' verletztem Auge und Luz' noch immer schwelendem Groll summierte sich nun auch noch dieser neue Tiefschlag. Das hat uns gerade noch gefehlt, dachte jede bei sich. Und fragte sich im Stillen aufs Neue, ob sie mit der Rückgabe der Schiffspassagen nicht einen monumentalen Irrtum begangen hätten, ob es nicht eine Dummheit gewesen sei, sich auf diese extravagante Nonne einzulassen, die jetzt eine weitere Lucky Strike anzündete.

»Wie dem auch sei, ich wollte Sie nur wissen lassen, dass ich am Ball bleibe und vor keinem Mistkerl so ohne Weiteres den Kopf einziehe. Doch nach dem, was heute Nachmittag passiert ist, musste ich Sie davon in Kenntnis setzen, bevor man Ihnen irgendein Märchen auftischt oder Sie mich in diesem Zustand sehen.«

Sie verabschiedeten sich auf dem Treppenabsatz, Schwester Lito lehnte es entschieden ab, sich zur Casa María begleiten zu lassen. Sie schauten ihr nach, wie sie schwerfällig die

Treppe hinunterging. Mit ihrem kugelrunden Leib, dem zer-
schundenen, in diabolischem Rot leuchtenden Gesicht, den
Arm in der Schlinge fest gegen den Bauch gedrückt, war sie
die wunderlichste Nonne, die sie je gesehen hatten. Aus irgendeinem unerfindlichen Grund jedoch tat das ihrem Vertrauen keinen Abbruch.

· 27 ·

Es war noch nicht sieben, als Mona aus dem Haus ging, und
gegen halb zehn war sie bereits fertig mit ihren Einkäufen. Es
war einer dieser seltenen Tage, an denen alles geklappt hatte
und sie nicht in Eile war.

Zurück in der Vierzehnten, gestattete sie sich einen Blick
in die Auslagen eines Tuchhändlers, eines engen, bescheidenen Ladens, der einem Juden gehörte.

An den Wänden zu beiden Seiten des Eingangs lehnten
Stoffballen, und im Türrahmen hingen große Reststücke zu
Preisen, die den ärmlichen Verhältnissen der Gegend gerecht
wurden. Sie kam häufig dort vorbei, und mitunter blieb sie
stehen. Sie hatte ein Auge auf ein riesiges Stück grün und weiß
karierten Stoff geworfen, von dem sie schätzte, dass er für
ein paar Tischdecken reichen würde. Vielleicht war es ein
Hirngespinst, aber sie dachte Tag und Nacht darüber nach,
wie dem schleppenden Geschäft ein wenig auf die Sprünge
zu helfen wäre und ob es sich nicht ein wenig herrichten ließe, indem sie die übernommene verfleckte Tischwäsche weg-
warfen und dem El Capitán einen Hauch von Frische verliehen.

Die Zahlen kreisten in ihrem Kopf, während sie den Stoff
befühlte. Sie überlegte hin und her, ob es sich lohnte, ihre
kümmerlichen Ersparnisse, die sie eigentlich für die Miet-

schulden zurückgelegt hatte, dafür aufzuwenden, ein schmales Röllchen von ein paar Dollar, versteckt in der hintersten Ecke der Besteckschublade. Noch vollauf damit beschäftigt, das Für und Wider ihrer potenziellen Investition abzuwägen, musste sie zwei Frauen Platz machen, die den Laden verließen. Sie waren füllig, um die dreißig und dem Akzent nach aus der Karibik; die eine schob einen Kinderwagen, die andere hatte einen Fächer aus Geldscheinen in der Hand, mit dem sie lachend das Baby an der Nasenspitze kitzelte. Sie gingen an Mona vorbei, ohne sie anzusehen, doch schwebten noch einige ihrer Worte in der Luft: Gewinn, Losnummer, Kügelchen, schöner Batzen Geld.

Sie sah ihnen nach, als sie die Straße hinunterschlenderten, und war drauf und dran, ihnen nachzulaufen und zu fragen, wovon sie redeten, ob nicht auch sie teilhaben könnte an dem, worüber sie sich mit diesem breiten Lächeln in den karamellfarbenen Gesichtern freuten. Doch sie tat es nicht. Sie stand einfach nur da, den Zipfel des Karostoffes zwischen den Fingern. Als sie sich wieder darauf besann, war ihre Lust auf neue Tischdecken verflogen. Mit einem Mal dachte sie, dass sie nur ihre Zeit verschwendete, weil es überflüssig war, am El Capitán irgendetwas zu verbessern, und sie im Grunde ihres Herzens ohnehin nichts anderes wollten, als nach Hause zurückzukehren. Dann fiel ihr der italienische Anwalt wieder ein, seine schmutzigen Ambitionen, seine Brutalität gegen Schwester Lito, und das Morgenlicht schien plötzlich verfinstert, als hätte sich eine dichte Wolke vor die Sonne geschoben.

Und just als sie den Stoff aus der Hand gleiten ließ, näherte er sich.

Er setzte seinen Hut auf und trat in einem zerknitterten hellen Leinenanzug beschwingten Schrittes aus dem Laden, während er etwas in die linke Hosentasche gleiten ließ. In der anderen Hand hielt er ein paar gefaltete Zettel, auf denen etwas geschrieben stand.

Beide waren so in Gedanken versunken, dass sie um ein Haar zusammengeprallt wären.

»Sorry!«, rief der junge Mann aus und blieb ruckartig stehen.

Groß, mager, unbefangen, mit scharfen Zügen, grünlichen Augen und einem frechen Zug um den Mund. Sie hätte ihm gern auf Englisch geantwortet, doch dazu fehlten ihr die Worte, und so gab sie spontan zurück:

»Dein Sorry kannst du dir sonst wo hinstecken, pass gefälligst auf, Idiot!«

Nicht im Traum wäre sie auf die Idee gekommen, dass er sie verstanden haben könnte. Doch in seiner Miene malte sich spöttisches Erstaunen, und er wäre beinahe in schallendes Gelächter ausgebrochen. Dazu kam es allerdings nicht, weil in diesem Augenblick ein Pfiff durch die Straße gellte und sein Lächeln gefror.

Die Warnung kam aus nächster Nähe, sie hatte den Lärm vor dem Laden, die Stimmen der zahlreichen Passanten, das Rattern der Wagen, das Hufgetrappel und die Motoren der Kleinlastwagen übertönt. Ein durchdringender Pfiff, der offensichtlich ihm galt, denn der junge Mann war sofort auf der Hut.

Verstohlen blickte er sich nach rechts und links um, bis er etwas sah, das er anscheinend ganz und gar nicht gebrauchen konnte: Zwei Polizisten überquerten im Laufschritt die Straße, stapften resolut durch das Gewühl aus Fahrzeugen und Fußgängern und hielten geradewegs auf den jungen Mann zu.

»Tun Sie mir einen Gefallen, und verstecken Sie das für mich.«

Seine Stimme war ein drängendes Raunen; er zeigte Mona

den Stoß gefalteter Zettel in seiner einen Hand, während er mit der anderen das Bündel Banknoten, das er eben erst verstaut hatte, rasch wieder aus der Tasche nahm. Er wartete ihre Antwort nicht ab. Ohne eine Sekunde zu verlieren, stopfte er alles in den Korb, den die Mittlere der Arenas am Arm trug, und vergrub es zwischen Mangoldstengeln und einem Päckchen Geflügelleber. Im nächsten Augenblick hatte er ihr den Rücken zugekehrt und war mit langen Schritten und leeren Händen geflüchtet.

Bis die Polizisten den Bürgersteig erreicht hatten und sie begriff, worum es ging, war der Mann im hellen Anzug wie eine Katze durch eine Nebenstraße davongehuscht.

Mit wild klopfendem Herzen rannte Mona erschrocken über die Straße. Ohne nachzudenken, wohin sie lief, bog sie aufs Geratewohl um einige Ecken, bis sie sicher war, dass ihr niemand folgte, und ging dann über einen anderen Weg als sonst zurück zur Vierzehnten, während sie sich ständig fragte, wie sie nur so unvorsichtig hatte sein können.

»Señorita ...«

Sie war bereits in ihrer Straße, bewegte sich eilig, den Blick nach vorn gerichtet, den Korb an sich gepresst, als fürchtete sie, jemand könnte ihn ihr entreißen. Der Gedanke, die Stimme hinter ihrem Rücken könnte sich an sie richten, kam ihr gar nicht.

»Señorita, entschuldigen Sie ...«

Keine Reaktion.

»Señorita ...«

Erst beim dritten Mal, als sie eine Hand an der Schulter spürte, fuhr sie herum und schrie auf, sodass die Hand sofort zurückzuckte.

»Verzeihen Sie bitte, ich wollte Sie nicht erschrecken.« Ohne den weißen Kittel und im hellen Mittagslicht stand dort zu ihrer großen Überraschung der junge Arzt, der am Tag zuvor ihre Mutter verbunden hatte. »Ich war zufällig hier in der Nähe, weil ich Patienten besucht habe.«

Lüge. Das war eine elende Lüge. Der junge Doktor César Osorio, Gehilfe des angesehenen Castroviejo in dessen renommierter Klinik an der Upper East Side, machte weder Hausbesuche, noch verirrte er sich jemals in diesen Teil der Stadt. Er hatte seine Arbeit, seine Wohnung und alles Lebensnotwendige oben in Manhattan. Wie vielen anderen gutsituierten Spaniern waren ihm die Arbeiterenklaven seiner Landsleute in Downtown sowohl geografisch als auch emotional sehr fern.

»… und da dachte ich, ich schaue mal nach, wie es Ihrer Mutter geht.«

Mona sah ihn argwöhnisch an. Sie standen mitten auf dem Gehweg, und der Passantenstrom floss um sie herum. Es war ein denkbar ungeeigneter Moment, um Mona mit einer solchen plötzlichen Eingebung zu kommen, sie war noch nervös, verärgert über sich selbst und den geflüchteten Kerl. Und woher wissen Sie, wo wir wohnen?, wollte sie gerade fragen …

»Lolita, die Sekretärin der Klinik, hat mir Ihre Adresse gegeben.«

Er sah auch heute gut aus. Das hellbraune, sorgsam frisierte Haar, der seriöse Anzug über dem stattlichen Körper, die Brille. Jemand, der nicht in Monas Welt passte; dennoch versuchte sie, sich natürlich und ungezwungen zu geben. Sie war innerlich so verstrickt in ihre eigenen Probleme, dass ihr völlig entging, was sich hinter seiner äußerlichen Gelassenheit abspielte. Dass er schweißnasse Hände bekam, zum Beispiel, wenn er mit ihr sprach. Dass ihm seine Krawatte die Luft abschnürte, während er sich anstrengte, seine Behauptungen einigermaßen glaubwürdig klingen zu lassen.

»Sie wird schon in der Küche sein, kommen Sie«, sagte Mona endlich und überwand ihr Misstrauen.

Und richtig, wie immer um diese Zeit hielt sich Remedios in ihrem Kabuff auf, das Lid von der gelblichen Salbe bedeckt, die er ihr mitgegeben hatte, und schnitt Champignons in feine Scheiben. Niemals hätte sie gedacht, dass ein Arzt aus freien Stücken nach ihr sehen würde, aber sie fragte nicht nach dem Grund dieses ungelegenen Besuchs und kam auch nicht auf die Idee, dass etwas anderes dahinterstecken könnte; vielmehr begann sie sich daran zu gewöhnen, dass in dieser seltsamen Stadt die seltsamsten Dinge geschahen.

»Wenn Sie zum Essen bleiben möchten ... «

Zur Verblüffung ihrer Töchter war dies die einzige Form, die ihr einfiel, um sich dem Arzt gegenüber erkenntlich zu zeigen, nachdem der seine Untersuchung durchgeführt hatte: Schauen Sie nach oben, nach unten, nach rechts, nach links; öffnen Sie das Auge, schließen, wieder öffnen ... In Wahrheit war das völlig überflüssig, es handelte sich um eine rein äußerliche, unbedeutende Verletzung, doch gestattete ihm die Ignoranz der Frau, die Sache mit einer Gewissenhaftigkeit zu behandeln, wie sie einer der Hornhauttransplantationen gebührt hätte, mit denen sein Chef Castroviejo in jenen Tagen begann. Und verhalf ihm nebenbei zu einem Wiedersehen mit Mona.

Zur allgemeinen Erleichterung schlug Doktor Osorio die Einladung aus. Es war schwierig genug gewesen, eine Ausrede zu erfinden, damit er an diesem Morgen aus der Klinik verschwinden und sich hier unten herumtreiben konnte, bis er das Mädchen gefunden hatte, um ihr weiszumachen, dass das Auge ihrer Mutter nachkontrolliert werden müsste. In der kärglichen Gastwirtschaft zu Mittag zu essen, wäre zu viel des Guten gewesen.

»Ich begleite Sie zur Tür«, sagte Mona, dankbar für seine Ablehnung.

Sie war vollauf mit dem beschäftigt, was immer noch auf

dem Boden ihres Korbes lag und von einem anderen, noch verwirrenderen Mann in ihre Obhut gegeben worden war, ohne dass sie den Grund verstand.

· 28 ·

Remedios stand vom Tisch auf, um das Dessert zu holen.

»Heute Abend hat sich eine echte Künstlerin die Probe in La Nacional angesehen«, verkündete Luz im Flüsterton.

Sie saßen vor ihrem gewohnt frugalen, späten Abendessen. Luz hatte die Neuigkeit nur mit Mühe so lange bei sich behalten können, und kaum dass ihre Mutter kurz hinausging, ergriff sie die Gelegenheit, denn nach der Auseinandersetzung wegen der Trauer und der Zarzuela war sie noch nicht wieder versöhnt, und sie verspürte keine Lust, sie noch einmal anzufachen. Sie nahm eine mehrfach gefaltete Werbeankündigung für das Stück aus der Tasche.

»Zum Schluss ist sie noch geblieben, um sich mit mir zu unterhalten, und hat gesagt, sie wolle mir einen Vorschlag machen und erwarte mich morgen früh in dem Theater, wo sie vor zwei Jahren eine andere Zarzuela aufgeführt haben und jetzt Leute für eine neue Revue suchen«, erzählte sie hastig und leise.

»Aber du weißt doch nicht einmal, wer diese Frau ist«, wandte Victoria streng ein. »Du kannst dich doch nicht von einer wildfremden Person einfach irgendwo hinzitieren lassen.«

»Sie heißt Marita Sowieso und ist absolut in Ordnung, ganz bestimmt. Einige der Teilnehmer kannten sie.«

»Du darfst aber nicht irgendwem vertrauen«, hieb Mona jetzt in dieselbe Kerbe.

»Sie hat gesagt, ich hätte Biss und eine ausgezeichnete Stimme, und vielleicht mit ein wenig Unterricht ...«

»Das will überhaupt nichts heißen.«

So ging es in hitzigem Flüstern hin und her, Luz verteidigte ihre verheißungsvolle Chance, und ihre Schwestern versuchten, sie ihr madig zu machen. Bis es die Jüngste nicht mehr aushielt.

»Was ist denn los mit euch? Seid ihr so verbittert, dass es euch ärgert, wenn mir mal etwas glückt?«

Remedios kam ahnungslos mit zwei Birnen in der Hand zurück.

»Mehr gibt es heute nicht.«

Dies beendete die Diskussion der Töchter; Victoria und Mona verstummten, und Luz presste die Lippen zusammen, die Miene herausfordernd und unmissverständlich. Die anderen kannten sie gut genug, um zu wissen, dass sie nicht kapitulieren würde.

Auch wenn Luz nicht ganz recht hatte, lag sie mit ihrem Gefühl, dass mit ihren Schwestern an diesem Abend etwas nicht stimmte, dennoch nicht falsch. Beide waren in ihre eigenen Grübeleien versunken und der Verzweiflung nah.

Die Zeiten, in denen Victoria die Weltgewandteste der drei gewesen war, gehörten längst der Vergangenheit an, sofern es schon unter Weltgewandtheit fiel, das Kleine-Leute-Viertel La Trinidad zu verlassen und an Salvadors Arm in die reicheren Straßen des Zentrums vorzudringen, wo es Caféterrassen, schön zurechtgemachte Damen und Läden mit Schaufenstern gab. In New York dagegen war sie diejenige, die sich am meisten zurückzog. Während Mona und Luz die Eisschale durchbrachen und sich mit kleinen Schritten in die neue Welt vorwagten, verkroch sie sich Tag für Tag im El Capitán und hob kaum den Kopf aus dem düsteren Souterrain und ihrem Kummer. Noch immer wurmte sie der Verrat jenes Mannes, der ihr ewige Treue geschworen und sich trotz der flehentlichen Briefe, die sie ihm hartnäckig jede Woche schrieb, nie mehr gemeldet hatte; flammende Briefe, die vor Schreibfehlern und hemmungslosen Liebesbekenntnissen strotzten.

Wenn Victoria einer Wahrheit nicht ins Auge sehen wollte, fand sie immer eine Entschuldigung, an die sie sich klammern konnte. Manchmal redete sie sich ein, er könne nicht antworten, weil seine hochtrabende Familie ihre Briefe abfing, ein andermal stellte sie sich vor, dass sie wie von Zauberhand aus den Postsäcken verschwanden, davonflatterten wie Möwen oder unterwegs in den Ozean fielen, wo die Tinte weggespült wurde und damit ihre Worte. An Tagen, an denen ihr Realitätssinn die Oberhand gewann und sie sich der rauen Wahrheit endlich stellte, zweifelte sie kaum noch, dass der Mistkerl nichts mehr für sie empfand und ihre schiefen Zeilen nur flüchtig überflog, bevor er sie mit dem Feuerzeug verbrannte, oder vielleicht steckte er sie auch ein und las sie laut vor, wenn er mit seinen Freunden um die Häuser zog, um sich gemeinsam kaputtzulachen über die Einfalt, die Kühnheit und die grauenvolle Handschrift dieser Frau, die ebenso schön wie primitiv war und die er ein paarmal aus ihrem Armenquartier herausgeholt und zum Schwärmen gebracht hatte. Und in dieser Verfassung befanden sich Victorias Kopf und Herz nach wie vor, es gab Tage, an denen sie an eine strahlende Zukunft glaubte, sobald es ihr gelänge, wieder nach Hause zu kommen, und andere, an denen sie beinahe einsah, dass sie die Vergangenheit lieber vergessen sollte.

Aus diesem Grund war die älteste der Arenas-Töchter in eine Melancholie versunken, aus der sie nie mehr ganz auftauchte, und weil sie auch an diesem Tag zur Mittagszeit in ihr Leid verstrickt war, bemerkte sie nicht, dass der Gast, dem sie gerade den ersten Gang servierte und der ihr oft anzügliche Bemerkungen zuflüsterte, in besonders dreister Stimmung war. Ihr leichtes Kleid und die Tatsache, dass die Tische in unmittelbarer Nähe unbesetzt waren, machten den zudringlichen Kerl heute besonders mutig. Als sie beide Hände brauchte, um die Suppe aus Geflügelklein in seinen Teller zu schöpfen, legte er ihr seine derbe Pranke auf den Schenkel, ließ sie nach oben bis in ihren Schritt gleiten und fasste so kräftig zu, als wollte er eine Zitrone auspressen. Du bist so was von appetitlich, du Schlampe, raunte er. Zum Anbeißen.

Ein Aufschrei, ein Schwall von Brühe und Nudeln, der Lärm der Porzellanschüssel, als sie auf dem Boden zerschellte, die Köpfe der anderen Gäste, die sich nach der Ursache des Lärms umschauten, Victorias Gezeter: Widerlicher Drecksack, altes Schwein, verdammter Saukerl ... Ihre Fäuste, die cholerisch auf ihn eindroschen, er, der betreten den Kopf einzog. Das alles hallte noch in Victoria nach, weshalb sie an diesem Abend nicht empfänglich war für Luz' sprühende Träumereien. Obgleich sie wieder vollkommen gefasst wirkte, fühlte sie sich innerlich noch wund von dem Weinkrampf, der sie gepackt hatte, nachdem der Flegel von zwei anderen Gästen vor die Tür gesetzt worden war und sie selbst Zuflucht in der leeren dunklen Speisekammer gefunden hatte, wo sie mit krummem Rücken und hängenden Schultern, das Gesicht in den Händen vergraben, auf einer Holzkiste saß. Gedemütigt, beschämt, gekränkt, besudelt.

Remedios, übervorsichtig wie immer, hatte die Tür von innen abgeschlossen, nachdem der letzte Gast gegangen war. Kaum waren die Birnen in Stücke geschnitten, um sie gerecht durch vier zu teilen, als jemand von außen die Klinke betätigte und, da die Tür nicht aufging, mit den Knöcheln dagegen klopfte.

Mona stand auf und beeilte sich, ihren Bissen hinunterzuschlingen. Genau wie Victoria fühlte auch sie sich schon den ganzen Tag bedrückt und gereizt und war nicht in der Lage, sich von Luz' kindlichen Illusionen anstecken zu lassen. Die morgendliche Begegnung mit dem Unbekannten ging ihr nicht aus dem Sinn; sie wusste nicht, wie sie das, was er ihr zugesteckt hatte und was den Verdacht auf unsaubere Machenschaften nahelegte, wieder loswerden sollte. Vorerst hatte sie es hinter einem Beutel Reis in der Speisekammer versteckt und überlegte, ob sie zu dem Stoffgeschäft zurückgehen und es dem Inhaber aushändigen oder einfach auf den Müll werfen sollte. Dieser Zweifel hielt sie seit Stunden so in Atem, dass ihr nicht einmal der unbegründete Besuch des Doktors verdächtig vorgekommen war.

»Ich sehe mal nach, wer da ist«, murmelte sie, als es ihr gelungen war, das Stück Birne hinunterzuwürgen. Plötzlich überfiel sie die Ahnung, dass er es sein könnte.

Auf dem Weg zur Tür hielt sie einen Augenblick bei der Speisekammer inne, brauchte keine Sekunde, um zu greifen, wonach sie suchte, es unter den Arm zu klemmen und mit der Jacke zuzudecken.

Ihre Vermutung bestätigte sich, kaum dass sie öffnete: Da stand er. Mit seinem schlaksigen Körper in dem hellen, zerknitterten Anzug, seinem kantigen Gesicht, das Haar zerzaust, die Krawatte gelockert und um die Lippen ein zerknirschtes Lächeln.

»Ich suche schon den ganzen Tag nach Ihnen, ich dachte schon, ich würde Sie nie finden.«

Um zu vermeiden, dass die anderen ihn sahen, zog sie rasch die Tür hinter sich zu. Im fahlen Licht der alten Laterne, die an der Hausfassade hing, standen sie einander gegenüber. Mona blickte sich nach allen Seiten um, um sich zu vergewissern, dass niemand in Sicht war, der sie kannte. Als sie nur die fernen, dunklen Silhouetten einiger anonymer Passanten entdecken konnte, ließ sie ihrer Empörung freien Lauf.

»Wie haben Sie mich ausfindig gemacht? Und wie können Sie es wagen, hier aufzukreuzen? Was bilden Sie sich ein, mich so auszunutzen? Sie ... Sie ...« Der Ausdruck, den sie suchte, wollte ihr nicht einfallen, und so sagte sie bloß: »Sie haben sie wohl nicht mehr alle!«

Damit zog sie die schief gefalteten Zettel und das dicke Bündel verschieden großer, abgegriffener Scheine unter der Achsel hervor.

»Hier«, sagte sie giftig und drückte ihm alles gegen den Bauch. Sie fragte nicht, um was es sich handelte, sie wollte es lieber gar nicht wissen. »Und jetzt verschwinden Sie, und lassen Sie mich in Ruhe!«

»Darf ich es Ihnen nicht wenigstens erklären?«

Barsch schnitt sie ihm das Wort ab.

»Nicht nötig.«

»Ich wollte Sie nicht in Schwierigkeiten bringen, glauben Sie mir.«

»Sie sollen gehen, habe ich gesagt.«

»Hören Sie, bitte ...«

»Was haben Sie sich dabei gedacht, Sie unverschämter Kerl?«, explodierte sie angesichts seiner Sturheit aufs Neue. »Sie haben mich nicht einmal gefragt, es war Ihnen egal, mich in Ihre Probleme zu verwickeln, obwohl ich Sie noch nie im Leben gesehen habe. Und ob die Polizei anschließend auch hinter mir her sein könnte, hat Sie ebenso wenig interessiert.«

Während sie sich mit diesem Wortschwall Luft verschaffte, sah er sich die temperamentvolle Frau ungerührt an: die beweglichen Lippen, den sprühenden Blick ihrer riesigen dunklen Augen, die entrüsteten Kopfbewegungen, mit denen sie ihre Tirade begleitete, die energischen Gesten.

»Sind Sie fertig?«

Was willst du noch, du Idiot?, hätte sie beinahe gebrüllt, beschloss aber, sich zu mäßigen. Sie hatte ihm ihren Zorn um die Ohren gehauen, und dabei sollte sie es belassen.

»Machen Sie, dass Sie fortkommen, das ist das Einzige, was ich Ihnen noch zu sagen habe.«

Er hob zwei Finger an die Schläfe zu einer Art militärischem Gruß; sie flüsterte schneidend:

»Auf Nimmerwiedersehen!«

Er war an die dreißig, einen halben Kopf größer als sie, hellhaarig, sehnig, mit ausgeprägten Gesichtszügen, seine Augen auch bei der schwachen Beleuchtung noch grünlich. Attraktiv, gestand sie sich widerwillig ein. Nach diesem Vorfall jedoch wollte sie nichts weiter, als dass er für immer verschwinden möge, und so schickte sie sich an, ins Lokal zurückzugehen, während er sein Eigentum verstaute.

»Eine letzte Frage noch.«

Mona hatte sich bereits abgewandt und griff nach der Tür.

»Wollen Sie gar nicht wissen, ob sie mich erwischt haben?«

Sie drehte sich nicht um. Sie antwortete nicht. Lieber nicht, dachte sie, während sie mit einem Schlag die Tür hinter sich schloss und ihn draußen stehenließ. Gar nichts wollte sie von ihm wissen, nicht einmal seinen Namen hatte er ihr gesagt. Er sah zwar gut aus, stank aber dermaßen nach Problemen, dass sie zurückscheute.

· 29 ·

Der Termin war um elf, sie erreichten die Sechsundvierzigste Straße im oberen Teil eines doppelstöckigen Busses; Señora Milagros hatte ihnen die nötigen Anweisungen gegeben: wie man bezahlte, wie man sich in dem enormen Fahrzeug bewegte, wo sie ein- und wo wieder aussteigen mussten.

Früh am Morgen hatte Mona ihren Groll bezwungen und Luz nach ihren Plänen gefragt.

»Ich werde Doña Concha bitten, mich zu begleiten«, hatte Luz erwidert. »Die glaubt wenigstens an mich.«

»Besser, ich komme mit dir, das Einkaufen kann bis morgen warten.«

Luz trug eine weiße Bluse mit einer großen Schleife. Sie hatte sie im Ausverkauf bei S. Klein erstanden, dem Warenhaus mit den erschwinglichen Preisen am Union Square, nachdem sie ein wenig von dem, was sie mit Waschen und Bügeln bei den Irigarays verdiente, zur Seite gelegt und bei der Abrechnung, die sie ihrer Mutter jede Woche vorlegte, ein bisschen geschummelt hatte. Das nagelneue Kleidungsstück betonte nicht nur ihre Schönheit, sondern war auch eine Trotzreaktion auf Remedios' Ablehnung ihres Vorhabens. Alles andere jedoch war bescheiden und abgetragen; nicht einmal Strümpfe hatte sie an, weil sie keine feinen besaß, sondern nur die dicken für den Winter, die für die Temperaturen Ende April nicht mehr geeignet waren. Um nicht ganz so ärmlich daherzukommen, zog sie, kaum dass sie den Bus bestiegen hatten, einen Lippenstift aus dem Rockbund.

»Der steckte in der Tasche eines Capes in der Wäscherei. Mal mich an.«

Mona strich ihr mit dem Lippenstift über den Mund und tupfte auch ein wenig auf die Wangen.

»Du solltest die Haare offen tragen, findest du nicht?«

Gemeinsam entfernten sie die Haarnadeln aus der Frisur, mit der Luz das Haus verlassen hatte, breiteten ihr die kastanienbraune Mähne über die Schultern und ließen eine Strähne über das linke Auge fallen.

»Jetzt siehst du schon eher wie eine Künstlerin aus«, sagte Mona und zwinkerte ihr zu. Sie kicherten albern.

Als sie aus dem Bus stiegen, hatten sie längst die Strickjacken ausgezogen und gingen mit erhitzten Gesichtern und bloßen Armen durch einen Stadtteil, der ganz anders war als die Gegend um die Vierzehnte Straße. Sie hatten das Gefühl, alle strebten hier mit mehr Elan vorwärts, die Leute trugen Hüte und Frühjahrskleidung, zahllose Männer und Frauen gingen beschwingten Schrittes in den Geschäften und Büros, den Restaurants, Agenturen und Cafés ein und aus. Watch out!, knurrte ein Mann gereizt, weil Luz verträumt in ein Schaufenster starrte und er beinahe gegen sie geprallt wäre. Sorry, babe!, entschuldigte sich ein anderer, nachdem er Mona auf den Fuß getreten war.

Da sie spät dran waren, passten sie ihr Tempo dem Passantenstrom an und wichen allen, die ihnen im Weg standen, geschickt aus: zwei zerlumpten Greisen, die mit Blechnäpfen in den schmutzigen Händen um Almosen bettelten, einem, der im Gehen las und dabei einen Hotdog verspeiste, Zeitungsverkäufern und Jugendlichen, denen große Reklametafeln von den Schultern hingen.

»Guck mal da«, sagte mal die eine, mal die andere alle paar Schritte. Sie stupsten sich mit den Ellbogen an, fassten einander am Arm oder deuteten mit ausgestrecktem Zeigefinger irgendwohin.

Electric Razors, die beste Show unserer Zeit, der schnellste Schneider der Stadt, photos while you wait. Alle waren in Hektik, und alles bewegte sich schnell, schnell, schnell. Der Verkehr war dicht, Hupen erklangen, die Gebäude ragten bis fast in den Himmel. Sie befanden sich definitiv in einem anderen New York.

Ein paarmal waren sie unsicher, verliefen sich, fanden den Weg wieder, und als sie ihr Ziel erreicht hatten, blickten sie an einer imposanten Fassade empor, auf drei Bögen über einem Vordach und ein vertikal beschriftetes Schild. Chanin Theatre lasen sie. Mit zwanzigminütiger Verspätung drückten sie gegen die Kupfergriffe der Türen.

Im Gegensatz zum Trubel auf der Straße herrschte im Foyer

Totenstille; beiden wurde schlagartig kalt. Als sie niemanden sahen, bei dem sie sich hätten anmelden können, wagten
sie sich weiter vor und bemühten sich erfolglos, mit den ge-
nagelten Absätzen ihrer alten Schuhe möglichst leise aufzutreten.

Mit einem Mal vernahmen sie einzelne Klaviertöne; hinter
einem dicken Samtvorhang entdeckten sie den Zuschauerraum, riesig, dunkel und leer. Die einzige Beleuchtung kam
von zwei Scheinwerfern auf der Bühne. Kaum lugten sie hinein, brach die Musik ab, und eine laute Stimme empfing sie.

»Wurde aber auch Zeit!«

Fast im Trab näherten sie sich entlang des Mittelganges,
während Marita Reid – sehr vorsichtig, um in der Dunkelheit
nicht zu stolpern – von der Bühne stieg. Als sie näher kam,
konnten sie sie genauer betrachten. Sie war hochgewachsen,
athletisch, über fünfzig, in ein weites Gewand mit einem
ziemlich extravaganten Blumenmuster gehüllt und stark ge-
schminkt: schwarz nachgezogene Brauen und auf den Lippen ein für diese Tageszeit viel zu schreiendes Rot.

Sie sprach sie auf Spanisch an, und ihr andalusischer Akzent
flößte ihnen auf Anhieb ein gewisses Vertrauen ein. Jedoch
mogelte sie immer wieder englische Ausdrücke dazwischen,
sie nannte die beiden sowohl muchachas als auch you girls,
sagte einmal *Der Barbier von Sevilla*, ein andermal *The Bar-
ber of Seville.*

»Aus Málaga seid ihr also?«, wollte sie wissen, nachdem
sie sie wegen der Verspätung getadelt hatte. »Ich bin aus der
Nähe, meine Mama war Spanierin aus La Línea und mein
Papa stammte aus Gibraltar, wo auch ich geboren bin, obwohl ich bald dort wegging. Meine ersten Bühnenerfahrun-
gen habe ich in einer Komikertruppe gemacht, da war ich
noch keine sieben Jahre alt und habe halb Spanien in einem
Kirmeswagen bereist. Mit siebzehn bin ich auf einem italieni-

schen Frachter, der im Hafen von Algeciras angelegt hatte, in New York angekommen. Alle sagten, hier gebe es eine aussichtsreiche Zukunft, deshalb seid ihr doch auch da, oder nicht?«

Sie hoben die Schultern, ohne jedoch die irrige Vermutung zu korrigieren. Nein, sie waren von nichts Aussichtsreichem angelockt, sondern einfach vom Leben hierher verschlagen worden, ihr Ehrgeiz oder Traum war es nie gewesen. Im Moment allerdings zogen sie es vor, keine Erklärungen abzugeben; dieser von sich selbst mächtig eingenommenen Dame war es sowieso vollkommen gleich.

»Ich war Mitglied der Compañía de Teatro Español, seit Zárraga sie 1921 gegründet hat«, fuhr sie fort. »Ich bin die Malvaloca der Gebrüder Álvarez Quintero und die María in *El nido ajeno* von Benavente gewesen, ich habe bei den Inszenierungen mitgewirkt, die Narcisín Ibáñez Menta aus Buenos Aires mitbrachte, und ich habe den Dichter García Lorca kennengelernt, als der vor ein paar Jahren herkam und von den Schwarzen in Harlem fasziniert war; ich habe Sainete, Posse, Operette und Vaudeville gemacht, 1932 wollte mich Fortunio Bonanova nach Hollywood holen, und ich habe no way gesagt.«

Mona und Luz betrachteten sie schweigend und versuchten, sich ihre Unwissenheit nicht anmerken zu lassen. Nichts von alldem sagte ihnen etwas, und so atmeten sie erleichtert auf, als die Künstlerin sich selbst bremste.

»So let's go. Kommen wir zur Sache, es ist schon spät genug.«

Ehe sie zurück zur Bühne ging, musterte sie Mona eingehend.

»Willst du auch Künstlerin werden, honey? Sollen wir mit dir auch eine Probe machen?« Sie ging einen Schritt auf sie zu, fasste nach ihrem Kinn und grub ihr die Finger wie Zangen in den Unterkiefer. »Mit diesen schwarzen Riesenaugen würdest du eine traumhafte Braut in *Bodas de sangre* abgeben, my dear.«

Ohne eine Antwort abzuwarten, ließ sie sie los, ging wieder die Stufen hinauf, warf die Schleppe ihres glänzenden, mit Gladiolen bedruckten Gewandes hinter sich und setzte sich ans Klavier. Come on, baby!, schrie sie Luz zu. Steig rauf, come on! Worauf wartest du? Dass dir Flügel wachsen? Dass dich dein Märchenprinz auf Händen trägt?

Das kalte, leere Theater füllte sich mit Musik, und es schien ein wenig wärmer zu werden. Anders als an dem Tag, als sie in La Nacional für eine Rolle in der Zarzuela vorgesungen hatte, applaudierte der kleinen Tochter von Emilia Arenas diesmal niemand, doch Mona, die allein in der dritten Reihe saß, konnte aus dieser Entfernung die anerkennenden Gesten der Veteranin beobachten, wann immer Luz einem der Befehle gehorchte, die sie ihr zurief.

Stolz wallte in Mona auf, als sie begriff, dass ihre Schwester durch nichts aus dem Konzept zu bringen war. Jetzt eine Taranta, Mädchen; und auf geht's, eine Copla; als Nächstes ein Couplet …

· 30 ·

Im El Capitán war alles bereit für die Mittagsgäste. Die Töpfe auf dem Herd, die Tische gedeckt und die Tür halb offen, warteten sie auf die ersten Kunden, für gewöhnlich drei Bauarbeiter aus Gijón, frisch von dem Gerüst geklettert, das sie an einem Gebäude auf der Achten Avenue aufstellten.

Entgegen aller Gewohnheit waren es allerdings nicht die drei, die an diesem Mittag zuerst hereinkamen, sondern ein Mann, der im Unterschied zu jenen weder Arbeitshosen noch

Baskenmütze trug. Außerdem fuhr er im Auto vor. Ein anderer blieb wie zur Rückendeckung darin sitzen.

Keine erwiderte den Gruß des Eintretenden. Victorias erhobener Arm, mit dem sie eine Pfanne an den Haken hängen wollte, erstarrte mitten in der Bewegung; Remedios stockte die Hand, mit der sie eine Schüssel abtrocknete.

Fabrizio Mazza, der italienische Anwalt, näherte sich mit forschem Schritt der Theke, die den Speisesaal von der Küche trennte. Wie bei seinem Besuch in ihrer Wohnung war er auffallend gekleidet, seine Krawatte diesmal leuchtend violett. Wieder glänzte sein dunkles gewelltes Haar vor Brillantine, als er den Hut abnahm. Sein Lächeln war eher affektiert als herzlich.

»Was immer Sie heute gekocht haben, Signora Arenas, es riecht köstlich«, sagte er und neigte höflich den Kopf. Dann richtete er den Blick auf Victoria und fügte hinzu: »Doch mit einer so engelsgleichen Schönheit zur Seite è molto difficile, dass es Ihnen an Inspiration mangelt.«

Erneut lächelte er mit gebleckten Zähnen. Mutter und Tochter wussten nicht, wie sie sich verhalten sollten; sie sahen ihn nur stumm und verschüchtert an, die Pfanne und die Schüssel noch in der Hand.

»Ich möchte mit Ihnen sprechen«, fuhr er unbeirrt fort, »bezüglich derselben Angelegenheit, wegen der ich Sie schon einmal besucht habe, nachdem Signore Emilio ums Leben gekommen war, Dio benedica la sua anima.«

Er bekreuzigte sich, sie ahmten ihn auch darin nicht nach. Sie standen da wie Salzsäulen und wagten kaum zu atmen. Hinter der schleimigen Art und dem aufgesetzten Mitleid, dessen waren sich Mutter und Tochter bewusst, verbarg sich ein Mann, der vorgab, für ihre Interessen einzutreten, und ihnen verschwieg, dass er den Löwenanteil selbst zu kassieren gedachte. Derselbe Mann, der Schwester Lito erst unter Druck gesetzt und ihr dann, als sie sich weigerte, seine Schergen auf den Hals gehetzt hatte.

Angesichts ihres eisernen Schweigens änderte der Italiener die Strategie, beschloss, sich nicht länger mit Vorreden aufzuhalten, und kam zum Anlass seines Besuchs. Er habe die Nase voll von der Dickköpfigkeit der Nonne, erklärte er, und ziehe es deshalb vor, mit ihnen direkt zu verhandeln. Sie seien auf dem Holzweg, wenn sie die Sache dieser Verrückten anvertrauten, er wisse viel besser Bescheid über alles und habe die besseren Beziehungen, sie mögen es sich doch bitte noch einmal überlegen. Doch er sah sich nur weiterhin vor einer unpassierbaren Mauer des Schweigens, beide standen weiter da wie gelähmt, stumm wie Gräber.

Mazza fühlte sich zunehmend unbehaglich; immer hastiger und atemloser redete er von Fristen und Schritten, Beträgen, Verhandlungen und Terminen, zog Opfer ähnlicher Unglücksfälle zum Vergleich heran und erwähnte immense Entschädigungssummen und Wiedergutmachungen in Millionenhöhe ... Als ihm die Argumente ausgingen, wich der besonnene Ton, in dem er begonnen hatte, einer stetig wachsenden Erregung.

»Porca vacca«, verfluchte er jetzt unverblümt die Nonne. »Figlia di puttana.«

Während der Italiener nach weiteren Kraftausdrücken suchte, stellte Victoria aus dem Augenwinkel fest, dass ihre Mutter weinte. Weit entfernt, sich davon anstecken zu lassen – eher übten Remedios' Tränen eine gegenteilige Wirkung auf ihre älteste Tochter aus –, fühlte Victoria, wie ihr die Brust eng wurde, ihre Nasenflügel blähten sich, sie schnaufte immer schwerer. Bis sie nicht mehr konnte.

Sie machte sich nicht die Mühe, die Pfanne endlich an ihren Platz zu hängen, sondern knallte sie auf die Arbeitsplatte, ohne sich darum zu scheren, dass sie bis zur Kante rutschte und auf den Boden fiel. Erst als das Scheppern des Metalls gegen die Bodenfliesen das leere Lokal erzittern ließ, unterbrach der Italiener seinen Redefluss.

In die Stille gellte ein Schrei, der in den Ohren schmerzte.

»Hauen Sie ab!«

Remedios fasste sie beim Arm, doch Victoria riss ihn ihr weg.

»Lass mich los, Mutter«, knurrte sie voller Wut. »Lass mich!«

Sie stürmte aus der Küche, pflanzte sich vor ihm auf und zeigte mit der ausgestreckten Hand zur Tür.

»Verschwinden Sie ein für alle Mal aus diesem Haus!«

Mazza setzte zu einer Erwiderung an, schien sie mit einem Lächeln besänftigen zu wollen, doch gelang es ihm nur, das Gesicht zu einer grotesken Fratze zu verziehen.

»Signorina, prego ...«

Victoria aber glühte mittlerweile vor Zorn. Aller Kummer und Ärger der letzten Monate, ihre ganze Traurigkeit und Sehnsucht, die Frustration, weil Salvador sie verschmäht hatte, weil nichts richtig vorwärtsgehen wollte, weil ihr ein schamloser Dreckskerl zwischen die Beine gegriffen hatte, weil El Capitán nicht lief. Das alles häufte sich zu einem funkensprühenden Berg, der jetzt in Flammen aufging.

»Raus, habe ich gesagt!«, schrie sie vollkommen außer sich. »Verpissen Sie sich, raus!«

Aus Mazzas Miene war jegliches Lächeln verschwunden. Er war mit seiner Geduld am Ende und vergaß, dass er sich fest vorgenommen hatte, unbedingt freundlich zu bleiben. Er rührte sich nicht von der Stelle. Bis sie ihm die flachen Hände gegen das Revers schlug und ihn in Richtung Tür schieben wollte, wobei sie ihn unaufhörlich beschimpfte. Mistvieh, Betrüger, Hurensohn, elender Schweinehund ...

Das hat mir gerade noch gefehlt, schien der Anwalt mit einem Mal zu denken und straffte sich. Nicht genug, dass mir diese Schlampe das Geschäft vermiesen will, zu allem Überfluss spricht sie auch noch so mit mir. Und das war der Moment, in dem er die Hand hob, um dafür zu sorgen, dass sie den Mund hielt.

Die Anspannung zwischen Victoria und Mazza war so groß und beide waren so aufeinander fixiert, dass sie den Mann nicht bemerkten, der mit langen Schritten hereinstürmte. Just in dem Moment, in dem der Italiener ihr eine Ohrfeige versetzen wollte, sah Victoria erst zwei breite, derbe Hände ihn von hinten umfangen und herumdrehen wie einen Sack Kartoffeln, dann den gebeugten Ellbogen, als er ausholte, und schließlich die Faust im Gesicht des Anwalts.

Mazza schwankte benommen, stützte sich an der Lehne eines Stuhls ab, der kippte und dabei zwei weitere umwarf. Im Kampf um sein Gleichgewicht taumelte er gegen einen fürs Mittagessen gedeckten Tisch, der ebenfalls umfiel. Unter dem Getöse der zerbrechenden Teller, der Messer und Gabeln, die auf den Fliesen klirrten, gelang es dem Anwalt, sich torkelnd aufrecht zu halten. Linkisch versuchte er zurückzuschlagen, doch es war zu spät. Sein Angreifer war schon einige Schritte weit weg, Victoria, die sich an seine Brust geflüchtet hatte, im Arm. Die rechte Hand noch zur Faust geballt.

Die Ankunft der Stammgäste beendete den Aufruhr. Die drei brauchten keine Erklärung, sondern erfassten die Lage mit einem Blick. Wenn Señora Remedios aus der Küche hysterisch kreischend den Beistand der Heiligen Jungfrau erflehte, wenn der andalusische Tabakhändler das schöne Mädchen beschützte, dann war der Vierte hier augenscheinlich fehl am Platz. Der mit der ruinierten Pomadefrisur und der schiefhängenden Krawatte, der sich mit schmerzverzerrter Miene das Kinn rieb und noch ein wenig wacklig auf den Beinen war.

»Was ziehen Sie vor, amigo, sollen wir ihn rausschmeißen oder wollen Sie das lieber selbst erledigen?«

Sie kannten Barona vom Sehen und wussten, dass er ein redlicher Landsmann war, der gelegentlich im Viertel auftauchte, um seine Zigarren zu verkaufen, und niemals Streit anfing.

»Lassen Sie ihn gehen.«

Es war Victoria, die für Barona geantwortet hatte, ruckartig befreite sie sich aus seinem Arm. Noch immer schäumend vor Wut, dachte sie nicht daran, zu kuschen, und stand mit zwei Schritten wieder vor dem Italiener. Ihr Haarknoten hatte sich gelockert und eine Handvoll widerspenstiger Strähnen hing ihr übers Gesicht, an dem dünnen blauen Kleid waren zwei Knöpfe aufgegangen. Sie atmete schwer, die Augen verdüstert von Zorn.

Keiner der Männer konnte den Blick von ihr wenden.

»Verschwinden Sie aus unserem Leben«, knurrte sie. »Wehe, Sie kreuzen hier noch einmal auf.«

· 31 ·

Von der Bühne des Chanin Theater wurden sie in eine Garderobe geführt, die überquoll vor Kostümen; rundum hingen an Haken und auf Bügeln dekadente Kleider voller Pailletten, Rüschen und Federn. Auf einem Tisch vor einem Spiegel drei Perücken auf Ständern und eine Unmenge Kosmetik.

»Ich habe nicht einmal eine halbe Stunde zum Essen, bevor der nächste Schwung Kandidatinnen kommt«, hatte die Reid gesagt. »Wärt ihr nicht zu spät gewesen, wären wir schon fertig. Kommt mit in meine Garderobe, unterhalten wir uns dort.«

Ohne eine Antwort abzuwarten, hatte sie sie genötigt, die Bühne durch die seitlichen Vorhänge zu verlassen, und war ihnen dann einen finsteren Korridor entlang vorausgegangen. Beim Eintreten sagte sie mit einer wedelnden Handbewegung.

»Setzt euch irgendwohin.«

Mona und Luz tauschten verstohlen einen Blick, wagten es jedoch nicht, den Mund aufzumachen. In der Enge ihrer Garderobe wirkte Marita Reid noch imposanter. Während sie sich einen Sitzplatz freiräumten, wandte ihnen die Künstlerin den Rücken zu, um ein Stövchen anzuzünden und eine Zinnkasserolle aufzustellen, während sie mit ihrer dunklen Stimme das letzte Stück trällerte, das sie eben für Luz auf dem Klavier gespielt hatte. In den folgenden Minuten füllte sich das Kämmerchen mit einem undefinierbaren Geruch, sie ignorierte die Mädchen vollkommen, rührte in dem Töpfchen um, kostete, schüttelte eine kleine Tischdecke aus, legte Besteck zurecht, goss Wasser in ein Glas. Als alles gerichtet war, ließ sie sich auf einen Sessel fallen, der schon bessere Tage gesehen hatte; der weite Saum ihres extravaganten Umhangs floss über den Boden wie ein Wasserfall aus Papageien und tropischen Früchten.

»Kann mir eine von euch mal bitte das Tablett reichen?«

Sie nahm es auf den Schoß, band sich die Serviette um den Hals und spießte etwas auf, das nach einem Stückchen Fleisch in einer dunklen, dicken Soße aussah. Die Schwestern, die dicht beieinander auf einer schmalen Bank saßen, warteten weiter stumm und nervös auf das Urteil, das nicht kommen wollte.

»Nicht schlecht. Gar nicht schlecht«, sagte sie schließlich mit vollem Mund und deutete mit der Gabel auf die Jüngste der Arenas.

Die Mädchen dachten erst, sie beziehe sich auf das Essen.

»Du übertriffst meine Erwartungen, junge Dame. Für das, was ich mir vorstelle, bist du ideal.«

Während Luz die Hitze in die Wangen stieg, stocherte die Künstlerin in dem Topf herum und fischte ein zweites Stück heraus.

»Ich war immer eine ernsthafte Schauspielerin, müsst ihr wissen, und ich wollte, ich könnte mich weiter dem seriösen Theater widmen, dem der großen Dramaturgen und der kultivierten, sachverständigen Zuschauer. Aber heutzutage«, sie schnalzte mit der Zunge, »bringt das kein Geld mehr ein, weil das Publikum ist, wie es ist.«

Sie hielt einen Moment inne und brummte, hier fehlt Salz, dann nahm sie ihren Faden wieder auf.

»Die begüterten Spanier, die an der Upper West Side und in Midtown wohnen; die Unternehmer und Geschäftsleute, die Gebildeten, Wohlgenährten, die in den besseren Kreisen verkehren, gehen zu Galas und in die Opern der Met, zu den Konzerten der Carnegie Hall und in die großen Broadway-Produktionen. Wenn es bei uns von Zeit zu Zeit etwas Interessantes gibt, wenn zum Beispiel Pau Casals oder Andrés Segovia in der Town Hall auftreten oder La Argentinita eine Flamenco-Show aufführt, dann kommen die natürlich auch. Aber falls es mal gar nichts mit heimatlichem Flair gibt, überleben sie problemlos mit den Veranstaltungen für Amerikaner und können ein russisches Ballett ebenso genießen wie das Orchester von Duke Ellington.«

Sie schwieg einen Augenblick und tupfte sich mit der Serviette die Lippen ab, als äße sie in einem feinen Restaurant und nicht in diesem Kämmerchen.

»Das ist allerdings nicht die Mehrheit hier im Viertel, das seht ihr ja selbst. Wie fast alle Hispanos in New York sind es einfache Leute, reine Arbeiterklasse, die die heimische Armut hinter sich gelassen haben und jetzt Tag und Nacht schuften, um ihre Kinder durchzubringen oder denen zu Hause im Dorf Geld zu schicken oder für ein bescheidenes Geschäft zu sparen oder einfach um zu überleben. Wie ihr mehr oder weniger auch, nicht wahr?«

Sie aß weiter, während sie sprach, und etwas blieb ihr im Hals stecken; um es hinunterwürgen zu können, boxte sie sich zweimal unter das Schlüsselbein.

»Was der weitaus größte Teil dieses Publikums sucht, ist nicht die hohe Kunst, sondern pure Unterhaltung. Programme, bei denen sie eine Weile ihren Spaß haben, die sie ablenken von ihrer Müdigkeit und ihren Alltagsproblemen, um hinterher mit einem Lächeln im Gesicht ins Bett zu gehen. You know what I mean, right?«

Wieder beschränkten sie sich auf eine Geste, die sowohl Zustimmung als auch das Gegenteil bedeuten konnte. In Wahrheit waren sie wie betäubt von diesem Wortschwall, wagten nicht, sie zu unterbrechen.

»Diese Leute wollen Stimmung, sie wollen mitklatschen und trampeln und schallend lachen. Und wenn noch eine ordentliche Prise Nostalgie dazukommt – morriña, wie das in Galicien heißt –, umso besser. Garniert man das Ganze dann obendrein mit etwas Pikanterie«, fügte sie augenzwinkernd hinzu, »ist die Show perfekt, voilà!«

Sie kratzte bereits die Reste der Kasserolle zusammen, pickte die letzten Bissen vom Topfboden.

»Und aus all diesen Gründen habe ich vor, ein Ensemble zusammenzustellen, ein kleines Ensemble für eine lange Tournee überallhin, wo es spanische Arbeiterenklaven gibt. Wir fangen hier in New York an, reisen dann zu den Granitsteinbrüchen nach New England, rauf nach Maine und Vermont, dann den ganzen Industriegürtel entlang, Canton, Dayton und Cleveland in Ohio, treten für die Stahlarbeiter auf, die verdienen reichlich Geld, und hinterher weiter nach Donora in Pennsylvania, durch die Minengegend von West Virginia, ich kann mir schon vorstellen, wie dankbar diese armen Jungs sein werden, so einsam, wie die sind, Tag und Nacht in diesen Stollen ... Bis ins National Grassland und nach Kalifornien werden wir es wohl nicht schaffen, obwohl es dort auch eine Menge Landsleute gibt, aber das ist am Arsch der Welt; stattdessen gehen wir vielleicht lieber nach Saint Louis, Missouri, dort ist die Zinkbranche zu Hause, oder runter nach Tampa in Florida, wo in den Tabakfabriken auch gute Löhne gezahlt werden.«

Reglos saßen Mona und Luz auf ihrer Bank und blickten Marita Reid scheinbar aufmerksam an, tatsächlich aber war es ihnen unmöglich, ihr auf dieser hastig skizzierten Blitzreise durch die Vereinigten Staaten zu folgen.

»Aus diesem Grund habe ich sämtliche Lokale der Stadt abgeklappert, damit es sich herumspricht, dass ich fähige, bereitwillige Leute suche, selbst wenn es sich um einfache Amateure handelt. Mit der Zeit werden sie schon Schliff bekommen. Und deshalb war ich gestern in La Nacional. Im Lauf der Jahre konnte ich einiges zusammensparen, auch wenn man in diesem Gewerbe keine Millionen verdient, aber ich habe gearbeitet wie ein Maulesel, ich habe keine eigene Familie und kann einigermaßen haushalten.«

Sie riss sich die Serviette vom Hals und bedeutete Mona mit einer herrischen Geste, ihr das Tablett von den Knien zu nehmen.

»Aber die Zeiten ändern sich«, sagte sie und stemmte sich mit beiden Armen aus dem Sessel. »Oh, my God, und wie sie sich ändern. Der Tonfilm gräbt den kleinen Flamenco-Bühnen und Kabaretts immer mehr das Wasser ab, und ich werde älter, so, to make a long story short, was ich will, ist genug verdienen, um mir ein Alter in Würde zu sichern.«

»Das heißt ...«, begann Luz, die jetzt ein für alle Mal wissen wollte, welche Rolle ihr bei diesem komplizierten Unternehmen zugedacht war. »Also, was Sie gründen wollen, ist ein ... ein ...«

»Man nennt es Wanderbühne, sweetheart, ein ambulantes Varieté. Ein bisschen Zarzuela, wie ihr sie gerade in der Vierzehnten einstudiert, ein bisschen Humor, um die Leute zum Lachen zu bringen, eine großzügige Dosis Folklore, ein paar Gitarrenstücke, ein Galan, der schön gefühlvoll Gedichte vorträgt, eine etwas frivole Sängerin für rustikalere Couplets. Und dich will ich, nachdem ich dich heute erlebt habe, für die leichte andalusische Muse, Copla, Tonadilla, ihr wisst schon.«

Marita Reid richtete ihren großen Körper auf und schien erneut den ganzen Raum auszufüllen. Die beiden erhoben sich ebenfalls und versuchten, jede auf ihre Weise, aus dem Gehörten schlau zu werden.

Abgesehen von den Namen einiger renommierter Konzertmusiker und großer Jazzorchester, hatte Mona lediglich verstanden, dass das alles viel zu unmäßig und überwältigend war, zu groß für ihre kleine Schwester, ein Mädchen aus Málaga, das noch nicht ganz trocken hinter den Ohren war und nie wirklich den Plan hatte, Künstlerin zu werden, schon gar nicht bei einer nomadisierenden Schaustellertruppe. Außerdem würde ihre Mutter das im Leben nicht zulassen, eher würde Remedios ihre Jüngste an den Bettpfosten binden, als ihr zu erlauben, allein in die Welt zu ziehen.

Die Gedanken von Luz dagegen bewegten sich in eine völlig andere Richtung.

»Eine Frage, Señora«, begann sie schüchtern, während Marita Reid, bereit, ihre Arbeit wiederaufzunehmen, das Gesicht dem Spiegel näherte und ihr gefärbtes Haar zurechtzupfte.

»Shoot, my dear.«

»Bis wann werde ich mich entscheiden müssen?«

Die Reid drehte sich zu ihr um und sah sie aus ihren tiefschwarzen, kajalumrandeten Augen an.

»Ich möchte die Reise antreten, bevor die Hitze über uns hereinbricht. Also brauche ich deine Antwort so bald wie möglich, in zwei, höchstens drei Tagen. Ich sollte schleunigst mit den Proben beginnen, die in einem kleinen Theater in der Bronx stattfinden werden. Aus diesem hier muss ich übermorgen verschwinden. Ein alter Freund hatte es mir für ein paar Tage überlassen, aber jetzt haben sie selbst etwas vor, und ich muss das Feld räumen.«

· 32 ·

Der Streit begann, kaum dass sie das Theater verlassen hatten und ins Straßengetümmel eingetaucht waren.

»Ich werde es mir überlegen«, verkündete Luz.

Mona stieß einen so spitzen Schrei aus, dass sich mehrere Passanten nach ihr umsahen.

»Bist du verrückt? Du kannst doch nicht mit einer Wahnsinnigen durch dieses Land voller seltsamer Leute touren wollen! Um mit einer fahrenden Akrobatentruppe in Minen und Fabriken aufzutreten!«

Mitten auf dem Bürgersteig verstrickten sich die Schwestern in eine Diskussion, die immer hitziger wurde und schließlich in ein wildes Zetern ausartete. Gebrüll, Schimpfwörter, Empörung, Gezerre, beinahe wären sie sogar handgreiflich geworden. Auf der Heimfahrt, auf der sie die meiste Zeit stehen mussten, würdigten sie einander keines Blickes. Dann ergatterte Luz einen Sitzplatz ganz hinten, und Mona blieb vorne, hielt sich an der Stange fest und starrte durch die Scheibe.

Als sie beim El Capitán eintrafen, redeten sie noch immer kein Wort miteinander. Sie hatten kaum Gelegenheit, sich zu wundern, dass die Gaststätte um diese Zeit geschlossen war, denn ein paar kleine Mädchen, die auf der Straße Seil sprangen, empfingen sie lebhaft durcheinanderplappernd.

»Sie sind alle in der Casa María, ihr sollt dorthin kommen!«

Bibliothek war für diesen Raum eine recht hochtrabende Bezeichnung. Tatsächlich handelte es sich um ein großes Zimmer mit ein paar Regalen an den Wänden und einem großen Tisch in der Mitte. Bücher gab es höchstens fünfzehn oder zwanzig, aber sie erfüllten ihren Zweck. Eine andere Nonne hatte Remedios und Victoria dorthin geführt, um auf Schwester Lito zu warten; auch der Tabakverkäufer war da. Es wird nicht lange dauern, sagte die Nonne, sie sollte jeden Moment hier sein. Die Frauen saßen am Tisch, Barona stand mit finsterer Miene an eine Konsole gelehnt, ohne Jacke, den Kragenknopf offen und den Krawattenknoten drei Fingerbreit unter seinem Platz.

»Was ist los? Warum haben wir zu?«, fragten Mona und Luz gleich beim Eintreten erschrocken.

Ihre Mutter begann, etwas Unverständliches zu stammeln, und Victoria schnitt ihr schroff das Wort ab.

»Ich habe Mist gebaut, das ist los.«

In wenigen knappen Sätzen schilderte sie den Vorfall mit Mazza. Sie war mit der Geschichte soeben zu Ende, als sie Schwester Lito über den Flur kommen hörten.

»Es ist hoffentlich nicht das, was ich denke!«, rief sie aus.

Sie sah so skurril aus wie immer: die kurze, gedrungene Gestalt, das struppige Haar, die alten Stiefel, die eher zu einem Bälle kickenden Jungen zu passen schienen als zu einer treuen Dienerin des Herrgotts. Sie trug noch immer die Spuren ihres Treppensturzes im Gesicht; unter dem einen Arm hielt sie eine Mappe voller Dokumente, den anderen, den verletzten, konnte sie offenbar einigermaßen bewegen.

Energisch schüttelte sie dem Tabakhändler die Hand, als

man sie einander vorstellte, dann setzte sie sich, steckte sich eine Lucky Strike aus dem zerknautschten Päckchen an, das stets in den Falten ihres Habits verborgen war, und während sie rauchte, ließ sie den Blick über die Gesichter schweifen.

»Eine Begegnung mit Mazza, stimmt's?«

Die nüchterne Bibliothek verwandelte sich mit einem Mal in einen Hühnerstall; und als Schwester Lito ein klares Bild von der Situation hatte, erhob sie die Stimme und bereitete dem Gegacker, das zu nichts mehr führte, ein Ende.

»Und Sie, Barona, was sagen Sie dazu?«

»Was schon, Schwester? Dass der Typ ein unangenehmer Patron ist. Er wollte gerade ausholen, das Schwein, und wäre ich ihm nicht in den Arm gefallen, hätte er diesem armen Ding ins Gesicht geschlagen. Aber ich gebe zu, ich hätte nicht selbst zuschlagen müssen, ihn zu hindern, hätte weiß Gott auch gereicht.«

Er holte kräftig Luft, und seine Brust schien sich zu weiten. Dann atmete er geräuschvoll aus und machte eine hilflose Geste.

»Aber das ging nicht.«

Die Dienerin Marias nickte wortlos; das kann ich gut nachvollziehen, schien ihr Schweigen zu bedeuten. Alle zuckten zusammen, als sie plötzlich mit der flachen Hand auf den Tisch schlug.

»Ich werde dafür sorgen, dass er Ruhe gibt, und die Strategie wechseln. Ich werde versuchen, mit ihm zu verhandeln, er wird keine Schwierigkeiten mehr machen«, sagte sie. Man spürte kaum, dass ihre vorgebliche Zuversicht so zerbrechlich war wie Glas.

Während sie sie beruhigte, studierte Schwester Lito, eines nach dem anderen, die Gesichter der Arenas-Töchter, die sonst so munteren Augen jetzt stumpf und beklommen. Und dabei rang sie sich zu einem Entschluss durch.

»Wissen Sie was, Barona? Wenn Sie Buße tun möchten, weil Sie dem Italiener den Kiefer verrenkt haben, hätte ich vielleicht eine Idee.«

»Nur heraus damit, Schwester, ich stehe voll und ganz zu Ihrer Verfügung.«

»Kennen Sie El Chico, das Lokal auf der Grove Street?«

»Aber klar! Benito Collada kauft ab und zu von meinen besten Zigarren.«

»Dann führen Sie diese Mädchen zum Abendessen aus.«

Alle starrten die Nonne an wie ein Gespenst.

»Holen Sie sie hier raus«, beharrte sie, »helfen Sie ihnen, auf andere Gedanken zu kommen, sie haben genug durchgemacht. Sagen Sie Collada, ich hätte euch geschickt, dann lädt er euch mindestens zum Dessert ein.«

Keine der Arenas-Schwestern freute sich. Weder wussten sie, was El Chico war, noch waren sie in Ausgehlaune. Und Remedios blickte nur erschrocken drein.

Die Nonne beachtete sie gar nicht; mit aller Selbstverständlichkeit übernahm sie das Kommando und knallte noch einmal, noch fester mit der Hand auf den Tisch.

»Auf geht's, meine Damen, machen Sie sich ein bisschen zurecht, ziehen Sie etwas Hübsches an, und vergessen Sie die Küche, niederträchtige Anwälte und alle Ihre Probleme. Gehen Sie wenigstens einmal aus, und amüsieren Sie sich!«

· 33 ·

Sie nahmen ein Taxi, obwohl es nicht weit war. Es war Luciano Baronas Vorschlag gewesen, um dem Ereignis ein wenig Förmlichkeit zu verleihen. Er selbst saß auf dem Beifahrersitz, die drei auf der Rückbank. Victoria, in der Mitte, noch immer aufgewühlt von dem Zusammentreffen mit Mazza, hatte sehr wenig Lust auszugehen und hätte sich am liebsten unter der Bettdecke verkrochen und die Welt vergessen. Rechts und links von ihr Mona und Luz, die noch immer nicht miteinander sprachen, eingeschnappt und geistesabwesend, denn während die eine erwog, ihr Bündel zu schnüren und mit der fahrenden Truppe von Marita Reid durchzubrennen, war die andere wegen ebendieser Möglichkeit in heller Aufregung.

Abgesehen von ihren persönlichen Kümmernissen fühlten sie sich alle drei gehemmt und empfanden die Situation als befremdlich. Zwar hatte der Tabakverkäufer Victoria vor der Aggression des Italieners bewahrt, doch als sie jetzt, zu viert in der intimen Enge des Autos, durch das Village fuhren, wussten sie sich nichts zu sagen. Das Unbehagen war fast greifbar, und die Mädchen starrten aus den Fenstern und taten, als betrachteten sie die praktisch menschenleeren Straßen.

Auch für den Tabakhändler fühlte es sich sonderbar an. Einen frischen Witwer in derartiger Gesellschaft, das bekam man nicht alle Tage zu sehen. Aber diese wunderliche Nonne, die die Familie im Zusammenhang mit dem Tod des Vaters unterstützte, hatte ihn nun einmal darum gebeten. Nun, im Grunde machte es ihm ja auch nichts aus, warum sich also den Kopf zerbrechen? Tatsache war, dass sich die drei jungen Frauen in seinem Rücken ungewohnt still verhielten. Ihr Haar war noch warm von der Lockenzange, mit der sie es eilends in Form gebracht hatten; sie rochen nach billigem Kölnischwasser und nach Jugend, sie rochen gut. Sie trugen ihre schlichten Hauskleider, denn sie hatten sonst nichts anzuziehen. Um ihr ärmliches Erscheinungsbild ein wenig aufzubessern, hatten sie sich auf dem Treppenabsatz im ersten Stock, außer Reichweite der Mutter, die Lippen angemalt. Sie näherten sich dem Sheridan Square, und Luciano Barona erinnerte sich an das letzte Mal, dass er mit seiner Frau im El Chico gewesen war. Wie viele Jahre mochte das her sein? Fünf oder sechs mindestens, schätzte er. Valentín Aguirre, dem das Hotel Santa Lucía und das Restaurant Jai-Alai gehörten, hatte damals eine Großbestellung aufgegeben, drei Dutzend Kisten, und das hatte er unbedingt feiern wollen. Bevor Encarna erkrankte; vor Chanos Auszug, als sie noch alle drei in der Atlantic Avenue wohnten und Encarna ihm bei der Buchhaltung zur Hand ging, während er in Manhattan unterwegs war, um seine Kunden zu bedienen; und abends hatten sie zusammen gegessen, und sonntags waren sie nach Park Slope gefahren, um Freunde aus dem heimischen Alhama zu besuchen. Bevor alles aus den Fugen geraten und die Einsamkeit über sein Leben hereingebrochen war wie eine Sturzflut.

Es war jedoch nicht der rechte Moment, der Vergangenheit nachzuhängen, das Taxi hatte angehalten. Der Name des Lokals stand auf den Seiten der großen Markise, die den Eingang überdachte: EL CHICO. Ein Portier, den dicken Bauch in eine lange granatrote Jacke gezwängt, öffnete den Mädchen die hintere Wagentür, während Barona den Fahrer bezahlte.

Im Inneren empfing sie Musik, lautes Stimmengewirr, Gelächter, dichter Rauch und gedämpftes Licht, Kellner, die sich zwischen den Tischen hindurchschlängelten und Tabletts balancierten, zufriedene Gäste, Essensduft, vermischt mit dem Parfüm der Damen, Tabakaroma und dem Rasierwasser der Herren. Lebhafter Betrieb. Leute, viele Leute, die es sich gutgehen ließen.

Ein Ober mit Fliege und schweißnasser Stirn näherte sich ihnen. Willkommen im El Chico, einen schönen guten Abend, willkommen, Señoritas, sehr erfreut, Sie wiederzusehen, amigo, sagte er und klopfte dem Tabakhändler auf den Arm.

»Geben Sie mir nur eine Minute, es ist proppenvoll, ich weiß nicht, was heute los ist.«

Er verschwand im Getümmel und ließ sie warten. Die drei Schwestern drängten sich eng aneinander und bestaunten das Ambiente; er stand zwei Schritte entfernt, die Hände in den Taschen. Die Einrichtung war eine überschwängliche Hommage an das ferne Vaterland: maurische Bögen, Geranien, Fliesen, schmiedeeiserne Leuchter, kleine Vordächer. In der Mitte war eine bisher noch leere Tanzfläche, hinten erkannte man eine kleine Bühne, auf der ein Paar soeben seinen Auftritt beendete, eine humoristische Flamenco-Nummer, an der das Publikum einen Heidenspaß hatte. Er trug einen typisch andalusischen Hut, sie ein Kleid mit Schleppe und großen Tupfen; untermalt von Musik scherzten, flirteten und stritten sie, reizten einander mit Witz und Koketterie. Zum Abschluss ein letztes Stampfen, ein letzter Gitarrenlauf, eine letzte Lachsalve. Der Applaus war grandios; der falsche Gitano verbeugte sich und warf den Damen an den vorderen Tischen Nelken zu; seine Partnerin dankte und wirbelte die Spitzen ihres großen Umschlagtuches durch die Luft.

Die Rückkehr des Obers brach den Zauber.

»Wenn Sie mir bitte folgen wollen, hier entlang.«

Während der Unterbrechung der Bühnenshow entstand viel Bewegung, und es war nicht leicht, ihnen einen Weg zu ihrem Tisch zu bahnen. Nachdem die vorigen Gäste gegangen waren, wurde dieser soeben mit einem gelben Tuch frisch gedeckt und unter einem Wandgemälde des Aquädukts von Segovia alles für vier Personen gerichtet. Sie hatten kaum Platz genommen, als sich ein Mann mit breitem Brustkorb und kurz geschorenem Schädel über dem kräftigen Hals auf das Podium schwang.

»Ist das der Besitzer, von dem Schwester Lito gesprochen hat?«, fragte Luz.

Barona nickte, während er die Serviette entfaltete und sich eine Ecke in den Hemdkragen stopfte.

Der Mann auf der Bühne räusperte sich und blickte in die Runde, zog seinen Krawattenknoten zurecht, wartete ein paar Sekunden, um seinem Publikum noch etwas Zeit zu geben, und begann.

»Hochverehrte Damen, erlauchte Freunde ...«

Die letzten Gäste kehrten auf ihre Plätze zurück, das Stimmengetöse flaute ab, das Stühlerücken hörte auf; die Kellner versuchten, beim Servieren der Getränke und beim Abräumen der Teller möglichst leise zu sein.

»Geschätzte Damen, respektable Freunde ...«

Endlich war es still im Saal, und Benito Collada, Asturier aus Avilés, obwohl sein Geschäft ein glühender Tribut an die andalusische Folklore war, begann zu sprechen.

»Es nähert sich der erste Jahrestag des tragischen Flugzeugunglücks, das die Spanier und Hispanos dieser Stadt und der ganzen Welt zutiefst erschüttert hat.«

Nicht alle schienen ihn zu verstehen. Es waren auch zahlreiche Amerikaner unter den Gästen, einige in Begleitung spanischer Freunde, andere auf eigene Faust. Weil sie sich angezogen fühlten von dieser fernen Kultur Don Juans, dieser Welt der Toreros und feurigen Schönheiten, weil sie einige Tage zuvor eine lobende Erwähnung in einer Gastronomiezeitschrift oder in *The New York Times* gelesen hatten oder weil sie an diesem Abend nichts Besseres zu tun hatten und deshalb in dieser unbeschreiblichen Mischung aus Kabarett, Nobelrestaurant, Tanzsaal und beliebtem Nightclub gelandet waren. In der Tat war es Collada völlig egal, ob sie ihn verstanden oder nicht. Soll es ihnen doch der Tischnachbar übersetzen, mochte er denken. Oder sollen sie sich selbst etwas zusammenreimen, erraten oder erfinden.

»Ein Jahr ist es her, dass der grausige Unfall in Medellín das Leben dieses Mannes beendete, dessen Andenken niemals sterben wird.«

Ein Kellner näherte sich dem Tisch des Tabakhändlers und der Mädchen, um ihre Bestellung aufzunehmen, doch sie waren so gebannt, dass sie noch nicht einmal einen Blick in die Karte geworfen hatten.

»Ein einmaliger Künstler«, fuhr der Redner fort, »Mythos, Legende, unvergessliches Idol.«

»Soll ich für uns alle wählen?«, fragte Barona schmunzelnd in die Runde.

Alle drei nickten. Sie hatten noch nie eine andere Speisekarte in der Hand gehabt als die schlichte Aufzählung herkömmlicher Gerichte, die ihr Vater für El Capitán verfasst hatte; sie hätten nicht gewusst, was sie bestellen sollten.

»Als ihn die Paramount zu Aufnahmen in die Kaufman-Astoria-Studios nach Queens holte, war hier sein Zuhause«, sprach Collado mit seiner sonoren Stimme weiter. »Dort an diesem Tisch ließ die kreolische Drossel nach einem langen Drehtag für *El día que me quieras* oder *Tango Bar* gern den Abend ausklingen.«

Ein Lichtstrahl erleuchtete mit einem Mal einen freien Tisch, einen einsamen Filzhut und die gerahmte Fotografie eines Mannes mit umwerfendem Lächeln. Fast alle Anwesenden erhoben sich und reckten die Hälse, um das kleine Stillleben zu sehen; feierliche Ehrerbietung breitete sich im Saal aus. Die Schwestern zögerten, schickten sich an, auch aufzustehen, trauten sich dann aber doch nicht, und so standen sie erst halb, als die anderen schon wieder Platz nahmen. Sie auch.

»Wen meint er, Luciano?«, erkundigte sich Luz.

»Gardel.«

»Ah«, erwiderten sie im Chor. Den Namen hatten sie schon gehört, sie wussten, dass er Sänger und eine Zeit lang in Mode gewesen war, aber wenig mehr.

Unwissend, wie sie waren, war ihnen nicht bekannt, dass

Carlos Gardel ein Jahr zuvor beim Zusammenstoß zweier Flugzeuge in Kolumbien ums Leben gekommen war; sie hatten auch keine Ahnung, was zum Teufel die Paramount war, nur der Stadtteil Queens kam ihnen bekannt vor, denn dort hatten sie ihren Vater beerdigt. Auf alle Fälle stimmten sie in den Applaus ein, als Collada verkündete:

»Aber die wunderbare Neuigkeit ist, meine Damen und Herren, dass es ganz danach aussieht, als stünde für den König des Tangos bereits ein Thronfolger in der Tür!«

Mit weit ausgebreiteten Armen überließ er die Bühne einem jungen Mann mit wiegendem Gang und zurückgekämmtem schwarzem Haar in einem dunklen Anzug mit Weste und ausladenden Revers.

»Hier kommt für Sie: El gran Fidel!«

Trotz Beifall und erwartungsvoller Begrüßung schwächelte das Interesse an dem Sänger schon bald. *Por una cabeza* war das erste Stück, gesungen mit einer aufgesetzten, unglaubwürdigen Intensität. Das Publikum klatschte ohne besonderen Enthusiasmus und aß, trank und plauderte weiter, während der angebliche Künstler *Sus ojos se cerraron* anstimmte, erneut mit mäßigem Erfolg. Aus einer Ecke ertönte ein resoluter Pfiff, aus einer anderen ein scharfes Wort, gefolgt von allgemeinem Gelächter.

»Du bist kein Carlitos, nie im Leben, du Krähe!«, schrie einer.

Mit verkniffener Miene schaute Collada aus dem Hintergrund zu. Der Tangosänger, der an diesem Abend seinen ersten Auftritt hatte, schlug nicht ein wie erhofft, verdammt noch mal. Sosehr der Imitator sich auch ins Zeug legen mochte, er überzeugte nicht. Den Idioten muss ich sofort wieder loswerden, dachte der Asturier, gleich heute Abend schmeiße ich diesen lächerlichen Dilettanten raus.

Packen wir den Stier bei den Hörnern, dachte er angesichts

der lauen Begeisterung des Publikums, er musste sich etwas einfallen lassen.

Er schlenderte also zu einem der Tische und forderte eine Blondine mit nackten Schultern zum Tanzen auf, und trotz der mittelmäßigen Darbietung auf der Bühne füllte sich die Tanzfläche im Handumdrehen. Der Sänger war nicht mehr das Zentrum der Aufmerksamkeit; Collada befahl ihm zwischen den Nummern, einfach ganz normal zu singen und nicht zu versuchen, irgendjemanden nachzuäffen, und der junge Mann strengte sich an, kämpfte und schwitzte und spulte kleinmütig zwei weitere Tangos ab.

Was sie schmeckten, sahen und hörten, hatte eine gleichsam berauschende Wirkung auf die Arenas-Schwestern. Der Anwalt Mazza, Marita Reid, alle Anspannung und Ungewissheit waren fürs Erste in den Hintergrund getreten. Mittlerweile war es ihnen gleichgültig, dass sie zweifellos die am schlechtesten gekleideten Frauen des Abends waren, zumal auch etliche Männer in ihrer näheren Umgebung nicht den geringsten Anstoß daran zu nehmen schienen, wie in deren Blicken zu lesen war, mit denen sie sie immer unverhohlener bedachten. Morgen ist auch noch ein Tag, sagte sich Victoria und verspeiste eine Miesmuschel, während Luz sich unentwegt in alle Richtungen umschaute und sich vorstellte, wie es wohl sein mochte, in einem solchen Saal aufzutreten. Mona betrachtete hingerissen die Opulenz des Lokals und schätzte, dass sich mit einem solchen Geschäft saftige Gewinne erzielen ließen. In diesem Moment überkam sie eine Art Erleuchtung. Und wenn …? Und wenn …?

»Guckt mal, die Dicke mit den Löckchen, die platzt gleich aus ihrem Kleid, wenn sie so weitertanzt!«

Der Ausruf der kleinen Schwester riss Mona aus ihren Spekulationen. Victoria und sie hielten unverblümt Ausschau nach der Frau und brachen in hemmungsloses Gelächter aus, ohne sich von Barona beschwichtigen zu lassen. Auch er entspannte sich allmählich und konnte gar nicht anders, als sich über die Ahnungslosigkeit der Mädchen zu amüsieren und an ihrer Unverdorbenheit und zunehmenden Ausgelassenheit seinen Spaß zu haben.

Etwas wie Stolz durchrieselte ihn, weil es ihm gelungen war, ihnen zumindest für ein paar Stunden Vergnügen zu bereiten. Vielleicht gab ihm das den Mut.

»Hat eine von Ihnen Lust zu tanzen?«

Sie hatten eine Wahnsinnslust, alle drei, auch wenn sie lieber einen anderen Partner gehabt hätten als diesen ältlichen Landsmann. Da fiel Victoria ein, dass sie ihm etwas schuldig war.

»Ja, ich.«

Es erklangen die Anfangsakkorde von *El día que me quieras*, als der verwitwete Tabakhändler und Emilio Arenas' älteste Tochter zum ersten Mal miteinander einen Tanzboden betraten.

· 34 ·

Mona beeilte sich an diesem Morgen so sehr, dass sie bereits zurückkam, als ihre Mutter und Victoria noch dabei waren, die Schlösser und Läden der Gaststätte zu öffnen. Sie ließ sich nicht aufhalten, lieferte nur rasch die Einkäufe ab und verabschiedete sich sofort wieder, wobei sie nur undeutlich etwas vom Schlachthof murmelte, wo sie noch Hirn oder Nieren oder irgendwelche anderen Innereien besorgen müsse. Auf eine Lüge mehr oder weniger kam es nicht an.

Ehe sie die Vierzehnte Straße verließ, machte sie vor der Wäscherei der Irigarays halt und lugte verstohlen hinein. Durch die Scheibe erkannte sie im hinteren Teil Luz, die am

Bügelbrett stand und sich mit dem Handrücken eine Haarsträhne aus dem Gesicht wischte. Sie betrachtete sie mit einer Art Genugtuung: Das Nesthäkchen der Familie hatte sich zu einer tüchtigen jungen Frau entwickelt, auch wenn ihr das ambulante Revue-Theater wohl noch immer im Kopf herumspukte.

Befriedigt von diesem Anblick, widmete sich Mona wieder ihrem Plan. Der Bus brachte sie erneut nach Midtown, wieder bahnte sie sich schnellen Schrittes ihren Weg durch das Gewühl, hatte wenige Minuten später das Chanin Theater erreicht, durchquerte forsch das Vestibül und spähte, halb verborgen hinter dem schweren Samtvorhang, in den Zuschauerraum. Die Künstlerin war noch allein, saß am Klavier und sortierte Partituren; Mona fasste sich ein Herz und ging hinein.

»Darf ich Sie einen Augenblick sprechen, Doña Marita?«

Ihre Stimme wurde von den ersten Noten übertönt, sie erhielt keine Antwort.

»Señora, kann ich Sie sprechen?«

Wieder keine Reaktion.

»Señora?«

Endlich stieß Marita Reid einen wütenden Schrei aus.

»Ich hab dich ja gehört, ich hab dich ja gehört! Wenn ich hier fertig bin, kommst du an die Reihe.«

In Wahrheit, so schien es Mona, hatte sie gar nichts fertig zu machen, denn sie tat nichts weiter, als einzelne Töne anzuschlagen und unvollständige Melodien zu klimpern. Dennoch unterbrach sie sie vorsichtshalber nicht mehr, drückte sich stumm auf einen Sitz und wartete ab, bis die Künstlerin ihre Läufe und Akkorde beendet hatte.

»Gut«, sagte sie nach einer Weile. »Jetzt darfst du reden.«

»Ich war gestern mit meiner Schwester hier«, begann sie vernehmlich und mit hoch erhobenem Kopf.

»Hältst du mich für so alt, dass ich mich nicht mehr an dich erinnern kann?«

Leicht wird sie es mir nicht machen, dachte Mona. Ich sollte lieber zur Sache kommen und ihr nicht mehr als nötig auf die Nerven gehen.

»Ich möchte Ihnen ein Geschäft vorschlagen, Señora.«

»Ein Geschäft?«, fragte die andere spöttisch zurück und ließ mit der linken Hand eine Tonleiter erklingen: c, d, e, f, g, a, h, c. Die Noten vibrierten auf der leeren Bühne. »Ein Geschäft willst du mir anbieten? Du mir?«

Mona verknotete nervös ihre Finger.

»Was ich meine, ist … ich frage mich, ob … wir nicht zusammen eine Show organisieren könnten?«

Ein heiseres Auflachen hallte durch den ganzen Saal.

»Das kann ich alleine, Sweety. Dazu brauche ich dich nicht.«

Zur Sache, wiederholte Mona bei sich. Komm zur Sache.

»Kennen Sie El Chico, Doña Marita?«

»Colladas Club im Village? Selbstverständlich.«

»Also, mein Vorschlag ist, Sie an etwas Ähnlichem zu beteiligen.«

Darüber hatte sie die ganze Nacht nachgedacht. Eine Aufführung, um ihrem Restaurant neues Leben einzuhauchen und Luz eine Chance zu geben. Das war die Idee, über die sich Mona das Gehirn zermarterte, seit sie am Vorabend gesehen hatte, welcher Beliebtheit sich das Lokal des Asturiers erfreute.

»El Chico Junior, so etwas willst du dir aufhalsen?«, fragte ihr Gegenüber ironisch, hieb kräftig in die Tasten und ließ ein paar energische Takte ertönen. Natürlich nahm sie Mona nicht ernst.

»Unser Lokal heißt El Capitán.«

Atemlos und überstürzt erklärte sie, wo es sich befand,

wie sie dazu gekommen waren, wie viele Plätze es ungefähr hatte und was es zu essen gab.

»Aber es funktioniert nicht«, gestand sie abschließend. »Und wir wissen nicht, was wir tun sollen. Darum habe ich mir gedacht, wir könnten es vielleicht anders nutzen, mit ein paar Nummern zum Abendessen und hinterher Tanzmusik bis in die Nacht und ...«

»Verstehe. Wie El Chico, nicht wahr?«, unterbrach sie die Reid.

»So in der Art, Señora.«

Marita Reid erhob sich von dem Klavierhocker, ging über die knackenden Bodenbretter der Bühne und stieg das Treppchen hinunter, vorsichtig, um nicht danebenzutreten und sich den Hals zu brechen. Jetzt, da sie direkt vor ihr stand, sah Mona, dass sie ein anderes Gewand trug, das, wie das vom Vortag, mit einem wilden bunten Durcheinander bedruckt war. Und so konzentrierte sie ihren Blick auf die stelzbeinigen Vögel und kitschigen Blumenarrangements des Stoffmusters, um sich nicht von den Augen der Alten einschüchtern zu lassen.

»Weißt du, was du dir da vornimmst, Kleine? Ein Typ wie Benito Collado, ein kerniger Asturier, der siebenmal die Welt umrundet hat und imstande ist, ein Schwein mit bloßen Händen zu erwürgen, kann es sich erlauben, in dieser Stadt einen Club zu betreiben. Aber du?« Abschätzig musterte sie Mona von oben bis unten. »Hast du denn einen Geldgeber? Vater, Ehemann, Bruder, Freund, Liebhaber, Beschützer ...?«

»Nein, Señora«, gab sie leise zu. »Ich habe nur meine Mutter und meine Schwestern.«

»Verfügt ihr wenigstens über cash? Oder irgendwelche Sicherheiten, eine Immobilie, um eine Hypothek aufzunehmen?«

Mona schüttelte den Kopf, und die Reid schnalzte verächtlich mit der Zunge, als wollte sie sagen, du hast sie nicht mehr alle, Kleine. Aber Mona gab nicht auf; noch nicht. Standhaft offerierte sie ihr Lokal für die Show, die Marita Reid auf die Beine stellen wollte; statt mit einer Wandertruppe die über ganz Nordamerika verstreuten spanischen Arbeiterkolonien abzuklappern, könnten die Künstler, die sie engagierte, in Manhattan bleiben und im El Capitán auftreten.

Von da an stieß Mona nur noch auf taube Ohren; ihr gingen die Argumente aus, sie ließ den Blick durch den Saal schweifen, als suchte sie dort verzweifelt nach einer Eingebung, und bemerkte, dass sie nicht mehr allein waren. Drei spindeldürre junge Mädchen wechselten bereits die Schuhe und flüsterten miteinander, wahrscheinlich kamen sie zum Vortanzen; und ein Duo aus Vater und Sohn, sehr einfach gekleidet, der dreizehn- oder vierzehnjährige Junge mit einem Akkordeon um den Hals. Auch sie waren offensichtlich zum Casting erschienen, und Mona begriff, dass sie dort nichts mehr zu suchen hatte.

Marita Reid schaute auf einen Zettel, den sie zwischen den Falten ihres exzentrischen Umhangs hervorgeholt hatte, um zu erfahren, wer als Nächstes an der Reihe war.

»Trio Las Montero!«, rief sie und wandte Mona umstandslos den Rücken zu. »Bereitmachen, please!«

Das Flehen blieb Mona im Halse stecken. Die Alte war schon wieder voll und ganz auf ihr Thema konzentriert, und Aufdringlichkeit würde ihr auch nicht weiterhelfen. Ihr gemurmelter Abschiedsgruß blieb unerwidert; alles, was sie noch tun konnte, war, den Korridor entlang zum Ausgang zu gehen, Tränen der Wut in den Augen. Als sie das leere Foyer erreichte, hörte sie weit hinter sich, wie mit rhythmischem Stampfen die Flamenco-Tänzerinnen loslegten; nach wenigen Schritten stand sie wieder auf der Straße, umgeben von Lärm und Licht.

»Hören Sie ...«

Sie drehte sich um, riss sich zusammen und erblickte einen jungen Mann. Er stand rechts von der Tür und kam ihr irgendwie bekannt vor.

»Ich habe mitbekommen, wie Sie der Alten Ihren Vorschlag unterbreitet haben.«

Unter der mittäglichen Sonne und in all dem Trubel vermochte sie ihn immer noch nicht einzuordnen.

»Schenken Sie mir fünf Minuten?«

· 35 ·

Woher kannte sie ihn, woher kannte sie ihn nur? Das Gesicht, die Figur, sogar die Stimme kam ihr bekannt vor.

»Wir haben uns kennengelernt, als Sie mit Ihren Schwestern in unserer Pietät waren, um die Beisetzung Ihres Papas zu bezahlen«, erklärte er angesichts ihres befremdeten Blicks.

Der Junge vom Beerdigungsinstitut? Er war derselbe Hänfling, das schon. Und aus der Nähe fielen ihr auch seine hervorquellenden Augen wieder auf. Aber er schien trotzdem nicht derselbe zu sein, etwas war anders.

»Vielleicht erkennen Sie mich wegen der Frisur nicht wieder«, sagte er und wies mit dem Zeigefinger auf seinen Kopf. »Ich war beim Friseur und habe mir die Haare färben und glätten lassen.«

»Ach so«, hauchte sie verwirrt.

»Wegen Gardel.«

Mona öffnete erstaunt den Mund, jetzt wusste sie, wo sie ihn gesehen hatte. Das ausgemergelte Kerlchen, das jetzt ein simples helles Hemd und eine abgenutzte, braune Strickweste trug, war der Tangosänger, der am Abend zuvor im El Chico von einigen Gästen heruntergeputzt und ausgepfiffen worden war. Von ihrem entfernten Tisch aus, durch den Rauch, das dämmrige Licht und das Hin und Her des Publikums hatte ihn mit diesem rabenschwarzen Haar und dem korrekten Dreiteiler keine der Schwestern wiedererkannt. Ihm dagegen war, trotz seines Versagens auf der Bühne, die Anwesenheit der Arenas-Schwestern nicht entgangen.

»Ich war nicht gerade in Hochform«, bekannte er und hob die Schultern. »Collada hat mich sofort danach zähneknirschend bezahlt und gesagt, ich bräuchte nicht wiederzukommen. Ein regelrechter Arschtritt.«

Womöglich erwartete er ein paar tröstliche Worte oder dass Mona ihm sagte, so schlecht sei er gar nicht gewesen. Sie allerdings war so perplex, dass sie den Mund nicht aufbekam.

»Aber ich habe nicht vor, das Handtuch zu werfen«, fuhr er fort, als sich ihr Schweigen in die Länge zog. »Ich muss es weiter probieren. Und nachdem ich den geliehenen Anzug zurückgebracht habe, bin ich hierhergekommen, in der Hoffnung, etwas Neues zu finden, weil man mir erzählt hatte, die Reid suche Leute für eine Show.«

»Arbeiten Sie nicht mehr im Laden Ihres Vaters?«

»Doch, im Moment schon. Aber auf Dauer will ich das nicht. Haben Sie es eilig?«

»Ziemlich.«

Eigentlich stimmte das nicht, aber sie hatte auch nicht die geringste Lust, noch länger mit dem gescheiterten Tango-König zu plaudern. Sie wollte allein sein, das brauchte sie jetzt: Marita Reids Absage war eine bittere Pille, an der sie noch zu schlucken hatte.

»Wie sind Sie hergekommen?«, wollte der Junge daraufhin wissen.

»Mit dem Bus.«

»Dann fahre ich mit Ihnen.«

Ich heiße Fidel, Fidel Hernández, ich möchte Sänger werden, und Gardel ist mein Idol. Als er diese dreifache Erklärung abgab, während er mit ihr an der Haltestelle wartete, begriff Mona, dass sie ihn so schnell nicht mehr loswürde.

»Ich bewundere und verehre ihn so sehr, dass ich ihn nicht einmal in Gedanken Carlitos zu nennen wage, ich finde es respektlos, wenn die Leute von ihm sprechen wie von irgendwem. Carlitos«, knurrte er abfällig. »Car-li-tos«, wiederholte er und spuckte jede Silbe einzeln aus, »als würden sie ihn ihr Leben lang kennen.«

Endlich zwängten sie sich in den überfüllten Bus und drängelten sich an den Passagieren vorbei, ohne dass der Junge aufhörte zu reden.

»Zugegeben, ich habe ihn erst spät kennengelernt, aber kaum dass ich ihn aus der Nähe erlebt hatte, war meine Leidenschaft erwacht. Bis dahin besaß ich nicht einmal eine Platte von ihm und auch seine Filme hatte ich mir nie angesehen. Ich fand diese Massenmode übertrieben, diese hysterisch kreischenden Frauen und diese Männer, die sich frisierten wie er. Sie waren nicht in der Stadt, als vorletzten Sommer *Cuesta abajo* im Campoamor Premiere hatte, stimmt's?«

»Nein, wir sind erst seit ein paar Monaten hier.«

»Sie können sich gar nicht vorstellen, was da los war, die Straße vor dem Kino voller Leute ohne Eintrittskarte, Hunderte, Tausende, die seinen Namen riefen, wegen des Ansturms musste man den Beginn um drei Stunden verschieben, und am Ende wurden Lautsprecher aufgestellt, damit alle ihn von draußen hören konnten.«

Der Bus ratterte über das Pflaster und rüttelte sie durch. Sie hatten keinen Sitzplatz gefunden, sondern standen fast Körper an Körper zwischen anderen, Mona an eine Haltestange geklammert und in Gedanken bei ihrer fruchtlosen

Unterredung mit Marita Reid, während der Sohn des Bestatters pausenlos quasselte.

»Nachdem sie ihn aus Kolumbien hergeholt hatten, wurde alles anders. Acht Tage und neun Nächte war er bei uns, und ich bin ihm nicht von der Seite gewichen. Damals habe ich angefangen, mich für ihn zu interessieren und seine wahre Größe zu erkennen. Ich habe mir im Laden von Castellanos ein paar Schallplatten geklaut, die Texte auswendig gelernt, seinen Ton eingeübt, seine Aussprache ...«

Im Bus wurde es immer heißer, scharfes Bremsen und Schlaglöcher warfen die Passagiere vor und zurück, nach links und rechts. Er habe sich persönlich um ihn gekümmert, erzählte der Junge weiter, ihn bei seinem letzten Aufenthalt Tag und Nacht betreut.

»Darum ist es mir auch so ernst damit, es ist quasi zum Sinn meines Lebens geworden, auch wenn ich natürlich merke, dass ich noch einen langen Weg vor mir habe.«

Bei dem Geschaukel fiel es Mona schwer, seinem Redefluss zu folgen, und der Akzent dieses in Manhattan geborenen Sohnes von Puerto Ricanern machte es ihr auch nicht leichter; er benutzte Wörter, die sie nicht kannte, und sprach andere so aus, dass sie sie nicht verstand; und manchmal stockte er, wechselte ins Englische und musste ein zweites Mal ansetzen.

»Mit zwölf habe ich angefangen, meinem Vater und meinem Onkel im Geschäft zu helfen«, erzählte er. »Ich kann den Tag, an dem ich da rauskomme, kaum erwarten. Seit meine Mama weggegangen ist, weil sie genug hatte von all den Toten und auch von ihrem nicht viel lebendigeren Mann, zwingt mich mein Papa, ihm nach der Schule zur Hand zu gehen. Ich war noch ein halbes Kind, musste aber schon die Arbeiten übernehmen, für die früher sie zuständig war; als Erstes lernte ich das Schminken, manche Familien möchten, dass ihre Lieben möglichst hübsch im Himmel ankommen. Darum kenne ich viele Leute«, erklärte er, »einen Haufen Leute. Wenn jemand so viel Vertrauen in dich setzt, dass er dich den Leichnam eines geliebten Menschen herrichten lässt, das heißt ihn waschen, anziehen und in den Sarg legen, ihm den Mund schließen und die Hände über der Brust falten, dann entsteht dadurch gewissermaßen eine Verbindung. Und wenn jemand gar keine Angehörigen hatte und auch kein Freund bei dem Toten erscheint, setze ich mich eine Weile daneben, wenn ich mit der Arbeit fertig bin, verdrücke ein paar Tränen oder bete ein paar Vaterunser für denjenigen.«

Der Junge redete und redete, der Bus ruckelte und bremste, und Mona hörte immer zerstreuter zu, wollte nur noch ankommen und wieder festen Boden unter den Füßen haben; und wenn ihr seine Passion für Gardel gleichgültig war, so waren es die Interna des Bestatterberufs erst recht. Sie war drauf und dran, ihn zu bitten, den Mund zu halten und sie in Ruhe zu lassen, als sein Monolog mit einem Mal in eine völlig andere Richtung schwenkte.

»Ich weiß, dass die Alte nicht im Entferntesten daran denkt, mit Ihnen zusammenzuarbeiten. Ich dagegen schon, wenn Sie erlauben. Ich kann Ihnen helfen, Kundschaft zu werben, ich kann Ihnen helfen, eine Show für Ihr Lokal zu organisieren. Außerdem kenne ich Leute bei *La Prensa*, weil ich die Todesanzeigen aufgebe. Bestimmt mogeln die mir eine Annonce unter, und ich kann sie sicher auch überreden, einen Reporter zur Eröffnung zu schicken und einen Artikel zu bringen.«

Mona schüttelte ihre Benommenheit ab und wandte sich mit neuer Aufmerksamkeit ihrem Begleiter zu. Was er da eben gesagt hatte, war gar nicht so dumm. Auch wenn sie nicht die leiseste Ahnung hatte, wie man ein solches Geschäft in Gang brachte, klang ihr das nach durchaus plausiblen Maßnahmen. Kunden anlocken, zumindest am Anfang. Reklame. Von sich reden machen. Um die Lippen der mittleren Arenas-Tochter spielte zum ersten Mal an diesem Tag ein Lächeln. Sie dachte nicht daran, klein beizugeben. Ihre erste Idee war ein krachender Fehlschlag gewesen, sie musste andere Wege gehen. Sie kannte das Ambiente kaum, doch irgendetwas sagte ihr, dass die spanische Künstlerszene in New York mit Marita Reid weder begann noch endete.

Ihre Haltestelle war beinahe erreicht. Hellhörig geworden, betrachtete Mona den jungen Mann von der Seite und sah ihn plötzlich mit anderen Augen, liebevoll fast. Armes Kerlchen, dachte sie. Und bedauerte ihn zutiefst für das Leben, das er führte.

»Und im Gegenzug soll ich dich, wenn alles gut läuft, ebenfalls in der Show auftreten lassen, nicht wahr?«

Sie war zum Du übergegangen, was er daraufhin auch tat.

»Ich kann besser werden, das verspreche ich dir.«

Vielleicht, vielleicht auch nicht, dachte Mona. Sie konnte es nicht beurteilen, was verstand sie schon von Tangos. Um sich eine Vorstellung zu verschaffen, riskierte sie die womöglich etwas heikle Frage:

»Hat dein Freund Gardel dich einmal singen gehört?«

»Nein, nein«, wehrte er verlegen ab. »Zu seinen Lebzeiten hatte ich nie die Ehre. Er ist bei diesem Unfall in Medellín verbrannt und war bis Dezember auch dort beerdigt. Dieses Jahr im Januar wurde der Sarg nach New York gebracht, um ihn von hier aus nach Argentinien zu überführen, aber dann verzögerte sich die Genehmigung der Gesundheitsbehörde. Und ich habe mich derweil einfach um das Nächstliegende gekümmert und bei dem Zinksarg mit seinen verkohlten Überresten Wache gehalten.«

Sie hatten Barona eingeladen, mit der Familie im El Capitán zu essen; dazu fühlten sie sich verpflichtet, nachdem er am Vorabend mit den Mädchen ausgegangen war. Als sie sich zu ihrem späten Mittagsmahl zu Tisch setzten, tauschten Victoria, Luz und er Erinnerungen an den gemeinsamen Abend im El Chico aus, Anekdoten, Beobachtungen, Eindrücke.

Die Einzige, die nichts sagte, war Mona. Körperlich war sie zwar anwesend, saß zwischen ihren Schwestern und wischte mit einem Stück Brot den Soßenrest aus ihrem Teller, in Gedanken aber war sie sehr weit weg. Sie hatte beschlossen, ihnen ihre Idee erst am Abend zu unterbreiten; aus irgendeinem Grund hielt sie die häusliche Umgebung für den geeigneteren Rahmen. Deshalb staunte sie selbst, als ihrer Kehle die Worte entwischten, die sie eigentlich noch gar nicht hatte aussprechen wollen.

»Ich überlege, ob wir das nicht auch machen könnten.«

Alle sahen sie irritiert an, und sie verfluchte sich im Stillen für ihre überstürzte Reaktion. Aber es war zu spät, um sich auf die Zunge zu beißen, die Schranke war niedergerissen, worauf also noch warten.

»So schwierig wäre das gar nicht, vielleicht könnten wir dann ein bisschen mehr Geld verdienen, während Schwester Lito unsere Angelegenheit klärt. Womöglich ist es ganz unkompliziert. Einen Versuch ist es allemal wert.«

»Bist du übergeschnappt?«, fuhr die Mutter sie an. »So ein halbseidenes Kabarett willst du aus dem Lokal machen? Dein Vater würde sich im Grabe umdrehen!«

Noch ehe Remedios' Faust auf den Tisch krachte, waren die beiden anderen aufgesprungen. Luz klatschte euphorisch in die Hände und sprudelte über vor Begeisterung, Victoria wollte sofort Genaueres wissen, und inmitten des Aufruhrs bemühte sich Mona, möglichst geordnet darzulegen, was sie sich ausgedacht hatte.

»Ihr habt euren letzten Rest Schamgefühl verloren!«, entschied die Mutter, ohne ihr zuzuhören. »Ihr werdet in der Gosse enden, kein anständiger Mann wird euch mehr ins Gesicht sehen, und mich werdet ihr vor lauter Ärger auch noch unter die Erde bringen!«

Je lauter Remedios zeterte, desto lauter wurden die Töchter, sie überschrien sich gegenseitig, fuchtelten mit den Händen, um ihren Worten Nachdruck zu verleihen, schlugen sich auf die Schenkel, und zum Schluss brach die Mutter, wie fast immer, in Tränen aus.

Ein unbehagliches Schweigen entstand. Während Remedios leise schluchzte, wurden sie sich der Gegenwart des Tabakhändlers bewusst, der mit am Tisch saß und sich den Ausbruch wortlos angehört hatte. In der Tat herrschte zwischen ihnen eine wachsende Vertrautheit, und der gemeinsame Abend im El Chico hatte diese Nähe noch verstärkt. Aber dennoch.

Barona hingegen zeigte sich vollkommen unbeeindruckt und nur bestrebt, der Sache die Spitze zu nehmen, indem er, den Zeigefinger auf die Lippen gelegt, die Mädchen sachte zum Waffenstillstand aufforderte.

»So ist das nun mal mit Kindern, Remedios, Sie dürfen sich nicht so aufregen«, sagte er versöhnlich.

Er griff in die Innentasche seiner Jacke, zog einen Umschlag heraus und ließ ihn auf den Tisch fallen. Ihm lag vor allem daran, die Spannung zu lockern.

»Sehen Sie, heute Morgen habe ich diesen Brief von meinem Sohn erhalten. Aus Philadelphia.«

Zwar hatte er diesen Sohn gelegentlich schon erwähnt, aber die Gelegenheit, mehr über ihn zu erfahren, hatte sich nie ergeben. Dass er erwachsen war und nicht in der Nähe lebte, war alles, was sie wussten.

»Er wollte nächste Woche kommen, ich habe ihn seit fünf Monaten nicht gesehen, und jetzt teilt er mir mit, dass auch diesmal nichts daraus wird. Und was mache ich, wenn er mir das sagt? Mich zusammenreißen, Remedios, etwas anderes bleibt mir gar nicht übrig. Weitermachen wie bisher, auch wenn in meinem Inneren der Teufel los ist. Als kleiner Junge ist er mir jedes Mal, wenn er den Schlüssel in der Tür hörte, wie ein Irrer entgegengestürmt und hat sich in meine Arme geworfen.«

Nachdem er noch ein paar weitere Episoden seines Familienlebens zu Besten gegeben hatte, war sein Ziel erreicht: Die Idee, die Gaststätte in einen Nightclub zu verwandeln, trat in den Hintergrund, und die Tränen der Mutter versiegten. Mona atmete auf und zwinkerte ihm verschwörerisch zu. Danke, flüsterte sie.

»Und was treibt er?«, fragte Luz geradeheraus, wie es ihre Art war.

Der Tabakverkäufer schnaubte.

»Er ist Boxer.«

Boxer, wiederholten die drei leise. Damit hatten sie so wenig zu schaffen, dass sie nicht wussten, was sie davon halten sollten. Weil aber auch er nicht sehr angetan geklungen hatte, hakte Luz nach.

»Sie mögen das Boxen nicht, Luciano?«

Spöttisch hob er einen Mundwinkel.

»Aber natürlich, meine Kleine, mag das nicht jeder vernünftige Mann? Vor Kurzem war ich im Madison Square Garden und habe Uzcudun gesehen, einen Freund von Valentín Aguirre, eine Bestie unter den Schwergewichtlern, der ganze Stolz der spanischen Kolonie, obwohl er an dem Abend das einzige K. o. seiner gesamten Karriere kassiert hat, und in ein paar Wochen ...«

Er verstummte, weil ihm mit einem Mal klar wurde, dass

seine Gastgeberinnen sich herzlich wenig für die Welt des Boxrings interessierten.

»Aber Ihnen gefällt nicht«, beharrte jetzt Victoria, »dass Ihr Sohn sich professionell prügelt, nicht wahr?«

Barona lächelte traurig auf die unvermittelte Frage der ältesten Schwester.

»Es zerreißt mir das Herz, wenn ich daran denke, dass er mir eines Tages mit den Füßen voran gebracht werden könnte. Oder blind. Oder verblödet und sabbernd.« Er schnaubte wieder und schüttelte den Kopf, als könnte er seine finsteren Ängste damit verscheuchen. »Es ist ein Naturgesetz, Remedios, nehmen Sie es hin. Wir geben ihnen das Leben, und sie machen damit, was sie wollen. Haben Sie nicht darauf bestanden, Ihre Töchter nach New York zu bringen? Dann müssen Sie jetzt die Konsequenzen tragen. Wie ich, wie wir alle.«

Er trank seinen Kaffee aus, zog die Serviette aus dem Kragen und erhob sich schwerfällig. Verdammtes Sodbrennen. Dann nahm er ein paar Scheine aus der Tasche und legte sie, ohne zu fragen, was er schuldig war, auf den Tisch.

»Von mir hat er den Namen geerbt, wie ich den meines Vaters und meines Großvaters, aber zu Hause haben wir ihn von klein auf Chano gerufen. Meine Frau hatte das eingeführt, um uns zu unterscheiden, nehme ich an. Wir haben uns so sehr bemüht, ihm unsere Welt nahezubringen, und bis heute frage ich mich, wann er uns entglitten ist.«

· 37 ·

Während sie ihre Nachthemden anzogen, bedrängten die Schwestern Mona wispernd, damit ihre Mutter sie auf der anderen Seite der dünnen Wand nicht hören konnte.

»Was hat die Alte denn zu der Idee mit der Show gesagt? Bist du dir sicher, dass das kein Hirngespinst ist?«

»Glaubst du wirklich, El Capitán könnte so etwas wie El Chico werden? Und ich könnte vor allen Leuten singen, was ich will?«

Mona, die sich nach außen hin fest überzeugt gab, obwohl sie innerlich schwankte und bebte, beschwichtigte ihre Schwestern, ebenfalls flüsternd.

»Ich habe mit jemandem gesprochen, der uns helfen kann. Ich bin morgen mit ihm verabredet, und er will bis dahin eine Liste zusammenstellen mit allem, was zu tun ist und wie viel wir dafür ausgeben müssten. Er versteht etwas von Buchführung, weil die Familie ein Unternehmen hat.«

Sie zog es vor, zunächst zu verschweigen, dass sich hinter diesem vielversprechenden Kontakt der Junge von der Pietät verbarg. Das Keifen ihrer jüngeren und die Einwände ihrer älteren Schwester hätte man bis auf die Dachterrasse gehört.

Ihre Mutter schaltete bereits die elektrischen Lampen aus, immer noch Teufelswerk für sie, die bei Kerzenlicht aufgewachsen war. Und um sie nicht noch mehr zu verdrießen, schlüpften sie bald in die Betten. Mona aber fand noch lange keinen Schlaf.

Geld. Sie brauchten Geld. Dieser Gedanke ging ihr im Kopf herum, während sie mit hellwachen Augen in die Dunkelheit starrte. Alles andere war irgendwie zu bekommen, potenzielle Künstler gab es wie Sand am Meer, das hatte sie beim Vorsprechen für die Zarzuela im Theater von Marita Reid gesehen. Und um alles andere könnte sich, wie er ihr selbst versichert hatte, Fidel kümmern. Obwohl sie ihm vielleicht nicht trauen sollte. Oder vielleicht doch. Oder vielleicht …

»He, Mona, bist du wach?«

Victorias verhaltene Stimme aus dem Nachbarbett holte sie aus ihren Grübeleien.

»Vergiss nicht, die andere Salbe mitzubringen, wenn du morgen einkaufen gehst.«

»Welche andere Salbe?«, fragte Mona ebenso leise zurück.

»Die neue, die der Doktor für Mutters Auge verschrieben hat. Hat sie es dir nicht gesagt?«

»Aber war der Arzt denn noch mal da?«, fragte Mona ungläubig.

Das war er in der Tat, auch wenn sowohl Remedios als auch Victoria über all die Aufregungen des Tages vergessen hatten, es Mona mitzuteilen. Frisch rasiert und nach einem guten Aftershave duftend, hatte der junge Doktor Osorio ein weiteres Mal im El Capitán vorbeigeschaut. Alles in Ordnung, Señora, hatte er gesagt, nachdem er sie noch einmal untersucht hatte, aber wir wollen nicht unvorsichtig werden. Ich werde Ihnen ein Rezept für eine andere Salbe ausstellen, die Sie bitte eine Woche lang verwenden. Er wirkte ruhiger diesmal, ließ sich sogar zu einem Kaffee einladen und setzte sich damit in den leeren Speisesaal, denn bis zur Mittagszeit war es noch eine Weile hin. Die Mutter und Victoria fühlten sich gehemmt. Mit Leuten ihres eigenen Schlages fiel es ihnen leicht, ein paar Nichtigkeiten auszutauschen, Auge in Auge mit einem gestandenen Doktor war das etwas ganz anderes.

Er brach das befangene Schweigen und erkundigte sich nach dem Lokal, wie es laufe, ob sie zurechtkämen. Er fragte auch nach der Gegend, den anderen Geschäften, ob die Lebensmittel von Casa Moneo gut seien, was für Veranstaltungen in La Nacional stattfänden. Ich überlege, auch Mitglied zu werden, sagte er, als wäre ihm dieser geniale Einfall soeben gekommen. Er hatte das natürlich nicht vor, denn welchen Sinn hätte es, wenn ein Akademiker aus Uptown, der für Doktor Castroviejo arbeitete, einer gemeinnützigen Organisation beiträte, die dafür da war, über das Wohl der Arbeiter zu wachen, die sich für weniger als fünfzig Cents die Stunde krumm schufteten. Aber er sagte es trotzdem, um Nähe zu signalisieren, damit sie sich entspannten, mit ihm plauderten und ihm endlich verrieten, wo sich die Schwester aufhielt, die an diesem Vormittag einfach nicht erscheinen wollte.

»Da es in Ihrer Familie ja etliche Frauen gibt«, wagte er vorzuschlagen, als er sich zum Gehen anschickte, »hat die eine oder andere möglicherweise Interesse an einer Arbeit.«

Nein, nein, nein, widersprachen die beiden lebhaft, wir kommen schon klar, nur keine Umstände, Doktor. Nicht im Traum waren sie bereit, ihm die katastrophalen finanziellen Verhältnisse der Familie zu offenbaren, sondern erzählten ihm lediglich, dass die Jüngste in der Wäscherei beschäftigt und die Mittlere für die Einkäufe und Besorgungen zuständig war. Ach so, nickte er. Endlich verstand er die Abwesenheit.

»Für alle Fälle lasse ich Ihnen meine Karte da. Rufen Sie mich an, falls Sie es sich anders überlegen sollten. Es handelt sich um eine sehr leichte Tätigkeit. Die Begleitung meiner gehbehinderten Patentante auf ihren morgendlichen Wegen und vielleicht noch einmal am späten Nachmittag. Sie spricht kein Englisch und hätte gern jemanden zur Seite, mit dem sie sich verständigen kann. Bezahlung wochenweise, nach Vereinbarung.«

Wir haben überhaupt nicht reagiert, erklärte Victoria, brachte ihr Kissen mit ein paar Handgriffen in Form und lehnte sich wieder dagegen. Um nicht unhöflich zu sein, schloss sie, hat Mutter die Karte in die Schürzentasche gesteckt. Wir haben wahrhaftig genug um die Ohren. Uns obendrein um eine Invalide zu kümmern, hätte gerade noch gefehlt.

Nachdem die ältere Schwester ihren Bericht über den Besuch des Augenarztes abgeschlossen hatte, wurde es in dem winzigen Zimmer wieder still, Victoria atmete immer gleichmäßiger, während Mona sich weiter den Kopf zerbrach. Sänger, Geld, Gäste. Annoncen, Kontakte, Geld. Fidel, die Reid, Geld, das Theater. Geld, Geld, Gardels sterbliche Überreste. Und jetzt zu allem Überfluss auch noch der Doktor.

Sie hatte keine Ahnung, wie spät es war, als sie beschloss aufzustehen. Zwei, drei, vier Uhr, gleichgültig. Sie war es leid, sich schlaflos hin und her zu wälzen, und bemühte sich, barfuß und behutsam, das Knarren der Dielen zu vermeiden. Die Angeln quietschten, als sie die Tür zum Nebenzimmer aufdrückte, sie hielt inne und lugte hinein. Zu ihrer Erleichterung sah sie im Halbdunkel ihre Mutter friedlich schlafen, die Decke bis zum Kinn gezogen.

Remedios pflegte ihre Schürze jeden Tag rechts an die Wand auf einen Nagel zu hängen. Hundertmal hatten die Töchter ihr gesagt, sie solle sie in der Küche vom El Capitán lassen und sie nicht auf dem Heimweg anbehalten, kein Mensch laufe mitten in New York so herum, doch ihr war das egal. In dieser Nacht allerdings kam ihre Sturheit Mona zugute. Ohne das Zimmer ihrer Mutter zu betreten, streckte sie den Arm so weit wie möglich hinein, bis sie die alte Schürze greifen konnte, dann tastete sie geduldig die Taschen ab. In der ersten fand sie einen Geflügelknochen, zwei rostige Haarnadeln und einige halb abgebrannte Streichhölzer. Sie suchte weiter, den Arm durch den Türspalt gereckt, bis sie die zweite Tasche gefunden hatte.

Sie wollte eben die Finger hineinschieben, als der Lattenrost knackte. Blitzschnell zog sie die Hand zurück, hörte, wie ihre Mutter schnaufte und sich auf die andere Seite drehte, und wartete ein paar Sekunden, bis sie sicher war, dass die Mutter wieder fest schlief und lediglich die Position verändert hatte; rasch wiederholte sie blind dieselbe Bewegung, und unter einem Häufchen Kichererbsen fand sie, was sie gesucht hatte.

Sie ging zurück, um mit der Visitenkarte in der Faust wieder unter die Bettdecke zu schlüpfen. Das Geräusch ihrer Schritte auf dem Holzboden war ihr jetzt egal.

· 38 ·

Fidel erwartete sie am Vormittag des folgenden Tages, eine Mappe voller Papiere im Arm. Mitten auf der Straße, an derselben Haltestelle, wo sie sich am Vortag verabschiedet hatten.

»Komm mit«, sagte er, kaum dass er sie erspäht hatte.

Sie bogen in die Elfte Straße ein, gingen ein kurzes Stück und dann drei Stufen hinunter in ein bescheidenes Lokal; über der Tür hing ein Schild in einer unlesbaren Schrift. Hinter dem Tresen stapelten sich Brote, Brötchen und seltsame Kuchen; die Eigentümer, ein Mann und eine Frau, waren ein stämmiges Paar mit hellem Haar und rosiger Haut, sie sahen aus wie Zwillinge und sprachen in einer ihr unbekannten Sprache.

Sie sind Russen, erklärte der Sohn des Bestatters, und fast alle ihre Kunden auch, dich und mich wird hier niemand verstehen. Dann bat er die beiden um etwas und zog Mona am Jackenärmel in den hinteren Teil des Ladens zu einem der vier wackligen Tische, die alle unbesetzt waren. Sie ließen sich nieder, und er legte die Mappe auf den Tisch und schaute sie aus seinen Froschaugen an.

»Je länger ich darüber nachdenke, desto deutlicher sehe ich es vor mir.«

Ohne weitere Vorreden klappte er die Mappe auf, holte ganze Zeitungen, einzelne Seiten, Prospekte, Speisekarten, Ausschnitte aus Zeitschriften heraus und breitete sie auf dem Tisch aus.

»Sieh mal hier und das da und dieses«, sagte er und ließ

den Zeigefinger von einem Papier zum anderen hüpfen und nervös auf die Buchstaben trommeln. »Schau, der Stork Club, der jetzt in der Dreiundfünfzigsten ist, den hat vor sechs oder sieben Jahren während der Prohibition ein Typ aus Oklahoma aufgemacht, und El Morocco in der Vierundfünfzigsten, den hat ein Italiener aufgemacht, der sich nachher mit einem argentinischen Potentaten zusammengetan hat, aber das spielt jetzt keine Rolle. Weißt du, was aus denen geworden ist? Das sind heute die Lokale, in denen die Reichsten und Berühmtesten von ganz New York verkehren.«

Mona wollte etwas einwenden, er hob die Hand.

»Ich weiß, was du sagen willst, dass die Vierzehnte nicht Midtown ist und was zur Hölle die Reichen und Berühmten mit deinem Lokal zu tun haben, schon gut, hab ich kapiert, ich wollte dir ja auch bloß klarmachen, dass wir in einer Zeit leben, in der alle Welt wie verrückt in die Nightclubs rennt, aber guck mal, guck dir auch das hier an …«

Er zupfte an der Ecke einer Illustriertenseite, um sie aus dem unordentlichen Haufen, der den ganzen Tisch bedeckte, herauszuziehen. Einige Papiere fielen dabei zu Boden, doch er bequemte sich nicht, sie aufzuheben.

»… da, bitte schön, da hast du den Cotton Club, der hat oben in Harlem eröffnet, mitten im Schwarzenviertel, was auch kein Vergleich ist, ich weiß. Einem Schmuggler gehört der, und dort spielen die besten Jazzorchester, klar im El Capitán hat kein ganzes Orchester Platz, aber was ich sagen will, ist, dass das in einer Gegend ist, wo kein normaler Mensch je hingegangen wäre, und jetzt sieh dir diese Fotografien an, jeden Abend Schlangen vor den Türen, Luxuskarossen und Damen mit Pelzen und Juwelen.«

»Aber, Fidel …«

»Ja, ja, ich weiß, was du sagen willst. Was hat das alles mit deiner Idee zu tun, aber sieh dir das auch noch an«, beharrte er hitzig, blätterte ein Exemplar der Tageszeitung *La Prensa* auf und hielt es mit weit ausgebreiteten Armen wie ein Gekreuzigter.

Der Wirt in seiner langen Schürze näherte sich und brachte ihnen zwei Milchkaffees in hohen, vom vielen Spülen matt gewordenen Glasbechern, die ihm Fidel im Überschwang beinahe aus der Hand geschlagen hätte. Als der Mann auf dem Tisch keinen Platz fand, stellte er sie wortlos auf dem Nachbartisch ab und ging zurück hinter den Tresen.

»Pass auf, hör dir das an ... «

Aufgeregt begann Fidel, laut vorzulesen, blätterte weiter, wies sie hier auf etwas hin, nötigte sie, sich dort etwas anzuschauen, öffnete und schloss frenetisch noch mehr Zeitungen. »Siehst du, da ist El Chico, von dem erscheint fast jeden Tag eine Anzeige. Und die hier: La Fiesta, Casa Valencia, El Toreador ... Und guck: Marta, ein spanischer Garten in Greenwich Village, und El Patio, ein spanisches Schloss in der Barrow Street Nummer 17, und hier, schau.«

Mona hatte längst aufgehört zu protestieren und hing an seinen Lippen, als hätte die Welt ringsum aufgehört zu existieren.

»Und Restaurants, die ab und zu Künstler engagieren, gibt es eine Menge; nicht dass ich dort verkehre, das kann ich mir nicht leisten, aber gehört habe ich davon, und hier sind auch welche, schau: das Jai-Alai, das Internacional, das Fornos, das Segovia, La Chorrera, El Mundial ... Diese Stadt, Mona«, schloss er, klappte die letzte Zeitung zu und legte sie schief zusammen, »ist von vorne bis hinten voller Kabaretts und Nightclubs mit genau dem Angebot, das dir vorschwebt.«

Durch das kleine Lokal, in dem sie bis eben allein gewesen waren, schlurfte ein Greis, dessen Eintreten sie nicht bemerkt hatten; sein zahnloser Mund mümmelte ein Brötchen, wahrscheinlich eine milde Gabe der Russen und wahrscheinlich vom Vortag. Mit seinen schmutzigen Händen, den fettigen Haarsträhnen und der schmierigen, ausgefransten Jacke sah er nicht nach einem zahlungskräftigen Kunden aus und schien auch von ihrer Sprache kein Wort zu verstehen. Vorsichtshalber senkte Fidel die Stimme.

»Gestern habe ich mich den ganzen Tag lang gefragt, wem diese Lokale, die in *La Prensa* annoncieren, wohl alle gehören mochten. Und weißt du, zu welchem Schluss ich gekommen bin?«

Der Alte hatte sich an den Tisch gesetzt, auf dem seit einer Weile die beiden unberührten Kaffeegläser standen. Er lehnte den Kopf an die Wand, und als wären Mona und Fidel unsichtbar, begann er mit heiserer Stimme und halbgeschlossenen Augen eine immerzu wiederholte Melodie vor sich hin zu singen. Das angebissene Brötchen hielt er noch in den Fingern mit den schwarzen Nägeln.

»Das sind alles Leute wie wir, das ist die Antwort. Oder waren es zumindest, Immigranten oder Kinder von Immigranten, Leute, die, fleißig und beherzt und vielleicht auch verwegen, eines Tages einen solchen Schritt gewagt haben. In diese Stadt kommt keiner von uns mit den Taschen voller Geld, Mona, und auch nicht mit einer sauber vorgezeichneten Zukunft oder irgendeiner Sicherheit. Hierher kommt jeder mit dem Wunsch nach einem besseren Leben, und die Chancen lauern hinter jeder Ecke auf denjenigen, der den Mut hat, sie zu ergreifen. Niemand zwingt sie dir auf, aber es wird sie dir auch niemand verweigern.«

Der Singsang des Bettlers bildete die Hintergrundmusik, während Mona nachdachte.

»Du hältst es also nicht für Wahnsinn, wenn wir es riskieren würden?«, wagte sie endlich zu fragen.

Er schüttelte den Kopf, räusperte sich und sprach gedämpft

weiter, als hielte er den armen, ein wenig geistesgestörten Alten für einen Spitzel.

»Es wird sehr viel Arbeit sein, aber ich denke, wir könnten es schaffen.«

»Und das Geld?«

Das Singen wurde lauter, als der alte Mann eines der heruntergefallenen Blätter vom Boden aufsammelte, eine Speisekarte des Clubs Havana-Madrid, die er verkehrt herum hielt und zu lesen vorgab. Der Russe rief ihm etwas zu, das nach einer Ermahnung klang. Vor der Theke standen zwei Matronen mit Kopftüchern, eine wartete mit ausgestreckter Hand auf das Wechselgeld, die andere verstaute in ihrem Korb einen runden Laib Brot mit dunkler Kruste.

»Ich habe ein paar Ersparnisse. Mein Vater zahlt mir nicht viel, aber nach den Beerdigungen geben mir die Leute oft ordentliche Trinkgelder.«

Mit einem seiner vorquellenden Augen versuchte er sich an einem Zwinkern; vermutlich hatte er es, wie auch das Lächeln und die Gesten Gardels, Dutzende Male vor dem Spiegel geübt, dennoch missriet es gründlich.

»Es sind schon fast hundert Dollar«, gestand er mit einem Anflug von Stolz. »Und die stelle ich dir komplett zur Verfügung.«

In Mona schnürte sich etwas zusammen.

»Was sagst du da, die hast du dir ganz allein verdient, du kannst sie doch nicht in etwas hineinstecken, das … «

»Ebendrum. Das ist eine Investition. Später, wenn es gut läuft, gibst du sie mir mit ein paar Zinsen zurück.«

»Und wenn es schlecht läuft?«

»Tja, dann habe ich halt Pech gehabt.«

Mona zwang sich zu einem Lächeln. Danke, flüsterte sie.

Sie beendeten ihr Gespräch auf der Straße, hinter ihnen tunkte der Alte sein Brötchen in die spärlichen Reste ihres

Kaffees. Fidel musste wieder ins Geschäft, wo eine Beisetzung auf ihn wartete. Morgen um dieselbe Zeit am selben Ort, vereinbarten sie, es gibt noch viel zu bereden.

Beide gingen sie ihrer Wege, er mit seinem einstudierten Hüftschwung eines Vorstadtdandys und dem gefärbten, schon fast glanzlosen Haar, sie mit einem wilden Gedankenstrudel im Kopf.

»Fidel!«

Mit einem kurzen Spurt hatte sie den Jungen wieder eingeholt, er war kaum zehn Meter weit gekommen.

»Ist das weit von hier?«

Mona hielt ihm die Visitenkarte vors Gesicht, die sie eben aus der Tasche ihres alten blauen Strickkleides gefischt hatte.

Die Karte, die sie am frühen Morgen aus der Schürze ihrer Mutter stibitzt hatte.

· 39 ·

Rufen Sie mich an, falls eine von Ihnen Interesse an der Stelle hat, hatte der junge Doktor zu Victoria und ihrer Mutter gesagt. Das Auge der guten Frau heilte ohne Komplikationen, doch César Osorio hatte seine Gründe, weiterhin so zu tun, als sähe er doch welche. Einen, besser gesagt, einen einzigen, unbezwingbaren Grund: Er musste Mona sehen, ihr Gesicht ging ihm nicht aus dem Sinn.

Immerhin war es nicht gelogen, dass seine Patentante eine neue Gehilfin brauchte, erst vor ein paar Tagen hatte sie einer weiteren von zahllosen jungen Frauen gekündigt, die als Assistentinnen, Pflegerinnen, Begleiterinnen und stille Erduldenerinnen ihrer Schrullen und Zornausbrüche bei ihr tätig gewesen waren, doch er mischte sich niemals in ihr Geschacher ein, versuchte nie, Streit zu schlichten oder Ersatz zu beschaffen, das überließ er voll und ganz ihr. In diesem Fall jedoch schien ihm eine innere Stimme zuzuflüstern, dass er in seinem eigenen Interesse diesmal doch etwas unternehmen sollte. Rufen Sie mich an, hatte er deshalb zu Victoria und ihrer Mutter gesagt. Fragen Sie nach mir. Soeben hatten sie ihm gestanden, dass in ihrem Restaurant so gut wie nichts los war. Und Mona war diejenige, die alle Besorgungen außer Haus erledigte, die Einzige ohne feste Arbeitszeiten, ohne fordernde Chefs und ohne Gäste, die sie hätte bedienen müssen. Kurz und gut, die Einzige mit Bewegungsfreiheit, folgerte er. Und wenn er ihr hinter dem Rücken seiner Patentante ein paar Dollar zusätzlich anbot, so seine Überlegung im Hinblick auf das schlechte Geschäft, könnte sie eventuell einwilligen.

Doch Mona war in diesem Moment nicht im El Capitán gewesen, hatte es also nicht mitbekommen. Und außerdem hatte sie noch nie in ihrem Leben ein Telefon benutzt oder jemandem ihren Besuch angekündigt, und so fuhr sie einfach mit Fidel ein Stück in der Metro in Richtung der Upper West Side, leicht benommen und ohne ihm zu sagen, dass sie zum ersten Mal in einem dieser riesigen unterirdischen Metallzüge saß. Danach erklärte er ihr noch, wie sie zu Fuß zu der Adresse in der Dreiundsiebzigsten West gelangte.

Sie drückte auf die Klingel der Hausnummer, brauchte jedoch nicht zu warten; kaum hatte sie die Tür mit dem Arm berührt, gab diese nach. Drinnen stellte sie überrascht fest, dass auch die Wohnungstür im ersten Stock nur angelehnt war.

Langsam drückte sie sie auf. Guten Tag, sagte sie schüchtern und streckte den Kopf hinein. Guten Tag!, sagte sie noch einmal und tat einen Schritt in die Diele. Nichts. Auch beim dritten Mal nicht. Der schlichte Eingangsbereich führte in einen dämmrigen, vollgestopften Salon. Bilder, Stehlampen, Tischlampen, Wandbehänge, Porzellan, Nippes und an den Fenstern doppelte Vorhänge aus weinrotem Samt.

»Bist du das neue Mädchen?«

Die Stimme kam aus einem Raum weiter hinten, und Mona zuckte zusammen. Sie klang zwar entfernt nach einer Frau, aber so dröhnend, dass sie auch einem Schlachtergesellen hätte gehören können. Mona zögerte. Sie wusste nicht, ob sie gemeint war; sie hatte niemanden im Voraus über ihr Kommen informiert, sondern sich spontan entschlossen.

»Ob du das neue Mädchen bist!«, hörte sie kurz darauf in einem noch resoluteren Tonfall.

Sie ging ein paar Schritte weiter, hüstelte. Andererseits, dachte sie rasch, vielleicht hatte sich Victoria nicht verständlich genug ausgedrückt, vielleicht hatte sie den Arzt glauben lassen, eine von ihnen würde sich um die Stelle bewerben, womöglich hatte sie sogar gesagt, wir überlegen es uns, oder etwas Ähnliches. Um irgendetwas zu sagen, um nicht unhöflich zu erscheinen.

»Ja, Señora!«

»Der Masseur ist gerade da, komm später noch mal wieder, jetzt kann ich nicht.«

Neuerliches Zögern.

»Oder komm lieber morgen!«

Ein ausgestopftes Käuzchen starrte sie aus runden Augen an, ein verwundetes Reh schien aus dem Gobelin, über den es floh, herausspringen zu wollen, vom Kaminsims verfolgten sie die Augen zweier pummeliger Porzellankatzen.

Sie schluckte. Nichts wie weg hier. Was hatte sie in einem solchen Haus verloren, bei dieser Stimme ohne Gesicht, diesen Möbeln und diesen grausigen Tieren.

»He, Mädchen! Nimm den Koffer neben dem Schirmständer mit und sieh zu, dass du anständig aussiehst. Ich habe die Nase voll von verschlampten Hungerleiderinnen!«

Mona ging zurück in die Diele und fand den Koffer. Mittelgroß, abgewetzt, aber von guter Qualität. Einen Augenblick haderte sie noch, ja, nein, ja, nein. Dann ergriff sie ihn und verließ das Haus.

Wenig später sah sie ein junges Mädchen mit stockenden Schritten die Straße entlangkommen und jede Hausnummer prüfen. Es mochte etwa in Monas Alter sein. Blond, schäbig gekleidet, braves Gesicht, kräftige Waden und rote Backen. Zweifellos so arm wie sie selber. Wahrscheinlich auch Spanierin.

Als die andere vor dem Haus angelangt war, blieb sie wieder stehen, um die Nummer mit der zu vergleichen, die auf ihrem Zettel stand. Mona saß, die Knie nebeneinander und den Koffer zu ihren Füßen, auf einer Treppenstufe in der Mittagssonne und erwartete sie.

»Kommst du wegen der Stelle?«

Die andere nickte verwirrt.

»Kannst dir die Mühe sparen, die ist schon vergeben.«

DRITTER TEIL

· 40 ·

Die Auswahl der Künstler für die Revue fand täglich am Spätnachmittag auf der Dachterrasse der Pension Morán in der Sechzehnten Straße statt, eines schmalen vierstöckigen Hauses, über das eine umtriebige Asturierin regierte, während ihr Mann als Schiffskoch sein halbes Leben auf See verbrachte. Sie war nicht besonders redselig, aber seit der Beisetzung ihres Schwiegervaters durch die Pietät Hernández einige Monate zuvor hatte Fidel bei ihr einen Stein im Brett, und deshalb überließ sie ihnen den Ort.

Wie versprochen, sorgte Fidel dafür, dass sich der Aufruf weiträumig, aber diskret verbreitete. Er kannte eine Menge Leute, die ihrerseits Leute kannten, die wiederum anderen Bescheid geben konnten. Wie Dunst verteilte sich die Nachricht in sämtlichen Richtungen über die spanischsprachige Gemeinde, und die ersten Kandidaten ließen nicht lange auf sich warten.

Seit zwei Wochen waren sie mittlerweile damit beschäftigt, sich Interessenten anzusehen, die in unregelmäßiger Folge eintrudelten, und ebenso lange arbeitete Mona bereits bei Doña Maxi, der Patentante des Doktors. Maestro Manuel Miranda, ein ausgemergelter Gitano aus Córdoba und langjähriger Bewohner der Pension, der einst mit dem Flamenco-Tänzer Vicente Escudero in New York an Land gegangen war, hatte sich bereit erklärt, die Gitarrenbegleitung zu übernehmen, wo welche gebraucht wurde. Nur Haut und Knochen, kahl und fast zahnlos, saß er stocksteif auf seinem niedrigen Stuhl, mit glasigen Augen, das fadenscheinige weiße Hemd bis zum Hals zugeknöpft, eine Flasche Milch auf dem Fußboden neben seinen durchgelaufenen Schuhen. Er redete nicht viel, doch die Hausherrin hatte ihnen hinter vorgehaltener Hand erzählt, er habe durchaus glorreiche Zeiten erlebt, wegen seiner Ausstrahlung eines melancholischen Toreros sei er bei den Amerikanerinnen heiß begehrt gewesen und sogar in der Radio City Music Hall aufgetreten, bevor ihm vom Alkohol die Hände gezittert hätten und er mitten in der Show umgefallen sei, angeblich hätte er nach einer Sauftour von drei Tagen und drei Nächten das Schiff verpasst, auf dem er mit seiner Truppe nach Spanien zurückfahren sollte, und danach nie wieder das Geld für die Reise zusammenbekommen. Jetzt sei er trocken, halte sich mit gelegentlichen Unterrichtsstunden knapp über Wasser und beruhige sein Magengeschwür mit Milch.

Weder Mona noch Fidel hatten die leiseste Ahnung, wie man ein Varieté auf die Bühne brachte, und so waren Intuition und Instinkt ihre einzigen Mittel. Wenn eine Darbietung ihnen ein Lächeln entlockte oder sie zum Staunen brachte; wenn sie ihnen in die Glieder fuhr und sie Lust bekamen, den Rhythmus mitzuklatschen oder mit dem Fuß zu wippen, dann erschien ihnen die Nummer interessant, und sie baten um Wiederholung. Wenn sie dagegen das Gefühl hatten, es passe nicht zu dem, was sie vorhatten, dankten sie mit freundlichen Worten und sagten, ein andermal vielleicht.

Über das roof top – das rufo, wie ein begehbares Flachdach hier bei den Spaniern hieß – waren schon viele Bewerber gezogen, Junge und Alte, Menschen in den besten Jahren und das eine oder andere frühreife Kind, Musiker, Sänger,

Komiker, von allem etwas, sogar ein Zauberer und ein Verrückter, der behauptete, aus dem Speichel die Gedanken lesen zu können. Einige Kandidaten waren sichtlich verwundert über die Nüchternheit des Ortes: eine verwahrloste Dachterrasse nahe dem Union Square, gekrönt von einem Wassertank und gesprenkelt von Taubendreck; ein armseliges Karree unter freiem Himmel, wo Wäsche zum Trocknen hing, in einer Ecke ein Hühnerstall stand und in einer anderen ein Gitarrist saß, der aussah wie eine Mumie; und das Ganze unter dem Kommando eines Jungen und eines unbekannten Mädchens, die sich in der lokalen Künstlerszene noch nicht im Geringsten hervorgetan hatten.

Trotzdem entschieden sich die meisten, zu bleiben und ihr Glück zu versuchen. Einige zweifelnd und skeptisch, andere voller Hoffnung. Sie hatten lange Wege hinter sich, per Subway, Bus oder Hochbahn, auf der Fähre oder zu Fuß. Fast alle waren bescheiden gekleidet, benahmen sich freundlich, akzeptierten das angebotene Glas frisches Wasser und leerten es in einem Zug. Manche packten anschließend Instrumente oder Requisiten aus, andere kleideten sich hinter den Wäschestücken auf der Leine um. Viele taten nicht einmal das, sondern traten ohne alle Hilfsmittel auf oder sangen a cappella. Niemand wusste Konkretes über das Projekt, zu dem sie einbestellt waren, doch allein die magischen Worte »Espectáculo español« hatten sie Mut schöpfen und losstürmen lassen.

Die Letzten an diesem Abend Mitte Mai waren ein Paar aus der Extremadura, das vor der Kulisse aus wehenden Bettlaken zu einer Jota ansetzte. Sosehr sie sich auch ins Zeug legten, Mona und Fidel fanden sie ungenießbar, darüber waren sie sich mit einem raschen Blickwechsel einig. Fidel stand auf, räusperte sich und dankte ihnen für ihre Mühe. Auf einer Seite der Dachterrasse hatten sie ein dürres kleines Mädchen abgesetzt, das selbstvergessen den Hühnern zusah, während ein anderes, noch kleineres mit einem zerknitterten Lappen spielte. Mona krampfte sich der Magen zusammen, als sie die beiden ihre Kinder auf die Arme nehmen und mit hängenden Köpfen die Treppe hinuntersteigen sah, ihre spärliche Habe und eine weitere Enttäuschung mit sich schleppend.

In diesem Moment kam Luz dazu, wie immer, wenn sie Feierabend hatte. Victoria war weniger aktiv beteiligt, hielt ihnen jedoch den Rücken frei, indem sie behutsam und unauffällig dafür sorgte, dass Remedios nichts mitbekam. So hatten die drei es untereinander vereinbart: Wir werden die Show ohne Mutter zusammenstellen, so müssen wir uns nicht mit ihr anlegen, und sie braucht sich nicht schon vorher aufzuregen. Wenn die Sache floriert und wir es zu einem anständigen Repertoire bringen, können wir sie immer noch einweihen und das Donnerwetter über uns ergehen lassen. Wenn nichts daraus wird und wir auf die Nase fallen, bleibt der armen Frau der ganze Ärger erspart.

In diese Überlegungen verstrickt, ließen die beiden jüngeren Schwestern den Tag ausklingen; mit Fidel auf drei leeren Obstkisten sitzend, gingen sie die Optionen durch, stellten Spekulationen an und glichen ihre Beurteilungen ab. Bis Maestro Miranda sie unterbrach, indem er plötzlich seine besenstielartige Gestalt aufrichtete.

»Brauchen Sie mich noch, oder kann ich gehen?«

Luz erhob sich rasch und stopfte den Saum ihrer Bluse in den Rockbund.

»Einen Augenblick noch, Don Manuel, lassen Sie uns das *Anda jaleo* noch einmal durchgehen.«

Der falsche Gardel und die Kleinste der Arenas waren die einzigen unstrittigen Programmpunkte der geplanten Revue, beide waren sich über ihren Beitrag im Klaren: Fidel drei Tangos und Luz typisch andalusische Lieder, ihr Metier, das, was sie fühlte und beherrschte. Sie war so versessen auf ihren Auftritt und nahm ihn so ernst, dass sie sich weigerte, ihre tägliche Probe auch nur ein einziges Mal ausfallen zu lassen.

»Ich bin bereit, Maestro«, verkündete sie und streifte die Schnüre der Kastagnetten über die Daumen.

Die ersten Takte erklangen, sie warf die Arme in die Luft, ließ die Hände kreisen und spielte einen kurzen, zierlichen Wirbel. Dann begann sie auf ihre ungezwungene, grazile Art den Körper zu wiegen und ließ dazu die Kastagnetten erklingen. *Yo me subí a un pino verde / por ver si la divisaba / por ver si la divisaba* ... Sie lächelte, schüttelte die Schultern und zwinkerte schelmisch, raffte den verwaschenen Alltagsrock wie ein anmutiges Flamencokleid mit Rüschen, Schleppe und Tupfen, entblößte die Knie und die Hälfte der Schenkel und legte los, steppte und stampfte, als tanzte sie vor einem begeisterten Publikum und nicht auf dem Dach einer Absteige für Immigranten vor einem zugrunde gerichteten Gitarristen und zwei Träumern.

Mona trällerte den Text leise mit, ohne ihrer Schwester zuzusehen, sondern konzentrierte sich weiter auf ihre Listen und Berechnungen; Fidel dagegen betrachtete Luz täglich verzückter. Wann immer sie sang oder sprach oder tanzte oder der Welt die Stirn bot, verschlang er sie mit seinen Glupschaugen, die Hände schlaff auf den Knien und den Mund halboffen, schwärmerisch, hingerissen. Niemand applaudierte, als sie geendet hatte, das taten sie nie, darum ging es nicht.

An diesem Abend allerdings brach etwas Unvorhergesehenes mit der täglichen Routine.

»Wow.«

Das einsilbige Lob kam vom hinteren Teil des Daches. Im Anschluss zerschnitt ein dreimaliges, langsames Händeklatschen die hereinbrechende Dämmerung.

Alle vier drehten sich gleichzeitig um. Im Gegenlicht zeichnete sich die Silhouette eines Mannes ab. Er hatte einen hellen, leichten Regenmantel locker über die Schultern gehängt, dünnes, blondes Haar unter einem Fedora.

Elastischen Schrittes näherte er sich, ging vorbei an Mona und Fidel, die er keines Blickes würdigte, nahm den Hut ab, ignorierte auch den Gitarristen und wandte sich direkt an Luz.

»Wonderful«, sagte er und hielt ihr die Hand hin. Beim Sprechen zeigte er weiße regelmäßige Zähne.

Benommen zögerte Luz ein paar Sekunden; er blieb unverrückt mit ausgestreckter Hand stehen. Bis sie allmählich den Arm hob und scheu ihre Finger in die Handfläche des Unbekannten legte. Ohne zu wissen, wer er war, ohne zu ahnen, dass er im Begriff war, in ihr Leben zu treten, mit dem festen Vorsatz, ihrer Zukunft eine Wende zu geben.

· 41 ·

»A huge pleasure, Señorita«, murmelte der Fremde. »Es ist mir ein enormes Vergnügen.«

Luz lächelte verkrampft. Sie wusste nicht, was sie sagen sollte, noch nie hatte ein Mann sie so förmlich und zuvorkommend angesprochen; sie zweifelte, ob sie die Hand zurückziehen oder warten sollte, dass er sie freigab. So hielt er sie noch immer fest, während er fortfuhr:

»Mein Spanisch ist nicht sehr gut, bitte verzeihen Sie meine Fehler. Man hat mir erzählt, Sie organisieren eine Show, und das wollte ich mir mal ansehen.«

Das letzte Licht des Tages verglomm. Unten auf der Straße brannten bereits die Laternen, und von fern konnte man Zigtausende von hellen Punkten sehen, die aus den Fenstern der Wolkenkratzer leuchteten.

»Wir wollten gerade gehen, aber bitte …«

Monas Worte rissen die anderen aus ihrer Erstarrung, Luz ließ die Hand des Mannes los, Fidel stand auf. Selbst Maestro Miranda regte sich und änderte, ohne die Gitarre loszulassen, leicht seine Sitzhaltung.

»Wenn Sie etwas für uns haben, hören wir Sie selbstverständlich an«, ergänzte Mona.

»No, no, I beg your pardon«, erwiderte der Mann und hielt ihr seine offenen Handflächen hin, als hätte sie ihn eines Vergehens bezichtigt und er wollte seine Unschuld beteuern. »Ich bin nicht hier, um ihnen etwas anzubieten, ganz im Gegenteil. Ich bin selbst auf der Suche.«

Von der nahen Straßenkreuzung gellte beharrlich eine Autohupe, man hörte das Rattern und Hufklappern einer Pferdekutsche. Aus den offenen Fenstern der Nachbarhäuser drangen Stimmen und Geräusche, das Hantieren der Frauen in der Küche, Familienzank, das Rauschen der Wasserhähne, unter denen sich die Männer den Dreck abspülten.

Niemand antwortete, sie wussten nicht, was sie sagen sollten.

»Gestatten Sie, dass ich mich vorstelle, ich bin Talent Scout«, erläuterte der Besucher. »Ein Talentsucher, ich spüre aussichtsreiche Begabungen auf, künftige Stars. Von Ihrer geplanten Revue habe ich in einem Plattenladen in Harlem erfahren.«

»Im Tatay, Hundertzehnte Straße?«, fragte Fidel nach. Denn in diesem Fall hätte er selbst die Information gestreut.

»Ja, genau. Ich war heute Nachmittag dort und habe ein Gespräch zwischen zwei Kunden aufgeschnappt. Und deshalb bin ich jetzt hier.«

Er verschwieg die Kommentare über Fidel, die er dort ebenfalls gehört hatte: Wer weiß, auf was für einen Unfug sich der Junge vom Bestatter Hernández da eingelassen hat. Erinnern Sie sich noch, mit welcher Inbrunst der Trottel die verkohlten Überreste von Gardel angebetet hat? Die Antwort war schallendes Gelächter, trotzdem beschloss er, die Sache persönlich in Augenschein zu nehmen. Darin bestand im Wesentlichen seine Arbeit. Die Ohren zu spitzen, Trends zu erkennen, zu beobachten, was sich im Showgeschäft tat, um verheißungsvolle junge Künstler aufzuspüren, sie zu polieren und anschließend optimal zu vermarkten. Man kann nie wissen, wo sich eine Goldgrube auftut oder ein Rohdiamant verbirgt, pflegte er zu sagen.

»Aber ich fürchte, es war ein Missverständnis, ich habe es wohl nicht richtig verstanden.«

Die drei schauten ihn fragend an, dem alten Gitarristen entfuhr ein Rülpser, und er murmelte eine Entschuldigung.

»Ich dachte, Sie proben für eine Latino-Show.«

»Na ja«, erklärte Mona, »wir wollen spanische Musik, argentinische Tangos ...«

»No, no, no.«

Um seiner Ablehnung Nachdruck zu verleihen, wedelte der Mann mit dem Daumen.

»Das Stück, das ich eben gehört habe, genügt mir vollkommen. Ihre Musik ist das krasse Gegenteil von dem, was ich suche, verzeihen Sie meine Offenheit. Ich hatte etwas anderes erwartet. Ich dachte, es handelt sich um karibische, kubanische, tropische Sachen, you know what I mean?«

Er verstummte, als wollte er der Wirkung seiner Worte Zeit geben; er zog ein Päckchen Camel hervor, nahm sich eine Zigarette, ohne den anderen eine anzubieten, und zündete sie mit einem goldenen Feuerzeug an. Maestro Miranda hob derweil seine leere Milchflasche vom Boden auf und schlurfte, die Gitarre beim Hals gefasst, auf die Treppe zu. Eure Debatten interessieren mich nicht die Bohne, schien er zu sagen, ohne den Mund aufzumachen, tragt das unter euch aus, ich werde deshalb nicht mein Abendessen verpassen.

Verstimmt und nervös stand Mona von ihrer Kiste auf. Es war fast Nacht und sie seit sechs Uhr morgens auf den Beinen. Noch war rein gar nichts geklärt, noch herrschte pure Ungewissheit, und wenn ihnen eines gefehlt hatte, dann ein dünkelhafter Fremder, der nur aufgekreuzt war, um ihnen zu sagen, wie wenig ihn ihre Bemühungen überzeugten.

»Machen Sie es kurz, Mister. Sie haben festgestellt, dass wir für Sie nicht von Interesse sind. Haben Sie uns sonst noch etwas zu sagen, oder gehen Sie gleich wieder?«

Er nahm einen tiefen Zug und grinste, ihre Ungezogenheit schien ihn zu amüsieren.

»Entschuldigen Sie, dass ich Ihnen Ihre kostbare Zeit gestohlen habe, Señorita«, entgegnete er, wobei er zugleich den Rauch ausatmete. »Sie haben vollkommen recht. Wie gesagt, habe ich Ihnen nichts anzubieten, es sei denn …«

Wieder schwieg er lange, während es in den Köpfen der Arenas und des jungen Bestatters stumm widerhallte, es sei denn, was? Was?

»Es sei denn, Sie lassen sich von mir einen Rat geben.«

In gönnerhafter Pose zog er noch einmal gemächlich an der Zigarette.

»Und es ist ein nützlicher Rat, wenn ich das so sagen darf, denn sollten Sie ihn nicht befolgen, werden Sie hundertprozentig scheitern.«

Die drei sahen ihn stirnrunzelnd an; sie waren verwirrt und zweifelten, ob sie dieses Individuum anhören oder lieber verjagen sollten.

»Rumba. Conga. Bongo. Maracas. Danzón«, zählte er auf. »Haben Sie noch nicht kapiert, dass diese Rhythmen jetzt der Renner sind? Everybody is crazy, alle Welt ist verrückt nach Musik aus der Karibik, es ist der letzte Schrei, das Allergrößte.«

Inzwischen war es praktisch dunkel; Tausende und Abertausende winziger Lichter glänzten in der ganzen Stadt, am Horizont ragten die Türme des Chrysler Building und des Empire State auf. Sie standen noch immer stumm da, keiner der drei wusste etwas zu erwidern.

»Das Stück, das uns diese entzückende Dame eben vorgetragen hat, is absolutely marvellous, das wird niemand bestreiten. Aufrichtig, tief empfunden, melodisch. Und sie hat ein gewaltiges künstlerisches Potenzial.«

Während er sprach, machte er ein paar Schritte auf Luz zu und legte ihr die Hand auf die linke Schulter, direkt neben den Hals; als sie seine Finger durch den Stoff ihrer Bluse spürte, überrieselte sie ein Schauder.

»Ein Jammer«, setzte er hinzu und schnalzte bedauernd mit der Zunge, »dass ihr Stil hier sehr wenig Zukunft haben wird.«

Die frühe nächtliche Brise blähte die Laken auf der Wäscheleine, man hörte das Aufflattern eines Huhns, zwei oder drei Autos fuhren vorbei, auf der Straße erklang ein Lachen. Keiner der drei rührte sich.

»Flamenco, diese typisch spanische Musik, wird seit Jahrzehnten in New York gespielt und hat nie richtig Fuß gefasst, es zu keinem wirklich durchschlagenden Erfolg gebracht. Trotz aller Schönheit wird er es niemals über die Immigrantenviertel hinaus schaffen, abgesehen von den Kreisen einiger wealthy snobs, von Reichen, die von ihren Europa-Rundreisen zurückkommen und sich als Fachleute aufspielen.«

Der Kerl nahm den letzten Zug von seiner Zigarette und warf die Kippe ins Leere; dann redete er weiter. Über Zeitgeschmack und Musikstile in dieser sich ständig wandelnden Welt, Lieder, Modeerscheinungen und Namen von Künstlern, die ihnen wenig oder gar nichts sagten. Ohne ihn zu unterbrechen, lauschten sie seinem flammenden Plädoyer, bis er am Schluss seiner Argumentation einen großen Bogen schlug und zu seiner anfänglichen Aussage zurückkehrte: Was sie vorhatten, sei absolut überholt, und wenn sie diesen Irrweg weiter verfolgten, prophezeie er ihnen eine düstere Zukunft.

Luz' beglückte Miene war wie weggewischt; jetzt presste sie die Lippen zu einer enttäuschten Grimasse zusammen. Die heiße Freude und der brennende Stolz, die seine Komplimente für einen Augenblick in ihr entfacht hatten, waren mit einem Mal erloschen. Noch nie hatte jemand das in Frage gestellt, wofür ihr Herz schlug, stets war sie am Himmel ihres bescheidenen Universums das am hellsten strahlende Sternchen gewesen und hatte mit ihrem Charme alle um den Finger gewickelt. Und jetzt hatte sie dieser aus dem Nichts aufgetauchte Kerl in ihren Grundfesten erschüttert.

»Es gibt andere Lokale, die genau das machen und nicht schlecht laufen.«

Der Einwand kam von Mona. In aufsässigem Ton, als Retourkutsche gedacht.

»Die gibt es, my dear, natürlich gibt es die, aber nicht mehr lange, denn sie sind schon im Begriff umzuschwenken. Der Besitzer vom El Chico, das kennen Sie doch sicher, verhandelt beispielsweise bereits mit Estela und René, einem der begehrtesten Rumba-Paare, die Premiere ihrer Show dort findet wahrscheinlich in ein paar Wochen statt. Und die restlichen, El Patio, El Toreador, El Mundial und etliche andere, gehen in dieselbe Richtung. Im Moment wechseln sie noch lateinamerikanische mit spanischer Musik ab, aber bald werden sie alle auf derselben Seite stehen.«

Jetzt gab es auf der Dachterrasse nur noch Schatten; wer ist dieser Mann, der uns Flöhe ins Ohr setzen will, wo kommt er her, was hat er vor, fragten sich drei konfuse junge Leute. Bis Luz genug hatte von dem herablassenden Gerede und ihren gekränkten Stolz herausschrie:

»Lassen Sie uns gefälligst in Ruhe!«

»Ich gehe ja schon, keine Sorge. Ich weiß nicht, ob wir uns noch einmal über den Weg laufen, mein Name ist jedenfalls Frank Kruzan. Leider kann ich Ihnen keine Adresse geben, weil ich mich mitten im Umzug befinde, aber in Uptown kennt man mich in sämtlichen Musikläden.«

· 42 ·

Übers Geländer gebeugt sahen sie ihm nach, wie er in seinem hellen Mantel in Richtung Sechste Straße davonging. Kaum war er in der Ferne verschwunden, fingen Mona und Fidel an, hemmungslos zu schimpfen: Scheißkerl, Miesmacher, Drecksack, Arschloch. Ihr war nicht ganz klar, was zum Teufel der Typ mit tropischen Rhythmen meinte, aber mit seiner Großmäuligkeit hatte er sie auf die Palme gebracht. Fidel – Kind puerto-ricanischer Eltern und mit den Klängen, auf die sich der Mann bezog, bestens vertraut – war über den Frevel in Rage geraten, diese Musik für künstlerisch wertvoller zu erachten als die seiner angebeteten Luz oder Gardels Tangos. Beide wüteten durcheinander, der Typ habe doch überhaupt keine Ahnung, was sie vorhätten, was bildete der sich eigentlich ein, hier unaufgefordert hereinzuplatzen und sie brutal niederzumachen?

Sie waren so außer sich vor Entrüstung, dass sie kaum merkten, wie still Luz geworden war. Die spürte, wie die Geringschätzung, mit der dieser Frank Kruzan ihre musikalischen Vorlieben abgetan hatte, ihr Selbstwertgefühl verletzte; seine Kommentare hatten sie entmutigt.

Erst als sie sich der Uhrzeit bewusst wurden, hielten sie inne. Du lieber Himmel!, schrie Mona, seht nur, wie spät es schon ist! Dem Sohn des Bestatters blieb nichts anderes übrig, als schnurstracks nach Hause zu rennen und den hundertsten Rüffel seines Vaters zu kassieren; die Arenas-Schwestern hätten schon seit geraumer Zeit daheim sein sollen.

»Wir unterhalten uns morgen weiter, Fidel«, sagte Mona schnell. »Und du, Luz, wenn du dich beeilst, kommst du vielleicht noch rechtzeitig zum Ende der Probe in La Nacional. Ich gehe ins Lokal, Mutter wird mich durch den Wolf drehen.«

Sie verabschiedeten sich an der Straßenecke und gingen alle ihrer Wege. Mona schritt ungestüm aus, voller Hast und innerlich so von Zorn zerfressen, dass sie die huschende Gestalt in ihrem Rücken nicht wahrnahm.

Als Erstes spürte sie die Finger, die sich in ihren Arm bohrten, dann raunte ihr eine männliche Stimme ins Ohr:

»Signorina, prego ...«

Instinktiv hätte sie einen erschrockenen Schrei ausgestoßen, doch im selben Moment hielt ihr der Mann den Mund zu.

Sie wehrte sich mit Händen, Ellbogen und Füßen, konnte jedoch nichts ausrichten. Einen Augenblick später hatte der Mann, dessen Gesicht sie nicht sehen konnte, sie in ein Auto gestoßen. Dort begann sie aus vollem Hals zu kreischen und gegen die Fensterscheiben zu schlagen, was zwecklos war, da der Motor ihre Wut übertönte, während der Wagen mit ihr in die Nacht fuhr.

Es war eine blitzschnelle Aktion gewesen, eine Sache von Sekunden. Es war kein lautes Wort gefallen, und von den wenigen Passanten, die um diese Tageszeit unterwegs waren, hatte niemand etwas mitbekommen. Kein Mensch außer den dreien im Auto, dem jungen Mann, der sie überfallen hatte und jetzt am Steuer saß, Mona selbst und dem, der auf dem Rücksitz darauf wartete, dass sein Untergebener die Operation zu Ende führte. Rechtsanwalt Fabrizio Mazza mit seinem Rasierwasserduft und seiner unverwechselbaren Haltung, der mit den Fingerspitzen auf sein Knie trommelte.

»Immer mit der Ruhe. Seien Sie nicht böse, Signorina, ich will nur mit Ihnen reden.«

Mit diesen Worten erreichte er jedoch das Gegenteil, sie wurde noch wütender. Hurensohn, Scheißkerl, lass mich hier raus, du verdammter Drecksack. Noch mehr Kraftwörter, Hiebe gegen das Glas, Tritte gegen den Vordersitz, sie versuchte sogar, die Tür zu öffnen, und wäre bei voller Fahrt aus dem Wagen gesprungen, hätte der Fahrer sie nicht in weiser Voraussicht abgeschlossen. Bis ihre Kräfte erschöpft waren oder der gesunde Menschenverstand ihr sagte, dass ihr Zorn nichts ändern konnte.

Sie verstummte, rückte so weit wie möglich von dem Italiener ab und drückte ihre linke Seite gegen die Autotür. Mit fliegendem Puls und außer Atem starrte sie durch die Scheibe; sie hatte keine Ahnung, wohin sie fuhren, sah nur verlassene Straßen, unbebaute Grundstücke. Hin und wieder ein gelbliches Licht an der Fassade eines klotzigen, leerstehenden Industriegebäudes.

»Wir machen nur einen kleinen Nachtspaziergang, cara mia, nichts Aufregendes.«

Mona antwortete nicht, sie sah ihn nicht einmal an, sondern verschränkte lediglich die Arme vor der Brust und riss sich zusammen. Kurz darauf bog das Auto ab, verlangsamte die Fahrt, passierte eine Lücke in einem Palisadenzaun und kam auf einer verlassenen Esplanade zum Stehen. Jenseits davon sah man kleine Boote schaukelnd vor Anker liegen, alte Schleppkähne, Barkassen. Dahinter das schwarze Wasser des Hudson River.

»Wollen wir ein paar Schritte gehen?«, fragte Mazza und reckte den Rücken, während er seine Tür öffnete.

Inzwischen war der Fahrer ausgestiegen und steckte den Schlüssel von außen in die Tür auf Monas Seite. Doch sie rührte sich nicht; sie war nicht bereit, es diesen beiden Idioten leichtzumachen, nur damit sie sie am Ende wie einen Lappen irgendwo liegenließen.

Der Anwalt verstand und lehnte sich wieder zurück. Die Türen blieben offen, und Mona war dankbar, dass mit der hereinwehenden Nachtluft der Geruch nach aufdringlichem Herrenparfüm schwächer wurde. Der Fahrer – der Handlanger, der ihr aufgelauert, den Mund zugehalten und sie zum Einsteigen gezwungen hatte – wandte sich ab und entfernte sich ein Stück, vermutlich weil Mazza ihm befohlen hatte, sie allein zu lassen. Bis dahin hatte sie nur gesehen, dass er jung, brünett und nicht sehr groß war; als sie ihm jetzt nachschaute, fiel ihr außerdem auf, dass er O-Beine und dazu einen sehr breitbeinigen Gang hatte.

»Warum haben Sie mich nicht eine Treppe hinuntergestoßen wie Schwester Lito? Oder mir eine Tracht Prügel verpasst, wie sie es mit meiner Schwester vorhatten? Dann hätten Sie mich nicht bis hierher schaffen müssen und Benzin gespart.«

Monas Arroganz ließ ein Schmunzeln in der Miene des Anwalts aufblitzen. Pazza ragazza, dachte er. Verrückte Göre, rebellisch und kühn.

»Ersteres, das mit der Nonne, war ein Versehen, ein Missverständnis sozusagen. Und das andere, das mit Ihrer schönen Schwester, war nichts weiter als die natürliche Antwort auf eine Provokation.«

»Ein Glück, dass Barona Ihnen eine reingehauen hat, schade nur ...«

»Halt den Mund«, fuhr er sie heiser an.

Sein Ton war schneidend, ohne eine Spur von Zynismus. Noch immer kochte ihm das Blut, wenn er sich daran erinnerte, wie ihm der Tabakverkäufer im Beisein der beiden Frauen die Faust ins Gesicht geschlagen hatte.

»Ich habe beschlossen, mit Ihnen zu reden, weil Sie mir die Vernünftigste der Familie zu sein scheinen.«

Er legte eine Kunstpause ein, als wollte er ihr Zeit geben, diesen mutmaßlichen Überraschungsschlag zu verarbeiten. Dann fuhr er fort.

»Sie kümmern sich um die Einkäufe und die Buchführung des Familienunternehmens, sind in einem guten Haus in Midtown angestellt und wissen sich in der Stadt einigermaßen zu bewegen. Alles in allem sind Sie die Einzige mit Ambitionen, die über das Essenauftragen, Wäschewaschen und Liedchenträllern hinausgehen.«

Sie standen alle drei unter minutiöser Beobachtung, das sollte seine Aufzählung bedeuten. Doch Mona gab sich völlig unbeeindruckt, auch diese Genugtuung würde sie ihm nicht gönnen.

»Deshalb bitte ich Sie nachzudenken, cara mia, und Ihre Schwestern und ihre Mutter zu überzeugen. Tun Sie sich selbst einen Gefallen, und verabschieden Sie sich ein für alle Mal von dieser grotesken Klosterfrau. Es ist nichts Persönliches, verstehen Sie mich nicht falsch, aber es ist in unser aller Interesse. Wenn Sie kooperieren und mich endlich mit Ihrer Verteidigung betrauen, wird der Fall Ihres Vaters Teil einer Sammelklage, dann ziehen wir alle an einem Strang. Mit vereinten Kräften gewinnen wir, wenn Sie es allein versuchen wollen, wird nichts dabei herauskommen. Niente di niente. Aber die Fristen verstreichen, ich stehe unter Druck ... Denken Sie an die Konsequenzen, und entschließen Sie sich endlich!«

Ausdruckslos, immer noch mit verschränkten Armen, den Blick durch die Windschutzscheibe gerichtet, so saß Mona da. Eher wäre sie tot umgefallen, als ihn wissen zu lassen, dass ihr Mund trocken war, alle Muskeln ihres Körpers vor Anspannung zitterten und ihr das Blut wie wild in den Schläfen brauste.

Mazza steckte sich eine Havanna an; Rauch, das rötliche Leuchten der Glut, erdrückende Stille. Doch Mona sagte kein

Wort. Er zog ein zweites Mal an der Zigarre und wartete; mehr Rauch und schwerere Luft, sonst nichts. Der dritte Zug war länger und tiefer, der Italiener begann die Geduld zu verlieren.

»Keine Antwort?«, knurrte er.

Mona drehte den Kopf, und zum ersten Mal, seit sie nebeneinandersaßen, blickte sie ihm direkt ins Gesicht. Trotz der Dunkelheit erahnte sie seine Züge. Die fleischigen Wangen, die fettige Haut, die zusammengewachsenen Augenbrauen. Den auffälligen Krawattenknoten über dem Adamsapfel, das vor Brillantine glänzende Haar.

»Haben Sie mich allen Ernstes hierhergebracht, um mir diesen ganzen Mist noch einmal vorzubeten?«

Der Italiener nahm die Hand von seinem Knie, und sie drückte instinktiv das Kinn in die Schulter und schloss fest die Augen, als wollte sie sich für den Schlag wappnen. Doch der kam nicht. Mag sein, dass Mazza sich beherrschte, vielleicht zielten seine Bestrebungen auch von Anfang an in eine andere Richtung; erst als Mona die klebrige Wärme auf ihrem Schenkel spürte, öffnete sie erschrocken die Augen. Da waren Mazzas dicke Finger, die ihre Haut kneteten und ihr Bein hinaufkrochen, der goldene Granatring, der speckige, behaarte Handrücken.

Ein Würgen stieg ihr in die Kehle, und sie sprang aus dem Wagen, hilfesuchend schaute sie sich nach allen Seiten um, vergeblich. Nirgendwo konnte sie etwas entdecken, das ihr Entsetzen hätte lindern können, trotzdem sprintete sie los, von Wut und Ekel getrieben, blind in die Nacht.

»Tomasso!«, brüllte der Anwalt.

Der Fahrer, der sich bisher abseits gehalten hatte, verstand und nahm die Verfolgung auf. Mona lief einfach querfeldein, in Richtung Landesteg, zu den Booten, zum Wasser, ins Nichts.

Schnelle, große Schritte, Keuchen, harte Tritte auf dem Kies. Sie war nicht leicht einzuholen, Emilio Arenas' Tochter hatte flinke Beine. Bis das Unvermeidliche dann aber doch eintrat: Mazzas Gehilfe packte sie, sie wehrte sich, und als er eben glaubte, sie zu haben, grub sie ihm plötzlich die Zähne in die Hand, dass sein Geheul durch die Dunkelheit schallte.

Unter Schmerzen gelang es ihm, sie zu packen und zum Auto zu zerren, das mit offenen Türen und eingeschalteten Scheinwerfern mitten auf der Esplanade stand. Er umschlang sie grob, sodass sie weder Oberkörper noch Arme bewegen konnte, doch sie widersetzte sich weiter. Sie trat mit Füßen und Knien, schüttelte Schultern und Kopf, das Haar fiel ihr übers Gesicht. Ihr Rock war hochgerutscht bis fast zur Leiste, ein Ärmel zerrissen, das Kleid unordentlich um den Körper gewickelt. Und sie schrie und schrie und schrie. Wie ein Tier in Todesangst, mit scharfer, schriller Stimme.

Natürlich kam ihr niemand zu Hilfe. Mazza hatte absichtlich diesen gottverlassenen Ort gewählt, wo eine Leiche vor dem nächsten Morgen nicht gefunden würde.

Zwei Meter vor dem Auto ließ Tomasso sie los, und sie hielt den Atem an. Rein mit dir, blaffte er. Dann nahm er die verletzte Hand in den Mund und lutschte an der Bisswunde. Sie blutete.

Mazza war von der Rückbank auf den Beifahrersitz umgestiegen. Er rauchte weiter seine Havanna, den Nacken an die Lehne gelegt.

»Andiamo.«

Kein Wort fiel, während der Motor ansprang und der Wagen ein weitgeschwungenes U auf der Esplanade beschrieb, zu hören war nichts als der schnelle Atem von Mona und Tomasso; in den Zigarrenqualm mischte sich der Schweißgeruch der beiden. Nach wenigen Metern fuhren sie wieder durch die Öffnung im Zaun und zurück in die Stadt. Die Silhouetten der Schiffe, das schwarze Wasser, die Lichter am jenseitigen Ufer ließen sie hinter sich.

»Setz mich am Moneta ab.«

Die knappe Anweisung war das Einzige, was der Anwalt von sich gab, während sie durch Straßen fuhren, von denen Mona nicht wusste, ob sie sie kannte oder nicht. Sie starrte durch die Scheibe, ohne draußen irgendetwas wahrzunehmen. Als wäre die Stadt eine unbemalte Leinwand, öde, farblos, leer.

Sie erreichten das italienische Viertel, ungepflegte Straßen, Lärm trotz der Uhrzeit. Unweit des benachbarten Chinesenviertels hielt der Wagen, ohne den Motor auszuschalten, eine rote Markise überwölbte den Eingang des Restaurants, vor dem viel Bewegung herrschte. Späte Gäste, Autos, lebhafte Verabschiedungen, Nachbarn, die auf der Straße unterwegs waren, das Rattern der nahen Hochbahn.

Der Anwalt rückte seinen Krawattenknoten zurecht, strich sich mit den Handflächen über die Schläfen und sagte rau:

»Beeil dich.«

»D'accordo, zio.« In Ordnung, Onkel. Dieser Antwort entnahm Mona, dass die beiden Männer verwandt waren.

Mazza stieg aus, zuerst die Beine, dann der Kopf, zuletzt der Rumpf. Ohne einen Blick auf den Rücksitz, ohne ein weiteres Wort zu Mona oder seinem Neffen verschwand er in dem Lokal.

Die Rückfahrt zur Vierzehnten verlief in eisigem Schweigen, beide in die eigenen Gedanken versunken. Tomasso schaute sie einige Male im Rückspiegel an. Vor dem El Capitán angelangt, ließ er das Lenkrad los und machte Anstalten, ihr die hintere Wagentür zu öffnen, eine absurde Geste der Höflichkeit und gänzlich überflüssig, denn sie hatte es längst selbst erledigt und rannte auf den Bürgersteig zu wie gehetzt.

Zum Abschied sagte Mazzas Neffe, wobei er seine Hand

an der Stelle streichelte, wo zwei violette Bögen von ihrer Rage zeugten:

»Sei vorsichtig, baby, er hat Angst bekommen. Und wenn einen Dreckskerl die Angst packt, kann er sehr gefährlich werden.«

· 43 ·

Erstaunlicherweise dachte Remedios nicht daran, sie wegen ihrer Verspätung mit den üblichen Tiraden zu empfangen, sondern hantierte einfach weiter. Alle Gäste waren bereits gegangen, ihre Schwestern saßen an ihrem angestammten Tisch und bei ihnen Luciano Barona; anfangs war er immer nur zum Mittagessen erschienen, doch in letzter Zeit wurde es zur Gewohnheit, dass er sich auch zum Abendessen einstellte. Mona war es gleichgültig, ihretwegen hätte er auch mitten in der Nacht auftauchen können. Das Einzige, wonach sie sich in diesem Moment sehnte, war, sich still zwischen die anderen zu setzen, erst einmal aus dem Blickfeld ihrer Mutter zu verschwinden, ehe die ihre schweren Geschütze gegen sie auffahren würde. Zuflucht zu suchen, sich emotional geborgen und körperlich sicher zu fühlen. Vor Mazza und diesem Tomasso. Vor dem Stich des Zweifels, ob es wirklich die richtige Entscheidung war, Schwester Lito ihren Fall zu übertragen, der sich zunehmend schwieriger gestaltete.

Auf dem letzten Stück der Autofahrt hatte sie sich bemüht, die zerzauste Mähne zu bändigen, den Riss am Ärmel zu verbergen, das Kleid zurechtzuziehen und das Entsetzen aus ihrer Miene zu verbannen, kurz gesagt, sich so weit wieder herzurichten, dass niemand Verdacht schöpfte. Denn über eines war sich Mona nach dieser trüben Erfahrung im Klaren: Sie würde kein einziges Wort darüber verlieren.

Der normale Ton, in dem ihre Schwestern sie begrüßten, bestätigte ihr zu ihrer Erleichterung, dass sie keinen Grund zur Besorgnis hatte: Na, da bist du ja endlich, wurde auch Zeit, um ein Haar verpasst du das Abendessen … Da begriff sie, dass sie gar nicht so lange weg gewesen war, auch wenn es ihr wie ein halbes Leben vorkam. Rasch setzte sie sich auf einen Stuhl, gab keinen Mucks von sich und lauschte mit geheuchelter Aufmerksamkeit dem Tabakhändler, der von seinem fernen Sohn erzählte, von Landsleuten, von den Erinnerungen an sein Dorf, die Sonne und die Weinberge, seinem Traum, eines Tages dorthin zurückzugehen, den immer wiederkehrenden Fantasien aller Auswanderer.

Die älteste und die jüngste der Schwestern schienen konzentriert zuzuhören, doch dauerte es nicht lange, bis Mona erkannte, dass das nicht stimmte. Victoria sah Barona unverwandt an, während ihre Finger mit dem Saum der Tischdecke spielten; Luz, den Ellbogen aufgestützt und das Kinn in die Hand gelegt, wirkte genauso lustlos wie bei der Sonntagspredigt. Hinter der jeweiligen Fassade focht jede ihren ganz persönlichen Kampf aus.

Luz hatte die Begegnung mit dem Talentsucher noch immer nicht verwunden, diesem Frank Kruzan, der vor einer Weile mit nichts als ein paar deutlichen Worten ihre naive Zuversicht ins Wanken gebracht und sie kopfüber in Selbstzweifel gestürzt hatte.

Victoria rang ihrerseits innerlich mit dem, was an diesem Nachmittag geschehen war, als sie das Haus verlassen wollten, um das El Capitán fürs Abendessen zu öffnen.

Mutter und Tochter hatten eben nach Schlüsseln und Jacken gegriffen, um zur Tür hinauszugehen, als es klopfte. Überrascht sahen sie einander an, dann legte Victoria das Ohr an die Tür und fragte schroff:

»Ja?«

»Ich habe einen Brief für Sie.«

Aufgeregt vergaß sie alle Vorsichtsmaßnahmen und riss die Tür auf. Vor ihr stand ein Junge mit Segelohren, der ihr irgendwie bekannt vorkam.

»Don Paco Sendra von La Valenciana schickt mich.«

Es war der Junge, der Luz und sie an jenem Nachmittag in einem Lieferwagen von der Cherry Street in die Vierzehnte gebracht hatte, schließlich fiel es Victoria wieder ein.

»Heute Morgen ist das hier in den Postsäcken der *Cristóbal Colón* für Sie eingetroffen. Aus Spanien ...«

Er hielt ihr einen Umschlag hin, und ihr drehte sich der Magen um.

»Gib her«, knurrte sie und riss ihn dem Jungen buchstäblich aus der Hand.

Fast hätte sie ihm die Tür vor der Nase zugeschlagen, so eilig hatte sie es zu erfahren, wer ihnen geschrieben hatte, ob es der Brief war, auf den sie so sehnsüchtig wartete. Der Junge aber hatte noch mehr für sie.

»Don Paco hat mir auch die hier für Sie mitgegeben, Sie sollen sie sich schmecken lassen und dabei an ihn denken, er hofft, dass es Ihnen gutgeht, soll ich sagen.«

Remedios schnappte sich die Hartwurst, die der gute Sendra ihnen als kleine freundliche Geste für die Witwe und Waisen seines ehemaligen Mitarbeiters hatte zukommen lassen. Victoria bekam davon gar nichts mit, sie wollte nichts weiter als den Absender entziffern und den Umschlag aufreißen. Der Junge gab noch ein paar Gemeinplätze von sich, drehte die Mütze in den Händen und hoffte auf ein Trinkgeld oder eine Plauderei mit einem dieser herrlichen Geschöpfe.

Doch Remedios hatte in ihrem ganzen Leben noch niemandem Trinkgeld gegeben, und sie sah keinen Grund, mit dieser Gewohnheit zu brechen; und Victoria war zu sehr damit beschäftigt, die beschriebenen Bögen aus dem Kuvert zu zerren, und hatte ihn völlig vergessen, sodass ihm nichts anderes übrigblieb, als sich verlegen murmelnd zu verabschieden, die Mütze überzustülpen, die seine auffälligen Ohren frei ließ, und den Heimweg anzutreten.

Hoffentlich ist es von Salvador, hoffentlich ist es von Salvador, flüsterte Victoria inständig flehend. Doch nein. Salvador Berrocal, der Mistkerl, der geschworen hatte, sie mit der Kraft der Meere zu lieben, gab weiterhin kein Lebenszeichen von sich. Die Botschaft kam aus Málaga, das schon, aber von den früheren Nachbarinnen aus dem Mietshaus in La Trinidad, den alten Freundinnen von Mama Pepa. Sie war mit Bleistift von Sebastiana geschrieben, der Einzigen, die imstande war, Buchstaben aneinanderzureihen, weil sie eine Zeit lang im Haus eines Lehrers Dienstmädchen gewesen war. Alle hatten etwas Persönliches dazu beigetragen, die Geburt eines neuen Familienmitgliedes, einen Todesfall, ein frisch vermähltes Paar, kleinere Ereignisse, und den Brief durch eine gemeinsame Botschaft ergänzt: Von einem Schwager von Engracia, der zur See fährt und seit ein paar Tagen aus Amerika wieder da ist, haben wir von Emilios Tod erfahren, schrieben die Frauen. Unser herzliches Beileid, möge er in Frieden ruhen. Aber hier gibt es auch etwas Neues, und ihr sollt wissen, dass man im Viertel seit einiger Zeit von neuen Wohnungen für die Armen munkelt, anscheinend will die Regierung erschwingliche Häuser und weitere Wohnblocks bauen, und da haben wir uns gedacht, falls ihr in New York ein paar Duros habt sparen können oder Emilio euch womöglich ein bisschen was hinterlassen hat, denkt ihr vielleicht daran, zurückzukommen. Ihr seid so weit weg und bestimmt sehr allein ohne Ehemann und Vater, der euch beschützt, ein Mann gibt doch immer viel Sicherheit. Bei uns ist alles beim Alten, dasselbe Tagewerk, dieselbe Müdigkeit, derselbe Himmel über den Köpfen, dieselben Straßen unter den Füßen.

Satz für Satz kämpfte sich Victoria durch die unleserliche Handschrift, während Remedios nickte, die Lippen zusammenpresste und mühsam die Tränen zurückhielt, die ihr mit Macht in die Augen stiegen. Ihre Nachbarn, ihre Welt, Gesichter und Stimmen, die sie hinter sich gelassen hatte, das Heimweh, das sie aus jeder Zeile ansprang und ihr immense Selbstbeherrschung abverlangte.

Als Victoria zu Ende gelesen hatte, knüllte sie die Bögen zusammen, lehnte den Rücken gegen die Wand und ließ sich langsam nach unten rutschen, bis sie auf den Bodendielen saß. Dann stützte sie die Ellbogen auf die Knie und verbarg das Gesicht in den Händen.

Dieser Brief bedeutete eine weitere Enttäuschung. Einige der Widrigkeiten, die ihr aufs Gemüt schlugen, waren immer die gleichen: die Sache mit der Entschädigung, mit der es nicht voranging, die Ungewissheit, ob sie in diesem fremden Land bleiben sollten, ohne zu wissen, was aus ihnen würde, der Überdruss, Tag für Tag, nach dem Mittagessen, nach dem Abendessen, dieselben tristen Tische abzuräumen, die Zudringlichkeit und das schlechte Benehmen mancher Gäste.

Alles das belastete und ermüdete sie. Doch da war noch etwas. Etwas, das sich in letzter Zeit lautlos in ihren Alltag geschlichen hatte und sie möglicherweise am allermeisten beunruhigte. Dabei handelte es sich nicht um einen Schatten aus der Vergangenheit oder ein aktuelles Ärgernis, nein. Es war etwas anderes, eine Art innerer Aufruhr, der ihr paradoxerweise nicht lästig war, sondern sie in Erregung versetzte.

Die ersten Male fühlte sie sich verunsichert und wusste nicht recht, was sie von diesen Blicken, diesen verdeckten Gesten halten sollte. Mal ein schüchternes Kompliment, wenn sie an den Tisch kam, mal eine zweideutige Bemerkung. Dann folgten die Aufmerksamkeiten, das Fläschchen Kölnischwasser von Myrurgia aus der Parfümerie Gómez, die Schachtel mit den drei bestickten Taschentüchern, harmlose, aber viel-sagende Kleinigkeiten, die sie in den Taschen oder unter dem Bett versteckte. Sie behielt alles für sich, ihre Gedanken, ihre Empfindungen, die Geschenke, verriet ihrer Mutter und ih-ren Schwestern nichts davon, weil sie nicht wusste, wie sie da-mit umgehen sollte, sie verstand ihre Gefühle nicht und konn-te nichts anderes tun, als den Dingen ihren Lauf zu lassen.

Bleiben Sie doch noch eine Weile, Luciano, setzen Sie sich zu den Mädchen, sagte die Mutter an diesem Abend, als der mit dem Essen fertig war; ich bringe Ihnen einen Kamillen-tee, damit Sie kein Sodbrennen bekommen. Dann wandte sie sich wieder ihren Tätigkeiten zu, trocknete Geschirr und Be-steck mit ihrem Lappen, den sie ständig über der Schulter hängen hatte, sortierte die verbogenen Löffel und Gabeln und schartigen Messer, die nach einem Schleifstein geradezu schrien.

Um Gelassenheit bemüht, folgte der Tabakhändler ihrer Aufforderung. Na schön, sagte er, wenn Sie darauf bestehen; aber nicht mehr lange, ich muss früh aufstehen. Und während-dessen tobte in ihm ein heftiger Widerstreit der Gefühle. Er wusste, dass er sich zusammennehmen musste, sich noch nicht offenbaren durfte, und auch wenn er sich alle Mühe gab, nichts nach außen dringen zu lassen, platzte er innerlich vor Freude.

Seit einiger Zeit war er nicht mehr derselbe. Abends legte er sich in seiner Wohnung in Brooklyn Heights zu Bett, be-sessen von einem einzigen Gedanken, der ihn auch im Schlaf verfolgte und ihm den ganzen Tag im Kopf herumging, wäh-rend er mit seinen Kunden verhandelte und in halb New York seine Tabakwaren verkaufte. Anfangs sträubte er sich dage-gen und wollte es sich nicht eingestehen. Er versuchte, seine häufigen Besuche in Emilio Arenas' Gastwirtschaft als reine Höflichkeit gegenüber den Hinterbliebenen des unglücklichen Familienvaters abzutun, als nostalgische Rückkehr zum Geschmack des heimatlichen Essens oder vielleicht als Mittel zur Bekämpfung seiner eigenen Einsamkeit. Diese ihrem Schicksal überlassenen Mädchen, dieselbe Herkunft, dieselben Gerüche, derselbe Dialekt; letztlich alles Vorwände, um etwas zu rechtfertigen, das vollkommen irrsinnig war, eine unmögliche Idee, die er sich aus dem Kopf schlagen musste.

Seit dem Abend im El Chico und dem Zwischenfall mit dem italienischen Rechtsanwalt jedoch beschloss er, sich zu fügen. Er hörte auf, Ausflüchte und Entschuldigungen zu erfinden, und erteilte sich Absolution. Inzwischen hatte er eingesehen, dass es weder Mitleid noch Einsamkeit war, was ihn Tag für Tag in die bescheidene Gaststätte zog. Noch wagte er nicht, es laut zu benennen, doch sein Puls beschleunigte sich, wann immer er sich der Vierzehnten Straße näherte. Sein Entschluss war gefasst, er musste es endlich wagen, worauf noch warten. Darum verwandte er in letzter Zeit besondere Sorgfalt auf sein Äußeres, ließ sich täglich im Salon des Barbiers Pedro Flores rasieren und anschließend mit Floïd einreiben; er hatte sich sogar mehrere Hemden gekauft, bei Wanamaker's in der Vierten Avenue drei neue Krawatten erstanden, trug ständig einen Kamm in der Tasche und übte jeden Morgen vor dem Spiegel, sich gerade zu halten und den Bauch einzuziehen, um den Gürtel zwei Löcher enger zu schnallen.

Das Geplauder mit den Mädchen zog sich hin, es war beinahe Mitternacht, doch Remedios drängte sie nicht, im Gegenteil. Verschanzt in ihrer Küche, räumte sie unnötigerweise die Töpfe immer wieder aus und ein und wischte zum hundertsten Mal mit dem Lappen über die Arbeitsflächen. Sie versuchte nichts weiter, als Zeit zu schinden. Denn Remedios wusste, was Luciano Barona fühlte. Und da sie nichts dagegen einzuwenden hatte, ließ sie ihn gewähren.

Luz begann zu gähnen und gab damit das Zeichen zum Aufbruch; keine der drei war sehr gesprächig, die Ereignisse dieses bewegten Tages hatten sie innerlich in eine Art Strudel aus Bildern, Geräuschen und Empfindungen versetzt, mit denen jede einzelne von ihnen fertig werden musste, sobald sie ins Bett schlüpften und sich der Stille und der Dunkelheit überließen.

Auf der Vierzehnten Straße war keine Menschenseele unterwegs, als sie aus dem Lokal traten, der Tabakhändler begleitete sie noch bis zu ihrer Haustür. Zu spät für die Subway, dachte er, nachdem er ihnen eine gute Nacht gewünscht hatte. Er überquerte die Straße, wartete noch an der Ecke, bis er im vierten Stock das Licht angehen sah, dann hob er den Arm, als sich ein Taxi näherte, und stieg ein.

Du warst noch nie sentimental, dachte er, während das Taxi südlich am Union Square vorbeikam und in die Vierte Avenue einbog. In deinem Kopf gab es immer mehr Zahlen und Bilanzen als Gefühle, und sieh dich jetzt an. Dieser Gedanke beschäftigte ihn die ganze Fahrt über. Was hast du, alter Freund, fragte er sich, als das Auto über die Brooklyn Bridge ratterte, die das schwarze Wasser des East River überspannte. Wie soll das nur weitergehen mit dir.

Manhattans abertausend Lichter waren nur noch winzige Reflexe in den Rückspiegeln, als Luciano Barona davonfuhr. Verstört, schwermütig und außer sich vor Liebe.

· 44 ·

»Heute werde ich früher Mittagspause machen«, verkündete Luz am folgenden Tag.

Das baskische Ehepaar nickte arglos, während er den großen Waschautomaten in Gang setzte und sie Hemdkragen stärkte. Sie waren immer zufriedener mit ihrer jungen Angestellten; sie brachte nicht nur zwei bereitwillige Hände mit, sondern darüber hinaus einen Hauch täglicher Frische. Deshalb und obwohl Luz für gewöhnlich später mit ihrer Familie in ihrem Restaurant zu essen pflegte, schöpften die beiden keinerlei Verdacht.

Bei Casa Moneo war an diesem Mittag nicht viel los, es herrschte Frieden nach einem geschäftigen Morgen.

»Kann ich Rosalía einen Moment sprechen?«

Rosalía!, brüllten die anderen Verkäuferinnen im Chor, die Köpfe in Richtung Lager gewandt. Das Mädchen kam hinter einem Vorhang hervor und mühte sich, einen Bissen Käsebrot hinunterzuwürgen, den sie sich soeben in den Mund gesteckt hatte.

Komm her, bedeutete sie Luz mit einer Handbewegung, weil sie noch immer den Mund voll hatte. Doña Carmen ist heimgegangen zum Essen, sie wohnt gleich hier um die Ecke, sagte sie, als es ihr gelungen war zu schlucken; hinterher hält sie immer ein Mittagsschläfchen. Komm mit mir ins Lager, bis ich fertig bin.

Sie war eine Kastilierin vom Land mit einem Kopf voll dichter Ringellocken, die seit fast zehn Jahren in Manhattan lebte; sie kannten sich von den Proben für die Zarzuela, hatten sich ein wenig angefreundet und sahen sich in der Woche vielleicht zweimal.

»Du hast doch neulich von einem Plattenladen im puertoricanischen Viertel gesprochen, in den dich deine Cousine mitgenommen hat und wo sie spanische Musik verkaufen«, stieß Luz atemlos hervor.

Die andere nickte und grub die Zähne wieder in ihr Brot.

»Taray heißt der Laden oder Titay oder so ähnlich.« Beim Sprechen flogen ihr ein paar Krümel aus dem Mund. »Warte einen Augenblick«, sagte sie, schluckte wieder mühsam und klopfte sich mit der flachen Hand auf die Brust, als wollte sie dem Bissen den Weg in ihren Bauch erleichtern.

Während sie anfing, in den Regalen nach etwas zu kramen, schaute Luz sich um. Sie befanden sich in demselben Lagerraum, wo die Eigentümerin sie am Tag nach der Beerdigung ihres Vaters empfangen hatte, als alles nur Fassungslosigkeit und Ungewissheit gewesen war. Dieselben Regale voller Waren, dieselben prallen Säcke und gefüllten Schubladen, unter der Decke die getrockneten Kabeljaue und das Telefon aus schwarzem Bakelit an der Wand über dem Regalbrett, auf dem sie die Bestellungen notierten. Die triumphierende Stimme ihrer Freundin hinderte sie, ihren Erinnerungen weiter nachzuhängen. Sie schwenkte ein Exemplar von *La Prensa*.

Sie fanden, was sie gesucht hatten, in einem kleinen Rechteck unten auf der sechsten Seite, zwischen einer Anzeige, die für die neuesten Artikel bei Casa Victori warb, und einer anderen von dem Speiselokal La Chorrera. Tatay war der Name. Schallplatten. Partituren. Gitarren. Saiten. 1318 Fifth Ave, Ecke 110 St. Und darunter eine Telefonnummer: University 4-8729.

Mit zögerlicher Stimme rückte Luz schließlich damit heraus, worüber sie sich den ganzen Vormittag den Kopf zerbrochen hatte.

»Du … Rosalía, würdest du mich mal telefonieren lassen?«

Die Hand mit dem Käsebrot stockte auf dem Weg zum Mund.

»Das hat uns Doña Carmen verboten.«

»Nur eine Minute, versprochen, ein Minütchen, um zu fragen, ob sie … ob sie eine Platte haben, die meine Schwester sucht«, schwindelte sie. Was sollten ihre Schwestern schon für Platten suchen, die hatten ja noch nie ein Grammofon aus der Nähe gesehen.

»Nein, Luz, wenn es die Chefin erfährt, fliege ich raus.«

»Eine Minute, Rosalía. Nur eine Minute, um alles, was dir heilig ist, eine Minute, nicht mehr.«

Sosehr Rosalía sich auch wehrte, ihr Widerstand schmolz. Alle im Zarzuela-Ensemble hegten eine besondere Zuneigung zu der Kleinsten vom El Capitán, der wegen ihrer erfrischenden Unbefangenheit niemand etwas abschlagen konnte. Schnaubend gab sie nach.

»Warte kurz.«

Sie lugte durch den Vorhangspalt in den vorderen Teil des Ladens. Es waren noch immer nicht viele Kunden da, aber ihre Kolleginnen schienen zum Glück alle beschäftigt.

»Also los, mach schon, beeil dich«, wisperte sie und zeigte auf den Apparat.

»Ich … ich weiß nicht, wie das geht.«

Die andere schnalzte mit der Zunge und murmelte, du bringst mich in Teufels Küche. Dann hielt sie Luz ihr angebissenes Brot hin, griff nach der Zeitung und behielt sie in der Hand, um die Nummer abzulesen, während sie mit dem Zeigefinger der anderen an der Scheibe drehte; anschließend reichte sie Luz den Hörer.

»Ich passe auf, dass niemand hereinkommt. Sprich um Himmels willen leise, und halt dich ran. Wenn sie mich bei Doña Carmen verpetzen, sitze ich morgen auf der Straße.«

Doch Luz hörte schon nicht mehr zu; mit rasendem Puls hob sie den Hörer ans Ohr. Ein Läuten. Noch eins. Und noch eins. Sieben insgesamt. Bis endlich, als ihr das Herz schon aus der Brust zu springen drohte, eine Männerstimme hello? sagte. Sie stammelte, verhedderte sich, es war das erste Mal, dass sie mit jemandem sprach, der nicht in ihrer unmittelbaren Nähe war, sie hatte das Bedürfnis, laut in die Muschel zu rufen, wusste aber, dass sie unbedingt leise sein musste. Sie wolle eine Nachricht für einen amerikanischen Herrn namens Kuchan oder Krustan oder Kuflan oder so hinterlassen, sagte sie in den Apparat. Ja, sie wisse schon, dass er nicht dort arbeite, aber sie würden ihn sicher kennen, das habe er ihr selbst gesagt; er sei auf der Suche nach … nach … neuen Künstlern. Ja, der, genau der, Frank Kruzan, das ist er. Eine Nachricht, ja, seien Sie so gut und notieren Sie, Luz Arenas habe angerufen, Luz A-re-nas, ganz recht, das Mädchen, das er gestern hat singen hören. Ich würde mich gern mit ihm unterhalten. Ich …

Rosalía warf ihr einen beschwörenden Blick zu.

»Mach Schluss, los!«

Ob er sie nicht noch einmal in ihrem Viertel besuchen könne, fuhr sie nervös fort. Ja, in ihrem Viertel. Sie erwarte ihn morgen, sagen Sie ihm das, und wenn er morgen nicht kann, dann eben übermorgen oder überübermorgen. Aber er solle nicht auf der Dachterrasse nach ihr suchen, nicht dort, sondern …

»Häng endlich ein!«

»… sondern vor dem Eingang der Banco de Lago!«, schrie sie.

»Wenn du nicht sofort auflegst …«, warnte Rosalía und näherte sich.

Sie versuchte, Luz den Hörer zu entwinden. »Vor der Banco de Lago um … um sechs!«

Diesen Entschluss hatte sie frühmorgens gefasst, nachdem sie sich stundenlang schlaflos im Bett gewälzt hatte. Die Worte dieses Frank Kruzan hallten immer deutlicher in ihr wider. Ich bin begabt, es liegt mir im Blut, sprach sie sich selbst Mut zu. Vielleicht hat er ja nicht ganz unrecht und das, was ich singe, die Lieder meiner Heimat, hat hier wenig Sinn, wir sind zu weit weg und auch zu wenige. Wenn ich also vielleicht meinen Stil ändere, eröffnet sich mir womöglich eine Zukunft, es heißt doch immer, Amerika sei das Land, in dem Träume Wirklichkeit werden. Aber wenn ich im El Capitán und bei dem hängenbleibe, was Fidel und meine Schwester vorhaben, wird höchstwahrscheinlich nie wieder jemand merken, wozu ich fähig bin. Und sollten wir mit dem Nightclub scheitern und ich hätte mir diese Chance entgehen lassen, ich würde mein Leben lang bereuen, was ich nicht gewagt habe, und im Waschsalon verrotten.

Sie umarmte Rosalía dankbar und rupfte sich ein Stück von ihrem Brot ab. Als sie wieder draußen war, beschimpfte die Stimme ihres Gewissens sie als die übelste Verräterin, die je den Atlantik überquert hatte.

· 45 ·

Den ersten Rüffel des Tages steckte sie schon ein, als sie den Rollstuhl vor dem Haus in die falsche Richtung zu schieben begann.

»Na hör mal, hast du dir den Weg etwa immer noch nicht gemerkt, du dumme Nuss?«

Die Señora hatte recht, Mona kannte den Weg nicht. Für gewöhnlich traf sie ihre Vorkehrungen, erkundigte sich bei Fidel oder Barona oder Señora Milagros oder studierte die Karte, die sie in der Buchhandlung Galdós neben der Kirche erstanden hatte, einen Faltplan, auf dem sie sich nach und nach zurechtfand, indem sie mit dem Finger die Linien der Straßen nachzeichnete. Aber diesmal hatte sie keine Zeit gehabt, sich vorab zu informieren. Und keine Energie. Und keine Lust. Noch immer dachte sie an die nächtliche Begegnung mit den Italienern, Mazzas Hand auf ihrem Bein, das Echo hastiger Schritte auf dem Kies der Esplanade.

Wenn Sie mich noch einmal dumme Nuss nennen, fauchte Mona, stelle ich Sie mitten auf die Straße und lasse Sie von einem Bus überfahren. Von Anfang an herrschte eine seltsame Beziehung zwischen ihr und der Alten, intensiv, aber distanziert, selten herzlich, gelegentlich boshaft. Du sollst zeitig hier sein, obwohl ich keine Frühaufsteherin bin, nur für alle Fälle; alles andere wird sich zeigen, und je nachdem, was der Tag so bringt, kannst du dann eher gehen oder musst länger bleiben. Dies waren Doña Maxis Konditionen, über die sie Mona an deren zweitem Arbeitstag in dem Haus an der Upper West Side in Kenntnis setzte. Die hat sie ja nicht alle; wenn ich zulasse, dass sie nach Belieben über mich verfügt, drehe ich in einer Woche durch. Also bot sie ihr Paroli: Vor zehn kann ich nicht kommen, weil ich andere Dinge zu erledigen habe, und ich kann höchstens bis drei bleiben. Fünf Stunden täglich, von Montag bis Freitag, zu fünfzig Centavos die Stunde, das wären dann zwölf Dollar fünfzig pro Woche. Plus Fahrgeld. So oder gar nicht, Señora, aber ich versichere Ihnen, dass ich viel besser bin als jede andere.

Eine Weile feilschten sie noch und wurden dann handelseinig, wenngleich sich keine der beiden Parteien etwas Dauerhaftes davon versprach. Denn Máxima Osorio war fürchterlich, von dem Augenblick an, in dem Mona pünktlich um zehn Uhr morgens ihre Schwelle überschritt, bis sie sie in ihrem Rollstuhl nach Hause zurückbrachte, gerade rechtzeitig, um zur Bushaltestelle und im selben Tempo die Treppe zur Dachterrasse hinaufzuspurten. Und dort, zusammen mit Fidel, das Nightclub-Projekt weiter voranzutreiben.

Sie brauchte sie weder zu waschen noch anzuziehen, das erledigte eine schwerhörige alte Magd, die Doña Maxi seinerzeit aus Madrid mitgebracht hatte; abgesehen davon war sie nicht vollkommen invalide; sofern ihr nichts anderes übrigblieb, schaffte sie es durchaus, wenn auch unter Murren, sich aus eigener Kraft zu bewegen. Alles in allem war es keine besonders anregende Tätigkeit. Aber bei Doña Maxi verdiente sie ein bisschen Geld, und dies war ihr einziges Ziel. Dank der Stunden, die sie damit verbrachte, sie spazieren zu fahren, ihre Ansprüche zu erfüllen und ihre Unverschämtheiten zu erdulden, konnte sie kleine Beträge zurücklegen, die sie, eingewickelt in ein Taschentuch, hinten im Kleiderschrank versteckte. Um nach und nach die Schulden abzutragen, wie sie ihrer Mutter vorschwindelte; Remedios schöpfte keinen Verdacht.

An dem Tag, an dem sie ihre neue Stelle antrat, bei ihrem zweiten Besuch im Hause Osorio, trug Mona eines der Kleider aus dem Koffer, den sie auf Zuruf der Señora mitgenommen hatte. Erst als sie ihn zu Hause aufs Bett gelegt und geöffnet hatte, sah sie den Inhalt: Kleidung, wie sie sie nie in ihrem Leben besessen hatte, gebraucht und ein wenig brav, aber von erstklassiger Qualität und in mehr als anständigem Zustand. Röcke und Blusen, drei Kleider, zwei Paar Schuhe, die ihr leider zu klein waren. Sie ahnte nicht, dass es sich um abgelegte Sachen jener Nena handelte, der Tochter der Markgräfin, in deren Haus Mona einen Abend lang gearbeitet hatte. Doña Maxi fühlte sich Tochter und Mutter auf eine geradezu besessene Weise zugetan und verpflichtet. Eine ihrer gemeinsamen Aktivitäten war die Organisation einer Lotterie zugunsten wohltätiger Zwecke gewesen, wofür auch der Koffer voller Kleider bestimmt war, den sich die Señora unter den Nagel gerissen hatte, um ihre Bediensteten damit auszustaffieren.

Eine Spur ironisch, aber durchaus zufrieden betrachtete sie Mona, die bei dieser zweiten Begegnung Sachen trug, die ihr etwas zu weit und etwas zu kurz waren, aber dennoch genug hermachten. Eine leichte Bluse in Vanillegelb und einen flaschengrünen Rock.

»Hättest du nicht diese Zigeunerlocken, könnte man fast meinen, du kämst aus gutem Haus«, sagte die Señora.

Und hätten Sie nicht diesen Arsch, der kaum in den Stuhl passt, müssten womöglich nicht Heerscharen armer Mädchen hier antreten, um Sie durch die Gegend zu schieben und sich von Ihnen tyrannisieren zu lassen, ehe Sie sie erbarmungslos wieder auf die Straße setzen. Doch solange sie auf die Einkünfte angewiesen war und auf dem Karussell der Einstellungen und Kündigungen mitfahren durfte, wusste Mona, dass es besser war, den Mund zu halten.

Nach einigen Wochen im Dienst der Señora gewöhnte sie sich allmählich an ihre Aufgaben. Sie besuchten Landsleute in der Nachbarschaft – wo es ebenfalls eine kleine spanische Gemeinde gab, wenn auch auf einem anderen sozialen Niveau als in der Vierzehnten oder der Cherry Street – oder irgendeine karitative Veranstaltung in der Kirche de la Milagrosa oder das Restaurant Madrid an der Ecke Columbus Avenue, um sich mit Kichererbseneintopf vollzustopfen, oder das nahe gelegene Hotel Ansonia, um eine Illustrierte abzustauben oder mit einem Landsmann ins Gespräch zu kommen, weil dort auch der Verband der Exporteure seinen Sitz hatte; dies waren einige von Monas Verpflichtungen. Und, vor allem, sie zum Einkaufen zu begleiten. Oder zum So-tun-als-ob.

»Morgen gehen wir zu Macy's, Kindchen; nur damit du Bescheid weißt, das ist ein gutes Stück Weg.«

Das hatte die Señora ihr tags zuvor angekündigt, als Mona noch nicht ahnen konnte, dass sie von Mazza und seinem Neffen mit Gewalt zu einer einsamen Mole verschleppt würde, sodass ihr auch an diesem Morgen die Angst noch in den Knochen saß.

»Nach rechts, los, schieb«, befahl Doña Maxi.

Sie brauchten eine Ewigkeit bis zum Herald Square, Mona war schweißgebadet von der körperlichen Anstrengung an diesem Frühlingsmorgen, die Señora frisch und entspannt, ihre Fleischmassen bequem im Rollstuhl verstaut, den mächtigen Busen nach vorn gereckt wie eine Gallionsfigur. Um sich von ihrer undankbaren Aufgabe abzulenken, besah sich Mona die Straßen, die Kreuzungen und Geschäfte, die Menschen, Werbeplakate, Schilder und Schaufenster. Dies war der einzige Vorteil an ihrer Arbeit: Sie lernte neue Gegenden kennen, die gutbürgerliche, ruhige Upper West Side und das hektische Midtown, Manhattans großes Kernstück. Unterdessen, während sie Schritt für Schritt hinter dem Rollstuhl durch die Straßen trottete, stellte sie Überlegungen an und traf Entscheidungen für den Nightclub, in den sie El Capitán verwandeln wollte. Und Abend für Abend setzten sie die Auswahl der Bewerber fort, es gab noch eine Menge zu tun.

Es war nicht das erste Mal, dass Doña Maxi Mona in ein großes Kaufhaus führte; alle drei bis vier Tage besuchten sie ein anderes; manchmal luxuriösere, vornehmere wie das Lord & Taylor oder Saks Fifth Avenue, manchmal populärere wie Franklin Simon oder Alexander's. Mona bekam Stielaugen in diesen Konsumtempeln, die überquollen vor unerschwinglichen Kleidern und Objekten, doch war sie in ihrer Bewegungsfreiheit so eingeschränkt, dass sie vor nichts stehen bleiben konnte. Befehle zu erfüllen, war ihre einzige Mission. Zu den Handschuhen, los, niña, verlangte ihre Chefin, in die Kosmetikabteilung, zum Geschirr … Nach rechts, nach links, pass auf mit diesem blöden Weib und ihrem Pudel, hier rüber, halt an.

Von Macy's jedenfalls war Mona so überwältigt – nachdem sie den Rollstuhl durch das Gewühl vor dem Eingang manövriert hatte –, dass sie ruckartig stehen blieb und unwillkürlich Heilige Mutter Gottes! ausrief. Es galt als das größte Warenhaus der Welt, nahm mit seinem angebauten Turm ein ganzes Straßenkarree ein und hatte innen marmorverkleidete Säulen, Ornamente aus Bronze, glitzernde Lichter.

»Ich brauche ein Geschenk, ein schönes Geschenk für meinen Neffen«, brummte Doña Maxi vor sich hin, »so was richtig Nobles.«

Obwohl er bei seiner Patentante wohnte, war Mona dem Arzt noch nie begegnet. Er ging zur Arbeit, bevor sie kam, und kehrte nach Hause zurück, wenn sie schon wieder weg war. Tatsächlich wusste er vermutlich gar nicht, dass sich die junge Frau, die ihn so durcheinanderbrachte, täglich in seinen eigenen vier Wänden aufhielt. Niemand hatte seinem Wunsch entsprochen und ihn angerufen, und er kämpfte gegen das Bedürfnis an, unter dem mittlerweile schon sehr fadenscheinigen Vorwand, ein weiteres Mal das Auge der Mutter untersuchen zu wollen, im El Capitán aufzutauchen. Von Doña Maxi selbst hätte er es schwerlich erfahren können, denn die wusste nicht einmal Monas Namen. Sie nannte sie niña, wie sie es mit allen ihren Vorgängerinnen auch getan hatte. Und wenn die Hausherrin schon ihren Namen nicht wissen wollte, interessierte es sie noch weniger, wo sie herkam; niemals fragte sie, wo sie geboren worden war oder nach ihrer Familie oder was sie werden wollte oder wo sie wohnte.

Um das Ungleichgewicht perfekt zu machen, überschüttete Doña Maxi Mona buchstäblich mit Erinnerungen und Ereignissen aus ihrer eigenen Vergangenheit. Von den Mieteinnahmen des großen Mehrfamilienhauses in der Calle Santa Isabel in Madrid, dessen Miteigentümerin sie war, bestreite sie ihren Lebensunterhalt in New York; als ihr viel beweinter Bruder – ein viriler, gut aussehender Mann – bei einem Autounfall an der Cuesta de las Perdices ums Leben gekommen sei, habe er seinen verwaisten Sohn und sie, seine gehbehinderte Schwester, hinterlassen. Ihre schwache, faule Schwägerin – die Mutter des Neffen – habe die Geburt nicht verkraftet und sei ein paar Wochen später an einer Blutvergiftung gestorben, das dämliche Huhn. Die unaufhaltsame Karriere des Jungen unter den Fittichen Doktor Castroviejos, den er bei einem von dessen Besuchen in Madrid an der Medizinischen Fakultät kennengelernt hatte; wie er sie bedrängt habe, mit ihm nach New York zu kommen, weil er hier seine Fachausbildung absolvieren wollte; ihre vielen, vielen Bekannten in Manhattan; ihre hochwohlgeborenen Landsleute, die sie so ungemein schätzten und sie unentwegt zu Banketten, Versammlungen und Festen einlüden ...

Schon nach wenigen Wochen kannte Mona diese eigentümliche Version ihres Lebens in allen Einzelheiten, denn Doña Maxi schwatzte ohne Punkt und Komma. Worüber sie allerdings nie redete, war das, was hinter dieser Fassade steckte. Das riesige Haus in der Calle Santa Isabel hatte ihr Bruder – ein Sachwalter mit wenig Skrupel – unter zwielichtigen Umständen von einer alleinstehenden Greisin geerbt. Den Autounfall hatte er selbst verursacht, nachdem er sich in einem Gasthaus an der Landstraße, Casa Camorra, eine Portion Lammkoteletts und eineinhalb Flaschen Rotwein einverleibt hatte. Seine verstorbene Gattin war nichts weiter als ein fügsames, labiles Mädchen gewesen, das er geschwängert hatte, als es kaum sechzehn Jahre alt war. Die permanenten Einladungen erhielt Doña Maxi vor allem, weil sie frech darauf bestand oder wegen ihrer Angewohnheit, einfach zu erscheinen, wo niemand sie dabeihaben wollte. Und die mutmaßlich so harmonische Verbindung mit ihrem Neffen war, ganz unabhängig von familiärer Anhänglichkeit, einer ausgeklügelten Testamentsklausel geschuldet, die sie unauflöslich wie ein Palstek aneinanderfesselte, verfasst von ihrem sterbenden Bruder, seinem Vater im Hospital de La Princesa, wo dieser seine letzten Stunden verbracht hatte. In einem komplizierten Wust aus Bestimmungen und Verfügungen, Testamentsvollstreckern und Mittelsmännern hatte er seinen letzten Willen so formuliert, dass seine beiden einzigen Angehörigen sich niemals voneinander trennen durften: Entweder Tante und Neffe blieben unter einem Dach vereint, egal wo, oder der Geldhahn wurde ihnen abgedreht, und die Erbschaft ging geradewegs ans Altersheim de las Mercedes.

46

Zahlreiche Kunden schlenderten an diesem Morgen durch die Abteilung für Herrenaccessoires im Macy's, elegante Damen, ältere Paare, etliche Männer, ein hochgewachsener, kurzsichtiger Mann, der alles übertrieben nah vors Gesicht halten musste.

»Stopp, genau hier, aber ohne Bremse.«

Von da an bewegte Doña Maxi die Räder ihres Rollstuhls selbst, um zwischen den leichten Schals und Umschlagtüchern, Taschentüchern, bedruckten Seidentüchern, Sommerhandschuhen zu stöbern.

Ein halbes Dutzend Verkäuferinnen bedienten hier und da effizient und mit ausgesuchter Höflichkeit, sie trugen Wimperntusche, Nagellack und Lippenstift, das Haar zu perfekten Hochfrisuren gesteckt. Fast alle waren nur ein paar Jahre älter als Mona, höchstens vier oder fünf. Sie betrachtete sie verzückt, während ihre Chefin auf eigene Faust unterwegs war. Mehr noch als die mit verführerischer Pracht präsentierten Waren, mehr als die grandiosen Hallendecken und spektakulären Rolltreppen, die von Gott weiß welcher verborgenen Kraft bewegt wurden, waren es diese jungen Frauen, die Mona bei ihren Besuchen in den großen Kaufhäusern am meisten faszinierten. Eine von ihnen verpackte soeben etwas in makellos gefaltetes Seidenpapier, eine andere breitete ein Sortiment Krawatten über den Verkaufstisch, eine dritte verabschiedete einen Kunden mit einem blendenden Lächeln.

Doña Maxi brauchte nicht lange, um sich zu entscheiden. Mit dem Finger, denn sie sprach kaum Englisch, zeigte sie auf eine Schachtel mit weißen Taschentüchern, wahrscheinlich die billigsten. Sie ließ sie einwickeln, legte sich das Päckchen auf den Schoß und bellte ihren nächsten Befehl.

»Schieb, niña, jetzt geht's in die Uhrenabteilung.«

Vitrinen aus blankem Glas, mit Samt ausgeschlagene Schau-kästen. Das Ambiente wieder sehr vornehm, wenige Kunden, die Verkäuferinnen exquisit und Mona hingerissen.

»Hier bleibe ich eine Weile. Sieh dich ein bisschen um, aber geh nicht zu weit weg.«

Während Doña Maxi sich eine der Verkäuferinnen angelte und, wieder mit Hilfe des Zeigefingers, dieses oder jenes Stück zu sehen wünschte, dann ein drittes und noch eins und so wei-ter, bewegte sich Mona durch die benachbarten Gänge und beobachtete aus dem Augenwinkel einige Szenen. Ein reifer Herr legte einer Blondine goldene Armbanduhren ums Hand-gelenk; ein Stück weiter versuchte eine Dame mit Turban sich in einer unverständlichen Sprache zu erklären; in einer Ecke schielte ein junges Paar scheu auf einige Preisschilder. Ab und zu warf Mona einen Blick zu Doña Maxi hinüber, um sich zu vergewissern, dass diese noch mit ihrem Einkauf be-schäftigt war, mit ihrem molligen Finger in verschiedene Rich-tungen deutete und die Verkäuferin nötigte, eine Schachtel, Schublade, Vitrine nach der anderen zu öffnen. Leicht genervt schaute sich Mona weiter um.

»Niña! Niña, he, niña!«

Doña Maxi näherte sich von hinten, indem sie energisch an den Rädern drehte; sie klang gehetzt, herrisch und schien es mit einem Mal unerhört eilig zu haben.

»Komm schon, niña, nichts wie weg hier, los, los!«

An die unberechenbaren Stimmungswechsel der Alten ge-wöhnt, trat Mona ohne Widerrede hinter den Rollstuhl und begann zu schieben, doch sie kamen nur wenige Meter weit. Mitten im Gang stellte sich ihnen ein Mann entgegen. Blond, kräftig, die Fäuste in die Hüften gestemmt. Mit khakifarbe-ner Uniform, unfreundlicher Miene und einer Tellermütze auf dem Kopf.

Mona blieb stehen, Doña Maxi drehte sich zu ihr um und

wisperte nervös, weiter, weiter, nicht anhalten ... Aber das war nicht möglich, der Uniformierte versperrte ihnen den Weg und machte keine Anstalten, sie vorbeizulassen.

Verwirrt blickte Mona um sich. Da sah sie zwei Frauen mit ernsten Gesichtern, die dem Mann im Abstand von vier oder fünf Schritten gefolgt waren. Eine, schon etwas älter und völlig ungeschminkt, in einem dunklen Kostüm, mit schmalen Lippen und einer Mappe, die sie fest an die Brust drückte; sie wirkte wie eine leitende Angestellte, wie jemand, der eine gewisse Verantwortung trug. Neben ihr die Verkäuferin, die die Señora bedient hatte, jetzt ohne eine Spur von Zuvorkommenheit und äußerst verlegen.

Die Ältere kam ein paar Schritte näher, umrundete den uniformierten Mann auf einer Seite, baute sich vor dem Rollstuhl auf und sagte etwas auf Englisch.

»Ich verstehe dich nicht, gute Frau«, knurrte Doña Maxi dreist zurück. »Entweder du redest so, dass ich dich verstehe, oder du lässt es ganz.«

Die Frau im Kostüm setzte ihre Litanei fort, wobei sie auf die leichte Plüschdecke wies, die über Doña Maxis Beinen lag; sie pflegte sie bei allen ihren Ausflügen dabeizuhaben, eine Art Schal, der ihren unförmigen Körper von der Taille bis zu den Knien verhüllte.

»Meinst du das hier?«, fragte Doña Maxi hochnäsig und hielt ihr brüsk das Päckchen mit den Taschentüchern hin. »Die sind rechtmäßig erstanden, du Wichtigtuerin, wenn du willst, zeige ich dir die Quittung.«

Ungerührt nahm ihr die Frau die Schachtel aus der Hand, legte sie, ohne hinzusehen, auf einen nahen Verkaufstisch und fuhr fort, in barschem Ton auf Doña Maxi einzureden und auf ihren Schoß zu deuten; Mona verfolgte die Szene von ihrem Platz aus, wusste nicht, was sie sagen oder tun sollte, und begriff nicht, worum es ging.

Aber Doña Maxi war nicht willens, sich geschlagen zu geben.

»Ich verstehe dich nicht, du blöde Kuh! Platz da, verzieh dich! Und sag diesem Kraftprotz, er soll mir aus dem Weg gehen, wir müssen los!«

Die Kunden in der Umgebung hatten innegehalten und starrten neugierig zu der Gruppe hinüber, einige kamen sogar ein paar Schritte näher, um besser zu sehen. Im Bemühen, die unangenehme Situation möglichst schnell zu beenden, wollte die Frau eigenmächtig einen Blick unter die Plüschdecke werfen, erhielt aber einen Schlag auf die Hand.

»Was bildest du dir eigentlich ein?«, kreischte Doña Maxi, deren Gelassenheit zu bröckeln begann. »Wehe, du rührst mich an! Komm schon, niña, schaff mich sofort hier raus!«

Monas Unruhe, das Gefühl der Ohnmacht, weil sie nichts verstand, wuchs von Sekunde zu Sekunde, immer mehr Kunden beobachteten sie. Kurz davor, die Beherrschung zu verlieren, wandte sich die leitende Angestellte mit fester Stimme an den Mann:

»Please, proceed.«

Das ließ sich der Uniformierte nicht zweimal sagen. Ohne sich um Doña Maxis Proteste und Gefuchtel zu scheren, zerrte er ihr mit einem Ruck die Decke weg.

Was dabei ans Licht kam, war nicht nur Máxima Osorios Rock. Zu Monas Entsetzen und zur Befriedigung der anderen, die ihren Verdacht bestätigt fanden, klemmten zwischen ihren fleischigen Schenkeln eine Samtschatulle und eine Uhr.

Von da an wäre Mona am liebsten im Erdboden versunken. Der Rollstuhl, flankiert von dem Sicherheitsmann und der strengen Angestellten, darin die immer noch keifende Doña Maxi und sie selbst tief beschämt dahinter, trat eine peinliche Prozession durch Gänge und Abteilungen an, verfolgt von den Blicken vieler Kunden, die sich ungeniert nach ihnen umdrehten. Ihr Ziel war ein kleiner Raum, weit weg vom Verkaufsbereich, ohne Fenster und erhellt von einer gelblichen Lampe. Pläne, Bekanntmachungen, Regeln, ein Kalender waren mit Nägeln an den Wänden befestigt, die Einrichtung beschränkte sich auf zwei Tische, vier Stühle und zwei Aktenschränke. Nicht der leiseste Abglanz der glamourösen Pracht vor der Tür, sie fühlten sich wie auf einen anderen Planeten versetzt.

Minuten später kam ein dritter Mann hinzu, Schnurrbart, grauer Anzug, Aussehen eines peniblen Bürokraten; die Abteilungsleiterin schilderte mit angewiderter Miene knapp den Vorfall, der andere erteilte einen Befehl, fast ohne die Lippen zu bewegen. Durchsuchen. Von oben bis unten. Mona versuchte, sich zu weigern, doch es half nichts, und sie errötete sofort, als der uniformierte Dreckskerl die Gelegenheit nutzte, um ihr seine riesigen Hände in den Büstenhalter zu schieben.

Die abgehackten spitzen Schreie aus Doña Maxis Mund übertönten alles. Auf Anweisung des Uniformierten versuchte die Abteilungsleiterin, ihr mit Gewalt die Beine zu spreizen. Und in diesem Moment, inmitten dieses Tumults, begannen die Krämpfe. Anfangs weniger stark, dann heftiger. Sie verdrehte die Augen, bis nur noch das Weiße zu sehen war, und schüttelte sich in so wilden Spasmen, dass der ganze Rollstuhl bebte.

»Ruf … ruf meinen Neffen, niña.«

Das waren ihre letzten Worte, bevor sie das Bewusstsein verlor.

47

Drei Tage hintereinander stand Luz um sechs Uhr nachmittags vor der Banco de Lago. In Wirklichkeit war dieses spanische Geldinstitut in Manhattan schon vor dem Börsenkrach von 1929 pleite gewesen, zugrunde gerichtet von seinem Eigentümer, der das mühsam Ersparte von Tausenden seiner Landsleute durchgebracht hatte. Heute befand sich in den ehemaligen Geschäftsräumen der Bank eine amerikanische Import-Export-Firma, doch niemand im Viertel hielt es für nötig, sich den Namen zu merken; alle Welt nannte die südliche Ecke der Kreuzung der Siebten und der Vierzehnten weiterhin Banco de Lago.

Drei Tage lang erschien sie um Punkt sechs, erwartungsvoll und aufgeregt, mit heimlich geschminkten Lippen, ihrer neuen weißen Bluse und offenem, frisch gekämmtem Haar. Aber dreimal wurde es Viertel nach sechs, dann halb sieben, und Frank Kruzan kam nicht. Wie dumm, blöd, dämlich, kindisch du bist, schalt sie sich immer wieder. Du bist nichts als eine armselige Traumtänzerin. Dass du versetzt wirst, hast du dir redlich verdient, weil du deine Schwester hintergehen wolltest. Weil du eine Verräterin bist.

Am Morgen nachdem Luz beschlossen hatte, nicht länger zu warten – alles ging seinen gewohnten Gang, sie hielt sich im hinteren Raum der Wäscherei auf und stopfte einige Kleidungsstücke in einen Bottich mit Wasser –, rief plötzlich ihr Chef mit seiner Donnerstimme nach ihr. Luz! Komm mal raus!

Vor dem Ladentisch, wo sonst die Kunden standen, wartete ein Junge in einer grauen Livree und einem albernen Käppchen, der einen Blumenstrauß im Arm hielt.

»Miss Lus Erinas?«, seine Aussprache war erbärmlich.

Das Ehepaar verfolgte die Szene halb belustigt, halb gerührt, und sie stotterte:

»Das ... bin ich.«

Sie trocknete sich noch die Hände, als der Botenjunge den Arm ausstreckte und ihr die Blumen und einen kleinen Umschlag über die Theke reichte; Don Enrique nahm eine Münze aus der Kasse für das Trinkgeld.

»Wann werden wir erfahren, wer dein Kavalier ist?«, fragte die Chefin neckend.

Noch immer sprachlos und auf weichen Beinen verzog sich Luz wieder nach hinten. Niemals hatte ihr jemand einen Strauß Blumen geschenkt, sie wusste gar nicht, wie sie dieses Gebilde aus Blättern, Rosen und Zellophanpapier anfassen sollte.

»Verzeihen Sie die späte Antwort, ich habe Ihre Nachricht erst gestern erhalten«, stand auf der Karte, die sie mit fliegenden Fingern aus dem Umschlag riss. Sie roch nach Tinte, war von makellosem Weiß und mit dem Namen Frank Kruzan und einer Adresse bedruckt. Darunter ein weiterer handschriftlicher Satz. »Bitte kommen Sie heute um 5:00 pm in mein Büro.«

Ihr blieb fast das Herz stehen.

Sie klärte das gutgemeinte Missverständnis ihrer Arbeitgeber nicht auf, sollten sie ruhig denken, die Blumen kämen von einem Verehrer. Und als sie schüchtern bat, ein bisschen früher gehen zu dürfen, erlaubten sie es in der Annahme, sie wolle sich mit ihm treffen.

»Und könnten Sie mir vielleicht die Hälfte meines Wochenlohns vorschießen?«

Auch damit waren sie einverstanden. Sicher möchte sie ein kleines Geschenk für den jungen Mann besorgen, das können wir ihr doch nicht abschlagen, dachten beide, während Don Enrique ihr ein paar Dollarscheine hinhielt. Es war zwanzig nach vier, als Luz zum ersten Mal in ihrem Leben allein in ein Taxi stieg. Sie hatte keine Ahnung, wie sie sonst zur Nummer 362 der Fünfundvierzigsten Straße kommen sollte, und war auch zu aufgeregt, um es auf eigene Faust zu versuchen.

Das Büro des Talentsuchers war am Ende eines langen Korridors in der vierten Etage eines Gebäudes unweit des Broadway. Sie nahm die Treppe, unter keinen Umständen war sie bereit, einen dieser furchterregenden Aufzüge zu betreten. Bis sie sich zurechtgefunden hatte, verlief sie sich einige Male. Alles verstörte sie, alles raubte ihr den Atem, so viele identische Korridore, so viele Nummern und Hinweispfeile, so viele hastende Menschen. Es war kurz nach fünf und damit Feierabend, die Büroangestellten und Sekretärinnen strömten zu den Subways und Hochbahnen, um letzte Einkäufe zu erledigen und den Heimweg anzutreten. Männer aller Altersstufen, junge Frauen und weniger junge, die sich mit raschen Schritten vorwärtsbewegten, dabei die Handtasche schlossen, einen Schal über die Schulter warfen, sich die Lippen nachzogen. Und die Einzige, die in die entgegengesetzte Richtung ging, war Luz.

Sie hatte ihr Ziel fast erreicht, als sie das Hämmern hörte. Die Tür war offen, und sie sah Kruzan in Hemdsärmeln auf einem Stuhl stehen und einen Nagel in die Wand schlagen.

»Hey, Miss Arenas! Please come in!«

Er hatte die Krawatte gelockert, und ringsum herrschte Chaos. Kartons voller Papiere, Stapel von Schallplatten und Zeitschriften, noch nicht aufgehängte Bilder. Aus der Nähe und ohne den Trenchcoat und den Hut wirkte er weniger bedrohlich. Und älter: dunkle Ringe unter den Augen, das Gesicht gerötet.

»Würde es Ihnen etwas ausmachen, mir kurz zu helfen?«

Mit dem Zeigefinger wies er auf ein Bild, noch immer auf dem Stuhl stehend.

Luz bückte sich nach der gerahmten Fotografie auf dem Boden und reichte sie ihm. Sie zeigte eine attraktive junge

Frau mit gewelltem Haar und bloßen Schultern, aufgenommen aus der Vogelperspektive. Als das Foto an seinem Platz hing, war es eines von vielen, die die halbe Wand bedeckten: weibliche Gesichter und Körper, schöne Frauen, allein oder in Gruppen, vor einem Mikrofon oder auf einer Bühne oder in gewollt aufreizenden Posen.

Schließlich stieg er vom Stuhl und entschuldigte sich für die Unordnung, ließ den Hammer mit träger Geste auf ein Paket Kartonmappen fallen und bahnte sich einen Weg durch das herumliegende Zeug. Nachdem er die Tür hinter ihr zugeworfen hatte, reichte er ihr die Hand, doch zu ihrem Erstaunen nicht zum Gruß, sondern um sie, vorbei an Kisten und Kasten bis ans andere Ende des Raumes zu einem Sofa zu ziehen. Der Druck seiner Handfläche schien sie vollständig einzuhüllen, und in ihrem Inneren stieg eine Art Brennen auf.

»Ich kann Ihnen nichts anbieten, I'm sorry, ich bin noch nicht eingerichtet.«

Luz bedeutete ihm nur mit einer winzigen Handbewegung, das sei schon in Ordnung; sie war so durcheinander, dass sie keinen Ton herausbrachte. Sie setzte sich, Knie und Lippen zusammengepresst, und kämpfte stumm mit einer Reihe von Fragen, auf die sie keine Antwort fand. Was tust du hier, du gedankenloses Ding, am Ende dieses Flurs in einem praktisch leeren Gebäude, in einem dir völlig unbekannten Teil der Stadt, ohne dass irgendjemand weiß, wo du bist, allein mit diesem wildfremden Mann?

»Haben Ihnen die Blumen gefallen?«

»Sehr.« Sie war kaum zu hören.

Kruzan setzte sich nicht neben sie, sondern lehnte sich nur gegen die Schreibtischkante, legte den einen Arm quer über die Brust, fasste den anderen beim Ellbogen und stützte das Kinn in die Hand. Dann musterte er sie in aller Ruhe und sehr gründlich.

»Superb«, murmelte er.

Luz' Wangen glühten, während die hellen Augen des Talentsuchers sie eingehend begutachteten; sie war rot bis über die Ohren. Lauf davon, verschwinde, mahnte ihr Gewissen. Geh nach Hause zu deiner Familie, so arm sie auch sein mag, die Nörgelei deiner Mutter ertragen, dich mit deinen Schwestern streiten, das alles ist besser, als dich auf etwas einzulassen, von dem du keine Ahnung hast, wie du wieder herauskommen sollst. Aber sie rührte sich nicht vom Fleck, nicht einmal, als sich seine Hand ihrem Gesicht näherte. Sie schluckte nur und hielt die Luft an.

Er streifte ihre Haut nicht, er hob lediglich die Haarsträhne an, die ihr in die Stirn fiel, als prüfte er die Linie des Haaransatzes. Anerkennend zog er die Mundwinkel herunter. Good, good, murmelte er. Dann legte er ihr die Daumenkuppe unters Kinn, hob es an und drehte es nach rechts und links, um sich ihr Profil, die Kurve der Kieferpartie anzusehen. Good, good, good.

»Now shake your head.«

»Was? Ich verstehe Sie nicht«, stammelte sie.

»Deinen Kopf. Du sollst den Kopf schütteln«, wiederholte er auf Spanisch. »Hin und her. So.«

Sie gehorchte zögernd, ohne zu bemerken, dass er zum Du übergegangen war.

»Noch mehr.«

Schüchtern verstärkte sie die Bewegung.

»Mehr, mehr, noch mehr!« Um sie zu ermuntern, klatschte er dreimal in die Hände. »Lass dein Haar wirbeln! Shake it! Move it! Fantastic. Lass jetzt den Kopf hängen, so, noch weiter runter.« Im Sitzen beugte sie den Kopf nach vorn, fühlte im Nacken die Finger des Mannes, die sich ihr unters Haar schoben. »Jetzt wieder hoch, mit Schwung!«

Sie warf den Kopf zurück, und unter der vollen dunklen

Löwenmähne funkelten ihre Augen und leuchteten ihre Wangen.

»Wonderful«, sagte Kruzan leise und ließ sich jede Silbe auf der Zunge zergehen. »Wir haben noch viel Arbeit vor uns, du brauchst eine andere Haarfarbe, musst depiliert werden und etwas für deine Haut tun, wir müssen uns einen Künstlernamen für dich ausdenken, eventuell solltest du ein paar Pfund abnehmen, let me see.«

Er ließ sie aufstehen, legte ihr beide Hände um die Taille, betastete sie fachmännisch. Die sonst so impulsive, freimütige Luz, deren loses Mundwerk nie um eine Frechheit verlegen war, hielt still und gab keinen Mucks von sich.

»Good, good, good«, sagte er immer wieder leise zu sich selbst.

Als er seine Examinierung abgeschlossen hatte, verkündete er das Urteil.

»Wenn du willst, honey, kann ich aus dir etwas Großes machen. Du wirst Unterricht nehmen und dir ein paar Techniken antrainieren müssen; aber Anmut, Rhythmusgefühl und Ausdruckskraft besitzt du von Natur aus, wie ich neulich gesehen habe. Du hast definitiv das gewisse Etwas.«

Luz fühlte, wie sie innerlich anschwoll, bis es ihr fast die Haut sprengte. Und eines Tages wird man von mir auch so ein Foto machen wie von diesen Frauen, die dort von der Wand lächeln, dachte sie, und ich werde auf einer richtigen Bühne stehen und Applaus bekommen und ...

Kruzan bremste ihren Höhenflug.

»Doch gibt es da ein paar Dinge, die du von vornherein wissen solltest.«

»Ich tue, was Sie sagen«, presste sie mit erstickter Stimme hervor.

»Gut. Hast du Geld, um es in deine Ausbildung zu investieren?«

»Nein, Señor.«

»Jemanden, der es dir vorstrecken könnte?«

»Nein, Señor.«

Er wandte ihr den Rücken zu und ging zu dem Sessel hinter seinem unaufgeräumten Schreibtisch, setzte sich und faltete die Hände im Nacken, sodass seine Ellbogen aufragten wie Flügel. Durch das Fenster ohne Gardinen oder Jalousien drang das bereits abendliche Licht.

»In diesem Fall würde ich dafür aufkommen. Aber wenn du annimmst, lege ich den Erstattungsmodus fest, sobald du die ersten Engagements hast und anfängst, Geld zu verdienen. Du gehst damit eine Verpflichtung mir gegenüber ein, ist das klar?«

· 48 ·

Nachdem sich die drei Angestellten des Warenhauses vergewissert hatten, dass die Zuckungen der Frau, die man soeben mit einer gestohlenen Rolex Oyster Perpetual erwischt hatte, nicht simuliert waren, bemühten sie sich, sie zu beruhigen. Der Wachmann hielt sie an den Schultern fest, damit sie nicht samt dem Rollstuhl umfiel, die Abteilungsleiterin packte ihren Kopf, und der Schnauzbärtige fasste sich ein Herz und steckte ihr die Finger in den Mund, für den Fall, dass es sich um einen epileptischen Anfall handeln sollte. Die besinnungslose Doña Maxi bekam von alldem nichts mit; Mona schaute von einem Winkel aus entsetzt zu. Sie begriff nicht, was los war, und wusste nicht, wie sie helfen sollte.

Wahrscheinlich dauerte das Ganze nicht länger als ein paar Minuten, die ihr jedoch endlos schienen. Bis die Krämpfe schließlich nachließen und die Señora aus ihrer Ohnmacht erwachte. Alle atmeten erleichtert auf, Mona kamen fast die

Tränen. In diesem Moment flog die Tür auf, und die drei Kaufhausangestellten standen stramm, als hätte man zum Appell geblasen. Ein eleganter Herr mit kahlem Kopf, graumeliertem Bart und Goldrandbrille betrat den Raum, allem Anschein nach ein hohes Tier, wie man dem unterwürfigen Verhalten der drei anderen entnehmen konnte, die versuchten, ihn ins Bild zu setzen. Kaum hatte sie die Möglichkeit, stürzte Mona zu Doña Maxi, die allmählich in die Realität zurückfand. Ist ja gut, ist ja gut, ist ja gut ..., sagte sie und nahm ihre Hand. Doña Maxi nickte nur benommen.

Obgleich Mona den Mann mit der Brille nicht verstand, ließ sein barscher Ton keinen Zweifel daran, dass er das Verhalten seiner Untergebenen ganz und gar nicht guthieß. Doch konnte sie nicht ahnen, dass seine Vorwürfe nicht das Geringste mit der entwürdigenden Behandlung zweier Ausländerinnen zu tun hatten, vielmehr ging es ihm um die Schlagzeilen, in die das Macy's hätte geraten können, wenn der Dame im Rollstuhl etwas zugestoßen wäre.

Nachdem er sie ausreichend zusammengestaucht und zudem festgestellt hatte, dass die besagte Dame wieder bei sich war, zischte er ein paar Befehle, denen die anderen sich beeilten Folge zu leisten. Man entließ die beiden umgehend aus dem düsteren Zimmer, der Wachmann schob eigenhändig den Rollstuhl durch die Gänge, während die Abteilungsleiterin für freie Bahn sorgte und hart an ihrem Stolz schluckte und Mona, halbtot vor Scham, neben Doña Maxi herging, die fest ihre Hand umklammert hielt; der dritte Kaufhausangestellte bildete die Nachhut. Sie brachten die beiden in einen Konferenzsaal mit Teppichboden, großen Fenstern mit Blick auf den Herald Square und matt schimmernden, elfenbeinfarbenen Wänden. Der Wachmann postierte sich an der Tür, und der grimmigen Abteilungsleiterin blieb wahrlich nichts erspart, denn sie musste den beiden Frauen nun auch noch auf einem Schildpatttablett eine Erfrischung reichen. Doña Maxi, die inzwischen halbwegs von dem Schrecken erholt und angesichts dieser Zuvorkommenheit ein wenig besänftigt war, schien zu ihrer natürlichen Selbstsicherheit zurückzufinden.

»Haben Sie meinen Neffen angerufen?«, waren ihre ersten Worte, nachdem sie beide Gläser ausgetrunken hatte.

»Noch nicht«, flüsterte Mona und beugte sich zu ihr hinunter. »Dazu war noch keine Zeit.«

»Dann aber schnell, denn nach dieser komischen Attacke werde ich mich hier ohne ihn nicht wegbewegen.«

Es war nicht leicht, den Geschäftsführer zu überreden; der wollte sie einfach nur loswerden, sobald mit der Frau im Rollstuhl wieder alles in Ordnung war. Sie würden über die Sache mit der kostspieligen Uhr kein Wort mehr verlieren, dafür würde sie nicht erwähnen, dass sie aufgrund der Durchsuchung einen Nervenzusammenbruch erlitten hatte. Bringen Sie die beiden an die Tür zur Fünfunddreißigsten, sobald es der Dicken wieder gutgeht, hatte er zu dem Wachmann und der Abteilungsleiterin gesagt; schenken Sie ihnen irgendetwas, wenn nötig, einen Kalender oder eine andere Kleinigkeit. Darauf, dass die beleibte Dame sich weigern könnte, war er nicht gefasst.

»Gib mir meine Handtasche, niña.«

Mona nahm die Tasche von dem Haken hinten am Rollstuhl, Doña Maxi kramte darin, bis sie ein kleines Adressbuch fand. Sie befeuchtete ihren Daumen mit Speichel, blätterte drei- oder viermal um, fuhr mit der Spitze des Zeigefingers über die Seite, und als sie die Zeile gefunden hatte, tippte sie mit dem Nagel darauf.

»Hier, das ist seine Nummer in der Klinik von Castroviejo. Sie können es sich aussuchen, entweder Sie rufen ihn an, oder Sie bringen mich zu einem Apparat, und ich rufe ihn selbst an.«

Es war ein spannungsgeladenes Hin und Her, obwohl sie einander kaum verstanden; doch sie hatte schon bald die Nase voll. Hatte sich der erste Anfall noch völlig unvermittelt ereignet, so war beim zweiten eine ganze Menge Absicht im Spiel. Als sich die Kaufhausangestellten hartnäckig weigerten, fing sie an, zu schlottern und mit dem Stuhl zu schaukeln, um mehr schlecht als recht eine zweite Serie von Krämpfen vorzutäuschen. Der Geschäftsführer versuchte, seine Irritation zu verbergen, indem er hörbar seine Fingergelenke knacken ließ, während er überlegte. Diese Frau war eine Invalide vorgerückten Alters und könnte womöglich jeden Augenblick den Geist aufgeben, wenn sie den Bogen überspannten. Und außerdem verfügte sie über Beziehungen zu einer Klinik an der exklusiven Upper West Side, sie war keine verirrte Touristin und auch keine arme, hilflose Immigrantin. Besser, nicht mit dem Feuer zu spielen. Man konnte nie wissen.

Es war nicht das erste Mal, dass Doktor César Osorio sich gezwungen sah, seine Tante aus irgendeinem Schlamassel zu erlösen, es hatte solche unliebsamen Vorfälle schon früher gegeben: ein teures Armband, das sie bei Bloomingdale's versucht hatte mitgehen zu lassen, die silberne Zuckerdose, die sie nach einem Essen bei Rumpelmayer's einsteckte. Nach der letzten Blamage dieser Art schwor sie ihm hoch und heilig, es werde nie wieder vorkommen, doch hatte es indessen gewiss weitere Verfehlungen gegeben, bei denen man sie entweder nicht ertappt hatte oder aus denen sie sich allein hatte herauswinden können.

Nie hätte sich der junge Arzt träumen lassen, als man ihn aus dem Macy's anrief, dass dieser Tag, eine Wende in seinem Leben markierte. Kaum hatte er den Raum betreten, als sich seine Miene veränderte. Die Patentante, der Geschäftsführer, der Saal mit den seidig glänzenden Wänden und das gesamte Kaufhaus verschwammen und verblassten, bis er nichts mehr davon wahrnahm. Er sah nur noch die neue Begleiterin seiner Patentante, die sich mit einem Werbeprospekt Luft zu-fächelte und mit der er an diesem Ort nun gar nicht gerech-net hatte. Und Mona wurde bei seinem Anblick von einer im-mensen Erleichterung überkommen.

Alles Übrige geschah wie im Zeitraffer: Doña Maxis Geze-ter, die Rechtfertigungen des Geschäftsführers, die Zwi-schenbemerkungen der Abteilungsleiterin ... Zu allem sagte er ja und amen, alles schien ihm recht zu sein, als wäre ihm die Fähigkeit zu vernünftigem Denken schlagartig abhanden-gekommen. Er erklärte sich sogar damit einverstanden, einen Krankenwagen zu holen und die Patentante zu einer einge-henden Untersuchung in die Klinik bringen zu lassen, wie sie es in ihrem unverschämten Befehlston verlangte. Stell dir vor, mein Junge, diese absonderliche Sache passiert mir noch mal. Und er, für gewöhnlich ein besonnener Charakter, ließ sich darauf ein, obwohl nicht der geringste Grund bestand.

»Also, ich werde dann mal gehen.«

Damit hatte Mona sich verabschieden wollen, während zwei Sanitäter Doña Maxi in den Rettungswagen hievten. Sie und der Doktor standen allein an der Ecke der Vierund-dreißigsten, das Kaufhauspersonal hatte sich wieder anderen Dingen zugewandt, rundum herrschte geschäftiges Treiben. Menschen, Autos, Lärm, Busse.

»Wäre es sehr viel verlangt, wenn ich Sie bitten würde mit-zukommen?«

Sie war drauf und dran, ihm zu erwidern, ihr Dienst sei in einer halben Stunde um, ihren Lohn habe sie sich heute sauer verdient und seine dämliche Tante lange genug ertragen. Jetzt reiche es ihr, sie wolle heim in ihr Viertel zu den Ihren, auf der Dachterrasse der Pension über ihre Geschäftspläne nachden-ken und all diese Leute hier vergessen.

»Fahren Sie mit mir, mein Auto steht gleich hier, und wenn

Sie Feierabend haben, rufe ich Ihnen ein Taxi, das Sie nach Hause bringt.« Nach einer kurzen Pause fügte er etwas leiser hinzu: »Oder ich fahre Sie selbst.«

Doktor César Osorio, mitten im Tumult der Stadt, erschien ihr so vernünftig und souverän, dass sie nicht imstande war, nein zu sagen.

Zwei Tage lag Doña Maxi im Krankenhaus, schikanierte die Schwestern und brachte die Ärzte zur Weißglut, weil sie darauf bestand, von Kopf bis Fuß untersucht zu werden. Und in diesen zwei Tagen begannen die beiden, entgegen allen Prognosen und Standesunterschieden, einander näher kennenzulernen.

· 49 ·

»Achtung! Achtung!«, brüllte der Gehilfe des Fotografen. »Achtung, drehen Sie sich nach vorn, schauen Sie in die Kamera. Los geht's, alle bereit? Eins, zwei ...«

Soeben hatten sie die dämmrige Kühle der Kirche verlassen und standen auf dem Gehweg unter einer verfrühten Sommersonne, wo sie eine größere Gruppe bildeten, Glückwünsche riefen, sich überschwänglich in den Armen lagen, Hände schüttelten und Wangen küssten. Victoria, blendend schön in ihrem weißen Satinkleid und dem langen Spitzenschleier, nahm die Gratulationen entgegen, ohne den Arm ihres frisch angetrauten Ehemannes loszulassen. Luciano Barona machte einen triumphierenden Eindruck, er trug einen eleganten dunklen Anzug, den er bei Varela Hermanos auf der Lenox Avenue gekauft hatte, und versuchte gar nicht erst, seinen ungeheuren Stolz zu verbergen. Vor Padre Casiano und der Jungfrau von Guadalupe hatten sie gelobt, einander zu lieben und zu achten, bis dass der Tod sie scheidet, amen. Und gleich dort, mitten auf der Vierzehnten Straße, mühte sich der Fotograf von La Artística, diesen Moment auf einem Gruppenbild festzuhalten, sofern sein Assistent es schaffte, dass sie alle in dieselbe Richtung schauten.

Der leidgeprüfte Fotografengehilfe flehte, bitte, meine Damen, bitte, meine Herren, bitte!, aber es war vergebens, alle waren sie anderweitig beschäftigt, mit Begrüßungen, Geschenken, Glückwünschen. Señora Milagros hatte ein Kostüm aus den Tiefen ihres Kleiderschranks geangelt, das seit Jahrzehnten nach Naphtalin stank; Schwester Lito trug ausnahmsweise einen Habit ohne Flecken, hatte ihre strapazierten Kinderstiefel blankpoliert und sogar die weiße Haube ihrer Kongregation aufgesetzt. Das Ehepaar Irigaray strahlte vor Wonne, und Paco Sendra von La Valenciana war von der Lower East Side gekommen und hatte als Hochzeitsgabe eine Kiste Muskateller mitgebracht.

Einige Nachbarinnen aus dem Apartmenthaus waren ebenfalls da, und die Asturierin von der Pension Morán mit ihrem kürzlich an Land gekommenen Ehemann zur Rechten und dem alten Maestro Miranda zur Linken. Und Fidel. Und natürlich die Mutter sowie die Schwestern der Braut, beide hinreißend in ihren geblümten Seidenkleidern, den hellen Frühjahrshandschuhen und den kleidsamen breitkrempigen Strohhüten von Nortons, für die der Bräutigam gesorgt hatte. Aber nein, Luciano, nicht doch, wie können Sie so viel Geld ausgeben, hatte Remedios protestiert, doch das änderte nichts. Festgarderobe für die ganze Familie, hatte Barona insistiert. Das ist doch überhaupt keine Frage.

Barona seinerseits hatte eine Handvoll Tabakhändler eingeladen, und aus Park Slope in Brooklyn waren einige Paare gekommen, die ursprünglich aus seinem heimatlichen Alhama stammten und, da sie in diesem Teil der Stadt niemanden kannten, in dem Getümmel, das vor der Kirchentür entstanden war, zu den Stilleren gehörten. Sie hatten Baronas erste Gattin gut gekannt, weshalb ihnen diese unvorhergesehene Hochzeit übel aufstieß. Da ist die arme Encarna gerade mal ein gutes Jahr tot und schon hat der Witwer sie durch eine andere ersetzt, hetzten die Frauen, seit sie die Einladungen erhalten hatten. Hat denn der Mann kein Recht auf ein neues Leben?, verteidigten ihn ihre Ehemänner; fast alle waren sie vor ihren Frauen nach Amerika gekommen und wussten aus eigener leidvoller Erfahrung, wie hart die Einsamkeit sein kann.

Nur ein Wermutstropfen trübte das Glück des Bräutigams: sein Sohn. Er hatte ihm die frohe Botschaft per Telefon überbracht, in einem Ferngespräch voller Störgeräusche, und nach sekundenlangem Schweigen hatte der Sohn in gleichmütigem Ton gesagt, du wirst schon wissen, was du tust. Später rief Barona ihn ein weiteres Mal an, um ihm Datum, Ort und Uhrzeit mitzuteilen, und hoffte, der Junge würde sich mit der Nachricht inzwischen abgefunden haben. Der versprach, er werde versuchen dabei zu sein, hatte vor zwei Tagen sogar zurückgerufen, um noch einmal zu bekräftigen, dass er nach dem letzten Kampf in Baltimore den Nachtzug nehmen würde. Aber die Zeremonie war schon zu Ende und er immer noch nicht aufgetaucht. Nicht so schlimm, man muss ihn verstehen, dachte Barona. Es ist vermutlich nicht leicht für ihn, dass eine andere Frau die Stelle seiner Mutter einnimmt; aber mit der Zeit wird er es schon akzeptieren.

Der Fotograf Paul Pérez, dessen Aufgabe es war, nahezu alle bedeutsamen Momente der spanischen Gemeinde zu dokumentieren, verlor allmählich die Geduld. Die Kamera war schon seit einer Weile bereit, und unter seiner schwarzen Baskenmütze sammelte sich der Schweiß. Der Warterei überdrüssig, wandte er sich direkt an den Bräutigam. Unternehmen Sie etwas, amigo, oder ich packe ein, ich habe noch einen Termin im Jai-Alai bei Don Valentín Aguirre, drängte er ihn höflich.

Um zu verhindern, dass sich der Fotograf verabschiedete, machte Barona seine Position geltend und übernahm das Kommando: Los, macht schon, alle aufstellen fürs Foto; Remedios, an meine Seite und ihr, die beiden Schwestern, auch hier nach vorne ... Endlich schien die Gruppe in einem perfekten Halbkreis angeordnet, Luz zupfte Victorias Schleier noch ein bisschen zurecht, Mona rückte ihren Hut gerade, die Braut legte sich den großen Blumenstrauß in die Armbeuge. Fertig?

Schon wollte Barona ausrufen, los, amigo, drücken Sie ab, als ihm plötzlich die Stimme versagte.

Mit langen Schritten hastete ein junger Mann auf die Gesellschaft zu. Er hielt seinen Hut mit einer Hand auf dem Kopf fest und ging sehr eilig, sich seines unfreiwilligen Auftritts bewusst; Scheißzug, verfluchte Verspätungen, dachte er. Im Näherkommen war seine Gestalt deutlicher zu erkennen: nicht übertrieben muskulös, sehnig, kernig. In der rechten Hand trug er einen stabilen Koffer, an der linken, mit der er sich den Hut auf den Kopf drückte, einen Verband. Ein Teil seines unrasierten Kinns war lila verfärbt, sein bleigrauer Straßenanzug nach einer ganzen Nacht in einem rüttelnden Eisenbahnwaggon zweiter Klasse restlos zerknittert. Unter der Hutkrempe sah man ein schwarzblaues Auge und eine aufgeplatzte und genähte Braue. Dann einen rotvioletten Wangenknochen und ein Stück tiefer einen aufgerissenen, mit geronnenem Blut verklebten Mundwinkel.

Kaum hatte er ihn erspäht, sprengte Barona die Harmonie des Gruppenbildes und tat einen Schritt nach vorn.

»Chano, mein Junge ...«, flüsterte er und breitete die Arme aus.

Und damit war es geschehen: Der Fotograf hatte bereits

den Auslöser betätigt und für alle Ewigkeit die unscharfe Gestalt eines ältlichen Bräutigams auf die Platte gebannt, dessen Konturen durch seine eigene Bewegung verwischt waren wie in Wasser verlaufene Tinte, und das einer jungen Braut, in deren Miene sich Bestürzung malte, als sie schlagartig begriff, dass die Ehe, die sie soeben vor Gott und den Menschen geschlossen hatte, ein gewaltiger Irrtum gewesen sein könnte.

Zum La Bilbaína waren es nur ein paar Meter, die Gäste brauchten lediglich die Straße zu überqueren, um das schräg gegenüber gelegene Restaurant zu erreichen; sie legten das kurze Wegstück im Pulk zurück, ohne sich zu zerstreuen. Im ersten Stock erwartete sie das Bankett, und auch da hatte sich Barona nicht lumpen lassen, obwohl Remedios die Feier nicht recht war. Mein Gott, Kinder, wir sind in Trauer, wiederholte sie unentwegt. Aber es muss doch gefeiert werden, Mutter!, riefen ihre Töchter im Chor. Und als sie vorschlug, die Braut solle zum Zeichen der Trauer um ihren Vater Schwarz tragen, war es dasselbe. Aber, Mutter, das kann nicht dein Ernst sein!, fuhren sie alle drei auf.

Seien Sie unbesorgt, Remedios, wir halten es in kleinem Rahmen. Das hatte ihr der künftige Schwiegersohn um des lieben Friedens willen zugesagt, und Remedios gab Ruhe. Doch hatten der Elan der Schwestern und sein eigenes überschäumendes Glück letztlich dazu geführt, dass ihm die Sache aus den Händen geglitten war, und dabei schwamm er nicht gerade in Geld, denn wegen der verfluchten industriell hergestellten Zigaretten befand sich sein Geschäft seit einiger Zeit auf dem absteigenden Ast. Dazu kam, dass ein Großteil seiner Ersparnisse für Ärzte, Medikamente und Krankenhausbehandlungen seiner verstorbenen Frau draufgegangen war. Nein, Barona hatte nicht viel Geld, und obwohl er sich dessen bewusst war, erschien ihm zur Feier seiner Glückseligkeit nichts gut genug.

Erhitzt und in bester Laune ließen sie sich zu einem Fest-
mahl nieder. Im Speisesaal des La Bilbaína saßen sie an langen Tafeln, und vor ihren ungläubigen Augen wurden große
Vorspeisenplatten aufgetragen, danach Tontöpfe mit prachtvollen Seehechtfilets auf baskische Art, hinterher Rindfleisch-
scheiben – beef steaks, sagte man dazu –, und zum Dessert
gab es sogar eine Hochzeitstorte von der Valencia Bakery.
Und Wein, an Wein durfte es nicht mangeln. Und während
Mutter und Töchter inmitten dieses Aufgebots an Köstlichkei-
ten, umgeben von wohlmeinenden Gesichtern, ihre Servietten
entfalteten, ein Scheibchen Chorizo kauten oder die Gläser
an die Lippen hoben, befiel sie, ohne dass es eine von ihnen
ausgesprochen hätte, gelegentlich eine Art Schwindel, als
käme ihnen mit einem Mal zu Bewusstsein, dass mit dieser
Hochzeit alles ein wenig anders geworden war. Fast ohne
es zu merken, fassten sie immer mehr Fuß im Leben der
Stadt.

Die Fenster waren bereits geöffnet, um für frische Luft zu
sorgen, die Bäuche waren gefüllt und die Gemüter in Hoch-
stimmung, auch schwirrten die Köpfe schon ein wenig, als
ein Aufruf durch den Saal ging, der begleitet wurde vom Pochen der Fingerknöchel auf den Tischen und dem Klirren
von Dutzenden von Gabeln gegen die Gläser: Eine Rede!
Eine Rede des Bräutigams! Barona ließ sich das nicht zweimal sagen; seine Ansprache war vorbereitet, er schob seinen
Stuhl zurück, stand auf und holte tief Luft. Zwar war seine
Rhetorik alles andere als brillant, doch klang er leidenschaft-
lich und aufrichtig; Worte eines Mannes, der Entwurzelung,
Höhen und Tiefen, Fehlentscheidungen und Kummer durch-
litten und dank einer plötzlichen Laune des Schicksals unerwartet sein Glück gefunden hatte.

»Das Gefühl zu wissen, dass diese Frau bereit ist, ihr Leben mit mir zu teilen«, sagte er mit bewegter Stimme und

hob sein Glas, »ist etwas so Großes, so Tiefes, dass ich es nicht in Worte fassen kann.«

Dann reichte er Victoria die Hand und half ihr auf.

Die Braut erhob sich vorsichtig, um nicht aus dem Gleichgewicht zu geraten. Ihre Wangen glühten, ihr war leicht schummrig, sie erstickte vor Hitze. Man hatte ihr drei- oder viermal das Glas gefüllt und sie hatte es brav bis zum letzten Tropfen ausgetrunken. Man hatte mehrmals ihren Teller ausgetauscht, und sie hatte alles aufgegessen, was ihr vorgesetzt wurde. Sie hatte zurückgelächelt, wenn man sie anlächelte, und vielen Dank, vielen Dank, vielen Dank gesagt, wenn jemand ihr Kleid pries oder ihren Mann oder ihre Frisur oder ihre Zukunft oder ihren Schleier. Vielen Dank, vielen Dank, vielen Dank hatte sie mechanisch wiederholt.

Was Victoria am meisten durcheinanderbrachte, bemerkte jedoch niemand. Der Blick. Sein Blick. Ihr gegenüber auf der anderen Tischseite, mit einem verwunderten Ausdruck im blau geschlagenen Gesicht, unberührt von der Heiterkeit ringsum, saß ihr neuer Stiefsohn und wandte während des ganzen Essens kein Auge von ihr, als wollte er fragen: Wo hattest du dich bloß bis jetzt versteckt?

Mit eingefrorenem Lächeln stand sie jetzt da und spürte, wie Chanos verschwollene Augen sie musterten, während sie die tief empfundenen Worte des Mannes, dessen Ehefrau sie jetzt war, vergeblich zu begreifen versuchte. Es betraf sie nicht, es ging sie nichts an. Nicht mehr.

Zum Glück stürmten, kaum dass der Tabakhändler seine ergreifende Rede beendet hatte, Esteban Roig und seine Happy Boys den Saal im Rhythmus von *El gato montés*. Die Gäste sprangen begeistert auf und fingen an, im Takt der Trompete, des Akkordeons und der Klarinette zu klatschen; die Kellner beeilten sich, Tische und Stühle beiseitezurücken, um eine kleine Tanzfläche zu bilden. Keine Feier, die etwas auf sich hielt, kam in der spanischen Gemeinde ohne die Kapelle dieses Landsmannes aus, der unter der Woche als Hausmeister bei einer Versicherungsfirma in Midtown arbeitete. Keinem gelang es wie ihm, mit seiner Musik all die Versprengten emotional in die verlassene Heimat zurückzuversetzen.

Barona geleitete Victoria auf den frei gewordenen Platz, die Gesellschaft umstand sie in einem großen Kreis. Er postierte sich ihr gegenüber, fasste sie um die Taille und begann, sich vorschriftsmäßig im Zweivierteltakt des Pasodobles zu bewegen. Während sie tanzte, sammelte sie ihre Gedanken. Sie legte die Wange an seine breite Brust und schloss die Augen. Er roch nach Herrenparfüm, nach Tabak und Schweiß. Er liebt dich, sagte sie sich. Er liebt dich, er liebt dich, er liebt dich, wie dich Salvador nie geliebt hat, beschwor sie sich. Und du musst lernen, ihn auch zu lieben.

Das kleine Orchester spielte den Schlussakkord des ersten Stückes, gestattete aber keine Verschnaufpause. Es blieb gerade Zeit für ein Olé!, einen kurzen Beifall und ein gellendes Hoch lebe das Brautpaar!, und schon stimmten Roigs Boys *España cañí* an, und sämtliche Gäste eilten zur Mitte des Saales. Eine Weile tanzten alle, ein Pasodoble oder Bolero nach dem anderen erklang, bis der Tabakhändler Victoria ins Ohr raunte: Komm.

Chano saß allein neben einem offenen Balkon an einem der weggeschobenen Tische, auf dem noch Teller mit Resten der halb aufgegessenen Baisertorte standen. Er lehnte sich gegen ein Schiebefenster, dessen untere Hälfte geöffnet war, rauchte mit der weniger malträtierten Seite seines Mundes eine dieser Zigaretten, die sein Vater so verabscheute, und hielt ein Glas mit einem bernsteinfarbenen Likör und viel Eis in der Hand. Er richtete sich auf, als er sie herankommen sah, und sein Gesicht verzog sich unwillkürlich vor Schmerz.

Barona legte ihm den Arm um die Schultern und schüttelte ihn liebevoll. Alle Spannung, die leidvolle Distanz, sämtliche Missverständnisse, die sich zwischen ihnen in den letzten Jahren aufgetürmt hatten, schienen an diesem Nachmittag wie weggeblasen.

»Willst du denn gar nicht mit meiner Frau tanzen?«

Eine plötzliche Hitze stieg in Victoria auf, und für einen Moment glaubte sie, der Boden unter ihren Füßen habe zu schwanken begonnen. Und Chano traf der Vorschlag so unerwartet, dass er nicht wusste, was er sagen sollte. Wie zur Entschuldigung wies er auf den Zustand seiner Kleidung nach der nächtlichen Reise und suchte – in diesem Spanisch seiner Kindheit, das zu sprechen ihm mittlerweile schwerfiel – nach einer Ausrede, doch es fehlten ihm die Worte. Der Tabakhändler ermunterte ihn mit einem kräftigen Schlag auf den Rücken und einem lauten Auflachen.

»Na, komm schon, mein Sohn, du kannst jetzt nicht kneifen! So fangt ihr an, euch kennenzulernen!«

Chano trank einen Schluck aus seinem Glas, und auch sie schluckte, beide wussten, dass es kein Entrinnen gab. Ohne sich unterzuhaken, gingen sie zur Tanzfläche, die Gäste machten ihnen sofort Platz. Noch dauerte es eine Weile, bis sie sich anfassten, die entsprechende Haltung einnahmen und schließlich Hand in Hand eine Einheit bildeten.

Er kam mit den klassischen Tanzschritten kaum zurecht, sie gab sich auffallend hochmütig, womit sie sich in Wahrheit nur zu schützen versuchte. Trotzdem waren sie einander verfallen, kaum dass sie sich berührten. Victoria fühlte seine festen Muskeln unter dem faltigen Anzug, die starken Arme. Die gespaltene Lippe, die blaue Wange, das kräftige, kratzige Kinn. Und der Geruch, dieser Geruch nach junger Männerhaut, unrasiert, unparfümiert. Ein Geruch, der so anders war als der seines Vaters, anziehend, unwiderstehlich fast.

Chano, seinerseits wie gebannt, spürte ihren Körper. Obwohl er dagegen ankämpfte, seit er sie vor der Kirchentür gesehen hatte, bekam er seine Verwirrung nicht in den Griff. Hätte er erraten sollen, mit wem sein Vater wohl eine zweite Ehe eingehen würde, auf diese junge Frau wäre seine Wahl sicher nicht gefallen. So schlank und zart, so besonders. So sinnlich.

Sie wechselten kaum drei Sätze, das Stück endete, sie sahen sich in die Augen. Keiner von beiden wusste weiter; es war Victoria, die die Spannung löste.

»Ich muss … ich muss mal.«

Sie wandte das Gesicht ab.

»Natürlich, klar«, sagte er und ließ sie los.

Mit flehendem Blick hielt sie Ausschau nach ihren Schwestern.

»Ich werde Hilfe brauchen«, flüsterte sie und raffte das voluminöse Brautkleid mit den raschelnden Unterröcken.

»Klar«, wiederholte er. »Und ich … ich … I should be leaving, too. Ich glaube, ich werde mich allmählich aufmachen.«

Mona und Luz hatten sie keinen Moment aus den Augen gelassen; sobald sie Victorias Absicht erahnten, waren sie zur Stelle.

Gemeinsam gingen sie zur Toilette und riegelten sich ein. Sobald sie sich sicher fühlte, ließ Victoria sich mit dem Rücken gegen die Wand sinken.

»Sein Sohn will hierbleiben.«

Die Schwestern bedrängten sie mit Fragen.

»Bei euch? In derselben Wohnung? Zu dritt?«

50

Ehe sie die Toilette verließen, richteten sie mit den Fingern ihre Frisuren, und ein dunkelroter Lippenstift ging von Hand zu Hand, von Mund zu Mund. Nach kurzem Zögern nahm Victoria mit einem wohligen Aufatmen den Schleier ab; ohne die vielen Meter Tüll und die zahllosen Haarnadeln, die sich ihr in den Schädel bohrten, fühlte sich ihr Kopf gleich viel leichter an.

»Was ist denn hier los?«, fragten sie überrascht, als sie sahen, dass im Saal niemand mehr tanzte, sondern alle in Grüppchen beieinanderstanden.

Eingeschlossen und mit sich selbst beschäftigt, hatten sie nicht mitbekommen, dass die Musiker aufgehört hatten zu spielen. Ein Kellner, der mit einem Tablett voll schmutzigem Geschirr vorbeikam, klärte sie auf.

»Die Boliteros sind da, Señoritas. Beeilen Sie sich, nicht dass Sie zu spät kommen, denn die sind in fünf Minuten wieder weg.«

Die Boliteros: Losverkäufer für eine schwarze Lotterie, von denen es in den Straßen New Yorks nur so wimmelte und die immer auftauchten, sobald sie Wind von einer Festlichkeit bekamen. Das Spiel mit den Bolitas, den Kügelchen, war vor Jahren aus Kuba eingeschleppt worden und, nachdem es einmal Wurzeln geschlagen hatte, prächtig gediehen. Obwohl es gesetzlich verboten war und den Verantwortlichen sogar Gefängnisstrafen drohten, trotzte seine Beliebtheit allen Widerständen. Armenlotterie wurde es manchmal auch genannt; die Einsätze waren gering, und man konnte abends arm wie eine Kirchenmaus zu Bett gehen und am nächsten Morgen als Eigentümer eines kleinen Vermögens erwachen.

Bei näherem Hinsehen entdeckten die drei Schwestern unter den geladenen Gästen einige Jungen, fast noch Kinder, die mit ihrer Feier nichts zu tun hatten; sie grapschten nach Scheinen und Kleingeld, übergaben Zettelchen und notierten Ziffern mit unglaublicher Fingerfertigkeit. Die Freude oder vielleicht die Nostalgie oder eine Mischung aus beidem sorgte dafür, dass in den Brieftaschen der Herren und in den Münztäschchen der Damen das Geld locker saß; wenige nur verkniffen sich den Traum von einem der Gewinne, die später am Abend ausgelost würden, wenn überall in der Stadt in Dutzenden von illegalen Banken die Elfenbeinkügelchen ihre willkürlichen Sprünge vollführten.

Victoria ließ den Blick geistesabwesend durch den Saal schweifen und stellte fest, dass Chano nicht mehr da war. Gut, sagte sie sich. Besser so. Sie gewann ihre Fassung zurück, richtete den Oberkörper auf, reckte das Kinn und strebte entschlossen auf ihren Gatten zu, bereit, ihr Eheleben zu beginnen, wie es das heilige Sakrament, das sie soeben empfangen hatte, verlangte. Hingebungsvoll, fürsorglich, unerschütterlich. Während sie ein paar Minuten zuvor auf der Toilette war, den Rock wie eine immense Wolke aus Biesen und Rüschen über die Schenkel gehoben und die Unterhose bis zu den Knien heruntergelassen, hatte sie eingesehen, dass dies das Einzige war, was sie tun konnte. Sich benehmen, wie es sich gehörte. Seriös und konsequent sein. Sich Mühe geben, den Mann glücklich zu machen, dem sie Liebe und Treue geschworen hatte. Die Gelübde erfüllen.

Im Gegensatz zu Luz, die, gefolgt von Fidel, zwischen den Gästen umhersauste auf der Suche nach einem Platz für den Brautschleier, den sie sich um den linken Arm gewickelt hatte, verharrte Mona bei einem Garderobenständer voller Jacken und Schals, als wäre sie mit den Füßen in einer Teerpfütze stecken geblieben.

Dort war er, atmete dieselbe qualm- und schweißgeschwängerte Luft, spazierte über dieselben Holzdielen. Der junge

Mann, der sie einmal in Anspruch genommen hatte, um sich Scherereien mit der Polizei zu ersparen, der hinterher gekommen war, um seine Beute abzuholen, und dessen Dankesbekundungen sie zurückgewiesen hatte. Und da war er wieder, unter all den unendlich vielen Möglichkeiten, die ein Sonntagnachmittag im New Yorker Frühling zu bieten hatte, ausgerechnet auf Victorias Hochzeitsfeier.

Sie betrachtete ihn reglos, unschlüssig. Leichter heller Leinenanzug, weißes Hemd und gelockerte Krawatte, das widerspenstige dunkelblonde Haar, hochgewachsen, mit scharf geschnittenen Zügen, kantigen Schultern und schmalen Hüften. Er hatte die Hände in den Hosentaschen und wirkte gelassen; doch nachdem sie ihm eine Weile zugesehen und zugleich versucht hatte, sich ihre eigene Verwirrung nicht anmerken zu lassen, stellte sie fest, dass seine Aufmerksamkeit auf zwei Fronten gleichzeitig gerichtet war. Einerseits plauderte er, abseits vom Getümmel an einer Seite des Speisesaals, freundschaftlich mit Avelino Castaño, dem Besitzer des Lokals, der ihm etwas erzählte, worüber er in schallendes Gelächter ausbrach. Dabei warf er den Oberkörper nach hinten und das Kinn in die Höhe, dass Mona ein Schauder überrann. Andererseits aber hatte er ständig ein Auge auf den Saal, auf die Jungen, die das Geld entgegennahmen und Lose verteilten. Seine Aufgabe schien es zu sein, sie zu überwachen, erkannte Mona plötzlich, als wäre er ihr Chef und für sie verantwortlich.

Mona beobachtete ihn weiter, ohne sich von der Stelle zu rühren, unsicher, ob sie sich verstecken oder zu erkennen geben sollte, und für einen Augenblick strich ihr César Osorio durch den Sinn, so weit weg auf einmal, so fern dieser aufgekratzten, lärmenden Welt der Vierzehnten Straße und ihrer Bewohner, wo sich der junge Mann, der die Losverkäufer beaufsichtigte, bewegte wie ein Fisch im Wasser. Bis der Restaurantbesitzer diskret auf die Uhr schaute und der andere, ohne dass es ausgesprochen werden musste, begriff, was er begreifen sollte: die zugestandene Zeit neigte sich ihrem Ende zu; für Castaños bedeutete es ein Risiko, wenn er die Jungen in seinem Lokal duldete. So gern er seine Landsleute zufriedenstellen wollte, indem er ihnen die Möglichkeit zu diesem verbotenen Lottospiel in einem privaten und geschützten Umfeld bot, so klar war ihm auch, dass es sich um etwas Illegales handelte, und sooft die Polizei von einer Zusammenkunft von mehr als fünfzehn oder zwanzig Spaniern erfuhr, zog es sie hin wie Fliegen zum Honigtopf. Und dann erwartete La Bilbaína – oder welches Lokal sonst dieses Pech hatte – ein scharfer Verweis oder sogar eine Geldstrafe, die die Bilanz für ein paar Monate ins Wanken brachte. Die zwei Männer wussten das, und je eher sie die Sache beendeten und die Verkäufer der Träume vom Geldregen sich wieder verzogen, desto besser für beide.

Der junge Mann hob die Arme und klatschte zweimal laut in die Hände, um seine Schar zusammenzurufen; als er den Nächststehenden zu fassen bekam, gab er ihm ein Zeichen, und der Kleine ließ seinerseits einen schrillen Pfiff ertönen. Die übrigen Jungen trotteten herbei, alle hatten das Signal verstanden. Zeit, zu verschwinden, Jungs; auf geht's. Diszipliniert wie Rekruten befolgten sie den Befehl, brachten ihre letzte Transaktion rasch zum Abschluss, stopften Geld und Zettelchen tief in die Taschen und waren Sekunden später bereit zum Aufbruch.

Ein letztes Mal glitt sein Blick durch den Saal auf der Suche nach einem eventuellen Nachzügler; das tat er immer. Zur Sicherheit, vorsichtshalber, um kein unnötiges Risiko einzugehen. Und bei diesem Rundblick erspähte er sie.

Halb verdeckt von den Kleidungsstücken am Garderobenständer, doch gut genug zu sehen, damit er sie erkannte, in ihrem leichten, mit großen Blumen bedruckten Kleid und der etwas zerzausten dunklen Mähne, obwohl sie gerade versucht hatte, sie vor dem Spiegel zu bändigen. Mit ihrer zierlichen Figur und ihren breiten Augenbrauen und den ersten Seidenstrümpfen ihres Lebens und einem Abglanz des mediterranen Lichts noch immer auf der Haut.

Er starrte sie perplex an. Dann erschien die Spur eines Lächelns in seinen Mundwinkeln, doch gerade als er auf sie zugehen wollte, hielt ihn jemand auf.

»Hören Sie, junger Mann!«

Es war Barona, der ihn laut ansprach und ohne alle Umstände auf ihn zueilte. Das Mona zugedachte Lächeln erstarb, er straffte die Muskeln, schlagartig wachsam und bereit, aufzuspringen und davonzueilen.

Doch Barona, der nach ein paar Gläsern eine plumpe Vertraulichkeit an den Tag legte, rüttelte ihn am Arm.

»Verzeihen Sie, mein Junge, aber ich habe Sie schon ein paarmal auf der Straße gesehen, und jedes Mal denke ich, dass Sie einem alten Bekannten von mir wie aus dem Gesicht geschnitten sind.«

Barona, schon ohne Jackett, mit tief hängendem Krawattenknoten, schweißnassem Hemd und einem Zahnstocher im Mund, wirkte allerbester Laune. Offenbar ungefährlich. Dennoch blieb der andere weiter auf der Hut. Mit einer kaum merklichen Kopfbewegung hielt er Ausschau nach irgendwelchen Anzeichen einer Bedrohung, doch hätte das Panorama friedlicher nicht sein können. Die Musiker griffen wieder nach ihren Instrumenten, die Damen plauderten und fächelten sich Luft zu, die Kinder spielten zwischen den Stühlen Fangen, und die Männer leerten weitere Flaschen Importwein. Alles in bester Ordnung, befand er. Und entspannte sich ein wenig. Nur ein wenig.

»Immer wenn ich Ihnen begegne«, fuhr Barona fort, ohne

vom Misstrauen des anderen das Geringste zu ahnen, »denke ich es wieder: Dieser Junge ist sein perfektes Ebenbild, ein Ebenbild im wahrsten Sinn des Wortes. Aber natürlich weiß man nie. Außerdem ist das schon so lange her. Wie dem auch sei, es sind wahrscheinlich ohnehin nur Hirngespinste von mir, aber wenn Sie nun schon mal hier sind, hab ich mir gedacht, warum zum Teufel nutze ich die Gelegenheit nicht und finde es heraus: Also sagen Sie mal, Sie haben nicht zufällig Verbindung nach Tampa, oder?«

Der andere ließ sich einen Moment Zeit mit seiner Antwort und schwankte, ob er die Wahrheit sagen sollte oder nicht; letzten Endes balancierte er täglich auf diesem schmalen Grat zwischen Hell und Dunkel und wechselte von der Licht- auf die Schattenseite und umgekehrt.

Castaños, der nette Eigentümer des Restaurants, hatte ihn kurz zuvor ins Bild gesetzt und ihm erklärt, dieser angejahrte Herr, der sich mit offenbar harmloser Wissbegierde nach seiner Herkunft erkundigte, feiere heute seine Trauung mit der Schönheit, die im Brautkleid durch den Saal schwebe, und darum erschien es ihm an diesem Ort und unter derartigen Umständen kaum riskant, sich zu gewissen Tatsachen zu bekennen.

Außerdem stand sie, Mona, immer noch dort neben dem Kleiderständer und blickte ihn unverwandt an, die Stirn neugierig gerunzelt. Ihm direkt gegenüber, bildhübsch, stumme Zeugin der unvorhergesehenen Szene. Vielleicht war er auch ihretwegen dazu bereit.

»Doch, ja, ich habe tatsächlich Verbindung nach Tampa.«

»Na also, dann liege ich ja nicht ganz falsch!«

Von der Tür kam ein Pfiff, er drehte sich um und bedeutete dem Jungen, einem seiner Boliteros, er sei gleich da. Dann sah er Barona wieder an.

»Und um Ihre nächste Frage gleich vorwegzunehmen: Die Antwort lautet ebenfalls ja.«

»Heißt das, ich habe recht?«

»Vollkommen. Der, an den Sie denken, war mein Vater. Und wenn Sie mich jetzt entschuldigen wollen ...«

Ohne ihm Zeit für eine Reaktion oder weitere Fragen zu geben, drückte er dem Tabakverkäufer die Hand und richtete den Blick dann auf Mona. Zwei Finger an der Schläfe, zwinkerte er ihr zum Abschied flüchtig zu.

»Ich war ein Freund von ihm, ein Freund Ihres Vaters. Sie wissen gar nicht, wie leid mir das tut, was passiert ist!«, schrie Barona ihm nach. »Kommen Sie mal wieder! Ich bin leicht zu finden, die meiste Zeit halte ich mich hier nebenan auf, im El Capitán.«

Doch vom Sohn des Mannes, dessen Namen noch niemand ausgesprochen hatte, war nur noch der Rücken zu sehen, als er hinauslief und die Treppe zur Straße hinunterrannte, zurück zu seinen fragwürdigen Geschäften.

Mona war inzwischen neben ihren Schwager getreten, und Seite an Seite starrten sie auf die Tür, durch die der andere eben verschwunden war.

»Wer ist sein Vater, Luciano?«

Er zog ein Taschentuch heraus und fuhr sich damit langsam über die Oberlippe, dann über die schweißglänzende Stirn.

»Antonio Carreño, der war erst Verkäufer der Zigarrenfirma Cuesta Rey und später Eigentümer eines Clubs in Ybor City«, sagte er und starrte ins Leere.

»Und was ist aus ihm geworden?«

»Man hat ihm zwei Kugeln in den Unterleib verpasst, weil er sich auf Sachen eingelassen hatte, von denen er nicht genug verstand.«

51

Zu mehr Erklärungen kam er jetzt nicht, denn Roig und sein Orchester attackierten aufs Neue. Barona ließ die verstörte Mona stehen und begab sich auf die Suche nach seiner Frau.

Die Anstrengungen des langen Tages wurden allmählich spürbar, und immer weniger Paare bewegten sich auf der Tanzfläche. Denen aus Park Slope stand noch ein gutes Stück Weg bevor, den Frauen taten höllisch die Füße weh, und sie drängten ihre Männer, dass es Zeit wurde heimzugehen; Señora Milagros, die sich nach dem Essen ein paar Schnäpse genehmigt hatte, schlief mit an die Wand gelehntem Kopf und halboffenem Mund. Neben ihr Schwester Lito, die zwar nicht so viel getrunken hatte, aber auch nicht ganz nüchtern war, schien dem Treiben im Saal zuzuschauen, war allerdings mit ihren Gedanken längst woanders.

Wie Barona war auch sie kein romantisch veranlagter Mensch; in ihrer rauen Kindheit war nie Platz für Zuwendung, Fürsorge oder Zärtlichkeit gewesen. Ab und zu jedoch, bei Ereignissen von großer Emotionalität wie diesem, fragte sich die Nonne, was wohl aus ihr geworden wäre, wenn sie in geordneten Verhältnissen zur Welt gekommen wäre, in einer gewöhnlichen Familie, umgeben von normalen Menschen und nicht von ruchlosem Pack. Gewiss keine so kämpferische, kritische und ungenierte Person, sie hätte nicht Jura studiert und würde sich nicht für die Rechte anderer einsetzen. Aber es gab noch mehr, das nicht so wäre, wie es war. Ihr Körper, zum Beispiel, hätte nicht solche Deformationen; auch wäre sie in keinem religiösen Orden gelandet und hätte der Berührung eines Mannes nicht in alle Ewigkeit entsagt. Im Gegenteil, sie hätte in gesunder Selbstverständlichkeit damit gelebt, sich von männlicher Begierde umwerben lassen und wäre in ihrer Hochzeitsnacht von einem Mann gestreichelt worden, der sie anbetete, wie Victoria in wenigen Stunden von ihrem Ehemann. Es hätte Männer in ihrem Leben gegeben, kein Zweifel. Sie hätte sie geküsst, geliebt, berührt, sich nach ihnen gesehnt …

»Jesus, Mary and Joseph!«

Ihr eigener Aufschrei riss sie aus ihren Gedanken; die Kinder der Nachbarinnen hatten bei einem Wettrennen die Decke vom Nebentisch gezerrt, sodass Gläser und Flaschen mit einem Riesengetöse zu Boden fielen. Schwester Lito schüttelte heftig den Kopf, um die Grübeleien loszuwerden. Himmelherrgottsakrament, ächzte sie, als sie sich mühsam aufrichtete, sie hatte immer mehr Schmerzen und immer weniger Energie, ich sollte wirklich mal zum Arzt gehen, beschloss sie, obwohl sie schon im Voraus wusste, dass sie es doch nicht tun würde. Du solltest dir lieber etwas einfallen lassen, wie du diese Frauen aus dem Schlamassel befreist, in dem sie nach wie vor stecken, statt dich pathetischen Träumen hinzugeben, in denen du so jung und schön bist wie sie und ein Haufen Männer nach deiner Liebe schmachten. Denn dieser Schuft von Anwalt gibt keine Ruhe, und auch wenn du ihnen das verheimlichst, musst du die Sache ins rechte Gleis bringen, ehe sie für alle Beteiligten böse endet.

»Come on, wake up!«, sagte sie und rüttelte ihre Freundin. »Komm zu dir, wir gehen.«

Während die Nachbarin mit Mühe in die Realität zurückfand und Schwester Lito sie heftig am Arm zerrte, spielten die Happy Boys den Schluss von *Granada*, den das Publikum im Chor mitsang; als der Applaus verebbte, bat Esteban Roig mit einem Trommelwirbel um Ruhe.

»Um dieses unvergessliche Fest gebührend ausklingen zu lassen, dem Brautpaar Glück und eine segensreiche Zukunft zu wünschen«, rief der Orchesterleiter, dynamisch und engagiert trotz der vielen Stunden, die sie nun schon in Aktion waren, »wollen wir ein ganz besonderes Anliegen erfüllen!«

Neugierde breitete sich aus, als ein weiterer Trommelwirbel ertönte.

»Señorita Luz Arenas, bitte treten Sie in die Mitte!«

Alle Köpfe wandten sich ihr zu; Luz, völlig überrascht, deutete mit dem Zeigefinger auf sich selbst und fragte ungläubig: ich? Im nächsten Augenblick erbebte der Saal unter rhythmischem Händeklatschen und Rufen nach Luz.

Sie gehorchte, ohne sich lange zu zieren; zwar versuchten sie, die Proben für den Nightclub so geheim wie möglich zu halten, doch Luz vermutete, dass ihre Schwestern dahintersteckten, die wollten, dass sie ein paar von den Liedern aus dem künftigen Programm ihrer Show zum Besten gab, *El vito* oder *Los cuatro muleros* oder einen Fandango, eine Copla oder ein Volkslied aus der Heimat. Kaum hatte sie das Zentrum des Saales erreicht, als die Trompete begann und der Rest der Instrumente sofort mit voller Kraft einfiel.

Stirnrunzelnd erkannte sie eine Rumba: Die Happy Boys schreckten vor nichts zurück, sie beherrschten die gesamte musikalische Palette der Latino-Gemeinde, die Rhythmen der spanischen Halbinsel ebenso wie die der Karibik. Wer Rumba wollte, sollte Rumba haben.

Luz, verdutzt und immer noch skeptisch, griff nach den Maracas, die ihr ein junger Musiker reichte, während sie auf der Suche nach einem bestimmten Gesicht unter den Gästen hastig um sich schaute. Natürlich fand sie ihn nicht, niemand hatte ihn zu dieser Hochzeit eingeladen, dennoch war sie überzeugt, dass sie diese unvermittelte Aufforderung ihm zu verdanken hatte. Sich der Erwartung bewusst, die inzwischen geschürt war, fing sie an, zu *Ay mamá Inés* zu tanzen, zuerst steif und unsicher, dann zunehmend gelöst und schließlich ganz unbefangen, geschmeidig und sinnlich, schob die

Hüfte vor, bog den Oberkörper zurück, rollte die Schultern …

Männer, Frauen, Kinder, Kellner, alle sprangen auf und klatschten, grölten den Refrain mit und bewegten sich zur Musik. Sogar Schwester Lito und Señora Milagros wurden wieder munter und nickten energisch im Takt von *Ay mamá Inés, ay mamá Inés, todos los negros tomamos café.*

Bei den anschließenden Ovationen wackelten die Wände des La Bilbaína, während Mona und Fidel sich verblüfft ansahen.

Niemand wusste, wo zum Teufel Luz mit derartiger Verve kubanische Rumba tanzen gelernt hatte. Und niemand bemerkte die Bestürzung, die für einen Moment die Miene der jüngsten Arenas-Schwester verdüstert hatte.

· 52 ·

Jedes Jahr Anfang Juni musste der Tabakhändler hinauf nach Las Villas, um Bestellungen auszuliefern. Was ist denn das, Las Villas?, hatte Victoria ihn ein paar Tage vor der Trauung gefragt, als er ihr vorgeschlagen hatte, diese geschäftliche Pflicht mit einer kleinen Hochzeitsreise zu verbinden.

»Das beliebteste Urlaubsziel der Spanier, wenn sie es sich leisten können.«

Tatsächlich war die Gegend so populär, dass manche sie die Spanischen Alpen nannten. Verstreut in den Catskills gab es über zwanzig Ferienunterkünfte aller Klassen, von der kleinen Pension bis zum halbwegs komfortablen Hotel. Villa Rodríguez, Villa Madrid, Casa Pérez, Villa Nueva, La Granja, La Cabaña … Alle boten Fremdenzimmer, heimatliches Essen und die Aussicht auf Unterhaltung unter Landsleuten; eine verlockende Zuflucht, wenn die Hitze bleiern über der Stadt lag und die Luft stickig wurde, nah und preiswert; ein erschwingliches Paradies, wo man das Landleben wiederfand, weite Felder, einen klaren Himmel und sahnige Milch, alles, was sie, die ihre eigenen Dörfer, Weiler und Höfe verlassen hatten, so sehnsüchtig vermissten.

Dorthin brachen die beiden am ersten Morgen ihrer Ehe auf. Avelino Castaños, der Inhaber des La Bilbaína, hatte sich erboten, sie im Auto mitzunehmen, weil er auch in den Catskills ein Lokal betrieb, das er für die Saison instand setzen musste.

In Villa Nueva würde das Paar die erste Etappe seines Ehelebens beginnen; allerdings wären sie auch schon bald wieder zurück, denn die Pflicht rief, wie Victoria in einer kleinen Liste von Voraussetzungen für ihr Jawort verfügt hatte. Bedingung Nummer eins: Sobald die Sache mit der Entschädigung geklärt wäre, würde er mit ihnen nach Spanien zurückkehren. Bedingung Nummer zwei: Sie durfte weiterhin im El Capitán helfen. Bedingung Nummer drei: Er würde Monas Nightclub-Projekt unterstützen, auch wenn er es für eine Schnapsidee hielt. Entweder du akzeptierst diese Forderungen, oder ich heirate dich nicht, hatte sie ihn knallhart vor die Wahl gestellt; es liegt bei dir.

Verliebt wie ein Schuljunge, sagte Barona zu allem ja und amen. Der honeymoon war somit knapp bemessen: vier Tage, denn die Geschäfte mussten weiterlaufen, und außerdem – obgleich Victoria das nicht aussprach – konnte sie der Vorstellung nicht viel abgewinnen, irgendwo in den Bergen, unter Kühen und Pinien allzu lange mit ihm allein zu sein.

Castaños holte sie in seinem Hudson Essex um zehn Uhr ab, sie warteten schon mit ihrem Gepäck auf der Dreiundzwanzigsten, Barona glückstrahlend, Victoria als junge Gattin im ersten Kostüm ihres Lebens, den schmalen Ehering am

Ringfinger und auf dem Kopf ein charmantes schrägsitzendes Filzhütchen.

Die beiden Männer setzten sich nach vorne; Victoria, die die Rückbank für sich allein hatte, betrachtete schweigend die Straßen, während sie die Zehnte Avenue hinauffuhren und Viertel um Viertel hinter sich ließen. Chelsea, den Garment District mit seinen Schneidereien und Bekleidungsgeschäften, Hell's Kitchen mit seinen irischen Proletariern, San Juan Hill voller Schwarzer, die Upper West Side mit ihren schönen Häusern und schicken Menschen und ihren vielen Juden, wo die Straße schon Amsterdam Avenue hieß, Bloomingdale District, Washington Heights, wo es wieder Läden mit spanischsprachiger Werbung gab. Auf der George Washington Bridge drehte sich Barona erwartungsvoll zu ihr um, doch sie zeigte keinerlei Regung beim Anblick dieses Wunderwerks der Ingenieurkunst.

»Geht es dir gut?«, fragte er.

Victoria nickte, rang sich ein Lächeln ab, er war beruhigt und richtete die Augen wieder nach vorn. Nein, es ging ihr nicht gut, auch wenn sie so tat. Zu viele Eindrücke und Empfindungen, und diese seltsamen Eier, die man ihr zum Frühstück serviert hatte, und dieser intensive Geruch im Auto nach Benzin, Tabak, Rasierwasser und Leder und die Hitze …

Sag mal, Avelino, was hältst du von Azaña, wohin, glaubst du, steuert die Republik? Die Männer vertieften sich wieder in ihr Gespräch; über den Gang ihrer beider Geschäfte hatten sie sich bereits ausgetauscht, jetzt war die Politik im fernen Vaterland an der Reihe, das Hin und Her auf der anderen Seite des Ozeans, das alle eifrig verfolgten. Die Linke, die Rechte, Kandidaten, Wahlen, Konflikte und Aufruhr.

Victoria hatte die Augen geschlossen und den Kopf ans Seitenfenster gelehnt, schlief jedoch nicht. Eingelullt vom Geräusch des Wagens, ließ sie ihre Gedanken schweifen. Wie man sich leicht vorstellen kann, geschah nach dem Fest, was geschehen musste. Und während ihr Mann sich weiter mit Castaños über Sozialisten und Konservative und Gewerkschaften und Verbände unterhielt, erinnerte sich die Älteste der Arenas-Schwestern an ihre Hochzeitsnacht hinter den roten Backsteinen der imposanten Fassade des Chelsea-Hotels.

Wie er mit den Fingern durch ihre übers Kissen gebreiteten dunklen Haare gefahren war, ihr Lider, Lippen, Stirn geküsst und sich gleichzeitig bemüht hatte, ihr das bräutliche Nachthemd von den Knien nach oben und von den Schultern nach unten zu streifen, bis es nur noch einen zerknautschten Wulst um ihre schmale Taille bildete. Sie dachte an die tausend Falten, die sie zu Hause unter einem feuchten Tuch aus der Seide würde herausbügeln müssen. Ihn brachten ihre straffen Brüste, ihr Po, ihre schimmernde Haut schier um den Verstand. Sie lag still da wie ein gestrandetes Floß, spürte seine Hände von oben nach unten, von unten nach oben, den Druck seines ausladenden Brustkorbs auf ihren schmächtigen Körper, der so zusammengepresst wurde, dass sie kaum Luft bekam. Er schob ihre Beine auseinander, drang in sie ein, stöhnte. Sie, reglos, den Kopf zur halboffenen Balkontür gewandt, zu dem schmiedeeisernen Gitter und den Gardinen, die wie Gespenster in der hereinwehenden Brise schwebten, fühlte einen scharfen Schmerz, während ihr der Mann heiß und keuchend ins linke Ohr atmete.

Das Auto ruckelte Richtung Nordwesten, schon sah man nur noch Äcker, Bauernhöfe, Pinien, Flachland. Die Männer hatten Victoria vergessen, die Jacketts ausgezogen, die Fenster heruntergekurbelt, die Ellbogen hinausgelegt und rauchten und redeten weiter. Alcalá Zamora, Largo Caballero, Indalecio Prieto, Martínez Barrio, das Gesetz zur Agrarreform, der König im Exil, die CEDA, die Spanische Konföderation der Autonomen Rechten, die Falange, die zum Zerreißen gespannte Atmosphäre, Avelino, ich sehe immer schwärzer, Gott weiß, wohin das noch führen wird.

Victoria, hinter ihnen, war in Gedanken noch immer bei ihrer Hochzeitsnacht. Wie er die Hüften vor und zurück, vor und zurück bewegte, ohne seinen Oberkörper von dem ihren zu lösen, und bei jedem Stoß stöhnte. Sie hatte ihre Aufmerksamkeit mittlerweile auf die Tür gerichtet, die direkt in ein eigenes, privates Badezimmer führte, war im Geist vom Bett aufgestanden und weggegangen von dem, was sich dort abspielte, hatte die kalten Bodenfliesen unter ihren nackten Füßen gespürt, sich ihr Abbild in dem großen Spiegel, das glänzende Porzellan der Becken und die blitzenden Armaturen vorgestellt, in ihrer Fantasie die Fingerspitzen in die flauschigen Handtücher gegraben. Er stieß schneller und fester zu, schneller und fester, die Stimme heiser vor Lust. Sie ignorierte den brennenden Schmerz in ihrem Unterleib und den massigen Körper, der sie fast erdrückte; im Kopf war sie noch im Bad, überlegte, ob sie die kleinen Ivory-Seifenstücke auf der Ablage des Waschtischs wohl mitnehmen durfte. Er schwitzte, die zusammengebissenen Zähne dicht an ihrem Hals, die Stöße immer wilder, noch einer und noch einer und noch einer. Sie, wie unbeteiligt, fragte sich, ob die weichen weißen Papierrollen, die sie neben der Toilette gesehen hatte, im Preis inbegriffen waren, und schätzte, dass sie zwei davon im Koffer unterbringen könnte, denn zu Hause hatten sie nur Stücke von alten Zeitungen, die auf einem Draht an einem Nagel hingen.

Und die Armee? Was, glaubst du, wird mit der Armee passieren, Avelino? Denk an Asturien vor noch nicht zwei Jahren. Und die Kommunisten und die Priester und die Anarchisten und die CNT ...

Victoria nahm sie nicht einmal mehr wahr, so versunken war sie in ihre Erinnerungen. Wie er in Zuckungen verfallen war, einen rauen Schrei von sich gegeben und in einem Krampf den Kopf nach hinten geworfen hatte. Und wie sie währenddessen überlegt hatte, ob statt zwei vielleicht auch drei Papierrollen in den Koffer passen würden. Sekundenlang lag er unbeweglich wie eine Granitstatue, die immer schwerer wurde, dann zog er sich aus ihr zurück und ließ sich flach auf den Rücken fallen, gerötet, erschöpft, die Augen halb geschlossen und noch immer hechelnd. Sie spürte, wie ihr eigener Geist aus der Ferne zurück zu ihr ins Bett kam. Er raunte etwas Unverständliches, und sie, wieder mit ihrem Körper vereint, erhob sich nun tatsächlich, ließ das zerknitterte Nachthemd zu Boden fallen und betrat nackt und leicht taumelnd das Badezimmer, während ihr etwas Warmes die Beine hinunterlief.

Sie ließ den Mann zurück, der schon eingedöst war, noch bevor sie die Tür hinter sich zumachen konnte, und betrachtete sich im Spiegel, wund, aber voll Stolz. Stolz auf sich selbst, weil es ihr gelungen war, in der ganzen Zeit, die der Vollzug ihrer Ehe gedauert hatte, und obwohl ein anderes männliches Wesen mit blaugeschlagenem Gesicht und einer verbundenen Hand sie lüstern wie ein Wolf umlauert hatte, weder ihre Gedanken noch ihre Begierde abschweifen zu lassen zu einem, der, selbst wenn er denselben Namen trug, nicht derjenige war, dem sie vor Padre Casiano Respekt und Treue geschworen hatte.

· 53 ·

Nach dem großen Tag sah es in der Wohnung schlimm aus, doch die Zimmer waren klein, und Remedios hatte flinke Hände; es war noch nicht zehn und die gesamte Hausarbeit schon erledigt. Dann rollte sie das Brautkleid mit dem schmutzstarren Saum und die Blumenkleider zusammen, um sie in die Wäscherei zu geben und sie in den noblen Zustand zurückversetzen zu lassen, in dem sie sie ausgesucht hatten, als der Bräutigam sie und ihre beiden jüngeren Töchter eines Nachmittags überraschend in das große Warenhaus geführt hatte, wo sie zum ersten Mal in ihrem Leben so viele schöne Dinge und so viel Kundschaft und diese steifen Puppen gesehen hatte, die sie Mannequins nannten.

Das Bündel unter dem Arm, verließ sie das Haus und drehte den Schlüssel dreimal im Schloss, während sie sich ihrer Angst auf der Rolltreppe in dem riesigen Laden namens Norton's entsann, wo sie einen Aufschrei unterdrückt und sich an ihre Töchter geklammert hatte; auch erinnerte sie sich an ihre strikte Weigerung, wegen der Trauer eine andere Farbe als Schwarz zu tragen und sich in der Anprobe bis auf die Unterwäsche auszuziehen. Aber es hat sich gelohnt, dachte sie, als sie die Treppe hinunterging. Und wie es sich gelohnt hat.

Die Feier interessierte sie im Grunde gar nicht, weder die Pasodobles noch die Glückwünsche; auch rang ihr die zweistöckige Baisertorte nicht die geringste Bewunderung ab, obwohl sie in ihrem ganzen Leben noch nie von solchen Delikatessen umgeben gewesen war. Für sie zählte nur das, was wirklich zählte, das, worauf es ankam: die Ehe, die unauflösliche Verbindung, die ihrer Tochter lebenslang einen Mann, ein Dach über dem Kopf, eine gefüllte Speisekammer und ein paar Duros in der Tasche garantierte; die vertragliche Vereinbarung, die sie vor Kerlen schützte, die ihr Schweinkram zuflüsterten und ihr nur an die Wäsche wollten. Ein Mann gibt immer Halt, schrieben die Nachbarinnen aus dem Mietshaus in Málaga in ihrem Brief. Wie recht sie doch haben, seufzte sie. Großer Gott, wie recht.

Obwohl es hier in New York etwas anderes ist, sinnierte

Remedios in ihrer bäuerlichen Weisheit. Hier, sagte sie sich und legte auf einem Treppenabsatz eine Pause ein, scheinen die Leute sich leichter hocharbeiten zu können; man ist nicht notwendigerweise zur Armut verdammt, bloß weil man das Pech hatte, an einem bestimmten Ort geboren zu sein. Hier, resümierte sie, kann man es offenbar eher zu etwas bringen.

So glücklich war Remedios über Victorias Heirat, über die erste Berührung ihres Lebens mit diesem American Dream, dass sie auf dem letzten Treppenabschnitt Überlegungen anstellte, Stufe um Stufe ihre Pläne über den Haufen warf und völlig umdisponierte. Zur Wäscherei der Irigarays konnte sie auch später noch gehen, das eilte nicht; eine andere Angelegenheit schien ihr jetzt dringlicher.

»Guten Morgen, ich bin auf der Suche nach Schwester Lito«, sagte sie in die Runde, als sie die Küche von Casa María betrat.

Zwei Nonnen und einige Mädchen, die sich an den großen Gemeinschaftstöpfen zu schaffen machten, erwiderten ihren Gruß, die Übrigen arbeiteten schweigend weiter.

»Remedios, Sie hier? Das ist ja eine Überraschung! Gerade habe ich gedacht, was für ein gelungenes Fest das gestern war ...«

Schwester Lito sah wieder aus wie immer, ohne Haube, mit ihrem grob gestutzten grauen Haar und dem gewitzten Blick, vielleicht nicht ganz so energiegeladen wie sonst. Augenzwinkernd, leise trällernd, versuchte sie sich an einem Hüftschwung im Takt von *Ay mamá Inés, ay mamá Inés*, was der Schmerz in ihrer Flanke jedoch schnell unterband.

»Eben darüber wollte ich mit Ihnen reden, Schwester.«

»Was gibt es?«

»Ich möchte Sie um einen Gefallen bitten, aber vorher müssen Sie mir ehrlich sagen, wie es um unsere Sache steht.«

Die andere ließ sich ein paar Sekunden Zeit.

»Es geht voran«, erwiderte sie ausweichend.

Remedios holte tief Luft, als müsste sie sich wappnen.

»Wissen Sie, Schwester, von allem, was mit Prozessen und Papieren zu tun hat, verstehe ich nichts. Von Prozessen und Papieren und den meisten anderen Dingen genauso wenig, denn ich kann nicht lesen und schreiben und gerade mal meine zehn Finger zählen. Aber ich habe nachgedacht«, sagte sie und klopfte sich mit den Knöcheln an den Kopf. »Und was ich für meine Töchter will, das weiß ich ganz genau.«

Die Ordensfrau krauste fragend die Stirn.

»Ich hab's Ihnen schnell erklärt: Alles, was ich jetzt brauche, wo die Erste unter der Haube ist, sind Ehemänner für die anderen. Am liebsten Männer, die ihnen ein paar Jahre voraus sind, wie Luciano, keine Jünglechen ohne Beruf und ohne Vermögen, verstehen Sie, was ich meine?«

»Nun ja, Remedios, ich finde, Ihre Töchter sollten selbst …«

Die Witwe hob die Hand.

»Haben Sie denn nicht gesehen, wie Luz sich vor aller Welt zur Schau gestellt und mit dem Hintern gewackelt hat wie eine … wie eine …?«

Schwester Lito nahm wieder Anlauf, sie zu unterbrechen, doch Remedios war in Fahrt.

»Ich weiß nicht, was dieses Mädchen ausheckt, aber sie benimmt sich in letzter Zeit sehr seltsam. Und mit Mona ist es dasselbe; da ist irgendeine Mauschelei im Gange. Und das gefällt mir nicht, es gefällt mir nicht«, sagte sie und legte sich die flache Hand aufs Herz. »Es tut mir weh, hier.«

Schwester Lito nahm eine Zigarette aus dem Päckchen, das vor ihr auf dem Tisch lag, und führte sie langsam zum Mund.

»Und die einzige Lösung, die Sie sehen, um die Mädchen zur Vernunft zu bringen, besteht in Ehemännern, die sie an die Kandare nehmen, ja?«, fragte sie spöttisch und riss ein Streichholz an.

»Das ist für mich so klar wie Weihwasser, Schwester«, sagte Remedios, während die Nonne beim ersten Zug einen Hustenanfall bekam. »Wie gesagt, aus ebendiesem Grund bin ich hier, um Sie zu bitten, mir noch zwei Schwiegersöhne zu suchen.«

Nachdem Remedios damit ihre erste Aufgabe erledigt hatte, schlug sie den Weg von Casa María zum Waschsalon der Irigarays ein, das Kleiderbündel unter dem Arm; ein Stück der Brautschleppe hatte sich aus dem Stoffberg gelöst und wehte wie eine weiße Friedensfahne hinter ihr, doch sie war so mit ihren Gedanken beschäftigt, dass sie es nicht bemerkte.

Sie war es nicht gewohnt, allein auf der Straße zu sein, fast immer war sie mit einer ihrer Töchter unterwegs; aber an diesem Morgen fühlte sie sich anders als sonst, sicherer, entschiedener. Nachdem zumindest eine verheiratet war, schienen ihre alltäglichen Ängste nach und nach zu zerplatzen wie die Schaumbläschen auf der Seifenlauge, mit der sie jeden Tag die Fliesen vom El Capitán wischte. An diesem Tag fürchtete sie sich weder vor den Autos noch vor den Lastwagen oder den ratternden Karren der Auslieferer, deren Zugpferde ihr immer gigantisch vorkamen.

Während Emilio Arenas' Witwe ihrer Wege ging, zufrieden mit ihrer Entscheidung, gleichmütig gegenüber der Geschäftigkeit auf der Straße, lehnte sich Schwester Lito, fast begraben unter ihren Büchern und Papieren, in ihrem alten Sessel zurück und fasste sich mit schmerzverzerrter Miene an die Seite. Und wenn Remedios, so ungebildet und weltfremd die gute Frau auch sein mochte, gar nicht so falschlag? Womöglich war es nicht schlecht, die Dinge in ein schlichtes Wertesystem einzuordnen, dachte Lito, und zwei solvente Ehemänner, die ihre Gattinnen vor allem beschützen würden, wären das Beste für diese Mädchen, um deren Sache es immer schlechter stand. Die Nonne hatte es weder der Mutter noch den Töchtern mitgeteilt, aber mit der Forderung nach Entschädigung ging es nicht voran, eher im Gegenteil. Der Prozess schleppte sich dahin, die Verhandlungen mit der Hafenbehörde und der Compañía Trasatlántica gestalteten sich komplizierter als befürchtet. Und Mazza, der italienische Anwalt, hatte ihnen erbarmungslos den Krieg erklärt, seit Victoria ihn im El Capitán herausgefordert und Barona ihn niedergeschlagen hatte. Er würde seine Wut an ihnen auslassen, das ahnte die Nonne bereits. Und auch wenn die Mädchen darüber schwiegen, hatte er sie ja vielleicht auch schon bedroht.

Darum kam Schwester Lito – deren wichtigste Mission im Leben die Hilfe zur Selbsthilfe für benachteiligte junge Mädchen war, weil sie immer die Ansicht vertreten hatte, dass es besser war, jemandem das Angeln beizubringen, als ihm Fisch zu geben – zum ersten Mal der Gedanke, sie könnte sich in diesem Fall von vorne bis hinten getäuscht haben, weil alles, was diese drei Schwestern in Wahrheit brauchten, ein Schutzschild war. Normalerweise hätte Schwester Lito die Mutter zusammengestaucht und sie streng über so grundsätzliche Prinzipien wie Würde und Respekt belehrt. Jetzt zweifelte sie wider Willen an allem, was sie bisher für unverrückbare Gewissheit gehalten hatte.

Darüber zerbrach sich die Nonne den Kopf, während sie auf ein Nachlassen dieser Schmerzen hoffte, die mit jedem Tag lästiger wurden; und unterdessen betrat Remedios, die an diesem Tag über sich hinausgewachsen war, indem sie in aller Entschiedenheit ihre Absichten bezüglich der Zukunft ihrer jüngeren Töchter kundgetan hatte, die Wäscherei, wo ihre Kleinste sich einen bescheidenen Lohn verdiente.

Ihr Gott-zum-Gruß ertönte gleichzeitig mit dem Glöckchen über dem Eingang. Die Irigarays empfingen sie freundlich, wie immer, sie in ihrem weißen Kittel, er mit aufgekrempelten Ärmeln und dem gelockten graumelierten Brusthaar, das ihm aus dem offenen Hemdkragen quoll.

»Ich bringe ihnen das alles ...«, verkündete sie und lud ihr Bündel auf dem Ladentisch ab.

Der Besitzer nahm es zwischen seine haarigen Unterarme.

»Keine Sorge, Remedios, das wird alles wieder wie neu, Sie werden sehen.«

»Ach, hoffentlich, hoffentlich«, mischte sich seine Frau ein, »braucht bald die nächste Ihrer Töchter ein Brautkleid, damit wir noch einmal ein solches Fest erleben dürfen, wir hatten einen so schönen Tag gestern!«

Die Plauderei zog sich einige Minuten hin, bis eine andere Kundin hereinkam.

»Seien Sie so gut, und rufen Sie mir die Kleine einen Moment raus«, bat sie, ehe sie sich verabschiedete. »Ich will wissen, was ich zum Essen machen soll, weil wir unser Lokal doch heute geschlossen lassen.«

Das baskische Ehepaar wechselte einen Blick.

»Sie ist nicht da.«

Remedios legte die Stirn in Falten.

»Was heißt, sie ist nicht da?«

Sie antworteten nicht gleich, da sie plötzlich das Gefühl hatten, Remedios sei über gewisse Dinge nicht im Bilde.

»Ich habe gefragt«, beharrte sie säuerlich, »warum meine Tochter nicht hier ist.«

Wieder sahen sich die beiden an.

»Sie hat heute Morgen um einen freien Tag gebeten.«

»Um sich von der Hochzeit zu erholen, hat sie gesagt. Von den Strapazen …«

Ein unbehagliches Schweigen hing in der Luft, vermischt mit Wasserdampf und dem Geruch nach Seifenpulver.

»So, so«, murmelte die Witwe nach einer Weile. Sie wandte sich zum Gehen und versuchte, mehr schlecht als recht ihre Verwirrung zu überspielen. Bevor sie nach der Türklinke griff, drehte sie sich noch einmal um. »Kommt das öfter vor?«

Sie schienen nicht zu verstehen, was sie meinte, oder taten zumindest so.

»Ob sie sich öfter freigeben lässt, um sich herumzutreiben.«

Beide hoben die Schultern, hin- und hergerissen, ob sie ehrlich sein oder Luz decken sollten.

»Aber nein«, sagte er in versöhnlichem Tonfall. »Sie ist ein braves Mädchen und ausgesprochen fleißig, Sie können wirklich stolz auf sie sein und müssen sich nicht sorgen.«

»So, so«, murmelte sie wieder.

»Sehen Sie«, sagte die Frau, um Luz' Tugendhaftigkeit zu belegen, »seit wir uns auf eine Halbtagsstelle geeinigt haben, hat sie … kein einziges … Mal …«

Remedios' Gesichtsausdruck ließ Doña Conchas Stimme immer dünner werden.

»Haben Sie Halbtagsstelle gesagt?«, fragte die Mutter, und die Falte zwischen ihren Augenbrauen wurde tiefer. »Sie arbeitet jetzt also weniger, habe ich das richtig verstanden?«

Erneut verstrichen einige Sekunden, bis Don Enrique ausweichend zurückgab:

»In etwa.«

Die knappe Antwort genügte Remedios nicht, und sie fragte mit erhobener Stimme:

»Was heißt in etwa?«

»Vor ungefähr einem Monat hat sie uns gebeten, künftig um zwei gehen zu dürfen.«

Das Glas der Tür klirrte beängstigend, als die Witwe fluchend und schimpfend aus dem Waschsalon rauschte. Der Optimismus, mit dem sie an diesem Morgen aus dem Haus gegangen war, lag in tausend Scherben wie ein Teller, der in der Küche ihren Händen entglitten und am Boden zersprungen war. Zum ersten Mal, seit es sie in diese fremde Welt verschlagen hatte, war ihr die Zukunft ein kleines bisschen rosig erschienen, doch die Wirklichkeit hatte sie in ihre Schranken verwiesen, und sie fühlte sich wieder so miserabel wie eh und je. Prompt war die Zukunft ihrer Töchter zweitrangig, vielmehr rückte erneut die Gegenwart in den Vordergrund: Ihre jüngste Tochter belog sie schamlos, entzog sich ihren Pflichten und hing die Hälfte des Tages irgendwo herum. Nur Gott wusste, wo. Und mit wem.

Zu ergründen, wie weit Luz' Verlogenheit ging, erschien ihr in diesem Moment von allergrößter Bedeutung. Wo drückte sich dieser Satansbraten herum. Mit wem verschwendete sie die Zeit von zwei bis zu ihrem späten Abendessen im El Capitán, wenn keine Gäste mehr da waren und sie zusammen die Reste aufaßen. An zwei Nachmittagen, vermutete sie, würde Luz wohl bei den Proben für ihre Zarzuela sein, doch Remedios wusste auch, dass die nicht vor sieben begannen, denn viele Teilnehmer arbeiteten weit verstreut und mussten nach einem langen Tag noch quer durch die Stadt fahren. Und natürlich verdiente sie für weniger Stunden weniger Geld, was Remedios ebenso wenig aufgefallen war, weil diejenige, die sich um die Finanzen kümmerte, Mona war.

Sie beschloss, bei Casa Moneo vorbeizuschauen; Luz selbst hatte ihr erzählt, dass eine der Verkäuferinnen ebenfalls bei der Zarzuela mitmachte, und die wollte Remedios umgehend befragen. Die Kiefer aufeinandergebissen, die Arme unter der

Brust verschränkt, verließ sie in ihren durchgetretenen Alltagsschuhen den Bürgersteig und schickte sich an, die Straße zu überqueren, ohne nach rechts oder links zu schauen. Ein Kleinlaster bremste scharf und hätte sie um ein Haar angefahren, kam aber eine Handbreit vor ihr zum Stehen. Die Räder quietschten, einige Passanten in der Nähe wandten erschrocken die Köpfe, hinter dem Haltegitter auf der Ladefläche schepperten die Sodaflaschen gegeneinander und der ganze Aufbau schwankte gefährlich; der Fahrer schob wütend den ganzen Oberkörper aus dem Seitenfenster und ließ einen Schwall von italienischen Unflätigkeiten los. Arschloch!, brüllte sie zurück und setzte unbeirrt ihren Weg zur anderen Straßenseite fort, ohne sich um den Verkehr zu scheren, der ihr mit einem Mal wieder genauso vorkam wie sonst auch: aggressiv, bedrohlich, feindselig.

»Einen schönen guten Morgen, Remedios!«

Die Besitzerin von Casa Moneo stand hinter dem Ladentisch inmitten von Blutwürsten, Mettwürsten und Strängen von Chorizos und begrüßte sie freundlich, kaum dass sie sie hereinkommen sah.

Ohne zu antworten, drängelte sich die Witwe zwischen den Kundinnen hindurch zur Theke. Und als sie direkt vor Doña Carmen stand, warf sie ihr ihre Frage an den Kopf wie einen Stein.

»Rosalía meinen Sie? Ja, da drüben bei der Waage, das ist sie«, entgegnete diese. »Die das Paprikapulver abwiegt«, ergänzte sie und wies mit dem Kinn auf das Mädchen.

Rosalía folgte Remedios und wischte sich die rot gepuderten Finger an der Schürze ab. Zwar hatte Doña Carmen ihnen das Hinterzimmer angeboten, doch die Witwe zog die Straße vor.

»Kommt meine Tochter noch zu den Proben?«, spie sie dem Mädchen ohne jede Einleitung entgegen, kaum dass sie draußen waren.

Das Mädchen sah die Frau mit den scharfen Zügen, dem strammen Dutt und der grämlichen Miene schüchtern an.

»Sie sind die Mutter von Luz?«

»Ganz recht.«

»Na ja …«

Rosalía zögerte; sie wusste nicht, inwieweit sie ihre Freundin in Schwierigkeiten bringen würde, wenn sie die Wahrheit sagte.

»Was, na ja?«

»Na ja, ich habe sie schon länger nicht mehr gesehen.«

Seit jenem Mittag, an dem sie ihr erlaubt hatte, das Telefon zu benutzen, um genau zu sein.

»Sie tritt nur am Anfang der Zarzuela auf, und für diesen Teil sind die Proben schon abgeschlossen.«

Aus schmalen Augen durchbohrte Remedios' Blick die junge Frau, die spürte, wie ihr vor Angst die Unterlippe zitterte.

»Ihre Tochter ist eine sehr gute Künstlerin, Señora«, sagte sie beinahe flüsternd in einem scheuen Versuch, die Mutter aufzuheitern. »In ihrer Rolle ist sie großartig, ein echter Profi.«

Doch Remedios hörte schon nicht mehr zu, sie krümmte den Rücken und zog den Kopf zwischen die Schultern. Ohne ein weiteres Wort an die junge Angestellte drehte sie sich auf dem Absatz um. Kein Danke, kein Tschüss, kein Garnichts.

Wenn früher eines der Mädchen aus der Reihe getanzt war, hatte es immer jemanden gegeben, der ihr einen mehr oder weniger gut gemeinten Hinweis gab. Nachbarinnen, Verwandte, Freundinnen von Mama Pepa, das erstbeste Klatschmaul, das ihr an der Straßenecke über den Weg lief. Halt die Augen auf, Remedios, ermahnte man sie, um deine Große streicht ein Jüngling herum, der nach einem Draufgänger aussieht; Obacht, deine Mittlere gibt sich anscheinend ziemlich freizügig, wenn sie ausgeht; sei vorsichtig, die Kleine macht gern einen drauf;

pass bloß auf, die drei können dir jederzeit Scherereien machen.

Aber in dieser verdammten Stadt ist alles anders, quengelte sie mitten auf der Straße laut vor sich hin. Hier denkt jeder nur an sich selbst, und keiner warnt dich oder gibt dir Ratschläge. Emilio Arenas, du Scheißkerl, beschimpfte sie ihren toten Ehemann. Und sie wischte sich mit den Fäusten die Tränen aus den Augen, während sie auf ihre leere Wohnung zuging. Zur Hölle mit dir und deiner ganzen Sippschaft, weil du dich nie um uns gekümmert hast, weil du uns hierher verschleppt hast.

Als sie die Treppe hinaufzusteigen begann, spürte sie die Einsamkeit bis ins Mark.

VIERTER TEIL

· 55 ·

Mona begleitete die jungen Eheleute bis zur Tür des Lokals; kaum befanden sie sich außer Hörweite der Mutter, erklärte sie ihnen hastig, zu welchem Entschluss sie gelangt war.

»Sie muss hier verschwinden. Für drei Tage mindestens, ab übermorgen, da wollen Fidel und ich mit der Renovierung anfangen. Wir müssen uns etwas einfallen lassen, hier kann sie nicht bleiben, wenn der Schreiner und der Maler kommen und wir alles ausräumen.«

Barona, der über die Pläne seiner Schwägerin auf dem Laufenden war, hätte am liebsten eingewandt, dass er das Ganze für Quatsch hielt, denn New York mochte Einwanderern zwar die Chance bieten, es mit ihrer Hände Arbeit zu Wohlstand zu bringen, doch das hieß noch lange nicht, dass jeder Wahnsinnige seine großspurigen Fantasien realisieren könne. Aber er biss sich auf die Zunge; er hatte seiner Frau versprochen, Mona keine Knüppel zwischen die Beine zu werfen, und eben erst von ihrer kurzen Hochzeitsreise zurückgekehrt, war dies kein guter Zeitpunkt für Auseinandersetzungen.

»Und wenn wir sie mit nach Brooklyn nehmen?«

Bei diesen Worten Victorias erstarrte Barona. Die vorherige Nacht war die erste gewesen, die die junge Ehefrau in ihrem künftigen Heim verbracht hatte, diesem bescheidenen Apartment in der Atlantic Avenue, zwei Etagen über dem Tabakwarenladen, einem von zahlreichen Geschäften der spanischen Gemeinde nahe den Hafenanlagen im Süden des Stadtteils Brooklyn Heights, durch den die Avenue und die Hicks Street sowie Henry, Joralemon und Court Street führten. Bis dahin war Victoria nur zweimal dort gewesen, einmal, als Luciano sie mitgenommen hatte, um ihr seine Gegend zu zeigen, und das zweite Mal mit ihrer Mutter und ihren Schwestern eine Woche später. Verstohlen hatte sie die Möbel und persönlichen Dinge der ersten Gattin beäugt, die Gerätschaften und häuslichen Gegenstände, die die verstorbene Encarna im Lauf der Zeit angeschafft hatte. Wenigstens waren ihre Kleider nicht mehr da, denn die hatte Luciano bereits kurz vor der Hochzeit in die nahe Kirche del Pilar gebracht. Dennoch, ob es die Eile war oder diese typisch männliche Achtlosigkeit, die ihn kleine und nicht ganz so kleine Details unabsichtlich hatte übersehen lassen, lugten ihre Habseligkeiten noch immer aus allen Ecken. Eine Schürze hinter der Speisekammertür, eine Schachtel Lockenwickler, ein Nähkästchen, in dem sie neben Garnrollen auch die Briefe ihrer Familie verwahrt hatte.

Um sich in diesem Haus nicht vollends als Eindringling zu fühlen, ergriff Victoria die unerwartete Chance, die sich ihr mit dem Anliegen ihrer Schwester bot. Die Gegenwart ihrer Mutter wäre ihr zweifellos eine Hilfe. Tatsächlich jedoch sollte darin das geringste Problem bestehen; es erwartete sie noch ein anderes, weit größeres.

Es war am Vorabend kurz vor sieben gewesen, als das Paar von seinem Aufenthalt in Las Villas heimkam, natürlich ohne Vorankündigung; wer sagt schon Bescheid, wenn er in seine eigene Behausung zurückkehrt. Kaum hatten sie die Tür aufgeschlossen, stellten sie fest, dass die Wohnung nicht leer war. Billie Holiday sang im Radio *No regrets*, durch die offenen Fenster zog frische Luft, überall gab es Spuren von Leben. Umso mehr, je weiter sie vordrangen: eine nachlässig über einen Stuhl geworfene Jacke, der Duft von Toastbrot. Und hinten, in der Küche, er.

Dort saß Chano mit seinem Boxergesicht, nicht mehr ganz so verschwollen, das rechte Auge schon sichtbarer, doch immer noch deutlich vom letzten Kampf gezeichnet. Umgeben von den vier Wänden, in denen er aufgewachsen war, verspeiste er ein Sandwich mit Käse, Schinken und Ei, wie er es in seiner Kindheit so oft getan hatte, und trank seelenruhig ein Bier dazu, während er im Radio eine Musiksendung der NBC hörte und die Sportseiten des *New York Herald* las. Ohne jemanden zu erwarten, barfuß, mit offenem Hemd und einem Unterhemd, das seinen muskulösen, in Hunderten von Trainingseinheiten und Wettkampfrunden gestählten Mittelgewichtskörper erahnen ließ.

Er reagierte völlig perplex, so bald hatte er noch nicht mit ihnen gerechnet. Luciano dagegen strahlte. Während sein Sohn das Radio leiser drehte und die schluchzende Stimme der Jazzsängerin verklang, ging er auf ihn zu und griff ihm in das dunkelblonde Haar, als wäre er noch der kleine Junge, der er einmal gewesen war. Danach ließ er seine Hand liebevoll auf Chanos Schulter fallen, was nicht nur ein Zeichen seiner väterlichen Zuneigung war, sondern den jungen Mann zugleich am Aufstehen hinderte, damit er ihn mit seinen Fragen löchern konnte, auf die Chano nur einsilbige Antworten brummte. Victoria war indessen stumm an der Tür stehen geblieben, den granatroten Hut noch auf der dunklen Mähne, die sie jetzt kürzer und offen trug; mit ihrem gertenschlanken Körper und ihren riesigen Augen, sich des verwirrenden Leuchtens, das stets von ihr ausging, nicht bewusst, fühlte sie sich so fehl am Platz, dass sie sich am liebsten in Luft aufgelöst hätte.

»Aber komm doch rein, komm rein, was stehst du denn

da herum?«, forderte Luciano sie auf, als ihm ihr Befremden auffiel.

In dem Moment, in dem sich sein Vater von ihm abwandte, um sie zu ermuntern, sich zu ihnen zu gesellen, begegnete sie erneut Chanos Blick; wie beim Bankett schien er sie verblüfft zu fragen, woher kommst du, was tust du hier? Sie hielt ihm einen winzigen Augenblick stand; dann schaute sie verstört auf das Spülbecken, wo sich schmutziges Geschirr stapelte.

»Leg das Sandwich weg, es gibt gleich Essen«, sagte Luciano, der von dem, was sich zwischen den beiden abspielte, nichts mitbekam. »Oder wir gehen alle drei irgendwohin, vielleicht in die Trattoria vom Vater deines Freundes Ricco, und essen diese Spaghetti all'amatriciana, die du als Kind so geliebt hast, und dabei lernt Victoria auch gleich die Nachbarschaft kennen, oder wir ...«

Mit einer Ausrede wand sich Chano heraus, ich habe eine Verabredung, einen Termin, vielleicht morgen. Seine Schritte dröhnten noch ein paar Minuten durchs Haus, dann hörte Victoria, die inzwischen ihre wenigen Kleider in den großen leeren Schrank im Schlafzimmer einer fremden Frau hängte, wie sich Vater und Sohn verabschiedeten, und schließlich den trockenen Knall, mit dem die Tür hinter Chano ins Schloss fiel.

Sie konnte der Versuchung nicht widerstehen. In der einen Hand eine Bluse, den Kleiderbügel in der anderen, trat sie auf Zehenspitzen ans Fenster. Durch einen Gardinenspalt sah sie ihn aus dem Haus gehen, seinen starken, sehnigen Rücken, den sportlichen Gang, den festen Nacken. Es wurde bereits dunkel, die Temperatur war angenehm, er trug keine Jacke und schritt, die Hände in den Hosentaschen, zügig aus. Als er die Ecke der Court Street erreichte, wandte er, bevor er links abbog, den Kopf und hob den Blick; sie zog sich rasch zurück. Unmöglich zu wissen, ob er sie gesehen hatte.

Schließlich aßen sie allein zu Abend, einfache französische Omelettes und ein wenig Aufschnitt, ohne weitere Geräuschkulisse als das Klappern des Bestecks auf Encarnas Tellern mit dem Blumenmuster am Rand, in dem dunklen Esszimmer, einander gegenüber an diesem Tisch sitzend, um den die Familie Barona so oft versammelt war, bevor der Sohn das Nest verließ, um sich im Boxring die Seele aus dem Leib prügeln zu lassen, bevor die Krankheit die arme Mutter aufzehrte und Victoria in dem Vater und Witwer unversehens die elementarsten Gefühle wiedererweckte. Ab und zu wechselten sie ein paar Worte oder ein schwaches Lächeln, sonst nichts. Sie gingen zeitig zu Bett und kamen ihren ehelichen Pflichten nach, wie es ihnen mittlerweile schon zur Gewohnheit geworden war: er angestrengt, sie geistesabwesend.

Luciano, befriedigt und erschöpft, schlummerte sofort ein. Victoria jedoch fand keinen Schlaf. Ausgestreckt neben dem Körper ihres Ehemanns, aus dessen klammernder Umarmung sie sich mühsam befreite, verbrachte sie Stunde um Stunde, bis der Morgen durch die fahlen Schatten schimmerte. Hin und wieder fuhr ein Auto in Richtung der Piers oder kam von dort; die übrige Zeit war sie mit sich selbst allein.

Es war fast drei Uhr morgens, als der Schlüssel im Türschloss gedreht wurde. Reglos, den Blick starr zur Decke gerichtet, hellwach, hörte sie ihn hereinkommen, sie hörte die Dielen unter seinen Füßen knarren, obwohl er versuchte, leise zu sein, dann die Badezimmertür und seinen Urinstrahl, der hart gegen das Porzellan der Toilettenschüssel prasselte, das Rauschen der Spülung, die Schritte zu seinem Schlafzimmer, einen Stuhl, den er über den Boden zog, aber ruckhaft anhielt, als er sich des Lärms bewusst wurde, die Stille, während er sich entkleidete, das Quietschen der Sprungfedern, als er sich aufs Bett fallen ließ, die angespannte Ruhe zum Schluss.

Victoria hatte die ganze Zeit über stocksteif dagelegen,

mit trockener Kehle, die Gegenwart des Mannes auf der anderen Seite der Wand gespürt, ihn sich in der Dunkelheit vorgestellt. Zeitweise glaubte sie sogar, ihn atmen zu hören.

Und darum sah sie in Monas Vorschlag, die Mutter auszuquartieren, ihre eigene Rettung. Sie erbot sich, Remedios sofort mitzunehmen, nicht übermorgen, nicht morgen, heute, jetzt gleich. Sie musste die Spannung dieses Dreiecks durchbrechen, koste es, was es wolle, sie brauchte eine Verbündete im Haus, die ihr half, nicht verrückt zu werden.

· 56 ·

Sie standen vor der Tür der Gaststätte und unterhielten sich eifrig; die Mutter war drinnen allein, sie mussten aufpassen, dass sie keinen Verdacht schöpfte. Victoria trieb zur Eile, Mona hielt es für überstürzt, Barona hörte ihnen mit wachsender Sorge zu. Luz' Ankunft unterbrach die Debatte.

»Was hast du mit deinen Haaren gemacht? Lass dich anschauen. Und deine Augenbrauen? Aber wo sind denn deine Augenbrauen, spinnst du?«

Statt Luz zu begrüßen, kreischte ihr Victoria diese Fragen entgegen, als sie die neue Version ihrer kleinen Schwester sah. Das dunkelblonde Haar war rot gefärbt, und sie hatte die Augenbrauen ausgezupft bis auf zwei feine Bögen, die aussahen wie mit einem Pinsel aufgemalt.

Wie immer, wenn ihr etwas nicht behagte, wich Luz aus. Nichts von Bedeutung, nur eine Spinnerei, wiegelte sie ab, erzählt lieber, wie eure Hochzeitsreise war … Sie hatten sich mehrere Tage nicht gesehen, seit das Paar nach Las Villas aufgebrochen war, seit Luz am Morgen nach der Trauung in der Wäscherei einen ganzen Tag freigenommen hatte.

Einige Wochen zuvor hatte sie Frank Kruzan, dem Talentsucher, ihre Zusage gegeben, voller Hemmungen und Zweifel zwar, aber sie hatte letztlich eingewilligt in sein Angebot, aus ihr auch so ein Mädchen zu machen wie die, deren Fotografien seine Wand bedeckten. Ohne Kastagnetten, Fransentücher und Steckkämme. Eine zeitgemäße Künstlerin, modern wie die Amerikanerinnen, die echten.

Seit diesem Moment war die Kleinste der Arenas in Alibis und Heimlichkeiten verstrickt. Sie hatte ihre Arbeitszeit bei den Irigarays verringert und begonnen, weniger zu essen und mehr zu lügen. Kruzan hatte ihr einen Lehrer vermittelt, Revuelta mit Namen, einen manierierten, spindeldürren Kubaner mit milchkaffeefarbener Haut, der in der Einhundertneunten West eine Tanzschule betrieb, in einem enormen Saal, in dem der Putz von den Wänden blätterte, in einem Gebäude, das einst eine respektable Residenz gewesen sein musste, jetzt aber kurz vor dem Einsturz war. Ohne dass irgendjemand in ihrer Umgebung davon erfuhr, fand sich Luz Nachmittag für Nachmittag dort ein, um schnellstens die Schritte und Körperbewegungen der Rumba und anderer tropischer Tänze zu erlernen und sich Grundkenntnisse in Peabody, Tango und Foxtrott anzueignen.

Anfangs wirst du ein chorus girl sein, eine von vielen, erklärte ihr Kruzan an diesen ersten Unterrichtstagen; später werde ich versuchen, dich im Tanzensemble eines großen Orchesters unterzubringen, und dann dauert es nicht mehr lange, und du hast deinen Durchbruch. Bei einem Broadway-Musical, einem guten, we'll see, oder vielleicht probieren wir es auch in einem der Clubs, dem Stork, zum Beispiel, oder dem Kit-Kat oder dem El Morocco, und wenn wir Glück haben, können wir schon bald ans Kino denken ... Sieh dir die Tochter von Eduardo Cansino an, einem Landsmann von dir, auch so ein armer Immigrant der Spanierkolonie, der auf der Suche nach einer Zukunft als junger Mann mit seinem Vater und seinen Brüdern herkam. Er heiratete eine Irin, taufte seine Tochter Margarita del Carmen und lehrte sie von klein auf Flamenco tanzen, bis sie endlich in die richtigen Hände kam, ihren Vater verließ und sich selbst neu erfand. Sie kürzte ihren Namen ab, nahm den Mädchennamen ihrer Mutter an, färbte ihre dunklen Haare feuerrot und ließ sich mit einer neuen Technik den Haaransatz nach hinten versetzen, um Stirn und Blick mehr Raum zu geben; und jetzt fängt sie an, als Rita Hayworth in Los Angeles Filme zu drehen, und sie ist weder hübscher, noch hat sie mehr Charme als du.

Luz schluckte das alles wie einen Zaubertrank. Sie stellte die verheißungsvollen Aussichten nicht in Frage und überlegte auch nicht, wie viel Einfluss dieser Frank Kruzan im Showbusiness tatsächlich haben mochte, dass er ihre Karrierestufen mit derartiger Präzision vorhersagen konnte. In ihrer unendlichen Einfalt fragte sie sich nie, warum dieser Mann, der in der Unterhaltungsindustrie so sattelfest zu sein behauptete, derzeit keine weiteren Künstler zu vertreten schien oder wieso er mit dem Kubaner Revuelta um den Preis für die Tanzstunden feilschte; und sie wusste nicht, dass er mit seinem Büro nur deshalb umgezogen war, weil er aus dem vorigen wegen Mietschulden rausgeflogen war.

Und mit zunehmender Vertrautheit wurden die Komplimente, die Lobeshymnen auf die Anmut und Begabung der Jüngsten der Arenas immer öfter von einer Geste begleitet, einer Hand, die ihr in den Ausschnitt glitt, ihren Hintern betatschte oder die Schenkel entlangkroch, und nach jedem neuen Versprechen einer herrlichen Zukunft tastete ein gieriger Mund nach ihren Lippen; Luz schloss die Augen, biss die Zähne zusammen, grub sich die Fingernägel in die Handballen und hielt still. Sie glaubte oder wollte glauben, dass dies natürlich und korrekt war, dass es zwischen einem Manager und einer ehrgeizigen jungen Anwärterin auf die wundervolle

Welt der Künstler nun einmal so lief. Sie hielt das alles für normal.

Bis zum Hochzeitstag von Victoria und Luciano, bis Roig, der Dirigent des kleinen Orchesters, sie aufforderte, der ganzen Gesellschaft dieses *Ay mamá Inés* vorzutragen. Schon während der ersten Takte hatte Luz den Eindruck, es handele sich dabei um einen Auftrag Frank Kruzans, und sie fühlte sich hintergangen, weil er es nicht mit ihr abgesprochen hatte. Ich weiß beim besten Willen nicht, wie ich meiner Familie beibringen soll, was ich hier treibe, hatte sie ihm ein ums andere Mal vorgejammert. Ich muss irgendwie den richtigen Moment abpassen. Der Gedanke, Mona mit ihrem Traum vom Nightclub im Stich zu lassen, marterte sie, und sie hoffte auf ihre Überzeugungskraft, damit Frank ihr gestattete, neben den Vorbereitungen auf ihre neue Laufbahn wenigstens eine kleine Nummer zum Programm des El Capitán beizusteuern.

»No way, baby. Vergiss es, das habe ich dir schon hundertmal gesagt. Dein Metier ist jetzt ein anderes, das weißt du doch.«

Aber Luz meinte auf Zeit spielen zu können; unbedarft, wie sie war, baute sie darauf, ihn letztlich überreden zu können und seine Zustimmung zu erhalten. Entgegen ihrer vertrauensseligen Annahme überhörte er jedoch nicht nur ihre Bitte, sondern brachte sie obendrein in Verlegenheit. Indem er sie nötigte, in aller Öffentlichkeit eine Rumba zu tanzen, setzte er sie argwöhnischen Fragen aus, zwang sie, Erklärungen abzugeben, und alles käme heraus.

Gekränkt und aufgebracht hatte sie deshalb an diesem Montagmorgen nach der Hochzeit ihre Arbeitgeber angeschwindelt und war losgerannt, um ihn zur Rede zu stellen. Doch in seinem Büro war er nicht, sie versuchte, in den benachbarten Büros nach ihm zu fragen, doch niemand verstand sie, also setzte sie sich vor die Tür und wartete, doch niemand kam. Nach etlichen Stunden beschloss sie, ihn in den Plattenläden von Uptown zu suchen, fand ihn aber auch dort nicht. Sie musste bis zum Nachmittag warten, um ihn am gewohnten Ort anzutreffen, am Eingang zum Tanzstudio des Kubaners. Er lehnte in der Tür und rauchte, das Haar feucht, als wäre er eben erst aufgestanden, die Füße lässig gekreuzt, frisch, bester Laune. Und Luz, erschöpft vom sinnlosen Herumlaufen, frustriert, verschwitzt, hungrig, wütend auf ihn, auf sich selbst und auf die ganze Welt, konnte nicht mehr an sich halten.

»Was fällt dir ein, du Idiot, mich vor meiner Mutter und meinen Leuten Rumba tanzen zu lassen?«, schrie sie ihn an und schlug ihm beide Handflächen auf die Brust.

Er tat verblüfft, dann warf er die Zigarette weg und wollte sie versöhnlich an sich ziehen.

»Calm down, baby, ich kann dir das erklären …«

»Du bist ein Idiot und ein Großmaul, so etwas tut man nicht, das ist nicht, was wir vereinbart haben!«

Kruzan brachte einige Rechtfertigungen vor: Es sei die beste Form, es ihnen ein für alle Mal klarzumachen, sie müsse mit dieser Abhängigkeit von ihrer Familie brechen; sie sollen wissen, dass deine Ambitionen in eine andere Richtung gehen und du für ihre miese Show nicht zur Verfügung stehst … Doch Luz gab sich mit seinen Entschuldigungen nicht zufrieden, sie wollte sie gar nicht hören, sondern schrie ihm all ihren aufgestauten Zorn entgegen.

»Für wen hältst du dich? Was bildest du dir eigentlich ein?«

Der Talentsucher versuchte nicht mehr, sich zu verteidigen, und betrachtete nur seelenruhig ihr erbostes Gesicht, ihre hektischen Gesten. Sie war schöner denn je, die kleine Luz, wenn sie so wild wurde, dachte er. Insgeheim genoss er ihren

Anblick, während er mit herabhängenden Mundwinkeln das Donnerwetter über sich ergehen ließ, ohne sie zu beschwichtigen, weil er zur Genüge wusste, worauf es hinauslaufen würde. Sie sind alle gleich, dachte er vergnügt. Alle. Man braucht bloß abzuwarten.

Und dann war es so weit; ihr schwanden allmählich die Kräfte, sie brachte nur noch Satzfetzen heraus, und ihre Tränen begannen zu fließen. Jetzt hab ich dich, sagte er sich. Du entkommst mir nicht mehr.

Er fasste nach ihren Handgelenken und sagte: Ruhig, honey, ganz ruhig, ruhig, und zog sie mit sich zum rückwärtigen Ende der Halle. Revuelta beendete soeben eine Unterrichtsstunde mit drei blonden Vierzigerinnen, die sich ohne jede Anmut mit dem karibischen Schwung von *Siboney* abmühten; Kruzan gab ihm ein Zeichen, und der andere, ohne die Bewegung seiner Füße und Hüften zu unterbrechen, antwortete mit einem Nicken; es war weder die erste noch die letzte Verschwörung dieser Art zwischen ihnen. Kruzan führte Luz an der Hand in den hinteren Teil der baufälligen Tanzschule, wo der Lehrer seinen privaten Bereich hatte, einen mit verblassten, teilweise abgerissenen Goldarabesken tapezierten Raum. Die gesamte Einrichtung bestand aus einem Gaskocher auf dem Schreibtisch, Tütensuppen, einem Kerosinofen, Bergen von Partituren und einer Pritsche.

Es macht mich so scharf, wenn du zornig wirst, baby, raunte Kruzan, als er die Tür hinter sich schloss. Luz, verwirrt, geschwächt durch die Anspannung und den Wutausbruch, war zu keiner Reaktion imstande. Weglaufen, bleiben, sich beruhigen, schreien, ihm verzeihen, fliehen … Die Möglichkeiten überschlugen sich rasend in ihrem Kopf, doch ihr Körper rührte sich nicht von der Stelle.

Lucy, Lucy, Lucy, sei doch nicht so grausam zu mir, murmelte er und ließ seinen feuchten Mund ihren Hals hinabgleiten, während er sie gleichzeitig gegen die Wand drückte, die sie von der Musik, dem Tanzlehrer und den plumpen Amerikanerinnen trennte. Alles, was ich tue, ist nur zu deinem Besten, sweetie, ich mache einen Star aus dir, eine große Diva, flüsterte er heiser und schnallte seinen Gürtel auf. Ich meine es doch nur gut mit dir, my love, sagte er und öffnete seinen Hosenschlitz. Alles, alles, alles dir zuliebe, wisperte er und zog sich die Hose herunter.

Was dann geschah, war grob und schnell, schroff, kalt. Luz spürte einen scharfen Schmerz. Die Hände des Mannes walkten ihre Brüste, dass es wehtat, sie fühlte ihren Hinterkopf im Rhythmus seiner Stöße gegen die Wand schlagen, das Klirren der Münzen, die bei seinen frenetischen Bewegungen aus den Hosentaschen fielen, und schließlich der kehlige, krächzende Laut, der klang, als würde Frank in Stücke brechen.

Heute brauchst du nicht zu proben, sagte er leise, als er von ihr abließ. You can leave now. Verschwinde.

Sie fuhr mit der Metro zurück in die Vierzehnte Straße; wie betäubt, mit einem brennenden Schmerz im Unterleib und einem zweiten, der ihr die Seele verätzte, krallte sie sich an einem der Haltegriffe fest, die von der Decke des Waggons hingen, und ließ sich durchrütteln, außerstande, den Blick auf etwas zu fixieren, unfähig, die Puzzleteile zusammenzusetzen. Langsam, mit hängendem Kopf, stieg sie die Treppen der Station hinauf. Als wäre sie mit ihrer Kraft am Ende, als wollte sie nirgendwo mehr hinmüssen.

Die Dachterrasse der Pension Morán war der einzige Zufluchtsort, der ihr einfiel, sie hoffte inständig, dort ihre Schwester anzutreffen, sich in ihre Arme werfen und das Gesicht an ihrer Schulter vergraben zu dürfen wie in den Gewitternächten auf dem Strohsack, den sie in ihrer Kindheit geteilt hatten. Sie hatte das Bedürfnis zu weinen, sich von dieser Beklemmung zu befreien, die ihr die Luft abschnürte, sich aus-zusprechen über ihre Gefühle und ihren Kummer, ihre Sehn-süchte und ihre Ängste, ihr zu erzählen, was gerade passiert war, sie zu fragen, ob es ein Fehler gewesen war, sich nicht zu wehren.

»Könntest du mir mal verraten, wo du dich den ganzen Tag herumtreibst?«

Monas wütendes Kreischen machte ihre Hoffnung schlag-artig zunichte. Mona war erregt und reizbar, sie bereiteten die letzten Proben vor, noch waren die Teilnehmer nicht ein-getroffen. Als sie Luz hereinkommen sah, war sie so verstrickt in ihre eigenen Sorgen, dass sie die Niedergeschlagenheit ih-rer Schwester gar nicht wahrnahm, vielmehr überfiel sie sie mit finsterer Miene und einem Schwall bitterer Vorwürfe.

»Du sagst mir jetzt gefälligst, wo du steckst, was du tust und mit wem! Die Irigarays haben Mutter gesagt, dass du seit Wochen die Arbeit schwänzt, und nach dem, was du gestern bei dem Fest aufs Parkett gelegt hast, weiß ich, dass du irgend-wo Tanzunterricht nimmst, du kommst kaum noch hierher, du lügst uns an, was soll die Heimlichtuerei?«

Das Sprichwort Angriff ist die beste Verteidigung hatte Luz gewiss nie gehört, aber in diesem Moment, kleinlaut, konfus, entmutigt und unfähig, sich zu verteidigen, fiel ihr nichts an-deres ein, als zurückzubrüllen.

»Gar nichts werde ich dir sagen, weil mir nicht danach ist! Und damit du es weißt, ich habe auch nicht vor, bei diesem Scheißspektakel mitzumachen, an dem ihr hier bastelt!«

Fidel, sprachlos vor Staunen über den Ausbruch dieser Frau, die ihm mit jedem Tag anbetungswürdiger schien, war mit drei langen Schritten bei den Schwestern, selbst Maestro Mi-randa war aufgestanden, die Gitarre in der Hand. Alle drei hielten den Atem an, während die Kleinste der Arenas in schril-lem Ton weiterzeterte:

»Ich habe etwas anderes vor, andere Ambitionen, dass du das endlich kapierst! Ich habe Talent, ich habe das Zeug zu einer richtigen Künstlerin, ich habe … ich bin …«

Von da an begann ihre Stimme zu zittern.

»Ich habe jemanden, der an mich glaubt, und … und … er wird mir die Türen öffnen und mir Auftritte in Lokalen verschaffen, wo es sich lohnt, weil ich …«

Niemand unterbrach sie; sie verstummte von allein für einen Moment, dann reckte sie mit gespielter Selbstsicherheit das Kinn, schluckte hart an ihren Tränen und holte zum letzten Schlag aus.

»Weil ich etwas Besseres verdient habe.«

Das war der Augenblick, in dem Mona ihr die Ohrfeige verpasste.

Seitdem, und es war fast eine Woche her, hatten sie kein Wort gewechselt.

· 57 ·

Sie brachten Remedios nicht ganz so schnell nach Brooklyn, wie es Victoria lieb gewesen wäre, aber zwei Tage später. Und kaum hatte die arme beschwindelte Frau ihrem Viertel den Rücken gekehrt, war es, als fegte ein Wirbelsturm durchs El Capitán.

Tische und Stühle wurden in den Ecken aufgestapelt, Geschirr, Töpfe und Pfannen in der Küche mit Zeitungspapier abgedeckt, damit nicht alles verdreckte, während Handwerker, Lieferanten, die Künstler des Ensembles und neugierige Nachbarn ein und aus gingen.

Wie versprochen, half Fidel, wo er nur konnte, mit seinen mageren Ersparnissen und seinen guten Beziehungen. Zwei junge Anstreicher, Bekannte von ihm, hatten angefangen zu pinseln, allerdings in drei verschiedenen Farben, die sie in dem luxuriösen Apartmenthaus, in dem sie tagsüber arbeiteten, mitgehen ließen; hätten größere Mengen derselben Farbe gefehlt, wäre es aufgefallen. Jadegrün für die Fassade, und für die Wände ein knalliges Orange und ein leuchtendes Türkis, eine wilde Mischung, die zumindest Aufmerksamkeit erregen würde. Eben darüber diskutierte sie gerade mit den Malern, als sie Fidel von der Tür rufen hörte:

»Die Markise! Die Markise ist da!«

Mona sprang von dem Schemel, auf den sie gestiegen war, um eine Fähnchengirlande aufzuhängen, und rannte zur Tür.

Ursprünglich hatte sie die Stelle bei Doña Maxi aufgeben wollen, nachdem man diese aus dem Krankenhaus entlassen hatte. Nach der peinlichen Situation im Macy's war ihr die Freude an dieser Tätigkeit gründlich vergangen, und die Tage im Krankenhaus hatten sie an den Rand der Verzweiflung gebracht. Erst der Vorschlag des Neffen vermochte sie zu überzeugen:

»Ich verdopple Ihren Lohn, wenn Sie bleiben«, erbot er sich. »Aber davon darf sie bitte nichts erfahren.«

»Warum?«, fragte Mona verwundert. »Sie können andere Mädchen zum selben Preis finden, sogar für weniger, wenn Sie wollen.«

Seine Antwort war eine Lüge, was sie jedoch niemals vermutet hätte.

»Aus dem einfachen Grund, weil ich Ihnen vertraue.«

Das Vertrauen, dass sie seine Tante gut behandelte, war in Wahrheit Nebensache, das Interesse des jungen Doktors ging in eine völlig andere Richtung. Mona in seiner Nähe zu haben, erwies sich für César Osorio als unerwartet beseligend. Die Stunden, die er bei seiner Arbeit in der Klinik im Kampf mit Netzhäuten, Pupillen und Glaskörpern verbrachte, schlichen jetzt quälend langsam dahin; der berufliche Ehrgeiz, früher seine Triebfeder, war beinahe zu einem Hemmnis geworden, er sehnte sich nur danach, den letzten Patienten zu verabschieden, den weißen Kittel abzustreifen und hinaus in die Sonne zu laufen, nach Hause, um sie wiederzusehen.

Sein stetig wachsendes Glücksgefühl bestand allein darin, Mona zuzuhören, wie sie in der Küche hantierte, hin und her lief, vor Hitze schnaufte oder sich grummelnd über die absurden Launen und unberechenbaren Anwandlungen seiner Tante beschwerte. Ihre kecke Art begeisterte ihn, ihre Unbefangenheit entzückte ihn, ihre Arme in den kurzärmeligen Blusen, ihre lebhaft gestikulierenden Hände kamen ihm vor wie die Flügel eines seltenen, schönen Vogels, ihr unbändiges dunkles Haar, die schlanke Gestalt und der lange Hals, die blanke Klarheit in den Augen dieser Frau, die so anders war als alle, die er tagtäglich um sich hatte.

Sie begegneten sich ab und zu in der Wohnung; dafür sorgte er, obwohl es ihn jedes Mal Überwindung kostete. Dann wechselten sie ein paar Sätze, führten kurze, banale Gespräche, er fragte, wie es laufe, und zog verständnisvoll die Stirn kraus, wenn sie hemmungslos über das Temperament seiner Patentante vom Leder zog, und beschwichtigte sie, wenn sie wieder einmal mit Kündigung drohte, weil sie der unsinnigen Schikanen überdrüssig war.

Mona, die von der starken Anziehung, die sie auf ihn ausübte, nichts ahnte, fasste ihrerseits immer mehr Zuneigung zu dem Arzt; er war solide und freundlich, weit entfernt von den Männern, mit denen sie sonst zu tun hatte, und stand ihr zugleich relativ nah. Infolge des Vorfalls bei Macy's pflegte er in letzter Zeit früher Feierabend zu machen; er hatte seine Stundenzahl in der Klinik reduzieren dürfen, weil er zweieinhalb Jahre lang nicht im Urlaub gewesen war und die Hilfsbedürftigkeit der Tante ein glaubhafter Vorwand für sein Ersuchen zu sein schien; wie hätte der alte Augenarzt auf die Idee kommen sollen, dass die Beweggründe seines Assistenten gänzlich andere waren.

Einmal brachte er Mona eine in zartes Seidenpapier gewickelte Schachtel Pralinen mit; er gab sie als das Geschenk einer Patientin aus, das er lieber nicht im Haus behalten wolle, um seine Tante in Anbetracht ihres Übergewichts nicht mit Süßigkeiten in Versuchung zu führen; das stimmte nicht, er hatte sie selbst für Mona gekauft. Ein anderes Mal überreichte er ihr einen Strauß weiße Petunien und erklärte, die alte Straßenverkäuferin habe ihn so beschwatzt, dass er nicht widerstehen konnte. Gelegentlich schützte er, zufällig genau zu der Zeit, zu der sie ihr Tagewerk beendete, eine dringende Besorgung vor, damit er sie zur Bushaltestelle begleiten konnte, und musste sich beeilen, um mit ihr Schritt zu halten.

Der kurze Krankenhausaufenthalt war für Doña Maxi eine äußerst unterhaltsame Zerstreuung gewesen, und nach ihrer Entlassung inszenierte sie die Fortsetzung ihres neuen Abenteuers. Sie ließ die Nachricht ihrer Bewusstseinsstörung in *La Prensa* veröffentlichen, betonte, Besuche seien herzlich willkommen, nötigte ihre Bekannten, es überall herumzuerzählen, bis sie ihre Wohnung schließlich in eine Art Salon verwandelt hatte. Am liebsten hätte sie Mona in eine Uniform gesteckt, um dem Ganzen mehr Klasse zu geben, aber die lehnte es kategorisch ab, eine zu tragen. Doch auch so blieb es ihr nicht erspart, unentwegt die Tür zu öffnen, manchmal den ganzen Tag über, gelangweilte Damen und förmliche Herren hereinzuführen, Tee, Kaffee und große Gläser Eiswasser zu servieren und die absonderlichsten Wünsche zu erfüllen. Trotz allem blieb sie. Sie akzeptierte die Lohnerhöhung, die ihr der Doktor anbot, begrub ihre Unzufriedenheit, und wenn sie kurz davor war, die Nerven zu verlieren, wiederholte sie sich gebetsmühlenartig, dass sie dieses Geld brauchte, um El Capitán weiter auszustatten. Zum Beispiel mit einer Markise, wie El Chico eine hatte, dekorativ, einladend, mit persönlicher Note. Nur deshalb hielt sie durch im Hause Osorio, um regelmäßig die vereinbarten Raten für die von ihr selbst ausgewählte Markise bezahlen und diesen Traum verwirklichen zu können. Und jetzt war sie geliefert worden.

Es dauerte nicht lange, sie anzubringen, Mona versäumte nicht einen Augenblick von der Aktion, während sich etliche Neugierige vor dem Haus zusammenscharten. Als die Plane schließlich in ihrer ganzen Pracht entfaltet wurde, brach auf der Straße spontaner Beifall aus, und Mona glaubte, die Erde schwanke unter ihren Füßen. In großen weißen Lettern auf rotem Grund hatte ihr Las Hijas del Capitán das Licht der Welt erblickt.

· 58 ·

Das geschäftige Treiben ging weiter mit den Hammerschlägen der Schreiner und dem Kreischen ihrer Sägen, dem betäubenden Geruch nach Farbe, dem Kommen und Gehen von Boten, die fragten, hören Sie, mein Freund, hallo, Señorita, wo soll ich diese Weinkisten abstellen, der Großhändler Unanue schickt mich, diese Torero-Capa ist eine Leihgabe von einem Landsmann in Washington Heights, hier sind die Plakate, die Sie beim Spanischen Fremdenverkehrsamt in der Fünften Avenue angefordert hatten …

Inmitten dieses Durcheinanders stob Fidel herein wie ein Zyklon.

»Ich habe … ich habe … «

Er rang keuchend nach Luft und klopfte sich auf die Brust, als käme er so schneller wieder zu Atem.

»Ich habe einen Teil der Band von Esteban Roig überreden können, an diesem Wochenende bei uns zu spielen«, stieß er schließlich halb erstickt hervor.

»Wessen Band?«

»Die Happy Boys von Esteban Roig, die auf der Hochzeit deiner Schwester gespielt haben. Aber nur drei von ihnen; die Übrigen eröffnen die Saison in Las Villas in den Catskills. Die drei fahren nicht mit, weil sie auf einer Baustelle arbeiten und nicht wegkönnen.«

Fidel schnaufte noch immer und war vor Begeisterung völlig aus dem Häuschen.

»Sie werden viel weniger Gage verlangen als sonst, es ist ja nur die Hälfte der Kapelle und ohne den Leader. Das einzige Problem ist, dass wir uns ranhalten und die Eröffnung auf den Freitag vorverlegen müssten, damit wir sie wenigstens für zwei Abende haben.«

Mona lachte höhnisch.

»Hast du sie noch alle? Heute ist Dienstag, falls du das vergessen hast.«

»Perfekt. Dann gehe ich jetzt sofort zum Büro von *La Prensa* und gebe die Anzeigen in Auftrag und hinterher auch gleich die Handzettel bei Argeo.«

»Willst du mir allen Ernstes sagen, dass uns nur noch morgen und übermorgen bleiben, um mit allem fertig zu werden?«

»Du hast es erfasst. Freitagabend geht der Vorhang auf.«

Mona versuchte, sich mit dem Gedanken vertraut zu machen, und ließ die Arbeit für ein paar Minuten unterbrechen; beide setzten sich auf Kartons in der Küche und teilten sich eine schlichte Dose Ölsardinen. Und mit dem vorgezogenen Termin erhoben sich tausend neue Fragen. Und wenn niemand kommt? Und wenn den Gästen das Programm nicht gefällt? Und wenn alles zu Ende ist, noch ehe es richtig angefangen hat?

»Dumm ist nur, dass wir niemanden haben, der als Lockvogel dienen könnte, wie damals, als Gardel ins El Chico ging. Jemanden mit Strahlkraft, der, zumindest am ersten Tag, für Aufsehen sorgt, und wenn er nur kurz was trinken käme. Einen großen Namen, einen Prominenten ... Aber Tango-König gab es nur einen, und aus Spanien ist in letzter Zeit niemand Bekanntes hier aufgetaucht, das wüsste man sonst in der gesamten Kolonie, denn dann würde ich mir schon was einfallen lassen, wie ich an so jemanden rankäme, verdammt noch mal ...«

Während Fidel weiter lamentierte, blinkte tief in den Falten von Monas Gedächtnis plötzlich etwas auf. Es war schon ein paar Monate her. Aber da war er frisch eingetroffen und wollte, so viel hatte sie aufgeschnappt, eine Zeit lang bleiben.

»Ich weiß vielleicht jemanden«, sagte sie ohne große Überzeugung.

Fidel fuhr belustigt auf.

»Du? Welche Berühmtheiten kennst denn du?«

»Einen Prinzen. Oder Grafen, das weiß ich nicht mehr genau. Aber er muss jemand wirklich Wichtiges sein, weil er auf offener Straße von ein paar Männern belästigt wurde, die ihn ausfragen und fotografieren wollten.«

»Reporter, die Fotos von ihm wollten?«, fragte er und runzelte die Stirn. »Und du erinnerst dich nicht an den Namen?«

Kauend schüttelte sie den Kopf.

»Aber er hat mir seine Karte gegeben«, sagte sie mit vollem Mund. »Und mir seine Hilfe angeboten, wenn ich sie einmal brauchen sollte.«

»Ich bin Ihnen unendlich dankbar. Hier haben Sie meine Karte, falls ich einmal irgendetwas für Sie tun kann.« Das hatte der Mann wortwörtlich gesagt, ehe er in seinem Auto zwischen den Lichtern der nächtlichen Stadt verschwunden

war. Mona hatte ihn vor einem Sturz bewahrt, der böse ausgegangen wäre; und er hatte nie erfahren, dass sie dafür einen
langen angsterfüllten Fußweg quer durch Manhattan hatte in
Kauf nehmen müssen.

»Dann geh nach Hause und such sie, damit wir wissen,
wer es ist. Fragen kostet ja nichts.«

Er hatte den Satz noch nicht zu Ende gesprochen, da stand
Mona schon auf, schüttelte sich die Brotkrümel vom Rock
und schluckte das letzte Stückchen Sardine hinunter. Mit
dem Handrücken wischte sie sich das Öl vom Kinn; schon
Minuten später war sie zurück und beide steckten die Köpfe
zusammen und lasen.

Alfonso de Borbón y Battenberg, stand in der ersten Zeile.
In der nächsten: Conde de Covadonga. Dann, mit blauer Tinte
durchgestrichen, eine Adresse in Evian, Frankreich. Und zuun-
terst, handschriftlich, der Name eines New Yorker Hotels:
St. Moritz.

»Und du glaubst, dieser Typ ist für irgendjemanden von
Interesse?«, fragte Fidel, immer noch unschlüssig.

»An dem Abend hat die ganze Gesellschaft auf ihn gewartet wie auf einen Mairegen, und die draußen auf der Straße
waren, wie gesagt, ganz verrückt danach, etwas von ihm zu erfahren. Also, ich glaube schon, dass er geeignet sein könnte.«

Der Junge kratzte sich hinterm Ohr, Mona klopfte ihm
auf den Rücken, um ihn zu animieren, während sie sich zugleich selbst gut zuredete, um sich zu überzeugen, dass das
keine Schnapsidee war.

»Los, Fidel, geh zur Pietät und ruf an. Du brauchst bloß
zu fragen, ob er noch dort wohnt. Wenn sie ja sagen, telefonieren wir später noch einmal, lassen uns verbinden, und dann
spreche ich mit ihm.«

Ohne Fidel Zeit für einen Einwand zu geben, wandte sie
sich wieder der Gegenwart zu, dem alten El Capitán, das

bald endgültig Vergangenheit sein würde, den Gerätschaften, Werkzeugen und Handwerkern vor dem Lokal. Soeben hatte sich auch Luciano Barona dazugesellt; den Kopf in den Nacken gelegt, die Hände auf die Hüften gestützt, begutachtete er die nagelneue Markise des Las Hijas del Capitán.

»Hübsch, oder?«, begrüßte Mona ihn von hinten. Vielleicht hätte sie ihn zuerst fragen sollen, wie es ihrer Mutter ging und wie sich das Zusammenleben mit ihr in Brooklyn gestaltete, aber sie war so entzückt von ihrem Fassadenschmuck.

Der Tabakhändler bewegte langsam den Kopf, den Blick auf den Schriftzug gerichtet, voller Skepsis. Er hielt die Idee mit dem Nightclub nach wie vor für vollkommen unsinnig, doch im aktuellen Stadium – das Lokal in dieser Unordnung, seine Schwiegermutter in seinem Haus festgehalten wie eine Geisel – zog er es vor, seine wahre Meinung für sich zu behalten. Er hätte sie rechtzeitig bremsen müssen, dachte er zum hundertsten Mal. Mehr noch: Er hätte sie alle überzeugen sollen, die triste Gastwirtschaft ganz zu schließen, und den Mädchen helfen, eine geregelte Arbeit zu finden, bei der sie weniger gefährdet und weniger exponiert wären. Seine erste Gattin hatte nie gearbeitet, andere Frauen der Kolonie dagegen immer, und in den Zeitungen wurden täglich Dutzende von Tätigkeiten für Mädchen wie sie annonciert. Näherinnen im Garment District, Plisseebüglerinnen für Lampenschirme, Arbeiterinnen in kleinen Manufakturen für Dekorationsobjekte; sogar von zu Hause aus könnten sie arbeiten, piece-work, zum Beispiel. Die Bezahlung war gering, natürlich, aber sie bräuchten nicht einmal Englisch zu lernen. Denn die Schulden drückten weiter, die Nonne schien mit ihrer Sache nicht recht voranzukommen, und er war auch nicht begütert genug, um sie zu versorgen, und ...

»Gefällt es dir etwa nicht, Luciano?«

»Doch, doch, es macht eine Menge her«, knurrte er, ohne

die Augen von der umfangreichen, mit rotem Stoff bespannten Konstruktion zu wenden und seinen Gedankengang zu unterbrechen.

Er hätte sich definitiv früher einmischen sollen. Aber Victoria hatte immer darauf bestanden, dass er ihre Schwester unterstützte, und er, verliebt wie er war, hätte ihr nichts auf der Welt abgeschlagen, dennoch bereitete ihm ihre Lage Sorgen. Ebendarum hatte er eine Verabredung getroffen und wartete nun auf das Erscheinen dieser Person.

»Er ist da! Er ist da!«

Fidel kam erneut angerannt, kreuzte die Fahrbahn und brüllte, während er vor einem Chevrolet vorbeihuschte und mit einem Schlenker dem Karren eines Blechwarenverkäufers auswich. Weder die Hupe des Autos noch die Verwünschungen des fliegenden Händlers machten den geringsten Eindruck auf ihn.

»Dein illustrer Freund ist noch in seinem Hotel, er war unpässlich, und ist seit drei Tagen nicht ausgegangen«, eröffnete er Mona keuchend. »Aber auf seinem Zimmer empfängt er Besuche.«

Ohne ihn ausreden zu lassen, packte ihn die Mittlere der Arenas beim Arm und zischte ihn wütend an. Barona drückte sich weiterhin in der Nähe herum, er sprach jetzt mit einem der Schreiner und musste wohl einsehen, dass es sehr zu seinem Bedauern kein Zurück mehr gab. Sie wollte nicht, dass ihr Schwager mitbekam, wen sie einzuladen beabsichtigten, ihr war lieber, wenn noch niemand davon erfuhr.

»Er hat die Telefonistin angewiesen«, fuhr Fidel fort und dämpfte seinen Übermut nur wenig, »jedem, der nach ihm fragt, zu sagen, er ruhe sich gerade aus, aber wer immer ihn besuchen wolle, sei willkommen, also …«

Ein Klaps Monas war das Einzige, was ihn dazu brachte, letztlich doch die Stimme zu senken.

»Also habe ich gebeten, dem Herrn Grafen gleich für heute Nachmittag unseren Besuch anzukündigen«, erklärte er, jetzt aufgeregt flüsternd. »Um sechs.«

· 59 ·

Noch immer standen sie zwischen Holzbohlen und Farbeimern auf dem Bürgersteig, den neugierigen Blicken der Passanten ausgesetzt, die sich im Vorübergehen fragten, was zum Teufel im El Capitán los sei.

»Mensch, Tony, endlich! Ich dachte schon, du kommst nicht!«

Bei diesem enthusiastischen Ausruf des Tabakhändlers drehten sich Mona und Fidel in dieselbe Richtung.

Was Fidel noch sagte, erreichte Mona nicht mehr, seine Worte blieben verloren zwischen ihnen in der Luft hängen. Verblüfft stellte sie fest, dass es sich bei dem jungen Mann, der eben aus der Achten Avenue in ihre Straße eingebogen war und von Barona so euphorisch begrüßt wurde, um ihn handelte. Um den, der immerzu davonlief. Der der Polizei entschlüpft war, nachdem er seinen Besitz in ihren Einkaufskorb gestopft hatte. Der, als Kopf einer Bande von illegalen Losverkäufern, nach dem Hochzeitsbankett die Treppe hinuntergerannt war. Keine dieser Szenen war aus ihrem Gedächtnis verschwunden, und von Zeit zu Zeit tauchten sie unvermittelt wieder vor ihrem inneren Auge auf. Als sie ihn jetzt heranschlendern sah, mit gelockerter Krawatte, einem Lächeln in den Mundwinkeln und diesen Bewegungen, als hätte er keine Knochen, spürte sie ein Kribbeln im Bauch.

»Ich freue mich so sehr, dass du kommen konntest!«, beteuerte Barona und klopfte ihm kumpelhaft auf die Schulter.

Verständnislos starrte sie die beiden an. Baronas Verhalten war ihr unbegreiflich. Oder vielleicht hatte sie auch etwas verpasst: Bei der Begegnung im La Bilbaína hatte er noch gesagt, er kenne ihn nicht, und jetzt behandelte er ihn mit dieser herzlichen Vertrautheit.

Mona konnte nicht wissen, dass ihr Schwager und er nach der Feier noch einmal Kontakt gehabt hatten. Luciano war so versessen darauf gewesen, ihn wiederzusehen, dass er sofort nach der Rückkehr aus Las Villas angefangen hatte, nach ihm zu fragen. Er sprach mit Bekannten und Arbeitskollegen, ließ über Dritte sein Anliegen bei Wettbüros, Spielbankbetreibern, Brokern und Runnern von schwarzen Lotterien publik machen und gab nicht nach, bis er sicher war, dass seine Botschaft ihn erreicht hatte: Er wolle den Sohn seines Freundes kennenlernen, weiter nichts. Die Nachricht vom Tod Antonio Carreños hatte sich seinerzeit blitzartig von Florida nach New York verbreitet. Der hagere, sympathische Asturier hatte als Handelsreisender der großen Zigarrenfirma Cuesta Rey viele der kleinen Verkäufer beliefert, ehe er die jahrelange Fahrerei in den Norden eines Tages aufgab und inmitten der Prohibition in Tampa mit großem Erfolg eine Kneipe eröffnete, ein Lokal, wo man zum Frühstück kubanische Sandwiches und Reis mit Bohnen bekam und des Nachts, dem Verbot zum Trotz, der Alkohol in Strömen floss und die denkwürdigsten Pokerpartien der Stadt ausgetragen wurden.

Okay, gab der Junge angesichts der Hartnäckigkeit Baronas schließlich nach, in Ordnung, treffen wir uns. Er schlug ein Lokal vor, sie tranken ein paar Biere und redeten, insbesondere der Tabakverkäufer, der sich neuerdings besonders sensibel zeigte, was auf seinen Zustand als Flitterwöchner zurückzuführen sein mochte oder vielleicht auch darauf, dass Chanos Heimkehr seine väterlichen Instinkte wiederbelebte. Nebeneinander auf Hockern am Tresen einer Bar im Village sitzend, ließen sie die Vergangenheit Revue passieren.

Victorias Ehemann kramte Geschichten aus einer Zeit hervor, in der Antonio und er junge Männer gewesen waren, fernab ihrer Familien, mit ein paar Dollars in der Tasche und New York zu ihren Füßen. Der Sohn lauschte anfangs schweigend, es fiel ihm schwer, sich einzugestehen, wie sehr seine eigenen Erinnerungen an Konturen und Detailschärfe verloren hatten; aber manches ging ihm auch zu Herzen. Kleine Anekdoten, die Erwähnung dieses Blechspielzeugs – ein schwarzer Gepäckträger mit einer Schubkarre, aus der der Kopf eines Hundes schaute –, das Barona ihm nach dem Tod des Vaters und Freundes zugesandt hatte.

Er war noch ein Kind gewesen, als die Bluttat geschah, und die kubanische Familie seiner Mutter hatte ihn sofort nach Massachusetts auf ein Internat geschickt, damit er seinen Abschluss machte und mit etwas Glück auf die Universität gehen und nicht so enden würde wie sein Vater, ein verwegener Träumer, der zwischen Mut und Tollkühnheit nicht unterscheiden konnte. Dennoch hatte der ihm viel vererbt: den feingliedrigen Körperbau, das dunkelblonde, meist ungekämmte Haar und die grünlichen Augen, die sich zu Schlitzen verengten, wenn er lächelte; und zum Teil sicher auch eine Tendenz, die Dinge von einer eher weniger besonnenen Warte aus anzugehen. Und den Namen, natürlich, obwohl man ihn in den Straßen von New York schlicht als Tony kannte, fast niemand wusste seinen Nachnamen. Tony der Schlaks, Tony der Bolitero, der Tony aus Tampa, Tony der Tampeño.

Nachdem sie sich vor dem Eingang des Lokals die Hände geschüttelt hatten, wies Luciano auf Mona.

»Und das ist meine Schwägerin, die mit dem Nightclub.«

Sie wäre am liebsten im Erdboden versunken, unsichtbar geworden oder weggerannt, die Straße entlang, quer über die Avenues, bis zum Fluss.

»Tony hat schwer gestaunt«, fuhr Barona fort, »als ich ihm gestern erzählt habe, was du so vorhast.«

»Na, dann weiß er ja jetzt Bescheid«, erwiderte sie kurz angebunden.

Sie dachte weiter nur an Flucht und fand keine andere Form, ihre Verwirrung zu verbergen, als einen leicht arroganten Ton anzuschlagen. Wenn sie je von einem Wiedersehen mit diesem Mann geträumt hatte, dann bestimmt nicht in einer derartigen Situation. Ihr Haar war nachlässig mit einem Kopftuch hochgebunden, ihre Kleider waren fleckig, die Hände schmierig, sie hatte Mörtel- und Farbspritzer im Gesicht, und um sie herum herrschte ein gewaltiges Durcheinander. Seit sieben Uhr morgens war sie am Werk. Glücklicherweise hatte Doña Maxi ihr eine Woche freigegeben – aber unbezahlt, hast du gehört, niña? –, als sie ihr etwas von Bauarbeiten im Familienunternehmen vorschwindelte; ihre wahren Pläne verriet sie ihr nicht.

»Las Hijas del Capitán«, las er, den Blick auf die Markise gerichtet, die Hände in den Taschen und ein halb spöttisches, halb anerkennendes Lächeln um die Lippen. »Sounds good.«

»Ich habe mir nämlich überlegt, mein Junge, ob du ihr nicht ein bisschen zur Hand gehen könntest.«

Als würde dies sein Anliegen verdeutlichen, umfasste der Tabakhändler mit einer weit ausholenden Geste das gesamte Lokal: die Fassade, den Eingang, die Stapel von Bohlen und Paneelen, das mit Farbe bekleckste Zeitungspapier überall auf dem Boden. Denn dies war der eigentliche Grund, weshalb er den Sohn seines Freundes unbedingt hatte wiedersehen wollen, nachdem er ihm von den Bestrebungen seiner Schwägerin erzählt hatte. Meinen Sie das dunkelhaarige Mädchen in dem Blumenkleid, das auf Ihrer Hochzeitsfeier neben der Garderobe stand?, hatte er ungläubig zurückgefragt. Dieses Mädchen will einen Nightclub aufziehen, sagen Sie? Als der Freund seines Vaters ihm dreimal versichert hatte, dass es in der Tat so war, und mit dem Vorschlag herausgerückt war, am folgenden Tag selbst einen Blick darauf zu werfen, hatte Tony keine Einwände erhoben.

Beide, Mona und Tony, starrten Barona irritiert an.

»Du hast doch gestern gesagt, in deiner Anfangszeit hier hättest du auch in Nachtlokalen gearbeitet, stimmt's?«, erläuterte Barona, jetzt in Monas Gegenwart. »Und durch die Lotterie bist du mit Leuten vertraut, die sich in diesem Milieu auskennen ...«

Barsch schnitt ihm Mona das Wort ab.

»Nein.« Nein, sie war nicht gewillt, sich von irgendjemandem hereinreden zu lassen. Und von ihm schon gar nicht. Nein. Das kam überhaupt nicht in Frage. »Wir danken Ihnen von Herzen, aber das ist nicht nötig. Es ist alles geregelt, wir sind so gut wie fertig, nicht wahr, Fidel?«

Doch der Tangosänger hörte nicht auf sie, etwas auf der anderen Straßenseite hatte seine Aufmerksamkeit gefesselt, und ihm entfuhr ein Fluch.

»Mist.«

Auf dem Bürgersteig gegenüber stand sein Vater und wartete mit grimmiger Miene zwei Kleinlaster ab, um über die Straße zu gehen. Schon näherte er sich, mit hektischem Schritt, hängenden Schultern und diesem Gesicht, das irgendwie an die Kadaver erinnerte, mit denen er seine Tage verbrachte.

»Fidel!«, schrie er aufgebracht, als er die Fahrbahn halb überquert hatte. Mona, Barona, Tony und eine Handvoll Handwerker fuhren herum, als sie das Gebrüll hörten. »Fidel!«

Sein Sohn schnaubte vor Wut. Jede Nacht dachte er daran,

abzuhauen, dieses verdammte Familiengeschäft hinter sich zu lassen und notfalls an der Lower East Side eine erbärmliche Unterkunft in einer Mietskaserne mit fremden Leuten zu teilen.

»Komm her, ich will mit dir reden!«

Schamrot löste sich der Junge aus der Gruppe. Er hasste es, wenn ihn sein Vater vor anderen Leuten maßregelte wie einen Erstklässler.

»Hör zu«, wandte sich Barona wieder an seine Schwägerin und überließ die zwei Bestatter ihrer Diskussion. »Tony hat mir erzählt, er kenne …«

»Ich habe nein gesagt.«

»Aber lass es mich dir doch wenigstens einmal erklären, Mädel …«

In einiger Entfernung, aber noch in Sichtweite, musste Fidel einen mächtigen väterlichen Tobsuchtsanfall über sich ergehen lassen, berechtigt vermutlich, denn in den letzten Tagen hatte er sich wegen der Bauarbeiten und Vorbereitungen kaum im Beerdigungsinstitut blicken lassen. Wo waren die Blumen, was war mit der Todesanzeige?, wütete sein Vater und fuchtelte mit den Armen. Fidel murmelte mit gesenktem Kopf ein paar Entschuldigungen und kratzte sich verlegen am Hals. Was heißt ein Versehen?, schimpfte sein Vater, was heißt vergessen?

»Du brauchst mir nichts zu erklären, Luciano«, versetzte Mona frostig.

Der Tabakhändler holte tief Luft und atmete geräuschvoll wieder aus. Was für Dickschädel, die Töchter des guten Emilio Arenas, grummelte er vor sich hin, heilige Mutter Gottes, was für Dickschädel.

»Geh ruhig nach Brooklyn, meine Schwester und meine Mutter warten auf dich, wir kommen hier bestens zurecht. Und Ihnen auf alle Fälle vielen Dank fürs Kommen.«

Mit diesem letzten Satz, so hastig hervorgestoßen, dass sich die Worte überschlugen, richtete sie sich an Tony. Sie blickte ihn kaum an dabei, sie wollte seine Miene gar nicht sehen, nicht wissen, wie er sie anschaute, mit seinem Körper wippte, dieses halbe Lächeln im linken Mundwinkel.

Um das Gespräch offiziell zu beenden, ignorierte Mona ihn und ihren Schwager und rief aus voller Kehle nach ihrem Kompagnon; dem hielt der Bestattungsunternehmer noch immer seine Versäumnisse vor und schüttelte ein Bündel Papiere, Aufträge, die sein Junior schon lange hätte erledigen sollen. Fidel, kleinlaut, schien Mona nicht zu hören, aber sie gab nicht auf. Sie hatte keine Zeit, Baronas Beharrlichkeit raubte ihr den letzten Nerv, und Tony wandte kein Auge von ihr.

»Fidel!«, brüllte sie wieder. »Wir müssen los!«

Endlich reagierte der und klatschte sich mit der flachen Hand an die Stirn, als wollte er sagen, verflucht, ich habe den Termin mit dem Grafen vergessen.

»Geh du allein, ich kann nicht!«, schrie er nervös zurück. »Und beeil dich, es sind nur noch anderthalb Stunden bis dahin.«

· 60 ·

Auf dem Heimweg ging er ihr nicht aus dem Kopf: seine Beweglichkeit, die knochigen Schultern unter dem Leinenjackett, das hagere Gesicht und das ironische Lächeln, die hellen Augen mit ihrem neugierigen, bewundernden Blick. Sie verwünschte den Zeitpunkt, zu dem er wieder in ihr Leben getreten war.

Beinahe wäre sie mit einem Mann zusammengestoßen, als er das Haus verlassen und Mona hineingehen wollte. Sie sah ihn nur von der Seite, war aber in Gedanken noch so mit Tony beschäftigt, dass sie nicht genauer hinschaute.

Er jedoch erkannte sie auf Anhieb und wandte sich ab, um ihr nicht Auge in Auge gegenüberzustehen. Dann sprang er die drei Eingangsstufen auf einmal hinunter, warf einen raschen Blick nach rechts und links und schickte sich im selben Moment an, die Straße zu überqueren, in dem Mona sich argwöhnisch umdrehte. Dass er so gehetzt wirkte, hatte sie stutzig gemacht. Doch erst als er davonging, den hellen Trenchcoat über den Schultern, fiel es ihr wie Schuppen von den Augen.

Alarmiert rannte sie, immer zwei Stufen auf einmal nehmend, die Treppe hinauf, und als sie die offene Wohnungstür sah, rief sie laut:

»Luuuz!«

Es war ungewöhnlich, dass ihre Schwester um diese Zeit zu Hause war, aber nach dieser Begegnung hatte sie eine Vermutung.

»Luz! Luz!«, rief sie unentwegt, als sie den Flur entlanglief.

Luz saß auf dem Bettrand und bedeckte ihr Gesicht mit den Händen. Die Ellbogen auf die Schenkel gestützt, den Rücken gekrümmt, wiegte sie den Oberkörper vor und zurück.

»Was hat er mit dir gemacht? Was hat er …?«

Ihre Schwester streckte ihr die erhobene Handfläche entgegen und bat wortlos, sie in Ruhe zu lassen. Statt zu gehorchen, packte Mona sie beim Unterarm und zog mit einem Ruck ihre Hand weg. Über ihrem Wangenknochen klebten tränennasse Haarsträhnen, unter denen ihr Gesicht blauviolett angeschwollen war.

Mona wusste nicht, was sie sagen sollte, kein Wort des Zorns oder des Mitleids wollte ihr über die Lippen, sie fühlte sich nur von einer immensen Woge der Traurigkeit erfasst.

Was war mit ihnen geschehen, wie konnte in so kurzer Zeit eine solche Distanz zwischen ihnen entstehen, wieso hatte sie nicht gemerkt, in welcher Dunkelheit ihre kleine Schwester gefangen war. Niedergeschlagen und sprachlos sank sie neben Luz auf die durchgelegene Matratze. Still schlang sie ihr den Arm um die Schultern, zog sie an sich, ließ sie weinen.

»Er wird eine Künstlerin aus mir machen«, stieß Luz schniefend hervor, nachdem sie minutenlang leise vor sich hin geschluchzt hatte. Das Gesicht gegen Monas Schulter gedrückt, war sie fast nicht zu verstehen. »Eine richtige Künstlerin. Er … er … er bewundert mich, manchmal sagt er sogar, dass er mich liebt. Aber gestern haben wir uns heftig gestritten, weil er mir verboten hat, in eurer Show aufzutreten, ich soll mich aufsparen, mich vorbereiten. Und heute bin ich nicht bei der Probe gewesen, weil ich noch sauer war; von euch war ja keine zu Hause, also bin ich einfach hiergeblieben, und da ist er gekommen, und ich wollte ihn nicht reinlassen, aber er hat darauf bestanden und … und …«

Endlich fand sie Worte, um die Mauer zu beschreiben, die sich zwischen ihnen aufgetürmt hatte, für all das, was sie so verwandelt zu haben schien, bis sie zu einer völlig veränderten Person geworden war, mit dieser schockierend roten Mähne und diesen fadendünnen Brauen und einer Art, sich zu geben, die ganz anders war als die quicklebendige, zauberhafte Luz von früher.

»Er wird etwas Großes aus mir machen«, versicherte sie, und ihre Stimme schnappte noch gelegentlich über. »Er betet mich an, er verehrt mich, und das gefällt mir, erschreckt mich aber gleichzeitig auch.«

Monas Lippen formten tonlos ein beklommenes Heilige Mutter Gottes. Doch sie beherrschte sich, und statt lauthals auf den manipulativen, niederträchtigen Hurensohn zu schimpfen, sagte sie nur:

»Darüber unterhalten wir uns später in Ruhe. Jetzt steh auf, wir gehen.«

Damit erhob sie sich und zog auch Luz auf die Füße.

»Kämm dich und wasch dir das Gesicht. Leg dir ein Stück Kartoffel drauf, damit es abschwillt.«

»Aber wo bringst du mich denn hin?«, fragte Luz benommen.

»Ich habe etwas zu erledigen, und du kommst mit mir.«

Noch während sie sprach, hatte sie den Schrank geöffnet und begonnen, Kleidungsstücke aufs Bett zu werfen. Ihre Ausstattung zu Victorias Hochzeit, die Seidenstrümpfe, die Unterröcke. Sie vermutete, dass es dort, wo sie hingehen würden, sehr vornehm zuging, und die Sachen, die Luciano ihnen für den Festtag geschenkt hatte, waren das einzig Anständige, das sie besaßen.

»Aber was hast du denn vor?«, fragte Luz immer wieder, während sie ihre Tränen schluckte.

»Das wirst du schon sehen«, knurrte Mona, die am Boden kniete und nach den Schuhen angelte, die sie unter dem Bett verwahrten. Unter keinen Umständen würde sie sie allein lassen, sondern sie zum Grafen de Covadonga mitnehmen, wenn nötig, mit Gewalt.

»Na los, zieh dich schon an.«

»Ich bleibe lieber hier«, meinte Luz kläglich.

»Du sollst dich anziehen. Sofort.«

Doch Luz rührte sich nicht, verwirrt stand sie immer noch da, die neue Frisur zerzaust, die Augen verweint, die Wange knallrot. Da packte Mona sie bei den Schultern und schüttelte sie fast grob.

»Sieh mich an, Luz, sieh mich an. Genug gejammert, es ist nicht mehr zu ändern. Aber sei dir darüber im Klaren, dass dich dieses Ekel weder bewundert noch liebt. Er ist ein Dreck-sack, und du wirst ihn vergessen. Aber jetzt«, befahl sie unnachgiebig, »zieh die Strümpfe an, los. Beeil dich! Wird's bald?«

Eine Viertelstunde später – Luz hatte sich das Haar über die Beule gekämmt und die Fassung halbwegs wiedergewonnen, protestierte aber immer noch – gingen sie an der Ecke der Siebten Avenue zur Metro hinunter. Gleich nachdem die angehende Künstlerin ihren Tiefpunkt überwunden hatte, begann sie zu bereuen, dass sie ihrer Schwester ihr Herz ausgeschüttet hatte. Ich bin ein blödes Huhn, schalt sie sich selbst, während sie sich mit dem Handrücken die letzten Tränen abwischte. Ich sollte mich nicht so anstellen, immer muss ich übertreiben, wies sie sich zurecht und zog kräftig die Nase hoch.

Ohne von Luz' Selbstvorwürfen etwas zu ahnen, schleifte Mona sie vor eine Wandkarte des U-Bahn-Netzes. Mit dem Finger fuhr sie darüber und versuchte, sich in dem Gewirr aus Straßen, Bahnstrecken und sich kreuzenden Linien zu orientieren.

»Brauchen Sie Hilfe?«

Überrascht wandten sie sich um, und hinter ihnen stand Tony, der Mann, der sonst immerzu auf der Flucht war, aber an diesem Tag beständig mit dieser Gewohnheit zu brechen schien. Mona rettete sich wieder in ihre überhebliche Pose.

»Nein, danke.«

Weil sie dem Mistkerl Frank Kruzan nicht rechtzeitig in den Arm gefallen war, hatte sie jetzt ihre unglückliche Schwester im Schlepptau, verführt und ausgenutzt, mit verlorener Unschuld und Panik im Leib. Nein, sie brauchte von einem gutaussehenden, selbstsicheren Mann keine Hilfe. Fidel genügte ihr, er war der Einzige, dem sie vertraute; würde Luz, das dumme Ding, doch endlich begreifen, wie er sie anhimmelte, und sich von Typen wie diesem Kruzan fernhalten. Nein, danke.

»Wir kommen bestens alleine klar.«

Sie bemühte sich um einen gelassenen, neutralen Ton. Sie wollte nicht, dass er merkte, wie laut ihr unter den Blumen ihres Kleides das Herz schlug.

· 61 ·

In der Metrostation herrschte Betrieb, Menschen in Eile, die ankamen und abfuhren, zu den Zügen oder zu den Ausgängen hasteten. Die drei bildeten ein kleines Hindernis, das den geradeaus drängenden Strom der Passagiere leicht umleitete, weil alle ausweichen mussten.

»Außerdem wollte ich mich bei Ihnen entschuldigen; ich hatte keine Ahnung, dass Luciano Barona vorhatte, mich als Ihren Gehilfen zu engagieren«, sagte er noch. »Ich sollte eigentlich nur mal vorbeischauen.«

In seinem Spanisch mischten sich melodische karibische Klänge mit den harten Lauten der Halbinsel, die Akzente, mit denen er ständig lebte. Und er sagte die Wahrheit, Barona hatte ihm tatsächlich nichts anderes vorgeschlagen; vielmehr war die Idee, den jungen Mann sozusagen in seine neue Familie hineinzuziehen, spontan entstanden. In den zwei Stunden, die er mit ihm in dieser Bar im Village verbrachte, hatte Barona den Eindruck gewonnen, dass der Sohn seines alten Freundes auf die schiefe Bahn geraten war, seit er – wie er von Tony selbst wusste – eine Woche vor der Abschlussprüfung des Herbsttrimesters beschlossen hatte, dass Bücher und Hörsäle seine Sache nicht waren, das erzkatholische College of Our Lady of the Elms in Chicopee, Massachusetts, das sein Onkel väterlicherseits für ihn ausgesucht hatte, verließ und in einen Bus nach New York stieg.

Er kannte niemanden, aber es war ihm nicht schwergefallen, Leute zu finden, die sich wie er mit aller Selbstverständlichkeit zwischen zwei Sprachen, zwei Kulturen, zwei Lebensweisen und Weltanschauungen bewegten. Er knüpfte Kontakte, gewann Freunde, beteiligte sich an verschiedenen windigen Geschäften und arbeitete als Kellner, ehe er ins illegale Glücksspiel der hispanischen Einwanderer einstieg. Beim Bolita-Spielen wird niemand betrogen, das schwöre ich Ihnen, beteuerte er, um Baronas möglichen Argwohn zu zerstreuen. Niemand wird genötigt oder belogen, kein unvorsichtiger armer Kerl übervorteilt, alles ist sauber und transparent. Nur werden die Prämien halt nicht versteuert, für die Behörden springt gar nichts heraus. Es profitieren die Bank, die es organisiert, und die glücklichen Gewinner, Punkt. Und ich als Vermittler habe meinen Gewinn, nachdem ich die Jungs bezahlt und meinen Chefs ihren Anteil abgetreten habe; darin besteht meine Arbeit. Das Geld tut nichts weiter, als von einem Ufer des Tümpels zum anderen zu schwappen, ohne dass irgendwo Steuern bezahlt werden. Deshalb befindet es sich in einer legalen Grauzone und wird mit Feuereifer verfolgt. Aber so schlimm ist es doch gar nicht, oder? Und sollten sie mich schnappen, bin ich einigermaßen geschützt; meine Chefs haben versprochen, mir eine Kaution zu stellen und sogar einen Anwalt, falls es haarig werden sollte.

Genau wie sein Vater, dachte Barona bei sich, als er ihn Sekunden später verkünden hörte: Und abgesehen davon, habe ich ein Ziel, einen Plan. Erzähl mal, mein Junge, erwiderte er nach einem langen Schluck aus seinem zweiten Bier. Also, ich habe vor, meine eigene Bank zu gründen, meine eigenen Leute zu haben, eigene Kontrolleure, eigene Verkäufer. Lotteriebankier will ich werden, mit einem fest umgrenzten Gebiet, in dem ich das Monopol habe, das ist mein Ehrgeiz. Nicht mehr bloß Bindeglied zu sein zwischen den Runnern und denen, die das Heft in der Hand haben; zwischen denen, die sich draußen von einem Kunden zum anderen die Hacken ablaufen, und denen, die sich eine goldene Nase verdienen, ohne einen Fuß vor die Tür zu setzen. Denn jetzt bin ich in der Mitte, und ebenso, wie ich ganz unten angefangen habe, weiß ich, dass ich es bis ganz nach oben schaffen kann, verstehen Sie, Luciano?

Ich verstehe dich, mein Junge, natürlich verstehe ich dich, murmelte der Tabakhändler. Und ich ahne jetzt schon, wie du enden wirst, wenn du unbedingt weiter in diesem Sumpf waten willst. Den letzten Satz sprach er natürlich nicht laut aus. Aber das war es, was er dachte. Als Häftling in Sing Sing, wenn du Glück hast, wohin dir von denen, auf die du dich jetzt verlässt, keiner auch nur ein Päckchen Zigaretten bringen wird. Oder mit zwei Kugeln im Bauch, das ist die andere Variante; wie dein armer Vater, der im Morgengrauen irgendwo auf der Straße verblutet ist. Denn auch Barona hatte viel Pflaster getreten und wusste, wie die Dinge liefen. Diese Bankiers, nach deren erlauchtem Kreis Tony strebte, agierten nie auf eigene Faust, sondern hatten immer Rückendeckung. Mafiaclans, die das Glücksspiel kontrollierten, die Banken stützten und über jede Bewegung entlang der Kette auf dem Laufenden waren. Gangs, Verbrechersyndikate. Perfekt koordinierte Netzwerke, klar strukturierte Organisationen von Italienern, Iren, Latinos oder Juden, bisweilen sogar in Kooperation miteinander. Alle erpicht auf ein saftiges Stück vom Kuchen, stets hart am Rande der Legalität.

Das war es, was Barona tags zuvor von Tony erfahren hatte und wodurch er sich bewogen fühlte einzugreifen. Im Gedenken an den alten Freund, den er einst so sehr geschätzt hatte, und diesem Jungen zuliebe, der das genaue Abbild seines Vaters war, musste er irgendetwas unternehmen, um Tony vor dieser dunklen Versuchung zu bewahren. Und da auch das Unbehagen über diese schwachsinnige Nightclub-

Idee seiner Schwägerin ständig in ihm rumorte, dachte er sich, womöglich eine Lösung zu finden, indem er beide Probleme verband.

»Also, ein für alle Mal, wir brauchen keine Hilfe, weder jetzt noch später für mein Lokal«, wiederholte Mona in der Metrostation. »Und hören Sie nicht auf Luciano Barona, denn der hat überhaupt nichts zu sagen, da kann er mit meiner Schwester noch so verheiratet sein.«

»Okay, verstanden. Es tut mir leid, ich habe mich nicht aufdrängen wollen.«

Tony grinste zerknirscht, doch in Wahrheit tat ihm gar nichts leid; im Gegenteil, er war mächtig froh, in der Vierzehnten vorbeigeschaut und in Erfahrung gebracht zu haben, was sich dort abspielte. Dank der Fürsorglichkeit dieses väterlichen Freundes wusste er jetzt über die Pläne dieser reizenden jungen Spanierin Bescheid, die ihn mit Staunen, Bewunderung und Neugierde erfüllte. Er kannte nicht viele Frauen, die es sich zugetraut hätten, in einer so komplexen Stadt ein heruntergewirtschaftetes Lokal zu übernehmen, und obendrein wild entschlossen wären, das Ruder herumzuwerfen und dem Laden eine verheißungsvollere Richtung aufzuzwingen.

Nur einen Augenblick währte das Schweigen, das zwischen ihnen in der Luft hängengeblieben war; Luz beendete es mit einer kleinen Rache dafür, dass ihre Schwester darauf bestanden hatte, sie mitzunehmen.

»Sie will zum Central Park South. Sie war gerade dabei, herauszufinden, wie wir dort hinkommen.«

Mona zwickte sie verstohlen in den Unterarm. Spinnst du? Halt den Mund, wisperte sie, während sie das Stückchen Haut zwischen ihren Fingern fest packte und umdrehte, dass die andere vor Schmerz das Gesicht verzog. Er brauchte nun wahrlich nicht zu wissen, wie wenig Ahnung sie hatte, sie zog es vor, ihre Ungeschicklichkeiten und Unsicherheiten alleine auszutragen.

»Da ungefähr muss ich auch hin«, sagte er in aufgesetzt überraschtem Ton, so ein Zufall. »Let's go. Ich will mich ja nicht schon wieder aufdrängen, aber es bleibt uns nichts anderes übrig, als dieselbe Bahn zu nehmen.«

Auch jetzt log Tony natürlich. Schon das Zusammentreffen in der Bahnstation war kein Zufall gewesen, vielmehr hatte er Mona zuvor längere Zeit aufgelauert; Barona hatte ihm gezeigt, wo die Arenas wohnten. Von der nächsten Ecke aus, ohne sich zu verstecken, aber in diskreter Entfernung, hatte er auf sie gewartet, bis er sie, laut mit ihrer Schwester streitend, aus dem roten Apartmenthaus kommen sah.

Auf dem Bahnsteig hielt er sich in ihrer Nähe, stellte sich aber nicht zu ihnen; er pfiff eine schräge Melodie, während Luz weiter in ihre Zweifel verstrickt war und Mona, den Blick starr nach vorne in den schwarzen Tunnel gerichtet, eine wachsende Unruhe spürte. Das Ziel dieser Fahrt erschien ihr mit einem Mal absurd; wie hatte sie, eine weltfremde Hungerleiderin, auf die Idee verfallen können, diesen Grafen de Covadonga um eine Handreichung zu bitten. Zum Glück war Luz noch nicht eingeweiht, sodass sie, als die drei sich in den überfüllten Zug gezwängt hatten, dieser sich schwankend durch die unterirdischen Tiefen bewegte und Tony wie beiläufig fragte, wo genau sie hinwollten, nur gereizt die Schultern hob und mit dem Kinn auf Mona wies.

»Das muss sie wissen, mir hat sie es nicht sagen wollen.«

Der Zug ratterte durch die Dunkelheit, die drei standen zwischen dicht gedrängten Passagieren und klammerten sich an die Halteschlaufen. Sollte Tony der Bluterguss auf Luz' Wange aufgefallen sein, ließ er es sich nicht anmerken; auch wenn sie dafür sorgte, dass ihre Haare über die Stelle fielen, wurde diese durch das Gerüttel doch immer wieder freigelegt. Mona hingegen bewahrte eisern Haltung und schwieg. Sie hielten an einer Station, Passagiere stiegen aus, andere ein, und das Geschaukel setzte sich fort. Bis sie nachgab. Nur ein bisschen. Aus reiner Höflichkeit.

»Wir besuchen einen Bekannten, das ist alles.«

Und einige Sekunden später fügte sie noch hinzu:

»Einen Landsmann, der in einem Hotel wohnt.«

Tony sah sie aus seinen grünlichen Augen an, als wollte er ihr mehr entlocken. Oder als könnte er sich nicht sattsehen an diesem ernsten, sorgenvollen Gesicht unter den üppigen Augenbrauen und den langen schwarzen Wimpern, die ihre zu Boden gerichteten Augen verdeckten, an ihrem dunklen, schlecht frisierten Haar, weil sie nach dem langen Arbeitstag auf der Baustelle zu wenig Zeit gehabt hatte, um sich ordentlich zurechtzumachen, an dem schlanken Körper in demselben Blumenkleid, das sie auch beim letzten Mal getragen hatte. Stur, verbissen, ungemein anziehend, dachte er, als die Bremsen quietschten und alle Passagiere taumelten und Mona auf den ungewohnt hohen Absätzen das Gleichgewicht verlor. Der letzte Ruck warf sie gegen ihn, sekundenlang lag ihr Körper an seinem, streiften sich Arme und Beine, durchströmte sie das Gefühl warmer Haut trotz der Kleidung. Tony fing sie auf. Verstört murmelte sie eine Entschuldigung und löste sich von ihm.

· 62 ·

An einer Haltestelle der Fünften Avenue stiegen sie aus, und als sie an die Oberfläche kamen, standen sie am südöstlichen Ende des Central Park. Im Inneren des Parks, im Abstand von wenigen Metern, eine grüne Vielfalt aus Beeten, Büschen und Bäumen; draußen imposante Autos, Kinder mit uniformierten Kindermädchen, elegante Damen, elegante Herren, sogar elegante Hunde gab es. Ein Stück weiter sahen sie einen Platz mit einer riesigen goldenen Skulptur; bestimmt jemand, der zu Lebzeiten viel besaß oder viel zu sagen hatte, sonst hätte man ihm nicht ein solches Denkmal gesetzt. Vor ihnen in der Ferne erhoben sich zwei riesige Gebäude; intuitiv nahm Mona an, dass dies ihr Ziel sein musste. Sie war ein paarmal daran vorbeigekommen, wenn sie Doña Maxi im Rollstuhl spazieren fuhr, und die Klinik, in der deren Neffe arbeitete, war nicht weit; flüchtig zog ihr die Erinnerung an César Osorio durch den Sinn. Wie verschieden sie waren, er und Tony; der eine salopp und penetrant, der andere sich seiner Position stets bewusst und wie hinter einer Wand.

»Es war sehr freundlich von Ihnen, uns zu begleiten«, verabschiedete sie sich und schüttelte dabei den Kopf, um die Vergleiche loszuwerden. Nimm dich zusammen, du albernes Ding, du hast weiß Gott schon genug um die Ohren.

Und mit dieser Geste und diesen dürren Worten beschied sie Tony, dass ihn alles Weitere nichts anging. Dass er sie in Frieden lassen möge.

In der Zwischenzeit hielt Luz unauffällig Ausschau nach einer Fluchtmöglichkeit. Die ganze Fahrt über hatte sie an Frank gedacht, an das, was am Nachmittag im Schlafzimmer geschehen war, und daran, dass ihm nicht die Hand ausgerutscht wäre, wenn sie am Tag davor nicht so bockig verkündet hätte, sie werde trotz seines Verbots in der Revue ihrer Schwester auftreten.

Monas Kommandoton riss sie aus ihren Reflexionen.

»Abmarsch!«

Und Tony ließ sich nicht abwimmeln. Er brannte vor Neugierde, und es wurmte ihn, dass diese junge Frau, die den Mumm hatte, eigenmächtig einen Nightclub aufzuziehen, ihn nicht in ihre Pläne einweihen wollte.

»Wenn Sie mir den Namen des Hotels sagen, könnte ich Ihnen vielleicht ...«

Ein scharfer Blick brachte ihn zum Schweigen; hast du nicht gehört, dass du verschwinden sollst?, sagten ihre Augen stumm. Er hielt ihr die offenen Handflächen entgegen. Okay, verstanden, hieß das. Keine weitere Diskussion.

Sie packte Luz am Arm und zog sie mit sich. Auch wenn sie es nicht wahrhaben wollte, widerstrebte es ihr zutiefst, sich von dem Bolitero zu trennen. Noch nie war sie ihm so nah gewesen, ihr war, als spürte sie noch immer seinen Körper, den schnellen, festen Griff und die Selbstverständlichkeit, mit der er sie gestützt hatte. Wie gern hätte sie keine Verpflichtungen gehabt, keinen unbekannten Grafen, den es von einer dämlichen Idee zu überzeugen galt, und kein Geschäft, das zum Laufen gebracht werden musste. Sich von allem befreit gefühlt, die Schuhe ausgezogen und gesagt, bring mich, wohin du willst, lass uns barfuß durch den Park rennen, die Füße in den Teich stecken, in der Abenddämmerung über das kühle Gras laufen. Aber sie mussten weiter, ihrem Weg allein folgen. Sie wusste, es war besser so.

Der Eingang des ersten Gebäudes wirkte einschüchternd: sechs große Säulen trugen eine Art Portikus, auf halber Höhe befand sich ein Vordach aus einer dunkelgrünen Metallkonstruktion mit goldenen Verzierungen, dann folgte eine Fensterreihe, weiter oben eine Handvoll Flaggen und darüber erhoben sich zwanzig Stockwerke, gekrönt von einem Dach, das, auch wenn sie das nicht wissen konnten, aus einer Laune des Architekten heraus einem französischen Château nachempfunden war.

»Hier wollen wir hin?«, flüsterte Luz, verzagt angesichts all der Pracht, und dabei handelte es sich noch nicht einmal um den Haupteingang.

»Das werden wir gleich sehen.«

Die beiden Portiers waren so ehrfurchtgebietend wie die Fassade. Groß, stämmig, blond, uniformiert und mit Tellermütze wie Offiziere einer unbestimmten Armee, in knöchellangen dunklen Mänteln mit glänzenden Litzen.

Mona atmete zweimal tief durch, ehe sie den links Stehenden ansprach.

Ist hier das Hotel St. Moritz?, fragte sie mit ihrem andalusischen Akzent, der die Endkonsonanten verschluckte. Und dabei deutete sie mit dem Finger nach drinnen, als zielte sie mit einer Pistole. Der Typ würdigte sie kaum eines Blickes. Da zog sie unter ihrem BH-Träger die Visitenkarte hervor und hielt sie ihm unter die Nase. Der andere schüttelte kaum merklich den Kopf. Das ist nicht hier.

Sie ging die teppichbelegten Stufen wieder hinunter zu Luz. Gehen wir, knurrte sie. Nach wenigen Schritten hielt das Zischen eines jungen Pagen sie auf.

»Was suchst du, chica, das St. Moritz?«, fragte er in karibischem Singsang, ohne seine Arbeit zu unterbrechen.

Er belud den Kofferraum eines Autos, und weil er Mona trotz ihrer schlechten Aussprache verstanden hatte, hob er den Kopf und sah sich die beiden an.

»Das hier ist das Plaza, da habt ihr was verwechselt«, erklärte er, während er einen wundervollen Lederkoffer verstaute. »Geht ein Stückchen weiter, ihr findet es auf derselben Straßenseite, gleich nebenan.«

Die Fassade war bei weitem nicht so prächtig, und die Portiers sahen nicht aus wie preußische Generäle, doch auch das Hotel St. Moritz machte mit seinen sechsunddreißig Etagen und an die tausend Zimmern eine Menge her. Sie lasen den Namen auf dem Türschild, hielten sich nicht mit Fragen auf, sondern marschierten hinein. Die Lobby, mit granatrotem, weißgemasertem Marmor ausgekleidet, verschlug ihnen den Atem; an einer Seite gab es einen riesigen offenen Kamin, auf der anderen hing ein Gemälde von verschneiten Berggipfeln, eine Hommage an die Alpen. Es gab Sofas, Sessel und Tische über einen großen Teil des Raumes verteilt, beinahe geräuschlose Kellner, juwelenbehängte Damen, schick ausstaffierte Herren und vornehm gedämpfte Stimmen.

Mona und Luz standen auf einem dicken, geometrisch gemusterten Teppich und brauchten eine Weile, bis sie wieder klar denken konnten. Noch nie hatten sie ein Hotel von innen gesehen, und dass es ausgerechnet eines mit fünf Sternen in einer der teuersten Straßen New Yorks sein musste, war eine überwältigende Erfahrung. Am Ende der Eingangshalle befand sich eine lange Theke, hinter der emsige Rezeptionisten Telefonanrufe entgegennahmen und die Gäste bedienten. Mit einem Klaps holte Mona Luz aus ihrer Verzückung.

»Los.«

Sie gingen darauf zu, ohne zu ahnen, dass sie, seit sie den Fuß über die Schwelle gesetzt hatten, scharf beobachtet wurden. Von einem Mann, der dafür zuständig war, auf Personen zu achten, die nicht an diesen Ort zu gehören schienen. Und das geübte Auge dieses Individuums hatte auf Anhieb erkannt, dass die beiden jungen Frauen nicht ins Schema passten.

Sie sind sich ähnlich, dachte der Mann, Schwestern vermutlich, auch wenn eine brünett ist und die andere rothaarig. Ausländerinnen, offensichtlich, Latinas oder Gitanas, mit diesem fremdartigen, etwas wilden Äußeren. Schön und attraktiv, kein Zweifel, aber mit der Kundschaft dieses Etablissements hatten sie nicht das Geringste gemein. Keine von beiden hatte Gepäck, nicht einmal Handtaschen hatten sie bei sich. Auf jeden Fall waren sie verdächtig; eine mögliche Quelle künftiger Probleme. Oft genug schon hatten sich scheinbar harmlose junge Frauen ins Hotel gemogelt, um einen angeblichen Bekannten oder Verwandten zu besuchen, und den ebenso begüterten wie gutgläubigen Gast, der sich in dieser kolossalen Stadt seine schlüpfrigen Träume zu erfüllen gedachte, am Ende ausgeplündert.

Er ließ sie kaum ein paar Schritte weit kommen, ehe er ihnen – ernst, steif, im Straßenanzug und mit einer spiegelnden Glatze – den Weg vertrat.

»Ladies?«

Verwirrt sahen sie ihn an, sie wussten seinen Tonfall nicht zu deuten. Wollte er ihnen guten Tag sagen, eine Frage stellen oder sie hinausschicken.

»Could you please let me know where you are heading to?«

Was redet der Typ da?, zischte Luz Mona zu. Ich verstehe kein Wort, antwortete die, ohne die Lippen zu bewegen. Doch ahnten beide, dass es sich nicht um einen Willkommensgruß handelte.

In erbärmlichem Englisch, untermalt von lebhaften Gesten, versuchte die Mittlere der Arenas zu erklären, dass sie an der Rezeption nach der Zimmernummer von one friend fragen wollten.

»Ladies, please ...«, wiederholte der Mann mit dumpfer Stimme. Und um jeden Zweifel auszuräumen, wies er mit dem Kinn Richtung Tür und hob auffordernd die Brauen.

Doch Mona war nicht gewillt, sich so abfertigen zu lassen, ihre Gestik wurde noch ausholender, ihre Stimme lauter.

»Wir sind hier, um one friend zu sehen!«

Die Hotelgäste in der Lobby drehten sich nach ihnen um; in den Sofas und Sesseln reckten sich Damenköpfe unter Hüten und Turbanen.

Zum Entsetzen des Hotelangestellten langte sich Mona in den Ausschnitt, um erneut die Karte des Grafen de Covadonga zu zücken; doch er missverstand die Bewegung und verzog das Gesicht noch mehr.

»Get out of here!«, knurrte er.

Das verstanden beide perfekt, jetzt begriffen sie endgültig, dass man sie hinauswerfen wollte, erst recht, als zwei weitere Männer in grauen Uniformen hinzukamen. Die Spannung steigerte sich; Luz mischte sich ein, um ihrer Schwester zur Seite zu stehen, die gestammelten Erklärungen der beiden wurden immer lauter und störten zunehmend die exquisite Ruhe des Ortes.

»One friend!«, schrie Luz.

»One Graf!«, schrie Mona. »One person very important in España is waiting auf uns!«

Irgendwann war die Grenze dessen erreicht, was als zumutbar galt. Eskortiert von drei Kerlen, die doppelt so schwer und einen halben Kopf größer waren als sie, standen sie in null Komma nichts auf der Straße.

Wütend, gedemütigt und verstört. Man hatte sie an die Luft gesetzt. Wieder einmal.

· 63 ·

»Hat wohl nicht geklappt, was?«

Er saß auf der Terrasse des eleganten Cafés im Erdgeschoss des Hotels, die Beine übereinandergeschlagen und eine Zigarette zwischen den Fingern. Auf dem runden Marmortischchen standen ein Aschenbecher und ein Getränk mit Eis.

Ohne ihre Antwort abzuwarten, ließ er den Blick rasch über die mit distinguierten Gästen besetzten Tische schweifen, dann drehte er den Kopf nach rechts, nach links, trank aus und erhob sich.

»Gehen wir.«

Er breitete die Arme aus, legte beiden die Fingerkuppen in die Taille und schob sie über die Straße auf den Park zu. Die beiden waren noch so benommen, dass sich keine wider-setzte.

Hinter sich hörten sie jemanden ärgerlich rufen, vermut-lich beschwerte sich der Kellner, dass er gegangen war, ohne zu bezahlen. Achtzig Cent für einen Scotch?, schimpfte Tony, bin ich verrückt?

Er nötigte sie, einen Schritt zuzulegen, bis sie die andere Straßenseite und den Eingang zum Central Park erreicht hat-ten, wohin ihnen gewiss kein Hotelangestellter folgen würde.

Sobald sie außer Sicht waren, blieb Tony stehen und frag-te Mona ohne Umschweife:

»Wie wichtig ist es dir, diesen Typen zu sehen?«

Zum ersten Mal nahm sie in seiner Stimme einen ernsthaf-ten Ton wahr. Die frühere Ironie, sein leichtfertiges, spaßiges Gehabe waren wie weggeblasen. Außerdem duzte er sie jetzt.

Sie ließ sich ein paar Sekunden Zeit mit der Antwort. Gern hätte sie gesagt, überhaupt nicht wichtig, kein bisschen; wenn sie mich nicht zu ihm lassen, gehe ich nach Hause und lasse es auf sich beruhen, ich schlage es mir aus dem Kopf, und die-se eingebildeten Stinkstiefel können mir den Buckel runter-rutschen. Aber der Erfolg des Nightclubs hängt davon ab, dachte sie, und zum Eröffnungsabend brauchen wir unbe-dingt einen Publikumsmagneten, und bedauerlicherweise ha-ben wir sonst niemanden, den wir fragen könnten.

»Sehr wichtig«, gestand sie schließlich in aller Offenheit.

»Na gut. Dann let's go, ich kenne jemanden, der uns hel-fen kann.«

»Ohne mich«, fiel ihm Luz ins Wort.

Beide starrten sie an.

»Ich komme nicht mit, ich … ich muss«, stotterte sie. »Ich muss jetzt gehen.«

Frank ging ihr nicht aus dem Kopf. Frank und sein Verhal-ten, Frank und sein Umgang mit ihr. Und je länger sie damit haderte, umso mehr wuchs in ihr die Überzeugung, dass der Streit im Grunde ihre Schuld gewesen war. Sie hätte ihn nicht unter Druck setzen dürfen, sie sollte ihm dankbar sein für alles, was er für sie tat, für ihre Karriere, für ihre Zukunft. Deshalb wollte sie zu ihm und ihm sagen, es sei alles in Ordnung. Sich sogar entschuldigen, denn womöglich war sie ja diejenige, die um Verzeihung bitten musste.

»Du gehst nirgendwohin«, erwiderte Mona barsch.

Seit Tony die Schwestern aus dem Haus hatte gehen sehen, spürte er die gereizte Stimmung zwischen ihnen. Als er sie dann vor dem Fahrplan in der Subway angesprochen hatte, waren ihm die Tränenspuren im Gesicht der Jüngeren aufgefallen, und bei einem Ruck der Bahn war ihr für einen Moment das Haar nach hinten geglitten, sodass er den violetten, geschwollenen Wangenknochen bemerkte: klare Indizien für die Tat eines Mistkerls. Allerdings beschloss er, den Mund zu halten.

»Du kommst mit uns«, beharrte Mona, »auf geht's!«

Ohne sich die Zeit zu nehmen, über sein Angebot nachzudenken, nahm sie seine Hilfe an. Jetzt war sowieso alles egal, schlimmer konnte es kaum kommen. Die widerstrebende Luz untergehakt und in vorsichtigem Abstand vom St. Moritz, überquerten die drei erneut die Neunundfünfzigste Straße. Sie bogen in die Sechste Avenue ein und umrundeten das Gebäude, bis sie vor der seitlichen Fassade standen. Tony führte sie in eine enge, finstere Gasse zwischen zwei hohen Gebäuden, und nach wenigen Metern fanden sie die große eiserne Tür des Lieferanteneingangs, die nur angelehnt war. Er steckte den Kopf hindurch, schlüpfte hinein und verschwand aus ihrem Blickfeld, nach kaum einer Minute war er wieder da. Hier lang, befahl er.

Den Rücken an die Wand gedrückt, warteten sie einen Moment in einem Gang. Aus der nahen Küche drangen un-

verwechselbare Gerüche und Geräusche: der Klang von Schöpf-
kellen gegen Metalltöpfe, das Klappern von Porzellan, das
Brutzeln von Fleischstücken auf dem Grill. Eine schrille, ner-
vöse Stimme trieb das Personal an: Come on! Come on!
Come on!

Tony war hellwach und aufmerksam. Ein rundlicher, ver-
schwitzter Mann mit einem Sack Mehl über der Schulter kam
vorbei, sie hielten die Luft an, er bemerkte sie nicht. Dann
gingen zwei Kellner in roten Westen vorbei, die sich wahrscheinlich verdrückt hatten, um vor ihrer Schicht noch eine
Zigarette zu rauchen; auch sie sahen sie nicht, und Tony ließ
sie ziehen. Der dritte war ein Junge mit einem Block Butter
in den Händen. Als er Tony leisen pfeifen hörte, wandte er
den Kopf.

»Ist Marito der Kubaner drin?«, fragte Tony ihn auf Englisch.

Der Junge, der das Gesicht voller Pickel hatte und gedankenverloren wirkte, brauchte ein paar Sekunden, doch dann
nickte er.

»Schick ihn raus, und du verdienst dir einen Nickel.«

Er starrte sie an, während er sich das Angebot überlegte,
er schien ein wenig begriffsstutzig. Als Tony die Hand in die
Tasche schob und nach der Fünf-Cent-Münze kramte, schien
er zu kapieren und sagte okay.

Wenig später trat der besagte Marito durch die Schwing-
tür, die die Küche von dem Gang trennte, in dem sie warteten. Er erwies sich als ein Mulatte mit dem Käppchen eines
Küchengehilfen, weißer Jacke und missmutigem Gesicht.

»Was hast du denn hier zu suchen, Bruder?«, rief er erstaunt, als er Tony erblickte.

Der Austausch war kurz und knapp, wie fast alles im überstürzten Leben des Lotterie-Runners. Folgendes brauche ich,
und ich brauche es sofort. Der andere schnalzte mit der Zun-

ge und schaute zur Tür, nicht dass man ihn draußen erwischte, während in der Küche der Teufel los war. Schließlich sagte er zu. Gib mir eine Minute, mal sehen, was ich tun kann. Wie, sagst du, heißt der Typ?

Tony schaute fragend Mona an.

»Graf de Covadonga«, gab sie zurück. »Alfonso de Borbón.«

Er verschwand mit flinken Schrittchen den Gang hinunter. In seiner Abwesenheit sagte keiner ein Wort, sie stellten keine Fragen, und Tony gab keine Erklärungen ab. Bis der Kubaner kurz darauf wieder da war.

»Zimmer 2609. Da lang.«

Gehen wir, flüsterte Tony. Die Zimmernummer hatten sie also, jetzt mussten sie nur seinem Freund folgen, er würde sie hinführen. Mehr Flure und Kurven, Türen und Betriebsräume. Die appetitlichen Düfte aus der Küche wurden bald durch den Geruch nach Wäscherei abgelöst, einige Male wären sie um ein Haar jemandem begegnet, doch fanden die vier Gestalten immer rechtzeitig ein Versteck. Schließlich erreichten sie einen großen quadratischen Vorraum, Marito schlug mit der flachen Hand kräftig auf den Knopf eines Lastenaufzuges, und die Türen glitten auseinander.

»Sechsundzwanzigster Stock, und mich hat keiner von euch gesehen.«

Die beiden Männer klopften sich zum Abschied kurz auf die Schultern. Wir sehen uns, Bruder, sagte Tony noch zu seinem Freund oder Bekannten oder was auch immer er sein mochte, das Konzept der Bruderschaft war sehr dehnbar unter den Hispanos der Stadt. Jedenfalls bezeichnete es die stillschweigende Übereinkunft, dass Tony dem anderen jetzt einen Gefallen schuldete. Als sich die Türen hinter den dreien zu schließen begannen, verzog sich der Küchengehilfe schleunigst.

Der Lastenaufzug begann sich ruckelnd aufwärts zu bewegen, nur das kreischende Geräusch der Motorwinden war zu hören. Zwei, drei. Ein Pfeil zeigte auf einem Halbkreis die Anzahl der Etagen. Fünf. Sechs. Auf ihrer Fahrt nach oben wurden sie von einem großen Wagen begleitet, der mit sauberer Wäsche, Bergen von weißen Laken und Stapeln von Handtüchern, beladen war. Neun. Zehn.

»Wie spät ist es?«, fragte Mona leise. Die Arenas hatten in ihrem ganzen Leben noch keine Uhr besessen.

»Viertel vor sieben«, gab er zurück.

Zu spät, sie war fast eine Stunde zu spät, für sechs hatte sie sich angekündigt. Vielleicht ist er gar nicht da, dachte Mona; vielleicht hatte er es satt zu warten und ist ausgegangen. Oder er hat anderweitig Besuch. Oder weiß der Himmel was. Zwölf. Dreizehn. Vierzehn. Und mit einem Mal dachte sie, dass Tony wohl doch langsam eine Erklärung verdient hatte.

»Diesen Herrn habe ich vor einigen Monaten kennengelernt, ich weiß nicht, ob er sich überhaupt noch an mich erinnert.«

Luz fragte im Flüsterton:

»Sag bloß, der Kerl, zu dem wir gehen, ist ein echter Graf!«

»Das nehme ich an. Er ist sehr prominent, und ich will ihn bitten, uns zu unterstützen, indem er zur Premiere der Show erscheint, in der Hoffnung, dass seine Anwesenheit hilft, Gäste anzulocken.«

Tony nickte zustimmend, Luz schnaubte nur, wusste aber nichts zu sagen. Sie verfielen alle drei in Schweigen, Seite an Seite, die Augen nach vorne gerichtet. Zwanzig. Einundzwanzig. Zweiundzwanzig.

»Und wie, meinst du, kannst du ihn dazu überreden?«

Dreiundzwanzig. Vierundzwanzig. Fünfundzwanzig. Dann bremste der Aufzug hart und brachte sie alle ins Wanken.

Sechsundzwanzigster Stock. Während sich die Türen aufschoben, gab Mona zu:

»Keine Ahnung.«

Mit erhobener Hand hielt Tony sie auf, um sich zunächst vorsichtig umzusehen. Freie Bahn, sagte er dann. Let's go.

Die Korridore waren prunkvoll, kein Vergleich mit der kargen Funktionalität des Kellers. Endlos lange Teppiche mit dichtem Flor und Ornamenten, stoffbespannte Wände und Pergamentlampen, die ein warmes, edles Licht verströmten. Hinter einigen Türen waren Stimmen, manchmal ein Lachen zu hören; ohne Zweifel reiche Leute mit viel Zeit, die sich zurechtmachten, um auszugehen, zum Essen, zum Tanzen, zum Schwelgen in den Freuden einer herrlichen New Yorker Frühlingsnacht.

Die Tür war cremefarben lackiert, wie alle anderen auch. In einem Bronzeoval vier Ziffern: 2609. Sie waren angekommen.

Mona holte tief Luft, schloss die Augen und atmete aus, während sie ihren Rock glattstrich und erfolglos ihre Haare zu bändigen versuchte. Sie klopfte mit den Fingerknöcheln an die Tür, sachte zuerst, dann entschlossener.

Von drinnen ertönte eine Männerstimme. Come in!

»Viel Glück«, flüsterte Tony zum Abschied.

Mona drückte bereits gegen die Tür, als er seinen Mund dicht an ihr Ohr brachte:

»Ich an seiner Stelle würde keinen Augenblick zögern.«

Als sie seinen Atem spürte, war es um sie geschehen. Sie erschauderte, und ohne darüber nachzudenken, ohne ihn auch nur anzusehen, packte sie ihn am Arm und zerrte ihn samt ihrer Schwester mit in das Hotelzimmer.

Er lag auf dem Bett, mehrere Kissen im Rücken, die langen Beine ausgestreckt, dunkle Hosen, weißes Hemd mit offenem Kragen, schwarze Socken. Ein Radio auf dem Nachttisch spielte leise eine melodische Musik, ohne Gesang, rein instrumental. Um ihn herum lagen etliche handbeschriebene Bögen über die Brokatdecke verstreut und zwei Umschläge mit ausländischen Briefmarken und Absendern, Zeitschriften und Kataloge, ein Zigarettenetui, ein randvoller Aschenbecher.

Mona erinnerte sich kaum an seine Züge, aber als sie ihn vor sich sah, erkannte sie ihn auf der Stelle: das längliche Gesicht, den feinen Oberlippenbart, die straffe Haut, die breite Stirn mit den Geheimratsecken, das glatt nach hinten gekämmte helle Haar und die riesigen blauen wässrigen Augen, in denen in jener fernen Nacht das Grauen gestanden hatte und die er jetzt erschrocken aufriss, als mit einem Mal drei wildfremde Menschen in seinem Zimmer standen.

»Guten Abend, Herr Graf«, sagte Mona vorsichtig und verlegen.

Er setzte sich auf.

»Guten Abend«, erwiderte er und runzelte die Brauen. Ohne sich zu erheben, nur den Oberkörper aufgerichtet, fügte er unwirsch hinzu:

»Mit wem habe ich das Vergnügen?«

»Also«, begann Mona und näherte sich zwei Schritte. »Sie werden sich vermutlich nicht mehr an mich erinnern, es ist schon eine Weile her, aber da sind Sie von ein paar Männern mit Fragen und einer Kamera belästigt worden, die hätten Sie fast umgestoßen, und ich war gerade in der Nähe und habe Ihnen geholfen, auf den Beinen zu bleiben, und Sie haben mir gesagt ...«

Er unterbrach sie schneidend.

»Und wo soll diese Begegnung stattgefunden haben?«

Wahrscheinlich war er schon öfter von Presseleuten bedrängt worden und brauchte nähere Angaben, um sich der Situation zu entsinnen. Doch Monas mangelhafte Kenntnisse der Geografie von New York erlaubten ihr nicht, sich an die Adresse der Señora zu erinnern, bei der sie an jenem Abend gearbeitet hatte.

»Das war«, sie stockte und kräuselte die Lippen, »als Sie aus dem Haus dieser adligen Dame kamen, die gleich neben dem Park wohnt.«

»Und von welchem Zeitpunkt reden wir hier genau?«

»Na ja, so im März wird das gewesen sein, denke ich.«

Dem Grafen schien dieses Ereignis gänzlich entfallen zu sein; außerdem irritierte es ihn, dass dieses Trio so unvermutet hereinschneien konnte, ohne dass ihm die Rezeption Bescheid gegeben hatte. Er war unsicher, ob die junge Frau die Wahrheit sagte oder sich die Sache nur ausgedacht hatte, um sich sein Vertrauen zu erschleichen und ihm im Anschluss Informationen zu entlocken. Über seine turbulente Ehe vor allem, denn das war es, worüber alle Welt etwas erfahren wollte. Oder über die permanenten Spannungen zwischen seinem Vater und ihm. Oder über die Tätigkeit, der er, zum Entsetzen aller innerhalb und außerhalb der Familie, in letzter Zeit nachging, denn er stand bei der British Motors Ltd. unter Vertrag und war damit der erste Bourbone aller Zeiten mit einer bezahlten Beschäftigung, wenngleich es sich lediglich um repräsentative Aufgaben und nicht um richtige Arbeit handelte. Über alles das hätte er diesen Unbekannten lange Vorträge halten können, damit sie es hinterher über die amerikanische, spanische, europäische Presse in alle vier Himmelsrichtungen posaunten. Seine Aussagen wären pikant; er könnte ihnen sogar exklusive Neuigkeiten bezüglich seiner bevorstehenden Scheidung liefern, jetzt, da seine Frau und er nicht einmal mehr brieflich miteinander verkehrten. Die Nachricht würde einschlagen wie eine Bombe, sosehr er auch unter dem Gefühl leiden mochte, versagt zu haben, weil seine überwältigende Liebesgeschichte gerade mal drei Jahre gedauert hatte.

Während dem Grafen diese Überlegungen durch den Kopf rasten, versuchte Mona weiter, seinem Gedächtnis auf die Sprünge zu helfen.

»Und an diesem Abend haben Sie mir Ihre Karte gegeben. Sehen Sie, hier habe ich sie.«

Ohne seine Aufforderung abzuwarten, tat sie ein paar Schritte auf ihn zu, bis sie neben dem Bett stand und ihm das Stückchen Karton hinhielt.

»Eine meiner Visitenkarten, ja.«

Es wäre nicht das erste Mal, dass jemand mit finsteren Absichten an ihn herantrat, dachte er, während er auf die bedruckte Karte stierte. Sie könnten sogar Räuber sein, obwohl bei ihm nicht viel zu holen war, denn außer dem goldenen Zigarettenetui und dem Satz silberner Bürsten auf dem Toilettentisch hatte er nur ein paar Dollar im Zimmer; seit ihn sein Sekretär und Pfleger Gottfried einige Tage zuvor verlassen hatte, kümmerte sich niemand um seine desaströsen finanziellen Verhältnisse. Und befände sich das Goldene Vlies noch in seinem Besitz, läge es natürlich sicher verwahrt im Hoteltresor.

Zwischen den stoffüberzogenen Wänden breitete sich eine atemlose Stille aus, Straßengeräusche drangen kaum durch das geschlossene Fenster in der sechsundzwanzigsten Etage. Mona rang die Hände, Luz und Tony warteten diskret im Hintergrund, ohne zu wissen worauf, und der Graf saß auf dem Bett und blickte unschlüssig und verwirrt auf die Karte.

»Fassen Sie sich kurz, wenn es recht ist, Señorita: Wer sind Sie, und was wollen Sie von mir?«

Mona kam es vor wie ein Silberstreif am Horizont. Zumindest ließ er sich herab, sie anzuhören. Eifrig, überschäumend fing sie an zu erzählen, verhaspelte sich, verschluckte ganze Satzteile und bemühte sich, ihre Geschichte so weit wie möglich zu komprimieren, falls er es sich plötzlich anders überlegen und sie wegschicken oder nach den Hotelangestellten rufen sollte, die sie so grob der Hotelhalle verwiesen hatten. Ihre Namen, ihre Herkunft, ihre Pläne, das alles sprudelte aus ihr hervor, während die riesigen hellen Augen des Mannes, der König von Spanien hätte werden können, sie betrachteten, fast ohne zu blinzeln.

»Mal sehen, ob ich Sie recht verstehe: Sie wollen mich also zu einer Einweihung einladen?«

»Ganz recht, Señor.«

»Und wo, sagen Sie, ist dieser Nightclub?«

»In der Vierzehnten Straße, Señor.«

»Und Sie sind die Eigentümerin?«

»Meine Familie, besser gesagt. Zusammen mit meiner Mutter und meinen Schwestern«, erläuterte sie und wies auf Luz. »Aber das meiste mache ich; sie haben andere Pflichten. Und dann ist noch Fidel dabei, der mir hilft.«

Der Graf drehte sich zur Seite, um nach einem Büchlein zu greifen. Alle drei folgten seiner Bewegung mit den Augen und erblickten auf dem Nachttisch ein Telefon, mehrere Arzneifläschchen, eine Spritze und ein Paket Watte.

»Fidel Hernández?«, las er. Für sechs Uhr angekündigt und nicht erschienen. Tatsächlich, da stand es.

»Genau der.«

»Und dieser Fidel sind Sie?«, fragte der ehemalige Thronerbe und richtete sich direkt an Tony, doch Mona fuhr dazwischen:

»Nein, Señor, Fidel hat leider nicht kommen können.«

»Und Sie haben auch mit diesem Nightclub zu tun?«

Beide antworteten im Chor:

»Ja.«

»Nein.«

Tony runzelte verdutzt die Stirn

»Er ist kein Miteigentümer, er ist unser Barmann.«

»Aha.« In den Augen Alfonso de Borbóns blitzte ein Funken Ironie.

»Das heißt, in diesem Moment befinden sich nicht nur die Eigentümerinnen eines erfolgversprechenden Nightclubs, sondern zugleich ein erfahrener Barmann in meinem Hotelzimmer.«

»Ganz zu Ihren Diensten, Señor«, antwortete Tony, ohne mit der Wimper zu zucken.

Der Mann auf dem Bett weckte eine ungeheure Neugierde in ihm; er wusste nicht, wer er war, nichts über seinen Stammbaum, seine Kindheit im Prunk des Königspalastes, seine abgeschiedene, leidvolle Jugend, als er sich immer wieder im Sommerschloss La Quinta in El Pardo verkroch, wo er Trappen jagte, Hühner züchtete und Gemüse zog, um sich zu erholen und den Turbulenzen von Madrid zu entgehen.

Die Proklamation der Zweiten Republik im April 1931, die gewalttätige Reaktion der Massen gegen den Königspalast, die überstürzte Flucht ins Exil ... auch wenn die drei vor ihm von alldem nichts wussten, waren es diese Erinnerungen, die den ehemaligen Prinzen von Asturien Nacht für Nacht quälten. Der Aufbruch des Vaters, der in seinem Sportwagen nach Cartagena und von dort in der Uniform eines Generalkapitäns mit einem Schiff nach Frankreich gefahren war, wo er wie ein gewöhnlicher Bürger, in einem Alpakamantel und mit einer Melone auf dem Kopf, von Bord gegangen war. Die Königin und die sechs Infanten reisten, auf verschiedene

Autos verteilt, nach Galapagar, dann weiter mit der Eisenbahn nach Hendaya und von dort nach Paris. Ihn hatten sie mit der Unterstützung von Freunden wie ein hilfloses Bündel aus seinen Wohnräumen im Erdgeschoss getragen, wegen eines neuerlichen Rückfalls war er nicht imstande, sich auf den Beinen zu halten. Er konnte den Wagen auch nicht verlassen, als alle anderen ausstiegen und ein Fotograf seine Mutter und seine Geschwister inmitten der Madrider Sierra ablichtete, wie einfache Touristen auf den Steinen sitzend, verängstigt, noch ohne richtig verinnerlicht zu haben, dass sie in die Verbannung gingen; die Königin rauchte eine Zigarette und schnippte die Asche ins Gestrüpp, während sie mit der anderen Hand die blauen Augen beschirmte, als wollte sie diesem rauen fremden Land, wo man sie nie gut behandelt hatte, adiós sagen.

Die bittere Trennung seiner Eltern in den folgenden Monaten; der spanische König in Rom niedergelassen, die englischstämmige Königin in Fontainebleau. Die Unterkünfte der Familie, bar aller höfischen Pracht, die Geschwister, die ihre Positionen bezogen, seine Aufenthalte in diversen Sanatorien. Die Trauung mit Edelmira in Lausanne, zu der kein einziges Familienmitglied erschienen war, die armselige Bleibe des Paares in Evian, die erschütternde Nachricht vom Tod seines Bruders Gonzalo, der noch vor seinem zwanzigsten Lebensjahr nach einem scheinbar harmlosen Autounfall innerlich verblutet war, wie es zwei Jahre später auch ihm widerfahren sollte.

Die ersten Zwiste, die wachsende Abneigung zwischen Gottfried und Edelmira, die finanziellen Schwierigkeiten, Edelmiras Aufregung über seinen exzessiven Schmerzmittelkonsum, die äußeren Zwänge und ihre zermürbenden Kräche, die Ernüchterung des ehelichen Alltags. Die zunehmend trübe Beziehung zu seinem Vater, das gute Verhältnis zu seiner Mutter, das eigennützige Drängen der höfischen Speichellecker, er möge seinen Irrtum eingestehen und Edelmira verlassen, der Druck auf den Vatikan, um eine Annullierung zu erwirken. Die erste Ankündigung ihrer Trennung kaum anderthalb Jahre nach der Hochzeit, ihr wortloses Verschwinden aus Cherbourg, ihr reger Briefwechsel, das Wiedersehen in New York fünf Monate später. Seine unüberlegten Äußerungen gegenüber der sensationslüsternen Presse, die mutmaßlichen Filmangebote aus Hollywood, aus denen nie etwas werden sollte. Havanna, Edelmiras Familie, ihr schwieriges Miteinander, die allmählich unerträgliche Missstimmung zwischen Gottfried und seiner Frau. Seine schwere Erkrankung im vergangenen Februar, der Abszess am Oberschenkel, der Zusammenbruch, der päpstliche Nuntius, der ihm in der Residenz, die sie in El Vedado angemietet hatten, die Letzte Ölung spendete, die Transfusionen, die Elektrotherapie, die Besserung, der Besuch der Herzogin de Lécera aus Frankreich, die ihn im Namen seiner Mutter überreden sollte, mit dem Unsinn aufzuhören und zu den Seinen nach Europa zurückzukehren.

Alles das gehörte, ohne dass einer der drei etwas davon ahnte, zum Leben dieses Grafen, der jetzt eine Pall Mall in seine lange Ebenholzspitze steckte, ein Streichholz anriss und die Zigarette anzündete. Beim ersten Zug sah er die jungen Leute prüfend an, den Rauchgeschmack im Mund, versuchte er abzuschätzen, was er riskierte, falls er ihnen eine Chance gäbe. Die Mädchen waren zweifellos hübsch, rassige Schönheiten aus der Heimat, gekleidet mit amerikanischer Anmut und Leichtigkeit; auch der junge Mann wirkte an und für sich nicht bedrohlich, sondern eher sympathisch, und was sie von ihm wollten, war auch nichts so Außergewöhnliches. In New York gab es eine Menge Spanier, und seit er hier war, hatten bereits einige angefragt, ob er nicht einen Laden oder eine Versammlung besuchen könne, einfach nur um seiner Anwesenheit willen.

Wenn er sich bereit erklärte, sie anzuhören, und sie sich nicht als unerwünschte Eindringlinge vom Hals schaffte, tat er womöglich ihnen einen Gefallen und sich selbst gleich mit, überlegte er. Den ganzen Tag hatte er mit niemandem geredet außer der unleidlichen Krankenschwester, die ihm morgens seine Spritze gab, und dem polnischen Kellner, der ihm das Frühstück und das Mittagessen servierte. Und die Stunden dehnten sich ins Unendliche, und wenn er nicht eine Weile mit diesen Fremden über was auch immer plauderte, würde es wahrscheinlich wieder einmal Nacht werden, ohne dass er einen Hauch von menschlicher Wärme gespürt hätte.

»Verzeihen Sie, dass ich nicht aufstehe«, sagte er und atmete Rauch aus. »Aber laut ärztlicher Verordnung ist es meiner Gesundheit umso zuträglicher, je mehr Stunden ich im Liegen verbringe.«

Wieder neigte er den Oberkörper zum Nachttisch und nahm den schweren Telefonhörer von der Gabel. Sie hielten den Atem an, als der Graf den Zeigefinger in eines der Löcher der Wählscheibe steckte und diese mit einem beunruhigenden Geräusch zu drehen begann. Sie dachten, das sei das Ende; es sei einfältig gewesen zu glauben, ein Mann dieser Kategorie könne sich herablassen, einer Bande von Träumern zu helfen, ein Unternehmen in Gang zu bringen, das weitab der Straßen und Menschen lag, die dieser Herr frequentierte. Oder frequentiert hatte, denn es ging ihm bereits seit zwei Wochen sehr schlecht, in den letzten drei Tagen war er gar nicht mehr aufgestanden, und niemand schien sich an ihn zu erinnern.

Sein Faktotum Gottfried, der Schweizer, hatte ihm mitgeteilt, er werde ihn praktisch von heute auf morgen durch einen hypertonischen Millionär aus Detroit ersetzen – auch ein Hotelgast, den er kennengelernt hatte, als er ihm wegen eines Ohnmachtsanfalls beim Frühstück spontan erste Hilfe leistete –, dem er für das Dreifache des Lohns, den zu zahlen sich der Graf erlauben könne, seine Begleitung auf einer Reise an die französische Riviera zugesagt habe. Er hätte ihn wohl auch für weniger Geld verlassen, denn der Schweizer wünschte sich nichts sehnlicher, als Amerika den Rücken zu kehren.

Die in New York ansässigen monarchistischen Spanier hatten ihm zwar einen gebührenden Empfang bereitet und die unumgänglichen Huldigungen dargebracht, bald jedoch ihre Besuche, Einladungen und Telefonanrufe auf ein Mininum beschränkt, immerhin gestalteten sich die Beziehungen zwischen Vater und Sohn nach wie vor äußerst schwierig. Letzten Endes befand sich die Krone mit Alfonso XIII. im Exil, und wer wusste, was geschehen mochte, wenn man sich dem widerspenstigen Erstgeborenen gegenüber jetzt zu großmütig zeigte. Ein ähnliches Verhalten, wenn auch aus anderen Gründen, ließ sich bei den kubanischen Potentaten beobachten, die ihn zuvor bei allen möglichen Feierlichkeiten und Empfängen dabeihaben wollten, fasziniert von dieser märchenhaften Liebesheirat zwischen dem ehemaligen Prinzen von Asturien und einer Landsmännin, die er in einem Schweizer Kurort kennengelernt hatte; auch sie hatten aufgehört, ihn zu umschmeicheln, seit das Paar getrennte Wege ging. Niemand rief an und bat ihn um einen Vortrag oder ein Radiointerview, wie man ihm versprochen hatte, kein Mensch wollte irgendetwas von ihm. Und alle diese Opportunisten und Gelegenheitsfreunde – Spanier, Kubaner, Amerikaner, das machte keinen Unterschied –, die ihn in den ersten Tagen mit euphorischer Herzlichkeit willkommen geheißen und seine unerhörte Entscheidung für den Thronverzicht aus Liebe sogar bejubelt hatten; die über seine Einfälle gelacht oder darum gewetteifert hatten, sich an seiner Seite fotografieren zu lassen, die Gefährten seiner weinseligen Nächte, als der Horizont in diesem modernen Land der Demokratie und der Freiheit noch verheißungsvoll leuchtete, sie alle waren verstummt und unsichtbar geworden. Sie hatten sich aufgelöst wie Salz in Wasser und ihn schwach, gebrechlich und schwermütig zurückgelassen, einen Staatenlosen, allein in der immensen Stadt.

»Covadonga speaking«, sagte er ins Telefon. »Lassen Sie meinen Wagen vorfahren, ich denke, ich werde ihn brauchen.«

Noch ehe die Erleichterung ihre Mienen aufhellen konnte, hatte er den Hörer aufgelegt und verkündete:

»Einverstanden. Ich bin bereit, darüber nachzudenken, ob ich Ihren Nightclub besuche, aber nur unter einer Bedingung. Gehen Sie heute Abend mit mir aus.«

· 65 ·

Gelassen und zielstrebig, als wären sie die vornehmen Bewohnerinnen einer der besten Suiten im St. Moritz, durchschritten Mona und Luz die Lobby, Tony folgte ihnen mit etwas Abstand; sie begegneten einigen der Angestellten, die an ihrem Rauswurf beteiligt gewesen waren, und gingen erhobenen Hauptes an ihnen vorbei, ohne sie eines Blickes zu würdigen; in der Nähe des Ausganges hielt sich auch wieder der glatzköpfige Türsteher auf, der über den guten Namen des Hotels wachte, und als Mona ihm zuzwinkerte, zeichnete sich auf dem Gesicht des Mannes säuerliches Erstaunen ab.

Es wurde dunkel, als sie herauskamen, die Straßenlaternen brannten schon, und die Scheinwerfer der Autos zeichneten helle Lichtkegel auf die Fahrbahn.

»Ich jedenfalls gehe heute nirgendwo mehr hin«, erklärte Luz ein weiteres Mal.

Im Zimmer des Grafen hatte sie sich korrekt betragen, ebenso überwältigt wie die anderen. Jetzt, da es vorbei war, gewannen jedoch ihre eigenen Probleme wieder die Oberhand.

»Fängst du schon wieder an?«

Verblüfft erlebte Tony, wie sich die Arenas-Schwestern vor dem St. Moritz inmitten von Straßenpassanten und den ein und aus gehenden Hotelgästen, die ihnen ausweichen mussten, lautstark in die Haare gerieten. Wieder einmal.

Mit Mühe, indem er jede an einem Arm packte und kräftig zog, gelang es ihm, die beiden kreischenden Frauen von der Hoteltür wegzuzerren, und als sie weit genug entfernt waren, unterbrach er sie herrisch.

»Señoritas, ich fürchte, dies ist weder der richtige Moment noch der richtige Ort.«

Es war fast acht, sie hatten nur noch zwei Stunden Zeit.

Ich erwarte Sie um halb zehn, hatte Alfonso de Borbón gesagt; nein, lieber um zehn, ich habe keinen Diener mehr und brauche länger zum Anziehen. Ich lade Sie ein, wir essen spät zu Abend, wie in Spanien, das ist doch in Ordnung für Sie, oder? Alle drei nickten, noch immer ein wenig ungläubig. Wohin könnten wir gehen? In Vorfreude auf das unerwartete Abendprogramm rieb er seine langen knochigen Hände, während er seine Lieblingslokale durchging. Ins El Fornos vielleicht?, das ist in der Nähe und hat bis Mitternacht geöffnet. Oder ins Jai-Alai, dessen Besitzer Valentín Aguirre vergangenen Monat ein Essen für mich organisiert hat und uns auch zu dieser Uhrzeit noch etwas servieren würde. Oder wir suchen uns ein kubanisches Lokal mit Tanzvorführung aus, ich sehne mich nach einem guten Daiquiri. Wie wäre es mit dem Club Yumurí? La Conga? Havana-Madrid? Aber es könnte ja sein, dass die Damen es gern etwas amerikanischer hätten, wie zum Beispiel … Dann hatte er mit der flachen Hand auf die Tagesdecke geschlagen und gelächelt. Ich hab's, wir gehen ins Waldorf, die Languste in Buttersauce ist sensationell, und außerdem spielt bestimmt Cugui mit seinem Orchester. Wir werden einen tollen Abend verbringen, Sie werden sehen!

Mit diesen Worten hatte der Graf sie einstweilen entlassen und ins Grübeln gebracht, während sie die sechsundzwanzig Stockwerke hinunterfuhren und es kaum glauben konnten. Darum trieb Tony, der inzwischen selbst bis zum Hals in dem irren Unterfangen steckte, jetzt zur Eile.

»Aber ich …«, setzte Luz erneut an.

Tony schnitt ihr leicht spöttisch das Wort ab.

»Dafür, dir von dem Drecksack, der dir das angetan hat, die andere Seite auch blauschlagen zu lassen, ist immer noch Zeit, honey. So scharf du auf die nächste Tracht Prügel auch sein magst, bis morgen kann das sicher warten. Los, auf geht's!«

»Auf geht's? Wohin denn?«, fragte Mona perplex. »Es ist noch früh.«

»Uns ausstaffieren. Ihr wollt ja wohl nicht so ins Waldorf Astoria gehen!«

Seine Geste umfasste ihre Aufmachung, einschließlich seiner eigenen. Mona schaute an ihrem geblümten Kleid hinunter zu den Seidenstrümpfen und den gefütterten Schuhen, dem Inbegriff der Noblesse für ein Mädchen, das sein halbes Leben barfuß gelaufen und mit einem armseligen Koffer voll plumper Hauskleider in Manhattan von Bord gegangen war.

»Etwas Besseres haben wir nicht«, gestand sie.

»Das ließe sich ändern, wenn wir uns endlich in Bewegung setzten, let's go.«

Luz hörte ihrem Gespräch nicht zu, sondern dachte über das nach, was Tony gesagt hatte. Frank würde sie nie mehr schlagen, dessen war sie sich sicher; das heute Nachmittag hatte sich nur blödsinnig hochgeschaukelt. Sie kannten ihn nicht, sie hatten beide keine Ahnung, was er alles für sie tat, welche Mühen er auf sich nahm. Aber wie auch immer, heute Abend würde sie ihn vermutlich sowieso nicht mehr finden, es war zu spät, um ihn noch im Büro anzutreffen, die Plattenläden waren geschlossen, und eine andere Möglichkeit, Kontakt mit ihm aufzunehmen, hatte sie nicht. Obwohl sie ihn immer wieder danach fragte, hatte sie nie erfahren, wo, wie und mit wem er lebte. Somit, wenn auch übellaunig und ohne ein Wort, gab sie schließlich nach, und als Tony pfiff und ein Taxi am Bordstein hielt, setzte sie sich still neben ihre Schwester auf die Rückbank.

Die Fahrt war kurz, der Mann aus Tampa verriet ihnen nicht, wohin es ging; vielleicht wollte er sie überraschen, oder vielleicht hatte er auch einfach vergessen, sie zu informieren, weil er so vertieft in sein übliches Geschacher mit dem Fahrer war: Lose, Zahlen, Scheine, die von einer Hand zur anderen gingen. Vor einem Laden in der Dritten Avenue stiegen sie aus. Sie verstanden nicht, was das Schild PAWN SHOP bedeutete, und errieten auch nicht, was es mit diesem Geschäft auf sich hatte, in dessen Schaufenster sich die unterschiedlichsten Gegenstände türmten: Radiogeräte, Barbierstühle, Lampen, Regenschirme, Geigen, Hutschachteln.

Tony pochte an die geschlossene Glastür, kurz darauf öffnete ein buckliges Männlein, das ihm kaum bis zur Schulter reichte. Shalom, Mister Bensalem, begrüßte er ihn fröhlich. Sie tauschten ein paar freundliche Worte auf Englisch, Tony riss wohl einen Witz, denn der Alte lachte mit einem asthmatischen Rasseln.

Oh, you're coming from old Sepharad!, sagte er, als Tony

ihm die beiden als Freundinnen aus Spanien vorstellte. Und er begann, in einem sonderbaren Spanisch zu ihnen zu sprechen, bis Tony ihm wohlwollend auf den Rücken klopfte.

»Wir sind ein bisschen in Eile, mein Lieber, gehen wir ins Lager?«

Während er mit flinken Schrittchen vor ihnen hertrippelte, sahen sie die Kippa auf seinem Scheitel. Das Hinterzimmer des Ladens kam ihnen vor wie die Höhle von Ali Baba: vollgestopfte Regale, Truhen, Dutzende von Koffern, eine Menge Möbel und Einrichtungsgegenstände, Berge von Gerätschaften aller Art. Von der Decke hingen Fahrräder, Schlitten, Babywiegen; in einer Ecke standen fünf oder sechs Klaviere.

»Gehört das alles ihm?«, fragte Luz Tony leise von hinten.

»Zeitweilig schon. Bis die Eigentümer genug Geld zusammenhaben, um es wieder abzuholen, sofern ihnen das je gelingt.«

Ein Pfandleihhaus, darum handelte es sich. Und zuallerhinterst, wo der überquellende Lagerraum noch einmal um die Ecke ging, fand Tony, wonach er suchte. An langen Stangen drängten sich Hunderte gewissenhaft geordneter Kleidungsstücke. Mäntel, Uniformen, Kindersachen, Brautkleider …

»Bitte schön, prinsesiz, hier könnt ihr stöbern und euch etwas aussuchen«, sagte der Sepharde in der alten Sprache seiner Vorfahren und legte die Hand auf den Teil, wo Dutzende von Abendroben hingen.

Taft, Samt, Satin, Seide; alle Stile, Farben und Größen. Monas und Luz' Augen wurden immer größer.

»Und für meinen Freund, den Bolitero«, setzte er hinzu, »gibt es hier etwas.«

Er führte Tony ein paar Meter weiter zur Herrenbekleidung, während sie, von ihrem anfänglichen Schock schnell erholt, eifrig zu suchen begannen. Sie zogen einzelne Modelle heraus, befühlten und bewunderten, hielten sich die Kleiderbügel unters Kinn, um einander ihre Fundstücke zu präsentieren.

»Fertig?«, fragte Tony nach wenigen Minuten. Er war offenbar schon so weit; in einer Hand hielt er einen Bügel, auf dem mehrere Sachen übereinanderhingen, in der anderen einen Zylinder.

Mona entschied sich letztlich für ein weinrotes schulterfreies Seidenkleid; Luz für ein gewagteres aus Goldlamé mit tiefem Rückendekolleté. Keine von beiden fragte sich, für wen sie genäht waren oder wer sie zu anderen Gelegenheiten getragen haben mochte; für derartige Spekulationen hatten sie keine Zeit, denn der alte Jude rief schon wieder nach ihnen.

»Jetzt Schuhe, prinsesiz.«

Damit deutete er auf mehrere überfüllte Regale, und noch einmal bekamen sie Stielaugen. Sandalen aus gefärbtem Leder, gefütterte Mokassins, geschlossene und offene Schuhe, hohe, mittelhohe, flache Absätze. Sie konnten sich nicht entscheiden, probierten, sortierten aus, stritten, während Tony sie scheuchte, kommt schon, Mädels, wir müssen gehen, es wird sonst zu spät. Suchen Sie den Señoritas noch zwei Handtaschen heraus, Mister Bensalem, wenn Sie so nett wären.

Eine Viertelstunde später saßen sie erneut im Taxi, beladen mit Kleidern und Accessoires, ohne dass es sie auch nur einen einzigen Dollar gekostet hätte, ein paar Lotterielose hatten genügt, um den Handel zu besiegeln. Morgen früh haben Sie alles zurück, versprochen!, rief Tony durchs offene Wagenfenster. Der kleine alte Mann nickte von seiner Tür aus, lächelte, hob die Hand. Shalom.

Ihr nächstes Ziel war die Einhundertsechzehnte Straße, ein gutes Stück weiter nördlich, in einer Gegend, die man bereits Spanish Harlem zu nennen begann. Viele Leute hielten sich auf der Straße auf, es roch nach Reis mit Straucherbsen und gebratenen Grieben, alte Männer standen in Grüppchen beieinander, rauchten, plauderten und lachten zahnlos. Tony, die Arme voller Garderobe und flankiert von den beiden Mädchen, hob den Kopf und rief ein paarmal zu einem der oberen Fenster in einem bescheidenen Gebäude hinauf:

»Adela!«

Kurz darauf erschien dort eine reife, füllige Frau mit einem bunten Kopftuch.

»Was willst du denn noch um diese Zeit, du Spinner?«

»Einen Gefallen für meine Freundinnen.«

»Ave María! Aber ich habe doch längst geschlossen.«

»Du weißt, dass ich es wiedergutmachen werde. Es ist ein Notfall, mein Schatz.«

Adela begutachtete die Mädchen von oben und überlegte einen Moment.

»Das wird mühsam mit diesen Wuschelköpfen, ich rufe lieber meine Cousine Josefita, damit sie mir helfen kommt.«

Für Mona war es das zweite Mal in ihrem Leben, dass sie einen Friseursalon betrat, für Luz das dritte. Ihr erster gemeinsamer Besuch hatte anlässlich der Hochzeit Victorias stattgefunden, da waren sie bei Italienerinnen in der Sechzehnten gewesen, die ihnen in Casa Moneo empfohlen worden waren. Später hatte Frank Kruzan Luz in einen modernen, in schrillem Pink gestrichenen Salon in der Nähe des Times Square geführt; hier lassen sich die angehenden Stars alle die Haare machen, baby, hier weiß man besser als irgendwo sonst, was zu tun ist. Sie war wasserstoffgebleicht, mit geröteter Haut, wo zuvor ihre Brauen gewesen waren, und einem unguten Gefühl im Bauch wieder herausgekommen.

Jener Ort mit seinen kugelförmigen Lampen, riesigen Spiegeln und spektakulär blondierten jungen Frauen ähnelte in fast nichts diesem Salon, den die Puerto Ricanerin Adela im

Parterre ihres Apartmenthauses betrieb, einem bescheidenen Laden mit zwei abgeschabten Wohnzimmersesseln statt professioneller Stühle, zwei ungleichen halbblinden Spiegeln, einem einzigen Waschbecken und einigen Ausschnitten aus Zeitschriften, die zur Dekoration an die Wände geheftet waren. Doch war es das einzige Etablissement dieser Art, das Tony kannte, weil Adela unter ihren Kundinnen seine Lose vertrieb.

Jede Woche kam er vorbei, um mit ihr abzurechnen und eine Weile mit ihr zu plaudern, und deshalb wusste er, dass sie ihm diese Bitte nicht abschlagen würde, obschon es nach neun war.

Setzen Sie sich, meine Damen, mal sehen, was wir in der kurzen Zeit tun können, die uns der verrückte Bolitero gewährt. Hochgesteckt oder offen, wie hätten Sie es denn gern? Offen, sagten beide wie aus einem Mund. Mit Hilfe von Bürsten und heißen Lockenscheren arbeiteten sie vierhändig; während sie in ihrem weichen Dialekt scherzten und pausenlos von ihrem Viertel und ihrer Insel erzählten, schufen die beiden Frauen im Handumdrehen zwei glänzende Schöpfe mit Seitenscheitel und schwungvollen Wellen. Und jetzt, verkündete Adela, ein bisschen Make-up. Lippen, Wimpern, eine deckende Creme, um die Schwellung auf Luz' Wange zu kaschieren. Lass die Finger von diesem Mann, Kleine, vergiss den Mistkerl, bevor er noch weiter geht, denn wenn sie damit erst einmal angefangen haben, finden sie kein Ende mehr. Das flüsterte die leidgeprüfte Friseurin Luz zu, als sie ihr mit der Zeigefingerkuppe sanft über die blutunterlaufene Stelle strich und Luz sich zusammennahm, um sich den Schmerz nicht anmerken zu lassen. In diesem Moment kam Tony herein, wodurch sie einer Antwort enthoben war.

»Fertig?«

Die vier Frauen wandten sich um; drei von ihnen brachen

in Gelächter und jubelnden Beifall aus. Der Broker illegaler Glücksspiele trug nicht mehr den zerknitterten hellen Leinenanzug, in dem er sie den ganzen Nachmittag begleitet hatte, sondern einen exquisiten Frack mit gestärkter Hemdbrust und weißer Fliege, das blonde Haar mit Brillantine zurückgekämmt.

»Ein Bild von einem Mann!«, kreischte Adela zwischen zwei Lachsalven.

Mona war die Einzige, die keinen Kommentar abgab. Sie sah ihn nur an.

Nachdem Frisur und Make-up so weit waren, brauchten sie lediglich noch in die Kleider zu schlüpfen, und dafür stellte Adela ihnen eine dunkle Abstellkammer zur Verfügung. Auf einem Strohsack, wo vermutlich gelegentliche Besucher aus Puerto Rico nächtigten, breiteten sie ihre Festkleider aus und legten vor der Friseurin und ihrer Cousine die Alltagssachen ab, bis sie in Unterwäsche dastanden.

»Heilige Jungfrau vom Karmel, so könnt ihr aber nicht gehen, Kinder!«

Der Aufschrei war Josefita, der Dreißigjährigen mit der milchkaffeefarbenen Haut, die Adela zur Hand gegangen war, in dem Moment entfahren, in dem Luz sich das Unterhemd über den Kopf zog. Ohne weitere Erklärungen lief sie aus dem Zimmer und kam mit einem Rasiermesser zurück. Hebt die Arme, Mädels, sagte sie, gleich seid ihr zart wie Babypopos. Zum ersten Mal in ihrem Leben mit enthaarten Achseln zogen Mona und Luz die Kleider an; die Puerto Ricanerinnen zupften Schulternähte, Säume und Ausschnitte zurecht, schlossen Knöpfe und Häkchen.

»Sieh nur, mein Junge, wie schön sie sind«, sagte Adela stolz zu Tony, als sie endlich aus dem Hinterzimmer kamen.

Er starrte sie sprachlos an, und für einen Augenblick vergaß er alle Eile.

»So könnten sie heute Abend glatt mit dem König von Spanien dinieren, wenn der gute Mann in New York wäre.«

· 66 ·

Nachdem er im Las Hijas del Capitán nach dem Rechten gesehen hatte, sehnte sich der Barona danach, schnell wieder bei Victoria zu sein, selbst wenn das bedeutete, Remedios' langes Gesicht zu ertragen. Wann bringt ihr mich endlich wieder in unser Viertel, ich will nicht, dass die beiden anderen den ganzen Tag allein sind, bestimmt rennen sie durch die Gegend wie kopflose Hühner, hoffentlich sind die vom Amt bald fertig mit ihrer verdammten Inspektion, damit wir wieder aufmachen können …

Das war ihr gemeinsamer Vorwand gewesen: Das Gesundheitsamt müsse die Ausstattung in Augenschein nehmen und ihnen die Erlaubnis erteilen, das Geschäft weiterzubetreiben. Es ärgerte Remedios, aber sie schluckte es.

Baronas Pläne änderten sich allerdings, als er, nachdem er sich von Tony verabschiedet hatte, Al den Schotten traf, den Eigentümer der Taverne neben Casa María, die der Tabakverkäufer ebenfalls belieferte. Ein Landsmann eröffne eine neue Kneipe in der Sullivan Street in der Nähe des spanischen Uhrenladens, erzählte ihm der massige Rotschopf, und Barona fühlte sich einen Moment lang hin- und hergerissen. Zum einen war da Victoria, ihre großen Augen, ihr Duft nach Weiblichkeit und Jugend, ihre schweigende Gegenwart. Zum anderen das Auf und Ab des Tabakhandels, die beträchtlichen Kosten der Hochzeit, die Ausgaben, die sein Leben als Ehemann künftig mit sich bringen würde, die Vermutung, dass Chano seine Unterstützung brauchen könnte, jetzt, da der Junge – auch wenn er es noch nicht offiziell verkündet hatte –

anscheinend daran dachte, die Boxhandschuhe an den Nagel zu hängen. Der Tabakhändler schnappte sich seine mit den ewiggleichen Kordeln zusammengeschnürten Zigarrenkisten und sagte sich, na gut, dann wolle er mal schnurstracks dort hingehen und versuchen, diesen neuen Kunden zu gewinnen, obwohl das bedeutete, mindestens zwei Stunden später nach Hause zu kommen.

In Brooklyn hatten sich Victoria und ihre Mutter mittlerweile die Zeit mit einem endlos langen Spaziergang vertrieben. Straßen, Menschen, den Himmel sehen, sich den Wind ins Gesicht wehen lassen, das war es, wonach die Älteste der Arenas lechzte, nur raus aus ihren vier Wänden, wo sie zu ersticken glaubte, weil auf irgendeine Weise immerzu und überall Chano war.

Sobald er sich zu Hause aufhielt, kreiste ihre Aufmerksamkeit ausschließlich um den Sohn ihres Mannes: die Geräusche, die er verursachte, wenn er kam oder ging, über den Flur lief, eine Küchenschublade öffnete auf der Suche nach einer Rolle Draht oder einer Schere; alles bohrte sich ihr ins Bewusstsein. Seine breiten Schultern, die malträtierten Hände, die Türklinken, Wasserhähne, Besteck anfassten, die aufgesprungenen Lippen beim Trinken, die Narben von tausend Schlägen, die sein Gesicht zeichneten; das alles saugte Victoria mit den Augen auf und spürte, dass die seinen auch sie stumm beobachteten; wenn er glaubte, sie merke es nicht, verfolgte, erforschte, durchdrang sie sein schweigender Blick.

Und dann waren da seine Abwesenheiten, die Spur, die er zurückließ, wenn er die Treppe hinunterging, das, was von ihm blieb und von Victoria eingesammelt wurde wie die Perlen einer gerissenen Kette: sein Geruch im Kopfkissen, in das sie ihre Nase versenkte, der Sack mit der Schmutzwäsche, die er ihr nicht zu waschen erlaubte, seine im Schrank hängenden Hemden, in die sie das Gesicht vergrub, der Männerkamm, den sie sich langsam vor dem Spiegel durchs Haar zog, das Rasiermesser, mit dem er jeden Morgen über sein Kinn fuhr und das sie sacht mit der Fingerkuppe streichelte.

Zwar bewahrte die ahnungslose Remedios sie vor dem Absturz, doch beherrschte der Boxer ihr ganzes Denken; deshalb wollte Victoria unbedingt an die frische Luft, ungeachtet der Proteste ihrer Mutter, die sich fürchtete, weil sie sich in diesem Stadtteil nicht auskannte, dabei ging es in der Gegend um die Atlantic Avenue wesentlich beschaulicher zu als in dem Tag und Nacht brodelnden Manhattan.

»Jetzt reicht's aber, oder?«, meinte Remedios unleidlich.

Aber Victoria weigerte sich, schon heimzugehen, lieber wollte sie warten, bis Luciano kam; Chano hatte keine festen Zeiten, er suchte Arbeit, erschien ohne Vorankündigung, und ebenso verschwand er wieder; sie wollte ihm aus dem Weg gehen, sie wusste, es war besser so. Darum redete sie auf ihre Mutter ein und zerrte sie quasi hinter sich her, während sie ziellos vorwärtsstapfte. Lassen wir es doch endlich gut sein, schnaubte Remedios ein ums andere Mal, ich weiß überhaupt nicht, was das soll, dass wir hier durch die Gegend rennen … Doch Victoria schüttelte den Kopf, nur noch ein bisschen, Mutter, ein bisschen noch. Sie bogen um eine Ecke, hier lang sind wir schneller wieder zu Hause, log sie, um ihr Genörgel nicht länger ertragen zu müssen.

Sie gingen über die Fünfte Avenue durch Brooklyn, nirgendwo sah es wesentlich anders aus als da, wo sie schon gewesen waren: schmucklose Gebäude von drei bis vier Etagen, schlicht und schmal, aus nacktem Backstein oder bräunlich verputzt, fast alle mit einer Treppe zur Vordertür, einige mit Geschäften im Erdgeschoss, eine Drogerie, die Heißmangel eines Chinesen, der Kramladen eines Juden, ein Süßwarenladen, eine Schneiderei. Sie hatten den Eingang eines dreistöckigen roten Hauses erreicht, eines der vielen, die ihnen nicht aufgefallen wären, hätte ihnen nicht eine Gruppe von Frauen den Weg versperrt. Diese begrüßten einander lebhaft, lachten, riefen sich Sätze in ihrer Sprache und vertrauten Mundart zu, waren einfach, aber sorgfältig gekleidet.

Überrascht blieben die beiden stehen. Sie sahen die Frauen an, und die Frauen sahen sie an. Kurz darauf erkannten drei von ihnen die Arenas. Sie waren auf der Hochzeit gewesen und stammten wie Luciano aus Alhama, jenem Winkel am Mittelmeer, wo der Wassermangel die Weinstöcke ruiniert und die Bewohner in die Emigration getrieben hatte.

Luciano und seine Frau hatten nie im Viertel gewohnt, da man ihm schon vor Jahren das Apartment über dem Tabakwarenladen angeboten hatte, in dem er zu Anfang angestellt gewesen war, aber man kannte sich natürlich, immerhin waren die Männer damals alle nahezu gleichzeitig eingetroffen und hatten in den ersten Jahren zusammen Billard gespielt und Heiligabend gefeiert, über Politik diskutiert und sonntags im Prospect Park gepicknickt.

Es ging kein Weg daran vorbei. Auch wenn sie nicht alle zur Hochzeit eingeladen gewesen waren, weil man die Gesamtzahl der Gäste im Auge behalten musste, wussten sie doch alle Bescheid über die Eheschließung ihres Landsmannes mit dieser zwanzigjährigen Schönheit und begegneten Victoria und Remedios äußerst liebenswürdig.

»Kommen Sie einen Moment herein«, forderte man sie auf. »Hier oben im zweiten Stock tagt die Gruppe Salmerón. Heute treffen wir uns, um einen Ausflug zu einem Ort auf Long Island zu organisieren; wir werden ein Schlachtfest veranstalten und …«

»Nein, vielen Dank, wir müssen leider gehen, weil …«

Victoria hatte den Satz noch nicht beendet, als sie den Ellbogen ihrer Mutter in den Rippen spürte.

»Was ist denn?«, flüsterte sie.

»Ich könnte doch bleiben«, schlug Remedios schüchtern vor.

Die Zustimmung war einhellig. Aber klar, natürlich, gerne, erwiderten sie, obwohl sie sich alle noch lebhaft an die verstorbene Encarna erinnerten und verstohlene Blicke und leise Bemerkungen wechselten. Ach je, wenn die wüsste …

»Ich nicht, nein … ich … mein Mann …«, stotterte Victoria.

Sofort erhoben sich einige Stimmen: Gehen Sie ruhig, junge Frau, wir kümmern uns schon um Ihre Mutter, nachher begleiten wir sie nach Hause, machen Sie sich keine Gedanken. Ehe sie es sich versahen, waren Mutter und Tochter getrennt. Remedios, sonst so furchtsam und ablehnend gegenüber allem Unbekannten, ließ sich die Treppe hinaufziehen, umringt von einer Schar Frauen, die sie nie im Leben gesehen hatte; Victoria stand an der Tür, sah ihr verdutzt nach und verstand die Welt nicht mehr.

Es war das organische Bedürfnis, sich mit Menschen zu unterhalten, die sie verstanden, das Remedios dazu veranlasste, sich diesen hartnäckigen Frauen anzuschließen, weil sie ähnlich redeten wie ihre Nachbarinnen in La Trinidad. Vertraute Worte, bekannte Ausdrücke zu hören, sich für ein paar Minuten über gemeinsame Orte und Sehnsüchte auszutauschen. Nichts weiter.

Und während Remedios sich auf dem angebotenen Stuhl niederließ und in der unerwartet familiären Atmosphäre schwelgte, die diese Fremden verbreiteten, machte sich Victoria, noch immer verwundert, allein auf den Heimweg. Es war spät geworden, sie hatten die Zeit vergessen, Luciano war sicher schon da und fragte sich, wo sie blieben.

Das waren ihre Überlegungen, als sie die Tür öffnete und drinnen Geräusche vernahm. Ja, ihr Mann war schon zu Hause. Sie begann schon auf dem Flur, ihm laut von der Entscheidung der Mutter zu berichten. Sie hörte Schritte im Schlafzimmer, vermutlich zog er sich um; sie erzählte weiter, während sie ihre Bluse aufknöpfte, um sie gegen ein altes Perkalkleid zu tauschen, damit sie keine Flecken bekam, wenn sie anfing zu kochen.

Als sie die Tür erreichte, rutschte eben der letzte Knopf aus seinem Knopfloch, und sie blieb wie versteinert stehen. Nicht der Vater hielt sich im Schlafzimmer auf, sondern der Sohn, der gerade einen großen leeren Koffer vom Schrank holte. Keiner von beiden sagte ein Wort, sie waren sprachlos, wie gelähmt unter dem Blick Christi, der über dem Kopfende des Bettes hing. Als sie endlich reagierten, schluckte Victoria hart und raffte mit beiden Händen ihre Bluse über der Brust zusammen, Chano stellte den Koffer auf den Boden.

Nur das Ticken des Weckers auf dem Nachttisch war zu hören.

»Heißt das, du ziehst aus?«

Es kostete Victoria immense Anstrengung, die Frage hervorzupressen. Er nickte, er kam näher.

»Ich habe eine Stelle in Manhattan gefunden und bekomme im selben Haus ein Zimmer.«

Sie hatte sich nicht von der Türschwelle gerührt, er trat auf sie zu, bis er unmittelbar vor ihr stand. Er fasste ihre Handgelenke. Die Bluse fiel vorn auseinander und enthüllte den Unterrock und den Büstenhalter über der nackten Haut. Er betrachtete sie einen Moment, ohne etwas zu sagen.

Langsam, immer noch schweigend, senkte der Boxer sein Gesicht und streifte ihr glattes Dekolleté mit seinem borstigen Kinn, sodass sie eine Gänsehaut bekam. Seine Nase schob sich zum Ansatz ihrer Brust und atmete ein. Dann ließ er seine Wange aufwärts gleiten, als wollte er sie nicht mit diesen Händen berühren, die so viele Wunden geschlagen, Zähne zertrümmert, Kiefer gebrochen hatten. Mit dem Gesicht streichelte er sie bis hinauf zum Hals, über den sanft sein Mund fuhr, und als er den Haaransatz im Nacken erreicht hatte, schmiegte er sich in die warme Kuhle. Mit trockener Kehle und durchflutet von einer heißen Welle, ließ Victoria ihn gewähren. Dann spürte sie, wie sich seine aufgesprungenen Lippen den ihren näherten, schloss unwillkürlich die Augen und presste sich an den Körper des Mannes.

In diesem Moment hörten sie den Schlüssel im Türschloss.

· 67 ·

Der Maître empfing sie mit ausgesuchter Höflichkeit, wie er es vermutlich mit allen Gruppen, Paaren und Einzelpersonen getan hatte, die an diesem Abend den imposanten Sert Room des Hotels Waldorf Astoria füllten. Zuvor hatten sie den Grafen de Covadonga im St. Moritz abgeholt; nur Tony war in die Lobby gegangen, um Ausschau nach ihm zu halten, und bereits nach wenigen Minuten zusammen mit ihm wieder erschienen. Der eine, agil und perfekt gekleidet in dem Frack, den irgendein armer Teufel im Leihhaus verpfändet hatte, nachdem ihm das Glück abhandengekommen war. Der andere, gleichermaßen in Gala, nur dass die Sachen aus seinem eigenen Kleiderschrank stammten: schwarze Jacke mit Schwalbenschwänzen und seidenen Aufschlägen, Weste aus elfenbeinfarbenem Piqué, white tie und Lackschuhe, das klassische männliche attire für jedes gehobene Gesellschaftsereignis nach achtzehn Uhr. Der Unterschied zwischen ihm und Tony war nur, dass der ehemalige Erbe der spanischen Krone in der rechten Hand einen Stock trug, auf den er sich stützte, um das Gleichgewicht zu halten, womit er das auffällige Hinken nicht überspielen konnte, und sein Mund sich bei jedem Schritt vor Schmerz verzog.

»Sind Sie sicher, dass Sie fahren können, Señor?«

Am Straßenrand erwartete sie ein beeindruckender Aston Martin von malachitgrüner Farbe; es war nicht der Lincoln, in den Mona ihm ein paar Monate zuvor beim Einsteigen behilflich gewesen war. Er erwähnte nicht, dass ihm der Wagen nicht gehörte, sondern nur vorübergehend von dem auf britische Autos spezialisierten Konzessionär, für den er vorgeblich arbeitete, zur Verfügung gestellt worden war.

»Ich würde sterben, wenn nicht!«, sagte er und nahm die Schlüssel entgegen, die ihm ein Bediensteter reichte. »Ich bedaure, Sie darauf hinweisen zu müssen, Señoritas, dass Sie auf dem Rücksitz ein wenig beengt sein werden. Ich hoffe, es ist nicht allzu unbequem für Sie.«

Die Arenas-Schwestern kamen gar nicht auf die Idee, sich zu beschweren, obwohl sie zusammenrücken mussten wie Ölsardinen in der Dose, denn der winzige Raum war eher Handkoffern, Hunden oder Hutschachteln zugedacht als zwei jungen Frauen durchschnittlicher Statur. Und auch wenn Mona weiterhin darüber nachdachte, wie sie den Grafen dazu bewegen könnte, bei der Eröffnung vom Las Hijas del Capitán aufzukreuzen, und Luz nach wie vor mit ihren Gefühlen haderte, war die Fahrt im offenen Kabriolet durch die Hauptverkehrsadern des bereits nächtlichen Midtown ein so atemberaubendes Erlebnis, dass sie kaum zu blinzeln wagten. Auf Umwegen, durch viele Straßen und Alleen, die in Wahrheit nicht auf der Strecke vom St. Moritz zur Park Avenue lagen, chauffierte sie der Graf mit sicherer Hand zwischen lichtgesprenkelten Wolkenkratzern, blinkender Neonreklame und anderen Luxusautos hindurch und vorbei an Damen in langen Abendkleidern und Herren in großer Garderobe vor den Eingängen der eleganten Clubs. Bei jeder Beschleunigung dröhnte ihnen das Aufheulen des Motors in den Ohren, sie konnten einen Aufschrei nicht unterdrücken, wenn es um eine scharfe

Kurve ging und ihre Haare im Fahrtwind wehten. So geblendet, so verzückt waren sie, dass sie die Fahrt über dicht aneinandergedrängt dasaßen und sich fest an den Händen hielten, außer sich vor Angst, Begeisterung, Nervosität und Verblüffung.

Das Auto hielt mit quietschenden Bremsen. Wir sind da, verkündete der Graf strahlend. Als sie schließlich vor der Art-déco-Fassade des Waldorf Astoria standen, schwirrten den beiden Mädchen die Köpfe, als wäre die ganze Welt ein Karussell.

Sie durchschritten die goldfarbenen Türen und fanden sich in einer gigantischen Halle wieder, die komplett mit blutrotem Teppich ausgelegt und mit voluminösen Alabastervasen, Stucksäulen und echten Palmen dekoriert war. Über ihnen stapelten sich siebenundvierzig Stockwerke und die eintausendvierhundert teuersten Hotelzimmer der Stadt. Covadonga, der sich auskannte, führte sie zu der Treppe zum Sert Room.

Good evening, ladies, good evening, gentlemen. This way, please, lotste sie der Maître mit leicht geneigtem Oberkörper und routiniertem Lächeln. Und sie folgten ihm benommen, eskortiert von Tony und dem Ex-Prinzen, Mona in dem langen granatroten Kleid, das wie angegossen saß, die dunkle Mähne über den Schultern, die schwarzen Augen schwärzer und glänzender denn je im Licht der vielen hundert Glühbirnen; Luz, strahlend und verführerisch in ihrem Gewand aus Goldlamé, das bei jeder Bewegung Funken zu sprühen schien. Der Maître wies ihnen einen Tisch an einem exzellenten Platz zu; als zwei Kellner ihnen beflissen die samtbezogenen Polsterstühle vom Tisch rückten, damit sie sich setzen konnten, zögerten die Mädchen. Tony zwinkerte ihnen beruhigend zu.

Der Saal war voll besetzt; an Dutzenden von runden Tischen versammelte sich die High Society von New York, finanzstarke Unternehmer aus Chicago oder Dallas oder Pittsburgh, die geschäftlich in der Stadt zu tun hatten, und vermögende, kürzlich der *Queen Mary* oder der *Normandie* entstiegene europäische Touristen. An einer Flanke erhob sich ein breites Podest voller Instrumente, doch war gerade Pause zwischen einem Orchester und dem nächsten, weshalb niemand spielte und die Tanzfläche leer war. Covadonga stellte dem Kellner eine Frage bezüglich der folgenden Darbietung, und als der nickte, lächelte er beifällig.

Ohne Musik war der Raum erfüllt von Gesprächen, dem Klirren der Gläser, dem Klappern von Besteck auf Porzellan, eine Gruppe an der Seite brach plötzlich in schallendes Gelächter aus, in einer Entfernung von wenigen Metern knallte ein Champagnerkorken.

»Well, well, well …«

Der Ton des Grafen klang genüsslich und zufrieden, während er die Speisekarte aufschlug, eine in safrangelben Stoff gebundene Mappe voller Empfehlungen, die sie nicht verstehen konnten, nicht nur, weil sie auf Englisch waren, sondern weil es dabei um Delikatessen ging, von denen sie noch nie gehört hatten, den Geschmack unbekannter Weltgegenden und Raffinessen, wie sie in der armseligen Küche vom El Capitán niemals entstehen konnten. Jakobsmuscheln am Spieß mit Calvadossauce und Pilaw. Perlhuhn au gratin potatoes. Glasiertes Täubchen. Grilled Chateaubriand.

Tony benahm sich mit einer umwerfenden Selbstverständlichkeit, als hätte er sein halbes Leben in derartigen Restaurants verbracht. Mit der Geschicklichkeit eines Taschenspielers vermochte er sich an das Unerwartete anzupassen und seine Umgebung binnen Minuten zu kartografieren: das Ambiente in seiner Gesamtheit, Manieren und Mimik ihres Tischgefährten und den gewaltigen Eindruck, unter dem die bezaubernden Arenas-Schwestern standen, die auf der Unterlippe kauten, mit dem Zeigefinger die Zeilen entlangfuhren, erfolglos das Unentzifferbare zu entschlüsseln versuchten und sich fragten, was um alles in der Welt glazed smoked ham war. Oder das Medallion of young lamb. Oder die Seezunge à la meunière.

»Was sollen wir bestellen, Tony?«, wisperte Luz.

»Ich denke, die Señoritas würden gern mit einer Consommé anfangen.«

Mit einem entschiedenen Knall klappte der Graf die Speisekarte zu; er rauchte aus seiner Zigarettenspitze, ein feines Lächeln um die Lippen, und blickte aus seinen blauen Augen um sich, begrüßte den einen oder anderen, der sich für ein paar Sekunden dem Tisch näherte, oder antwortete jemandem mit einer herzlichen Geste aus der Distanz.

Der Sert Room umgab sie mit seinen grandiosen Wandbildern, fünfzehn Gemälden, jeweils zwischen zwei Fenstern, in Grisaille und Gold, die alle einen Bezug zu ihrem Heimatland hatten; auch wenn Mona und Luz nichts davon wussten und die meisten anderen Anwesenden vermutlich ebenso wenig, tummelten sich dort Don Quijote und Sancho Panza auf der Hochzeit von Camacho, umringt von Kraftprotzen, Drahtseilakrobaten und Trapezkünstlern, Stieren, Trunkenbolden, Tänzern, Castellers und Rittern, Siesta-Schläfern, Musikkapellen und Gitanas, die aus der Hand lasen. Für all das und die komplette Einrichtung des Raumes hatte das Hotel dem Katalanen Josep Maria Sert einige Jahre zuvor einhundertfünfzigtausend Dollar bezahlt, ein wahres Vermögen.

Dieser künstlerischen Details gänzlich ungeachtet, ging alles im Saal munter seinen Gang, während die Kellner die Vorspeise servierten: bernsteinfarbene Consommé für alle drei. Lieber hätte Tony, wenn er schon einmal in ein solches Lokal eingeladen war, ein halbes Dutzend Austern aus Blue Point bestellt wie Covadonga. Aber er wollte es den Mädchen erleichtern und sie nicht in Verlegenheit bringen, indem er sie mit Gerichten konfrontierte, mit denen sie nicht umzugehen wüssten, also schloss er sich ihnen an und nahm auch die Fleischbrühe, bei der kaum Risiko bestand. Dennoch behielt er sie von der Seite im Auge, hob kurz eine Braue, als er sah, dass Mona mit beiden Händen nach den Henkeln der Suppentasse griff und diese an den Mund heben wollte, und raunte Luz zu, nicht so laut, nicht so laut, als er sie vernehmlich schlürfen hörte.

Soweit es ihm darum ging, ihren Gastgeber nicht zu blamieren, war seine Mühe jedoch überflüssig, denn Alfonso de Borbón interessierte es nicht im Geringsten, ob seine Begleiter unangenehm auffielen oder nicht. Er wollte nichts weiter, als den Augenblick genießen und die Probleme, die ihn Tag und Nacht umtrieben, für eine Weile aus seinem Kopf verbannen. Tatsächlich war es ihm völlig gleich, wenn die hübschen Spanierinnen, die ihn heute Abend begleiteten, Messer und Gabel nicht korrekt zu handhaben wussten, zu ausladend gestikulierten, lauter lachten als schicklich oder mit dem ausgestreckten Finger auf alles deuteten, was ihnen ins Auge sprang.

»Und diese Viecher schmecken wirklich gut, Herr Graf, so eklig, wie die aussehen?«

Bei dieser Frage von Luz und ihrer unverkennbar angewiderten Miene mussten die beiden Männer lachen; Monas erster Impuls war zwar, ihr unter dem Tisch einen Tritt zu versetzen, aber dann lachte sie doch mit. Sie warf sich noch immer vor, nicht rechtzeitig erkannt zu haben, auf welch steinige Pfade sich ihre Schwester an der Hand Frank Kruzans begeben hatte, und es beruhigte sie, Luz für einen Moment so offenherzig und spritzig zu erleben wie gewohnt, obwohl der Bluterguss, den sie unter Make-up und Locken zu verbergen trachtete, immer noch schmerzte.

Die Viecher, die Luz meinte, waren die Austern, die der Graf verspeiste. Grünlich grau, glänzend, formlos.

»Genau das pflegte meine Frau auch zu sagen.«

Als der Graf sich diese Worte aussprechen hörte, gefror sein Lächeln. Pflegte, hatte er gesagt. Er hatte von ihr gesprochen, als existierte sie nicht mehr, als hätte er sich unbewusst damit abgefunden, dass seine Trennung nicht mehr rückgängig zu machen war. In Wahrheit war der tragische Ausgang schon seit Längerem abzusehen. Wenn sie einander auch noch so sehr liebten, hatte der Niedergang ihrer Ehe bereits wenige Monate nach der Hochzeit in Ouchy begonnen, als seine Stimmungsschwankungen allmählich offen zutage traten und sie ihn – zum Jubel seines Vaters und seiner näheren Umgebung, die schon öffentlich von einer regulären Scheidung sprach – erstmals verließ.

Die Atlantikluft und einige flehentliche Telegramme brachten sie glücklicherweise während der Überfahrt zur Besinnung, und als Edelmira auf ihrem Weg nach Kuba endlich in New York von Bord ging, in den pompösen Zobelmantel gehüllt, den er ihr geschenkt hatte, um sie zurückzuerobern, verkündete sie lachend vor der Presse, alles sei ein Missverständnis gewesen und sie seien wieder vereint. Sechs Monate später trafen sie sich in Manhattan und fuhren zusammen nach Havanna, um ihr gemeinsames Leben wiederaufzunehmen. Ein knappes Jahr später, das war nun einige Monate her, begab sich Alfonso de Borbón, angesichts der ständigen Auseinandersetzungen, Krankenhausaufenthalte und unschönen Szenen, erneut nach New York, obwohl die Seinen ihn ständig drängten, nach Europa zurückzukehren. Allein, nur in Begleitung seines Sekretärs und Pflegers Gottfried. Edelmira konnte sie alle beide nicht mehr ausstehen. Und hier war er noch immer, verfangen in einem Wust von Telegrammen, Briefen, Anwälten, Angehörigen und Freunden, die sich in beider

Namen einmischten und manchmal eine Hilfe waren, manchmal nur lästig fielen mit ihren Vermittlungsversuchen, und hatte die Hoffnung auf eine Lösung längst verloren.

»Und wo ist sie jetzt, wenn ich fragen darf?«

Diesmal war Mona tatsächlich drauf und dran, Luz ein Stück Brot an den Kopf zu werfen, damit sie aufhörte, unverschämte Fragen zu stellen. Den Grafen dagegen schien ihre Dreistigkeit nicht in Verlegenheit zu bringen.

»Noch in Havanna.« Er verzog den Mund zu einem halb spöttischen, halb bitteren Lächeln. »Und richtet sich auf ihr neues Leben ohne mich ein.«

Während die Vorspeisenteller abgeräumt und das Hauptgericht serviert wurde, schwiegen sie und man hörte in dem gut besetzten Saal die gedämpften Stimmen wohlerzogener Menschen, das krasse Gegenteil zu der lärmenden, hitzigen, ausgelassenen Atmosphäre, die sie aus den spanischen Lokalen gewohnt waren.

Der Graf ignorierte vorerst die ungeheure Langustenhälfte, die man vor ihn auf den Tisch gestellt hatte, klappte sein silbernes Etui auf, nahm eine neue Zigarette heraus und steckte sie in sein Mundstück. Ein Kellner hielt ihm zuvorkommend eine Flamme hin, er zog so fest, dass sein Gesicht ganz schmal wurde.

»Sie erträgt mich nicht mehr.«

Seine körperlichen Einschränkungen, die Schmerzen, die ihm keine Ruhe gönnten, die langen Tage, an denen er das Bett nicht verlassen konnte, die Einmischungen von außen, seine Abhängigkeit von den Spritzen, die man ihm verabreichte.

Nachdem er ein zweites Mal an seiner Zigarette gezogen hatte, zerquetschte Covadonga sie im Aschenbecher, während er sich der Klagen seiner Frau entsann, ihres Ärgers, ihrer Tränen. Solange die Languste intakt war, traute sich keiner am Tisch, sein Essen in Angriff zu nehmen. Kalbssteak vom Grill hatte Tony für sich und die beiden Frauen bestellt, das saftigste Rindfleisch, das sie je im Leben kosten durften, sofern sie sich den Luxus, gutes Fleisch zu essen, überhaupt je gegönnt hatten. Und es wurde kalt.

Er hatte geglaubt, sie würden es schaffen, aber nein. Dessen entsann sich Alfonso de Borbón, als er endlich nach dem Besteck griff und die anderen es ihm gleichtaten. Die Kluft zwischen Edelmira und ihm hatte sich mit jedem Tag vertieft. Alle ihre Versprechen, all die Verzichtserklärungen, die sie beide so großmütig abgegeben hatten, waren verflogen wie Rauch im Wind. Schon bald hatte sich die Realität in ihrer ganzen Rohheit durchgesetzt, die süßen zuversichtlichen Worte, die sie einander in jenen idyllischen Tagen am Ufer des Genfer Sees, auf der Italienreise und während der Wochen in London zugeflüstert hatten, waren gnadenlosen gegenseitigen Vorhaltungen und bitteren Anklagen gewichen.

Mona und Luz schnitten das Fleisch auf ihre Art, Tony hatte es zu diesem Zeitpunkt bereits aufgegeben, sie zu ermahnen. Sie redeten mit vollem Mund, spreizten beim Trinken den Ellbogen ab, schmatzten, wischten mit großen Brotbrocken die Reste vom Teller. Zu gebannt lauschten die drei dem Grafen, der beschlossen hatte, seine Melancholie abzuschütteln, und sich erneut bemühte, den Abend so vergnüglich zu gestalten, wie ursprünglich geplant. Mit Herablassung erzählte er ihnen von den Unstimmigkeiten mit seiner Frau, seiner Schwiegerfamilie, den loyalen oder eigennützigen Freunden, als wäre die seine nur eine zerbrochene Ehe von vielen und kein Skandal, der vor gerade mal drei Jahren ganz Europa und die halbe zivilisierte Welt erschüttert hatte.

»Es war jammerschade, Havanna wieder verlassen zu müssen.«

Die Bewegung, die in diesem Moment auf der Bühne begann, ließ ihn den Kopf wenden. Nach dem Auftritt des ersten Orchesters gingen nun die Mitglieder des zweiten in Position, und wie ein Kind, dessen Aufmerksamkeit zwischen zwei Wimpernschlägen von einem Objekt zum anderen schwenken konnte, ließ der Graf von der Languste ab, beendete das Gespräch, und mit einem Lächeln von einem Ohr zum anderen klatschte er ein paarmal laut in die Hände.

Der übrige Saal applaudierte ebenfalls, als der Dirigent auf die Bühne trat. Breites Gesicht, auffallende Nase, kahler Kopf und feiner Schnurrbart; über dem weißen Rüschenhemd trug er ein überkandideltes, mit Pailletten besetztes Sakko. Er grüßte in den Beifall hinein, sagte ein paar Sätze auf Englisch, die Mona und Luz nicht verstanden, die aber ziemlich witzig gewesen sein mussten, denn das Publikum quittierte sie mit schallendem Gelächter.

Der Aufruhr begann sich zu legen, bis man nur noch die Musiker hörte, die ihre Instrumente bereitmachten. Der Orchesterleiter hob den Taktstock, als eine Männerstimme durch den Saal dröhnte und der Tisch der Arenas-Schwestern mit einem Schlag alle Blicke auf sich zog.

»Cugui, alter Gauner!«

Der Dirigent stutzte einen Moment, drehte sich um und hatte den Grafen de Covadonga sofort erspäht. Statt unwirsch oder zumindest erstaunt zu reagieren, lachte er laut auf.

»Alfonsito, wie schön, dich wiederzusehen!«

In der nächsten Sekunde führte der Taktstock seine Aufwärtsbewegung zu Ende, und Bongos, Rumbarasseln und Trompeten erfüllten den Sert Room.

Auch die Familie Barona saß zu viert am Tisch bei einer späten Mahlzeit, doch damit erschöpften sich die Gemeinsamkeiten auch schon, denn ansonsten glich das enge, von einer nackten Glühbirne erhellte Esszimmer in der Atlantic Avenue dem Waldorf Astoria in nichts. Als der Tabakhändler bei seiner Rückkehr den Sohn zu Hause antraf, hatte er so unnachgiebig darauf bestanden, dass Chano, trotz seines Entschlusses, so schnell wie möglich zu verschwinden, keine andere Wahl geblieben war. Wir sehen dich so gut wie nie, mein Junge, hatte der Vater gesagt und ihm liebevoll den Arm um die Schultern gelegt; und wenn du umgezogen bist, werden wir dich noch seltener sehen, du hast uns doch viel zu erzählen; außerdem können wir bei dieser Gelegenheit gleich feiern, dass ich einen neuen Kunden gewonnen habe.

»Was ist, Remedios, wollen Sie uns denn gar nicht berichten, wie es bei Ihrem Damenkränzchen war?«

Barona stellte diese Frage bereits zum dritten Mal, während er eine Flasche des billigen Weines entkorkte, mit dem er sich allwöchentlich in der Bodega an der Ecke versorgte. Da seine Schwiegermutter sich verbissen weigerte, beharrte er spaßhaft:

»Die Neugierde wird uns heute Nacht um den Schlaf bringen.«

Doch sie hatte nicht vor zu verraten, dass sie, nachdem die Planung für den Ausflug und das Schlachtfest stand, drei der Frauen aus Park Slope gebeten hatte, ihr beim Verfassen eines Briefes zu helfen. Darin ging es im Grunde um keine großen Geheimnisse, dennoch zog sie es vor, über den Inhalt Stillschweigen zu bewahren. Denn Remedios verspürte eine stetig wachsende innere Unruhe, weshalb sie hinter dem Rücken ihrer Töchter zusah, dass sie alles fix und fertig hätte, wenn es eines Tages so weit sein sollte, gut organisiert und durchdacht. Wenn was so weit sein sollte?, hätten ihr Schwiegersohn und ihre Älteste wohl fragen mögen, falls sie ihr so viel hätten entlocken können. Die Heimreise natürlich, sobald endlich die Sache mit dieser verdammten Entschädigung geklärt wäre. Und was verursachte diese Unruhe? Die unübersehbare rasend schnelle Veränderung ihrer Töchter: Victoria, die schon eine verheiratete Frau war und ihren eigenen Haushalt führte; Mona, die wie eine Eidechse immerzu entschlüpfte; Luz, die mit diesen gefärbten Haaren und dieser Koketterie immer mehr den schamlosen Weibern auf den großen Reklametafeln ähnelte, sogar einen Hut hatte sie sich neulich gekauft. Was Remedios quälte, war der Verdacht, ihre Töchter könnten, bis alles geregelt wäre, in dieser neuen Welt so sehr Fuß gefasst haben und so heimisch geworden sein, dass sie gar nicht mehr zurückwollten.

Lucianos Sprössling, der ihr am Tisch gegenübersaß, bestätigte ihre Befürchtungen; er war der lebende Beweis dafür, wie ein Sohn andalusischer Bauern zu jemandem werden konnte, der kaum noch etwas mit seinen Altvorderen gemein hatte. Weder seine Art, sich zu kleiden, noch das, was er aß, oder seine Redeweise. Es gab sogar Wörter, die er in der Sprache seiner Väter gar nicht kannte. Heilige Mutter Gottes, und zum Essen hatte er den Rotwein abgelehnt und stattdessen eine sprudelnde Limonade direkt aus der Flasche getrunken. Er wolle allein leben, sagte er, und Remedios dachte, ein Junggeselle wie er, der im Haus seines Vaters sein eigenes Zimmer haben kann, was für ein Blödsinn.

Unter gar keinen Umständen war Remedios bereit zuzulassen, dass sich ihre Töchter in dieser Form amerikanisierten. Damit es also keine Diskussionen gab, wenn Schwester Lito die Angelegenheit geregelt und sie die Gelder eingestrichen hätten, die man ihnen für den Tod des armen Emilio schuldig war, musste alles im Vorhinein geklärt und in ihrem Viertel in Málaga parat sein, damit sie umgehend aufbrechen konnten. Wenn möglich, sollten, gemäß ihrem Auftrag an die Nonne, bis dahin auch die beiden Jüngeren mit heimkehrwilligen Landsmännern verheiratet oder wenigstens verlobt sein. Damit keine auf die Idee käme, bleiben zu wollen. Das kam überhaupt nicht in Frage.

Alles das ging Remedios durch den Kopf, ohne dass sie einen Mucks von sich gab, bis es Luciano reichte und er das Gespräch auf andere Themen zu lenken versuchte. Doch fiel ihm das nicht leicht, da sich weder seine Frau noch sein Sohn besonders redselig zeigten. Man brauchte sie bloß anzusehen, wie sie einander gegenübersaßen und sich auf ihre Teller konzentrierten, fast ohne den Blick zu heben.

»Wie viel, sagst du, hat Magaña vor, dir zu bezahlen?«

Verkäufer in einer Eisenwarenhandlung in der Hundertzehnten Straße, sein neuer Lebensunterhalt und sein Alibi, aus dem Elternhaus zu verschwinden. Keine große Sache, wahrlich nicht. Seine Eltern hatten immer die Illusion gehabt, dass er studieren und dass etwas Besseres aus ihm werden würde in diesem Amerika der unbegrenzten Möglichkeiten, ein Büroangestellter, Buchhalter, Versicherungsvertreter, einer jener Menschen mit einem bequemen Arbeitsplatz, die jeden Abend pünktlich zu Hause waren und es mit den Jahren sogar zu einer Eigentumswohnung brachten. Dass ihm eine Plackerei wie die seines Vaters erspart bliebe, der sich seit Jahrzehnten tagein, tagaus die Sohlen ablief und seine Zigarrenkisten durch Schnee, Regen und sengende Hitze schleppte. Damit es ihm gutginge, wenn sie zurückkehrten und er sich zum Bleiben entschließen sollte, damit er nicht als Einwanderer leben müsste, der ein mittelmäßiges Englisch mit starkem Akzent sprach, dafür hatten seine Eltern gekämpft. Damit er kein Kanonenfutter würde, wie seine Freunde aus

Alahama sagten, damit die echten Amerikaner niemals auf ihn herabschauen könnten.

Sie erreichten ihr Ziel nur teilweise: Der Junge sprach Englisch mit waschechtem Arbeiterklasseakzent, er mochte keinen Wein, und trotz aller Bemühungen seiner verstorbenen Mutter hasste er Fisch. Die übrigen Hoffnungen blieben auf der Strecke, oder Encarna nahm sie mit ins Grab. Nie in seinem Leben hatte er in einem Büro gearbeitet, nicht einmal das letzte Jahr in der High School hatte er geschafft. Bereits sehr früh, kurz nachdem sie aus Almería nach Brooklyn gekommen waren und man sich in der Schule, wo man ihn als Spic verspottete, über sein mangelhaftes Englisch lustig machte, hatte er begonnen, seine Fäuste zu benutzen, um inmitten der Frustration und der Verwirrung zu überleben. Überrascht stellte er fest, dass er Kraft hatte und sich Respekt verschaffte. Zu Hause äußerte er daraufhin den Wunsch, sich zum Training bei einem Puerto Ricaner in der Pacific Street anzumelden, und seine Eltern, die darin eine Möglichkeit sahen, neue Freunde zu gewinnen und sich leichter einzuleben, waren einverstanden. Und das war der Anfang. Er trainierte an vier Nachmittagen pro Woche und an den Wochenenden, bestritt Amateurkämpfe, stählte seinen Körper, verehrte die großen Helden der hispanischen Gemeinde: den wunderbaren Kid Chocolate, der aus Havanna kam und die Fans begeisterte; Paulino Uzcudun, der damals in New York unter den Schwergewichtlern aufräumte, einen Titanen aus Guipuzcoa mit dem Spitznamen Toro Vasco, der baskische Stier, der zwanzigtausend Zuschauer in den Madison Square Garden zog. Doch bei aller Anstrengung schaffte Chano es nie bis an die Spitze. Er war ehrgeizig, begabt, und er feierte einige flüchtige Triumphe. Aber ganz klappte es nicht. Und jetzt, da er auf die dreißig zuging, war er klugerweise zu dem Entschluss gelangt aufzuhören, bevor er halb schwachsinnig war oder den letzten Backenzahn verloren hatte, und der Stimme der Vernunft zu folgen, die ihm riet, sich aus der Boxwelt zurückzuziehen, die ihm außer Bitterkeit nichts mehr bieten konnte.

»Trotz allem begreife ich nicht«, sagte Barona weiter, »warum du nicht hier bei uns in Brooklyn bleibst, selbst wenn du zur Arbeit in die Stadt müsstest.«

Victoria begann schweigend, den Tisch abzuräumen, Chano trank seine Flasche aus und bemühte sich, sie nicht anzuschauen, mit dem Blick diesem Körper auszuweichen, den er vor einer Weile gestreichelt hatte, von dem er träumte und den er begehrte, seit er die junge Frau im Brautkleid vor der Kirche in der Vierzehnten Straße gesehen hatte. Keiner von beiden würde Luciano Barona verraten, dass sein Sohn die väterliche Wohnung verließ, weil sein Bleiben sie unweigerlich in den Abgrund geführt hätte.

»Aber gut, wenn du dich nicht davon abbringen lässt«, fuhr er von väterlicher Fürsorge erfüllt fort, als spräche er zu dem Kind, das Chano einmal gewesen war, und nicht zu dem lebenserfahrenen Mann, der vor ihm saß. »Wenn du unbedingt wegwillst, sieh wenigstens zu, dass die Unterkunft in Ordnung ist und du alles hast, was du brauchst, und ...«

Victoria wich alle Kraft aus den Armen, als sie Luciano fortfahren hörte:

»Auf alle Fälle solltest du Victoria dieser Tage mal mitnehmen, bevor du umziehst, bestimmt ist dort etwas zu putzen oder herzurichten oder ...«

Das Scheppern zerbrechender Teller schnitt ihm das Wort ab. Die Scherben sprangen über den Boden, die Soße des Spargelgerichts spritzte Victoria auf die Füße und gegen den unteren Teil der Tapete. Remedios stieß einen Schrei aus und beschimpfte sie wegen ihrer Tollpatschigkeit, Luciano stand hektisch auf und rief, Vorsicht, nicht dass du dich schneidest. Chano blieb als Einziger sitzen und betrachtete sie. Die kauernden Beine, nackt unter dem dünnen Hauskleid. Den schlanken gebeugten Rücken, die Arme, die sie krümmte und streckte, während sie die verstreuten Porzellanstücke auflas, das dunkle Haar über dem Gesicht, den ausschließlich auf ihre Arbeit gerichteten Blick.

In Chanos Kopf verblasste alles Übrige auf eine ähnliche Weise wie in jenen Momenten, in denen er am Ende eines Kampfes auf der Matte lag, ihm schlecht parierte Schläge allmählich das Bewusstsein raubten und das Blut die Sicht vernebelte. Remedios' Bild erlosch, das Profil seines Vaters verwischte, die Stimmen beider klangen wie ein fernes Echo. Sie allein zeichnete sich noch auf seiner Netzhaut ab. Und die Worte, die Victorias Hände unvermittelt schlaff gemacht hatten, hallten in ihm nach.

Du solltest Victoria dieser Tage mal mitnehmen. Das war es, was der Tabakverkäufer gesagt hatte.

Als hätte er einen unsichtbaren Gong ertönen lassen, mit dem er seine Frau und seinen Sohn zur Untreue aufforderte.

· 69 ·

Erst kam *El Manisero*, dann *Cachita*, dann *Amapola*, dann *Siboney*. Luz und Tony tanzten mit solcher Grazie und Energie, dass sie Aufsehen erregten. Der Bolitero bewegte sich geschmeidig, lebhaft und taktsicher, immerhin war er, wie Tausende in seiner Geburtsstadt Tampa, der Sohn einer Kubanerin. Aber die eigentliche Attraktion war Luz: Als kämen beim Tanzen alle Dämonen zum Vorschein, die sie in sich trug, schien sie völlig verwandelt. In dem langen Goldlamékleid, das sich wie eine zweite Haut an ihren Leib schmiegte, mit den fließenden, verführerischen Posen, die sie seit Wochen in Revueltas Tanzschule einstudierte, schien sie sich kaum der Tatsache bewusst, dass Dutzende von verzückten Augen ihren Bewegungen und dem Schwung ihrer Hüften folgten.

Allerdings war es nicht Luz selbst, sondern Mona gewesen, die diese Szene provoziert hatte. Sie hatte die beiden auf die Tanzfläche geschickt, um mit dem Grafen allein zu sein. Aus purer Höflichkeit hatten sich Tony und Luz zunächst gesträubt, weil ihnen klar war, dass Covadongas Beine bei derartigen Aktivitäten nicht mithalten konnten. Doch Mona bestand darauf, und als Tony sie fragend ansah, sagte sie sehr leise: Bitte. Das genügte ihm, er stand sofort auf, reichte der kleinen Schwester auffordernd die Hand, und beide verschwanden im Getümmel.

Mona hatte nicht vergessen, was sie ursprünglich ins St. Moritz gelockt hatte. Deshalb lauerte sie auf den richtigen Zeitpunkt, um auf die ungeteilte Aufmerksamkeit des Grafen zählen zu können, und als sie endlich allein waren, legte sie ohne alle Vorreden los:

»Was ist nun, Señor, werden Sie die Einladung zu unserer Eröffnungsfeier annehmen?«

Er blies den Rauch einer seiner ungezählten Zigaretten aus und sah sie aus seinen transparenten Augen an. Dann blinzelte er, als fiele ihm etwas beinahe Vergessenes wieder ein.

»Ah, ja, richtig! Das war der Grund, dem ich heute Nachmittag Ihren Besuch zu verdanken hatte, nicht wahr?«

»Ganz recht.«

»Und um was genau handelte es sich noch mal? Um ein Restaurant oder einen spanischen Club oder …?«

Frustriert schluckte Mona die Antwort, die sie schon auf der Zunge hatte, wieder hinunter, denn in diesem Moment näherten sich zwei ältere Herren, die in einer Hand eine Havanna, in der anderen ein Glas hielten. Sie kannten ihn nicht persönlich, begrüßten den einstigen Thronerben jedoch auf

Spanisch mit einer Mischung aus Vertrautheit, Zuneigung und Begeisterung, vielleicht weil sie überzeugte Monarchisten waren, vielleicht weil sie ein Glas zu viel intus hatten. Sekunden später gesellten sich ihre Gattinnen dazu und fragten sich im Stillen, wer wohl die Brünette in dem bordeauxroten Kleid sein mochte und ob sie die Kubanerin Edelmira im sprunghaften Herzen des Sohnes von Alfonso XIII. womöglich bereits ersetzte. Wir sind vorgestern mit der *Aquitania* eingetroffen; als es in Spanien ungemütlich wurde, hatten wir uns nach Biarritz verzogen, sagte die ältere der beiden Damen, die etwas pummelig und in brombeerfarbenen Samt gekleidet war. Madrid war nicht mehr auszuhalten, bekräftigte die Jüngere, die eine dreireihige Perlenkette trug und Kaninchenzähne hatte. Des Weiteren ging es um Orte und Personen, die in Bezug zur Familie des Grafen standen und von denen Mona noch nie gehört hatte: Montecarlo, Cannes, London, Lausanne, die Königin, den König, die Hochzeit von Beatriz mit Alessandro Torlonia, den tragischen Unfalltod Gonzalitos.

Mona machte keinen Hehl daraus, wie gestört sie sich fühlte, indem sie ihnen den Rücken zukehrte, ohne sich aus ihrem Sessel zu rühren, den Ellbogen auf den Tisch und das Kinn in die Hand stützte und hochmütig an ihnen vorbeisah. Sie ärgerte sich schwarz über die Aufdringlichkeit dieser Fremden, weil sie sich darüber im Klaren war, dass sie auf ihre Einladung noch immer kein eindeutiges Ja des Grafen hatte. So viele Personen hatten ihm nun schon ihre Aufwartung gemacht, dass sie fürchtete, jemand könnte ihn ganz für sich beanspruchen und so mit Beschlag belegen, dass er am Ende gar mit anderen wegging, ohne dass sie ihr Ziel erreicht hätte. Letzten Endes waren sie ja lediglich zum Essen verabredet gewesen, sie bildeten keine Clique treuer Freunde, sondern eine lockere Zweckgemeinschaft.

Während das lästige Quartett weiterhin den Tisch des Grafen belagerte, füllte das Orchester den Saal mit tropischen Klängen, überzuckerten Versionen karibischer Stücke, urtümlicher Rhythmen und afrokubanischer Straßenmusik, wie sie in letzter Zeit in der mondänen Welt Furore machten; immer mehr Paare tanzten ausgelassen, und alles trug nur dazu bei, Monas Unruhe zu steigern. Und diese Musik in ihren Ohren erinnerte sie unablässig daran, dass ihr gesamtes Nightclub-Projekt ein immenser Irrtum sein könnte. An die Prophezeiung von Frank Kruzan: Gegenwart und Zukunft gehören der Rumba, das ist das Pferd, auf das man setzen muss.

Rauschender Beifall riss sie aus ihren Reflexionen; das Orchester legte eine Pause ein, die Tänzer kehrten an die Tische zurück. Luz schlängelte sich zu ihrem Platz durch, überhörte den einen oder anderen anzüglichen Scherz und die Kommentare, die ihr manch ein vornehmer Herr im Vorbeigehen widmete. Tony setzte sich wieder neben Mona und flüsterte ihr zu, alles okay? Sie sah ihn nur an, leichte Verzweiflung im Blick, und er runzelte die Stirn. Was ist? Nichts, sagte sie, schüttelte den Kopf und schloss die Augen. Nichts, nur Hirngespinste von mir. Tony konnte nicht nachhaken. In diesem Moment trat noch jemand an den Tisch, und es entstand ein mächtiger Tumult. Umarmungen, Rufe, lachende Männerstimmen. Xavier Cugat, der Leiter des Orchesters, war gekommen, um Alfonso de Borbón zu begrüßen.

Unterwegs hatte er sich mit einem seidenen Taschentuch den Schweiß von der Glatze gewischt; aus der Nähe fielen seine große Nase und die schlauen, leicht geschlitzten Augen auf. Ein schwarzer Kellner schob einen Sessel für ihn zwischen den Grafen und Mona; Cugat erteilte ihm einen Auftrag:

»Sag dem Dürren, er soll diesen Herrschaften etwas zu trinken geben, Custodio …«

Ohne sie anzusehen, wies er mit dem Daumen auf das unbekannte Quartett, das jetzt hinter ihm stand; dort verharrten sie weiterhin, als wollten sie dem Grafen den Rücken decken, und hofften, mit ihrem Geschwafel fortfahren zu können.

»… und es an ihren Tisch bringen, damit sie sich nicht die Beine in den Bauch stehen.«

Den beiden älteren Paaren blieb nichts anderes übrig, als sich verdrossen zurückzuziehen. So ein Mist, dürften sie wohl gedacht haben, ausgerechnet jetzt, wo wir um ein Haar mit den beiden prominentesten Spaniern New Yorks gleichzeitig Bekanntschaft geschlossen hätten.

Die Mädchen und Tony waren fasziniert von der saloppen Art und dem exaltierten Charme des Musikers. In seinem mit englischen Brocken garnierten Spanisch, das mal einen kubanischen Tonfall, mal einen ausgeprägten katalanischen Akzent hatte, bestellte er eine weitere Runde Daiquiris, schüttelte den Cocktailbecher wie eine Rumbarassel und ließ es sich nicht nehmen, eigenhändig die Gläser zu füllen. Er witzelte, lästerte, lachte donnernd und grüßte kreuz und quer durch den Saal, wobei er zugleich eisern verhinderte, dass irgendein überschwänglicher Bewunderer die unsichtbare Grenzlinie überschritt, die er selbst um die spontane Versammlung gezogen hatte.

Denn so war Xavier Cugat, aus der Ferne wie aus der Nähe: der reinste Springteufel. Gebürtiger Katalane, in der Kindheit nach Kuba verpflanzt, ein brillanter, frühreifer Geiger. Mit gerade mal achtzehn Jahren und ohne ein Wort Englisch in die Vereinigten Staaten ausgewandert, Glücksritter, Visionär, Lebemann, Frauenheld. Unverbesserlicher Optimist, zäher Arbeiter, Comiczeichner, bevor er als Musiker Erfolg hatte. Wegbereiter des Hispanischen, führte er im Norden die tropischen Rhythmen ein, die – fast and furious – dort die Tanzlokale füllten, eine vibrierende, ansteckende Musik, die perfekt zur Dynamik der nordamerikanischen Großstädte passte.

Wenn ich meinem Vater erzähle, dass ich mit dir befreundet bin, wird er es nicht glauben können, ha, ha, ha! Immerhin hat er Girona verlassen, weil er ein nonkonformistischer, antimonarchischer Radikaler war! Obwohl du ja mittlerweile jegliches Anrecht auf den Thron verloren hast, Alfonsito, mit all den Transfusionen, die man dir verpasst hat, seit du hier an Land gegangen bist, ist dein Blut schon lange nicht mehr blau, das ist jetzt so demokratisch wie sonst was, ha, ha, ha! Aber der einzige König hier bist sowieso du, mein lieber Cugui!, erwiderte der andere, wisst ihr, Freunde, wie man ihn heutzutage in ganz Amerika nennt? Den Rumba-König! Der große Xavier Cugat, the Rhumba King!

Die Plauderei zwischen den beiden Männern setzte sich eine Weile fort; Mona versuchte mit aller Gewalt, ihre Nervosität zu bezähmen, als ihr immer klarer wurde, dass der Graf ein Volltreffer war. Bei dem Staub, den er aufwirbelte, wäre er ohne Zweifel ein großartiger Ehrengast bei ihrer Eröffnung. Jetzt fehlte ihr nur noch seine Zusage, ein letzter Schubs. Bis der Musiker das scherzhafte Geplänkel mit einem Mal einstellte und sich Luz zuwandte.

»Ich habe dich tanzen sehen, nena. Das machst du molt bé, molt bé ... Du erinnerst mich stark an ein Mädchen spanischer Herkunft, das ich kürzlich im Kasino Agua Caliente in Tijuana erlebt habe. Sie trat zusammen mit ihrem Vater auf, einem sevillanischen Tänzer; eine Nummer, die sie ›Mexikanischer Abend‹ nannten, obwohl keiner von beiden Mexiko auch nur von Weitem kannte. La noia hatte Talent, aber einiges war nicht recht stimmig. Die Haarfarbe, zum Beispiel, und ein paar überflüssige Kilos. Auch fehlte es ihr an Stil, sie wusste nicht, wohin mit ihren Händen, hatte einen völlig unerotischen Gang und einen hässlichen Nachnamen, ungeeig-

net für das Tempo, mit dem in diesem Land alles vonstatten-
geht; deshalb habe ich ihr vorgeschlagen, ihn zu ändern, von
Cansino zu Hayworth, was hier viel besser klingt. Und schau,
wie viel Glück ihr das gebracht hat, schon dreht sie in Hollywood Filme für die Columbia.«

Das war nicht geprahlt; weder als Musiker noch als Unternehmer hatte er je aufgehört zu wachsen, er witterte eine Begabung, wenn er ihr begegnete, und hatte ein unfehlbares Händ-
chen für das Showbusiness. Luz stammelte verlegen vor sich
hin, sie war rot geworden; noch erhitzt vom Tanzen und verblüfft über seine Worte. Sie wusste nicht, was sie darauf antworten sollte, ob sie sich für das Kompliment bedanken und
offen zugeben sollte, dass Frank ihr ebendiese Rita Hayworth
als Vorbild hingestellt hatte.

»Ich bin dabei, eine neue Show zu organisieren, nena, wenn
du Arbeit brauchst und bereit bist, hart zu trainieren, melde
dich bei mir. Ich habe keine Visitenkarten, die brauche ich
nicht, mich kennt die ganze Stadt. Frag einfach nach mir.«

Nach ein paar weiteren Späßen und einer letzten Lachsalve ging er wieder auf die Bühne, dieser Rhumba King mit seinen Pailletten, seinem Rüschenhemd und seiner spiegelnden
Glatze – die er in späteren Jahren unter einem dichten Toupet
verstecken würde –, um die steifen Knochen dieser nordischen
Blondschöpfe mit tropischer Lebensfreunde zu infizieren, indem er die legendäre Rumba, die die schwarzen Kubaner in
den karibischen Nächten tanzten, für sie dressierte.

Als wäre mit dem Abschied des Musikers ein Vorhang gefallen, wechselten Haltung und Miene Covadongas schlagartig. Mit einem Mal wirkte er unendlich erschöpft. Der Unterschied war so eklatant, dass Mona nicht umhinkonnte, ihn
darauf anzusprechen.

»Fühlen Sie sich nicht wohl, Señor? Möchten Sie lieber gehen?«

Er nickte stumm; Cugat, dieser Temperamentsbolzen, schien ihn restlos ausgelaugt zu haben. Tony half ihm auf die Beine, ein zuvorkommender Kellner brachte ihm seinen Stock, und auf die Rechnung, die ihm der Maître reichte, kritzelte er eine schiefe Unterschrift. Den Stockknauf umklammernd, biss Covadonga die Zähne zusammen, um sich den Schmerz nicht anmerken zu lassen, und bewegte sich auf die Tür zu, während der unverwüstliche Katalane die Stimmung im Sert Room aufs Neue mit Trompeten und Marimbas anheizte.

Schweigend durchquerten die vier die Halle, traten hinaus auf die nächtliche Park Avenue, die Mädchen zwängten sich wieder hinten ins Auto, Tony brachte den Grafen auf dem Beifahrersitz unter und nahm selbst am Steuer Platz, ohne zu fragen.

Keiner sagte etwas auf der kurzen Rückfahrt, es herrschte kaum Verkehr, jeder kämpfte mit seinen eigenen Problemen. Sie erreichten das St. Moritz, nur ein schläfriger Portier stand neben der Tür, auf der Straße davor keine Menschenseele. Mona streckte den Arm aus und legte dem bekümmerten Grafen die Hand auf die Schulter. Sanft und tröstend, mitfühlend, trotz ihrer Ernüchterung.

»Gute Nacht, Señor. Angenehme Ruhe.«

Es würde länger dauern, Covadonga hineinzubegleiten, das war ihnen allen bewusst. Als Tony ausgestiegen war, rafften die Mädchen deshalb ihre Röcke, um nicht draufzutreten, und schickten sich auch an, den Wagen zu verlassen. Tony half ihnen.

»Lasst uns ein Taxi für euch rufen, ich fürchte, ich brauche hier noch eine Weile«, schlug er vor, während er Mona die Hand hinhielt; Luz stand bereits neben dem Auto. Doch einer von Monas Absätzen hatte sich im Saum des Kleides verhakt, und sie musste im Sitzen versuchen ihn zu befreien.

»Ich bestelle uns eins«, kündigte Luz an, um Zeit zu gewinnen. Ohne eine Antwort abzuwarten, wandte sie sich in ihrem kruden Englisch an den Portier. »One taxi, please!«

Und in genau diesem Augenblick fügte sich alles: Luz, mit dem Rücken zum Auto, rang darum, sich verständlich zu machen, der Graf war noch immer verstört und geistesabwesend, Monas Absatz löste sich aus dem Stoff, und sie konnte endlich Tonys Hände fassen und sich beim Aussteigen helfen lassen. In einer Sekunde war sie nahezu draußen, in einer weiteren standen sie einander dicht gegenüber auf dem Gehsteig.

»Gute Nacht«, flüsterte er und näherte sein Gesicht dem ihren, sie rührte sich nicht.

Was folgte, war ein Kuss. Flüchtig, sehr kurz, aber so zärtlich und warm, so anrührend, als hätte er eine halbe Ewigkeit gedauert.

Covadongas Stimme gebot ihnen überraschend Einhalt.

»Mona, Schätzchen, komm mal her.«

Widerwillig löste sie sich von Tony, von seinen Lippen, seinen Fingern, und eilte zur Beifahrerseite.

»Ja, Señor?«

Er lächelte schwach, die Augen noch geschlossen.

»Du kannst auf meine Unterstützung für euren Laden zählen«, verkündete er mit hauchdünner Stimme. »Was immer ihr vorhabt.«

FÜNFTER TEIL

· 70 ·

Die Küche ihres Apartments kam ihnen seltsam vor ohne ihre Mutter und ohne Victoria. Zu still. So leer.

»Entscheide dich endlich, Luz. Ja oder nein.«

Ohne Mona zu antworten, pustete ihre jüngere Schwester kraftlos in ihre Tasse Milch. Sie saßen einander gegenüber, wieder ungeschminkt und in den gewohnten abgetragenen Sachen; die letzten Make-up-Reste hatten sie vor dem Zubettgehen mit dem Handtuch entfernt, und die prachtvollen Kleider warteten auf Drahtbügeln hinter der Tür darauf, zum Pfandleiher zurückgebracht zu werden.

»Wir brauchen so bald wie möglich Klarheit, es sind nur noch ein paar Tage bis zur Eröffnung, wie du weißt.«

Luz pustete und schwieg.

»Wenn du nicht kommst, brichst du uns das Genick.«

Monas Beharrlichkeit ließ ihren Widerstand schmelzen, zwei Tränen rollten ihr über die Wangen. Als sie sie mit dem Handrücken wegwischte und dabei an die geschwollene Stelle kam, zuckte sie vor Schmerz.

»Mein Gott, Luz, und vor allen Dingen musst du dir Kruzan, dieses Arschloch, vom Hals schaffen, das zuallererst.«

Die Jüngste konnte das Schluchzen nicht mehr unterdrücken. Zu viele Anforderungen, zu viel Druck für ein einfaches, gezwungenermaßen ausgewandertes Mädchen, das außer der Arbeit in der Wäscherei ihrer Nachbarn und zwei wöchentlichen Proben für eine kleine Rolle bei der Laienaufführung einer bescheidenen Zarzuela bisher nichts zu tun gehabt hatte. Seit Mona die wahnwitzige Idee mit dem Nightclub hatte und Frank Kruzan in ihrem Leben aufgetaucht war, schien in Luz' Leben alles durcheinandergeraten zu sein. Große Illusionen, vermischt mit der Angst, ihn zu enttäuschen, die Verworrenheit ihrer Gefühle, die Verfügungsgewalt, die sie ihm über ihren Körper und ihren Willen zugestanden hatte.

»Du solltest ihn nicht einmal mehr sehen, um ihn zum Teufel zu jagen. Halte dich fern, geh nicht mehr in diese Tanzschule, bleib weg von ihm.«

»Aber ... aber ich ...«

Ich habe gedacht, ich liebe ihn, wollte sie sagen, aber die Worte wollten ihr nicht über die Lippen. Das hatte sie wirklich geglaubt, geblendet von der Besessenheit, mit der er sich ihr von Anfang an gewidmet hatte. Oder vielleicht hatte sie es sich auch selbst eingeredet. Erst am vergangenen Abend hatte ihr Bild von ihm zu bröckeln begonnen. Das Angebot Cugats – der ihr, im Gegensatz zu Kruzan, nicht das Blaue vom Himmel und einen überwältigenden Erfolg nach dem anderen versprach, sondern ein Engagement in Aussicht stellte, das harte, ausdauernde Arbeit erforderte – holte sie in die Realität zurück. Und jetzt ... Jetzt wusste sie nicht, was sie wollte, was sie fühlte, was besser, was schlechter war.

»Aber ... aber er ... Er wird mich bestimmt suchen.«

Wahrscheinlich hatte sie recht, und dieser miese Kerl würde sich nicht so einfach abservieren lassen. Sie würden aufpassen und mit Umsicht vorgehen müssen, dachte Mona, um eine Lösung zu finden.

»Jetzt hör erst mal auf zu heulen, iss dein Frühstück auf, und lass uns gehen.«

Sie begleitete Luz zur Wäscherei, die Irigarays öffneten im selben Moment die Ladentür, steckten Schlüssel in Schlösser und zogen Riegel zurück. Während Luz zusammen mit Doña Concha hineinging, blieb Mona wie unabsichtlich an der Tür stehen und nutzte die Gelegenheit, um rasch den Chef darüber zu informieren, was sich am Vortag ereignet hatte, und ihn vorzuwarnen. Irigaray runzelte die Brauen und nickte, endlich wusste er, womit sich seine Angestellte in letzter Zeit herumgeschlagen hatte. Sei unbesorgt, sagte er zu Mona. Wir haben ein Auge auf sie.

Erst mit der Gewissheit, dass ihre kleine Schwester in der Obhut des stämmigen Basken und seiner Frau in Sicherheit war, ging Mona in ihr eigenes Lokal. Als sie von der gegenüberliegenden Straßenseite die Front des Hauses mit der grandiosen Markise und der schreienden Fassadenfarbe erblickte, krampfte sich ihr der Magen zusammen.

Sie holte tief Luft und schloss auf. Die Maler waren mitsamt ihren Eimern und Pinseln verschwunden, auch die Schreiner waren fertig, man hörte keine wuchtigen Hammerschläge und keine kreischende Säge mehr. Dennoch brauchte sie die Lampen nicht anzuschalten, man nahm die Arbeit der einen wie der anderen auch so wahr. Es roch nach Farbe, Sägemehl, Firnis, Leim.

Die Helligkeit, die von der Straße drang, genügte, um Umrisse und Formen zu erkennen, während sie langsam hineinging. Selbst in diesem trüben Licht sah sie die Veränderung. An den frisch gestrichenen Wänden hingen jetzt Werbeplakate, die den Touristen aus Übersee ein idyllisches Spanien verhießen, Sonne, Stierkämpfe, Geranien und Gitarren; wahrscheinlich waren sie geliefert worden, während Mona versucht hatte, den Grafen de Covadonga zu überzeugen, und Fidel hatte sie nach dem Streit mit seinem Vater aufgehängt. Tische und Stühle, tagelang in den Ecken aufgestapelt und abgedeckt, waren um die neue Bühne herumgruppiert. Diese hatte er mit einem riesigen Stück granatrotem Samt als Hintergrundvorhang vervollständigt, dessen Herkunft sofort einen Verdacht nahelegte: Bestimmt hatte der Händler, der die Pietät Hernández mit Tüchern und Überwürfen belieferte, dem Sohn seines Kunden eine Gefälligkeit erweisen wollen.

Noch waren hundert Kleinigkeiten zu erledigen, sie setzte sich eine Minute auf die Kante des Podests, um sich zu besinnen. Mit ihrer Konzentrationsfähigkeit war es an diesem Morgen jedoch nicht weit her, ihre Gedanken waren immer noch bei Luz. Der Luz von früher, naiv, fröhlich, munter und unbekümmert, diese Luz wollte sie wiederhaben. Doch sie wusste, dass in ihrer Schwester eine unwiderrufliche Veränderung vor sich gegangen war und dass diese ihre Unschuld und Treuherzigkeit für immer verloren hatte. Und einmal mehr verfluchte sie sich, nicht an ihrer Seite gewesen zu sein und nicht verhindert zu haben, dass sie sich allein über den Abgrund beugte.

Verbunden mit der Erinnerung an die vergangene Nacht und ihre kleine Schwester im Takt der Congas und Maracas kam ihr noch jemand in den Sinn, und ihr war, als zöge sie ein Netz voll glänzender Fische aus dem Wasser. Tony. Tony der Lotterieverkäufer, Tony el Tampeño, der sich mit schlafwandlerischer Sicherheit in jeder Umgebung bewegte und den Grafen im Nu für sich gewonnen hatte, weil er jedes Mal prompt zur Stelle war, wenn dieser Hilfe brauchte, und weil er Covadonga zum Lachen brachte, wenn er ihm erzählte, dass der väterliche Zweig seiner Familie sich immer klar zur Monarchie bekannt und für die Tabaklieferanten des Königshauses gearbeitet habe, während in den Adern der mütterlichen Seite kreolisches, patriotisches und dermaßen freiheitsliebendes Blut fließe, dass sein eigener Großvater im sogenannten

Kleinen Krieg, der Guerra Chiquita, unter General Moncada gekämpft habe. Tony, anpassungsfähig und schlau, hinreißend charmant, ohne es darauf anzulegen, der ihr diesen ebenso vielsagenden wie flüchtigen Kuss auf die Lippen gedrückt hatte.

Sie sprang auf, dass die gerade erst montierte Bühne knarrte, sie wollte nicht weiter an ihn denken. Ausschlaggebend war, dass sie ihr Ziel erreicht und einen Schirmherrn für ihre Einweihungsfeier hatte. Und in Anbetracht der Neugierde und Sympathie, die er im Waldorf Astoria geweckt hatte, war der Graf für diese Rolle die ideale Besetzung. Nachdem das geklärt war, gab es andere Dringlichkeiten und immer noch einen Haufen Arbeit. Und darin vergrub sie sich, ein Tuch um den Kopf geschlungen, für die nächsten Stunden, räumte und putzte, dachte nach und wischte Staub, bis Mittag vorbei war und sie Fidel hörte, der noch in der Tür anfing, sich lautstark für seine Verspätung zu entschuldigen.

Sie schnitt ihm das Wort ab.

»Halt den Mund und hör mir zu, es gibt zwei wichtige Dinge, die du wissen solltest. Das eine betrifft den Grafen de Covadonga. Wir waren gestern Abend mit ihm zusammen, und er ist einverstanden. Er wird an der Eröffnung teilnehmen.«

Fidel stieß ein Triumphgeheul aus und machte ein paar Tanzschritte, wobei er den Unterarm quer vor die Brust hielt, als drückte er eine imaginäre Partnerin an sich und von irgendwoher erklänge *La Cumparsita*.

»Lass den Quatsch«, befahl sie, »und sei still, ich bin noch nicht fertig. Das zweite Thema ist Luz. Ich glaube, sie ist bereit, zu uns zurückzukommen. Vielleicht nicht für lange, weil sie ein sehr viel reizvolleres Angebot erhalten hat, aber zumindest für den Anfang werden wir wohl mit ihr rechnen können. Allerdings gibt es da ein Problem.«

»Kruzan«, kam ihr der Junge mit dumpfer Stimme zuvor.

»Ganz recht. Sie ist ihm hörig, und er tut ihr nicht gut. Gestern hat er ihr ins Gesicht geschlagen, nachdem er … Nun ja, nachdem er andere ekelhafte Sachen mit ihr angestellt hatte.«

Fidels Miene veränderte sich, während sie sprach, eine Welle des Zorns erfasste ihn.

»Ich weiß nicht wie, aber wir müssen ihr helfen, ihn loszuwerden.«

· 71 ·

Hätte Luciano Barona Frank Kruzan gekannt, wäre er stehen geblieben, um ihn zu begrüßen, als er ihn aus der Hochbahn der Neunten Avenue hätte steigen sehen. Und dabei wäre ihm zweifellos aufgefallen, dass mit Kruzan etwas nicht stimmte, so verstört blickte er drein. Zudem hatte er dunkle Ringe unter den Augen, und seine Kleidung war zerknittert. Aber da die beiden Männer einander nie vorgestellt worden waren, vielmehr keiner der beiden – trotz ihrer Verbindungen zu den Arenas-Schwestern – von der Existenz des anderen wusste, streiften sich an diesem Morgen nur leicht ihre Schultern, als sie in der Station aneinander vorüber- und in entgegengesetzte Richtungen weitergingen, der eine mit seinem Zigarrenbündel, der andere mit einem Blumenstrauß in der schlaffen Hand.

Unterwegs zu dem Abschnitt der Vierzehnten Straße, wo das spanische Leben pulsierte, wie schon zuvor auf der Bahnfahrt und während der langen Stunden, die er in der vergangenen Nacht in einem Wartesaal des Sloane Hospital for Women zugebracht hatte, beschäftigte Frank Kruzan nur eines: Luz.

Tatsächlich gefiel ihm das Mädchen, sehr sogar, er mochte ihre überschäumende Jugend und diese kesse, spontane, ein wenig ungebärdige Art. Und vor allem interessierte ihn ihr Potenzial. Darum war er entschlossen, sie zu seiner besten Investition zu machen, und darum brachte ihn der Gedanke, sie womöglich zu verlieren, schier um den Verstand.

Mit ihrem Widerstand hatte er nicht gerechnet, sondern fest geglaubt, sie sei Wachs in seinen Händen. So etwas war ihm noch nie passiert, Beziehungen hatte stets er beendet, wenn es ihm opportun schien. Wenn die Mädchen nicht hielten, was er sich von ihnen versprochen hatte, wenn ihre Begabung seine Erwartungen nicht erfüllte oder wenn eine verheißungsvollere Kandidatin seinen Weg kreuzte. Lediglich diese Jenny hatte ihn verlassen; wegen eines Produzenten, der ihr eine Komödie in Aussicht stellte, war dieses Flittchen ohne jede Vorwarnung über Nacht auf und davon, und er hatte sie nie mehr gesehen. Und dann war da noch diese andere, Melanie hieß sie, aber die hatte sich nicht freiwillig von ihm getrennt, vielmehr war sie von ihrem bestialischen Vater praktisch an den Haaren zurück auf die Farm nach Indiana geschleift worden. Das mit Luz allerdings hatte ihn extrem mitgenommen; eine arme Immigrantin, eine ungebildete Göre, die sich in der Stadt verlief, nicht einmal Englisch konnte und immer noch nicht kapiert hatte, dass sie sich ihm hundertprozentig anvertrauen musste, statt ihr Talent auf eine unbedeutende Show zu verschwenden, an der ihre realitätsblinde Schwester zusammen mit einem schwachsinnigen Nachbarsjungen bastelte. Unfassbar, diese dämliche Besessenheit.

Für ihn bot sich mit Luz eine grandiose Chance, es aus dem Loch herauszuschaffen, in dem er nun schon seit nahezu zwei Jahren steckte; die ideale Gelegenheit, wieder Geld zu verdienen und sich nebenbei ein für alle Mal von Nina zu befreien. Nina, murmelte er und verzog das Gesicht. Nina, verflucht noch mal. Bilder dieser langen Morgenstunden kehrten mit Macht in seine Erinnerung zurück. Ihre Schreie, das Durcheinander in der Wohnung, die blutgetränkten Laken, ihr schauerliches Geheul und das Taxi zum Krankenhaus, ihr Körper auf der Trage, die Unfreundlichkeit der Krankenschwester, die auf den Flur gekommen war, um ihm Bescheid zu geben: Spontaneous abortion. Eine Fehlgeburt war es, was Nina in jener Nacht erlitten hatte, dabei hatte das dumme Huhn die Schwangerschaft noch nicht einmal bemerkt. Seine letzte Großtat, dachte Kruzan bitter, for God's sake. Zum Glück hatte es der Fötus nur auf wenige Wochen gebracht; ein Kind war das Letzte, was er gebrauchen konnte, ausgerechnet jetzt, da er sich diese Irre, die ihm mit ihren Ansprüchen und ihren Vorwürfen auf den Geist ging, endlich vom Hals schaffen wollte. Ewig würde er den Tag verfluchen, an dem er seine physische Ekstase und ihre mutmaßlichen Fähigkeiten für hinreichende Gründe hielt, ihr im City Clerk Office hochoffiziell sein Jawort zu geben.

Zum Glück erschienen gleich frühmorgens ihre Brüder im Krankenhaus, so hatte er sich zeitig verdrücken können. Sobald er die beiden kommen hörte und ihre Gestalten auf dem Flur erahnte, nahm er die Abkürzung über die Feuertreppe. Er hatte nichts zu besprechen mit diesen irischen Tölpeln, und der Arzt hatte gesagt, es gehe ihr gut, sie müsse sich nur ausruhen, also drehte er den dreien den Rücken zu, damit sie sich das Maul über ihn zerreißen konnten, wie immer, damit Nina ihn schmähen und über ihn herziehen und die anderen aufstacheln konnte, bis sie schworen, dass sie ihm beim nächsten Mal die Seele aus dem Leib prügeln würden. Immer wieder die gleiche Geschichte, immer wieder von vorn.

Er hatte die Nase voll von ihr, von ihren Brüdern, von allen. Und die einzig gangbare Lösung in seiner Reichweite war Luz. Auf sie musste er sich vollständig konzentrieren. Jetzt galt es vor allem, die Beziehung zu kitten, um sicherzustellen, dass sie bei ihm blieb und er das Maximum aus ihr herausholen konnte. Wie er das hinbekommen würde, wusste er auch schon, er hatte die ganze schlaflose Nacht damit verbracht nachzudenken. Als Erstes würde er sie zwingen, die Stelle im Waschsalon aufzugeben, und dafür sorgen, dass sie sich diese alberne Idee mit ihrem Auftritt in der schäbigen Familienwirtschaft aus dem Kopf schlug. Sie mit starken Argumenten überzeugen, ihr Herz zurückgewinnen, sie nach Möglichkeit aus diesem Stadtviertel herausholen. Mit ihr zusammenleben wollte er nicht, das mit Nina hatte ihm erst einmal gereicht, aber er könnte ein Zimmer in einem Apartment finden, wo sie mit anderen Mädchen wohnen würde, am besten in Uptown oder in der Bronx oder in Queens, auf alle Fälle weit weg von dieser verwünschten Vierzehnten Straße. Und vor allen Dingen würde er sich fest vornehmen müssen, ihr gegenüber nie wieder die Nerven zu verlieren. Es war ein Riesenfehler gewesen, sie zu schlagen. Nicht dass sie es nicht verdient gehabt hätte, die blöde Kuh hatte es mit ihrem Benehmen ja geradezu darauf angelegt, aber zum jetzigen Zeitpunkt, da er verwundbar war und sie angefangen hatte zu zweifeln, würde er mit Strenge nicht weit kommen. Jetzt ging es zunächst darum, sie zurückzuerobern, so Frank Kruzans Entschluss, während er, schon auf den letzten Metern vor der Wäscherei, seinen Krawattenknoten richtete. Sie zu verführen, ihr den Kopf zu verdrehen, sie zum Abendessen einzuladen, in irgendein billiges Restaurant, das ein bisschen was hermachte, sie konnte das ja sowieso nicht beurteilen; ihr diese lächerlichen Blumen zu schenken, die er beim Verlassen des Hospitals vor dem Zimmer einer frisch Entbundenen geklaut hatte.

»Die Señorita hat nichts mit Ihnen zu bereden.«

Zu seiner Verblüffung war dies die Antwort, als er in der Wäscherei Irigaray nach ihr fragte. Zuerst auf Spanisch und dann, um jeglichem Missverständnis vorzubeugen, mit seinem starken Akzent auch auf Englisch, warf ihm der Wäschereibesitzer, der mit drohender Miene und geschwellter Brust hinter seinem Ladentisch stand, diese Worte an den Kopf.

Die Señorita, die Irigaray meinte – Luz natürlich –, befand sich derweil im hinteren Teil des Ladens und hielt den Atem an. Sie hatte seit dem frühen Morgen ausschließlich dort drinnen gearbeitet, ohne ihre üblichen Besorgungen zu erledigen. Da sie vermutete, dass Frank auf der Suche nach ihr früher oder später auftauchen würde, stockte ihr jedes Mal der Herzschlag, wenn sie das Türglöckchen hörte. Und als sie gegen Mittag endlich ruhiger wurde, war er plötzlich da.

Draußen im Laden verschärfte sich die Diskussion. Kruzan bestand darauf, sie zu sehen; er hatte die ganze Nacht auf einer Holzbank gesessen, außer kurzen Nickerchen mit an die Wand gelehntem Kopf keinen Schlaf gefunden, und sein Geduldsfaden war schon sehr dünn. Irigaray seinerseits blieb hart: No way, sir. Als Kruzan Anstalten machte, sich auch ohne seine Erlaubnis Zutritt zu dem hinteren Raum zu verschaffen, kam er hinter der Theke hervor. Schnauben, laute Stimmen, Beschimpfungen. Brüllend forderte der Baske Kruzan auf zu gehen, diesen packte der Zorn, die Ladentür wurde aufgerissen, dass die Glasscheibe klirrte, Luz hielt sich die Ohren zu, die Geschäftsinhaberin zog sie an ihre Brust und flüsterte rhythmisch pscht, pscht, pscht …

Sekunden später setzten die beiden Männer die Sache draußen fort, der Ton wurde noch hitziger, einige Passanten blieben stehen, andere Nachbarn näherten sich neugierig.

»Brauchen Sie Hilfe, Don Enrique?«, erbot sich mehr als einer.

Ein Kreis bildete sich um sie, Frank Kruzan hatte gerötete Augen, und sein Hemd hing ihm seitlich aus der Hose; in diesem Moment legte ihm der Wäschereibesitzer die Hände auf die Brust und gab ihm einen Stoß. Der Amerikaner war zwanzig Jahre jünger und schäumte vor Wut; der Baske mochte zwar älter sein, hatte sich jedoch als junger Mann in seinem Dorf dem aizcora gewidmet, einer Sportart, bei der um die Wette Baumstämme durchgehackt werden, und der kräftige Kerl, der er einmal gewesen war, ließ sich auch jetzt nicht unterkriegen. Noch blieb es bei Gerangel, noch wurden sie nicht wirklich handgreiflich, immer mehr Schaulustige versammelten sich, wer wen besiegen würde, war keineswegs klar.

Wie ein Blitz aus heiterem Himmel sprang eine Gestalt mit einem Mal Kruzan von hinten an. Der unerwartete Stoß ließ ihn schwanken und gegen die Fassade taumeln, mühsam hielt er das Gleichgewicht und versuchte, sich von den schmalen Armen zu befreien, die seinen Hals umklammerten. Vordringlicher, als sich mit Irigaray zu prügeln, war jetzt, dieses Subjekt abzuschütteln, das breitbeinig auf seinen Hüften saß, ohne dass er sein Gesicht sehen konnte.

Die Umstehenden feuerten schreiend den anderen an: Auf geht's, Gardel, gib's ihm! Komm schon, Fidel, auf den Boden mit ihm! Man hörte auch Stimmen auf Italienisch, Englisch, sogar die eine oder andere auf Portugiesisch. Der Baske trat beiseite und sah ungläubig zu, ohne zu begreifen, was der Junge von der Pietät mit dieser Angelegenheit zu tun hatte. Die Szene hatte beinahe etwas Komisches: Fidel saß wie eine Zecke an den Rücken des Unbekannten gekrallt und beschimpfte ihn unablässig, während der andere sich cholerisch krümmte und wand.

Zum Erstaunen aller war es Mona, die sich auf einmal durch die Menge boxte. Das Gezeter war durch die Tür vom Las Hijas del Capitán bis zu ihr gedrungen, und aufgeschreckt hatte sie alles stehen und liegen lassen, um nachzusehen, was los war.

»Hast du sie noch alle? Hör auf damit!«, rief sie erbost. »Halt still, nun lass ihn schon los!«

Der Junge war nicht bereit, von seinem Gegner abzulassen, allein konnte sie ihn nicht dazu bewegen, Irigaray und ein weiterer Nachbar mussten ihr helfen, damit Fidel schließlich unwillig nachgab und die Anwesenden laut zu klatschen und zu pfeifen anfingen.

Nach seiner Befreiung aus Fidels Würgegriff bot Frank Kruzan einen kläglichen Anblick. Die Jacke zerrissen, das Haar zerwühlt, die Krawatte über einer Schulter, das Hemd aus der Hose gerutscht, das Gesicht rot und schweißnass, japsend wie ein Fisch auf dem Trockenen. Solange er nicht reden konnte, weil er nach Luft schnappen musste, hob er mit zornsprühenden Augen drohend einen Daumen und wedelte damit zwischen Mona, Fidel und dem Inhaber der Wäscherei hin und her.

»You … you … you…«

Doch mehr brachte er nicht heraus; außerstande, den Satz zu beenden, noch immer hechelnd, las er seinen Hut vom Boden auf und wankte davon.

Der Baske gab Fidel ein paar anerkennende Klapse auf die Schulter, während die Neugierigen sich zerstreuten. Es laufen eine Menge Dreckskerle frei herum, mein Junge, sagte er kopfschüttelnd. Er hatte nicht die geringste Ahnung, was den Jungen bewogen hatte, auf diese Weise einzugreifen, und wusste nicht, dass der zur Verteidigung seiner angebeteten Luz nicht nur diesen Kruzan, sondern die Freiheitsstatue höchstpersönlich hinterrücks angesprungen hätte.

Sie schauten ihm nach, bis er um die Ecke verschwunden war. Dann schnalzte Irigaray mit der Zunge und ging wieder in seinen Laden.

In diesem Moment bemerkte Mona die Blumen auf dem Boden, direkt vor dem Haus unter dem Schaufenster, ein zerrupfter Strauß, auf dem heftig herumgetrampelt worden war. Als sie die zerquetschten Blumen aufhob, entdeckte sie darunter noch etwas. Eine Brieftasche. Eine Herrenbrieftasche aus braunem Leder. Sie drehte sich zur Wand, damit es niemand mitbekam, öffnete sie rasch, durchsuchte sie und wusste Bescheid. Papiere auf den Namen Frank J. Kruzan bestätigten ihren Verdacht. Sie gehörte ihm und musste ihm bei der Rangelei aus der Tasche gefallen sein. Flink ließ sie sie in einer Rocktasche verschwinden, sie wollte nicht, dass Fidel davon erfuhr. Der wäre imstande, den Eigentümer aufzusuchen und die Lage noch zu verschlimmern.

· 72 ·

Mona hantierte im hinteren Teil des Lokals, wo auch zwei Elektriker damit beschäftigt waren, Kabel zu verlegen, um die Bühne mit Strom zu versorgen. Es war bereits Nachmittag, und sie hatte nicht einmal eine Essenspause eingelegt, sie packte die Lieferung aus, die man ihnen auf Kredit von Casa Victori gesandt hatte, und ordnete alles auf den Regalen an, effizient, in ihre Aufgabe vertieft, mit dem Rücken zur Tür.

Bevor er sie begrüßte, bevor sie seine Gegenwart überhaupt bemerkte, beobachtete Tony sie von fern. Zierlich und zupackend, harmonisch in ihren Bewegungen, wie sie sich bückte, um nach einer Dose Pfirsiche oder einer Flasche Anis zu greifen, sich wieder aufrichtete, in der Taille drehte, auf die Zehenspitzen stellte oder die Arme reckte, bis alles an seinem Platz stand. Sie ist nicht zu bremsen, dachte er bewundernd. Tatsächlich schien nichts den Elan dieser jungen Frau brechen zu können, die endlich seine Schritte hinter sich hörte und sich umwandte. Ungekämmt, ohne Make-up, so hinreißend wie am Abend zuvor, obwohl sie nur einen verblichenen selbstgenähten Rock und ein altes, leichtes Hemd trug.

»Kann ich dir bei irgendetwas helfen?«

»Nicht nötig, ich habe alles einigermaßen im Griff.«

»Dann solltest du dir die Zeit nehmen, um mit mir essen zu gehen. Wir haben schon fast drei, du musst doch umfallen vor Hunger.«

Weder akzeptierte sie seine Hilfe, noch konnte er sie zu einer Verschnaufpause überreden; angesichts ihrer rigorosen Weigerung fragte sich Tony, wo das Mädchen in weinroter Seide geblieben war, das er in den frühen Morgenstunden vor dem St. Moritz flüchtig geküsst hatte, ob sie immer noch dieselbe oder alles nur ein Traum gewesen war, den die erste Brise im Morgengrauen davongeweht hatte.

Mona, ihrerseits, hatte jenen winzigen Augenblick der Intimität nicht vergessen, seine Hände um ihr Gesicht, seinen Mund, die Berührung seiner Haut. Tatsächlich hatte sie unaufhörlich an diesen Moment gedacht, war mit der Erinnerung daran eingeschlafen und mit dem Gefühl auf ihren Lippen erwacht, das sie den ganzen Tag begleitet hatte. Jetzt aber saß sie zwischen zwei Stühlen. Einerseits wünschte sie sich, alles wäre unbeschwert und einfach, sie hätte keine Verpflichtungen, keinen Zeitdruck und keine unmittelbaren Aufgaben zu erfüllen und könnte ganz selbstverständlich anknüpfen an diesen kurzen Kuss, ihn in alle Ewigkeit ausdehnen und sich darin verlieren. Andererseits wusste sie, dass sie sich nicht ablenken lassen durfte; von ihr hing zu viel ab, um jetzt Versuchungen nachzugeben. Als Tony sie so distanziert sah, zog er es vor, ihr nicht zu nahe zu kommen, sondern schwang sich halb auf einen Hocker, während sie mit ihrer Arbeit fortfuhr und zwei Elektriker die Scheinwerfer testeten und derbe

Flüche ausstießen, wenn etwas nicht funktionierte. Gut, dass die beiden hier sind, dachte Mona, sie sind wie eine Brandmauer. Gut so.

Und so tauschten sie nur ein paar banale Bemerkungen, riefen einander Szenen und Momente des vorangegangenen Abends in Erinnerung. Das Waldorf Astoria, Cugat … Und natürlich den Grafen de Covadonga.

»Ich habe ihn schließlich bis aufs Zimmer gebracht und musste ihm beim Ausziehen helfen. Dann hat er mich gebeten, heute Morgen wiederzukommen, und darauf bestanden, mit mir zu frühstücken, weil er mit mir reden wollte.«

Er machte eine Pause, zündete sich eine Zigarette an, und zwischen den Rauchspiralen des ersten Zuges schien die kraftlose Gestalt von Alfonso de Borbón zu schweben.

»Er hat mir angeboten, für ihn zu arbeiten.«

Mona erstarrte.

»Er braucht dringend einen Assistenten.«

»Einen Krankenpfleger?«, fragte sie, ohne sich umzuwenden, die Hände gegen ein Wandbord gestützt.

»Nicht nur. Er nennt es Sekretär. Jemand, der sich um seine Angelegenheiten kümmert, ihm den Rücken freihält und ihn zu Terminen und auf Reisen begleitet.«

Auch wenn Tony es nicht aussprach, wussten beide, dass diese Termine und Reisen häufig eine Klinik zum Ziel haben würden. Der Graf selbst hatte mehrfach Ärzte, Behandlungen und diese regelmäßigen Krankenhausaufenthalte erwähnt, zu denen ihn die Erbkrankheit in seinen Venen zwang, die Hämophilie, ein trauriges Vermächtnis seiner Mutter, das sein Blut daran hinderte, zu gerinnen.

»Und was hast du geantwortet?«, fragte Mona und bemühte sich um einen arglosen Ton, während sie ihre Tätigkeit wieder aufnahm. Er sollte nicht merken, wie sie innerlich zusammengezuckt war.

Tony zog noch einmal an seiner Zigarette und überlegte einen Augenblick. Er hätte sich aus der Affäre ziehen und dieses umwerfende Angebot kleinreden können, das ausreichte, um seinem Leben eine radikale Wende zu geben. Aber dann antwortete er ehrlich.

»Ich habe ihm vorgeschlagen, es zwei Wochen lang zu probieren und dann zu entscheiden.«

Sie hatten beide keine Vorstellung davon, was es hieß, zum ständigen Begleiter einer Persönlichkeit dieses Ranges zu werden; in Wahrheit waren sie sich nicht einmal über die tatsächliche Situation des Grafen innerhalb der königlichen Familie im Klaren. Auch wenn er gezwungenermaßen ins Exil gegangen war und freiwillig auf den Thron verzichtet hatte, kurz vor der Scheidung stand und zwischen ihm und seinen Eltern und Geschwistern ein Ozean lag, spielte Alfonso de Borbón nach wie vor eine Schlüsselrolle in der exilierten spanischen Monarchie; Mona und Tony jedoch, gefangen in ihrer Ignoranz und ihren unmittelbaren Dringlichkeiten, interessierten sich ausschließlich für des Grafen Gegenwart. Und unter diesen Aspekten hatte Mona nicht den geringsten Zweifel, dass Tony an seiner Seite eine gute Figur abgeben würde. Nie hatte sie in ihrer Vorstellung den Bolitero für den Rest seiner Tage mit seinem kleinen Wettgeschäft durch die Stadt ziehen sehen; dafür war er zu scharfsinnig und zu ehrgeizig.

Mit kühlem Kopf besah sich Mona aber auch die Kehrseite der Medaille: Wie auch immer es mit Covadonga weitergehen mochte, vor Tony würden sich neue Welten voller neuer Menschen auftun. Erlesenes Ambiente, Namen mit noblem Stammbaum, Kabriolets, Langusten, so groß wie Kaninchen, und hochmütige, juwelengeschmückte Frauen, die mit Zigarettenspitzen aus Schildpatt rauchten. Der Bolitero wäre für immer dem Kleingewerbe der einfachen Leute entronnen, die jeden Tag ums Überleben kämpften. Weder jüdische Pfandleiher noch puerto-ricanische Friseurinnen oder weltfremde Jungunternehmerinnen, die illusorische Geschäfte auf die Beine stellen wollten, hätten dann noch Platz in seinem neuen Leben an der Seite eines Mannes, der über zwei Jahrzehnte lang von allen mit Hoheit angesprochen worden war. Havanna, Rom, Miami, London, Lausanne … Monas Kenntnisse, sowohl in der Geschichte von Königsgeschlechtern als auch in Erdkunde, waren zwar nicht der Rede wert, reichten aber aus, um zu begreifen, dass dieser Mann wieder aus ihrem Leben verschwinden würde, noch ehe etwas zwischen ihnen hatte entstehen können; darum bemühte sie sich angestrengt, ihre Enttäuschung zu verbergen, und rückte übertrieben akkurat die Flaschenreihe zurecht.

»Tony, würdest du mir einen Gefallen tun?«

Einen letzten, hätte sie fast gesagt, verkniff es sich aber.

»Natürlich.«

Sie selbst kam auf keinen Fall dazu, die Zeit drängte zu sehr, tausend Dinge, die noch zu erledigen waren. Und es aufzuschieben, könnte üble Folgen für Luz haben. Trotz alledem hätte sie es vorgezogen, ihn nicht um Hilfe bitten zu müssen; im St. Moritz und im Waldorf Astoria hatte er wahrlich genug für sie getan; ihn aus der Nähe kennengelernt zu haben, war ebenso faszinierend wie flüchtig gewesen, es wäre besser, ihn gehen zu lassen.

Sie drehte sich um und wischte sich auf den Oberschenkeln die Hände ab, ihre Wangen waren gerötet, und eine Haarsträhne fiel ihr in die Stirn. Auch in seinem Inneren regte sich etwas beim Anblick ihres schmutzigen, schönen Gesichtes, doch er schenkte ihr nur die Andeutung eines Lächelns, weil ihm bewusst war, dass seine Mitteilung sie verstört hatte. Sie tat, als bemerkte sie es nicht.

Sie ging in die Hocke, holte Frank Kruzans Brieftasche hervor, die sie unter der Theke versteckt hatte, und schob sie Tony zu; sie anfassen zu müssen, verursachte ihr solche Abscheu, dass sie ihr einen zu energischen Stoß versetzte, sodass sie über die Kante des Tresens hinausrutschte. Tony fing sie im Flug. Er untersuchte sie von außen und innen, braunes Leder, mäßig abgegriffen, ohne besondere Auffälligkeiten. Dann nahm er den Führerschein heraus, las den Namen; er sagte ihm nichts.

»Sie gehört dem Schwein, das meine Schwester gestern grün und blau geschlagen hat.«

Tony nickte, jetzt begriff er. Er schaute sich die Personalien mit gesteigertem Interesse an.

»Er war heute Vormittag in der Wäscherei und wollte sie sprechen. Um ihn daran zu hindern, hat es ein Handgemenge auf der Straße gegeben, und dabei hat er das verloren. Ich gehe eigentlich davon aus, dass er es kapiert hat und sich nicht mehr dort blicken lässt, aber wenn er seine Brieftasche vermisst, könnte er es dennoch versuchen. Ich halte es für besser, dem vorzubeugen und sie ihm zurückzubringen.«

Sie verstummte, schien hinzufügen zu wollen, würdest du das mir zuliebe tun?, griff aber stattdessen nach einer weiteren Flasche, die sie mit einem Lappen abwischte. Sein neuer Platz an Covadongas Seite, die Kluft, die sich zwischen ihnen auftun würde, Gefühle sollten da lieber außen vor bleiben.

Er aber verstand; alles würde ich für dich tun, meine Schöne, und wenn ich durch den Hudson River schwimmen oder mich an die Spitze des Cities Service Building hängen müsste. Aber auch seine Erwiderungen blieben unausgesprochen, sie schossen ihm nur stumm durch den Kopf. Wenn sie sich ihm nicht nähern wollte, würde er sie nicht dazu zwingen. So kam es, dass seine Worte viel nüchterner ausfielen als seine Gedanken.

»Ich kümmere mich darum, sei unbesorgt«, sagte er und

steckte die Brieftasche ein. »Ich wohne nicht weit von dort, vielleicht gehe ich einfach vorbei und werfe sie ihm in den Briefkasten.«

Oder ich lasse mir etwas einfallen, dachte er.

· 73 ·

Victoria und die Mutter kehrten aus Brooklyn zurück, alle kreischten und umarmten sich, als hätten sie sich eine Ewigkeit nicht gesehen, obwohl sie nur ein paar Tage getrennt gewesen waren. Sie sprudelten über, so viel hatten sie sich zu erzählen, zu ihren Füßen ein Gewühl aus Taschen, Tüten und Tortenschachteln. Es dauerte mehrere Minuten, bis sie sich wieder gefasst hatten.

Luciano Barona lehnte im Türrahmen, die Hände in den Taschen, und sah ihnen verwundert zu. Vielleicht würde er es ja eines Tages verstehen lernen, aber bisher war ihm der Clan dieser vier Frauen ein Rätsel. Sie vergötterten einander und keiften sich eine Weile später ebenso inbrünstig an, sie stritten sich wie die Kesselflicker, verteidigten einander jedoch mit derselben Leidenschaft, sie warfen sich gegenseitig die brutalsten Wahrheiten an den Kopf, hätten aber jedem die Augen ausgekratzt, der es gewagt hätte, die Mutter oder eine der drei in Frage zu stellen.

Als sie sich beruhigt hatten, fragte Remedios als Erstes: »Und hier? Wie geht's?«

Bleiernes Schweigen und ausweichende Blicke, bis Mona langsam einen Umschlag öffnete, den Fidel ihr am Morgen gebracht hatte, und ein Flugblatt herausholte.

Grünliches, billiges Papier, die schwarze Tinte noch feucht. Zweitausend Exemplare hatte er auf Pump in der benachbarten Druckerei Hispania des Asturiers Argeo herstellen lassen und bereits ein paar Jungen aus dem Viertel angeheuert, die sie überall in der Gemeinde verteilen sollten, in Läden und Cafés, Bars, Bodegas, Werkstätten und bei Barbieren. Die Formulierungen strotzten vor Übertreibung und Großspurigkeit; ein Angestellter der Druckerei hatte ihm dabei geholfen, denn sprachlich war es mit Fidel nicht weit her.

»Ein paar Neuigkeiten hätten wir schon, Mutter …«, wagte Mona sich vor.

Die Würfel waren gefallen, wozu länger warten. Doch Remedios weigerte sich, das Blättchen entgegenzunehmen, das sie ihr hinhielt.

ESTE VIERNES 26 DE JUNIO DE 1936 GRAN APERTURA DEL NIGHT-CLUB

LAS HIJAS
DEL CAPITAN

Al servicio de la colonia española, hispana y del país.
250 West 14th Street. NEW YORK

LUZ LA MALAGUEÑA.
SUPREMA exponente de la canción
andaluza y la rumba cubana

EL JOVEN GARDEL.
LEGITIMO heredero
del rey del tango

DUO SOL Y SOMBRA. Grandiosa pareja cómica

TORERITA DE LA FRONTERA. Popularísima
bailarina de danzas regionales

Formidable espectáculo amenizado por el GRAN maestro guitarrista
MANUEL MIRANDA y la mitad de la orquesta de
ESTEBAN ROIG Y SUS HAPPY BOYS

Inauguración apadrinada por el EXCELSO
DON ALFONSO DE BORBON Y BATTENBERG,
CONDE DE COVADONGA

Ambiente soberbio, precios imbatibles
¡NO SE LO PUEDEN PERDER!

»Was gibst du mir Zettel, wo du doch genau weißt, dass ich sie nicht verstehe?«

Victoria und Luz sahen ihre Schwester erschrocken an; Mona schluckte.

»Das war nur, damit du siehst … wie es aussieht. Aber wenn es dir recht ist, lese ich es dir von Anfang bis Ende vor, und du hörst zu, ohne mich zu unterbrechen. Und hinterher erkläre ich es dir eins nach dem anderen. Also hier steht: ›Diesen Freitag, 26. Juni 1936, große Nightclub-Eröffnung. Las Hijas del Capitán. Offen für alle spanischen, hispanischen und einheimischen Gäste. 250 West 14th Street, New York. Luz aus Málaga, einzigartige Darbietung andalusischer Lieder und kubanischer …‹«

Mona hatte kaum die sechste Zeile erreicht, als Remedios die Faust auf den Tisch krachen ließ; sie wusste nicht, ob sie brüllen, fluchen oder Ohrfeigen unter ihren Töchtern verteilen sollte.

»Wollt ihr mich loswerden und das Andenken eures Vaters gleich mit, ihr dummen Gänse?«

Ihr Schrei durchschnitt die Luft wie ein Peitschenhieb, keine traute sich, etwas zu sagen, eine Zeit lang hörte man nur das Tropfen des Wasserhahns auf den Spülstein. Dann räusperte sich Barona. Noch hatte er die Ankündigung nicht zu Ende gelesen, doch er versuchte, Frieden zu stiften.

»Vielleicht wird es ja ein Erfolg, Remedios, nun seien Sie doch nicht so.«

Die Stimme des Tabakhändlers war für die drei Schwestern wie ein Startschuss. Kaum hatte er angefangen, fielen sie alle drei im Chor über ihre Mutter her, um sie umzustimmen. Remedios wehrte sich verbissen, hielt sich schließlich mit beiden Händen die Ohren zu und schrie aus Leibeskräften:

»Das ist ungehörig! Schamlos! Was seid ihr für lieblose Töchter!«

Als ihr keine Beschimpfungen mehr einfielen, sie aber immer noch kochte vor Wut, attackierte sie auch ihn:

»Und Sie? Und Sie, Luciano? Hinter meinem Rücken haben Sie diese Geschmacklosigkeit doch unterstützt, geben Sie es zu! Einen feinen Mann hat sich meine Tochter da geangelt, einen feinen Schwächling haben wir uns da in die Familie geholt, der es nicht einmal schafft, drei dämliche Gören in ihre Schranken zu weisen!«

Barona presste die Kiefer zusammen, um sich nicht im Ton zu vergreifen. Er beherrschte sich und wechselte einen Blick mit seiner Frau, die ihn mit einer unauffälligen Geste aufforderte, sich zu verziehen, bis sich das Unwetter gelegt hätte. Er verlor jedoch allmählich die Geduld und schien nicht bereit, sich wie ein Hund mit eingeklemmtem Schwanz zu trollen, als träfe ihn tatsächlich irgendeine Schuld. Er hatte genug von Remedios, ihrer ewig säuerlichen Miene, ihrem Jähzorn und ihrem Gemecker; und auch davon, dass sie ihre Tochter in seiner Gegenwart und in seinem eigenen Haus in Brooklyn weiterhin behandelt hatte wie ein minderbemitteltes Kleinkind, das man andauernd zurechtweisen musste, und nicht wie eine erwachsene, verheiratete Frau. Und Victoria war seltsam, mit jedem Tag seltsamer, geistesabwesend und verträumt, wie in einer Wolke, die er nicht zu durchdringen vermochte. Sie gab sich ihm auch nicht mehr so bereitwillig hin wie zuvor, jetzt wandte sie sich abends im Bett ab, legte sich mit dem Gesicht zur Wand und behauptete, sie habe Kopfweh oder Bauchschmerzen oder sie sei müde oder ihr sei zu warm … Da er keine Erklärung finden konnte für die Veränderungen im Verhalten seiner jungen Gattin, gab er die Schuld dieser grämlichen Schwiegermutter, an die er bedauerlicherweise geraten war. Sogar sein Sodbrennen war wieder da, verdammt noch mal. Und seine Selbstbeherrschung war bald am Ende.

Barona ahnte nicht, dass zwischen seiner Frau und seinem

Sohn kontinuierlich etwas wuchs, das sie auf kopflose Weise zueinander hinzog. Sie wechselten kaum ein Wort, das war nicht nötig; was sie verband, übermittelte sich anders als über Gesten und Sätze. Victoria bemühte sich, ihrem Mann gegenüber zu heucheln und ihr tägliches Leben nicht darunter leiden zu lassen, sie wusste, dass Luciano diesen doppelten Verrat nicht verdient hatte. Aber sie ertrug es immer weniger, sich von ihm berühren zu lassen, weil sie sich danach sehnte, von anderen Händen gestreichelt zu werden; sie wollte nicht mit ihm schlafen und dabei an einen anderen Mann denken. Und an diesem Morgen, bevor sie die Wohnung in der Atlantic Avenue verließ, um ihre Mutter zurück nach Hause zu bringen, während sie das Geschirr spülte, Remedios im Schlafzimmer ihre wenigen Sachen packte und Barona seine zweite Tasse Kaffee austrank, hatte sich Chano ein Glas Milch eingeschenkt und nach dem ersten Schluck mit heiserer Stimme und ohne jemanden anzusehen, gesagt: Morgen ziehe ich aus. Victoria, mit dem Rücken zu den anderen, ließ das Wasser durch die Finger laufen, umklammerte den Topfkratzer wie einen Rettungsanker und fürchtete und hoffte zugleich, Luciano möge wiederholen, was er bei anderer Gelegenheit angeregt hatte.

Und er tat es. Unbesonnen, ohne zu ahnen, was vorging, machte er erneut seinen gutgemeinten Vorschlag. Geh mit ihm hin, sieh nach, ob alles in Ordnung ist, und wenn er etwas braucht, sagst du es mir, er soll sich wohlfühlen, es soll ihm an nichts fehlen. Damit hatte es Luciano Barona, als großmütiges Zeichen seiner väterlichen Zuneigung und im ernsthaften Bemühen, Victoria in ihrer Verantwortung als Frau des Hauses aktiv mit einzubeziehen, ein zweites Mal gesagt. Nicht im Traum wäre er auf die Idee gekommen, dass er mit seinem hilfsbereiten Angebot dem Rand eines Abgrundes gefährlich nah kam.

Als Victoria ihren Mann dieses Ansinnen noch einmal bekräftigen hörte, wurden ihr die Knie weich. Ja, natürlich, gern, wollte sie sagen, brachte aber nur einen unartikulierten Laut heraus. Chano trank mit einem langen, geräuschvollen Schluck seine Milch aus, wischte sich mit dem Handrücken über den Mund und ging.

Zwei Stunden später war das Ehepaar im Apartment der Arenas in der Vierzehnten, jeder für sich im Kampf mit seinen Ängsten, und wartete, dass Remedios sich beruhigte oder vor lauter Erschöpfung endlich aufhörte zu wettern. Doch die Mutter dachte nicht daran, ihre Entrüstung zu bezähmen. Zur Verblüffung aller ergriff sie stattdessen die Flucht. Grob stieß sie ihre Töchter zur Seite. Ohne zu sagen, wohin sie ging, hüllte sie sich in ihr dunkles Umschlagtuch, langte nach den Schlüsseln und knallte die Tür hinter sich zu. Sie nahmen an, dass sie zu einer Nachbarin wollte, und ließen sie aufatmend ziehen.

Als wieder Frieden eingekehrt war, nahm Luciano Barona das Flugblatt in die Hand, das auf dem Tisch liegengeblieben war, und las den Rest der Bekanntmachung, die den Ausbruch verursacht hatte: Die Eröffnungsveranstaltung steht unter der Schirmherrschaft des Hochwohlgeborenen Don Alfonso de Borbón y Battenberg, Graf de Covadonga. Woraufhin er nur mit dumpfem Schrecken stammeln konnte.

»Oje, Mädchen, hast du eigentlich eine Ahnung, wen du da in deinen Schlamassel hineinziehst?«

· 74 ·

In der Tat lief Remedios fluchend die Treppe hinunter bis zur Wohnungstür von Señora Milagros und hämmerte fest mit der Faust dagegen. Da sie keine Antwort erhielt, rannte sie weiter treppab bis auf die Straße und legte das Stück zwischen dem Haus und der Gaststätte im Laufschritt zurück; seit man sie gegen ihren Willen in Brooklyn einquartiert hatte, war sie nicht mehr dort gewesen. An ihrem Ziel angekommen, starrte sie, die Hand aufs Herz gepresst, auf die große rote Markise und die grellgrün gestrichene Fassade. Sie brauchte nur wenige Sekunden, um das Ausmaß des Desasters zu erfassen; dann eilte sie, wie gewohnt, ohne nach rechts oder links zu schauen, über die Straße und blaffte zurück, wenn die Autofahrer sie anschrien und auf die Hupe drückten. Kannst tuten, so viel du willst, Blödmann! Sieh zu, dass du Land gewinnst, du Pfeife!

»Du lieber Himmel, Remedios, ich vermisse Sie schon seit Tagen.«

So begrüßte Schwester Lito sie halb ironisch, halb atemlos, als Remedios die Casa María erreicht hatte und, ohne anzuklopfen, in das Büro gestürmt war. Außer sich, Haarsträhnen im Gesicht, die sich aus ihrem Dutt gelöst hatten, fuhr sie die Nonne vorwurfsvoll an:

»Sind Sie jetzt zufrieden, Schwester? Das haben Sie ja prima hingekriegt!«

»Was denn?«

»Mir zu verheimlichen, was meine zuchtlosen Töchter im Schilde führen! Dieses Freudenhaus, das die aus dem Lokal ihres Vaters machen wollen!« Sie legte eine dramatische Pause ein und schnappte heftig nach Luft. »Das ist ungeheuerlich, das ist unverzeihlich, Sie haben kein Erbarmen mit einem armen Weib wie mir, Sie sind …«

Die Ordensfrau steckte sich eine Lucky Strike an, lehnte sich, ohne ihren Platz hinter dem von Papieren bedeckten Tisch zu verlassen, in ihrem Sessel zurück und ließ Remedios die ganze Wut herausschreien, von der sie innerlich versengt wurde. Lito war müde, die Probleme erdrückten sie, und sie fühlte sich seit Wochen nicht wohl; sie hatte sich die halbe Nacht schlaflos im Bett gewälzt, weil sie Schmerzen hatte; sich von der Witwe anschreien zu lassen, ohne selbst die Beherrschung zu verlieren, war das Letzte, wonach ihr an diesem Morgen der Sinn stand.

Bis Remedios so viel Gift und Galle gespuckt hatte, dass ihr nichts mehr einfiel und die Nonne endlich zu Wort kam.

»Sie sind keine Kinder mehr, Remedios, Ihre Töchter sind, auch wenn Ihnen das nicht passt, drei erwachsene Frauen. Sie wollen nur ihr Bestes, kein Zweifel, aber Sie setzen sie zu sehr unter Druck, Sie schnüren ihnen die Luft ab. Und sie wollen natürlich eigene Erfahrungen machen.«

Während Remedios verwirrt schwieg, zupfte Schwester Lito sich einen Tabakkrümel vom Mund und sah sie mit zusammengekniffenen Augen durch die Rauchschwaden an.

»Und dabei hatte ich Sie doch um Ehemänner gebeten ...«

Ach ja, die Sache mit den Ehemännern, fiel ihr wieder ein. Anfangs hatte sie Remedios' Auftrag durchaus ins Auge gefasst und wollte ihr helfen, gute Partien für die Töchter zu suchen, nach zwei redlichen, gut etablierten Arbeitern Ausschau halten, die die Mädchen vor den Unbilden des Lebens beschützen würden. Doch diese Absicht hielt sich nicht lange im Gedächtnis der unkonventionellen Nonne. Nach ein paar Tagen vergaß sie den Unsinn. Sie würden schon auf anderem Weg Gefährten finden, um sich gemeinsam der Zukunft zu stellen, oder eine Möglichkeit, auf eigenen Füßen zu stehen. Dafür hatte sie mit vollem Einsatz für die Entschädigungszahlung und gegen die Knüppel gekämpft, die ihr der Anwalt Mazza unentwegt zwischen die Beine warf. Jetzt aber begann ihr Mut zu sinken, ihre Kräfte ließen nach, und sie fragte sich, ob es nicht vernünftiger wäre, diesen Fall ein für alle Mal abzuschließen. Aber sie hatte nicht vor, das jetzt mit der Witwe zu besprechen, also blieb sie der Einfachheit halber beim Thema.

»Geeignete Heiratskandidaten für Ihre Töchter? Nicht einen habe ich gefunden.«

»Wie, nicht einen?«, kreischte Remedios.

»Wenn ich es Ihnen sage. Diese abwegige Idee schlagen Sie sich mal lieber aus dem Kopf.«

Die Witwe stammelte, ihre Unterlippe begann zu zittern, und über ihre Wangen rollten Tränen. Sie wollte die Nonne anklagen, sie fragen, warum ihr alle den Rücken kehrten, aus welchem Grund niemand auf sie hörte.

»Ich …«, stieß sie verzagt hervor, als ihr klar wurde, dass ihr letztes Bollwerk gefallen war, »ich will doch nichts weiter als hier weg, zurück in meine Heimat, meine Töchter vor dieser widerlichen Stadt retten.«

»Das können Sie tun, sobald das Gerichtsurteil vorliegt. Und dann wird sich auch zeigen, ob Ihre Töchter überhaupt noch mit Ihnen gehen wollen.«

Die Rohheit der Ordensfrau schockierte Remedios, doch Schwester Lito war die Halsstarrigkeit der Witwe leid.

»Jetzt hören Sie mir mal zu, Remedios«, fuhr sie in dem beschwichtigenden Ton fort, der ihr zunehmend schwerfiel. »Die Mädchen strengen sich doch wirklich an. Die Älteste hat sich breitschlagen lassen, einen anständigen Mann zu heiraten, den sie, jede Wette, nicht liebt, um der Familie ein wenig Halt zu verschaffen, die Mittlere schuftet sich krumm, um das jämmerliche Geschäft in Gang zu halten, und arbeitet gleichzeitig für eine Despotin, die sie nach Strich und Faden ausnutzt, und die Kleine schiebt Doppelschichten zwischen der Wäscherei und ihrem Traum, Künstlerin zu werden. Sie haben sie mit Gewalt ihrer Welt entrissen, sie gegen ihren Willen hierhergebracht, und trotzdem kämpfen sie mit allen Mitteln ums Überleben. Reicht Ihnen das etwa nicht? Finden Sie nicht, dass sie dafür ein bisschen Anerkennung von ihrer Mutter verdient hätten? Denken Sie mal darüber nach, ob nicht Sie es sind, die gegen den Strom schwimmt und immer weniger im Recht ist!«

Stumm. Stumm stand Remedios da, als hätte man ihr die Zunge herausgeschnitten. Selbst ihre Tränen hatten aufgehört zu fließen.

»Ich … ich will nicht …«, stotterte sie nach einer langen Pause, »ich will nicht, dass Sie den Fall meines Mannes weiter bearbeiten. Ich, ich, ich … habe kein Vertrauen mehr zu Ihnen.«

Schließlich stemmte sich Schwester Lito schwerfällig aus dem Sessel, als müsste sie dem Folgenden, trotz ihrer zwergenhaften Statur, mehr Nachdruck verleihen, indem sie es im Stehen sagte.

»Das können Sie nicht allein beschließen, Señora. Auch Ihre Töchter sind meine Mandantinnen und haben eigene Entscheidungsgewalt.«

All die rasende Wut, die in Remedios tobte, brach mit einem Schwall wüster Blasphemien aus ihr heraus.

»Wissen Sie was, Schwester? Ihre Gerichtsurteile und Ihr geschwollenes Gerede stecken Sie sich gefälligst sonst wohin, verdammt noch mal, verflucht sollen Sie sein, und verflucht sein soll dieses beschissene Land, verflucht die beschissenen Kabaretts und Künstler, und … und … all die Scheißnonnen auf der Welt müssten sowieso in der Hölle schmoren!«

· 75 ·

Luz überließ ihre Schwestern und Barona ihrer hitzigen Diskussion über die Ankündigung auf dem Programmzettel; ihr selbst waren diese Geschichten von Monarchisten und Republikanern ziemlich gleichgültig, politischer Kram, von dem sie nichts verstand und auch nichts verstehen wollte. Sie ging aus dem Haus und allein zurück zur Wäscherei. Die Irigarays hatten ihr am Vormittag eine kurze Pause gewährt, damit sie ihre Mutter in Empfang nehmen konnte, dennoch wollte sie den Bogen nicht überspannen, die Szene mit Frank vor ihrem Laden war schlimm genug gewesen für die beiden.

Obwohl Doña Concha versucht hatte, sie im Hinterzimmer des Ladens zu halten, hatte Luz sich schließlich losgerissen und war nach vorne gerannt, um das Geschehen durch die Schaufensterscheibe zu beobachten, und hätte die Wäschereibesitzerin sie nicht fest gepackt, wäre sie bestimmt hinausgestürzt, hätte sich an ihn geklammert, gefleht, er möge aufhören, und ihm versprochen, zu ihm zurückzukehren.

Verstört, verängstigt, nervös, so fühlte sich die Jüngste der Arenas auch am nächsten Morgen noch. Ihr war, als zerrten an ihr zwei Kräfte in entgegengesetzte Richtungen. Auf einer Seite waren ihre Schwester Mona, die Irigarays und der gesunde Menschenverstand, die ihr sagten, halte dich fern von diesem Scheusal, er tut dir nicht gut. Auf der anderen jedoch waren ihre Zweifel, ihre Gefühle. Nie zuvor hatte sie die Texte der Lieder, die sie sang, so tief empfunden. Vergangene Liebe, unmögliche Liebe, von Männern verursachtes Seelenleid. Bislang waren die Verse für Luz eine bloße Aneinanderreihung von Wörtern im Takt der Musik gewesen; das waren sie jetzt nicht mehr. Jetzt machte sie sich die Inhalte zu eigen, es kam ihr so vor, als handelten sämtliche Coplas von ihr, denn sie fühlten sich an wie Dolchstiche direkt in ihr Herz.

Schon wollte sie die Straße überqueren, als sie sich rasch umschaute und die Alternative erwog. Zur Treppe der Subway wäre es nur ein kleiner Schlenker, in Sekundenschnelle wäre sie dem Blickfeld entschwunden, unsichtbar. Sie spürte ein Kribbeln im Bauch, niemand müsste etwas davon erfahren. Die Irigarays würden annehmen, die Familie habe sie aufgehalten, und ihre Familie würde sie bei den Irigarays vermuten. Und in der Zwischenzeit wäre sie unsichtbar, wie vom Erdboden verschluckt. In ihrem weißen Arbeitskittel, ohne einen Cent in der Tasche und ohne irgendjemandem Bescheid zu geben, könnte sie zum Bahnsteig hinuntergehen, die Bahn nach Midtown nehmen, ihn suchen und ihm sagen, es sei alles wieder gut.

»Hey, Luz!«

Der raue Schrei weckte sie aus ihren Träumen.

»Luz!«

Sofort hatte die Realität sie eingeholt: die belebte Straße, die grelle Frühsommersonne, der Lärm der Autos auf dem Pflaster, ein Eiscremeverkäufer, Passanten, Lieferwagen. Alltagsleben in der Vierzehnten.

Das Rufen kam von der gegenüberliegenden Straßenseite, wo ihr Arbeitgeber, wachsam wie ein Gefängniswärter, ihrer Rückkehr harrte. Ohne ihr Wissen war es seit dem Vorfall mit Kruzan die selbstauferlegte Mission Don Enriques und seiner Frau, Luz zu beschützen, im Rahmen ihrer Möglichkeiten alles zu tun, um den Kerl fernzuhalten und zu verhindern, dass sie wieder schwach würde. Und so stand der Baske dort in seinem Trägerhemd, denn die Temperatur im Inneren der Wäscherei wurde langsam unerträglich. Breitbeinig, mit seinem ausladenden Bauch und den struppigen Haaren, winkte er sie mit unmissverständlicher Geste zu sich, los, Mädel, an die Arbeit.

Doch selbst wenn Luz die Dreistigkeit besessen hätte, Don Enriques Befehl zu missachten, in langen Sätzen die Treppe hinunterzulaufen, am Fahrkartenschalter vorbeizuspurten, in einen Zug zu springen, und ihr Ziel erreicht hätte, es wäre nichts dabei herausgekommen. Sie hätte ihn nicht gefunden, denn Frank Kruzans tägliche Routine war an diesem Tag unterbrochen. Weder hatte er die Morgenzeitung gekauft noch in seinem Stammcafé Spiegeleier mit hash browns gefrühstückt, während er das *Billboard* las, um über die Nachrichten der Unterhaltungsbranche auf dem Laufenden zu sein, auch hielt er sich nicht in den üblichen Plattenläden auf und ebenso wenig in seinem Büro in Midtown. An diesem Tag, zur selben Zeit, als Luz mit sich haderte, lag Frank Kruzan zu Hause im Sessel, den Kopf zurückgelegt und ein Taschentuch mit einer Handvoll Eiswürfel im Gesicht, um das Blut zu stillen, das ihm unablässig aus der Nase strömte.

Rund um ihn war das Unterste zuoberst gekehrt und von Ninas Sachen kaum noch eine Spur. Im Schrank baumelten nur die nackten Drahtbügel, die Schubladen der Kommode waren herausgerissen, im Bad gab es nichts mehr außer einem Körbchen mit Haarklammern und einer fast leeren Dose Pond's Creme. Der Talentsucher wusste nicht, ob seine Frau nach ihrer Entlassung aus dem Krankenhaus die Sachen selbst abgeholt oder ob es jemand für sie erledigt hatte und sie gar nicht aufgetaucht war. Nach der Auseinandersetzung in Luz' Nachbarschaft war er den ganzen Tag durch die Straßen gewandert und hatte in den Bars um Kredit gebeten, weil er keine Ahnung hatte, wo seine Brieftasche abgeblieben war, und bis er in seine Wohnung zurückkam, zeugte von der Gegenwart seiner Frau nur noch das zerwühlte Bettzeug. Und darauf, wie dunkle formlose Brandflecken, das angetrocknete Blut.

Er hatte auf der Couch geschlafen, und als er am Morgen in denselben Kleidern erwachte, sah er erbärmlich aus. Die verdammte Brieftasche, ich muss sie finden, murmelte er beim Aufstehen. Mit diesem vagen Gedanken war er, noch bevor er sich ein wenig kaltes Wasser ins Gesicht gespritzt hatte, zur Tür gegangen, um zu öffnen. Die Dringlichkeit, mit der die Klingel schrillte, bohrte sich ihm ins Bewusstsein, das Geräusch war unerträglich. Verschlafen, wie er war, dachte er nicht weiter nach. Und das hatte er nun davon.

Die erste Kopfnuss brach ihm die Nase, dann folgte der erste Schlag, von dem ihm noch immer das linke Ohr sirrte, als säße ein Bahnwärter mit seiner Trillerpfeife darin. Dann ein brutaler Stoß, der ihn zu Boden schickte, wobei er einen Ecktisch und eine Lampe umriss; und zum Abschluss die Fußtritte an den Schädel, gegen die Rippen, zwischen die Beine. Er hatte seine Angreifer weder in jenem Moment identifizieren können, noch gelang es ihm jetzt, etliche Stunden später. Gnadenlos, effizient, so waren die beiden Männer vorgegangen, als sie ihm energisch klarmachten, dass er sich einer Frau gegenüber wie ein Dreckskerl benommen hatte. Ob ihre Rache Nina oder Luz galt, wusste Frank Kruzan immer noch nicht, denn keiner der beiden hatte ein Wort gesprochen. Vielleicht waren es Killer, die ihm seine irischen Schwager auf den Hals gehetzt hatten, oder vielleicht hatten auch bloß zwei schlagkräftige Spanier die verlorene Tugend des Nesthäkchens aus ihrem Viertel rächen wollen, diese Leute hielten nun mal zusammen wie Pech und Schwefel.

Mit Mühe gelang es ihm nach einer Weile, das Gesicht aus dem Erbrochenen zu lösen, an dem es festgeklebt war, und sich, an einen Sessel geklammert, langsam hochzuziehen und hinzusetzen. Dabei rann ihm immerzu das Blut aus der Nase, sein Kopf vibrierte, als hätte ihn ein Pferdehuf getroffen, und der Schmerz in den Hoden verkrampfte seinen ganzen Körper. Ein Rest Ehrgefühl war ihm geblieben, und es wurmte ihn, nicht zu wissen, mit wem er es zu tun gehabt hatte, und er schwor sich ein ums andere Mal, dass er es herausfinden würde, weil er es hierbei keinesfalls belassen konnte.

Der Graf de Covadonga erwartete Tony am folgenden Morgen in der Niederlassung der British Motors Ltd., auf der Lexington Avenue, wo er eine unbestimmte Funktion innehatte, eine Mischung aus PR-Mann und Luxusverkäufer. Die Bilanzen des Hauses waren nicht besser geworden, seit er dort unter Vertrag stand, doch aus unerfindlichen Gründen gefiel es der Geschäftsleitung, diesen schillernden Europäer zu ihrer Belegschaft zu zählen, den Urenkel der Königin Victoria von England und Erstgeborenen des spanischen Königs, ungeachtet der derzeitigen Verbannung.

Er empfing ihn mit der Zigarettenspitze zwischen den Fingern, in einem hellgrauen Dreiteiler und einer gestreiften Seidenkrawatte, herzlich, fast überschwänglich. Es war der erste Tag, an dem er wieder im Autohaus war, seit Gottfried ihn verlassen hatte, der erste, an dem er einigermaßen schmerzfrei und mit genug Kraft erwacht war, um allein aufstehen, ins Bad gehen und sich anziehen zu können. Vorerst wollte er es seinem frischgebackenen Sekretär nicht zumuten, ihm bei der morgendlichen Prozedur zu helfen, obgleich auch das in den zwei Wochen Probezeit durchaus zu seinen Aufgaben gehören würde; die Eingewöhnung sollte jedoch so sanft wie möglich vonstattengehen, härter würde es ganz von selbst werden. Er machte mit Tony einen Rundgang durch den Laden, zeigte ihm die großartigen Fahrzeuge, die dort ausgestellt waren, nötigte ihn sogar, in eines einzusteigen und sich die beeindruckende Geschwindigkeit vorzustellen, die man damit auf der Straße erreichen konnte. Zwanzig Minuten später gingen sie zum Mittagessen.

Insgeheim war der ehemalige Kronprinz euphorisch. Auch wenn er es zunächst vorsichtig angehen lassen wollte, hoffte er inständig darauf, dass Tony sich auf sein Angebot einließ.

Aus ähnlichen Gründen wie Mona fand er in diesem Amerikaner, durch dessen Adern karibisches und asturisches Blut floss, dié perfekten Eigenschaften, um sein getreuer Helfer zu werden: zweisprachig, kompetent, mit genug Autorität, bei Bedarf die Zügel zu ergreifen; zudem ein Genussmensch ohne familiäre Bindungen, der sich mit bildschönen Frauen zu umgeben wusste, die wiederum ihm helfen würden, ein für alle Mal über Edelmira hinwegzukommen. Wahrscheinlich lagen Tony die politischen Probleme Spaniens so fern wie Christus ein Pistolenduell, und vielleicht hatte er nicht die leiseste Ahnung, was das Wort *Monarchie* in seinem vollen Umfang bedeutete, aber das war nicht weiter schlimm, er würde ihm das Nötige schon beibringen. Gottfried, der verdammte Deserteur, war noch ungebildeter gewesen, und trotzdem hatte er über drei Jahre mit ihm verbracht.

Ihr Ziel war das El Fornos, eines der bekanntesten spanischen Restaurants von Manhattan. Es war ein Jahr zuvor umgezogen und befand sich in der Nähe, Zweiundfünfzigste West, aber sie nahmen dennoch ein Taxi; es war besser, das begrenzte Durchhaltevermögen nicht zu stark zu fordern.

»Wissen Sie, dass ich heute Morgen im Hotel Werbezettel mit der Ankündigung dieses Nightclubs gefunden habe, den Ihre Freundinnen aufmachen wollen? Das Programm klingt äußerst unterhaltsam, und ich werde es mir um nichts in der Welt entgehen lassen. Es ist mir eine Ehre, Schirmherr zu sein.«

Tony überlegte, was sein erlauchter Begleiter wohl denken würde, wenn er erst auf der Schwelle des Lokals stünde; auf alle Fälle würde er dann bei ihm sein und versuchen, den ersten Eindruck ein wenig abzumildern.

Das Restaurant, das sie jetzt betraten, war auch nicht besonders pompös, aber es befand sich an einem exzellenten Standort im Zentrum von Midtown. Wie im El Chico und in etlichen anderen spanischen Etablissements in New York war die Einrichtung ein leidenschaftlicher Tribut an die regionale Vielfalt der Heimat: Kachelfriese aus Toledo auf halber Höhe, ein Wandgemälde von der Sevillaner Giralda, ein galicischer Ofen, ein schwarzes, schmiedeeisernes Gitter, das den Speisesaal gegen den Thekenraum abgrenzte. Trotz der durcheinandergewürfelten Stile oder vielleicht eben deswegen war das Restaurant fast voll besetzt. Aus dem Stimmengewirr konnte man schließen, dass die Mehrzahl der Gäste Hispanos waren, Spanier oder Latinos. Auf keinem Tisch fehlte der Wein oder die Sangría, die Lautstärke war erheblich, es wurde viel gestikuliert, gelegentlich krachte auch eine Faust auf die Tischplatte, es wurde herzhaft gelacht, wo es etwas zu lachen gab, und energisch protestiert, wo es etwas zu protestieren gab.

Bei ihrem Eintreten – der Graf vorneweg, auf seinen Stock gestützt, und Tony als seine Rückendeckung – schnellten die Brauen der Kellner nach oben, ein Zischen und Flüstern erhob sich, das viele Gäste und auch den Besitzer aufmerken ließ. Dieser war binnen Sekunden zur Stelle, ein Galicier von gut fünfzig Jahren mit breitem Gesicht und einem graumelierten Toupet namens Moure. Don Alfonso und Ihr Herr Begleiter, seien Sie uns willkommen, empfing er sie.

Zwischen den Tischen gingen unverhohlene Blicke hin und her, Kommentare verbreiteten sich wie Lauffeuer. Da hast du ihn, von Kopf bis Fuß ein Bourbone, sagte jemand; also ich finde, er kommt eher nach der Mutter, sieh dir seine blauen Augen an, die hat er von der Engländerin; wo mag er die Kubanerin gelassen haben? Wie fühlt es sich wohl an für den König, dass sein Erstgeborener als Autoverkäufer arbeitet? Wird er sich mit der Familie aussöhnen, wenn er sich endlich scheiden lässt? Erhält er dann seinen Thronanspruch zurück, oder hat er den endgültig verspielt? Alle diese Bemerkungen huschten durch den Saal, verflochten sich mit vielen anderen. Er scheint zu hinken, aber schlecht sieht er nicht aus; ob sein Leiden sich verschlimmert hat?

»Ich würde es riskieren, Ihnen Platz im Patio anzubieten, Don Alfonso. Wir haben ihn gerade erst für die Saison eröffnet, er ist überdacht, und die Temperatur ist herrlich.«

»Meinetwegen gern. Ist es dir auch recht, Tony?«, fragte der Graf und drehte sich beflissen zu ihm um. Hauptsache, er fühlte sich wohl, er sollte entscheiden.

»Keine Einwände, Señor.«

Nicht im Traum wäre es dem Inhaber eingefallen zu fragen, was aus dem stämmigen Ausländer mit dem Bulldoggengesicht geworden sei, der den Grafen bei seinen früheren Besuchen begleitet hatte; er beschränkte sich darauf, ihnen den Weg zu weisen, hier entlang, bitte schön. Der Ex-Prinz von Asturien, sich der Neugierde, die er weckte, durchaus bewusst, grüßte freundlich, aber distanziert, nach allen Seiten, ohne jemanden direkt anzuschauen.

Der Innenhof erwies sich als sehr angenehm, mit einer Markise gegen die Sonne und vielen Pflanzen an den Seiten, einem Brunnen in der Mitte und einer großen Fischerszene an der hinteren Wand: Boote, Segel, die kräftigen Hände gesichtsloser Männer, Korkschwimmer und Netze.

»Welche Delikatessen haben Sie heute für uns, Moure, mein Freund?«, fragte Covadonga leutselig und entfaltete die Serviette.

»Escudella catalana ist das Tagesgericht, Señor. Und von der Karte, Sie wissen ja, Don Alfonso, wonach auch immer es Sie gelüsten mag.«

Von den zwanzig Tischen ringsum waren etwa drei Viertel besetzt, und in diesem Moment wandten sich ihnen, mehr oder weniger verschämt, fast alle Köpfe zu. Aus einigen Mienen sprach Sympathie, aus anderen nicht.

Ohne sich darum zu scheren, dass er das Zentrum der Aufmerksamkeit war, rieb sich der Graf die Hände und bestellte hocherfreut das Menü. Anscheinend fand er an einem guten Eintopfgericht ein ebensolches Vergnügen wie an der Languste im Waldorf und fühlte sich zwischen Teppichböden, Silberbestecken und großen Orchestern offenbar nicht viel wohler als an diesem Ort, passabel, aber ohne jeden Schnickschnack.

Er bestellte eine Flasche Rioja, erkundigte sich beim Wirt nach dessen Geschäftspartner, der Familie, dem Erfolg des Lokals. Unterdessen achtete Tony verstohlen auf die Reaktionen, die die Anwesenheit des Grafen hervorrief.

Man ließ sie in Ruhe essen und über alles Mögliche plaudern: die Tabakhändler von Tampa und den kubanischen Rum, Präsident Roosevelt und den forschen Bürgermeister La Guardia, diesen Italiener aus der Bronx, dessen erster Job darin bestanden hatte, für die Tausenden von Landsleuten zu dolmetschen, die im Zuge der großen Einwanderungswellen auf Ellis Island eingetroffen waren. Kaum hatten sie das Dessert beendet, schien die Schonzeit jedoch vorüber zu sein.

Als hätten sie auf diesen Moment gelauert, näherten sich immer mehr Restaurantgäste ihrem Tisch, bis der Erstgeborene des Königs vollständig umlagert war. Die Begrüßungen zogen sich dermaßen in die Länge, dass er ihnen schließlich anbot, sich zu ihm zu setzen; einer nach dem anderen rückten sie sich Stühle heran, bis auf einer Seite des Innenhofs eine Runde von zehn oder zwölf Männern entstanden war, die sich in einer dichten Zigarrenrauchwolke angeregt unterhielten. Keiner von ihnen kannte den ehemaligen Thronerben persönlich, es handelte sich lediglich um eine spontane Zusammenkunft von Sympathisanten der Monarchie, tatsächlich gehörte weniger als die Hälfte der Anwesenden der ortsansässigen spanischen Gemeinde an, die meisten waren nur auf der Durchreise in New York und erfreut über die zufällige

Begegnung, auch zwei Chilenen und drei Venezolaner schlossen sich der Gruppe an.

Die Kellner waren schon seit einer Weile fertig mit dem Auftragen des Mittagessens, und im Patio vom El Fornos hielt sich außer der Gruppe um den Grafen niemand mehr auf. Doch auf den Nachbartischen blieb alles stehen und liegen, die zerknüllten Servietten, halbleeren Gläser und schmutzigen Teller wurden nicht abgeräumt. Der Inhaber selbst übernahm die Bedienung am Tisch des Grafen, schenkte Kaffee und Cognac nach.

»Aber spanischen Cognac! Klar, Moure?«, mahnte Covadonga und hob sein Glas. »Hier unter rechtschaffenen Patrioten wird das französische Gesöff nicht angerührt, stimmt's? Wir trinken nur Cognac aus Jerez!«

· 77 ·

Während es in des Grafen unmittelbarer Umgebung friedlich und freundlich zuging, war hinter den Kulissen alles in Aufruhr. Es war nicht leicht für den armen Moure, Haltung zu bewahren und seine Kundschaft professionell zu bedienen, denn in seinem Rücken wurde der Aufstand geprobt; er hatte ein Riesenproblem, aus dem er keinen Ausweg wusste.

In den Betriebsräumen des Restaurants war eine Meuterei ausgebrochen. Neun Kellner, ein Koch, zwei Küchenjungen und seine eigene Frau, alles Landsleute und passionierte Anhänger der Spanischen Republik, sahen nicht ein, warum er den Sohn des abgesetzten Königs so ehrerbietig behandelte.

»Wir sind nicht hier, um Politik zu machen, verdammt noch mal!«, brüllte er jedes Mal gegen die Proteste und Beschwerden an, wenn er schwitzend und beladen mit benutztem Geschirr hinunter in die Küche kam. »Wir sind einzig und allein zum Arbeiten hier!«

Seit dreizehn Jahren rackerte er sich ab, um sein 1923 eröffnetes Geschäft voranzubringen. Bis dahin hatte er sein halbes Leben lang andernorts geschuftet, nachdem er als Junge seinen Geburtsort Sada verlassen hatte und auf einem Frachter in diese Stadt gekommen war. Anfangs hatte er in Downtown Botengänge erledigt für das Rincón de España auf der Halbinsel Coenties Slip, das älteste spanische Restaurant am Pier 8, wo die Schiffe der Spanish Line anlegten, später für das La Chorrera in der Water Street; er hatte endlose Stunden im Fischladen Chacón an der Lower East Side Tintenfisch gekocht, sich Cent für Cent vom Mund abgespart, stets die Hälfte seines Lohns an die Familie geschickt und nie eine Beitragszahlung an den Verein »Sada und Umgebung« versäumt, den seine Landsleute gegründet hatten, um Geld für den Bau einer dringend notwendigen Schule ins heimische Dorf zu schicken.

»Erzählt ihr mir also nicht, was es heißt, für eine Republik zu sein, die den Arbeitern hilft, ihr Mistkerle, denn wenn hier einer Arbeiter ist, dann ich!«

Das warf Moure, paprikarot im Gesicht, seinen aufständischen Angestellten an den Kopf.

»Und obwohl ich galicischer bin als die Ría von Betanzos, serviere ich asturische Fabada, katalanische Escudella, Kutteln nach Madrider Art und valencianische Paella, und wenn mein Herz noch so sehr für die Republik schlagen mag, bekommt der Sohn des Königs in meinem Haus trotzdem etwas zu essen!«

Trotz aller Anstrengungen vermochte er sie nicht zu überzeugen, und während die Diskussionen in der Küche weitergingen, nahm im Patio das Gespräch am Tisch des Grafen paradoxerweise eine ähnliche Wende.

»Aber wenn man uns zurückkehren ließe und ich meinem

Vater nachfolgen würde, wäre ich ein demokratischer Monarch, ein fortschrittlicher König«, behauptete Covadonga vollmundig. »Niemand liebt Spanien mehr als ich, aber dieses Land hier hat mir die Augen für die Modernität geöffnet, und ich verstehe die Welt jetzt viel besser.«

Einige in der Runde heuchelten Zustimmung, dachten aber bei sich, so ein Quatsch! In den Gesichtern anderer zeigte sich Skepsis; einzig die Hispanos bejubelten die Idee, ohne zu ahnen, wie unsinnig eine derartige Behauptung in dem derzeit aufgewühlten Spanien klingen musste. Der frühere Kronprinz dagegen war voller Überschwang. Er weigerte sich, alles verloren zu geben, obwohl er seinen Thronverzicht eigenhändig unterschrieben hatte, und fuhr stattdessen fort, Pläne zu entwerfen, die angesichts der wahren Zustände in seinem Vaterland beinahe wahnsinnig klangen.

Wären seine Eltern in der Nähe gewesen, hätten ihn Alfonso XIII. und Königin Ena reden hören, sie hätten die Hände über dem Kopf zusammengeschlagen, hast du den Verstand verloren, my darling?, wie kommst du darauf, dass irgendjemand aus der königlichen Familie zurückkommen darf?, hast du schon vergessen, mein Sohn, unter welchen Bedingungen wir Madrid verlassen mussten?

Tony, der zur Linken des Grafen saß, saugte Worte und Ansichten auf wie ein Schwamm; er wollte sich alles merken, um sich entscheiden zu können, ob er die Stelle annahm. Noch fehlten ihm die Verbindungen zwischen Vergangenheit und Gegenwart dieses Mannes, der ihm diesen einzigartigen Posten angeboten hatte. Die Begriffe *König*, *Monarch*, *Kronprinz* und *Erbe* vermengten sich noch ungeordnet mit anderen wie *Verzicht*, *Ausschlagung* oder *Abdankung*, aber er mochte nicht vor allen anderen nachfragen.

Während er lauschte, witterte er zugleich, dass irgendetwas nicht stimmte, es lag etwas in der Luft, das ihn hellhörig machte, Kleinigkeiten, die seltsam waren. Die Tatsache, dass die Tische nicht abgeräumt wurden, zum Beispiel, obwohl die Gäste, die dort gesessen hatten, schon lange gegangen waren. Oder das wütende Geschrei, das hin und wieder aus der Küche drang, wo zu dieser Zeit doch alles still sein müsste. Und dann das bedrückte Gesicht des Wirtes, der sich jedes Mal, wenn er zum Nachschenken kam, mit dem Ärmel den Schweiß von der Stirn wischte und alles daransetzte, dass man ihm seine Sorgen nicht ansah. Tony gab das allmählich zu denken. Er beschloss zu ergründen, was los war.

Diskret erhob er sich, als jemand das Wort ergriff, um sich zur Frage des Antiklerikalismus zu äußern; die spanischen Priester interessierten ihn nicht. Als er außer Sicht war, suchte er die Küche. Sie befand sich einen Stock tiefer, war lang und schmal, mit rußiger Decke, voller Gerüche und Menschen und einer Anspannung, die sich fast mit Händen greifen ließ. Drei der Kellner hatten sich aufgrund der entschiedenen Absage ihres Chefs, den ehemaligen Thronerben auf die Straße zu setzen, schon vor einer Weile die Schürzen heruntergerissen und waren verschwunden. Die anderen überlegten noch. Und solange sie unschlüssig waren, bliesen sie Rauchringe, ließen die Fingerknöchel knacken, starrten Löcher in die Luft oder falteten Papierflieger aus den Seiten einer alten Zeitung, alles, um nur ja kein Glas von einem der Tische im Speisesaal oder im Patio zu holen. Sie verweigerten schlichtweg die Arbeit.

Tony streckte den Kopf hinein und setzte eine verwirrte Miene auf.

»Entschuldigung, verzeihen Sie, ich glaube, ich habe mich verlaufen, ich bin auf der Suche nach …«

Einer der Kellner straffte sich sofort.

»Sie sind doch der, der mit ihm gekommen ist, nicht wahr?«

Fixiert von feindseligen Blicken, zögerte Tony einen Moment. Er könnte schwindeln oder versuchen, sie mit seinem Charme für sich einzunehmen, oder einen passenden Spruch aus dem Hut zaubern, wie er es häufig tat. Diese streitsüchtigen, übellaunigen Kerle jedoch gaben ihm keine Chance.

»Dann tun Sie uns einen Gefallen, und sagen Sie ihm, dass ihn hier keiner haben will.«

Der Sprecher war der Koch, ein dürrer Mann aus A Coruña mit breiter galicischer Mundart, einem spitzen Gesicht und fleckenübersäter Schürze. Anschließend senkte sich wieder ein Schweigen über die Küche, so schwer wie das enorme Speckstück, das an einem Haken in einer Ecke hing, während der Rest der antimonarchischen Belegschaft Tony finster anstarrte.

Die einzige Frau trat jetzt vor. Sie war die Gattin des Besitzers und arbeitete Seite an Seite mit ihrem Mann ebenso viele Stunden an ebenso vielen Tagen, nur dass ihr Name nirgendwo auftauchte. Klein, gedrungen, das Haar von Dampf und Hitze gekraust.

»Sie waren noch nie in Spanien, stimmt's, junger Mann?«

Tony nickte nur.

»Dann lassen Sie mich Ihnen kurz unsere Motive erläutern, und hinterher können Sie raufgehen zu diesem Herrn und ihm berichten, wenn Sie wollen.«

Die anderen brummten beifällig: Reden Sie, Señora Maruxa, erklären Sie es ihm, damit er es kapiert.

Drei Minuten genügten ihr, das Panorama zu skizzieren. Hunger, Rückständigkeit, Verzweiflung, die in ihrer Armut Vergessenen. So erinnerte sich die Frau an die Zeiten, in denen sie als kleines Mädchen ihr Dorf hatte verlassen müssen; Zeiten, in denen Spanien eine Monarchie und auf den Peseten und Briefmarken zwar das Profil des Königs abgebildet war, dieser allerdings wenig zu unternehmen schien, um ihre Lage zu verbessern.

»Aber jetzt sieht es anders aus«, setzte sie hinzu.

Wie sie aus den Briefen ihrer Brüder und den Versammlungen im Centro Gallego wisse, verspreche die Republik Gerechtigkeit, Chancen, Arbeit, mehr Gleichberechtigung. Von den Spannungen, dem Kommen und Gehen der Regierungen, den Unruhen in den Straßen hatte sie dagegen wenig Ahnung; sie war lediglich überzeugt, dass dieses das verheißungsvolle Spanien war, in das sie eines Tages zurückkehren wollte.

So kam es, dass Tony seinerseits nachzudenken begann. Und es war eine Frage von Sekunden, bis er zu demselben Schluss gelangte wie Luciano Barona, nachdem der den Werbezettel gelesen und gesehen hatte, dass der Graf de Covadonga die Schirmherrschaft über Las Hijas del Capitán übernehmen sollte: Dies war ein kolossaler Irrtum, kontraproduktiv für das Geschäft der Arenas, der denkbar schlechteste Start.

Und wenn er noch so sympathisch wirkte, sich noch so lauthals zu einer demokratischen und modernen Gesinnung bekannte und seine Anhängerschaft in den besseren Kreisen noch so zahlreich sein mochte, dieser Mann war zum König geboren und ausersehen, für die Fortdauer eines Geschlechts zu sorgen, das der Mehrheit der Gemeinde – Heizer, Maurer, Kellner, alles in allem Arbeiterklasse – gehörig gegen den Strich ging. Und somit war er alles andere als ein attraktiver Lockvogel, vielmehr wäre seine bloße Anwesenheit ein handfester Grund, keinen Fuß in den Nightclub auf der Vierzehnten zu setzen.

Parallel zu den Ereignissen im EL Forno hatte in einem kleinen sizilianischen Restaurant im Village ein ganz anderes Mittagessen stattgefunden. Luciano Barona pflegte dort von
Zeit zu Zeit einzukehren, bevor er Victoria kannte. Das Lokal war nichts Besonderes, nur ein bescheidener Familien-
betrieb, und das Essen dort erinnerte den Tabakhändler vage
an seine Heimat. An jenem Mittag erfüllte es jedoch einen
anderen Zweck, es erlaubte ihm, eine Weile mit seiner Frau
allein zu verbringen, außer Reichweite von Remedios' zer-
mürbendem Starrsinn.

Victoria hatte sich nicht leicht dazu bewegen lassen, sondern darauf bestanden, in der Vierzehnten Straße zu bleiben,
um bei den Vorbereitungen zum ersten großen Abend im Las
Hijas del Capitán zu helfen. Mona selbst war es, die ihrer
Schwester dringend zugeraten hatte, während sie noch das
Flugblatt in der Hand hielt und angestrengt zu begreifen versuchte, warum sie sich mit der Einladung Covadongas selbst
ein Bein stellen würde, wie ihr Schwager soeben behauptet
hatte.

In ihrer grenzenlosen Einfalt und weil sie ihre Idee nur mit
Fidel und Tony geteilt hatte, war sie nicht imstande gewesen,
die Konsequenzen ihres Handelns abzusehen. Und die beiden Jungs, denen die Belange dieses Spaniens so fernlagen
wie einem Banderillero Chinatown, konnten ihr auch nicht
helfen. Und jetzt, einen Tag bevor es losgehen sollte, brauchte die mittlere Arenas-Schwester Zeit zum Nachdenken, eine
Entscheidung, wie sich der Fehler korrigieren ließe. Und obendrein fehlten noch tausend Kleinigkeiten im Lokal. Geh nur,
geh, wiederholte sie dennoch, als Luciano vorschlug, mit
Victoria essen zu gehen. Geht in aller Ruhe, bei dem, was ich
im Moment zu tun habe, kannst du mir ohnehin nicht helfen.

»Ist wirklich alles in Ordnung mit dir?«

Diese Frage stellte Luciano in der kurzen Zeit, die sie am Tisch des sizilianischen Restaurants saßen, seiner Frau nun schon zum dritten Mal, einmal für jedes Zungenschnalzen der alten Wirtin, die beim Abräumen der Teller missbilligend einen goldenen Eckzahn sehen ließ. Erst das fast unberührte pane cunzato mit Tomaten und schwarzen Oliven, dann die Pasta mit Sardinen, die sie kaum gekostet hatte, und zum Schluss die mit Frischkäse gefüllten Canneloni, an denen gerade mal zwei Bissen fehlten. Disgraziata, schimpfte die Alte über den mangelnden Appetit der jungen Frau.

Victoria beachtete sie nicht, schob eine Hand über das Tischtuch, legte sie auf die Bauernfinger ihres Gatten und drückte sanft, während sie flüsterte, aber ja doch, ja, es geht mir gut, mit mir ist alles in Ordnung. Dazu setzte sie ein Lächeln auf, das ihr viel Kraft abverlangte, weil sie aufrichtig wirken wollte, obwohl sie schamlos log. Nein, es ging ihr ganz und gar nicht gut. Hinter der Harmonie ihrer Züge, der Mähne, die sie jetzt kurz trug, und diesen großen schwarzen Augen mit den langen Wimpern fühlte sich Victoria kleinmütig, von Schuld zerfressen, von innerer Unruhe getrieben.

Der Tabakhändler trank den letzten Schluck des kratzigen Weines und legte ein paar Scheine unter das Glas, beide standen auf. Die runzlige Sizilianerin sah ihnen zu, wie sie den schmalen Pfad zwischen den Tischen entlang zur Tür gingen, dann schüttelte sie den Kopf. Er ging hinter ihr, eine Hand auf ihrer Schulter, besitzergreifend; seine junge Frau einen Schritt voran, gedankenverloren, die dünne Strickjacke eng um sich gezogen, die Arme vor der Brust verschränkt, trotz der mittäglichen Temperaturen, als wäre sie am liebsten davongelaufen. In ihrem Dialekt keifte ihnen die Alte nach.

Sie gingen ein Stück nebeneinander her, dann hielt er ein Taxi an.

»Die Adresse hast du und Geld für die Hin- und Rückfahrt auch, ja?«

Victoria tippte auf ihre Handtasche.

»Du weißt Bescheid, schau dir alles genau an und merk
dir, was fehlt.«

Sie nickte, noch immer unfähig zu sprechen. Er gab ihr
einen schmatzenden Kuss auf die Stirn, wartete, bis sie es
sich auf dem Rücksitz bequem gemacht hatte, und warf die
Tür zu.

»Wir sehen uns heute Abend bei deiner Mutter!«, rief er,
zum Fenster gebeugt. Dann klopfte er zweimal aufs Dach,
und der Wagen fuhr an.

Victoria wandte sich zum Abschied nicht noch einmal um;
sie wollte, aber sie schaffte es nicht. Hinter sich ließ sie Luciano Barona auf der Straße zurück, allein mit seinem Sodbrennen und seinen Zigarrenkisten, nichtsahnend, vertrauens-
voll, an der Kante der Klippe.

Sie hätte nicht sagen können, welchen Weg das Taxi nach
Spanish Harlem genommen hatte, und wusste erst, dass sie
angekommen war, als der Fahrer ihr auf der Zweiten Avenue rechts ein schmales dreistöckiges Gebäude wies. Im Erdgeschoss befand sich die Eisenwarenhandlung, in der Chano
arbeiten würde, mit Hähnen, Rohren, Schrauben im Schaufenster. OPEN FOR BUSINESS stand auf dem Schild. Im Stockwerk darüber ein offenes Schiebefenster. Chano saß seit-
wärts auf dem Rahmen und sah sie in einem himmelblauen
Sommerkleid aus dem Taxi steigen.

Auf der Treppe setzte sie die Füße nur zur Hälfte auf, als
wollte sie kein Geräusch machen. Aus einer Wohnung weiter
oben hörte man einen Streit, ohne dass sie verstand, worum
es ging. Er erwartete sie in der Tür, die Hemdsärmel bis zum
Ellbogen aufgekrempelt, in einer leichten Hose. Sie begrüßten sich nicht, sie sagten gar nichts. Als wäre sie von einer

sehr langen Reise zurückgekehrt, warf Victoria nur die Arme um seinen Hals und vergrub ihr Gesicht in der festen Kuhle an seiner Schulter. Überrascht umfasste er ihren Hintern und hob ihren zierlichen Körper in die Höhe, sie drückte sich an ihn und legte die Beine um seine Hüften, die Tür fiel krachend hinter ihnen ins Schloss. Umschlungen und aneinandergepresst, Victoria in der Schwebe, die Finger in seinen Rücken und seinen braunen Nacken gekrallt, bissen und atmeten sie einander, während sie vorwärtstaumelten und gegen die Wände des Korridors stießen.

Beide verspürten sie die Dringlichkeit, beide wussten, dass kein Weg daran vorbeiging, kein Aufschub möglich war. Ohne ein einziges Wort erreichten sie das Schlafzimmer, rissen sich hastig die Kleider vom Leib, kein obszönes Wort, kein Lachen, nur die Gier der Körper, die Sehnsucht, als warteten sie schon ihr ganzes Leben aufeinander. Chano schmiegte sich an sie, drängte seinen Oberkörper und seine Lenden gegen sie, seine Arme hielten sie fest, seine breiten rauen Hände fuhren über ihre Rippen, die Brüste, den Bauch und die Taille, den strammen Po, während er sich umfangen fühlte von ihren nackten Beinen, spürte er sie auf jedem Zoll seines durchgebläuten Körpers. Victoria, die es gewohnt war, sich hinzugeben, ohne etwas zu empfinden; wach und bereitwillig jetzt, schön, schlank, mit zerwühltem Haar, flinker Zunge, Lippen, Nägeln und Zähnen, nahm sie den Männerkörper ohne Scheu oder Scham entgegen, endlich erfüllt. Schweiß, Hitze, Keuchen, Schwindel, Lust, bis sie Seite an Seite auf dem Rücken lagen, schlaff, verzückt, die Finger ineinander verschlungen, die Münder halb offen.

All die Schläge, all die Wut. Die Frustration, die Enttäuschungen, das hilflose Gegen-die-Seile-Wanken, die Wasserschüsseln und Schwämme und Handtücher voller Blut; die Nächte nach Niederlagen, erschöpft im schmalen Bett einer

Pension oder eines Gasthauses in fremden Städten, die Einsamkeit ohne Applaus, ohne Siegerehrung, mit Frauen, deren Namen er vergessen hatte. Das alles hat sich gelohnt, dachte Chano, wenn es die Voraussetzung war, um hierherzugelangen. Dann sagte er leise ihren Namen. Victoria. Es war das erste Mal.

Er stützte sich auf einen Ellbogen, strich ihr mit dem kleinen Finger eine Strähne aus dem Gesicht und sah ihr in die Augen. Lass uns fortgehen, raunte er. Sie wollte fragen, wohin, aber ihr versagte die Stimme. Weit fort, wiederholte Chano. Wo uns niemand kennt, wo uns niemand vermutet. Irgendwohin. Du und ich.

Erst da begriff Victoria, in welch bodenlose Tiefe sie, Hand in Hand, übermütig, tollkühn und selbstmörderisch, gesprungen waren.

· 79 ·

Sie hatte Fidel beauftragt, im Lokal letzte Hand anzulegen und nach Luz zu sehen, während diese lustlos probte. Sie verfluchte sich unzählige Male, dass sie nicht bleiben konnte, es stand noch so vieles an. Aber zunächst musste so schnell wie möglich die Sache mit dem Grafen geregelt werden, weshalb Mona bereits seit zwei Stunden am Rande des Parks Wache schob und die Tür zum St. Moritz im Auge behielt. Sie erinnerte sich, dass der Graf während des Abendessens im Waldorf – irgendwann bevor Cugat an ihren Tisch kam und die Müdigkeit sich seines gebrechlichen Körpers bemächtigte – gestanden hatte, dass ihm seine Siesta heilig sei. Ich begehe eine Todsünde, wenn ich mich nach dem Essen nicht eine Weile hinlege!, dies waren seine Worte gewesen, wenngleich Mona nicht hätte sagen können, in welchem Zusammenhang es zu diesem Bekenntnis gekommen war, das er selbst mit lautem Gelächter quittiert hatte. Jedenfalls wartete sie jetzt darauf, dass er vom Mittagessen kam, um ihm zu sagen, wie dankbar sie ihm für seine Großzügigkeit sei, sie und ihre Familie fühlten sich sehr geehrt von seiner Liebenswürdigkeit. Aber nein, vielen Dank. Es sei nun doch nicht nötig, dass er an der Eröffnungsveranstaltung teilnahm.

In ihrer Zeitnot hatte sie sich diesmal nicht mit Hemmungen oder Rücksichtnahmen aufgehalten, sondern selbstbewusst die Lobby betreten und war geradewegs auf die Rezeption zumarschiert.

»Mister Conde de Covadonga, please«, sagte sie ohne Stocken.

Nach kurzem Zögern griff der Hotelangestellte zum Hörer und wählte eine Nummer, erreichte aber niemanden. Sie selbst konnte den hartnäckigen Klingelton hören, ein eindeutiges Zeichen, dass sechsundzwanzig Stockwerke über ihnen keiner ans Telefon ging. Bis der Rezeptionist mit den Schultern zuckte und ihr mitteilte, der Gast befinde sich nicht in seinem Zimmer.

Unterdessen, nur sieben Straßen südlich von der Central Park South, ging es bei den Aufrührern in der Küche des El Fornos hoch her. Während die politische Diskussion im überdachten Patio immer mehr Fahrt aufnahm, erregten sich auch die Gemüter im Untergeschoss. Die allgemeine Gereiztheit steigerte sich so sehr, dass einige der Kellner beschlossen hinaufzugehen. Als Moure sie auftauchen sah, fuhr er sie grimmig an, sie sollten sich ja in Acht nehmen.

»Reißt euch zusammen«, knurrte er. »Ich warne euch, bringt mich nicht in Schwierigkeiten. Wer Unfrieden stiftet, kann seinen Arbeitsplatz in diesem Haus gleich räumen, damit das klar ist.«

Doch sie hörten nicht auf ihn, Streit flammte auf, wütende

Stimmen wurden laut. Es lebe die Republik!, riefen zwei der Kellner und stürmten in den Innenhof. Die Antwort der vornehmen Gäste folgte umgehend: Es lebe die Monarchie! Es lebe der König! So ging es hin und her, der Rest des Personals verließ die Küche und schloss sich den Kollegen an, sämtliche Gäste hatten sich inzwischen von ihren Stühlen erhoben.

Alle außer Covadonga, natürlich.

»Let's get out of here, sir«, flüsterte Tony ihm ins Ohr. Besorgt über das, was man ihm in der Küche erzählt hatte, drängte er ihn: »Wir sollten so schnell wie möglich hier verschwinden, Señor.«

Doch der ehemalige Kronprinz weigerte sich standhaft. Mit fassungsloser Miene bat er den Bolitero, ihm aufzuhelfen.

Am Brunnen, ein paar Meter weiter, setzte sich der Streit fort. Die größten Kampfhähne beider Seiten taten einen Schritt aufeinander zu, die Gesichter zornrot, die Halsvenen geschwollen, waren sie offenbar drauf und dran, handgreiflich zu werden. Aus ihren Lagern wurden sie von einigen angefeuert, von anderen beschwichtigt. Mehr Krawall, Parolen, Beleidigungen. Tod der Republik!, schrien die einen. Und die anderen erwiderten: Nieder mit dem Bourbonen! Nieder mit dem König!

Trotz Tonys Vorsichtsmaßnahmen kam Covadonga mühsam auf die Beine, wollte hingehen, etwas sagen. Aber er war nicht mehr der Mittelpunkt; auch wenn er den Gewaltausbruch unfreiwillig provoziert hatte, war seine Präsenz längst ohne Interesse. Und da geschah es, dass inmitten der Rempelei einer den anderen schubste, der andere das Gleichgewicht verlor und einen Tisch umstieß. Um nicht die Wein- und Essensreste abzubekommen, fuhren die Nächststehenden hastig zurück, prallten gegeneinander, es entstand ein Dominoeffekt, und ehe Tony den Sohn des Königs aus dem Getüm-

mel ziehen konnte, hatte der sich den Oberschenkel ange-
schlagen.

In einem raschen Reflex nahm Tony ihn in die Arme, um
zu verhindern, dass er zu Boden ging, doch da nahm das Ver-
hängnis schon seinen Lauf.

»Ich wollte doch nur schlichten«, murmelte Covadonga
mit schwacher Stimme.

· 80 ·

Es war kurz vor neun Uhr abends, als die Schwestern wieder
zu Hause versammelt waren. Jede kam von woanders, verstrickt in ihre Ängste und Sorgen, eingeschlossen in ihren
Panzer, nicht bereit, mit den anderen zu teilen, was sie innerlich zerfraß.

Als Erste kam Mona; mutlos ließ sie sich auf einen Kü-
chenhocker fallen, lehnte den Kopf an die Wand und starrte
hinauf zu der schmutzigen Decke, als könnten die Flecken
sie von ihrem Verdruss ablenken. Sie hatte weder den Grafen
noch Tony gefunden, beide waren den ganzen Nachmittag
nicht im Hotel erschienen.

Kurz darauf war Victoria da, mied Blicke und Fragen und
schloss sich ohne ein Wort im Badezimmer ein; man hörte
das Wasser rauschen.

Als Letzte kam Luz, sie sah aus wie ein verhuschtes Tier,
die Wange war violett und ihre Augen blickten trauriger denn
je unter den sonderbaren Brauen.

In gewisser Weise erinnerte dieses Bild an ihre erste Zeit in
New York, nachdem ihr Vater sich zum Schlafen ins Lager
von El Capitán zurückgezogen hatte, weil er ihre dreiste,
schnippische Art leid war und sie, endlich allein, die Maske
der Arroganz fallenließen, die sie tagsüber trugen, und sich

so gaben, wie sie sich fühlten: verletzlich, verzagt, verloren wie Stecknadelköpfe auf der Karte einer Stadt.

Mit einem Mal sahen sie sich alle drei an, und wie aus einem Mund stellten sie die Frage, die wie ein Paukenschlag in dem Apartment widerhallte:

»Wo ist eigentlich Mutter?«

So hastig, dass sie einander fast umrannten, suchten sie in allen Winkeln und fanden nach kurzer Zeit bestätigt, was sie bereits befürchtet hatten: keine Spur von Remedios. Sie liefen lärmend die Treppe hinunter, trommelten gegen Señora Milagros' Tür, mit aller Kraft und sechs geballten Fäusten; auch sie hatten es nicht mit den Klingelknöpfen.

Es dauerte nicht lange, und die Nachbarin öffnete. Die drei schrien alle durcheinander, außer sich, herzzerreißend. Die Antwort der Alten war klipp und klar:

»Ich war heute so gut wie nicht zu Hause, ich war bei meinem Sohn in Washington Heights, seine Kleine hat die Masern. Eure Mutter habe ich nicht gesehen, seit ihr sie nach Brooklyn gebracht habt.«

Sie hatte einen Wollschal nachlässig um die Schultern gelegt, ein paar graue Strähnen hingen aus ihrem Dutt, die Füße steckten in alten Schlappen, und das Leinenhemd reichte ihr bis zu den Knöcheln. Zwischen den Falten, die ihr Gesicht durchzogen, war ein Anflug von Sorge zu erkennen.

Die Töchter verstummten für einen Moment, sie konnten einander nicht in die Augen sehen, während sich jede ihr Quäntchen Schuld eingestand. Sie hatten alle drei dazu beigetragen, und alle drei wussten es. Ohne weiter darüber nachzudenken oder es mit den anderen abzusprechen, war Victoria davon ausgegangen, dass ihre Verantwortung für ihre Mutter in dem Moment endete, in dem sie sie ins Familiendomizil zurückbegleitet hatte. Mona, ihrerseits, hatte genau das Gegenteil vermutet, nämlich dass Remedios unter Victorias

Obhut bliebe, zumindest den Tag über, solange sie im Las Hijas del Capitán schuftete. Und Luz ... Luz war so mit ihrem persönlichen Schiffbruch beschäftigt, dass sie schlicht nicht an ihre Mutter gedacht hatte.

Dies jedenfalls war nicht der Zeitpunkt für Vorwürfe, sie mussten sich in Bewegung setzen. Gehen wir sie suchen, schlug Mona vor, wenngleich keine von ihnen eine Ahnung hatte, wo sie anfangen sollten. Ich ziehe mich an, sagte die alte Galicierin. Noch ehe sie entschieden hatten, welche Richtung sie nehmen sollten, hörten sie, wie jemand zur Haustür hereinkam und schwerfällig die Treppe hinaufzusteigen begann. Sie beugten sich über den Treppenschacht, schauten nach unten und sahen eine Hand auf dem Geländer, eine große müde Männerhand.

»Luciano«, wisperte Victoria. Der Name ihres Mannes blieb ihr fast im Hals stecken. »Luciano!«, rief sie dann.

Jede zweite Stufe überspringend, rannte sie zu ihm hinunter, und dann hörten ihre Schwestern und die alte Nachbarin, wie sie ihm als Erstes die Nachricht vom Verschwinden ihrer Mutter überbrachte und dann einen kaum verständlichen Schwall von Bitten, Fragen, überstürzten Rechtfertigungen hervorstieß, der schließlich in ein verzweifeltes Schluchzen mündete.

»Ruhig, ruhig ...«, murmelte Barona und nahm sie tröstend in die Arme.

Aber Victoria stammelte unaufhörlich, das Gesicht an die Brust ihres Mannes gedrückt, wir müssen sie finden, ich habe nicht gedacht, ich wusste nicht, ich wollte nicht ... Inzwischen waren die anderen auf dem Treppenabsatz angelangt.

»Wir wissen nicht, seit wann sie weg ist«, erklärte Mona, als Einzige halbwegs gefasst. »Ob sie nicht mehr hier war, seit sie heute Morgen nach dem Streit um das Lokal die Schlüssel geschnappt hat und gegangen ist, oder ob sie zwischendurch noch einmal wiedergekommen ist oder ...«

»Heißt das etwa, dass den ganzen lieben langen Tag niemand hier gewesen ist?«, fragte Barona.

Der gelbliche Schein der Glühbirne zitterte über ihren Köpfen, es entstand eine beklommene Stille.

Victoria löste sich langsam von ihrem Mann.

Wieder folgten mehrere Sekunden furchtsamen Schweigens.

Die Älteste der Arenas-Schwestern glaubte, sterben zu müssen.

»Ich war bei deinem Sohn und ... und danach ...«

Eine plötzliche Eingebung durchzuckte Mona, doch statt ihre Schwester anzubrüllen: Sag, dass es nicht wahr ist!, warf sie ihr mit einer Lüge einen Rettungsring zu.

»Danach waren wir alle drei im Lokal beschäftigt.«

Sie liefen hinaus in die laue Frühsommerluft. Es waren kaum Fußgänger unterwegs und auch nicht mehr viele Autos, in den Fenstern zu beiden Seiten der Straße sah man einige Lampen brennen, andere waren schon ausgeschaltet, die Nachbarschaft war im Begriff schlafen zu gehen.

Mit raschen Schritten eilten sie zu ihrem Lokal; als sie es erreichten, hörten sie Musik, und durch die Mattglasscheiben schimmerte Licht. Sie versuchten, die Tür zu öffnen, doch nicht einmal mit dem Schlüssel gelang es ihnen, weil von innen der Riegel vorgelegt war. Wieder benutzten sie die Fäuste und ließen nicht locker, bis sich jemand näherte.

»Wer ist da?«

Es war Fidels Stimme.

»Mach sofort die Tür auf!«

Der Junge gehorchte nur langsam und streckte dann den Kopf heraus, um eine wortreiche, konfuse Erklärung zu stammeln, die niemanden interessierte. Er habe alleine proben wollen, jetzt, da alles so gut wie fertig sei, seinem Auftritt den letzten Schliff geben, Details polieren. Luz fiel ihm scharf ins Wort.

»Geh zur Seite, lass uns rein. Unsere Mutter ist nicht hier, oder?«

Verlegen trat er zurück, so hatte er es sich nicht vorgestellt. Er hatte sie beeindrucken wollen am Eröffnungsabend, sie sollte staunen, wie sehr sich seine Stimme verbessert hatte, wie sie der seines großen Idols immer mehr ähnelte, doch Luz und ihre Schwestern stürmten hinein und übersahen ihn völlig.

Sie bemerkten nicht, dass er sich das Haar nachgefärbt und geglättet hatte, Puder im Gesicht und den Anzug trug, den er für die Bühne vorgesehen hatte: perlgrau mit breiten Aufschlägen, dazu eine gestreifte Krawatte und ein Einstecktuch in der Brusttasche. Von einem Grammofon, das er von zu Hause mitgebracht hatte, erklangen weiter die Tangorhythmen, während sie zu allen Seiten ausschwärmten, in die Küche, das karge Bad, den kleinen Lagerraum, wo ihr Vater seine Matratze gehabt hatte.

Gardel sang weiter *Mano a mano* von der Schellackplatte, doch Remedios fanden sie nicht. Mit ratloser Miene gingen die drei Schwestern wieder zur Tür. Doch kurz davor hielt Mona Victoria unter einem Vorwand auf, ließ die anderen auf die Straße hinausgehen, und als sie den Abstand für ausreichend hielt, krallte sie ihr die Nägel in den Unterarm.

»Sag, dass es nicht wahr ist«, wiederholte sie fauchend dicht an Victorias Ohr.

Ihre ältere Schwester riss sich los.

Nachdem Fidel sich auch der Gruppe angeschlossen hatte, war ihr nächstes Ziel Casa María, nur ein paar Meter weiter auf der anderen Straßenseite. Der Kücheneingang war um diese Uhrzeit abgeschlossen, so blieb ihnen keine andere Wahl,

als am Haupttor zu läuten. Von der Novizin, die ihnen aufgemacht hatte, herbeigerufen, erschien kurz darauf eine steife
mexikanische Nonne und erklärte, dies sei keine geeignete
Tageszeit und Schwester Lito liege bestimmt schon im Bett.

»Ersparen Sie uns die Predigt, Schwester, das ist ein Notfall!«, schrie Luz. »Lassen Sie uns bitte rein!«

Nach einigem Hin und Her war die Nonne bereit, zwei
von ihnen mit hineinzunehmen, und so einigten sie sich auf
Señora Milagros und Mona, die dem Rest zuvor noch schnell
ein paar Anweisungen erteilten: Luciano, frag mal nach, ob
jemand sie in La Nacional gesehen hat, vielleicht sitzen unten in der Bar noch ein paar Männer beim Domino. Und du,
Victoria, geh zu Casa Moneo, mit Doña Carmen hält sie öfter mal ein Schwätzchen. Luz, du fragst die Irigarays. Fidel,
erkundige du dich im La Bilbaína, ob der Besitzer, der oben-
drüber wohnt, ihr irgendwo begegnet ist. Es waren Schüsse
ins Blaue, ein blindes Tasten in der Dunkelheit. Doch etwas
Besseres fiel ihnen in ihrer Verwirrung nicht ein, und so widmeten sie sich ihren Aufgaben, indem sich jeder auf den Weg
zu einem anderen Ziel in der Nachbarschaft machte.

Schwester Lito war tatsächlich nicht an ihrem Schreibtisch,
sondern döste im Bett, das trübe Licht einer kleinen Lampe
erleuchtete eine Seite ihres Gesichtes. Sie war beim Lesen ein-
genickt, sie sah älter aus denn je, ein Stapel Papiere war ihrer
Hand entglitten und über den Boden verstreut. Als Señora
Milagros sie an der Schulter rüttelte, fuhr sie erschrocken
auf, die kleine Lesebrille verrutschte auf ihrer Nase.

»Ja, am späten Vormittag war sie hier«, erwiderte sie und
schaffte es mit Mühe, sich auf den Ellbogen aufzurichten. »Wir
haben uns eine Weile unterhalten, und sie ist wie eine Furie
davongerauscht, weiter weiß ich nichts.«

»Worüber haben Sie geredet?«, hakte Mona nach. »Was
hat sie Ihnen gesagt?«

»Alles Mögliche ...«, entgegnete Schwester Lito, wieder ins Kissen gelehnt.

»Drücken Sie sich klarer aus, Schwester, ich bitte Sie!«

Die Nonne schaute sie an, die Augen versagten ihr den Dienst, die Gestalten sahen aus wie in Eiweiß gehüllt.

»Ich habe ihr nur geraten, ihre Töchter in Frieden zu lassen.«

· 81 ·

Es war noch keine Viertelstunde vergangen, als sie alle wieder vor der Casa María versammelt waren, im Schein der eisernen Laterne, die dort über der Tür hing. In den umliegenden Fenstern erlosch nach und nach das Licht. Keiner von ihnen hatte etwas erreicht mit seinen Nachforschungen, Remedios war nirgendwo gesehen worden. Mona kaute am Nagel ihres kleinen Fingers und versuchte nachzudenken, Luz weinte, und Victorias Gesicht sah aus, als wäre alles Blut daraus gewichen. Wo mochte die arme Frau stecken. Sie kannte kaum einen Menschen, wusste sich in der Stadt nicht zu bewegen, alles erschreckte und entsetzte sie, sie hatte kein Geld und keine Spur von Pioniergeist. Und dennoch war es fast Mitternacht, und von Remedios kein Lebenszeichen.

»Wir werden die Suche ausweiten müssen«, sagte Barona.

»Und wohin?«, fragten die Töchter verdutzt im Chor.

Jetzt, da sie die unmittelbare Umgebung der Vierzehnten verlassen, sich von ihrer Nachbarschaft entfernen und auf unbekanntes Terrain begeben würden, fühlte sich Barona verpflichtet, die Verantwortung zu übernehmen.

»Ihr geht zum Saint Vincent's Hospital, ihr wisst, wo das ist, nicht wahr? Genau, Ecke Elfte Straße. Fidel, du siehst zu, dass du zum French Hospital in der Dreißigsten, Ecke Achte kommst, wenn's sein muss, mit dem Leichenwagen. Und Sie, Señora Milagros, gehen am besten nach Hause und horchen, ob Sie heimkommt.«

»Und du?«, fragte Victoria ihren Mann und wagte kaum, ihm in die Augen zu sehen. »Wohin gehst du?«

»Zum Bellevue.«

Weitere Erklärungen gab er nicht, und er behielt auch für sich, dass in diesem gigantischen Krankenhaus alle landeten, mit denen man nicht wusste wohin, die Ärmsten der Armen, Geistesgestörte und Kriminelle, Kranke im Endstadium, Alkoholiker, Einwanderer, die niemand vermisste. Sie alle waren dort zusammengepfercht, schlurften über die Flure, lagen zu dritt in einem Bett oder kauerten am Boden zwischen beschmierten Wänden und Uringestank. Und für die Unglücklichen, die tot irgendwo in den Straßen oder den Parks, an den Piers oder an der Mauer eines leeren Grundstücks gefunden wurden, verfügte das Bellevue Hospital über das größte Leichenschauhaus New Yorks.

Statt sie mit seinen düsteren Vorahnungen zu belasten, fügte er jedoch nur noch hinzu:

»Und jemand sollte die Polizeireviere abklappern.«

»Ich übernehme das.«

Alle sahen Mona erstaunt an; was wusste sie schon von der Polizei. Aber sie sagte nichts weiter als »Ich kriege das schon hin«.

Sie verteilten sich, jeder machte sich auf seinen Weg, außer Mona, die erneut bei der Casa María anklopfte. Diesmal blieb der mexikanischen Nonne nichts anderes übrig, als ihre Bitte zu erfüllen und sie das Telefon benutzen zu lassen.

Zum Glück wusste sie die Nummer auswendig, und zum Glück ging Doña Maxi nicht selbst ans Telefon. Ich bin so schnell wie möglich da, sagte der junge Doktor, als Mona ihm knapp umriss, worum es sich handelte. Und er hielt Wort.

Zwanzig Minuten später parkte er seinen Ford Roadster vor der Kirche und sprang heraus, um ihr die Beifahrertür aufzureißen. Zwanzig, dreißig, vierzig Mal hatte er ihr angeboten, sie zu fahren, wohin sie wollte, seit sie einander im Macy's wiederbegegnet waren und er sich angewöhnt hatte, früher nach Hause zu kommen; denn sie zu sehen, war sein Lebenselixier.

César Osorios Herz hatte einen Purzelbaum geschlagen, als er Monas Stimme am anderen Ende der Leitung vernahm. Seit sie um ein paar freie Tage gebeten hatte, ohne große Erklärungen abzugeben, war die Wohnung trist wie ein Sarkophag, und ohne Monas Anwesenheit war ihm die bloße Existenz seiner Tante unerträglich. Er hatte im Bett gelesen, als das Telefon klingelte, und war aufgesprungen. Wer ruft denn um diese Zeit an?, kreischte Doña Maxi aus ihrem Zimmer, als er wieder einhängte. Er näherte das Gesicht ihrer Tür und bemühte sich um einen gefassten Ton; Doktor Castroviejo, ein Notfall, reg dich nicht auf, Tante, log er. Ich fahre in die Klinik, ich weiß nicht, wann ich zurück sein werde.

»Verzeihen Sie, dass ich Sie gestört habe, aber …«

Aber ich habe zwischen zwei Männern geschwankt, und Sie haben gewonnen, erstens, weil ich den anderen nicht finden kann, und zweitens, weil es so wahrscheinlich besser ist, ich sollte ihn tunlichst meiden; immerhin ist er nicht mehr so oft in meiner Nähe, weil er der Schatten von jemandem geworden ist, zu dem ich selbst die Verbindung hergestellt habe und den ich jetzt nicht mehr loswerde. Das hätte Mona gesagt, wäre sie ehrlich gewesen. Doch sie ließ den Satz unvollendet, mehr musste nicht ausgesprochen werden.

»In den umliegenden Polizeidienststellen nach Ihrer Mutter forschen, das ist es, was Sie wollen, richtig?«, sagte er und nahm einen Stadtplan aus dem Handschuhfach.

Er war ohne Krawatte, in einem leichten blauen Pullover

über dem sauberen Hemd, das makellos frisierte Haar mit Wasser in Form gebracht und noch feucht.

»Ich kenne mich in diesem Teil der Stadt nicht gut aus«, erklärte er, »aber die Polizei dürfte ja so schwer nicht zu finden sein.«

Er am Lenkrad, sie an seiner Seite, beide schweigend, fuhren sie zuerst die Polizeistation in der Charles Street an. Es herrschte kaum Verkehr, nur gelegentlich sah man Grüppchen, die in ausgelassener Stimmung einen Club oder ein kleines Theater betraten; es war das Village, das Viertel der Boheme, der Maler und Künstler im Allgemeinen, die sich hier mit gewöhnlichen Leuten mischten, vielen Dockarbeitern von der nahen West Side und ihren Familien.

Vergebens: Dort wusste man nichts von einer vollkommen in Schwarz gekleideten Ausländerin, die kein einziges Wort Englisch sprach. Das teilte ihnen ein Polizist mit karottenfarbenem Haar mit, nachdem er lustlos die Einträge auf den letzten Seiten eines Buches durchgesehen hatte. Mit gesenktem Kopf ging Mona hinaus, während aus einem der hinteren Räume Schreie und das Gepolter umstürzender Stühle zu hören war. Hafengesindel, knurrte der Polizist an der Tür, have a good night. Wieder auf der Straße, legte César ihr schüchtern die Hand auf die Schulter.

»Sie wird schon auftauchen«, murmelte er, »du wirst sehen.«

Es war das erste Mal, dass er sie duzte.

Während Mona und der Augenarzt ein weiteres Polizeirevier ansteuerten, warteten Victoria und Luz im St. Vincent's Hospital. Wie das Bellevue gehörte auch dieses zu den ältesten Krankenhäusern New Yorks und war ursprünglich als katholische Wohlfahrtseinrichtung für alle Bedürftigen des südlichen Manhattan gegründet worden, ungeachtet ihrer Religion. Reiche gab es dort allerdings wenige; Arme und Pechvögel massenweise. Auch viele Opfer von Katastrophen hatte das Haus schon gesehen, Cholera-Infizierte, Schiffbrüchige der *Titanic* und die Überlebenden grauenvoller Feuersbrünste wie der in einem Gebäude am Washington Place, wo einige Jahre zuvor über hundert junge Näherinnen ihr Leben verloren hatten, weil alle Ausgänge blockiert waren.

An jenem Abend hatte sich zum Glück kein größeres Unheil ereignet, und im Wartesaal war es verhältnismäßig ruhig. An einer Seite saßen die Älteste und die Jüngste der Arenas-Schwestern, nachdem eine der diensthabenden Nonnen sie aufgefordert hatte, Platz zu nehmen. Wait right there, please, hatte sie gesagt.

Sie wechselten kaum ein Wort miteinander, beiden war es lieber, ihre Sorgen und Nöte für sich zu behalten. Deshalb hatte die eine den rothaarigen Kopf gegen die Wand gelehnt und stellte sich schlafend, und die andere verfolgte mit ihren großen schwarzen Augen das Kommen und Gehen der Patienten, Krankenschwestern und Nonnen.

Luz litt, weil sie nichts von Frank Kruzan wusste, sie verfluchte sich selbst, nicht nach ihm gesucht zu haben, und fürchtete zugleich, er könnte wiederkommen, nach dem Handgemenge mit ihrem Chef und Fidel womöglich noch geladener und rachsüchtiger. In Victoria waren die Bilder und Empfindungen dieses Nachmittags noch so lebendig, dass es schmerzte: Chano, Chano, Chano. Chano und sein Vorschlag, den sie abgelehnt hatte.

So verging eine Weile, die ihnen endlos vorkam, Schweigen und Misstrauen trennten sie wie eine Brandmauer. Luz rupfte sich Niednägel von den Fingern, während Victoria in einer Zeitschrift blätterte, die jemand halb zerknittert auf einem Stuhl liegen gelassen hatte. Eine Haarsträhne fiel ihr über ein Auge, aber es war ihr gleich, denn sie las nicht, weder verstand sie die Sprache, noch interessierte sie sich dafür.

Auf der großen Uhr über der Empfangstheke war es fünf vor halb zwei. Dieselbe Nonne, die sie gebeten hatte zu warten, steuerte wieder auf sie zu, und beide atmeten erleichtert auf, als sie sie sagen hörten, no, young ladies, Ihre Mutter ist nicht hier.

Auf dem Heimweg beeilten sie sich, sie gingen nicht eingehakt und im Gleichschritt wie sonst, sondern jede für sich, mit vor der Brust verschränkten Armen, ohne sich auch nur zu streifen, wie Fremde.

Bei ihrer Rückkehr ins Apartment hatten sie beide die Hoffnung, dass alles wieder gut und ihre Mutter schon zu Hause wäre, ruppig und nörgelnd wie immer, mit ihrer verschlissenen Schürze und dem schlampigen Dutt, auf alles schimpfend, auf Amerika, auf die Amerikaner, und immerzu nach der Welt schmachtend, aus der sie kam, dieser Welt, die sie aus der Ferne so verklärt hatte, bis sie zu einem paradiesischen Idyll geworden war, das es niemals gegeben hatte.

Aber ihr Wunsch erfüllte sich nicht, wie sie gleich erfuhren, als sie die Haustür öffneten und Señora Milagros, die sie gehört hatte, den Kopf über den Treppenschacht beugte. Keine sagte etwas, sie brauchten einander nur anzusehen.

Als Nächster erschien Fidel in seiner Aufmachung als bleicher Tangomusiker, der perlgraue Anzug voller Falten. Nichts; das war alles, was er beim Eintreten sagte. Sie nahmen die Meldung stumm entgegen, wiesen ihm einen Barhocker, die Nachbarin goss ihm einen Kaffee ein. Es war fast Viertel nach drei.

Barona erschien eine halbe Stunde später. Auch im Leichenschauhaus war Remedios nicht zu finden. Seine Frau stellte auch ihm eine Tasse hin und sah ihm in die Augen, stellte aber keine Fragen, wie auch er keine Erklärungen lieferte. Wozu hätte er ihnen den Magen umdrehen sollen, indem er ihnen schilderte, wie der Angestellte, eines nach dem anderen, die Laken angehoben hatte, unter denen elf Frauenleichen lagen. Einige waren so frisch, dass sie aussahen wie schlafend, andere schon in fortgeschrittenem Verwesungsstadium. Er sah die Leiche einer blonden Zwanzigjährigen, die aus einem neunten Stock gesprungen war, eine Asiatin, die ein Schlepper aufgefischt hatte, als sie bäuchlings im East River trieb, das lange Haar ausgebreitet wie Spinnenbeine. Zwei waren fast noch Kinder, eine Alte war so übergewichtig, dass sie nicht ganz auf die Marmorplatte passte, auf der sie lag, vier waren vergewaltigt worden. Das alles erläuterte ihm der Angestellte gleichmütig und wie nebenbei, als zeigte er ihm einen Katalog für Haushaltsprodukte, während Barona sich ein Taschentuch ins Gesicht presste und mit Mühe dem Brechreiz widerstand. Noch immer hatte er das Gefühl, den ekelerregenden Geruch jenes Raumes an sich zu haben, weshalb er sofort die Jacke ablegte, als er die Wohnung betrat, und in diesem Moment für eine Flasche Cognac, eine Wanne voll Wasser, Seife und eine Bürste dem Teufel seine Seele verkauft hätte.

Zum dritten Mal gurgelte der Espressokocher auf dem Herd, als Mona eintraf, die zum Erstaunen aller den Doktor im Schlepptau hatte. Es war das erste Mal, dass er die Behausung der Arenas von innen sah; wenn ihn die Einfachheit überraschte, ließ er es sich nicht anmerken.

Schweigen breitete sich aus, während Señora Milagros erneut die Tassen füllte; es war fünf Minuten vor vier. Jeder mied den Blick der anderen, niemand sprach ein Wort, die Mienen derer, die nicht zur Familie gehörten, waren beunruhigt; die Töchter am Boden zerstört. Das einzige Geräusch im Raum war das der Löffelchen beim Umrühren des Kaffees.

Und in diesem Moment, mitten hinein in die Stille dieser düsteren Morgenstunde, hörten sie jemanden laut an die

Tür pochen. Alle sprangen gleichzeitig auf, so hektisch, dass Victoria ihren Hocker umwarf und Fidel seine halbe Tasse verschüttete. Mona, die am nächsten stand, beeilte sich zu öffnen, die anderen stürzten hinter ihr her.

Es war ein Junge aus dem Viertel, Apolinar; er belud einen Lieferwagen mit Packen von Zeitungen, darum war er jeden Tag schon vor dem Morgengrauen wach.

»Ich war gerade beim Anziehen, als ich den Krach gehört und aus dem Fenster geschaut habe, aber da fuhr das Auto schon weg und ...«

Zum Entsetzen aller brachte er nicht etwa Nachricht von Remedios.

»... man hat euch das Lokal demoliert.«

SECHSTER TEIL

· 82 ·

*S*ie rannten wie um ihr Leben; mit einem Mal fühlten sich ihre Beine wieder an wie die jener mageren Mädchen, die es gewohnt waren, auf der Straße dem Verkehr und am Strand den Wellen auszuweichen. Sie rannten ohne ein Wort, wie von Hunden gehetzt und kamen völlig außer Atem an.

Sie bahnten sich ihren Weg durch die Neugierigen, die begannen sich vor dem Gebäude zu versammeln, und als sie die Schwelle erreicht hatten, blieben sie wie angewurzelt stehen. Wo am folgenden Abend Gesang, Tanz, Beifall und Freude herrschen sollte, lag alles in Trümmern. Die Tür herausgerissen und überall Scherben; Tische und Stühle umgestürzt und mit der Axt zerhackt. Gegen die Wände hatte man eimerweise Teer und Unrat geklatscht, nichts war verschont geblieben, keine Flasche, kein Teller. Fidels Grammofon und die Plakate zertreten; mit den Tischdecken, Servietten und den Schallplatten von Gardel war auf der Bühne ein Feuer entfacht worden, aus dem ein grauer stinkender Qualm aufstieg.

Die drei Schwestern, Seite an Seite, betrachteten die Szene benommen und wie erstarrt. Sekunden später tauchten hinter ihnen der Doktor und Fidel auf; Barona und die alte Galicierin brauchten noch eine Weile, bis auch sie herangekeucht waren.

Von den Umstehenden kam erregtes Getuschel, und es wurden empörte Ausrufe in mehreren Sprachen laut. Holy Mary Mother of God, porca miseria. Hijos de puta, welches Schwein tut denn so etwas. Niemand konnte sich vorstellen, wer diese Familie dermaßen hassen konnte. Dennoch war es unbestreitbar: Jemand musste es auf sie abgesehen haben. Das zeigte das enorme Ausmaß der Zerstörung, die systematische Gründlichkeit, mit der nichts heil gelassen worden war. Und so lagen zwei Fragen in der Luft, während die letzten Sterne verglommen und es Tag wurde in der Vierzehnten Straße, die ersten Nachbarn sich auf den Weg zu ihrem Tagewerk machten und die ersten Karren und Lieferwagen ihre Tour begannen.

Wer? Warum?

Langsam und stumm tasteten die Arenas-Schwestern nach einander und verschmolzen schließlich in einer Umarmung wie das eingeschworene Trio, das sie gewesen waren, bevor das Leben sie in unterschiedliche Richtungen getrieben hatte und die Risse und Vorbehalte zwischen ihnen entstanden waren. Mitten in dem Knäuel aus Haarschöpfen und Körpern begann Luz mit einem tonlosen Singsang: Das war er, das war er, das war er. So gekränkt und verängstigt fühlte sie sich, dass sie instinktiv Frank Kruzan für das Desaster verantwortlich machte. Seine Vergeltung, die Strafe dafür, dass sie ihn nicht mehr in ihrem Leben haben wollte, ein neuer impulsiver Racheakt. Nichts davon war auszuschließen. Wie der Schlag ins Gesicht, nur mit noch weiter reichenden, noch schmerzhafteren Folgen.

Monas Verdacht dagegen deutete in eine andere Richtung, während die Übrigen die drei Frauen fast gewaltsam aus dem Lokal zu zerren versuchten. Los, los, muchachas, lasst uns rausgehen, hier ist nichts mehr zu retten. Sie wehrten sich, als hielte sie irgendetwas in dem verwüsteten Raum gefangen. Erst nach langem Drängen gaben sie nach und ließen sich, eine nach der anderen, langsam auf die Straße bringen.

Die Gruppe der Schaulustigen wuchs unaufhaltsam, je mehr Leute ihre Häuser verließen, um zur Arbeit zu gehen; es waren bereits vierzig oder fünfzig Augenpaare, die die Szene beobachteten. Männer aller Altersklassen im Blaumann, die ihr Mittagessen in Aluminiumbehältern dabeihatten, Schmierer waren bei der Standard Oil, Maschinisten bei der Interborough Rapid Transit, Heizer auf den Fähren von Staten Island oder Maurer, die täglich todesmutig in den Gerüsten an den Wolkenkratzern hingen; Frauen, die Büros putzten, nähten oder in einem feinen Haus an der Upper East Side als Dienstmädchen angestellt waren. Als die zuvorderst Stehenden die Töchter von Emilio dem Capitán herauskommen sahen, bildeten sie respektvoll eine Gasse.

Allen voran gingen Victoria und Barona, er hielt sie um die Schultern gefasst, und ihr schönes Gesicht war gesenkt und von tiefer Niedergeschlagenheit gezeichnet. Hinter ihnen folgte Luz neben einem Fidel mit entsetzter Miene, der vergebens versuchte, einen Rest seiner Tangotänzerwürde zu wahren und ihr mannhaft zur Seite zu stehen. Zuletzt kam Mona, allein, das Kinn erhoben, das Haar zerzaust, die Lippen schmal, und bemühte sich, das brutale Scheitern ihres Projektes mit Fassung zu tragen.

Draußen empfing man sie liebevoll, rief ihnen aufmunternde und mitfühlende Worte zu: Wir halten zu euch, Mädchen, wer euch das angetan hat, soll in der Hölle braten. Auch der eine oder andere Hinweis war zu hören: Ich glaube, ich habe drei Männer gesehen, bemerkte einer; nein, meiner Meinung nach waren es vier, widersprach ein anderer. In einem dunklen Auto seien sie gekommen und wieder abgehauen; nein, in einem blauen. Behauptungen flogen hin und her, auf kein

Detail konnte man sich einigen, doch so wichtig war es auch nicht. Das Wesentliche stand außer Frage: Ein paar Männer hatten die frühen Morgenstunden genutzt, um das Las Hijas del Capitán zu zerschlagen, und waren unerkannt entkommen.

Irgendwann gab es nichts mehr zu sagen, keine tröstenden Worte, keine Spekulationen über die Schuldigen. Der Großteil der Gruppe begann sich zu zerstreuen, jeder hatte seine Pflichten und sein Ziel, und so blieb schließlich als einziger Außenstehender der junge Doktor bei ihnen zurück, der Mona die halbe Nacht begleitet hatte: benommen und konfus, sich der Tatsache bewusst, dass er dort nichts verloren hatte, und zugleich unfähig zu gehen.

Eine Weile standen sie noch bekümmert vor der Fassade, die bis gestern in einem fröhlichen Grün geleuchtet hatte und jetzt vor Pech triefte, an dem schwärzliche Bananen- und Kartoffelschalen klebten. Sogar die Markise hatten sie mit einem Messer zerschlitzt, sich regelrecht daran ausgetobt, sodass der neue rote Stoff nur noch ein Haufen trauriger Fetzen war.

· 83 ·

Erschüttert, wie sie waren, beachtete niemand den Kleinlastwagen, der neben ihnen anhielt.

»Ach, Sendra, hallo!«

Luciano Barona war der Erste, der den Landsmann hinter dem Lenkrad bemerkte. Es war ungewöhnlich, ihn in dieser Gegend anzutreffen. Erst recht zu so früher Stunde. Er war unrasiert, ohne Krawatte, ohne Jacke, nur mit den Hosenträgern über dem Hemd, und sah aus, als hätte man ihn mitten in der Nacht aus dem Bett geholt.

Zur allgemeinen Verwunderung gönnte er dem Lokal keinen Blick und erwiderte auch den Gruß nicht.

»Ich habe sie praktisch mit Gewalt herschaffen müssen.«

Ohne weitere Vorreden oder Höflichkeitsfloskeln wandte er sich mit diesen Worten an die Schwestern und deutete auf seinen Lieferwagen, da erst schauten sie hinein. Hinter der Scheibe des Seitenfensters, auf dem Sitz zusammengesunken, saß mit hängendem Kopf Remedios.

Luz stieß einen Schrei aus. Victoria entfuhr ein tiefer Seufzer der Erleichterung, und sie griff sich ans Herz. Mona wollte sofort zur Wagentür stürzen.

»Einen Moment!«

Sendra klang entschieden, als er sich mit ausgebreiteten Armen dazwischenstellte.

»Ein Rat vorab: Seid nicht allzu hart mit ihr. Sie hat die schlimmste Nacht ihres Lebens hinter sich, und ich habe den Eindruck, sie ist nicht ganz ...«

Mit dem Zeigefinger beschrieb er kleine Kreise an seiner Schläfe. Die Töchter löcherten ihn mit Fragen: Wo war sie? Warum war sie allein unterwegs? Was hatte sie vor? Wie haben Sie sie gefunden?

»Anscheinend ist sie morgens hier losgegangen, weil sie zu mir wollte, obwohl sie nichts weiter wusste als meinen Namen, den meines Lokals, La Valenciana, und die Straße, Cherry Street. Sie ist gegen fünf Uhr morgens bei uns aufgetaucht, begleitet von einem alten kantonesischen Ehepaar, das sie zusammengesunken auf einem leeren Grundstück aufgegabelt hatte. Keine Ahnung, wie die drei sich verständigen konnten, aber Tatsache ist, dass sie sie bis an die Tür meines Lokals gebracht haben. Weil es geschlossen war, haben sie sie dann zu Castillas Taverne gebracht. Gestern Abend hatte zum Glück ein portugiesischer Dampfer angelegt, und der Ausschank war die ganze Nacht für die Besatzung geöffnet, und so hat man mich benachrichtigt.«

»Aber was wollte sie denn?« Luz klang schrill vor Ungeduld.

»Lauter Zeug, das weder Hand noch Fuß hatte. Mit einem italienischen Anwalt sollte ich reden wegen etwas, das mit dem Tod eures Vaters zu tun hat, ich sollte dafür sorgen, dass euch die Behörden das Lokal schließen, euch zwingen, New York zu verlassen ...«

Er verstummte einen Moment und holte tief Luft, während alle anderen ihn verständnislos anstarrten.

»Hört zu, ich glaube, eure arme Mutter ist nicht recht bei Trost, und deshalb haben meine Frau und ich sie in den Wagen gepackt, was gar nicht so leicht war, und bringen sie euch hiermit zurück. Bei manchen Immigranten ist das so, es ist nicht das erste und wird gewiss nicht das letzte Mal sein, dass ich so etwas erlebe. Manche schaffen es nicht, sich anzupassen, und drehen durch, irgendwann schlägt alles derart über ihnen zusammen, dass sie den Verstand verlieren.«

Die drei schauten immerzu zwischen Sendra und dem Wagen hin und her, bissen sich auf die Lippen, um ihn nicht zu unterbrechen, und hielten sich krampfhaft zurück, um nicht hinzulaufen und die Tür aufzureißen.

»Sie hat nichts essen und nicht einmal einen Schluck Wasser trinken wollen. Und ...« Sendra senkte peinlich berührt die Stimme. »Ihr werdet sie baden und umziehen müssen.«

Zu dritt holten sie sie aus dem Auto, während der Inhaber von La Valenciana endlich gewahrte, was dort geschehen war, und die Männer fragte, warum um alles in der Welt das Lokal in diesem grauenvollen Zustand war.

Stinkend, schmutzig, hungrig, erschöpft, so kehrte Remedios nach ihrem wahnwitzigen Abenteuer zurück, zu entkräftet, um sich zu beschweren oder Widerstand zu leisten, die

Ohren taub vom Geschrei ihrer Töchter, die sich nicht um die Ermahnungen des Alicantiners scherten und sie alle drei zugleich mit Vorwürfen bestürmten. Aber Mutter, was fällt dir ein? Wie kannst du uns einen solchen Schrecken einjagen? Du bist wohl verrückt geworden!

Kaum war es ihnen gelungen, Remedios aufrecht hinzustellen, ließ sich energisch eine Stimme vernehmen.

»Augenblick, darf ich mal kurz?«

Es war César Osorio, der Arzt. Niemand hörte auf ihn, vielmehr schimpften sie weiter auf Remedios ein: Du bist ja völlig eingesaut! Was für ein Blödsinn, einfach abzuhauen!

»Bitte, Señoritas«, wiederholte er mit Nachdruck.

Sie wechselten einen zweifelnden Blick.

»Erlauben Sie, dass ich ihren Puls fühle, das ist wichtig.«

Auch wenn sie die Notwendigkeit nicht einsahen, machten die drei ihm Platz.

»Ich werde Sie untersuchen, Señora. Es dauert nur einen Moment.«

Sie waren überzeugt, dass es nur eine Frage von Sekunden wäre, bis ihre Mutter den jungen Doktor mit harschen Worten zum Teufel jagen würde, doch zu ihrer grenzenlosen Überraschung hielt Remedios still und ließ ihn gewähren. Hornhaut, Pupillen, Zunge. Und sie staunten noch mehr, als César Osorio, offenbar zufrieden mit dem Ergebnis seiner kurzen Untersuchung, ihr höflich den Arm bot und sie sich bei ihm einhängte. Ihre Töchter und das Lokal würdigte Remedios nicht eines Blickes; Arm in Arm mit dem Doktor begann sie, sich mit kleinen Schritten vorwärtszubewegen.

Die Mädchen waren so durcheinander, dass sie sich nicht von der Stelle rührten, bis Barona sie aufforderte, es dem ungleichen Paar gleichzutun.

»Kommt schon, kommt, was aus diesem Scherbenhaufen werden soll, überlegen wir uns später. Im Moment müssen wir sie erst einmal nach Hause bringen. Los, los, gehen wir alle zusammen ... «

Langsam, schlapp, übermüdet, schlich der kleine Zug die Straße entlang. Allen voran Remedios und der Doktor, rechts und links von ihnen und in einem halben Meter Abstand Mona und Luz, dann Barona, der die vollkommen erledigte Victoria stützte, die galicische Nachbarin und der arme Fidel.

Während sie sich auf der südlichen Seite die Vierzehnte hinunterschleppten, ernteten sie verwunderte Blicke von einigen Nachbarn, die erst jetzt das Haus verließen und noch nichts von dem Drama gehört hatten, andere, die bereits auf dem Laufenden waren, riefen ihnen aufrichtende Worte zu. Als sie etwa auf der Höhe von Casa Moneo waren, kam Tony gerade aus der nahen Metrostation und damit der Gruppe direkt entgegen.

Der Mann aus Tampa war auf der Suche nach Mona, ungeduldig, nervös, entschlossen, ihre Tür mit den Fäusten zu bearbeiten und sie aus dem Bett zu holen, wenn nötig. Er hatte keine Ahnung, was im Las Hijas del Capitán passiert war, nur das Bedürfnis, ihr von dem üblen Vorfall im El Fornos zu erzählen, von dem Stoß gegen Covadongas Bein, seinem Zusammenbruch und der sofortigen Einlieferung ins Krankenhaus. Von dem kritischen Zustand, in dem er sich befand, und von seiner, Tonys, erschrockener Erkenntnis, dass der ehemalige Thronerbe sonst niemanden hatte. Keine Familie, keine echten Freunde. Keinen Menschen außer ihm.

In diesen grässlichen Stunden im Presbyterian Hospital an der Seite dieses Mannes, den er kaum kannte und für den er im Zuge einiger unvorhergesehener Ereignisse zum alleinigen Beschützer geworden war, schöpfte Tony nur aus der Erinnerung an Mona Trost und Gelassenheit; sie war die einzige Person auf der Welt, die ihn mit dem Grafen verband, die einzige, die ihn verstehen würde. Deshalb war er auf der Suche nach ihr, obwohl es noch so früh war, in der Hoffnung, sie schon wach anzutreffen an diesem Tag, an dem, wie er glaubte, die Einweihung ihres abenteuerlichen Geschäftes stattfinden sollte. Um ihr zu berichten, dass Alfonso de Borbón dem Tod nur knapp entronnen war, seine Erleichterung mit ihr zu teilen, über die ausgestandene Angst zu lachen, sie zu beruhigen und ihr zu sagen, dass an ihrem großen Abend alles gutgehen würde, sie vielleicht noch einmal zu küssen.

Sein Anzug war noch zerknitterter als üblich, der Hemdkragen offen, das Haar wild, die Krawatte in der Jackentasche, der blaue Bartschatten einer durchwachten Nacht lag um sein Kinn, und in seinen Schläfen pochte eine euphorische Vorfreude. Er wollte sie sehen, er musste sie sehen. Der Anblick der Gruppe, die in diesem Moment wenige Meter vom Eingang zur Subway entfernt war, bremste seinen Elan schlagartig.

Abgesehen von den übernächtigten Gesichtern und dem schleppenden Gang, stach dem Bolitero noch etwas ins Auge: der junge Mann im blauen Pullover, der Einzige, den er nicht kannte. Von vornehmem Äußeren, stützte er beflissen die Mutter, die nur schlurfend vorankam. Die fürsorgliche Miene des Unbekannten veränderte sich jedoch unvermittelt, als Mona seinen Namen flüsterte.

»Tony«, sagte sie mit erstickter Stimme.

Und der Gesichtsausdruck des anderen schlug um.

Trotz der schlaflosen Nacht war Tony eines vom ersten Augenblick an klar, es traf ihn wie eine Erleuchtung: Die arme Remedios war diesem Kerl vollkommen egal. Der hatte nur Augen für Mona.

Ruhig wartete er, bis er sie eine halbe Stunde später gemeinsam herauskommen sah; er beobachtete jede Bewegung, während sie den Doktor zu einem geparkten Ford begleitete und beide ein paar Worte wechselten, der andere zu zögern schien, als ob er noch nicht gehen wollte oder als wünschte er sich einen weniger distanzierten, herzlicheren Abschied. Erst als Tony sah, wie sich das Auto in den Verkehr auf der Siebten Avenue einfädelte, kam er aus seinem Versteck im benachbarten Hausportal.

»Erzähl mir alles der Reihe nach.«

Als Mona ihm unvermutet mit einem Mal mitten auf der Straße gegenüberstand, ballte sie die Fäuste. Sie musste sich anstrengen, um dem Impuls zu widerstehen, am liebsten wäre sie ihm um den Hals gefallen und in Tränen ausgebrochen. Ihre Augen waren gerötet, ihr Gesicht müde, in ihrem strähnigen Haar, unordentlicher und widerspenstiger denn je, waren Asche und Schmutz hängen geblieben.

»Wie gesagt«, murmelte sie und riss sich zusammen. »Sie haben nichts ganz gelassen.«

Sie hatten Tony gleich nach ihrer Begegnung andeutungsweise informiert. Und dann hatten sie ihn auf der Straße stehengelassen, fremd und allein, während alle in das rote Backsteinhaus gegangen waren; César Osorio hatte ihnen die Tür aufgehalten und diese dann – im Bewusstsein, dass er ihn aussperrte – hinter ihnen geschlossen. Monas Reaktion beim Auftauchen des blonden Typen hatte ihn in Alarmbereitschaft versetzt. Instinktiv hatte er zwischen den beiden eine Verbundenheit gespürt. Er wusste nicht, wer es war, das würde er schon noch herausfinden, aber auf jeden Fall nicht einfach nur ein Nachbar wie der vertrottelte Fidel; dieser Typ hatte ein anderes Auftreten trotz seines schlampigen Aussehens, eine besondere Art, Souveränität. Im Augenblick jedenfalls wollte der Arzt vor allen Dingen, dass sie mit in die Wohnung hinaufging und sich nicht von diesem Tony auf der Straße aufhalten ließ. Die Geschehnisse der vergangenen Stunden eröffneten ihm ungeahnte Möglichkeiten, in ihre Welt einzudringen, und Doktor Osorio war nicht bereit, sich diese Chance ausgerechnet jetzt von einem zerlumpten Kerl vermiesen zu lassen, der letzte Nacht offensichtlich versackt war, mit diesem zerknautschten Anzug, den fiebrigen Augen und dem Krawattenzipfel, der ihm aus der Tasche hing.

»Nach allem, was passiert ist, wird dich die Sache mit dem Grafen sicher gar nicht mehr interessieren, aber ich möchte dich trotzdem wissen lassen ...«

In einem verzweifelten Versuch, sie wenigstens ein kleines bisschen aufzuheitern, begann er, ihr zu erzählen, was sich im El Fornos und im Hospital abgespielt hatte, bemühte sich um einen launigen, ermunternden Ton und bot sein ganzes Illusionistengeschick auf. Es nützte jedoch alles nichts, es war, als wäre Monas Reaktionsvermögen nach den Erlebnissen der letzten Nacht aufgezehrt.

Noch immer standen sie sich auf der Straße gegenüber; ohne es auszusprechen, hatten sie beide das Gefühl, als wäre es in einem anderen Leben gewesen, dass sie sich ins St. Moritz gemogelt hatten, in einem Kabriolett durch die New Yorker Nacht gefahren waren und im Waldorf gespeist hatten, eingeladen von einen invaliden Prinzen, der jetzt sediert im Bett lag, während seine königliche Familie auf der anderen Seite des Atlantiks wieder einmal von einem Telegramm aufgeschreckt würde.

»Tony, ich muss gehen.«

Monas Stimme war kaum hörbar, beendete das Gespräch aber mit Entschiedenheit. Was hatte das alles jetzt noch für eine Bedeutung. Der Prinz, der niemals regieren würde, der

Streit zwischen Monarchisten und Republikanern im Hof des Restaurants, die Blutung und die Transfusionen ... Covadonga war außer Lebensgefahr, das genügte ihr. Alles andere war Lichtjahre entfernt von dem, was sie anfocht um diese Uhrzeit, zu der sich der frühsommerliche Morgen in der Vierzehnten Straße bereits durchgesetzt hatte: Fußgänger, Autos, Lärm, Hektik. Und obwohl der Mann mit dem grünlichen Blick sie weiterhin anzog und sie Gott weiß was dafür gegeben hätte, das Gesicht an seiner Brust vergraben zu dürfen und sich trösten zu lassen, besaß sie noch genug Geistesgegenwart, um einzusehen, dass es ratsamer war, sich von ihm fernzuhalten.

»Ich weiß nicht, wohin du willst, aber gestatte mir, dich zu begleiten.«

Sie sahen sich lange an, beide müde, jeder auf seine Weise verzagt.

Die Antwort klang fest.

»Lieber nicht.«

In der Casa María wurde die Nachricht von der Verwüstung zusammen mit Toast und Butter entlang des langen Frühstückstisches weitergereicht, darum war ein warnendes Zischen zu hören, als Mona eintrat, und das eifrige Geplapper verstummte schlagartig. Alle, Nonnen und Nicht-Nonnen, wünschten ihr geflissentlich einen guten Morgen, sie antwortete knapp und ging weiter, ohne innezuhalten.

Zu ihrer Verwunderung war Schwester Lito nicht in ihrem Arbeitszimmer. Auch nicht in ihrer Schlafkammer. Oder in der kargen Bibliothek. Eine ältere Nonne, die ihr auf der Treppe begegnete, gab ihr einen Tipp.

»Versuch es in der Kapelle, mein Kind. Ich glaube, ich habe sie vor einer Weile hineingehen sehen.«

Mona öffnete behutsam die Tür. Die Kapelle war kühl,

klein und düster und roch nach brennenden Kerzen. Tatsächlich kniete dort Schwester Lito in einer Bank, den gedrungenen Körper vornübergeneigt, die Ellbogen vor sich aufgestützt und dazwischen den gesenkten Kopf ohne Nonnenhaube.

Sie ging nicht zu ihr, sie setzte sich einfach hinten hin und wartete, dass die Nonne ihre Andacht beendete. Ihre matten Augen fixierten eine Jungfrau mit himmelblauem Umhang und ausgestreckten Händen, die sich über einem Sockel in Form einer Weltkugel erhob. Gegrüßet seist du, Maria, voll der Gnade, der Herr ist mit dir, leierte sie mit trockenem Mund herunter; die Familie Arenas hatte es nie mit Frömmigkeit und Liturgie gehabt, doch Mama Pepa hatte sie als kleines Mädchen beten gelehrt, und die Worte waren ihr in Fleisch und Blut übergegangen. Bevor sie bei bitte für uns Sünder angekommen war, hatte sie der Schlaf übermannt.

Durch ihren Kopf huschten blitzartige, zusammenhanglose Bilder: Fremde um ein Lagerfeuer am Meer, die Flamenco sangen und den Rhythmus klatschten, der Graf de Covadonga zusammengebrochen auf dem Boden, sie selbst am Steuer von Doktor Osorios Wagen in den finsteren Gassen des Village, Tony, der sie in einem Aufzug umarmte, der nirgendwo hinfuhr …

Als sie eine Hand auf ihrem Knie spürte, schrak sie auf, benommen, desorientiert; es verging ein Moment, bis sie sich so weit gefangen hatte, dass sie wieder wusste, wo sie war: Casa María, die Kapelle, der Morgen nach dem Desaster. Nirgends ein Feuer, weder Alfonso de Borbón noch der Neffe von Doña Maxi waren da, und statt Tony zu umarmen, wie es ihr Wunsch gewesen wäre, hatte sie ihm mitten auf der Straße den Rücken gekehrt. Neben ihr saß lediglich Schwester Lito.

»Du wolltest zu mir, nehme ich an.«

Mona nickte, es kostete sie Mühe, die Worte hervorzupressen, ihr Kopf fühlte sich noch immer wie betäubt an.

»Sie haben uns … Sie haben uns …«

»Sie haben euch den Laden zertrümmert, ich weiß.«

»Und das war …«

»Mazza, richtig. Oder Männer in seinem Auftrag, das spielt keine Rolle.«

Wieder verfielen sie in Schweigen, weiterhin auf der Holzbank sitzend, die Augen ins Leere gerichtet, gegenüber der Wundertätigen und ihrem Blick aus Gips.

»Es war alles meine Schuld. Weil ich so stur und so engstirnig war«, meinte Lito.

»Wie können Sie so etwas sagen, Schwester.«

»Er drangsaliert mich schon von Anfang an, wie du weißt. Und auch wenn du nie darüber sprechen wolltest, weiß ich, dass er dich auch belästigt hat. Ich hätte gleich nachgeben sollen, zu eurem Besten«, fügte Schwester Lito tonlos hinzu, als spräche sie zu sich selbst. »Wenn sich dir ein solcher Kotzbrocken in den Weg stellt, ist es gescheiter, beizeiten das Handtuch zu werfen. Aber mein Stolz wollte das nicht zulassen, ich habe Vorsicht mit Feigheit verwechselt. Und mich getäuscht.«

»Das ist jetzt auch egal, Schwester. Jetzt ist alles egal.«

Der energische Einspruch der Nonne schallte von den Wänden der kleinen Kapelle zurück.

»Nein, nein, nein!« Es folgte ein Hustenanfall, und als der sich gelegt hatte, senkte sie wieder die Stimme. »Jeder muss zu seinen Fehlern stehen, und auch wenn …«

Sie hielt einen Augenblick inne, rang mühsam nach Atem, Mona schaute sie unverwandt an. Die Kapelle war finster, doch konnte sie sie auch so deutlich genug sehen: abgezehrt, gelblich, das grob gestutzte Haar schütterer denn je, die Wangen schlaff, dick geschwollene Tränensäcke unter den Augen und tiefe Falten kreuz und quer im Gesicht.

»Ich bin krank, mein Kind. Ich fühle mich schon seit Längerem nicht wohl, aber bis vorgestern wusste ich nicht, wie schlimm es ist. Da wurde mir klar, dass meine Tage nicht mehr ausreichen werden, um eure Sache zu Ende zu führen, und so bin ich zu dem Schluss gelangt, dass es das Klügste ist, die Segel zu streichen. Ich war gestern Mittag mit Mazza verabredet, um abschließend mit ihm zu verhandeln; sehr zu meinem Leidwesen hätte ich ihm eine immense Genugtuung bereitet. Aber kurz vorher erschien Remedios mit ihren Forderungen und ihrer Schelte ... Und aus purer, blödsinniger Aufsässigkeit, als hätte ich eurer Mutter damit eins auswischen wollen, habe ich den Termin platzen lassen.«

Mona hatte plötzlich einen trockenen Mund, sie wollte etwas sagen, irgendetwas Tröstliches, aber es gelang ihr nicht.

»Was die mit eurem Laden angerichtet haben, ist nichts weiter als die Antwort auf meinen Rückzieher. Weil ich meinte, der armen Remedios eine Lektion erteilen zu müssen, habe ich Mazza versetzt. Und euch, meine Mädchen, die ich euch eigentlich hätte beschützen müssen, habe ich letztlich den Löwen zum Fraß vorgeworfen.«

Stille füllte die kleine Kapelle aus; keine von beiden bemerkte, dass sie hinter der angelehnten Tür von jemandem belauscht wurden, der es bedauerte, nicht durchgegriffen, nicht früher Verantwortung als Mitglied der Familie übernommen zu haben, der er, in guten wie in schlechten Zeiten, nun einmal angehörte.

Das Holz der Bank knarrte, als die beiden aufstanden; Mona musste der Nonne helfen und sie am Arm hochziehen, weil ihr die Kraft fehlte.

Luciano Barona wusste, was er wissen musste, und entfernte sich geräuschlos; Schwester Litos letzten Satz hörte er nicht mehr. Die bekreuzigte sich und murmelte mit gerunzelter Stirn:

»Möge mir der Allmächtige vergeben, aber es gibt Tage, an denen das Leben absolut widersinnig ist.«

· 85 ·

Der Zorn nagte an ihm.

Ebenso wie Mona war auch Barona zur Casa María gegangen, um herauszufinden, ob Schwester Lito seine Vermutung teilte, dass hinter dieser Schandtat Mazza stecken könnte. Womit er nicht gerechnet hatte, war die Ausführlichkeit, mit der die Ordensfrau diesen Verdacht bestätigte.

Er verließ die Casa María ungesehen, rieb sich langsam den Nacken und versuchte, das Gehörte zu verarbeiten. Dann beschloss er zu handeln.

Erkundigungen waren schnell eingeholt; New York war eine gigantische Stadt, aber stets fand sich in diesem Stück Downtown, in dem er sich bestens auskannte, ein Fadenende, an dem man ziehen konnte. Es dauerte keine Stunde, bis er hier und da ein paar Fragen gestellt und die nötigen Informationen beisammen hatte. Danach wandte er sich an einen Fünfzehnjährigen mit Pickelgesicht, der sich am Bordstein die Zeit damit vertrieb, eine Katze zu piesacken.

»Du kriegst einen halben Dollar, wenn du einen Auftrag für mich erledigst«, sagte Barona ohne Umschweife und griff in die Tasche. Er überlegte kurz und korrigierte sich: »Nein, besser zwei.«

»Z-z-zwei Dollar?«, stammelte der Junge.

»Zwei Aufträge.«

Einer war, bei den Arenas zu Hause vorbeizuschauen und Victoria Bescheid zu geben, dass ihr Mann heute eventuell später käme. Der zweite bestand darin, seinen Sohn auf seiner neuen Arbeitsstelle in der Eisenwarenhandlung auf der Hundertzehnten Straße aufzusuchen.

»Sag ihm, es sei dringend. Es sei sehr wichtig, hast du kapiert?«, fragte er. »Es handele sich um eine ernste Angelegenheit, eine … Familienangelegenheit. Sag ihm, er soll so schnell wie möglich zu dieser Adresse kommen. Los, Mann, beweg dich, was stehst du noch herum.«

Barona ging die Siebte Avenue hinunter, bog in die Bleeker Street ein, und nach gut zwanzig Minuten hatte er sein Ziel erreicht, schwitzend, weil er rasch gegangen war und die mittägliche Sonne brannte. Doch er war so in Gedanken versunken, dass er Hitze und Müdigkeit kaum spürte, als nähme er vor lauter Wut weder seinen Schlafmangel noch das schmutzige Hemd wahr, die Magensäure, die ihn innerlich verätzte, oder den ekelhaften Geruch nach Leichenschauhaus, der ihm noch immer anzuhaften schien.

Unterwegs wiederholten sich, insistent wie Trommelschläge, in seinem Kopf Bilder aus der Vergangenheit: Der Tag, an dem Mazza in der Gaststätte die Hand gegen Victoria erheben wollte, seine großen Sprüche und Androhungen, der Fausthieb, mit dem er ihm Paroli geboten hatte. Womöglich hatte Schwester Lito nicht Unrecht, dachte er, vielleicht war es tatsächlich der Tropfen gewesen, der das Fass zum Überlaufen gebracht hatte, als die Nonne nicht zu diesem Termin erschienen war, bei dem der Anwalt endlich bekommen hätte, was er wollte. Auf jeden Fall lag der Ursprung der Spannungen schon länger zurück, und nicht immer folgte die Rache auf dem Fuß. Deshalb war sich Barona darüber im Klaren, im entsprechenden Moment auch selbst dazu beigetragen zu haben, dass diese Geschichte zu keinem guten Ende führte.

»Du hättest das Ganze viel früher unterbinden sollen«, hielt er sich vor. »Du hättest die Sache aus der Welt schaffen, sie irgendwie verhindern müssen.«

In seine Gewissensbisse verstrickt, gelangte er zur Carmine Street. Dort hatte, soweit er informiert war, Rechtsanwalt Mazza seine Kanzlei, im Herzen des italienischen South Village gegenüber der Our-Lady-of-Pompeii-Kirche, in einem Eckhaus aus Backstein mit fünf Etagen und Gesimsen an den Fenstern, einem der schmucksten Gebäude in einem Stadtteil voller Immigranten und Proletarier, mit schlichten Mietskasernen und Mehrfamilienhäusern, Seilen mit frisch gewaschener Wäsche und dem Duft nach Tomaten, Oregano und Sardinen.

Zwar war der Tabakhändler von Natur aus nicht aggressiv, aber auch kein frommes Lamm. Er hatte genug Erfahrung, um zu wissen, dass eine formelle Anzeige gegen den Anwalt keinen Sinn hätte, weil ihnen unwiderlegbare Beweise fehlten. Also wollte er lieber auf Nummer sicher gehen und mit ihm reden, Erklärungen verlangen, ihn beschimpfen und ihm ins Gesicht brüllen, er sei ein Dreckskerl. Oder ... oder ..., im Grunde wusste er selbst nicht genau, was er wollte. Nur, dass er ihn zur Rede stellen musste. Wegen dieser maßlosen Brutalität. Und um seiner eigenen Würde willen. Wahrscheinlich würde er nichts erreichen, dennoch fühlte er sich verpflichtet; immerhin war er zurzeit der einzige Mann in der Familie Arenas, und sein alter spanischer Stolz gestattete ihm nicht, die Hände in den Schoß zu legen, nachdem er gesehen hatte, wie mit den wehrlosen Frauen umgesprungen wurde, die jetzt zu ihm gehörten. Er musste etwas unternehmen, daran ging kein Weg vorbei. Und getrieben von diesem primitiven Instinkt, der sich auf nichts so sehr verlässt wie auf Familienbande, war seine erste Entscheidung, zur Verstärkung seinen Sohn zu sich zu beordern.

Um auf Chano zu warten, setzte er sich, die zusammengeschnürten Zigarrenkisten zu seinen Füßen, auf einen kleinen Platz gegenüber der Kirche und der Kanzlei, auf eine Bank im wohltuenden Schatten einiger Bäume. Es gab eine Menge Vögel und ein reges Treiben von Menschen, Kindern aller Altersstufen und abgezehrten Greisen, die den Tauben Brotkrumen hinstreuten, doch schenkte er dem, was sich ringsum tat, kaum Aufmerksamkeit; alles, was ihn beschäftigte, war in seinem Kopf und zwang ihn beharrlich in die Vergangenheit zurück. Das großspurige Gehabe des Anwalts im El Capitán, Victorias hysterisches Geschrei, als er ihn hinauswerfen wollte. Die Szenen begannen, sich in fieberhaftem Tempo zu wiederholen, während das unbändige Gezwitscher der Vögel in seinen Ohren immer lauter wurde. Mazzas Hand, erhoben, um ihr ins Gesicht zu schlagen, seine eigene Faust, mit der er dem Italiener Einhalt geboten hatte, und wie er sie schützend an seine Brust gezogen und zum ersten Mal ihren straffen jungen Körper gespürt hatte. Das Kreischen der Kinder, der Lärm der Autos und Karren, die italienischen Stimmen der Alten. Und ständig fragte er sich, warum Chano nur so lange brauchte.

Es gab einen Brunnen in der Mitte des Platzes, Barona stand schwerfällig auf und ging hin, hielt die Hände unter den Strahl und legte sie sich aufs Gesicht. Er rieb sich Augen, Nacken und das unrasierte Kinn mit den grauen Bartstoppeln. Dann machte er die Hände noch einmal nass und fuhr sich mit gespreizten Fingern durch das im Lauf der Jahre immer lichter gewordene Haar. Er war fünfundfünfzig, aber als Victoria in sein Leben getreten war, hatte er sich wieder jung gefühlt. Jetzt schienen zwei Jahrzehnte mit einem Schlag auf ihm zu lasten wie Blei.

Er kehrte zu der Bank zurück, eine lasziv gekleidete Frau mit traurigen Augen näherte sich, berührte schamlos ihre Brüste und raunte, alles für dich, honey; ein hinkender Mann schob einen Wagen vor sich her und rief, Äpfel zu fünf Centavos! Der Tabakhändler ignorierte sie beide und vergrub den Kopf zwischen den Händen, während die Bilder erneut durch seinen Kopf flackerten. Victoria verängstigt vor dem Anwalt, Victoria geborgen in seinen Armen, Victoria prachtvoll im Brautkleid, Victoria nackt und willig im Bett, Victoria nervös, ausweichend, seine Berührungen scheuend, Victoria untröstlich angesichts der Trümmer im Las Hijas del Capitán.

»Va bene, figlio?«

Die Männerstimme riss ihn aus seiner Versunkenheit, auf seiner linken Schulter spürte er das Gewicht einer Hand. Er hob den Blick, schüttelte den Kopf. Neben ihm stand ein alter Geistlicher, kräftig unter der langen Soutane: Padre Demo, der Gemeindepriester von Our Lady of Pompeii, eine graue Eminenz unter den italienischen Einwanderern des Viertels. Wahrscheinlich hatte er den zusammengesunkenen Barona auf der Steinbank mit einem seiner Landsleute verwechselt; letzten Endes waren sie alle Söhne desselben Hungers aus denselben armen Regionen im Süden des alten Europas.

»Va bene, Pater, va bene«, sagte Barona, damit er ihn in Ruhe ließ.

Doch damit versündigte er sich gegen das achte Gebot Gottes, denn er log, ohne eine Spur von Schuldgefühl. Nein, nichts lief bene, alles lief schlecht. Und Chano kam einfach nicht. Und er hielt es nicht mehr aus.

Während der Priester im Davongehen über den kindlichen Köpfen, die seinen Weg kreuzten, Segnungen austeilte, erhob sich Barona. Er strich die Jackenaufschläge glatt, zog den gelockerten Krawattenknoten wieder fest und fuhr sich mit der Handfläche übers Haar. Dann schnappte er seine Zigarrenkisten, räusperte sich und spuckte einen Klumpen Schleim auf den Boden. Na, dann wollen wir mal, murmelte er. Und marschierte los.

86

Etwas weiter nördlich, in der Vierzehnten, bewaffneten sich seine Frau und seine Schwägerinnen mit Eimern, Lappen und Besen, um sich im Las Hijas del Capitán in die Schlacht gegen das Chaos zu stürzen. Zuvor war es ihnen gelungen, ihre Mutter in einer Zinkwanne zu baden, die sie mitten in der Küche aufstellten; anschließend wollten sie sie nötigen, eine Tasse Brühe zu trinken, aber sie presste die Lippen zusammen und weigerte sich. Und natürlich gelang es ihnen auch nicht, ihr eine Erklärung für ihre Wahnsinnstat abzuringen. Nicht ein Wort kam aus Remedios' Mund. Schweigend wie ein Grab verzog sie sich in ihr Schlafzimmer, warf sich aufs Bett, das Gesicht zur Wand gekehrt, und rollte sich zusammen.

Die anderen hätten dasselbe tun können, sich hinlegen, die Augen schließen, in tiefen Schlaf fallen und die Welt vergessen. Schlussendlich war ja ohnehin alles verloren. Es würde keine Eröffnungsfeier geben, Luz würde weder Rumbas tanzen noch Coplas singen, kein Gardel-Verschnitt würde *Caminito* anstimmen, niemand würde den Sohn des exilierten Königs dafür anfeinden, dass er einen Ehrenplatz unter den Gästen einnahm. Niemals würde zwischen den neu gestrichenen Wänden Applaus ertönen, niemand würde jemals einen Krug Sangría oder eine Flasche Rotwein bestellen, kein Geldschein würde jemals in der Kasse landen. Das war die traurige, rohe Wahrheit.

Trotzdem waren sie entschlossen, nicht in Selbstmitleid zu ertrinken, und setzten sich, wie auf Kommando, alle drei in Bewegung. Sie mussten sich nicht absprechen, um die Arbeit aufzuteilen, alles befand sich in einem so desolaten Zustand, dass sie einfach irgendwo anfingen. Victoria mit dem Boden, um die überall verstreuten Tonscherben und Glassplitter zu

Haufen zusammenzufegen. Luz machte sich an die Beseitigung der Brandreste auf der Bühne, auf der sie nun nie zeigen würde, was sie konnte; sie spürte einen schmerzhaften Stich bei der Erinnerung an Frank Kruzan und fragte sich immer noch, ob er etwas damit zu tun haben könnte. Mona nahm sich die Wände vor, füllte Eimer mit Wasser und schrubbte sie von oben bis unten mit einem alten Besen ab. Noch hatte sie ihren Schwestern vom Geständnis der Nonne nichts gesagt, noch musste sie nachdenken.

Sie erhielten unerwartet Unterstützung. Die Ersten waren die zwei Cousinen aus Córdoba, die oben im Haus wohnten; sie hörten die Mädchen hantieren und erschienen mit Lappen und Bürsten. Je mehr Müll und kaputte Möbel sie auf die Straße räumten, desto mehr Nachbarn kamen, um auch mit Hand anzulegen. Bald waren es acht oder neun Frauen, später ein Dutzend, schließlich an die zwanzig, und mit einem Mal war das Las Hijas del Capitán zu einem dieser kleinen Wunder der Solidarität geworden, wie sie unter Einwanderern immer wieder geschehen. So waren sie. Im Glück und im Unglück, in Freud und Leid, letzten Endes saßen sie alle auf demselben Floß und trieben bei Wind und Wetter durch die unendlichen Weiten New Yorks. Wenn sie – unsichtbar, wie sie so oft waren – sich nicht gegenseitig unter die Arme griffen, würde ihnen niemand helfen.

Einer, der für ein Transportunternehmen arbeitete, erbot sich, alles Unbrauchbare in seinem Lieferwagen auf eine Müllkippe zu fahren, ein anderer schloss einen Schlauch an einen Straßenhydranten an, damit sie mehr Wasser parat hatten, das Asturische Zentrum stiftete zwei Krüge Limonade, um sich den Staub aus der Kehle zu spülen. Mitten in der kollektiven Plackerei rief eine Nachbarin nach Victoria.

»Da draußen fragt jemand nach dir.«

Sie erhielten so viel Unterstützung, dass die Älteste der

drei Schwestern nicht besonders neugierig war, als sie die Tür öffnete. Ein weiteres Hilfsangebot, dachte sie, während sie ihr Kopftuch zurechtschob. Als sie ihn sah, fiel ihr der Putzlappen aus der Hand.

Chano. Er sah aus, als hätte er sich beeilt. Ohne Jacke, wie meistens, Besorgnis in dem narbigen Gesicht, mit seinem starken Körper, den aufgekrempelten Hemdsärmeln und den derben Händen, die ihr Schauder über den Rücken jagten.

Sie sahen sich kurz an, sagten einander gleichzeitig alles und nichts.

»Ich habe es gerade erfahren.«

Victoria konnte sich kaum beherrschen, so gern hätte sie ihn umarmt und Geborgenheit bei ihm gesucht; sie fühlte sich so am Ende, dass sie sich für ihr Leben gern hätte trösten lassen.

»Ist mein Vater hier?«

Sie schüttelte den Kopf.

»Bist du okay?«

Sie nickte, noch immer wortlos.

Sie hatten sich nicht berührt, keiner war dem anderen näher gekommen, als die Schicklichkeit erlaubte. Sie blickten sich nur an, unverwandt, bis ins Innerste. Niemand konnte ahnen, was am Vortag zwischen ihnen geschehen war. Weder sah man ihnen die hemmungslose Leidenschaft an, mit der sie übereinander hergefallen waren, noch, wie Victoria reagiert hatte, als sie beide müde und erfüllt waren und er zu ihr sagte, lass uns durchbrennen. Lass uns fortgehen, weit weg, hatte er wiederholt, das Gesicht ihr zugewandt und auf einen Ellbogen gestützt. Wohin denn, wollte sie wissen, und Chano sagte, weit weg, nach Kalifornien, nach Mexiko, nach Kanada, irgendwohin, wo uns kein Mensch je vermuten würde. Victoria überkam ein mulmiges Gefühl, und sie wisperte, das geht nicht, das geht nicht, das geht nicht. Dreimal bekräftigte sie ihre Antwort, ehe sie sich seinen Armen entwand. Das geht nicht.

»Er hat vor ein paar Stunden nach mir geschickt«, erklärte Chano, der noch immer in der Tür stand, während die übrigen Frauen mit ihrer Arbeit fortfuhren, »aber ich war unterwegs und habe seine Nachricht erst viel später erhalten. Er brauchte mich für etwas Dringendes, einen familiären Notfall, und hat mir ausrichten lassen, er warte an einer Kirche im South Village auf mich, aber bis ich hinkam, war er nicht mehr da.«

Victoria hörte ihm zu, ohne den Blick von seinen Augen, seinem Mund, seinen starken Schultern, seinem muskulösen Hals zu wenden. Chano war ihr nicht nachgegangen, nachdem sie sich hastig angezogen, die Tür aufgerissen und die Wohnung verlassen hatte. Während sie die Treppe hinunterfloh, vielleicht weil sie sich plötzlich des Ausmaßes ihrer Untreue bewusst geworden war, blieb Luciano Baronas Sohn, der Boxer, der es nie zu Glanz und Gloria gebracht hatte, im Bett liegen, halb verwirrt, halb beschämt über seinen tollkühnen Vorschlag, verliebt bis über beide Ohren in die verkehrteste Frau im ganzen Universum.

Doch das war gestern, und seitdem hatte ihrer aller Leben eine fatale Wende genommen.

Tatsächlich hatte Chano seinen Vater am verabredeten Ort nicht mehr antreffen können, denn nachdem Luciano Barona beschlossen hatte, nicht länger auf seinen Sohn zu warten, und aufgestanden war, die Straße überquert und das Haus betreten hatte, um sich im zweiten Stock den Anwalt Mazza vorzuknöpfen, war er aus eigener Kraft nicht mehr herausgekommen.

87

Barona läutete an der Tür zur Kanzlei des Anwalts, ohne recht zu wissen, wie es dann weitergehen sollte. Es öffnete ihm ein junger stämmiger Kerl mit einer breiten orangefarbenen Krawatte, Barona verlangte, Mazza zu sprechen, der andere sagte, der sei beschäftigt, Barona stieß ihn zur Seite.

Der Italiener, in Hemdsärmeln und Hosenträgern, stand hinter seinem Schreibtisch und telefonierte. Möglicherweise hatte das Büro früher einmal etwas hergemacht, jetzt dagegen wirkte es reichlich heruntergekommen; die Tapete hatte sich stellenweise gelöst und gewellt, über den Heizkörpern waren dunkle Flecken. Trotz der mittäglichen Hitze waren die Fenster geschlossen; durch die schmutzigen Scheiben sah man von oben auf den Platz hinunter, den Barona vor einer Minute verlassen hatte.

Mazza hielt den schwarzen Hörer ans linke Ohr, sprach jedoch nicht, sondern hörte nur zu. Zuvor hatte er eine ganze Weile seine überzogene Aktion damit zu rechtfertigen versucht, dass die Nonne, dieses Miststück, ihren Termin nicht eingehalten hatte und nicht bereit war, die Knüppel aus dem Weg zu räumen, die diese zoccole, diese elende Brut des toten Arenas, ihm von Anfang an zwischen die Beine geworfen hatte. Doch mehr als ein sinnloses Gestammel hatte er nicht herausbekommen: Sein Gesprächspartner besaß offenbar noch genügend Autorität, um ihn zu bezähmen.

Sein Onkel. Zio Marcelo, das war der Mann, der wie ein Irrer ins Telefon eines tristen Altenheims brüllte. Drei Jahre zuvor hatte ihn eine Hirnblutung als Anwalt aus dem Verkehr gezogen, und jetzt kümmerten sich die Herz-Jesu-Missionarinnen im Pflegeheim der Holy Angels um ihn; sie mussten ihn im Rollstuhl schieben, weil er nicht mehr gehen konnte, auch die Hände konnte er kaum bewegen, der Kopf sackte ihm auf die Brust, als wäre sein Hals aus Gummi, aus dem linken Mundwinkel hing ihm ständig ein Spuckefaden. Trotzdem war seine kehlige Reibeisenstimme voll einsatzfähig, und die grauen Zellen funktionierten hundertprozentig, und wenn ihm eine der Nonnen oder einer seiner Besucher das Telefon ans Ohr hielt, war er immer noch imstande, jemanden am anderen Ende der Leitung zusammenzustauchen, dass dem Hören und Sehen verging.

Trotz seiner vielen Einschränkungen gelang es ihm, sich in fast allem, was mit seinem früheren Leben zu tun hatte, auf dem Laufenden zu halten; schließlich gehörte die Kanzlei im South Village offiziell immer noch ihm. Soeben hatte man ihn über den Unfug informiert, der auf Geheiß seines Neffen in der vergangenen Nacht angerichtet worden war, und der Alte kanzelte ihn ab, als wäre er immer noch ein kleiner Junge. Sei un buono a nulla!, und so etwas soll mein Erbe sein!, womit habe ich das verdient? Sabbernd und geifernd rief er den Himmel an, lamentierte, seine Kanzlei in die Hände eines solchen imbecille legen zu müssen, der nichts weiter tat, als sie in den Ruin zu treiben.

Bis Fabrizio Mazza, hochrot im Gesicht, die Demütigung wie ein heißes Flimmern in der Brust, endlich auflegte und den Eindringling anschnauzte:

»Und Sie, was haben Sie hier zu suchen?«

Barona war inzwischen schon bis zur Mitte des Raumes gelangt, und da erkannte Mazza in ihm den Mann, der die Spanierin verteidigt und ihn mit einem kräftigen Schlag aufs Kinn zu Boden geschickt hatte. Er wusste, dass er sie kürzlich geheiratet hatte und in Brooklyn lebte, er wusste alles, weil diese Familie sich zu seinem schlimmsten Albtraum und seiner größten Obsession entwickelt hatte.

»Tomasso!«, brüllte er.

Doch Tomasso kam nicht; er blieb im Flur, mit dem Rücken an die Wand gelehnt, die Fäuste geballt, Lider, Kiefer, Brauen zusammengepresst, zwang er sich stillzuhalten und kämpfte gegen sein Pflichtgefühl.

»Tomasso!«, schrie der Alte wieder.

Er sollte seinem Onkel zu Hilfe eilen, das wusste er, es war seine Aufgabe. Er wusste nicht, ob der Spanier bewaffnet war, was er vorhatte, warum er …

»Tomasso!«

Genauso wenig wie der Neffe kümmerte sich Barona um Mazzas Geschrei. Mit wässrigen Augen und bebendem Kinn kam er ihm immer näher. Er wollte reden, hatte aber Schwierigkeiten, sein Problem zu formulieren, und war nicht in der Lage, seinen übermächtigen Zorn vernünftig zu äußern.

Und in Ermangelung der Worte vermochte Barona seine Gefühle nur unter Einsatz seines Körpers auszudrücken. Wie ein wütender Stier stürzte er sich auf den Italiener, stieß ihn rücklings in den Schreibtischsessel und packte ihn mit seinen großen, noch immer kräftigen Händen beim Hals.

Alles Weitere war eine Frage von Sekunden.

Es gibt Katastrophen im Leben, die nicht von den nächstliegenden oder augenfälligsten Ursachen ausgelöst werden, sondern von den Frustrationen, die uns auf der Seele liegen.

In seinem Inneren und ohne sich dessen bewusst zu sein, wurde Barona nicht allein von der Tatsache angetrieben, dass der Italiener die Träume seiner Schwiegerfamilie zunichtegemacht hatte, sondern auch von einer sehr viel schlimmeren Pein: der Befürchtung, dass Victoria ihn nicht liebte.

Ebenso wenig war Mazzas Reaktion ausschließlich auf die physische Notwendigkeit zurückzuführen, sich gegen Baronas Attacke zu verteidigen; er hätte sich des Spaniers entledigen können, indem er ihm entschiedener Kontra gegeben, ihm vielleicht das Knie in den Schritt gerammt oder sich mit den Füßen abgestoßen hätte, um ihm auf den Rollen seines Drehsessels zu entkommen. Aber er tat es nicht. Er tat es deshalb nicht, weil ihn etwas anderes schmerzte: die Geringschätzigkeit, mit der ihn sein Onkel behandelte, die vielen bitteren Vorwürfe, die Gewissheit, dass in den Augen des Alten alle seine Taten und Entscheidungen immer die eines Idioten sein würden. Deshalb tastete er blind nach der zweiten Schublade seines Schreibtisches, während Barona ihm die Kehle zudrückte, und fingerte nervös darin nach dem Griff der Pistole, die er dort verwahrte.

Bereits der erste Schuss aus unmittelbarer Nähe war unbedingt tödlich.

Sicherheitshalber betätigte er den Abzug noch zweimal.

Tomasso, der jetzt in der Tür stand, sah tatenlos zu und wrang seine grellbunte Krawatte. Ohne einzugreifen.

Sie warteten bis zum Abend, um die Leiche fortzuschaffen, womit sie die beauftragten, die für die Drecksarbeit zuständig waren, dieselben, die frühmorgens im Las Hijas del Capitán gewütet hatten. Sie wickelten den Toten in eine Decke, trugen ihn wie ein Bündel die Treppe hinunter, schleiften ihn zum Platz und warfen ihn mit dem Schwung von drei Paar Armen und einem dumpfen Platschen in denselben Brunnen, unter dessen Wasserstrahl Barona noch vor Kurzem die Hände gehalten hatte, um klarer denken zu können. Als die ersten Passanten aufgeregt zu schreien anfingen, waren Mazzas Männer schon in einem schwarzen Lieferwagen in Richtung Hafen unterwegs und rasten die Carmine Street hinunter.

Es dauerte nicht lange, bis Pater Demo auf der Bildfläche erschien. Ein Teil seines Apostolats bestand darin, sich der zahllosen Gewaltdelikte anzunehmen, die im Bereich seiner Gemeinde begangen wurden, und stets alarmierte ihn jemand, wenn etwas Derartiges geschah. Ein paar Jungen standen bis zu den Knien im Brunnen und holten den Leichnam

bereits aus dem grünlichen Wasser, durch das sich jetzt rötliche Blutwolken zogen.

Der Priester erkannte ihn, kaum dass er ihm ins Gesicht
gesehen hatte. Die Worte va bene, Pater, va bene hallten in
seinem Kopf wider, während er die Soutane raffte, neben
dem Toten niederkniete und ihm mit dem rechten Daumen
das Kreuzzeichen auf die Stirn zeichnete.

· 88 ·

Sie brachten ihn in der Abenddämmerung, während die Arenas-Schwestern immer noch die Überreste ihres Lokals zu-
sammenfegten.

Sie trugen ihn direkt zu La Nacional, dem Gemeinschafts-
haus. Dort hatte man auch die Nachricht empfangen. Luciano Barona hatte seinen Mitgliedsausweis der Sociedad Española de Beneficiencia, des Spanischen Wohlfahrtsverbands,
in der Brieftasche, als sie ihn aus dem Wasser zogen, es war
die einzige Telefonnummer, unter der der Priester Bescheid
geben konnte.

Vorerst legten sie ihn im Salon auf den Boden. Noch immer tropfnass. In einer Decke, mit halboffenen Augen und
drei Kugeln im Unterleib.

Trotz aller Bemühungen um Unauffälligkeit war es nicht
zu vermeiden, dass einige Nachbarn die Anlieferung des Leichnams mitbekamen. Vom selben Moment an verbreitete sich
die Neuigkeit im Eiltempo. Luciano Barona, der Tabakhändler aus Brooklyn, ist ermordet worden! Man hat den Mann
der Ältesten vom Capitán umgebracht! Hektische, aufgereg-
te Rennerei, Grauen, Schock. Die letzten Domino-Spieler unterbrachen ihre Partie und kamen schnellstens aus der Kantine
im Souterrain; jemand hatte sie beauftragt, den Durchgang

zum Salon zu versperren, bis ein Mitglied der Direktion käme und das Kommando übernähme.

Es waren vier Männer, dennoch wurden sie nicht mit den Arenas-Töchtern fertig. Schläge, Gerangel, böse Worte, sogar Bisse. Mit allen Mitteln kämpften die Schwestern um Zutritt, bis die menschliche Barriere schließlich brach, weil den Männern nichts anderes übrigblieb, als nachzugeben.

Die Schwestern stürzten auf den am Boden Liegenden zu, rissen mit einem Ruck die Decke von seinem Körper. Ihr Geheul durchschnitt die Nacht. Angsterfüllte Schreie und herzzerreißendes Schluchzen, während das Gedränge vor der Tür und auf der Treppe immer größer wurde. Die Frauen bekreuzigten sich, die Männer nahmen respektvoll die Kappen und Hüte ab.

Chano saß in der Taverne von Al dem Schotten bei einem Pint Bier, noch immer irritiert über die Botschaft seines Vaters, und wartete darauf, dass dieser sich meldete, während er sich innerlich nach Victoria verzehrte. Irgendwie gelangte die Nachricht auch dorthin, er sprang auf und rannte panisch hinaus, drängelte sich rücksichtslos durch die Leute.

Bei ihrem Anblick stockte ihm das Blut in den Adern. Victoria lag auf den Knien und jaulte wie ein verwundetes Tier, die Hände um das aufgedunsene Gesicht ihres toten Gatten gelegt. Ihr zur Seite, auch am Boden kauernd, weinte Luz, halb verborgen hinter ihrer roten Mähne, und Mona, die mit schmerzverzerrter Miene eine Hand ihres leblosen Schwagers hielt.

Chano stellte sich zu Füßen seines Vaters, aufrecht, mit geballten Fäusten und schreckensstarren Zügen, ungläubig, sprachlos, bis hinter ihm der Präsident von La Nacional eintrat, behutsam näher kam und ihm bedächtig eine Hand auf die Schulter legte.

Von da an geriet alles in Aufruhr. Erste Entscheidungen

wurden getroffen, ein Arzt erschien, um den Tod zu beschei-
nigen, ein Richter, um die Leiche freizugeben. Kommen und
Gehen, Tränen, Umarmungen, Verzweiflung und Fassungslosigkeit. Eine Autopsie wurde auf ausdrücklichen Wunsch der
jungen Witwe ausgeschlossen, es komme überhaupt nicht in
Frage, ihren Mann noch weiter zu verwunden. Mehr Nachbarn, mehr Beileidsbekundungen und ermutigende Worte,
mehr Spekulationen, Frauen, die flüsterten und seufzten, Männer, die schweigend rauchten.

So vergingen mehrere Stunden. Victoria nahm Fidel beiseite
und gab ihm schniefend Anweisungen. Unterdessen befragte
die Polizei im South Village Pater Demo, einige Zeugen, die
beobachtet hatten, wie der Leichnam in den Brunnen geworfen wurde, und etliche Anwohner. Reine Routine, denn niemand konnte etwas Aufschlussreiches beitragen, entweder
sie schworen, nichts zu wissen, oder logen hemmungslos.

Es war beinahe Mitternacht, als Victoria erklärte, sie wolle allein sein. Die anderen wollten sie überreden, sich zu Hause eine Weile auszuruhen, das Bestattungsunternehmen würde sich um alles kümmern; wegen des Verschwindens von
Remedios und der Verwüstung im Lokal waren sie alle seit
über vierzig Stunden auf den Beinen. Doch sie weigerte sich
entschieden und schickte unumwunden alle fort. Ihre Schwestern ließen sie gewähren, sie halfen ihr sogar noch, die Leute
hinauszubringen. Chano wurde von den Männern zurück in
Al's Tavern geschleift, damit er sich bei ein paar Drinks erst
einmal fassen konnte. Remedios wurde von einigen Frauen
auf einen Lindenblütentee zur Casa María mitgenommen.
Nach und nach verzogen sich die Grüppchen der Nachbarn
und Schaulustigen.

Als endlich Ruhe herrschte, postierten sich Mona und Luz
zu beiden Seiten der geschlossenen Flügeltür. Nur Fidel blieb
von Berufs wegen bei dem Ehepaar und hielt sich, teils aus

Rücksicht, teils aus Scheu, still im hinteren Teil des Salons, seine Arbeitsutensilien griffbereit.

Die Älteste der Arenas machte sich daran, ihren Gatten für seine letzte Reise vorzubereiten, wie es in der alten Welt, der sie beide entstammten, Sitte war; getreu der Tradition des spanischen Südens, wo man sich an Riten klammerte, die wenig mit den Abläufen in New Yorker Beerdigungsinstituten zu tun hatten, wo fremde Hände die Toten ankleideten und maskenhaft schminkten.

Victoria jedenfalls verfuhr mit Luciano Barona strikt nach den Bräuchen ihrer Heimat. Mit unendlicher Zartheit zog sie ihm die stinkenden Sachen aus, zupfte sorgfältig die Stofffetzen von den verbrannten Hautstellen am Bauch, reinigte die Wunden und stopfte die Einschusslöcher vorsichtig mit Watte aus. In einer Schüssel mit Seifenwasser tränkte sie einen Schwamm und wusch Stück für Stück seinen nackten Körper. Dann rasierte und kämmte sie ihn, stutzte ihm die Augenbrauen, drückte ihm mit den Daumen die Lider fest zu, küsste ihn auf die Lippen, beträufelte ihn von oben bis unten mit Kölnischwasser und band ihm ein Tuch ums Kinn, das sie auf dem Scheitel verknotete, damit der Kiefer nicht herabsank. Ohne ein Wort oder einen Seufzer arbeitete sie mit geduldiger Hingabe und gestattete sich nicht eine einzige Träne.

Fidel reichte ihr ein Kruzifix, um es Luciano zwischen die Finger zu schieben, doch sie wollte es nicht; obwohl sie kirchlich getraut waren und er mit Responsorien auf Lateinisch verabschiedet würde, hatte sie in ihm nie die leiseste Affinität zu irgendetwas gespürt, das nicht irdisch wäre. Sie musste an die alten Frauen ihres Viertels denken, die eine offene Schere oder einen Teller mit Salz auf dem Unterleib des Leichnams platzierten, um zu verhindern, dass er aufquoll, wie sie sagten. Auch das lehnte sie ab.

Zum Schluss legte sie seine Hände auf den durchlöcherten Bauch und schob seine Oberschenkel, Knie und Füße zusammen. Mit Fidels Hilfe schlug sie ihn in ein weißes Laken ein und bat den verhinderten Tangosänger dann, sie allein zu lassen. Wenige Minuten später, nach dem letzten Abschiednehmen, streckte Victoria den Kopf aus der Tür und gab ihm ein Zeichen.

Daraufhin kamen zwei Gehilfen der Pietät Hernández mit dem leeren Sarg herein und übernahmen den Rest. Zum Schluss stellte man den offenen Sarg auf den mit einem Samttuch bedeckten großen Konferenztisch und ließ die anderen herein: den Vorstand, die Inhaber einiger der umliegenden Geschäfte, eine Handvoll Nachbarn ...

Mona und Luz waren mittlerweile von oben bis unten in Schwarz und hatten die Haare zu schlichten, straffen Knoten frisiert. Die Strenge ihrer Aufmachung kontrastierte scharf mit den leichten Sachen, die Victoria tags zuvor zum Saubermachen im Las Hijas del Capitán angezogen hatte und noch immer trug. Das Band, das ihre dunklen Locken zusammenhalten sollte, erfüllte seinen Zweck schon lange nicht mehr, und ihre kurz vor der Hochzeit halblang gestutzte Mähne wirkte unordentlich und zerzaust.

Trotzdem konnte Chano den Blick nicht von ihr wenden.

»Mal sehen, wo ich mich umziehen kann«, flüsterte sie ihren Schwestern zu, die ihr ein dunkles Stoffbündel gereicht hatten.

Sie wandte sich zur Tür, um ihre Trauerkleidung anzulegen, als er ihr den Weg vertrat. Victoria hatte ihn vom ersten Moment an gemieden, hatte absichtlich Distanz gewahrt, die Hinterbliebenenrolle allein übernommen und alle Entscheidungen selbst getroffen. Dafür gab es nun wahrlich keinen Anlass. Chano war der Sohn des Verstorbenen, sein Fleisch und

Blut, gleichfalls Erbe all dessen, was Luciano Barona auf der Welt zurückließ, ob es nun viel oder wenig war. Dennoch hatte sie es so gewollt, und er akzeptierte es.

Sie sahen sich an, und jeder sah in den geröteten Augen des anderen eine abgrundtiefe Traurigkeit. Aber keiner von beiden brachte ein Wort heraus. Sprachlos und im Wissen, dass sie beobachtet wurden, umarmten sie einander, steif und protokollarisch, ungeschickt, flüchtig, als wären sie nur entfernte Verwandte und kein heimliches Liebespaar.

Um alles Übrige kümmerte sich La Nacional wie bei allen Sterbefällen unter den Mitgliedern, die regelmäßig ihre Beiträge entrichteten: Überführung, Anzeige in *La Prensa*, Nelkenkranz. Es gab weder eine Luxuskarosse noch ein eigenes Grab wie bei Emilio Arenas, sondern nur eine simple Nische in einem Gruppengrab; die Mittel des Spanischen Wohlfahrtsverbandes waren begrenzt, und der Tote hatte keine zahlungskräftige Schifffahrtsgesellschaft im Rücken, die ihm eine Bestattung erster Klasse spendiert hätte.

Sein Name wurde ans Ende der Liste von Landsleuten gesetzt, die ordentlich in der Reihenfolge ihres Ablebens in den Stein graviert waren. Männer, die, wie er, in jungen Jahren das Meer überquert hatten, um ihre Illusionen von einer besseren Zukunft betrogen worden waren und denen es nicht einmal vergönnt gewesen war, ihren Traum von der Rückkehr in die Heimat zu verwirklichen.

· 89 ·

Der Tod Luciano Baronas erschütterte die gesamte Gemeinde, selbst *La Prensa* widmete ihm in den folgenden Tagen drei Artikel: einen über den Mord als solchen, eine Glosse über die Gestalt des verstorbenen Tabakhändlers und eine dritte Meldung, in der es um den toten Punkt ging, über den die Ermittlungen nicht hinauskamen.

Den Arenas-Schwestern, so schockiert und verstört sie waren, blieb keine andere Wahl, als sich weiter zu drehen auf dem Karussell des Lebens, die Last des Unbegreiflichen auf den schmalen Schultern.

Victoria kehrte nicht nach Brooklyn in die Wohnung zurück, sondern schlief wieder in ihrem früheren Bett. In Ermangelung ihrer Sachen zog sie das Erstbeste an, was sie in den Schränken ihrer Schwestern fand. Zum Entsetzen Remedios' machte sie sich nicht einmal die Mühe, Trauer zu tragen; was hatte es schon für einen Sinn, wie eine Krähe auszusehen, dachte sie, wenn der Schmerz ohnehin in ihr war. Der Schmerz und eine Menge anderer Empfindungen. Zweifel. Reue. Diese innere Unruhe und Beklommenheit, von der sie nachts erwachte, weil sie ihr die Brust verengte und die Luft abschnürte.

Die Küche und der Flur des Apartments standen jetzt voller Kartons mit Stoffen und Garnrollen. Die Herstellung von Kragen und Manschetten für eine Konfektionsfabrik war zu ihrer neuen Einnahmequelle geworden, seit die Herdflammen des El Capitán erloschen waren. Diese Heimarbeit im Akkord hatte ihnen Señora Milagros über einen ihrer alten Kontakte zum Garment District vermittelt; sie selbst brachte ihnen das Nötigste bei. Jeden Freitag um drei holte ein Junge die fertigen Teile ab und brachte Material für die nächste Ladung; zu einem Cent pro Stück konnten sie sich zunächst einmal über Wasser halten. Keine von ihnen war sehr bewandert in der Schneiderkunst, aber die Tätigkeit war leicht, ermüdend monoton, und so nähten Victoria und ihre Mutter Tag für Tag, vornübergebeugt, von frühmorgens, bis sie ihre Finger nicht mehr spürten. Sie arbeiteten ohne Pause, fast ohne zu sprechen, jede innerlich im Kampf mit ihren eigenen Dämonen.

Sobald Mona nach Hause kam, schloss sie sich ihnen an. Jeden Abend ging sie als Letzte zu Bett, die Augen brennend vor Erschöpfung, und jeden Morgen stand sie als Erste auf, um im Licht einer trüben Lampe ein wenig vorzuarbeiten. Nach dem Zerplatzen ihres Traumes hatte sie sich wieder mit aller Kraft in ihre frühere Arbeit gestürzt, doch was sie in dem Haus an der Upper West Side verdiente, war zu wenig, um den Schulden beizukommen. Die hatte bisher zwar niemand eingefordert, alle schienen sich der harten Zeiten bewusst zu sein, die die Familie durchmachte, aber es hatte auch niemand vor, diese Summen abzuschreiben. Früher oder später würden sie anfangen müssen, die Lieferanten zu bezahlen: bei Casa Victori die Getränke, die nicht getrunken worden waren, bei Unanue die Lebensmittel, die nicht gegessen worden waren, die Druckerei, die Glühbirnen, die man ihnen auf Kredit gegeben hatte, das Geschirr, das jetzt in Scherben lag, die verfluchte Markise.

Die Rückkehr zu Doña Maxi war wie die Besteigung eines Berges. Irgendwie hatte sie Wind von den Ereignissen bekommen, und zu ihren Forderungen und Vorwürfen gesellte sich nun auch noch ein ätzender Sarkasmus. Ach, du einfältiges Huhn, wie bist du bloß auf einen solchen Blödsinn gekommen, wie dämlich muss man dafür sein! Nur wenn César nach Hause kam, konnte Mona durchatmen. Einfach César, so nannte sie inzwischen den Arzt, der nicht lockergelassen hatte, bis sie endlich auf den Doktor und das Sie verzichtete. Seit der grässlichen Nacht, in der sie auf der Suche nach ihrer Mutter die Polizeiwachen abgeklappert hatten, waren sie per du, ihr Umgang vertrauter. Ich nehme dich im Auto mit bis zum Madison Square, ich habe Zeit genug, erbot er sich mehrmals in der Woche. Heute Nachmittag habe ich zwei Terminabsagen, erlaube mir, dich auf ein Eis ins Hotel La Estrella einzuladen, zu einem Erfrischungsgetränk ins La Alhambra oder in ein anderes spanisches Lokal in der Gegend, damit sie sich weniger fremd und besser aufgehoben fühlte. Hauptsache, er konnte ein bisschen Zeit mit ihr verbringen, zehn Minuten, eine Viertelstunde, eine halbe Stunde. Immer hinter dem Rücken seiner Patentante, natürlich, um deren unweigerlichem Wutausbruch vorzubeugen, falls sie erführe, welche Gefühle er für Mona hegte; vor allem jetzt, da Doña Maxi sich endlich durchgesetzt, der junge Arzt dem Druck der Familie nachgegeben und sich in eine Entscheidung gefügt hatte, die ihm zwar gesellschaftlich von Nutzen sein würde, gleichzeitig aber zutiefst widerstrebte. Davon durfte Mona jedoch nichts wissen; dem Doktor kam es nur darauf an, sie, die noch schwer mitgenommen war, an seiner Seite zu haben.

In einem anderen Rhythmus und auf anderem Terrain entwickelte sich derweil das Leben der jüngsten der Arenas-Schwestern.

»Cugat hat nach dir gefragt.«

Luz' Augen strahlten hinter dem Ladentisch an diesem Morgen, an dem die Julihitze bereits zu drücken begann und Tony diesen Satz sagte. Gesang und Tanz hatten seit dem Tod ihres Schwagers keinen Platz in ihrem Leben gehabt; zu ihrem Kummer einerseits und ihrer Erleichterung andererseits hatte sie von Frank Kruzan nichts mehr gehört. Stattdessen hatte sie ihre Tätigkeit zwischen Bügeleisen und Bottichen mit heißem Wasser wiederaufgenommen, jetzt in Vollzeit, und bewegte sich ausschließlich in diesem engen Radius: von zu Hause zur Arbeit, aus der trüben Bitterkeit, die in der Luft des Apartments hing, in den ewigen Waschlaugengeruch bei den Irigarays.

»Er hat gestern den Grafen im Krankenhaus besucht und mich gebeten, dich daran zu erinnern, dass sie noch Mädchen für die neue Show suchen.«

Luz strahlte, als ginge in ihrem Inneren eine Lampe an, und Tony hatte nicht den Hauch eines schlechten Gewissens wegen dieser kleinen Lüge. Letzten Endes tat er ihr ja einen Gefallen damit. In Wahrheit hatte es sich nicht ganz so abgespielt, wie er es wiedergab. Xavier Cugat war viel zu wichtig, um den Dutzenden von ehrgeizigen Bewerberinnen, die seinen Weg kreuzten, persönliche Botschaften zu schicken. Es war Tony selbst gewesen, der ihn ganz frech und eigennützig darauf angesprochen hatte, in der Hoffnung, ins Leben der Arenas zurückkehren zu können, nachdem dieses eine so brutale Wende genommen hatte und sowohl Barona als auch die geplante Veranstaltung als Verbindungsglieder ausfielen.

Seit dem Vorfall mit dem Grafen de Covadonga im El Fornos gestaltete sich Tonys Tagewerk mit einem Mal sehr viel braver und vornehmer. Jetzt war er von früh bis spät mit Covadongas Angelegenheiten beschäftigt, nicht weil er eingewilligt hätte, für ihn zu arbeiten, sondern weil der Gang der Ereignisse es ihm aufnötigte. Mit den ungesetzlichen Geschäften war fürs Erste Schluss, keine Wettannahmen mehr, keine illegalen Lotterien. Seine Zeit wurde im Moment vollständig von dem Ex-Prinzen und dem gänzlich anderen Universum in Anspruch genommen, in dem dieser seine Bahnen zog. Die Tage verstrichen zwischen dem Hospital, wo er mit Ärzten und Krankenschwestern sprach, und dem St. Moritz, wo er seine liebe Not mit den Neugierigen, den Geiern und den Reportern hatte, die nach einer Exklusivmeldung lechzten. Alle wollten sie wissen, ob er sich denn nun von Edelmira scheiden lasse, ob es zur Versöhnung mit seinem unbeugsamen Vater kommen werde oder nicht, ob er pleite sei, ob er weiter blute oder demnächst entlassen werde, ob er nach Havanna, Lausanne, Miami, Paris zurückgehe.

Tony lernte zudem, dringende Korrespondenz und die prekären Geldangelegenheiten des Grafen zu erledigen, er hielt ungebetene Besucher von ihm fern und erstattete regelmäßig der Familie Bericht. Zu seiner eigenen Verblüffung sah sich der Bolitero über Nacht befugt, direkt mit dem abgesetzten spanischen König Alfonso XIII. zu kommunizieren, der in Hotels in halb Europa das Leben eines Luxusnomaden führte, und desgleichen mit Königin Victoria Eugénie, die wieder in London lebte, wo sie in der Nähe ihrer Angehörigen war und eine Villa in Porchester Terrace bewohnte, während sie darauf wartete, dass die Gerichte über ihr Trennungsgesuch entschieden.

Hals über Kopf eignete Tony sich die Grundbegriffe und Formalitäten an, informierte beide stets pünktlich per Telegramm über die ärztlichen Befunde und übermittelte dem Erstgeborenen die Antworten, die von seinen Eltern, seinen Geschwistern und anderen Vertrauten jeweils zurückkamen. Und zu seiner Verwunderung fand er darin, statt hohler Sätze und eleganter Floskeln, Hinweise auf eine tiefe Zuneigung und Herzenswärme: den klaren Beweis, dass sie trotz allem eine Familie waren. Exiliert, verrufen, verstreut, zuweilen vom Pech verfolgt, zuweilen vom Glück gesegnet; dennoch waren sie eine Familie geblieben, die Höhen und Tiefen durchlebte wie gewöhnliche Sterbliche auch, und aus den Worten, die per Kabel von der anderen Seite des Ozeans eintrafen, las Tony eine tiefe, aufrichtige Sorge um das Befinden Alfonsitos, wie sie den Mann, dessen Leben im Presbyterian Hospital am seidenen Faden hing, bisweilen liebevoll nannten.

Noch hatte er allerdings nicht fest zugesagt, das Angebot des Grafen anzunehmen und sein Junge für alles zu werden. Je mehr Tage vergingen, desto klarer wurde ihm das gigantische Ausmaß dieser Tätigkeit, die ihn in eine Welt versetzen würde, die praktisch das Gegenteil seiner früheren war; er würde womöglich mit Covadonga nach Europa reisen müssen, was dessen Familie am liebsten sähe, weg von New York, seinen Straßen, seinen Leuten. Kurz und gut, ein anderer Mensch werden.

Der vertriebene König versuchte beharrlich, ihn per Telegramm mit einem nicht unerheblichen Gehalt zu ködern, die Königin flehte ihn an, ihren Sohn nicht zu verlassen, und der Graf selbst drückte ihm zwischen seinen Fieberträumen wiederholt dankbar die Hand. Dennoch wollte Tony noch abwarten, bevor er eine Verpflichtung einging, und kümmerte sich in diesen Tagen der Hilfsbedürftigkeit ohne Vertrag oder Gehaltsabsprachen um ihn. Aus purem Mitleid. Oder weil er fasziniert war von der Geschichte dieses ehemaligen Kronprinzen mit seinen flammenden Leidenschaften und seinem fragilen Körper.

· 90 ·

Luz rief den Irigarays im hinteren Teil zu, sie sei gleich wieder da.

»Erzähl«, verlangte sie eifrig, während sie sich um den Ladentisch der Wäscherei herumschlängelte.

»Der Rhumba King hat Don Alfonso im Krankenhaus besucht und uns erzählt, er stelle eine neue Show zusammen, mit demselben Orchester, aber mit neuen Nummern. Wenn du Lust hast, hat er gesagt, kannst du irgendwann diese Woche nachmittags ab zwei Uhr ins Hotel kommen und dich bewerben.«

Die Jüngste der Arenas-Schwestern hörte ihm mit offenem Mund zu, sie trug ihren weißen Arbeitskittel, und bis zu Tonys Erscheinen war ihre Stimmung im Einklang mit ihrer Aufmachung, blass und fade, wie alles in den letzten Wochen. Der Bolitero hingegen war mit ungewöhnlicher Sorgfalt gekleidet. Ein neuer, sandfarbener Leinenanzug, das Hemd gebügelt und der Krawattenknoten an seinem Platz.

»Ich …«, murmelte Luz, »ich hatte eigentlich nicht vor, damit weiterzumachen, nachdem passiert ist, was passiert ist.«

Sie flocht die Finger ineinander, die gerötet waren von den scharfen Laugen und Lösemitteln; am Haaransatz zeigte sich ihr natürliches Dunkelblond unter dem gefärbten Kupferrot.

»Ich wollte nur, dass du es weißt.«

Das letzte Mal hatten sie sich einige Wochen zuvor bei der Beerdigung von Luciano Barona gesehen, aber Luz entsann sich gar nicht, zu ergreifend und finster war jener Tag gewesen. Die letzte Erinnerung, die sie an den Losverkäufer hatte, war jener Abend im Waldorf, wo er diesen grandiosen Schwalbenschwanz getragen hatte, den irgendein Reicher in mageren Zeiten beim Pfandleiher versetzt hatte. Rumba, Languste, Lamé und Gelächter, Streiflichter einiger hell funkelnder, flüchtiger Stunden am Tisch mit einem abgehalfterten Kronprinzen; im Hagel der jüngsten Schicksalsschläge zerschmetterte Erinnerungen.

Tony, der unablässig zwischen dem Hospital und dem St. Moritz pendelte und mit Telegrammen nach Übersee beschäftigt war, wusste fast nichts von den Schwestern. Nur, dass die sich auf ihre Arbeit konzentrierten und zu kaum jemandem Kontakt pflegten. Dass sie von den beiden schweren Erschütterungen, die sie kürzlich erlitten hatten, wie betäubt waren, unfähig zu reagieren, ohne Schwung und ohne Antrieb, als wären sie in einem Hamsterrad aus Arbeit und Trostlosigkeit, Trostlosigkeit und Arbeit gefangen.

Auch wenn er in der letzten Zeit keinen direkten Kontakt mit den Arenas gehabt hatte, so war er zumindest mit Baronas Sohn in Verbindung getreten. Sie hatten nie Gelegenheit gehabt, sich näher kennenzulernen, und er fühlte sich gewissermaßen dazu verpflichtet. Und entgegen aller Voraussicht mündete, was wie ein formeller Kondolenzbesuch begonnen hatte, gegen Morgen in ein mächtiges Besäufnis mit Rye Whiskey und erzeugte ein Gefühl der Verbundenheit, weil sie beide verwaist, in die falsche Frau verliebt und von dem, was das Leben ihnen gerade abverlangte, ziemlich überfordert waren.

»Vielleicht wäre es ja einen Versuch wert.«

Etwas regte sich in ihr, sie standen immer noch vor der Wäscherei.

»Meinst du wirklich, Tony?«, wisperte sie.

»Ich habe dir doch gesagt, du hast Talent. Wenn du willst, komme ich mit dir.«

Tony war sich nicht sicher, ob er mit dieser unbesonnenen Aufdringlichkeit einen Fehler machte, ob er der kleinen Schwester eine Hilfe war, indem er sie ermunterte, in die Welt der Lebenden zurückzukehren, oder ob er sich in Dinge einmischte, die ihn nichts angingen. Ihm war nur klar, dass ihm bei der Wende, die sein Leben genommen hatte, ein Teil abhandengekommen war. Und dieser Teil war Mona, und die einzige Form, sich ihr wieder zu nähern, bestand darin, etwas für ihre Familie zu tun. Und da fiel ihm keine Bessere ein als Luz.

Beim Abschied sagte sie, sie wolle es sich überlegen.

»Okay, wenn du dich dazu entschließen solltest, ruf mich im St. Moritz an.«

Als er an diesem Abend die gräfliche Korrespondenz erledigt hatte und ins Hotel zurückkam, übergab man ihm eine Telefonnotiz: Ein Anruf der jüngsten Arenas-Schwester. Morgen um drei.

Es brauchte nur zwei Stücke, Cugats Urteil war unumstößlich.

»Aus dir kann was werden, Kleine, aber noch bist du ein

bisschen grün. Als eigenständige Nummer kann ich dich nicht gebrauchen, was nicht heißen soll, dass du es nicht eines Tages dahin bringen kannst.«

Luz spürte, wie ihr eine Gänsehaut über den Rücken lief. Verheißungsvolle Zukunftsaussichten, das hatte sie schon einmal gehört. Frank Kruzan hatte sich ganz ähnlich ausgedrückt. Der Unterschied bestand in der Kulisse. Während der Talentjäger, in den sie glaubte verliebt zu sein, nichts als vage Projekte und ein schlichtes Büro voller Zeitschriften und Fotos hatte, empfing Cugat sie in einem Kellerraum des majestätischen Waldorf Astoria mit einem Orchester aus sechs professionellen Musikern. In den Stunden, die diese nicht in dem prachtvollen Sert Room aufspielten, versammelten sie sich dort zum Proben. Die fensterlosen Wände zierten keine Gemälde eines katalanischen Künstlers, die Lampen waren hässlicher, das Licht war schwächer und die Decke deutlich niedriger; niemand trug Pailletten, alle hatten gewöhnliche Baumwollhemden an, doch sie arbeiteten hart und ernsthaft, viele Stunden, jeden Tag.

»Was ich dir im Moment anbieten kann, ist ein Platz in unserem Ensemble, einem Mädchen-Sextett, das uns begleiten wird.«

Er hatte ein Stickereihemd aus vanillegelbem Leinen an und einen Pudel auf dem Arm, rundum herrschte ein geschäftiges Treiben. Die Musiker bearbeiteten ihre Instrumente, einige junge Aspiranten warteten kribbelig auf ihren Auftritt, Cugats Ehefrau erteilte mit mexikanischem Akzent Anweisungen, reichte Erdnüsse herum oder gab aufgebrachte, unpassende Kommentare ab; eine untersetzte Frau, vermutlich die Schwiegermutter, die ständig hinauslief und wieder hereinkam, ging allen auf die Nerven.

»Aber bevor du ja sagst, nena, solltest du eines bedenken. Wir werden die Show den Sommer über hier in New York vorbereiten, aber Ende August starten wir ein Coast-to-coast, das mindestens den ganzen Herbst dauern wird.«

»Ein was, Don Xavier?«

In die Lachsalve, die auf Luz' erschrockene Frage folgte, fiel der Hund kläffend ein.

»Nichts Schlimmes, Prinzessin, keine Angst. Ein Coast-to-coast ist eine Tournee, bei der wir das ganze Land durchqueren, von Küste zu Küste, verstehst du?«

Die Erinnerung an Marita Reid und ihr ambulantes Varieté kam Luz wieder in den Sinn, doch der Orchesterleiter rückte ihr das Bild zurecht.

»Eine Revue im ganz großen Stil, etwas Fantastisches, die besten Hotels, die größten Säle. Das Book Cadillac in Detroit, das Palmer House in Chicago, das Mark Hopkins in San Francisco, das Ambassador in Los Angeles …«

Doch auch das verringerte ihre Panik nicht. Nein, das klang nicht nach dem bescheidenen Projekt der Künstlerin aus Gibraltar, durch die kleinen Dorftheater und die Kaschemmen der Minenregionen zu tingeln, und auch nicht nach Frank Kruzans vagen Versprechungen. Wovon Cugat sprach, während er dem Hund das Köpfchen kraulte, eröffnete vollkommen neue Aussichten, die über ihren Horizont weit hinausgingen.

»Über eines musst du dir allerdings im Klaren sein. Du wirst monatelang fort sein, sieben Abende die Woche schwer arbeiten und pausenlos Koffer packen.« Er tippte sich mit dem linken Zeigefinger an die Schläfe. »Da müssen nicht nur die Beine und die Stimme durchhalten, nena, dazu muss man auch hier gut beieinander sein.«

Still gingen Luz und Tony die Park Avenue hinunter, während die übrigen Anwärterinnen ihre Auftritte hatten. Er begleitete sie bis zu ihrer Bushaltestelle, sie sprachen kaum. Zu groß war die Verwirrung in ihrem Kopf, um jetzt irgendein banales Gespräch zu führen. Der Bolitero, der sich das denken konnte, wollte sie nicht noch mehr durcheinanderbringen.

Sie waren an der Grand Central Station angelangt und verabschiedeten sich inmitten des Getümmels aus Passagieren und Passanten, hastenden Menschen, hupenden Autos und Taxis, Gästen des benachbarten Riesenhotels Commodore.

Der Bus, der Luz zurück in die Vierzehnte bringen sollte, bremste vor ihnen. Vier oder fünf der Wartenden stiegen ein, dann war sie an der Reihe. Der eine Fuß, der andere, schon war sie drin, das Fahrzeug ruckte an, und im selben Moment drehte sie sich um und sah den Bolitero von hinten, wie er sich seinen Weg durch das Gewühl bahnte.

»Tony!«

Mit einem Satz sprang sie ab, als sich eben die Tür hinter ihr schließen wollte, der Fahrer trat hart auf die Bremse und fluchte laut.

Tony wandte sich verdutzt um.

»Kannst du noch einen Moment bleiben? Ich muss ...«

Sie senkte die Stimme, schluckte. Die junge Frau, die vor kaum einer halben Stunde dem Maestro Cugat vorgetanzt und aufreizend die Hüften geschwenkt hatte, wirkte jetzt wie ein kleines Mädchen, das sich verlaufen hatte.

»Ich muss mit jemandem reden, und ... und ich weiß nicht, mit wem.«

· 91 ·

Mona hatte die Standpauken, die Doña Maxi ihr im Lauf des Vormittags bereits gehalten hatte, nicht gezählt, doch diesmal ging sie wie eine Furie auf sie los, weil sie die Karten an der

Kinokasse des Campoamor für die falsche Uhrzeit gekauft hatte. Das Leben von Juana Inés de la Cruz war verfilmt worden, die göttliche Mexikanerin Andrea Palma spielte die Rolle der dichtenden Nonne, und niemals würde Doña Maxi die Premiere eines auf Spanisch gedrehten Films verpassen – »auf Christlich«, wie sie zu sagen pflegte –, selbst wenn sie auf allen vieren hinkriechen müsste. Aber irgendwie hatten sie sich missverstanden, Doña Maxi beharrte, sie habe fünf gesagt, Mona dagegen schwor, sie habe drei gehört, Tatsache war, dass die Auseinandersetzung zunehmend scharfe Töne annahm.

»Ich habe die Nase voll von dir, du Grünschnabel!«

»Und ich habe es satt, mich von Ihnen so behandeln zu lassen!«

»Dann such dir doch eine andere Stelle!«

»Genau das werde ich tun!«

In der Hitze des Gefechts hörte keine von beiden den Neffen heimkommen.

»Das reicht jetzt aber, bitte!«

Beide fuhren herum, sie waren es nicht gewohnt, dass er so laut wurde. Die Silhouette des jungen Doktors zeichnete sich im Rahmen der Wohnzimmertür ab, in einer Hand hielt er den Hut, in der anderen sein elegantes Lederköfferchen. Fliege, gerade Haltung, exakter Seitenscheitel.

»Ich halte das nicht mehr aus«, erklärte Mona entnervt und knallte die Tür hinter sich zu, dass der Spiegel in der Diele zitterte.

»Warte, warte, warte …«

César holte sie kurz darauf ein, als sie wütend davonmarschierte, und fasste von hinten nach ihrem Ellbogen, sie riss sich los und beschleunigte ihren Schritt.

»Warte, bitte, Mona.«

»Lass mich in Frieden!«

»Mona, um Himmels willen, ich bitte dich.«

Da sie nicht aufzuhalten war, ging er neben ihr her, Schulter an Schulter.

»Such dir eine andere Dumme, deine Patentante merkt sowieso nicht, ob ich es bin oder sonst jemand. Sie braucht lediglich irgendein armes Würstchen, mit dem sie umgehen kann wie mit einem Putzlumpen, das reicht ihr vollkommen.«

César packte sie wieder, diesmal fester. Es gelang ihm, sie zum Stehen zu bringen, er fasste sie an den Armen und drehte sie zu sich um, bis sie einander gegenüberstanden. Einen schweigenden Moment lang betrachtete er ihr Gesicht, das trotz ihres Zorns schön war, oder vielleicht gerade deshalb. Die funkensprühenden Augen, die glühenden Wangen, das hochmütig gereckte Kinn.

»Sie mag ja ohne dich auskommen, aber ich nicht.«

· 92 ·

Seine Intuition warnte Tony rechtzeitig, besser nicht auf der Straße stehen zu bleiben, mitten im Hexenkessel dieses immensen Busbahnhofs. Er zog sie in das Gebäude und bis zu einem Tisch in einem ruhigen Winkel der Oyster Bar. Das weiträumige Lokal war praktisch leer, niemand aß Austern zu dieser Tageszeit, und auch Luz hätte keine gemocht; beim Anblick dieser Viecher auf dem Teller des Grafen de Covadonga hatte sie sich schon genug geekelt.

Auf Tonys Frage, was sie trinken wolle, antwortete sie nur mit einem Achselzucken. Der Kellner stellte ihm mit gelangweilter Miene ein Blue Ribbon und ihr ein simples Glas Wasser hin, das sie in einem Zug zur Hälfte leerte. Mit einem Fingernagel schabte sie an einem losen Faden der rotkarierten Tischdecke herum und begann zu sprechen. Und so verwandelte sich Tony Carreño unter dem imposanten, mit Fliesen ausgekleideten Gewölbe für Luz in eine Art Beichtvater, dem sie endlich offenbaren konnte, was sie durchlitt.

Den Druck, den Kruzan auf sie ausübte, ihre Ängste, ihre Zweifel. Ihren blinden Gehorsam, obwohl alles in ihr nein! geschrien hatte; dass sie ihn nach Belieben über ihren Körper hatte verfügen lassen, dass sie ihm misstraute und zugleich dachte, sie könnte ihn lieben; ihre stillschweigende Unterwerfung und ihre rasende Wut hinterher; die Ahnung, dass er jeden Tag wiederauftauchen könnte, und die Ungewissheit, was dann passieren würde. Das alles sprudelte aus Luz heraus, in einem Wortschwall von entwaffnender Ehrlichkeit.

Über den gemeinsamen Kummer wegen des Mordes an Barona und die Anteilnahme, die man seiner jungen Witwe entgegenbrachte, die barbarische Zerstörung des Las Hijas del Capitán und das Mitleid mit Mona, weil alle ihre Anstrengungen umsonst gewesen waren, inmitten so vieler Widrigkeiten und all des Unheils, das den beiden älteren Schwestern widerfahren war, hatte an die kleine Luz niemand gedacht. Nicht an ihre Erlebnisse. Nicht an ihren Gemütszustand. Und da sie das allgemeine Unwohlsein nicht noch verschlimmern wollte, verbarg sie ihre Sorgen, machte sie unsichtbar, als existierten sie nicht, und rang allein mit ihrer Konfusion und ihrer Furcht.

Noch immer kratzte sie an der Tischdecke, mechanisch, unbewusst; über ihre Wangen rannen jetzt Tränen, die sie nicht wegwischte. Tony hörte ihr aufmerksam zu, obwohl er eine solche Selbstentblößung gar nicht gebraucht hätte. Bereits die ersten vier oder fünf Sätze hatten ausgereicht, um ihm ein klares Bild der Lage zu vermitteln. Sie hatte kaum begonnen, ihm ihre innere Qual zu schildern, als er schon wusste, was zu tun war. Dennoch wartete er schweigend ab, bis sie sich alles von der Seele geredet hatte.

»Zwei Dinge, Luz«, sagte er, während er dem Kellner bedeutete, die Rechnung zu bringen. »Erstens hat es dieser Idiot nicht verdient, dass du auch nur noch einen einzigen Gedanken an ihn verschwendest. Zweitens glaube ich nicht, dass er dich je wieder anrühren wird.«

In Alfonso de Borbóns Zimmer im St. Moritz, in einer Schublade des Schreibtisches, an dem Tony jetzt täglich die Angelegenheiten des Grafen erledigte, lag noch die Brieftasche, die Mona ihm gegeben hatte. Er hatte vorgehabt, sie ihrem Besitzer zurückzubringen, sobald der Zustand des Grafen sich einigermaßen stabilisiert hätte, er war sogar zu der Adresse gegangen, die auf den Ausweispapieren als letzter Wohnort eingetragen war, doch statt sie in den Briefkasten zu stecken oder zu klingeln, ließ er lieber Vorsicht walten. Er hörte sich in der Nachbarschaft um, fand heraus, um wen es sich handelte, und als er die nötigen Informationen besaß, wartete er geduldig in einem nahen Café, bis er ihn durch das Fenster identifiziert hatte. Kruzans Gesicht unter der Hutkrempe war verschwollen, er humpelte und dachte nicht im Entferntesten daran, dass ihn jemand beobachten könnte. Als er im Haus verschwunden war, näherte sich Tony der Tür; der Hausmeister war gerade an den Mülltonnen beschäftigt. Wieso ist der Bewohner von 306 so übel zugerichtet?, fragte Tony und hielt ihm zwei Dollar hin. Dem haben sie eine vierhändige Abreibung verpasst, war die knappe Antwort, ohne dass der Mann seine Tätigkeit unterbrach. Mit einem zusätzlichen Schein entlockte er ihm, dass die Urheber zwei Rotschöpfe von beträchtlicher Statur gewesen seien, während sie in einem Auto gewartet habe, sagte der Hausmeister des Wohnblocks. Verwandte wohl, wahrscheinlich ihre Brüder. Wessen Brüder?, fragte Tony und zückte die vierte Dollarnote. Die der Ehefrau von Kruzan. Bildhübsch sei sie gewesen, als sie hier einzog, aber in letzter Zeit habe sie den ganzen

Tag pausenlos dieselben Schallplatten gehört, Kisses de Her-shey gefuttert und die Silberpapierchen aus dem Fenster ge-schmissen. Immer trauriger und bleicher habe sie gewirkt, bis sie eines Nachts beide aus dem Haus gerannt seien und sie eine Blutspur hinter sich hergezogen habe. Seither habe man sie nicht mehr mit ihm gesehen.

Das Bild des grün und blau geschlagenen Kruzan noch vor Augen, im Kopf das, was der Hausmeister ausgeplaudert hatte, war Tony an jenem Tag zunächst weiter seinen neuen Pflich-ten nachgegangen, die Brieftasche immer noch in der Jacke. Nach allem, was er gehört hatte, war es besser, sie zu behal-ten. Aus keinem besonderen Grund. Nur für alle Fälle.

Jetzt, da er Genaueres über Kruzan, seine Absichten und Verhaltensweisen erfahren hatte, dachte er, während er Luz zu ihrer Bushaltestelle zurückbrachte, es sei womöglich an der Zeit, etwas zu unternehmen.

· 93 ·

Auf dem Küchentisch häuften sich Stoffe und Garnrollen, die Kisten ringsum quollen über von frisch genähten und noch fertigzustellenden Teilen. Unter das fahle Licht der Glühbirne gebückt, mit brennenden Augen, steifem Nacken und wun-den Fingerspitzen arbeiteten Mutter und Töchter, stumm und mechanisch, unablässig.

»Und heute wirst du auch nicht mit ihm reden?«

Die Frage kam von Señora Milagros, die zu einem ihrer täglichen Besuche heraufgekommen war; sie war die einzige Person, die nicht zur Familie gehörte und in der Wohnung ein und aus ging. Ohne den Blick von ihrer Steppnaht zu wen-den, bewegte Victoria den Kopf hin und her. Nein.

»Aber so geht das nicht weiter, du musst dich mit ihm

treffen, es gibt bestimmt Formalitäten zu erledigen, ihr müsst ... «

Es gehe um die Aufteilung von Luciano Baronas Erbe, dies war der Vorwand, unter dem Chano hartnäckig versuchte, sich Victoria zu nähern. Und angesichts ihrer eisernen Weigerung hatte sich die alte Nachbarin, aus Mitleid mit dem Boxer, der Abend für Abend vor dem Haus Stellung bezog, in seine Fürsprecherin verwandelt.

Doch Victoria verbot ihm, ihre Wohnung zu betreten, und sie hatte seit dem Tag des Begräbnisses das Haus nicht mehr verlassen, nicht wegen der strikten Trauer, die ihre Mutter ihr auferlegte, sondern aus purem Selbstschutz. Sie hatte niemandem gesagt, was zwischen Chano und ihr war, nichts über ihre unbändigen Gefühle oder ihre heimlichen Treffen, doch nachdem Lucianos Leben jetzt auf so fürchterliche Weise geendet hatte, war die Älteste der Arenas zu dem Schluss gekommen, dass mit dieser Ungehörigkeit ein für alle Mal Schluss sein musste.

»Ihr müsst miteinander reden«, sagte die Galicierin erneut, »die Wohnung ausräumen, Dokumente unterschreiben ... «

Viel gab es nicht zu verteilen. Er hatte immer zur Miete gelebt, wie alle in der Gemeinde, und die Ersparnisse waren nach den Ausgaben für die Hochzeit stark geschmolzen. Aber da waren die Terrassenfelder, die er in seinem Heimatdorf gekauft hatte, weil er davon träumte, eines Tages ein paar Reben zu pflanzen, und da waren die Möbel und die Ausstattung der Wohnung in Brooklyn sowie eine winzige Versicherungssumme vom Tabakhändlerverband. Das erklärte Chano Mona, Luz, Tony, Señora Milagros, kurz allen, die Victoria überreden könnten, sich blicken zu lassen, immer wieder. Zugleich verschwieg er ihnen, dass diese materiellen Angelegenheiten ihm genauso viel bedeuteten wie ihr: nichts. Das Einzige, wonach er sich sehnte, war, ihr wieder nah zu sein, sie in die Arme zu schließen, mit ihr zu weinen. Denn Chano peinigte nicht nur sein Verrat; was an ihm nagte, war vor allem der Gedanke, dass er, wäre er beizeiten dort gewesen, die Schüsse in den Bauch seines Vaters vielleicht hätte verhindern können.

»Er kann alles behalten, das habe ich schon zigmal gesagt«, brummte Victoria, ohne von ihrer Arbeit aufzusehen. »Er kann machen, was er will, ich bin mit allem einverstanden.«

Luz kam und hieb in dieselbe Kerbe; nach dem Vorsingen bei Cugat und nachdem sie Tony ihr Herz ausgeschüttet hatte, nahm sie den Nachmittag in der Wäscherei frei und ging heim, um dort weiter über alles zu schweigen und sich zu benehmen wie immer.

»Da unten steht schon wieder Lucianos Sohn, ich finde, du solltest ...«

Ein heiseres Murren war Victorias ganze Antwort, ihre Tarnung, um Gleichgültigkeit zu simulieren und das Bedürfnis zu unterdrücken, die Treppe hinunterzustürmen, sich in seine Arme zu werfen, den gemeinsamen Schmerz zu teilen. Aber nein, sie wusste, dass das nicht ging. Und Luz beharrte nicht weiter, sie hatte genug eigene Probleme. Ohne ein weiteres Wort rückte sie sich einen Hocker an den Tisch, fädelte eine Nadel ein und arbeitete mit.

Kurze Zeit später stand Mona auf. Aber was ist denn so schwer daran, mit ihm zu reden?, fauchte sie Victoria an, während sie in eine der Kisten mit den losen Teilen schaute.

»Könnt ihr mich nicht endlich in Ruhe lassen, verdammt noch mal?«

Die Schere landete klirrend auf dem Boden, die halbfertige Arbeit blieb auf dem Tisch liegen, als die Älteste der Arenas – wie beinahe jeden Abend, wenn ihre Schwestern von der Arbeit kamen und auf sie einredeten – zu weinen anfing und die Zimmertür hinter sich zuknallte.

Diesmal jedoch eilten ihr weder Mona noch Luz nach, um sie zu trösten; bäuchlings aufs Bett geworfen, ließ sie ihren Tränen freien Lauf, heulte heraus, was sie peinigte, jeden Tag, von dem Moment an, in dem sie morgens die Augen aufschlug. Ohne das Schluchzen zu beachten, das durch die Wand drang, beschränkten sich die jüngeren Schwestern darauf, Stoffstücke zusammenzufügen, jede auf ihre Arbeit konzentriert, gedankenverloren und schweigend, während Remedios einen ihrer unzähligen Seufzer ausstieß und die Nachbarin resigniert den Kopf schüttelte. Keine der beiden älteren Frauen ahnte auch nur, welche Seelenqualen die drei Töchter litten, jede auf ihre Art.

In Luz' Kopf hallte, zwischen einem Stich und dem nächsten, immer noch Cugats Angebot wider. Das Mädchen-Sextett, das Teil der Tournee von Küste zu Küste sein würde, die gute Gage plus die Bühnenkleidung, gemeinsame Unterkunft, Reiseauslagen und Verpflegung hatte der Katalane gesagt, untermalt vom Gebell des Pudels. Ein festes, konkretes Angebot. Dafür, nena, wirst du Blut und Wasser schwitzen müssen, das sage ich dir, aber eine bessere Schule gibt es nicht, du wirst sehen.

Dass César Osorio ihr sein Herz zu Füßen gelegt hatte, ging Mona nicht mehr aus dem Kopf. Geh nicht weg, verlass uns nicht, hatte er mit anrührender Offenheit gebettelt; du bedeutest mir viel. Dann hatte er ihre Hand ergriffen. Was auch immer geschieht, was du auch hören oder erfahren magst, bitte bleib.

Keine hob den Blick, als Victoria nach einer Weile wieder in die Küche kam. Mit rotgeweinten Augen, geschwächt nach ihrem Gefühlsausbruch, sich aber bewusst, dass es weitergehen musste, setzte sie sich auf ihren Hocker, griff sich ihr letztes Kleidungsstück und stach aufs Neue die Nadel hinein.

So arbeiteten sie bis spät in die Nacht, unterbrachen auch nicht, um ihrer Mutter zu helfen, als die aufstand und anfing, das Abendessen zu richten, verschlangen ihre karge Mahlzeit, ohne sich von der Stelle zu rühren oder auch nur aufzusehen. Einander entfremdet wie nie, trotz der physischen Nähe, vergraben in ihre undankbare Tätigkeit und ihre Grübeleien, verschanzt hinter den Mauern ihrer Heimlichkeiten, ihrer Vorbehalte, ihres Schweigens, ihrer Lügen.

· 94 ·

Am späten Vormittag des folgenden Tages machte sich Luz auf, das wöchentliche Paket mit den sauberen Uniformen der Verkäuferinnen zu Casa Moneo zu bringen. Bei seinem Anblick gefror ihr das Herz.

»Hey, baby.«

Frank Kruzan hatte nicht mehr den hellen Trenchcoat über den Schultern, jetzt trug er einen karamellfarbenen Sommeranzug und einen gestreiften Schlips in Grün, Rot, Gelb. Doch im Gegensatz zum Optimismus des Krawattenmusters erkannte man im Schatten der Hutkrempe Augenringe, geschwollene Lider, kleine Schorfstellen in einer Hälfte seines Gesichts. Unter dem Arm trug er ein paar Zeitschriften; beim Lächeln blitzte sein Gebiss.

Ihr begannen die Knie zu schlottern.

»How're you doing, honey? Wie geht es dir?«

Er stand vor ihr, nur wenige Meter entfernt. Das Terrain war sicher: ihr Viertel, helllichter Tag, überall Menschen. Und trotzdem war sie so bewegungsunfähig, als wären ihre Füße am Boden festgenagelt.

»Ich habe gehört, was mit dem Laden und dem Mann deiner Schwester passiert ist, tut mir wahnsinnig leid.«

Um seiner Beileidsbekundung mehr Gewicht zu verleihen, legte er sich die flache Hand auf die Brust.

Sie war immer noch schreckensstarr in ihrem Arbeitskittel, reglos, unsicher, zweifelnd, ob die frühere Vertrautheit noch existierte oder ob sie vorsichtig Distanz halten sollte. Die innere Ruhe, die ihr das Gespräch mit Tony vermittelt hatte, zerplatzte wie eine Seifenblase, und heftige Erinnerungen stiegen in ihr auf. Einerseits seine Versprechungen und seine ehrliche Bewunderung, die Illusionen, die er in ihr geweckt hatte, die verständnisinnigen Augenblicke, die sie geglaubt hatte mit ihm zu teilen. Andererseits seine Forderungen, sein Drängen, sein Jähzorn, wenn ihm etwas gegen den Strich ging, seine Unfähigkeit, sich mit einem Nein abzufinden.

»Du arbeitest immer noch, wie ich sehe.«

Luz senkte den Blick auf ihren weißen Kittel und ihre rauen, geröteten Hände und nickte stumm.

»Aber in dieser Stadt spricht sich alles blitzschnell herum, you know. Ich habe gehört, dass du gestern zum Vortanzen bei Cugat warst. Ein Freund von mir war mit seinem Mädchen ebenfalls dabei, auch sie hoffte auf ein Engagement, hatte aber nicht so viel Glück wie du. Zufällig haben wir uns gestern Abend in einer Bar am Broadway getroffen, und da hat er es mir erzählt.«

Zu jemand anderem hätte Luz früher nur schnippisch ja, na und? erwidert. Jetzt aber nickte sie schüchtern.

»That's wonderful, baby«, raunte er heiser. »Der Ruhm deines Landsmannes ist in letzter Zeit mächtig gewachsen, er hat ein großartiges Orchester, sehr gute Beziehungen, sowohl hier in New York als auch in Los Angeles, und mit ihm zu arbeiten, wäre ein unübertreffliches Sprungbrett für dich.« Er lächelte breit, seine falschen Zähne leuchteten weiß. »Siehst du, wie recht ich hatte, als ich dir sagte, du solltest die Folkore vergessen? Look at you now, die kleine Lucy, drauf und dran, bei einer Show des Rhumba Kings mitzumischen.«

Er klang aufrichtig; schließlich gelang es Luz, sich ein wenig zu entspannen, und um ihre Lippen spielte ein kleines befriedigtes Lächeln.

»Ich bin sehr stolz auf dich, Liebling, so, so proud.«

Er tat einen Schritt auf sie zu, näherte die Hand ihrem rötlichen Haar und streichelte es leicht; ein Schauder überlief sie von Kopf bis Fuß. Nein, so gemein, wie alle sie glauben machen wollten, war Frank Kruzan nicht, dachte sie, während er mit seiner Lobhudelei fortfuhr. Sie hatte ihn sogar im Verdacht gehabt, an der Zerstörung des Las Hijas del Capitán schuld zu sein. Nein, dazu war er nicht der Typ, ganz und gar nicht. Sie hätte Tony nichts erzählen sollen, sie wusste doch, dass Frank aufbrausend, aber im Grunde ein guter Kerl war, anständig. Sie war froh, dass sie sich so begegnen und verabschieden konnten, in Frieden und ohne Groll oder Bitterkeit.

Doch im nächsten Augenblick malte sich Bestürzung im Gesicht der jüngsten Arenas-Schwester, als sie ihn sagen hörte:

»Wenn du nachher Feierabend hast, hole ich dich ab, und wir fahren zusammen ins Waldorf.«

Was? Zusammen? Nein, hier gab es ein Missverständnis. Trotz dieses versöhnlichen Zusammentreffens auf der Straße war es besser, weiterhin getrennte Wege zu gehen.

»Es ist noch einiges zu regeln«, fuhr der Talentsucher in diesem umwerfend selbstsicheren Ton fort, den er immer anschlug. »Konditionen auszuhandeln, ein paar Kleinigkeiten zu klären ...«

Endlich brachte Luz mit dünner Stimme hervor, was sie dachte.

»Nein, Frank, nein.«

»No what, honey?«

Seine Verblüffung wirkte echt, hochgezogene Brauen, gerunzelte Stirn.

»Ich will nicht mehr mit dir zusammen sein. Das mit Cugat ist etwas anderes, etwas, das er mir direkt angeboten hat. Du ... du hast damit nichts zu tun.«

Sein Hohngelächter durchfuhr sie regelrecht.

»My dearest Lucy, meine süße, einfältige Lucy«, säuselte Kruzan und ließ seine Hand unter das linke Revers seines Jacketts gleiten. Aus der Innentasche holte er einige zweifach gefaltete Bögen, tat, als hielte er sie ihr hin, aber als sie die Hand danach ausstreckte, zog er sie weg. »Du und ich, wir haben einen Vertrag, du hast ihn in meinem Büro selbst unterschrieben, weißt du nicht mehr? Ich bin dein Manager in allen Belangen, wir sind für die kommenden zehn Jahre aneinander gebunden, mir stehen vierzig Prozent deiner Einkünfte zu, und du kannst nicht die klitzekleinste Entscheidung ohne mich fällen.«

· 95 ·

Zwanzig Straßen weiter nördlich und ohne von den Aufregungen ihrer kleinen Schwester etwas zu ahnen, verbrachte Mona einen aufreibenden Vormittag, obwohl sie gleich bei ihrem Eintreffen klare Worte gesprochen hatte.

»Ich bin hier wegen des Lohns, den Sie mir noch schulden, Señora. Ich verabschiede mich, ich komme nicht wieder.«

Zu diesem Entschluss hatte sie sich nach stundenlangem Hadern durchgerungen; Doña Maxi nuschelte etwas vom Bett aus, den Mund voll frittiertem, in Zucker gewälztem Brot, Mona verstand kein Wort.

Das Schlafzimmer war immer noch dämmrig, ihre erste

Aufgabe war es jeden Tag, die Vorhänge aufzuziehen, doch diesmal tat sie es nicht. Es roch nach Kampfer und nach dem öligen Frühstück, nach welkem Fleisch.

»Drei Tage sind noch offen, Montag, Dienstag und Mittwoch«, erklärte sie und bemühte sich um Geduld.

Es handelte sich um keine große Summe. Aber es war die Bezahlung ihrer Arbeit, und jeder Cent, den sie in das Einmachglas in der Küche steckte, half, den Schuldenberg abzutragen. Deshalb war Mona an diesem Morgen pünktlich zur üblichen Zeit erschienen, um ihr Geld abzuholen und adiós zu sagen. Natürlich konnte sie nicht bleiben. Weder ertrug sie die Chefin, noch durfte sie weiterhin zulassen, dass César ihr hinterrücks das Gehalt verdoppelte.

Seine Worte klangen ihr noch frisch in den Ohren: Sie mag ohne dich auskommen, aber ich nicht. Für jede Geste, für sein ganzes Verhalten ihr gegenüber gab es mit einem Mal einen besonderen Grund. Seine Zuvorkommenheit im Umgang mit ihr, die Aufmerksamkeiten und langen Blicke, sein Beharren, sie nach Hause zu bringen, seine beflissene Sorge um die Gesundheit ihrer Mutter, nichts war Zufall, alles hatte eine Bedeutung. Es handelte sich nicht um bloße Dankbarkeit dafür, dass sie sich mit seiner unausstehlichen Tante arrangierte. Dahinter, das war Mona nun endlich klargeworden, verbarg sich eine andere Wahrheit.

»Du hättest dir keinen schlechteren Moment aussuchen können, um zu kündigen«, knurrte die Dame, als es ihr endlich gelungen war, ihren Bissen hinunterzuschlucken. »Weil doch morgen ...«

Irgendetwas hatten sie vorgehabt für den kommenden Freitag, Doña Maxi war schon seit Tagen ganz aufgelöst deshalb. Eine Einladung, irgendeine absurde Veranstaltung im Haus jener Markgräfin, wo Mona die Osorios, den Neffen und seine Patin, zum ersten Mal gesehen hatte. Dort wurden die beiden wieder einmal zu etwas erwartet, für das Mona sich bisher nie interessiert hatte; was diese despotische Hexe außerhalb ihrer Arbeitszeiten trieb, war ihr vollkommen egal.

»Ich habe Ihnen gesagt, was Sie mir schulden.«

Sie stand immer noch am Fußende des Bettes und weigerte sich, ihre täglichen Aufgaben zu erfüllen. Weder beabsichtigte sie, das Frühstückstablett wegzuräumen, das Doña Maxi auf ihrem voluminösen Bauch balancierte, noch, sie beim Aufstehen zu stützen oder sich das Kreuz zu verrenken, indem sie sie hochzog und in den Stuhl setzte. Sie würde ihr nicht helfen, sich zu waschen, sie würde sie nie mehr ertragen müssen.

»Soll ich Ihnen den Geldbeutel bringen, oder geben Sie es mir aus der Schublade?«

Doña Maxi hob die Tasse mit dem sämigen Kakao an den Mund, leckte dann einen Fleck von ihrer Oberlippe und brummte etwas Unverständliches vor sich hin.

»Ich soll es mir selbst nehmen, sagen Sie?«

»Ich zahle dir drei Dollar mehr, wenn du heute noch bleibst, es gibt eine Menge zu tun.«

Sie überlegte einen Augenblick, dann siegten die kalten Zahlen über ihren Fluchtimpuls.

»Aber Punkt eins gehe ich.«

»Um zwei.«

»Um halb zwei.«

Hauptsache, sie war weg, bevor César nach Hause kam. Nein, sie wollte ihn nicht wiedersehen, nachdem sie nun wusste, was er empfand; es verstörte sie. Sie war so mit ihren eigenen Problemen beschäftigt gewesen, dass sie den Unterschied nicht bemerkt hatte. Zwar hatte zwischen ihnen beiden immer eine Verbundenheit geherrscht, ein Gefühl der gegenseitigen Nähe, das stimmte schon; und auch, dass er auf seine Art kein unattraktiver Mann war. Aber nein. Nein, nein, nein.

Sie lebten in verschiedenen Welten, und auch wenn sie durchaus Zuneigung für den Doktor empfand, war diese doch längst nicht so stark und tief wie die, die er ihr eingestanden hatte. Nein, das war Humbug, eine Torheit, die sie gleich von vornherein unterbinden musste. Trotzdem hallte ihr noch in den Ohren, was er ihr tags zuvor als Letztes gesagt hatte, als sie ihm entschlüpft und hastig in den Bus gestiegen war. Was auch immer geschieht, was auch immer du hörst, ich liebe dich.

»Worauf wartest du also noch? Auf das Jüngste Gericht? Hilf mir aus dem Bett, niña!«

Doña Maxis harscher Ton holte sie in die Gegenwart zurück. Nur noch heute, sagte sie sich, während sie mit einem Ruck die Vorhänge zurückkriss. Nur noch heute und danach nie wieder.

Sogleich begann es, Befehle zu hageln. Die neuen Schuhe, wichse sie, bis sie glänzen. Geh beim Blumenladen vorbei, hol die Muster ab und komm auf dem kürzesten Weg zurück. Ruf beim Friseur an, und sag ihnen, sie sollen meinen Termin morgen um eine Stunde vorverlegen. Verbinde mich mal mit der Valencia Bakery, ich muss die Kuchenbestellung ändern. Hab ein Auge auf die Tür, weil der Dreiteiler für meinen Neffen noch geliefert werden muss.

Ihr Neffe, ihr Neffe, ihr Neffe. Auch ohne dass er selbst anwesend war, erschien Mona seine Präsenz im Haus an diesem Vormittag so stark wie nie zuvor. Bei ihrer Tätigkeit kam sie unweigerlich immer wieder an seinem Zimmer vorbei. Durch die halboffene Tür konnte man das mit militärischer Pedanterie gemachte Bett sehen, die dicken Medizinbücher im Regal, den Schrank voll dezenter, aus hochwertigen Stoffen gut verarbeiteter Kleidung, das Modell eines Riesenauges auf dem Tisch, die in Silber gerahmten Porträts, die vermutlich seine Eltern darstellten.

Es wäre leicht, sich lieben zu lassen, dachte sie, in den Türrahmen geschmiegt. Zweifellos war er ein guter Mann, er hatte ein gewinnendes Wesen. Zwar beschleunigte sich ihr Pulsschlag nicht, wenn sie ihn sah, aber sie fühlte sich wohl an seiner Seite. Nach den harten Schlägen, die ihr das Leben versetzt hatte, wäre es angenehm, jemanden zu haben, der sich um sie kümmerte, sie beschützte und finanziell absicherte, ihr ein warmes Heim und eine sorgenfreie Zukunft bescherte. César Osorio machte nicht den Eindruck, als stellte er große Ansprüche; wenn sie ja sagte, erwartete er dafür sicher keine Leidenschaft von ihr, die sie ihm niemals würde geben können, bestimmt wäre er mit lauer Hingabe vollauf zufrieden. Ein seltsamer Stich durchfuhr ihre Wirbelsäule. Und wenn sie akzeptierte? Und wenn sie sich einen Ruck gab und lernte, ihn zu lieben?

»Niña!«

Die Krähenstimme riss sie aus ihren Gedanken; als ihr bewusst wurde, was sie sich da gerade zusammenfantasiert hatte, schüttelte sie energisch den Kopf.

»Bring mir das Telefon!«, verlangte Doña Maxi und schwenkte die Tageszeitung, die man ihr soeben gebracht hatte, wie eine Fahne. »Ich werde bei *La Prensa* anrufen, diese Idioten können sich auf etwas gefasst machen!«

Den Hörer in der Hand, schimpfte, klagte, zürnte, forderte sie. Verbinden Sie mich sofort mit Camprubí! Was heißt, das geht nicht, was heißt, der Herr Direktor ist nicht da?

Zum Schluss knallte sie den Hörer auf die Gabel.

»Nutzloses Pack! Alles Stümper! Dabei hatte ich meinem Neffen extra gesagt, er soll ausdrücklich darauf hinweisen, dass die Anzeige heute erscheinen muss, nicht morgen.«

Rot im Gesicht, mit überschnappender Stimme wütete sie weiter: César, seine Zukunft, seine Pflichten ... Wie erklären wir das jetzt der Markgräfin? Wie werden sie reagieren, wenn sie sehen, dass die Anzeige noch nicht veröffentlicht ist? Man wird uns für unzuverlässig halten. Am Ende befinden die uns für doch nicht standesgemäß und den Jungen für unwürdig, in ihre Familie aufgenommen zu werden!

Ein Schritt, zwei Schritte, drei Schritte, eine unangenehme Vorahnung trieb Mona vorwärts, bis sie vor dem Rollstuhl stand.

»Was für eine Anzeige?«

»Die Verlobungsanzeige!«, schrie Doña Maxi.

»Wer verlobt sich denn?«

Doña Maxi japste vor Aufregung und sah Mona mit so unendlicher Herablassung an, als spräche sie zu einer Geisteskranken.

»Nena, natürlich, die Tochter der Markgräfin, wer denn sonst? Mein dämlicher Patensohn wird ja wohl kaum um die Hand einer Dahergelaufenen wie dir anhalten!«

· 96 ·

Mona und Luz trafen sich an der Ecke Siebte Avenue, und beide schleppten ihren Trübsinn mit sich wie einen Sack voll schwarzer Steine. Die eine kam von der Arbeit in der Wäscherei, die andere von der Bushaltestelle. Als sie einander gegenüberstanden, zögerten sie einen Augenblick, unsicher, ob sie ihren Kummer weiter verbergen oder mit der anderen teilen sollten, wie sie es immer getan hatten. Es hatte so viele Missverständnisse und Irrtümer gegeben, dass keine von beiden mehr imstande war, der anderen ihr Herz zu öffnen.

Was ist los mit dir, wollte Mona fragen, als sie Luz' niedergeschlagene Miene sah; warum machst du so ein Gesicht, wollte Luz die Ältere fragen. Aber sie kamen nicht dazu.

»Gerade war ich auf dem Weg zu Ihnen, Señoritas. Schwester Lito möchte Sie sehen, sie sagt, es sei dringend.«

Es war eines der Mädchen, fast noch ein Kind, das die Frauen der Casa María vor dem Leben auf der Straße gerettet hatten.

Luz und Mona wechselten einen Blick. Beide wussten, dass die andere etwas verschwieg, einigten sich aber wortlos, einander später zu erzählen, was sie beschäftigte. So lange hatten sie den Mund gehalten, dass es auf eine weitere halbe Stunde nicht ankäme.

Der Gedanke, in die Wohnung hinaufzugehen und ihre Mutter und Victoria über die Botschaft der Nonne zu informieren, kam ihnen gar nicht erst; wozu, wenn die eine nichts als eine Last gewesen wäre und die andere sich ohnehin geweigert hätte herunterzukommen.

Sie fanden Schwester Lito nicht hinter ihrem Schreibtisch, sondern in einem Ohrensessel sitzend. Auch war das übliche Durcheinander aus Aktenbündeln, Büchern und Papier verschwunden, das sonst aus sämtlichen Winkeln gequollen war, als hätte eine entschlossene Hand das Chaos besiegt. Alles wirkte aufgeräumt, die Nachschlagewerke zugeklappt und senkrecht nebeneinandergestellt, die Aktenmappen gestapelt und geordnet: der triste Beweis, dass die streitbare Nonne nicht mehr arbeiten konnte.

Sie mussten sich auf die Zunge beißen, um nicht entsetzt auszurufen, um Himmels willen, Schwester! Ihr Körper schien in ihrem Habit geschrumpft, die wächserne Haut hing welk von Wangen und Kinn.

Auf einem schlichten Stuhl neben dem Bett saß ein Mann, der sich bei ihrem Eintreten rasch erhob. Dezente Krawatte, runde Brille mit schmalem Rand und helles Haar mit Geheimratsecken. In den Dreißigern, weder groß noch klein, weder dick noch dünn, weder hübsch noch hässlich.

»Kommen Sie rein, meine Mädchen, kommen Sie.«

Die heisere Stimme der Nonne, früher so voller Ironie, klang jetzt schwach und brüchig.

»Ich wollte es Ihnen später allein sagen, wenn alles abgeschlossen wäre, aber so, wie ich mich fühle, ist es wohl besser, wenn Sie ihn jetzt schon kennenlernen.«

Mit hilfloser Geste hob sie die Schultern. Schwester Litos Kräfte waren aufgebraucht, ihr Leben verrann.

Der Mann kam zwei Schritte auf sie zu, William Lanford, pleased to meet you, sagte er in wohlerzogenem, geschäftsmäßigem Ton. Er reichte ihnen die Hand und presste dabei die Lippen zusammen, grinste dann breit und nickte dazu, obwohl es nichts zu nicken gab. Es war seine Art, höflich zum Ausdruck zu bringen, dass er kein Spanisch sprach. Sie erwiderten seinen Gruß, indem sie ihm zögerlich die schlaffen Finger hinhielten. Sie wussten es nicht besser.

In sparsamen Worten, weil sie sehr kurzatmig war, erklärte ihnen Schwester Lito den neuen Sachverhalt.

»Er arbeitet für eine Kanzlei, die einige ähnliche Fälle betreut. Wann immer er ein persönliches Treffen mit Ihnen für nötig hält, wird er Sie über La Nacional informieren lassen.« Sie machte eine Pause und schnaufte ein paarmal schwer. »Er wird einen Dolmetscher mitbringen, den Ihnen die Kanzlei von Mister Lanford unentgeltlich zur Verfügung stellt.«

Sie wandte ihm das Gesicht zu, sog wieder tief die Luft ein.

»Er ist ein guter Anwalt«, murmelte sie. »Er wird bestimmt sein Möglichstes tun.«

Sie hörten kaum noch zu, das Wesentliche hatten sie erfasst, und das musste sich zunächst einmal setzen: Schwester Lito legte ihr Schicksal in fremde Hände, weil sie spürte, dass ihre Tage gezählt waren. Dies war die schmerzliche Realität. Die Traurigkeit, die ihr aufgeräumtes Zimmer ausstrahlte, fand sich in den Zügen der Ordensfrau wieder. Nicht nur wegen der verheerenden Spuren, die die Krankheit in ihrem Gesicht hinterlassen hatte, sondern auch, weil das Gefühl, versagt zu haben, tief in ihre Furchen gegraben war, die Enttäuschung, ihre Aufgabe nicht zu Ende führen zu können. Besiegt, so fühlte sich die Frau, die der schlimmsten Misere entronnen war und die nichts und niemand, nicht die bittersten Erfahrungen, nicht die größte Niedertracht, jemals in die Knie gezwungen hatten.

Es folgte noch eine Weile mühsamen, stockenden Austauschs über Fristen und Formelles, dann verabschiedete sich der Anwalt mit einer prall gefüllten dunkelroten Kartonmappe unter dem Arm, der vollständigen Akte zum Tod von Emilio Arenas. Darin befanden sich alle Dokumente, Anzeigen, Aussagen, die Exkulpationsschreiben der Trasatlántica, die widerstrebend abgelehnten Angebote, die nachträglichen Reklamationen, die Marter ihres monatelangen Wartens. Jetzt war es zu spät, um sich zu fragen, ob sich das alles gelohnt hatte; ob es nicht gescheiter gewesen wäre, mit dem Geld, das man ihnen gleich zu Anfang auf den Tisch gelegt hatte, ein Schiff zu besteigen. Wie viel Leid wäre ihnen erspart geblieben, wie viel Schmerz.

Auch sie zogen sich bald zurück, Schwester Lito war erschöpft und brauchte Ruhe. Vor der Tür der Casa María blieben sie stehen, als wüssten sie nicht recht, wohin.

Luz fasste einen Entschluss, hakte sich bei Mona ein, zog sie in die ihrer Wohnung entgegengesetzte Richtung und begann endlich, ihr Herz auszuschütten. Sie schlenderten ziellos Richtung Fluss, entfernten sich immer weiter von ihrer gewohnten Umgebung, vertieft in ihr Gespräch und bemüht, ihren aufgewühlten Geist zu besänftigen und zu der Vertrautheit zurückzufinden, die ihnen über die Schicksalsschläge und Windungen des Lebens abhandengekommen war.

Sie hatten beinahe die Neunte erreicht, als Mona ihre

Schwester unvermittelt vom Bürgersteig und in den Eingang einer Apotheke zerrte.

»Was soll das?«, fragte Luz erschrocken.

»Still! Sei still, und sieh dir das an!«

Sie wies mit dem Kinn auf die Tür eines benachbarten Cafés, aus dem zwei Männer kamen. Rasch drückten sie sich die Hände, murmelten etwas zum Abschied und gingen ihrer Wege, einer die Avenue hinauf, der andere zu einem am Straßenrand geparkten Chevrolet.

Der eine war der Anwalt Lanford, den ihnen Schwester Lito soeben in ihrem Büro vorgestellt hatte; seine Hände waren leer.

Der andere, ein junger, untersetzter Kerl, unscheinbar, brünett, mit schmaler Stirn und glänzenden Locken. Um den Hals trug er eine schreiend bunte Krawatte und unter dem Arm etwas, das sie beide auf Anhieb erkannten. Mona raunte nervös:

»Das ist Tomasso, der Neffe von Mazza.«

Sie brauchten nicht erst gesehen zu haben, wie wenige Augenblicke zuvor unter dem Tisch ein Bündel Banknoten von einer Hand in die andere wechselte, und auch nicht, wie der Amerikaner seine Unterschrift unter ein Dokument setzte, das ihm der Neffe auf Anweisung seines Onkels vorgelegt hatte. Die dunkelrote Mappe, die Tomasso nun unter dem Arm trug, war Beweis genug. Lanford hatte Schwester Litos Schwäche ausgenutzt und sie alle schamlos belogen, um sie am Ende zu verraten. Alles musste geplant gewesen sein: das Treffen im Café, die Übergabe der Akte. Nachdem er so sehr danach gegiert hatte, lag die Zukunft der Arenas nun tatsächlich in Mazzas Händen. Die Möglichkeit, die Geldmittel, die ersehnte Entschädigung, die ihnen erlaubt hätte, in die Heimat zurückzukehren, alles löste sich vor ihren Augen in Luft auf. Unabwendbar. Unwiderruflich.

Aneinandergedrängt, noch immer hinter der Schaufenster-scheibe der Apotheke versteckt, standen sie fassungslos zwischen Magnesiumtabletten und Muskelsalben. Etwas begann allmählich, von den Füßen an, in ihnen aufzusteigen.

Das Maß war voll. Sie hatten genug. Genug von Männern, die ihnen keine Liebe gaben oder mit ihnen spielten. Von Männern, die sie nach Lust und Laune benutzen wollten und sie rücksichtslos hintergingen, demütigten und verletzten. Von Frank Kruzan und seinen Handgreiflichkeiten. Von Doktor César Osorio und seiner peinlichen Liebeserklärung, während er im Begriff stand, sich mit einer Frau seines gesellschaftlichen Ranges zu verloben, und nicht Manns genug war, es Mona zu sagen. Von diesem opportunistischen Anwalt, der sie soeben verkauft hatte, und dem kleinlauten, feigen Neffen mit seiner zitronengelben Krawatte. Und, allen anderen voran, von Fabrizio Mazza und seiner blindwütigen Grausamkeit.

»Und wie lange wollen wir diese Scheiße noch schlucken?«, entfuhr es Mona. »Bis das Schwein uns eine nach der anderen erstickt hat und uns alle drei los ist?«

· 97 ·

Brave Mädchen waren sie nie gewesen, sie liefen barfuß, kletterten über Zäune und Dämme, genossen immer alle Freiheiten und boten allem und jedem frech die Stirn. Sie waren Mädchen, die gelernt hatten, mit Steinen zu werfen und mit den Jungen aus der Nachbarschaft zu rangeln, sie widersetzten sich jeglichem Zwang, seit sie Zähne hatten, und konnten pfeifen wie Kutscher. Bei jedem Fest oder Straßenkrawall waren sie dabei, hatten auf Anzüglichkeiten stets eine schlagfertige Antwort, und wenn ihnen der Magen knurrte, klauten sie ohne Skrupel auf dem Markt, was ihnen unter die Finger kam. Sie schlugen sich immer irgendwie durch, sie waren verwegen, mutig, stürmisch, hemmungslos.

Die Übersiedelung nach New York und der Tod des Vaters hatten sie vorübergehend aus dem Lot gebracht und sie ohne Schutz und Wegweiser den Unbilden des Lebens ausgeliefert. Doch sie bekamen wieder Boden unter die Füße. In einer fernen, fremden Welt und ganz auf sich gestellt, gelang es ihnen, allen Hindernissen zum Trotz, sich eine Zukunftsperspektive zu schaffen, einen Horizont, auf den sie hinarbeiten konnten. Dann folgte ein Tiefschlag auf den anderen, und nach dem Angriff auf Las Hijas del Capitán und der Ermordung Baronas zogen sie nur noch die Köpfe ein und verkrochen sich wie Schnecken in ihrem Haus; es war tatsächlich, als hätten sie kapituliert. Unwillentlich ließen sie es sogar zu, dass andere Männer ihnen weiterhin das Herz schwermachten und ihre momentane Schwäche ausnutzten.

Die zufällig beobachtete Szene zwischen Mazzas Neffen und dem Anwalt jedoch fühlte sich an, als hätte man ihnen einen Eimer kaltes Wasser übergegossen. Eine weitere Attacke, noch ein Stich, hinterhältig und tief. Doch im Gegensatz zu früheren Situationen, in denen sie gebrochen und zu keiner Reaktion oder Antwort fähig gewesen waren, wirkte es diesmal wie ein Aufputschmittel.

Irgendetwas mussten sie unternehmen; noch wussten sie nicht was, aber sie mussten eine Form finden, der Bösartigkeit und Niedertracht entgegenzutreten, sich für das verursachte Leid zu rächen. Um ihrer Selbstachtung willen, um den Verrat an Schwester Litos Courage zu ahnden. Um sich von der Furcht zu befreien, die sie innerlich zerfraß, um weiterleben zu können, ohne ihren Groll wie eine schwere Last mitzuschleppen.

Mona und Luz waren sich rasch einig, jetzt mussten sie irgendwo anfangen.

Als Erstes beschlossen sie herauszufinden, wo er wohnte. Beschwingt machten sie kehrt und steuerten, auf der Suche nach dem Telefonbuch von Manhattan, zielstrebig La Nacional an. Der Büroangestellte reichte ihnen einen dicken Band, den ihm Luz fast aus der Hand riss. Wenn Sie möchten, helfe ich Ihnen, erbot er sich schüchtern; ein Dreißigjähriger, der sich verunsichert fühlte vom Ungestüm dieser jungen Frauen, die wenige Wochen zuvor in ebendiesem Haus die Totenwache für ihren Schwager gehalten hatten. Sie lehnten schnöde ab, verließen das Büro und gingen in ein kleines Nebenzimmer, wo sie das Telefonbuch mit einem lauten Knall auf den Tisch fallen ließen. Dann beugten sie sich darüber, noch unschlüssig, wie sie sich in diesem Wirrwarr aus Buchstaben und Zahlen zurechtfinden sollten.

Nach einigem Vor- und Zurückblättern, wobei sie mit dem Zeigefinger endlose Listen von Namen und unaussprechlichen Straßen entlangfuhren, hatten sie gefunden, wonach sie suchten: Mazza, Fabrizio. 228 Bleecker Street. Chelsea 3-3207, das war er. Luz wandte sich wieder an den jungen Mann und bat ihn um einen Bleistift und einen Zettel, und er gab ihr beides, ohne sie anzusehen. Er schämte sich, weil er nicht hatte widerstehen können, aus der Ferne die über das Buch geneigten schlanken Körper anzustarren, die nackten Beine unter den dünnen, verwaschenen Kleidern.

Sie wollten ihn fragen, wie man dorthin kam, doch diesmal war sein Stuhl hinter dem Schreibtisch leer. Sie gingen die Treppe hinunter, ohne das Buch an seinen Platz zurückzubringen. Es blieb dort liegen, aufgeschlagen und verlassen. Auf der Treppe fragten sie einen Mann, der aus der Kantine kam, wo sich ihre Landsleute zu versammeln pflegten.

Der Weg führte unweigerlich an der Pietät vorbei. Sie hatten Fidel schon längere Zeit nicht mehr gesehen. Nach dem Desaster im Las Hijas del Capitán hatte sein Vater herausgefunden, wie viele Gefälligkeiten und exzessive Ausgaben sein nichtsnutziger Sohn dort investiert hatte, und ihn zur Strafe in die Filiale nach Uptown versetzt, ein zweites Bestattungsinstitut, das er in Spanish Harlem betrieb, weit weg von dem Lokal, in dem Fidel davon geträumt hatte, seine Tangos zu singen, und von diesen sittenlosen Schwestern, die nach Ansicht des Bestattungsunternehmers seinem Sohn den Kopf verdreht hatten.

Der Vater, einen Schlüsselbund in der Hand, öffnete gerade die Tür, als sie vorübergingen, Fidel wartete hinter ihm mit einer schweren Kiste im Arm. Die Mädchen machten Anstalten, einen Moment innezuhalten. Er, völlig überrumpelt von der Begegnung; sie, einerseits erfreut, ihn wiederzusehen, andererseits sehr in Eile.

Kaum hatte Fidels Vater sie entdeckt, brummte er unfreundlich:

»Entschuldigen Sie uns, Señoritas, aber wir haben zu tun.«

Damit daran kein Zweifel aufkam, versetzte er seinem Sohn einen Stoß, sodass der mit der Kiste ins Taumeln geriet, und drängte ihn in den Laden.

Sie fanden die richtige Hausnummer und ließen den Blick die große Front aus rotem Backstein hinaufgleiten, über die im Zickzack eine eiserne Treppe lief. Sie betrachteten die mit hellen Steinreliefs verzierten Fenster und fragten sich, hinter welchem sich der Verbrecher wohl aufhalten mochte, sofern er zu Hause war.

»Und jetzt?«, wisperte Luz.

Mona erwog mehrere Möglichkeiten, eine waghalsiger als die andere. Hinaufgehen und ihm, falls er da war, direkt ins Gesicht sagen, was für ein Drecksack er sei, was für ein ... Doch ehe ihre Fantasie mit ihr durchging, sprach sie die zwei Silben des denkbar vernünftigsten Wortes aus:

»Warten.«

Sie wussten nicht, worauf, noch immer waren sie ohne Plan, doch im Moment blieb ihnen keine andere Wahl.

Sie ließen sich auf einer der Bänke des Platzes nieder und behielten das Gebäude im Auge: alle, die hineingingen, alle, die herauskamen. Wie hätten sie vermuten können, dass ihr Schwager auf der Bank gleich neben der ihren, auf der jetzt ein altes gebrechliches Paar aus Kantabrien saß, die letzten Stunden seines Lebens verbracht hatte, als er sich fragte, was falsch gelaufen war, warum er Victorias Liebe verloren hatte.

Zuerst belästigte sie eine Clique von Jugendlichen, auf deren Provokationen sie nicht eingingen, dann wollte ihnen ein Straßenverkäufer Stoffblumen aufschwatzen, als Nächstes näherte sich einer, der ihnen einen Sack voll Schuhe vor die Nase hielt, höchstwahrscheinlich gestohlen. Eine massige Frau mit einem Tuch um den Kopf versuchte, ihnen in einer unverständlichen Sprache eine Frage zu stellen, ein ausgemergelter Typ schlenderte zweimal vorbei und griff sich vor ihnen obszön in den Schritt. Beim dritten Mal sprang Luz auf und brüllte ihn so unflätig an, dass er den Kopf einzog und verschwand.

Sie saßen dort, bis die Sonne hinter den Häusern versunken war und das Abendlicht alle Konturen vergoldete. Um diese Zeit ließ ihre Ausdauer allmählich nach, und Zweifel überfielen sie. Sicher war dieses besessene Warten nichts als Zeitverschwendung und völlig sinnlos. Und in genau diesem Augenblick sahen sie ihn herauskommen. Mona krallte die Finger in Luz' Oberschenkel, Luz umklammerte Monas Unterarm, beider Herzen begannen zu rasen.

Dort, auf der gegenüberliegenden Straßenseite, war Fabrizio Mazza, in einem grünlichen Anzug trat er aus seiner Haustür und stülpte sich einen Sommerhut über das dunkle, pomadisierte Haar. Es lag eine gewisse Entfernung zwischen ihnen, auch Verkehr in verschiedene Richtungen, Menschen, die die Straße überquerten, umhergingen, Grüppchen bildeten, mit den Nachbarn plauderten, in diesem Treiben würde er sie schwerlich auf dem Platz erkennen. Vorsichtshalber wandte sich Mona halb ab, und Luz ließ ihr Haar über das Gesicht fallen.

Gleich darauf folgte Tomasso, der Neffe. Während der langen Wartezeit auf dem kleinen Platz hatte Mona ihrer Schwester erzählt, wie sie Tomasso kennengelernt hatte; dass sie von ihm und Mazza in der Vierzehnten entführt und zu einer unheimlichen Esplanade beim Hafen verschleppt worden war, wo Mazza versucht hatte, sie unter Druck zu setzen. Sie hatte ihren Schwestern nie etwas davon gesagt; dieses abgrundtiefe Gefühl der Angst hatte sie immer für sich behalten, weil sie dachte, es habe keinen Wert, die anderen damit zu belasten, es reiche schon, wenn sie selbst diesen Schrecken durchleben musste. Arglos hatte sie geglaubt, es würde sich schon alles richten und die Dinge fänden zu guter Letzt von allein zu ihrer natürlichen Ordnung.

Mittlerweile wusste sie, dass sie sich von vorne bis hinten getäuscht hatte, und langsam sprach sie den Namen des jungen Mannes aus. Tomasso, sagte sie wieder, ohne die Augen von ihm zu wenden.

Mazza ging voran, der andere folgte ihm in einem Abstand von zwei Schritten. Die beiden Männer verhielten sich damit millimetergenau einem Familienschema entsprechend, das der alte Anwalt eingeführt hatte, als er noch nicht hilfebedürftig im Heim saß, sondern mit eiserner Hand die Kanzlei leitete und der damals noch junge Fabrizio nichts weiter war als ein ängstlicher, tollpatschiger Befehlsempfänger.

Sie bogen vor der Our-Lady-of-Pompeii-Kirche um die Ecke und wandten ihnen fortan den Rücken zu, Mona und

Luz standen auf, gingen ein paar Schritte vor und reckten die Hälse, um sie nicht aus den Augen zu verlieren, doch die beiden Männer bogen kurz darauf erneut ab, sie wollten lediglich zu ihrem in der Nähe geparkten Auto. Dasselbe, auf dessen Rücksitz Mona diese bodenlose Angst empfunden hatte.

Tomasso setzte sich ans Steuer, ließ den Wagen an, fädelte sich auf der Sechsten Avenue zwischen die anderen Fahrzeuge und verschwand aus ihrem Blickfeld.

»Und jetzt gehen wir da rauf?«, flüsterte Luz mit bebender Stimme.

· 98 ·

Sie fanden, was sie brauchten, in eine blanke Messingplatte graviert und stiegen in den zweiten Stock hinauf, um, wie nicht anders zu erwarten, vor einer verschlossenen Tür zu stehen. Sie zweifelten, ob sie läuten sollten oder nicht, und taten es dann schließlich; wäre jemand gekommen, um ihnen zu öffnen, hätten sie eine harmlose Verwechslung vorgeschützt, doch niemand reagierte, weder auf das erste noch auf das folgende, längere Klingeln. Sie gingen wieder hinunter und zurück auf den Platz.

»Wie wär's, wenn wir Fidel anriefen?«, meinte Luz.

Er hatte geschickte Hände, Werkzeug in der Firma und war ebenso kühn und unvorsichtig wie sie selbst; wenn er seinem Vater entschlüpfen konnte, würde er nicht nein sagen. Immerhin war es ja auch seine Angelegenheit, auch ihm hatte die Verwüstung des Lokals das Herz gebrochen.

Von einer nahen Bar aus riefen sie ihn an; zum Glück war er gleich selbst am Apparat. Okay, okay, okay, sagte er zu allem; wie hätte sich der arme Fidel auch einem Anliegen dieser Mädchen verweigern können, die sein ganzes Leben auf den Kopf gestellt hatten. Ihr Wunsch war ihm Befehl, sein Leben hätte er für diese drei bezaubernden Schwestern gegeben, die ihm eine Zeit lang den Traum von einer Zukunft außerhalb seines tristen Tagewerks ermöglicht hatten, von einem Leben voller Tangos, Applaus und schöner Frauen, den sie zwar nicht in die Tat umsetzen konnten, an den er sich aber dennoch jede Nacht beim Einschlafen klammerte. Alles würde er für sie tun. Vor allem für Luz.

Im Handumdrehen war er da, außer Atem, aber glückselig; es wurde bereits dunkel. Er erzählte ihnen lieber nicht, wie er sich über die Mauern zweier Hinterhöfe davongestohlen hatte und welches Donnerwetter ihn erwartete, sobald sein Vater bemerkte, dass er sich mit der Leiche einer alten Portugiesin aus der Sechzehnten allein würde abrackern müssen. Der Inhalt des Beutels über seiner Schulter klimperte metallisch, als er mit der flachen Hand darauf klopfte: Stemmeisen und Dietriche in allen Größen.

Wieder schlüpften sie in das Gebäude und stiegen in die zweite Etage hinauf. Mona und Luz stellten sich dicht vor ihn und schirmten ihn ab, was jedoch eine überflüssige Vorsichtsmaßnahme war. Während der kurzen Zeit, die Fidel brauchte, um das Schloss aufzubrechen, betrat niemand das Treppenhaus. Auch nicht, als sie alle drei zugleich durch die Tür drangen und sie hinter sich zumachten.

Erleichterung mischte sich in ihre Panik, als sie in der dunklen Diele standen, es roch ungelüftet, nach Schweiß und kaltem Rauch. Stumm, zögernd, angelockt von einem schwachen Lichtschimmer weiter hinten, schlichen sie den Flur entlang, setzten die Füße sachte auf, um das Knarren des Dielenbodens zu vermeiden, was ihnen nicht ganz gelang. Am Ende des kurzen Korridors befand sich der als Kanzlei genutzte Raum mit seinen drei Erkerfenstern und Blick über den Platz. Inzwischen war es Nacht geworden, und von draußen drang nur der schwache Schein der Straßenlaternen, sie schalteten das elektrische Licht nicht ein.

Mona näherte sich einem der Fenster und mahnte:

»Wir müssen aufpassen, falls sie zurückkommen.«

Sie begannen, zwischen den Schatten zu suchen, in erster Linie nach Schwester Litos granatrotem Hefter mit der Akte. Und abgesehen davon, nach was auch immer.

Mona und Luz neigten sich über den großen schweren Schreibtisch und suchten halb tastend die Oberfläche ab; Fidel sah sich in den anderen Zimmern um, sie hörten ihn ein Feuerzeug anzünden.

In tiefem Schweigen hoben die vier Hände der Arenas Mappen und Hefter, gebündelte Dokumente, Aktenordner, verschnürte Papiere, lose Papiere. Nichts. Was sie suchten, war nicht darunter. Als Mona einmal unabsichtlich mit dem Ellbogen gegen einen Ordner stieß und der krachend zu Boden fiel, glaubten sie, das Herz bleibe ihnen stehen. Abwechselnd hielten sie durch die schmutzigen Fenster Ausschau nach den beiden Mazzas. Dann zogen sie Schubladen auf, in denen sie alles Mögliche fanden: Rechnungen, Bleistifte, Löschpapier, Umschläge, Tintenfässer, Federhalter. Bei der dritten Schublade auf der linken Seite packte Luz Mona beim Arm.

»Sieh mal«, raunte sie.

Dort war die dunkle Form einer Pistole zu erkennen.

Sie starrten noch immer erschrocken darauf, als sie Fidels Schritte hörten. Er kam hastig durch die Wohnung, ohne sich darum zu scheren, ob er Lärm machte, und trug etwas in den Händen.

»Die waren in einem Schrank im Schlafzimmer, ganz hinten, zugehängt mit einer Decke.«

Sie erkannten sie sofort im Licht der Feuerzeugflamme. Luz presste sich die Hand auf den Mund, um nicht aufzuschreien, Mona schloss fest die Augen, als wollte sie sich den Anblick ersparen.

Drei aufeinandergestapelte Zigarrenkisten mit dem unverkennbaren Markenzeichen von Cuesta Rey auf dem Deckel, dem Bild einer jungen weißgekleideten Schönheit mit Perlen um den Hals und roten Blumen im Haar. Made in Tampa, stand darauf. Sie waren in das ihnen wohlvertraute Tuch eingeschlagen, dem Beweis, das Luciano Barona sich mitsamt seiner Ware in dieser Wohnung befunden haben musste.

»Gehen wir, gehen wir«, flüsterte Mona mit ersterbender Stimme.

Die beiden anderen, schreckensstarr, rührten sich nicht.

»Los, raus hier!«, beharrte Mona lauter. »Fidel, stell diese Kisten wieder an ihren Platz, Luz, geh ans Fenster.«

Sie selbst ließ den Blick noch einmal hektisch durch den Raum schweifen, während ihr das Entsetzen fast den Atem nahm. Die Gewissheit trommelte ihr in den Schläfen: Hier war der arme Luciano zum letzten Mal mit seinen Kisten unterwegs gewesen, hatte zum letzten Mal die Baumwollkordel in den Händen gehalten.

Bis sie mit einem Mal sah, wonach sie die ganze Zeit gesucht hatten. Auf einem Regalbrett neben der Tür, als wartete sie darauf, gleich am Morgen zu ihrem nächsten Ziel gebracht zu werden, lag ihre Akte. Im selben Augenblick stieß Luz einen panischen Schrei aus.

»Sie kommen! Alle beide kommen sie zurück!«

Fidel war sofort zur Stelle, Mona presste die Mappe an sich, in ihrem Kopf überschlugen sich die Gedanken, sie rang um Klarheit. Zu offensichtlich, dachte sie schließlich in einer plötzlichen Erleuchtung. Ein zu eindeutiges Bekenntnis, wenn sie sie mitnahmen. Sie legte sie zurück ins Regal und befahl knapp:

»Raus hier, los!«

Hals über Kopf stürmten sie aus der Wohnung.

»Nach oben!«

Sie rannten die Treppe hinauf und erreichten den nächst-
höheren Absatz in dem Augenblick, in dem unten die beiden
Männer das Haus betraten. Dicht nebeneinander an die Wand
gepresst, hielten sie die Luft an, lauschten den Schritten von
Onkel und Neffe, hörten sie vor ihrem Domizil ankommen
und fluchen, als sie die aufgebrochene Tür sahen.

»What the hell!«

Kaum hörten sie, dass die beiden in der Wohnung waren,
rannten sie in fliegender Hast die Treppe hinunter, als wäre
der Leibhaftige hinter ihnen her. Sie stürmten im selben Moment durch die Tür, in dem Tomasso Kopf und Oberkörper
über den Treppenschacht schob und ihnen einen wutentbrann-
ten Schrei nachschickte, sehen konnte er sie jedoch nicht mehr.
Sein Gebrüll war noch nicht verhallt, als sie bereits draußen
waren.

· 99 ·

Zügigen Schrittes entfernten sie sich durch ein Gewirr kurzer, dunkler Straßen, bogen ständig willkürlich ab, für den
Fall, dass die Mazzas die Verfolgung aufnehmen sollten. In
manchen Hauseingängen waren Grüppchen von Italienern
in Unterhemden versammelt, die rauchten und laut redeten;
zum Teil Cliquen von halbwüchsigen Jungen, die sich gegenseitig aufzogen und denen beim Lachen die Stimme über-
schnappte.

Sie hielten nirgendwo inne, sie sprachen nicht miteinander, sie ließen sich von ihren jungen Beinen aufs Geratewohl
davontragen, bis sie die Lichter der Siebten Avenue vor sich
sahen.

»Schweinehund«, murmelte Mona, als der Horizont endlich wieder weit und nicht mehr so finster war.

»Und was machen wir jetzt?«, fragte Luz, immer noch wie vor den Kopf geschlagen.

»Nach Hause gehen und nachdenken. Etwas anderes fällt mir nicht ein.« Monas Stimme klang müde, als hätte das, was sie gesehen und getan hatten, ihr alle Energie geraubt. »Mutter kriegt einen Anfall, wenn sie um diese Uhrzeit nicht weiß, wo wir stecken.«

Als sie die Uhrzeit erwähnte, klatschte sich Fidel mit der Hand an die Stirn.

»Die Anzeige!«

Sie sahen ihn verständnislos an.

»Nach elf Uhr abends werden bei *La Prensa* keine Anzeigen mehr angenommen. Wie spät ist es?«

Er stürzte auf einen Passanten zu, um ihn nach der Zeit zu fragen, doch der trug keine Uhr; dann hielt er ein Paar an. Zehn nach elf, sagte die Frau.

»Die Todesanzeige der Portugiesin, verdammt, mein Vater bringt mich um, wenn die morgen nicht erscheint, aber da geht bestimmt keiner mehr ans Telefon«, brummte er aufgeregt vor sich hin. »Ich muss runter zur Canal Street zum Büro der Zeitung. Würde es euch etwas ausmachen, allein heimzugehen? Es ist nicht mehr weit, ihr braucht höchstens noch …«

»Fidel, das mit den Familienanzeigen«, fiel ihm Mona ins Wort, »wie funktioniert das?«

Durch die Ereignisse der letzten Stunden war der herbe Schlag, den sie bei Doña Maxi hatte einstecken müssen, ganz in den Hintergrund getreten: die Erkenntnis, dass César Osorio ein Mistkerl war, der ihr etwas von leidenschaftlicher Zuneigung erzählte, während er gleichzeitig um die Hand einer jungen Aristokratin anhielt. Ein weiterer Filou, der Herr Doktor, ein weiterer skrupelloser Kerl, der ihre Würde mit Füßen trat.

»Na ja, du gibst sie in Auftrag und sagst, was sie reinschreiben sollen.«

»Muss man das sofort bezahlen?«

»Je nachdem«, sagte er hastig. »Ich erkläre es dir ein andermal, jetzt muss ich mich beeilen.«

Mona hielt ihn entschlossen zurück.

»Warte«, verlangte sie. »Ich muss das wissen.«

Fidel seufzte ergeben.

»Also, wenn sie dich nicht kennen, wenn du einfach so kommst und willst eine Reklame oder eine Bekanntmachung oder eine Todesanzeige veröffentlicht haben, dann wirst du vermutlich cash bezahlen müssen. Wir dagegen sind Stammkunden, wir zahlen erst einmal nichts und bekommen am Monatsende eine Rechnung geschickt.«

»Hör mal, Fidel«, Mona stotterte fast. »Könntest du mir vielleicht einen Gefallen tun?«

Als sie ihm kurz ihren Einfall erläutert hatte, kratzte sich der Sohn des Bestatters heftig hinter dem Ohr, was er immer tat, wenn ihn etwas überforderte.

»Damit bringst du mich in Teufels Küche.«

»Mag sein, aber es ist sehr wichtig für mich. Extrem wichtig.«

Sie schwindelte, denn das war es nicht. Es war weder wichtig noch dringend; nichts würde geschehen, wenn sie ihre Ernüchterung und Demütigung schluckte und abwartete, bis sie mit der Zeit über die Enttäuschung hinwegkäme, dass der nette Doktor mit seinem selbstsicheren und aufmerksamen Gehabe zwei Eisen im Feuer hatte, dieser gemeine Hund. Ihre spontane Idee sollte sie lediglich ein bisschen für die Tyrannei der Tante und die Feigheit des Patensohnes entschädigen. Sie konnte nichts daran ändern, aber es stand außer

Zweifel, dass sie keinen von beiden je im Leben wiedersehen wollte. Und Fidel hatte, ohne es zu ahnen, einen überraschenden Geistesblitz in ihr ausgelöst.

Mit einem tiefen Seufzer zog der Sohn des Beerdigungsunternehmers ein kleines Notizbuch und einen zernagten Bleistiftstummel hervor.

»Sag schnell, was drinstehen soll.«

· 100 ·

Die Nacht wurde lang und sehr traurig. Zuerst warteten sie, bis Remedios eingeschlafen war; dann holten sie Victoria aus dem Bett. Alle drei in das winzige Badezimmer gezwängt, flüsternd, um die Mutter nicht zu wecken, setzten Mona und Luz ihre große Schwester in Kenntnis über die Ereignisse in Schwester Litos Büro, das Treffen zwischen dem Anwalt und Mazzas Neffen und ihren Entschluss, in die Geschäftsräume der Italiener einzudringen, um nach der Mappe mit den Unterlagen zu suchen. Und zuletzt berichteten sie, was dort in einem Schrank versteckt war, wobei sie ihre Worte mit Bedacht wählten, um ihr nicht unnötig wehzutun, und dass es ebendieser Brunnen auf ebendiesem Platz gewesen war – wie Fidel anschließend in alten Ausgaben von *La Prensa* überprüft hatte –, in dem Lucianos Leiche gefunden worden war.

Victoria brach weder in Tränen aus noch in herzzerreißendes Geschrei. Ihre schönen Augen blieben trocken, ihre Miene verhärtete sich, und ihre Stimme klang frostig, als sie nichts weiter sagte als:

»Das wird er büßen.«

Zum ersten Mal, seit ihre Welt auf dem Kopf stand, gewährten die drei einander unverhüllten Einblick in ihre Seelen und ließen all die Wut heraus, die sich darin angestaut hatte. Gemeinsam erinnerten sie sich, verglichen und betrachteten die Bosheiten und Schändlichkeiten von allen Seiten, das unverdiente Leid, die unnötige Trauer. Erst gegen Morgen schliefen sie ein, als in den Fabriken und an den Piers bereits die ersten Sirenen zur Arbeit riefen. Sie schliefen kaum und waren zur gewohnten frühen Stunde schon wieder auf den Beinen. Bei klarem Verstand, überzeugt, entschlossen: Alle drei wussten, was zu tun war.

Luz verabschiedete sich wie jeden Tag, um in die Wäscherei zu gehen.

Victoria tat, als machte sie sich lustlos an die zigste Kragen- und Manschettenbestellung.

Allein Mona änderte ihre Routine. Sie würde sich um die notwendigen Vorbereitungen kümmern.

»Du wirst zu spät zu Doña Maxi kommen«, knurrte Remedios, die Hände in der Seifenlauge des Spülbeckens.

»Damit ist Schluss, Mutter. Heute habe ich andere Dinge zu erledigen.«

Ohne weitere Erklärungen verließ sie die Wohnung und knallte die Tür hinter sich zu.

Als Erstes telefonierte sie aus einem Frühstückscafé für Büroangestellte, das sich neben der Banco de Lago befand, mit dem St. Moritz und fragte nach ihm, traf ihn jedoch nicht an. Dann nahm sie die Subway nach Washington Heights, und die Fahrt bis dorthin, über hundert Straßen weiter oben, war lang wie eine Winternacht.

Sie riss sich zusammen, um sich von den gigantischen Ausmaßen des Columbia-Presbyterian Medical Center nicht einschüchtern zu lassen, fragte so wohlerzogen, wie sie nur konnte, verlief sich und versuchte es aufs Neue. Nachdem sie vier- oder fünfmal in die Irre gegangen war, fand sie schließlich den richtigen Eingang zum Harkness Pavilion.

»Please, the room of mister Alfonso de Borbón«, bat sie.

Doch sosehr sie beharren, flehen oder die Stimme erheben mochte, das Personal untersagte ihr den Zutritt. Alle Angestellten wirkten unruhig, wie auf dem Sprung, schienen ihre Aufmerksamkeit nur ungern von Nebensächlichkeiten in Anspruch nehmen zu lassen. Inzwischen war es nahezu Mittag, und Monas Mut begann zu sinken. Die Müdigkeit nach der fast durchwachten Nacht, die bedrückenden Entdeckungen vom Vortag und obendrein die Zweifel, ob das, was sie mit ihren beiden Schwestern ausgeheckt hatte, womöglich nichts als ein weiterer Riesenblödsinn war. Verzagt und erschöpft setzte sie sich auf eine Granitstufe vor dem Portal, wo sie von einer Markise gegen die Strahlen der Mittagssonne geschützt war, umschlang die Knie mit den Armen und bettete den Kopf darauf.

Beim Geräusch von Motoren schrak sie aus ihrer Versunkenheit und blickte auf. Das vordere und das hintere waren Polizeiautos, das besondere war das in der Mitte: schwarz und hochglänzend, prachtvoll, von enormer Größe. Die Türen öffneten sich, der Chauffeur und der Beifahrer stiegen rasch aus, um dem Fahrgast auf dem Rücksitz behilflich zu sein.

Das Erste, was Mona von ihr sah, waren die mit kupferfarbenem Satin gefütterten Schuhe, gefolgt von kräftigen Knöcheln in feinen Seidenstrümpfen und dem Saum eines vornehmen Sommermantels. Als die Frau sich zu voller Größe aufrichtete, war Mona beeindruckt von ihrer Statur, ihrer würdevollen Haltung, den schimmernden Perlen um ihren Hals und den großen blauen Augen unter der Krempe des eleganten Hutes.

Acht oder neun Männer, einige in Uniform, einige in Zivil, hatten alle gleichzeitig die anderen Autos verlassen. Aus dem Pavillon kamen mehrere Verantwortliche des Hospitals, allen voran Doktor Valentí Mestre, und auf dem Gehsteig entstand ein kleiner Tumult, als der Pulk sie mit ehrerbietigen Gesten umzingelte. Madame, Señora, Her Majesty, Hoheit …

»Aber Mona, was machst du denn hier?«

Die verdutzte Stimme holte sie aus ihrer Verzauberung; sie saß immer noch auf der Treppenstufe und sprang mit einem Satz auf die Füße. Es war Tony, der zum Gefolge der noblen Dame gehörte, bei seinem Anblick zuckte sie innerlich zusammen. Ordentlicher gekämmt als sonst, in einem Anzug, der sehr viel schicker war als seine gewohnten. Hager wie immer, mit seinen wachen grünen Augen und einem Ausdruck der Verwunderung im Gesicht.

»Ist das die Mutter des Grafen?«, raunte sie. »Die Königin?«

Weitere Autos fuhren vor, man hörte das Quietschen der Bremsen, sie hielten kreuz und quer, Wagenschläge gingen auf, und andere, weniger formell gekleidete, weniger höfliche Männer sprangen heraus: Fotografen mit schussbereiten Kameras und Reporter, die Fragen nach dem abgesetzten König, der Kubanerin, der Familie brüllten.

Inmitten des anschwellenden Aufruhrs nickte Tony, der sich hin- und hergerissen fühlte und am liebsten weiter mit der Frau geredet hätte, der er so gern nähergekommen wäre, ihr aber den Rücken kehren musste, um seinen Aufgaben als persönlicher Sekretär – oder Assistent oder was auch immer – des Ex-Prinzen von Asturien gerecht zu werden. Dessen Mutter, ein Vierteljahrhundert lang die Königin von Spanien, war an Bord der *Conte di Savoia* vor sechs Tagen im Mittelmeer aufgebrochen und soeben eingetroffen; er musste seinen Teil zu ihrer Verteidigung gegen die zudringlichen Presseleute beitragen und sie hineingeleiten, damit sie so schnell wie möglich ihren Erstgeborenen sah.

In Tonys Gesicht bemerkte Mona eine Anspannung, die ihr an ihm fremd war; er wirkte nervös, müde. Ohne sich um Protokolle oder Formalitäten zu scheren, die es im Umfeld

der erlauchten Dame einzuhalten galt, taub für das fordernde Geschrei der Reporter und des Klinikpersonals, trat Mona so nah an ihn heran, dass ihm heiß und kalt wurde.

»Ich habe dich gesucht, Tony. Ich brauche dich heute
Abend.«

Sie stellte sich auf die Zehenspitzen, damit ihr Mund sein
Ohr erreichte, und flüsterte etwas hinein.

Er runzelte verblüfft die Stirn.

»Tony, right here!«, rief jemand von Weitem.

Man verlangte nach ihm, der Lärm der Zeitungsleute gewann immer mehr die Oberhand. »Erzählen Sie uns von Ihrem Gemahl, Madam! Werden Sie zum König zurückkehren,
Señora? Kommt Edelmira auch aus Havanna her, um Ihren
Sohn zu besuchen?« Voller Unbehagen bahnte sich Doña
Victoria Eugénie ihren Weg ins Innere des Hospitals, eskortiert von den Männern, die über sie wachten.

»Wir sehen uns um neun in Al's Tavern«, sagte Mona in
den Trubel hinein und sah ihn mit ihren tiefschwarzen Augen durchdringend an. »Bei allem, was dir lieb ist, Tony, lass
uns nicht hängen.«

Er war noch immer wie gebannt, als Mona seine Hand ergriff.

»Und richte dem Grafen von mir aus«, sagte sie leise und
drückte seine Hand, »dass ich mich freue, wenn es ihm besser geht.«

· 101 ·

Chano kam in die Vierzehnte, wie jeden Nachmittag, und bezog Stellung vor der Haustür; nach ein paar Minuten traten
die beiden jüngeren Schwestern heraus und eröffneten ihm
ohne jede Einleitung:

»Victoria muss mit dir reden.«

Er starrte sie an, als hätte man ihn mit einem linken Haken in die Seile geschleudert.

»Warte auf sie bei Al. Um halb neun.«

Keine von ihnen hatte Al's Tavern je betreten, obgleich sie direkt nebenan lag, in ihrer Welt gingen Frauen nicht in Kneipen. Aber sie wussten, dass diese für Baronas Sohn zu einer Art Generalquartier geworden war, seit er nach dem Tod seines Vaters ebenso verlässlich wie vergeblich jeden Tag um ein Gespräch mit Victoria ersuchte. Die Wahl des Boxers war nicht von ungefähr auf die Taverne gefallen. In der Kantine von La Nacional und den spanischen Cafés und Bars kannte jeder jeden, er wäre dort niemand anderes gewesen als der Sohn des ermordeten Tabakverkäufers, der erfolglose Boxer, der aus unerfindlichen Gründen jetzt im Viertel umherschlich wie ein Gespenst. In dem dunklen, stillen Lokal, das einem Schotten gehörte und von der spanischen Gemeinde so gut wie gar nicht frequentiert wurde, hatte Chano vielleicht keine Anonymität, aber doch eine Zuflucht gefunden vor Beileidsbekundungen, Mitgefühl und neugierigen Blicken. Und die Schwestern, die möglichst nicht gesehen werden wollten, fanden dort den idealen Treffpunkt für diesen Abend.

Jetzt mussten sie nur noch ihre Mutter loswerden; dafür wandten sie sich, wie schon so oft, an ihre Nachbarin.

»Bitten Sie sie, heute bei Ihnen zu übernachten; finden Sie irgendeinen Vorwand, sagen Sie, Sie könnten nicht allein sein, Sie hätten Albträume oder Krämpfe oder schwache Nerven. Aber nehmen Sie sie mit, Señora Milagros, halten Sie sie uns bitte bis morgen früh vom Hals!«

Die Galicierin widmete ihnen einen langen Blick aus ihrem guten Auge, unergründlich ihre Gedanken hinter der runzligen Stirn. In den flehenden Gesichtern vor sich erkannte sie schwerlich die lauten, frechen Gören wieder, mit denen sie in den ersten Wochen so oft Krach gehabt hatte. Es hatte harter Schläge, Umbrüchen und Verlusten bedurft, bis sie sich in die Stadt integriert hatten und zu Frauen gereift waren; jetzt baten sie sie um Hilfe, ohne Erklärungen abzugeben.

»Sagt ihr, sie soll mich in einer Weile abholen, wir werden die Nacht in der Casa María bei Schwester Lito verbringen.«

»Wir waren gestern bei ihr.«

Luz' Ton war das Grauen anzuhören, das sie beim Anblick der Nonne befallen hatte, die Alte dämpfte die Stimme, bis sie kaum noch ein Flüstern war.

»Sie verfällt sichtlich, ich möchte sie nicht allein lassen, wenn sie stirbt.«

Solange sie warteten, sorgten sie zu Hause für eine alltägliche Ruhe. In der Küche die Arbeitsutensilien und die Kisten voller fertig zusammengenähter und noch zusammenzunähender Teile, die geruhsame Atmosphäre, das träge Verstreichen der Zeit.

Remedios akzeptierte ohne Widerrede Señora Milagros' Aufforderung, mit ihr über den Schlaf der siechen Nonne zu wachen; bevor ich gehe, stelle ich euch etwas zum Abendessen hin, sagte sie nur. Sie begann, Kartoffeln zu schälen und Eier zu verquirlen für eine Tortilla, von der sie arglos annahm, dass sie sie essen würden. Keine von ihnen hätte auch nur einen Bissen heruntergebracht, doch ihr Einhalt zu gebieten, hätte nichts genutzt, also ließen sie sie gewähren.

Als das Klappern der Gabel gegen den Rand des Porzellantellers hell durch die engen Zimmer klang, hatte sich Victoria im Bad eingeschlossen und betrachtete sich im gelben Licht der Glühbirne in dem halbblinden Spiegel. Sie schaute sich ins Gesicht, ohne sich zu sehen, sie bemerkte nicht die dunklen Augenringe, auch nicht, wie kantig und knochig sie wurde, weil ihr Magen ständig wie zugeschnürt war. Sie sah sich nur an, damit ihr das eigene Spiegelbild Gesellschaft leistete, während sie heftig nach Luft schnappte, sich ein ums andere Mal sagte, dass sie Chano wiedersehen würde, und sich fragte, wohin das wohl führen würde, was sie und ihre Schwestern planten.

Jemand klopfte vorsichtig an die Tür. Weder Remedios an ihrem Herd noch Victoria, die mit ihrer inneren Unruhe kämpfte, hörten es, Mona und Luz dagegen gingen sofort öffnen.

»Alles bereit?«, fragten sie Fidel leise durch die halboffene Tür.

»Fast, mir fehlt nur noch das Taxi, das könnte ein Weilchen dauern.«

Den ganzen Tag bemühte er sich, seinem Vater und möglichen Verpflichtungen aus dem Weg zu gehen, um einen geeigneten Ort für ihren Plan aufzutreiben. Er hangelte sich durch sein Spinnennetz aus Bekannten, hörte sich um, fragte und besichtigte, bis er das Richtige gefunden hatte.

»Mach, so schnell du kannst, los.«

Sie wollten die Tür schon zudrücken, als ihm noch etwas einfiel.

»Moment! Das hier ist für dich, Mona.«

Aus einer Tasche holte er ein zusammengerolltes Exemplar von *La Prensa*, sie schlug es auf und blätterte gespannt die Seiten um.

Der Angestellte der Druckerei hatte dafür gesorgt, dass das übliche Möge Gott ihrer Seele gnädig sein hinzugefügt worden war. Doña Maxima Osorio, las Mona die dicken Lettern der Todesanzeige, verstorben an einer Infektion der Zunge infolge einer Krankheit ihres bösen Herzens.

Monas Lippen verzogen sich zu einem schmalen, bitteren Lächeln.

»Und die Verlobungsanzeige?«

»Ist unter Gemeindenachrichten. Da, auf Seite sieben, am Ende der Spalte, sieh es dir an.«

Mona blätterte nervös: Doktor Don César Osorio gibt die Auflösung seiner ursprünglich für kommenden Freitag geplanten Verlobung mit Señorita Nena de la Mata, Tochter der Markgräfin de La Vega Real, bekannt, weil er sich für eine derartige Verbindung nicht Manns genug fühlt.

Mona hätte laut auflachen können, stattdessen spürte sie mit einem Mal einen Anflug von Melancholie.

»Ich weiß nicht, wer diese Leute sind oder was du mit ihnen zu schaffen hast, aber ich glaube, da haben wir schwer was angerichtet«, bemerkte Fidel. »Heute Morgen haben sie angerufen und eine Erklärung gefordert. Und Respekt. Sie verlangen, dass Köpfe rollen. Der Direktor ist vollkommen außer sich, und wie es aussieht, wird es den Setzer wohl erwischen …«

»Und du, was hast du gesagt?«

»Dass ich mich auf die Vertrauenswürdigkeit unserer Kunden verlasse. Ich habe mich für meinen Vater ausgegeben, der wird eher ernst genommen als ich.«

Fidel war so treu, die Loyalität des Jungen war anrührend. Ebenso wie er ihr Kompagnon bei dem desaströsen Nightclub-Unternehmen gewesen war, hatte er sich jetzt erboten, ihre Bosheiten in die Zeitung zu bringen, und sich blindlings der neuen Verschwörung der Schwestern angeschlossen; zu allem, was sie aushecktet, sagte er ja und amen. In der Nachbarschaft hielten ihn viele für einen armen, von seinem Vater geknechteten Teufel mit ein paar Hirngespinsten, die ihn manchmal ein bisschen abheben ließen. Für sie hingegen hatte er sich mit seiner Gutmütigkeit inzwischen zu etwas entwickelt, das dem Bruder, den sie nie hatten, recht nah kam.

Mona rollte langsam, nachdenklich, die Zeitung wieder zusammen. Respekt verlangten sie, hatte Fidel gesagt, das

Wort hallte ihr noch immer in den Ohren. Ihr jedenfalls hatten sie keinen Respekt gezollt, weder die Tante mit ihrer herrischen, geringschätzigen Art noch der Patensohn mit seiner verlogenen Galanterie. Monas Racheakt war vergleichsweise harmlos. Sie hatte die beiden schwarz auf weiß dem Klatsch ausgeliefert und sie vor Scham im Boden versinken lassen. Sicher keine Großtat, aber zumindest verhalf es ihr zu einer kleinen Genugtuung.

Nachdem sie die acht Zeitungsseiten wieder stramm zu einem Zylinder zusammengerollt hatte, wrang sie diesen mit energischem Griff.

»Beeil dich, Fidel. Erledige den Rest, und nachher sehen wir uns.«

· 102 ·

Sie trugen alle drei dunkle Sachen. Keine strenge Trauerkleidung, nur gedeckte Farben. Im vorderen Teil der Taverne waren wenige Gäste, sechs oder sieben einzelne Männer, die über verlorene Hoffnungen sinnierten, während sie ihre Gläser leerten; die Frauen kamen so leise und unauffällig herein, dass fast niemand aufblickte. Gedämpftes Licht, feierabendliche Ruhe. Der schottische Inhaber, den Rücken zum Tresen gewandt und eine weiße Schürze unter den stattlichen Bauch gebunden, ordnete Likörflaschen.

Sie gingen nach hinten durch, ihre Schritte kaum hörbar in dem Sägemehl, das den Boden bedeckte. Als Chano sie sah, stand er von seinem Barhocker auf. Vor ihm auf der Theke stand unberührt sein zweites Bier.

Mona und Luz beschlossen, sich im Hintergrund zu halten, und ließen ihre große Schwester die letzten Meter allein gehen. Er schaute sie nur an.

Sie hatte abgenommen, und ihr Haar war gewachsen, seit sie es vor der Hochzeit abgeschnitten hatte; jetzt reichte es ihr bis zur Schulter, sie hatte es an diesem Nachmittag gewaschen, in der Hoffnung, dass so die Zeit schneller verginge und ihre Nervosität sie nicht um den Verstand brachte, die Spitzen waren noch feucht. Außer der dunklen Mähne glänzte nichts an ihr, weder ihr eingefallenes Gesicht noch die großen schwermütigen Augen. Trotzdem schien es Chano, als könnte es auf Erden kein hinreißenderes Geschöpf geben.

Als nur mehr ein kleines Stück zwischen ihnen lag, hielten sie beide unschlüssig inne. Schließlich breitete der Boxer die Arme aus; sie tat einen Schritt, noch einen, langsam. Bis sie einander berührten, wiedererkannten, in der Umarmung verschmolzen, Victorias magere Knochen geborgen in den Muskeln ihres Stiefsohnes. Sie küssten sich nicht, fühlten keine Begierde. Sie standen nur dicht zusammen, während ihnen die Tränen die Kehle zuschnürten.

Zu guter Letzt saßen alle vier zusammen, auf zwei Holzbänken mit hohen Lehnen und einem Tisch dazwischen. Victoria und Chano auf der einen Seite, noch überwältigt von ihrem Wiedersehen. Mona und Luz gegenüber.

»Wir wissen, wer deinen Vater umgebracht hat.«

Das Gesicht des Boxers war schlagartig wie entstellt; unter dem Tisch griff Victoria nach seiner Hand, als Mona fortfuhr.

»Es war dasselbe Schwein, das uns den Laden demoliert hat. Wir wissen auch, wo er wohnt und mit wem, was er treibt und wo er sein Auto abstellt.«

In knappen Worten setzte sie ihn in Kenntnis, während die Verstörung nicht aus seinem Gesicht wich.

»Wir sind der Ansicht, dass er damit nicht durchkommen darf. Nach allem, was er uns und deinem Vater und Schwester Lito angetan hat. Also haben wir beschlossen zu handeln.«

Den Plan, den Mona ihm darlegte, konnte man nur als aberwitzig bezeichnen. Ein hirnverbranntes Unterfangen mit zahllosen Möglichkeiten, aus dem Ruder zu laufen und zu scheitern. Ein Vorhaben mit fürchterlichen Konsequenzen, wenn etwas schiefging.

Unfähig, sofort eine Meinung zu äußern, stand Chano auf. »Ich glaube, ich brauche einen Schluck.«

Gerade wollte er sich auf den Weg zum Tresen machen, als Tony hereinkam. Er schaute sich nach allen Seiten um; es waren nur noch vier oder fünf andere Gäste im Lokal. Die Frauen in ihrem geschützten Winkel konnte er nicht sehen. Doch er erkannte Baronas Sohn und strebte mit langen Schritten auf ihn zu.

Mona war erleichtert. Die Wanduhr hinter der Theke zeigte fünf vor neun. Er war sogar zu früh. Sie reckte den Hals, um seine Hände zu sehen, und ihre keimende Euphorie zerplatzte wie ein angestochener Luftballon: Sie waren leer. Eine steckte in seiner Hosentasche, mit der anderen umarmte er Chano flüchtig. Zu ihrer Beunruhigung trug er, entgegen ihrem Auftrag, nichts bei sich.

»Na, bist du die Königin losgeworden?«, fragte sie ihn zur Begrüßung. Um Zeit zu gewinnen und dafür zu sorgen, dass man ihr die Enttäuschung nicht anmerkte.

Ohne zu antworten, zog sich Tony einen Stuhl zum Tisch. »Kann mir mal jemand diesen Schwachsinn erklären?«

Chano kam mit zwei kleinen Gläsern Whiskey und setzte sie mit dumpfem Knall auf das Holz der Tischplatte, die Schwestern wollten nichts trinken. Dann sagte er etwas auf Englisch, das sie nicht verstanden, doch Tonys Reaktion sprach Bände. Was er gehört hatte, gefiel ihm kein bisschen.

Barsch fuhr Mona die beiden an:

»Sprecht christlich, wenn ich bitten darf!«

Sofort biss sie sich auf die Zunge, das war ein Ausdruck

von Doña Maxi, den sie nicht mochte. Und davon abgesehen, stand es ihr auch nicht zu, ihnen irgendwelche Anweisungen zu geben. Mit ihren Schwestern war sie sich einig, und ihr am frühen Morgen im Badezimmer gefasster Entschluss war unerschütterlich; wenn die beiden Männer ihnen halfen und alles noch in dieser Nacht erledigt werden konnte, perfekt. Andernfalls kämen sie auch allein zurecht. Sie würden abwarten, auf Fidels Unterstützung konnten sie weiterhin zählen, und auf die eine oder andere Art würden sie schon an das kommen, was sie brauchten.

Tonys Miene war verdrossen und ohne eine Spur seiner gewohnten Leutseligkeit. Er wechselte ins Spanische, damit keine Zweifel aufkommen konnten, und sagte in seinem kubanischen Singsang:

»Ihr seid vollkommen durchgedreht.«

»Wir haben gute Gründe.«

»Und keine Ahnung, mit wem ihr euch da anlegt.«

»Es ist alles durchdacht.«

Das Gespräch fand zwischen Mona und Tony statt, ein rascher Schlagabtausch; die anderen hörten aufmerksam zu. Victoria kaute auf ihrer Unterlippe, Luz wurde immer fahriger, Chano hielt sich vorsichtig zurück, er schluckte selbst noch schwer am Ansinnen der Schwestern und dessen Tragweite. Dennoch hatte er nicht nein gesagt.

»Niemand zwingt dich, uns zu helfen.«

»Du hast mich herzitiert.«

»Ich dachte, du wärst auf unserer Seite.«

»Aber es gibt andere Möglichkeiten.«

»Sicherlich. Aber wir haben uns für diese entschieden. Und wenn du nicht damit einverstanden bist, dann zieh besser Leine.«

Tony sog scharf die Luft ein. Ja, das wäre zweifellos das Beste. Zu verschwinden. Die Vierzehnte Straße und diese Familie zu vergessen; ins St. Moritz zu gehen, wo er inzwischen wohnte und Tag und Nacht Covadonga umsorgte, weitab seines verwahrlosten Apartments in Queens, seines Straßenlebens und der schwarzen Lotterie, der Sportwetten, Bars und Freunde. Es wäre eindeutig das Gescheiteste, in seinen neuen Kokon aus Formalitäten und Protokollen zurückzukehren, zu den ausführlichen klinischen Gutachten, dem Telegrammverkehr mit Europa, den pochierten Eiern und dem Silberbesteck auf dem Frühstückstisch.

»Aber ich dachte, du würdest es wenigstens für Luciano tun.«

Er sah sie lange an.

»Bei allem Respekt vor dem Andenken dieses Freundes meines Vaters und des Vaters meines Freundes«, dabei wies er auf Chano, »doch nicht einmal ihm zuliebe würde ich mich in einen derartigen Schlamassel stürzen.«

Dann leerte er sein Glas in einem Zug.

»Wenn ich mich darauf einlasse, Mona, dann einzig und allein deinetwegen.«

Er hatte von Anfang an gewusst, dass er sich nicht weigern konnte; zu stark war die Anziehungskraft dieser Frau, deren Miene sich im selben Moment von finsterer Entschlossenheit zu heller Begeisterung wandelte. Seit er sie an diesem Morgen auf der Treppenstufe vor dem Klinikpavillon entdeckt hatte, war ihm klar, dass er nicht umhinkonnte. Er hatte sie nur ansehen müssen, wie sie dort kauerte, die nackten Knie mit den Armen umschlungen, allein und außergewöhnlich wie ein Sonnentag mitten im Winter, kühn, unbefangen, schön, gleichgültig gegen dieses rigide Universum aus Krankenhausnormen und Verantwortlichkeiten Dritter, in das ihr Schicksal sie getrieben hatte.

»Das, worum du mich gebeten hast, liegt draußen in Covadongas Wagen.«

Das Telefon klingelte hartnäckig auf einem Ecktisch des Büros, bis Tomasso durch den Flur herangestolpert war und es
abnahm.

»Hello?«

»Ich möchte Rechtsanwalt Mazza sprechen.«

Die Stimme am anderen Ende der Leitung war die Chanos;
er beherrschte am besten den Slang des Ortes, von dem aus er
vorgab anzurufen, schließlich war er dort aufgewachsen.

»Who's calling?«

Auf der Uhr im Regal war es zehn vor eins, und nun trat
auch sein Onkel neben ihn, aufgeschreckt durch den nächtlichen Anruf. Das Haar stand ihm fettig vom Kopf ab, er
trug ein Achselhemd und eine gestreifte Schlafanzughose
und kratzte sich mit gerunzelter Stirn zwischen den Beinen.
Halb verborgen unter seinen struppigen Brusthaaren schimmerte eine Goldkette mit Kruzifix.

»Es hat einen Unfall gegeben. Verbinden Sie mich bitte mit
ihm.«

»Wait a second.«

Zögernd hielt Tomasso seinem Onkel den Hörer hin.

Fidel hatte den Nachmittag damit verbracht, die Informationen zusammenzusuchen, die Chano jetzt weitergab; den
Ablauf hatten sie in Al's Tavern festgelegt, während der Wirt
die Gläser spülte und die letzten einsamen Gäste gingen.

In der Nacht sei es zu einem Zwischenfall am Pier der
Norwegian America Line in Brooklyn gekommen, berichte-
te Chano. Er rief vom öffentlichen Fernsprecher des Montero aus an, einer Hafenspelunke, die einem Galicier gehörte
und oft die ganze Nacht geöffnet hatte, in der Nähe seiner
Wohnung in der Atlantic Avenue; die anderen drängten sich
um ihn und lauschten mit angehaltenem Atem. Verursacht

durch ein stümperhaftes Manöver zur falschen Zeit, erklärte er weiter. Ein Nachtwächter sei schwer verletzt ins lutheranische Krankenhaus gebracht worden, besinnungslos und stark blutend. Er gehöre auch zum Wachpersonal, aber sie hätten ihm nicht erlaubt, den Verwundeten zu begleiten, und auch die Familie nicht benachrichtigt; ein Kollege habe ihm geraten, sich schon mal mit dem Anwalt in Verbindung zu setzen … Er erzählte wortreich, mit vielen Redewendungen und in der typischen Ausdrucksweise der Hafenleute; davon gab es in Brooklyn eine Menge, die Familie Barona war immer nahe der Waterfront ansässig gewesen, und so hatte er unweigerlich viel aufgeschnappt.

Nichts von alldem ließ den Anwalt hellhörig werden, alles entsprach den vertrauten Abläufen. Dank einer gut geschmierten Kette von Informanten war Mazza an einige seiner besten Mandanten gelangt. Eigenartig war nur die Uhrzeit; normalerweise erhielt er derartige Anrufe, wenn die Leute bereits bei der Arbeit waren, wenn die Ladungen gelöscht wurden und all die Gerätschaften im Einsatz waren, wodurch die Unfallgefahr stieg. Aber die Verhältnisse gestatteten weder Misstrauen noch Bedenken, außerdem hatte der Kerl doch gesagt, es handele sich um einen Nachtwächter, und so forderte er Tomasso mit herrischer Geste auf zu notieren.

»Sagen Sie mir den Namen des Unfallopfers.«

»Paulo Ferrara, ein Portugiese.«

Chano hatte nicht lange überlegen müssen, in der Secondary School hatte er einen Klassenkameraden gehabt, der so hieß.

»Und helfen Sie mir auf die Sprünge, an welchem Pier in Brooklyn ist die Norwegian noch gleich?«

»Pier 9, Señor.«

»Adresse des Verunglückten?«

»Wie bitte?«

»Die Adresse des Mannes, der den Unfall hatte.«

»Ach ja, verzeihen Sie. Fuck, irgendwo in ... in ... South Brooklyn, die Straße weiß ich nicht.«

»Gut, das macht nichts, das lässt sich schon herausfinden. Eines noch ...«

»Ich muss auflegen, ich werde gerufen ... ich soll ...«

»Und mit wem habe ich bitte gesprochen?«

Als Nächstes hörte Mazza einen Pfeifton, der ihm durchs Trommelfell fuhr. Der Hörer krachte auf den Boden, als er ihn wütend fallen ließ, statt ihn auf die Gabel zurückzulegen. Norwegian America Line, Brooklyn Piers. Die Namen hallten in ihm nach, seine Schläfrigkeit war vollständig verflogen, er dachte nach. Er wusste, dass die Piers von Brooklyn unter der Aufsicht der Gambinos standen, dass sich dort Emil Camarda herumtrieb und Anthony Anastasio als Vorsitzender der Gewerkschaft der Schauerleute ein eisernes Regiment führte. Er zauderte, überlegte, ob er nicht vielleicht seinen alten Onkel anrufen und um Rat fragen sollte, um nicht etwas zu unternehmen, das er später bereuen könnte; er pflegte keine Aktivitäten am anderen Flussufer, auch wenn er für alle Fälle seine Netze dort ausgebreitet hatte. Noch schwankte er, kratzte sich wieder im Schritt, hinterher das drahtige Kraushaar auf der Brust, schließlich die linke Achselhöhle.

»Tomasso!«, brüllte er dann, nachdem Gier und blinder Ehrgeiz gesiegt hatten. »Zieh dich an, wir gehen!«

In wenigen Minuten waren sie fertig, kaum gewaschen und in denselben zerknitterten und verschwitzten Sachen vom Vortag. Bevor sie die Wohnung verließen, schlug er seinem Neffen die Hand auf die Schulter und wies auf die Schreibtischschublade.

»Nimm sie mit, und leg sie ins Handschuhfach. Nur zur Sicherheit.«

Auf der Straße war niemand unterwegs, es gab weder

Spielhallen noch Veranstaltungslokale in der Nähe, lediglich die imposante Silhouette der Kirche, das Geschrei von zwei Betrunkenen, die sich in der Grünanlage zankten, und vereinzelte Fahrzeuge. Sie gingen zum Parkplatz ihres Chevrolet Six, stiegen ein, und Tomasso wollte den Motor anlassen. Doch es tat sich nichts. Santa merda!, schimpfte Mazza. Tomasso versuchte es noch einmal ohne Erfolg, dann ein drittes Mal. Und ein viertes. Nachdem der Onkel seinem Zorn mit einem Wortschwall Luft gemacht hatte, stiegen beide wieder aus, Tomasso öffnete die Haube und starrte stumpfsinnig auf das Innenleben des Wagens. Auf das verlassene Grundstück fiel nur das matte Licht einer Straßenlaterne, es war kaum etwas zu erkennen.

»Brauchen Sie Hilfe?«

Sie fuhren herum. Beim Anblick ihrer über den Motorraum gebeugten Gestalten hatte ein Taxi neben ihnen angehalten. Der Fahrer rief sie freundlich durch das offene Seitenfenster an; Mazza winkte ihn gebieterisch herbei. Natürlich brauchten sie Hilfe, Blödmann, das sah man doch.

Da keiner von beiden Tony Carreño kannte, kam auch keiner auf die Idee, dass dieser lange, dünne Typ, der jetzt seinen Wagen am Straßenrand abstellte und entschlossenen Schrittes herankam, nicht der Taxifahrer war, für den er sich ausgab. Das geliehene Taxi hatte Fidel schließlich beschafft.

Der Mann aus Tampa begrüßte Onkel und Neffe mit je einem raschen Schulterklopfer und näherte dann das Gesicht dem Motor, bis er ihn fast mit der Nase berührte. Er schnupperte, griff hinein, zupfte brummend an Kabeln und Zündkerzen. Die Italiener konnten ja nicht ahnen, dass er den Schaden, den er jetzt beheben sollte, vor einer Weile selbst angerichtet hatte. Nach minutenlangem Fummeln hielt er schließlich ein undefinierbares Stück Metall zwischen Daumen und Zeigefinger in die Höhe.

»Ich fürchte, heute Abend werden Sie nirgendwo mehr hinkommen, Freunde. Das verlangt nach einem Fachmann, dieses Teil muss ausgetauscht werden, und ich glaube nicht, dass ...«

»Dann fahren Sie uns«, schnitt ihm Mazza das Wort ab. »Wir müssen nach Brooklyn, Pier 9.«

Tony tat, als müsste er darüber nachdenken, während er sich in Wahrheit nur ein paar Sekunden Zeit nahm, um sich einen Eindruck von seinen Kontrahenten zu verschaffen. Zwei gewöhnliche Typen, dunkelhaarig, schwitzend, nachlässig gekleidet, das Kinn mit schwarzen Bartstoppeln bedeckt. Sie wirkten nicht besonders stark, doch war es das Wichtigste, festzustellen, ob sie bewaffnet waren. Eine Bewegung im rechten Arm des Anwalts versetzte ihn in Alarmbereitschaft.

»Ich zahle im Voraus und das Doppelte, wenn nötig. Es ist ein Notfall.«

Eine Welle der Erleichterung durchströmte Tony, als ihm klar wurde, dass Mazzas Geste lediglich seiner Brieftasche gegolten hatte.

»Ok, wenn das so ist, steigen Sie ein.«

»Nach Brooklyn, also«, blaffte Mazza. »Und geben Sie Gas!«

· 104 ·

Die anderen warteten an dem Pier, der unter dem Brückenkopf eingepasst war. Sie waren in Covadongas Auto gekommen, mit Chano am Steuer. Vor ihnen lagen das schwarze Wasser des East River und die mächtige strahlende Silhouette Manhattans, Tausende von Lichtern, die wie irdische Sterne durch die Nacht funkelten.

Kein Schiff der norwegischen Gesellschaft hatte in dieser Nacht dort festgemacht, und es hatte sich auch kein Unfall ereignet. Indem er sich hier und da unter vertrauenswürdigen Bekannten umhörte, hatte Fidel in Erfahrung bringen können, dass diese Anlegestelle seit einiger Zeit so gut wie ungenutzt war, der Verkehr von Passagieren und Waren zwischen New York und der skandinavischen Halbinsel war in letzter Zeit nicht sehr rege gewesen.

Die Scheinwerfer des Taxis beleuchteten die leere Esplanade, die Reifen knirschten auf dem Kies. Die anderen standen seitlich außerhalb des Sichtfeldes, den Rücken gegen die Holzbohlen eines Hangars gepresst, und hielten den Atem an.

Die Verlassenheit des Ortes machte Mazza und Tomasso sofort stutzig. Ihre Körper verkrampften sich, und ihre Augen starrten verkniffen durch die Scheiben, konnten die Finsternis jedoch nicht durchdringen. Auf der Fahrt hatte Tony sie mit Banalitäten abzulenken versucht, auf die kaum eine Antwort gekommen war. Nein, der Anwalt und sein Neffe waren keine unvorsichtigen Typen, auch wenn er sie in einem schwachen Moment erwischt hatte. Normalerweise trauten sie nicht einmal ihrer eigenen Mutter. Kaum nahmen sie die liebliche Ruhe des Ortes wahr, argwöhnten sie sofort, dass etwas faul war.

Allerdings blieb ihnen so gut wie keine Zeit, sich schlüssig zu werden, denn zwei schattenhafte Gestalten stürzten auf die hinteren Wagentüren zu und rissen sie gleichzeitig auf.

»Hands up! Get out!«

Es waren Chano und Fidel, jeder mit einer Waffe in der Hand. Zur Verstärkung wandte sich Tony vom Fahrersitz nach hinten um und zielte mit einer dritten auf sie.

Dies war Monas Wunsch gewesen, den sie Tony am Morgen vor dem Krankenhaus ins Ohr geflüstert hatte. Drei Pistolen. Den ganzen Tag hatte er mit seinen Zweifeln gerungen und geschwankt, ob er ihrer Bitte nachkommen und zum Komplizen werden oder sich rundweg weigern und damit ihr Vertrauen für immer verspielen sollte. Entgegen aller Vernunft und jeglichem gesundem Menschenverstand entschied er sich letztlich für Ersteres, er war nicht imstande, nein zu sagen. Und darum hatte er, nachdem er den Grafen an diesem Abend wieder in seinem Klinikpavillon und dessen Mutter im Plaza abgesetzt hatte, erneut den sephardischen Pfandleiher aufgesucht.

Drei Pistolen brauche ich, mein Freund. Morgen haben Sie sie zurück, das schwöre ich. Diesmal verabschiedete ihn der Alte nicht spöttisch grinsend, auch sagte er ihm nicht in seinem altertümlichen, melodischen Spanisch adiós, sondern ermahnte ihn schlicht: Be careful, young man. Auf dass Gott dich erleuchte.

Mazza und Tomasso leisteten keinerlei Widerstand. Der Anwalt schnaubte wie ein Pferd und beherrschte mit Mühe seine Wut, als er merkte, dass er reingelegt wurde, und die Hände hob. Der Neffe kroch mit eingezogenem Kopf aus dem Auto und wirkte noch bedeutungsloser, als er ohnehin schon war.

Zuvor hatte Chano mit einem Fußtritt das Vorhängeschloss eines Schuppens gesprengt, in dem aufgerollte Taue und Säcke, alte Bojen, rostige Haken und Ketten lagen. Dorthin trieben sie die beiden Italiener, Pistolen im Rücken, die Hände hochgereckt.

Drinnen hatten sie eine alte Öllampe angezündet und an einen Nagel gehängt, dies war das einzige Licht. Grob stießen sie sie bis zur hinteren Wand, zwangen sie, sich umzudrehen und zuzusehen, wie die Pistolen in Sekundenschnelle in andere Hände wechselten.

Mazza riss erschrocken die Augen auf, ein kalter Schauder

kroch ihm die Wirbelsäule entlang. Tomasso, neben ihm, war wie gelähmt.

Die drei Schwestern, die Töchter des Toten, diese hübschen Spanierinnen, die er selbst bedrängt, belästigt, bedroht und angegriffen hatte, weil sie seinen Forderungen nicht nachgaben, hielten jetzt aus einer Entfernung von wenigen Schritten Pistolen auf ihn gerichtet. Ob auf seine Brust, den Kopf oder zwischen die Beine, war nicht ganz klar; bestimmt hatten sie zum ersten Mal eine Waffe in der Hand und konnten überhaupt nicht zielen, ihre mageren Ärmchen vermochten ja kaum, das Gewicht zu halten. Aber da standen sie alle drei mit blitzenden Augen und entschlossener Miene im Schein der Lampe, gekränkt, doch hoch aufgerichtet, sprühend vor Verachtung, Zorn und Rachedurst, und boten ein Bild von furchteinflößender Schönheit. Und Schüsse auf so kurze Distanz würden bei aller Ungeübtheit schwerlich danebengehen.

Dem Anwalt begannen die Beine zu zittern, als ihn die Erinnerung an seine Nötigungen und Einschüchterungen mit Macht überfiel: die rabiate Zerstörung des Lokals, der tot über ihm zusammengebrochene Tabakverkäufer, der Winkelzug mit dem Strohmann, durch den er der Nonne den Fall abgeluchst hatte. Alles in allem hatte diese Entwicklung durchaus ihre Logik, wie er sich mit eisiger Klarsicht eingestand. Sowenig es ihm gefiel, so sehr passte es zusammen.

Chanos erster Schlag traf ihn dennoch völlig unvorbereitet, da ihm eben erst zu dämmern begann, was geschehen würde. Ohne dass er hätte ausweichen können, brach ihm die Faust den Kiefer und kostete ihn drei oder vier Zähne. Er hatte keine Zeit, das Gleichgewicht wiederzuerlangen und sich zu fragen, wer diese Bestie war, als ihm eine zweite rechte Gerade die Nase zertrümmerte; wie ein Schwein schnappte er just in dem Augenblick nach Luft, in dem ihm der dritte Hieb das linke Auge im Schädel versenkte.

Er war halb blind, halb erstickt, sein Mund gefüllt mit Blut und sein Kopf so durchgerüttelt, dass er nicht weiter darüber nachdenken konnte, wer der Kerl sein mochte. Im Grunde war es auch gleichgültig; es gab so viele, die Anlass hätten, ihm Höllenqualen zu wünschen.

Fidels Traum, Musiker zu werden, hatte Mazza im Keim erstickt. Im Las Hijas del Capitán waren neben den Schallplatten von Gardel auch die Sehnsüchte des Jungen verbrannt, seine naiven Illusionen, seine kindische Hoffnung, Luz' Bewunderung zu wecken. Er hätte es im Showbusiness niemals zu etwas gebracht, er war nichts als ein Schwärmer, ein armer Spinner, aber zumindest hatte ihn sein Eifer einigermaßen glücklich gemacht. Jetzt, ohne Boden unter den Füßen und ohne Plan, sah er nur noch ein Leben zwischen Särgen, Kerzen und Todesanzeigen, einen schwarzen Tunnel ohne Licht.

Tony hatte er eine wichtige Instanz genommen, den einzigen Menschen in New York, dem daran gelegen war, dass seine Laufbahn eine andere Richtung nahm, der ihn nicht ermuntert hatte, weiterhin dem schnellen Geld nachzujagen. Und vor allem schmerzte es ihn zutiefst, wie er Mona in Al's Tavern durch die Blume zu verstehen gegeben hatte, dass auch die Zukunft der Frau, in die er sich zu verlieben begann, zerschlagen war.

Chano war von Mazza seines Vaters beraubt worden, den er mit der eigenen Frau hintergangen hatte, weshalb ihm sein Tod doppelt wehtat. Selbst wenn seine Wunden im Lauf der Zeit nach und nach verheilten, diese würde sich nie vollends schließen.

Und für Victoria, Mona und Luz gab es mehr als genug Motive.

Sie alle hatten ihre Gründe, dieses klägliche Geschöpf mit dem blutüberströmten Gesicht, das jetzt vor ihnen lag, lieber tot als lebendig zu sehen.

Irgendwann stellte Chano die Prügel, bei denen es sich zum Auftakt um seine persönliche Rache gehandelt hatte, freiwillig ein. Niemand war eingeschritten, bis er von selbst aufhörte. Danach nötigte er Mazza, aufzustehen und sich an die Wand gelehnt aufrecht zu halten, während er selbst nach hinten zu Tony ging. Schulter an Schulter, angespannt und wachsam, deckten sie diesen Frauen, die ihrer beider Leben auf den Kopf gestellt hatten, den Rücken. Bereit, sie bis zum Schluss zu unterstützen, im Guten wie im Bösen.

Als Tomasso sich verschont sah, entfuhr ihm ein Seufzer der Erleichterung; dann wurde es wieder still in dem Schuppen, nur das stoßweise Blubbern war zu hören, mit dem Mazza eine widerliche Mischung aus Blut und Zähnen aus dem Mund quoll.

Alle Aufmerksamkeit galt jetzt den Frauen. Sie hatten zu entscheiden, wie es weitergehen würde. Im fahlen Öllicht zielten sie noch immer alle drei in dieselbe Richtung, die Mienen ernst, äußerlich ohne eine Spur von Nervosität. Innerlich jedoch ließen die Zweifel ihnen keine Ruhe.

Einerseits träumte jede davon, der Existenz des Italieners ein Ende zu setzen, und im Prinzip gab es nichts, was sie daran hätte hindern sollen. Er war nichts weiter als ein ruchloser Hurensohn, er hinterließ weder Witwe noch Kinder, niemand würde ihn vermissen, nicht einmal sein unglücklicher Neffe schien viel für ihn übrigzuhaben. Fabrizio Mazza umzubringen, war für sie zu einer Frage purer, elementarer Gerechtigkeit geworden, vielleicht hatten sie sich deshalb für unverwundbar gehalten und keinen Augenblick an die Rohheit des Aktes an sich gedacht. Die Dunkelheit der Nacht und die Männer, von denen sie geliebt wurden, bildeten ihre Schutzschilde, und Luciano Barona wachte über sie, von wo auch immer er sein mochte; es ging lediglich darum, stark zu bleiben und nicht zu verzagen. Nichts konnte schiefgehen.

Jetzt jedoch bekam ihr scheinbar unzerbrechlicher Panzer erste Sprünge. Auch wenn ihnen übel wurde von diesem menschlichen Abschaum mit dem blutverschmierten Gesicht, der immerzu würgte und spuckte, wuchs in Emilio Arenas' Töchtern die Überzeugung, dass sie nicht dazu fähig sein würden. Nein, sie brachten es nicht fertig. Der Schweinehund hatte ihr Leben in einen Scherbenhaufen verwandelt, dennoch fehlte es ihnen an Schäbigkeit, oder vielleicht besaßen sie auch zu viel Anstand, was letztlich auf dasselbe hinauslief.

Nach Sekunden beklemmender Anspannung sahen sie einander an und gelangten wortlos zu einer Übereinkunft.

Nein, sie konnten ihn nicht umbringen.

Ein dunkler Fleck bildete sich zwischen den Beinen des Italieners, mit seinem intakten Auge beobachtete er, wie die Mädchen langsam die Arme sinken ließen. Er pinkelte sich in die Hose.

Stumme Erleichterung breitete sich aus, Tony trat einen Schritt auf die Schwestern zu und hielt ihnen die offenen Handflächen hin, damit sie die Waffen hineinlegten, Chano massierte sich die Fingerknöchel und versuchte angestrengt, sich zu beruhigen. Nur Fidel wollte Einspruch erheben, doch die beiden anderen wiesen ihn in die Schranken.

Und in diesem Moment, in dem Fabrizio Mazza für einen winzigen Augenblick nicht das Zentrum der Aufmerksamkeit war, wäre ihnen um ein Haar das Trommelfell geplatzt.

Alle fuhren herum und sahen den Anwalt zu Boden gehen, ein Loch mitten in der Stirn. Zuerst knickten ihm die Beine ein, dann bog sich sein Rücken durch, und schließlich sank er mit einer langsamen Drehbewegung auf die Seite.

Aus der Mündung von Tomassos Pistole stieg Rauch auf.

Niemand hatte bedacht, dass der Neffe ja ebenfalls ein Opfer war.

Über die Brooklyn Bridge traten sie den Rückweg an, es war noch nicht ganz fünf Uhr morgens, sie begegneten kaum jemandem, nur vereinzelten Autos. Keiner sprach ein Wort, alle starrten geradeaus auf die prachtvollen Lichter, aus denen die Silhouette der Stadt bestand.

Noch waren die Sirenen der Werkstätten und Fabriken nicht erklungen, Läden und Büros geschlossen, es verkehrten kaum öffentliche Verkehrsmittel, die Baustellen ruhten. Doch bald würde New York erwachen, sieben Millionen Menschen würden die Augen aufschlagen und ihre Betten verlassen. Mehr als ein Drittel waren Einwanderer aus anderen Ländern, geboren in fernen Gegenden, wo man andere Sprachen sprach und ein anderes Lebensgefühl herrschte. Hunger, Ungewissheit, Krieg, Sehnsüchte und Befürchtungen hatten sie in diese neue Welt getrieben, und jetzt bildeten sie einen untrennbaren Bestandteil des Stadtgeflechts. Angefangen mit den ersten Holländern, die an dieser Küste eingetroffen waren und sie Nieuw Amsterdam tauften, bis zu den Arenas-Schwestern aus dem Süden Spaniens, New York hatte über die Jahrhunderte immer wie ein Magnet gewirkt.

Ukrainer, Franzosen, Polen, Kubaner, Engländer, Albaner, Griechen, Deutsche, Norweger, Italiener, Iren, Argentinier, Salvadorianer und Puerto Ricaner, Schweden, Portugiesen, Rumänen, Spanier … Alle hatten sie Aufnahme gefunden, und alle hatten sie mit ihrer täglichen Last und Mühe dazu beigetragen, dass die Stadt funktionierte wie ein gut geschmierter Motor. Sie spülten Teller, fuhren Lieferwagen, pflasterten Straßen, brieten Hähnchen, frittierten Kartoffeln, fegten die Gehwege, luden Waren aus, servierten Kaffee in Strömen, kletterten auf Gerüste und mauerten Wolkenkratzer, verpackten Zucker und schaufelten Kohle in die Heizkessel, druckten Zeitungen und Magazine, bewachten Eingänge, schrubbten Böden und Treppen, diese Leute waren sich für nichts zu schade. Und darüber hinaus gründeten sie Familien, setzten Kinder in die Welt, die später die Schulen füllten, litten Heimweh und knüpften unverbrüchliche Netze der Solidarität mit ihren Landsleuten, kamen voran, soweit es ihr Wagemut und ihre Ausdauer gestatteten; einige hatten Erfolg, vielen gelang es, sich über Wasser zu halten, wenige scheiterten vollends, manche schafften es zurück in die Heimat, andere blieben für immer. Jedenfalls rackerten sie sich ab, kehrten jeden Abend ausgelaugt und mit geschwollenen Füßen in ihre bescheidenen Behausungen zurück und erduldeten eine knochenharte Gegenwart in der Hoffnung auf eine bessere Zukunft. Und gelegentlich war Fortuna ihnen hold, um ihnen dann wieder ein Bein zu stellen oder ihnen Typen wie Fabrizio Mazza auf den Hals zu schicken, dessen Leiche sie soeben in dem Verschlag zurückgelassen hatten.

Stumm, das Bild des Toten noch vor Augen, überquerten sie den East River, während einige Boote unter der Brücke hindurchglitten; noch hatte der hektische Schiffsverkehr, der mit dem neuen Tag einsetzen würde, nicht begonnen. Es würde lange dauern, bis der grausige Anblick in ihrer Erinnerung verblasst wäre.

Zum Erstaunen der anderen agierte Tomasso ungeheuer kaltblütig. Let's get out of here, sagte er, kaum dass sich die Seele des Anwalts auf den Weg ins Fegefeuer gemacht hatte. Bevor sie aufbrachen, nahm der Neffe die Brieftasche seines Onkels an sich, die Armbanduhr, den Granatring und die Kette mit dem Kreuz. Der Sohn des Bestatters bückte sich – mehr aus professioneller Gewohnheit als aus echtem Mitgefühl – und brachte die Gliedmaßen des Toten in eine halbwegs würdevolle Position, dann schloss er ihm das Auge und bedeckte ihn mit ein paar Säcken. Wahrscheinlich würde es einige Tage dauern, bis man ihn fand, der Schuppen machte nicht den Eindruck, stark frequentiert zu sein. Außerdem würde er mit dem zerschmetterten Gesicht schwer zu identifizieren sein und vermutlich zusammen mit den armen Teufeln aus dem Leichenschauhaus von Bellevue, wo Barona kürzlich nach seiner Schwiegermutter gesucht hatte, in einem Massengrab landen.

Die Gefasstheit der Arenas-Schwestern war beeindruckend. Sie hatten sich verschätzt, als sie meinten, es sei leicht, einen Menschen zu töten, und angesichts der unvermittelten Reaktion des Neffen war ihnen das Blut in den Adern gefroren, aber sie blieben äußerlich gelassen und ließen nicht zu, dass die Panik sie überwältigte. Es gab kein Geschrei, keine Aufregung, keine Tränen; sie bewahrten Ruhe, bissen die Zähne zusammen und verhielten sich still. Tony verstaute die Waffen wieder in dem Lederbeutel des Juden, Chano wusch sich die Hände in einer Schüssel mit Wasser; so schmutzig dieses auch sein mochte, war es doch immer noch weniger abscheulich als Mazzas Blut. Dann hatte sich Tomasso abgewandt und war zwischen den Schatten verschwunden, und die anderen waren in die Autos gestiegen.

Jetzt ratterten sie über die Brücke, näherten sich dem Ufer der Lower East Side nahe der Cherry Street, wo sich Emilio Arenas in seinen Anfangszeiten niedergelassen hatte. Doch an ihn dachte niemand; in diesem Moment, noch ganz benommen, war keiner von ihnen in der Lage, an irgendetwas anderes zu denken als an das, was gerade geschehen war.

Das Leben allerdings hatte für jeden von ihnen bereits gewisse Koordinaten vorgesehen, nachdem diese Geschichte nun abgeschlossen war, sie die Brooklyn Bridge hinter sich ließen und nach Manhattan hineinfuhren, während hinter ihnen die Sonne über den Horizont zu lugen begann.

EPILOG

Tonys Beziehung zu Mona bewegte sich weiter auf schwankendem Boden, solange er von dem Ex-Prinzen und dessen Familie bearbeitet wurde, damit er sich bereit erklärte, offizieller Sekretär zu werden; im Gegenzug bot man ihm natürlich Pfründe und Einfluss, ein stattliches Gehalt, Kontakte. Tony wog ab, bedachte Pro und Kontra, die materiellen und immateriellen Aspekte, wobei seine aufrichtige Zuneigung zu dem Grafen keine geringe Rolle spielte. Und zu guter Letzt ließ er sich teilweise darauf ein: Er würde sein Leben ändern, aber nicht die Stadt verlassen. Er wäre einverstanden, sich in Alfonso de Borbóns ständigen Begleiter zu verwandeln, wann immer dieser sich in New York aufhielt.

Doch schon wenige Monate später entschloss sich der Erbe, der nie mehr etwas erben würde, den Rest seines Lebens ohne Tony zu verbringen. Nachdem seine Gesundheit und sein Lebensmut dank der Behandlung im Presbyterian und dank des Besuchs seiner Mutter einigermaßen wiederhergestellt waren, suchte er sich einen neuen Assistenten, einen gewissen Jack Fleming, der zwar nicht Tonys Charme und seine hinreißende Frechheit besaß, seine Aufgaben jedoch ebenso gewissenhaft erfüllte. Zusammen mit ihm unternahm Covadonga immer verwegenere und seiner königlichen Herkunft immer weniger angemessene Abenteuer. Er ließ sich endgültig von Edelmira scheiden, weigerte sich, nach Europa zurückzukehren, und brach jegliche Verbindung zu seinem Vater ab, als er ein Jahr später in der spanischen Botschaft in Kuba in Gegenwart von Präsident Laredo Brú ein atemberaubendes Model aus Havanna heiratete. Die Ehe hielt kaum zwei Monate; nach der Trennung von seiner zweiten Frau begann eine Irrfahrt durch Städte, Hotels, Kliniken und Bars, während seine Lebensenergie und seine Geldmittel zusehends schwanden, bis zu jener Nacht, in der er, nachdem er durch Kasinos und Clubs gezogen war, im Auto einer jungen Zigarrenverkäuferin gegen einen Telegrafenmast raste. Sein geschwächter Körper hielt der Wucht des Aufpralls nicht stand, und der blonde, schlanke, zum König über fünfundzwanzig Millionen Seelen geborene Mann starb zum Kummer seiner Familie und fast unbemerkt von seinen Landsleuten im Victoria Hospital an einer unstillbaren inneren Blutung. Die Presse schrieb, nur sein Sekretär und ein Arzt seien bei ihm gewesen, und mit seinen letzten Worten habe er nach seiner Mutter gerufen. Die Teilnehmer an seiner Beisetzung im Mausoleum des Graceland Memorial Park Cemetery ließen sich an einer Hand abzählen, er war einunddreißig Jahre alt geworden. Fünfzig Jahre später wurden seine sterblichen Überreste auf Verlangen seines Neffen König Juan Carlos nach Spanien überführt und im Panteón de Infantes im Kloster von El Escorial bestattet.

Von diesem Unfall erfuhren Mona und Tony aus der Zeitung; sie hatten den Grafen de Covadonga nie wiedergesehen, bewahrten jedoch ein liebevolles Andenken an den unglückseligen Prinzen, der, ohne es zu wissen, den Grundstein für ihre gemeinsame Zukunft gelegt hatte. Mit der Zeit nahmen sie ein weiteres Unternehmen in Angriff, ebenfalls im Dienst der Kolonie, aber zum Glück rentabler als das Las Hijas del Capitán: eine florierende Importfirma, die sich im selben Rhythmus weiterentwickelte wie die spanische und lateinamerikanische Bevölkerung der Stadt.

Die erste Enklave, die sich auflöste, war die um die Cherry Street, als einige alte Teile der Waterfront abgerissen wurden.

Wo einmal Sendras La Valenciana, das Baskisch-Amerikanische Zentrum, das Café El Chorrito und der Friseursalon von Montserrat gewesen waren, baute man anschließend enorme Wohnblocks; rein gar nichts blieb von den vielen tausend Einwanderern, die sich in den ersten Dekaden des 20. Jahrhunderts in diesem Winkel unter den Rampen der beiden Brücken, gegenüber der Anlegestelle der Schiffe, die von der anderen Seite des Meeres eintrafen, einen eigenen Mikrokosmos erschaffen hatten.

Das Ambiente der Vierzehnten Straße und Umgebung überdauerte glücklicherweise länger und passte sich den Migrationsströmen von der spanischen Halbinsel an, während die Anzahl der Latinos in New York stetig stieg. Im Lauf der Jahre kamen neue Nachbarn und Geschäfte hinzu, die viele bis heute in Erinnerung haben: Restaurants wie das Oviedo, das Coruña, das Trocadero oder das Café Madrid, Buchhandlungen wie Macondo oder Lectorum und Kleiderläden wie La Iberia existierten jahrzehntelang neben unverwüstlichen Betrieben und Institutionen wie Casa Moneo, der Kirche Unserer Lieben Frau von Guadalupe oder La Nacional, die immer das Zentrum des gesellschaftlichen Lebens geblieben ist und bis heute die ehrenvolle Aufgabe eines nostalgischen Überbleibsels dessen erfüllt, was sich einst in jenem Falz zwischen Chelsea und Greenwich Village abspielte, gern auch Little Spain genannt, wo man sonntags Reis mit Huhn aß und Ende Juli den Verkehr umleitete, um den Apostel Jakobus in einer Prozession durch die Straßen zu tragen.

Erst als Mona und Tony in die Jahre kamen und ein schärferer Wind die Gegend zunehmend unsicher machte, verließen sie die große Wohnung, die ihr Heim gewesen war, erklärten ihr Arbeitsleben für beendet und beschlossen, nach St. Petersburg zu ziehen, in ein schönes Haus an der Bucht von Tampa im sonnigen Florida, in die Nähe vieler anderer

Landsleute und vieler Erinnerungen, die nach den Tabakfabriken seiner Kindheit dufteten; dort empfingen sie ihre Kinder und Enkel und zahlreiche Freunde, weit weg in Zeit und Raum von jenem grauenvollen Morgen an einem Pier von Brooklyn, an den zu denken sie zeitlebens vermieden.

Chano und Victoria dagegen trennten sich schon bald. Auch wenn es in jener Nacht niemand ahnte, fehlten nur noch wenige Stunden bis zum Ausbruch eines Bruderkrieges in Spanien, der das Land spalten und die ersehnte Heimkehr so vieler Migranten in große Ferne rücken sollte. Mit Ausnahme von Doña Maxi, Doktor Castroviejo, Doña Carmen Barañano, der Witwe von Moneo, und den Eigentümern einiger anderer gutgehender Geschäfte stand der größte Teil der im Big Apple ansässigen spanischen Gemeinden fest aufseiten der Republik. Letzten Endes, wie die Kellner des El Fornos und der gute Luciano Barona sehr richtig erklärt hatten, waren sie nahezu alle einfache Arbeiter, Lohnempfänger, die sich abplagten, um sich eine Zukunft zu sichern, und es doch auf wenig mehr als fünfzehn Dollar in der Woche brachten.

Deshalb fühlte man sich dem antifaschistischen Kampf verpflichtet, traf sich in den legendären Sociedades Hispanas Confederadas und verfolgte Monat für Monat konsterniert die Entwicklung in den Zeitungen, durch die Erzählungen derer, die aus dem blutenden Vaterland nach New York kamen, über die BBC und die Programme der Kurzwellensender wie *La voz de la España combatiente* – Die Stimme des kämpfenden Spaniens –, denen man dicht gedrängt auf den Dachterrassen lauschte. Voller Unruhe und beklommenen Herzens nahmen sie an zahllosen Versammlungen teil, erließen Aufrufe, veranstalteten Kollekten und Spendenaktionen, die Frauen zogen in einem Protestmarsch nach Washington, eine heroische Karawane, die einen eigenen Roman verdient, und man schickte Kleidung und Nahrungsmittel, Geld, Krankenwagen, Medikamente und unentwegte Solidaritätsbeweise zur anderen Seite des Ozeans.

Inmitten dieser traurigen Umstände fasste Chano einen Entschluss. Er meldete sich freiwillig zum Lincoln-Bataillon, um im Land seiner Vorfahren zu kämpfen. Möglicherweise hatte sein Chef und väterlicher Freund damit zu tun, der Aragonier Manuel Magaña von der Eisenwarenhandlung Fifth Avenue Hardware, der zugleich Vorsitzender der Spanischen Arbeitervereinigung war und den Auftrag hatte, im hispanischen Harlem Freiwillige zu rekrutieren. Abgesehen von der rein politischen Verpflichtung jedoch hatte der Sohn des Tabakverkäufers geheime Beweggründe, die er niemandem offenbarte, weder Victoria noch Magaña, nicht einmal sich selbst. Sein Gewissen zur Ruhe bringen, den Tod des Vaters sühnen, sich von ihr trennen, wieder zu sich selbst finden. Dafür kämpfte er mit Waffen und nicht mit den Fäusten bei den Internationalen Brigaden am Jarama und in Brunete und in Teruel; er überlebte, und nachdem die Republikaner geschlagen waren, kehrte er für eine Weile nach Amerika zurück, nur um bald darauf mit dem Heer der Vereinigten Staaten in den Zweiten Weltkrieg zu ziehen. Letzten Endes, dachte er, war es derselbe gottverdammte Krieg. Sie schickten ihn an den Pazifik, er wurde auf der philippinischen Insel Leyte verwundet, und als sie ihn in ein Hospital von Massachusetts einlieferten, hing sein Leben am seidenen Faden. Bis er eines Tages, an einem Herbstmorgen, die Augen öffnete, noch schwindlig, wie damals als Boxer, wenn ihn ein Gegner auf die Matte geschickt hatte, und neben seinem Bett die Silhouette einer Frau erahnte, die ihm die Hand drückte. Die U. S. Army hatte Victoria, als Chanos einzige Angehörige, über seinen Zustand in Kenntnis gesetzt, denn seit ihrer Eheschließung mit dem Tabakhändler hieß die älteste von Emilio Arenas' Töchtern Victoria Barona.

Beide waren zu diesem Zeitpunkt sicher, ausreichend für ihre Sünde gebüßt zu haben, er in permanenter Schlacht, sie, indem sie tapfer und gefasst ihre Sehnsucht aushielt, sich die Verehrer mit beiden Händen vom Leib hielt und das Zusammenleben mit ihrer Mutter allein ertrug, nachdem ihre jüngeren Schwestern eigene Wege gegangen waren. Sieben Jahre war es her, dass sie auf der Hochzeitsfeier in La Bilbaína jenen Pasodoble getanzt hatten. Sie sollten sich nie wieder trennen.

Für Luz war alles viel leichter, weil ihr sonniges Gemüt mit den Wendungen des Schicksals wohl anders umging. Von Frank Kruzan hörte sie nichts mehr, ohne je zu erfahren, warum der Talentjäger es aufgegeben hatte, sie zu belästigen. Ihre Schwestern hingegen wussten, dass Tony dafür verantwortlich war, weil er nach dem Gespräch in der Grand Central Station beschlossen hatte, den Stier bei den Hörnern zu packen. Er stopfte einen dicken Stapel Lose in Kruzans Brieftasche und verpfiff ihn anschließend bei denselben Polizisten, die noch kurz zuvor ihm auf den Fersen gewesen waren. Die Festnahme erfolgte rasch, und das Urteil war hart: fünf Monate im Gefängnis von Sing Sing wegen illegalen Glücksspiels. Alle Rechtfertigungen nützten nichts, und obwohl der Talentjäger keine absolute Gewissheit haben konnte, dass er dies jemandem aus dem Umfeld der kleinen Luz zu verdanken hatte, hielt er es für klüger, sich von ihr fernzuhalten.

Sie allerdings kehrte auch nicht ins Waldorf Astoria zurück, um das Angebot für die Coast-to-coast-Tournee des Katalanen anzunehmen; nach dem, was in dem Schuppen am Pier der norwegischen Reederei in Brooklyn geschehen war, wusste sie, dass sie sich nie wieder von ihren Schwestern würde trennen können, und beschloss, die verheißungsvolle Welt der Maracas und Trompeten zu vergessen und sich einer bodenständigeren Existenz zu widmen. Allenfalls spielte sie noch ihre kleine Rolle bei der Laienaufführung der Zarzuela im Campoamor und begrub ihre Illusionen von einem Leben als großer Star. Und als die Irigarays sich ein Jahr später entschieden, ihre alten Tage in Long Island zu verbringen und die Wäscherei aufzugeben, begann sie Englisch zu lernen und fand Arbeit in einem Schönheitssalon am Union Square. Bis es eines Abends irgendetwas zu feiern gab und sie ihren Kolleginnen das El Chico, das ihre Schwester Mona damals zu ihrem Traum inspiriert hatte, als Treffpunkt vorschlug. Und zum Takt der kubanischen Rumbas und Flamenco-Akkorde zeigte die jüngste der Arenas-Schwestern wieder einmal, was sie konnte; mit ihrer Spontaneität und Spritzigkeit fiel sie unter ihren ungelenken neuen amerikanischen Freundinnen sofort auf, als sie sich mitten auf der Tanzfläche mit einer solchen Anmut bewegte, dass es dem gesamten männlichen Publikum den Atem verschlug. Darunter auch einem temperamentvollen massigen Mann, fünfzehn Jahre älter als sie und mit zwei Scheidungen auf dem Buckel, der ihr nicht widerstehen konnte und sie zu umwerben begann, nicht mit dem Versprechen, ihr zu einer überwältigenden Karriere zu verhelfen wie Kruzan, sondern um sie zur Frau seines Lebens zu machen, verliebt wie ein Schuljunge.

Remedios' Geschrei war bis zum Hudson zu hören, als sie erfuhr, dass ihre Jüngste einen gewissen Henry heiraten wollte, einen jüdischen Bankier polnischer Abstammung, der kein Wort Spanisch sprach, für zwei Ex-Gattinnen und deren jeweilige Apartments aufkommen musste und ihr Nesthäkchen an die Upper West Side verschleppen wollte. Da wäre mir ja der Trottel vom Bestatter noch lieber!, brüllte die arme Frau, die nicht wissen konnte, dass Fidel sich längst damit abgefunden hatte, Luz und den anderen lebenslang ein lieber, treuer Freund zu sein, aber nicht mehr; beinahe wie ein Ersatz für diesen Jesusito, der nicht hatte großwerden dürfen. Entgegen allen Unkenrufen ihrer Mutter hielt die Ehe, auch wenn sich die Jüngste der Familie Arenas, die inzwischen Lucy Janowski hieß, an manch einem Wintermorgen, wenn es regnete, schneite, stürmte oder der Nebel über der Stadt hing, Henry in seinem Büro und die Töchter in der Schule oder Universität waren oder bereits eigene Wege gingen, in ihrem Schlafzimmer einschloss, das Teppichboden und Aussicht auf den Central Park hatte, eine Schallplatte von Xavier Cugat auflegte und im Unterrock vor dem Spiegel Rumbas tanzte, die jetzt aschblond gefärbte Mähne schüttelte und die mittlerweile ein wenig fülligen Hüften schwang, während ihr die Tränen übers Gesicht liefen und sie sich jener Zeiten erinnerte, die ihr fast unbemerkt zwischen den Fingern zerronnen waren, die rauen, turbulenten, unvergesslichen Tage ihrer Jugend.

Das war es, was den Arenas-Schwestern auf mittlere und lange Sicht widerfuhr, doch gab es auch in der unmittelbaren Zukunft einige denkwürdige Ereignisse. Beispielsweise bekamen sie schließlich ihr Geld. Einige Monate nach jener Nacht, in der Fabrizio Mazzas schwarze Seele zur Hölle gefahren war, erhielten sie die Entschädigungszahlung für den Tod des Vaters, obgleich der Richter das Unternehmen und den Hafen nur bedingt in der Verantwortung sah und befand, dass auch dem Opfer ein Gutteil der Schuld an dem Unglück zukam. Der ihnen zugesprochene Betrag war folglich mager, nicht viel mehr, als ihnen gleich zu Anfang von der Compañía Trasatlántica geboten worden war, zumal sie auch noch etwas für die Casa María abzweigten.

Und als sie ihre Schecks auf das gemeinsame Konto einzahlten, das sie kürzlich bei der New York Bank for Savings an der Ecke Achte Avenue eröffnet hatten, fragten sie sich unwillkürlich, wie sie sich so unsinnigen Wahnvorstellungen vom Reichtum hatten hingeben können und was wohl aus ihnen geworden wäre, wenn sie sich auf das Angebot der Schifffahrtsgesellschaft und des Kapitäns der *Marqués de Comillas* eingelassen hätten, in ihre Heimat zurückgekehrt wären, sich nie in das Abenteuer mit dem Las Hijas del Capitán gestürzt hätten.

Sie verließen das Gebäude mit den korinthischen Säulen, noch immer bohrende Zweifel im Kopf, und schlugen den Weg zu ihrer Wohnung ein, als der Geist Schwester Litos, die einige Wochen zuvor auf ihrem schmalen Lager im Casa María dahingegangen war, im Schein der bereits zurückhaltenden Herbstsonne über ihnen schwebte, mit einer Kippe im Mundwinkel und einem verschmitzten, befriedigten Augenzwinkern. Zu guter Letzt war der Plan der Nonne aufgegangen. Von ihr hatten sie gelernt, sich durchzuschlagen. Sie hatte ihnen zu einer eigenen Zukunft verholfen.